LA TRILOGIE NOSTRADAMUS

Tome 2
L'Hérésie maya

Mario Reading

LA TRILOGIE NOSTRADAMUS

Tome 2

L'Hérésie maya

TRADUIT DE L'ANGLAIS
PAR **FLORENCE MANTRAN**

COLLECTION **THRILLERS**

cherche
midi

Vous aimez les thrillers étrangers ? Inscrivez-vous à notre newsletter pour suivre en avant-première toutes nos actualités :
www.cherche-midi.com

Direction éditoriale : Arnaud Hofmarcher

Titre original : *The Mayan Codex*

23, rue du Cherche-Midi
75006 Paris

À ma chère épouse, Claudia de Los Angeles,
la guardiana de mi corazòn

NOTE DE L'AUTEUR

Comme pour les traditions tziganes, dans le premier livre de ma trilogie, *Les Prophéties perdues*, les coutumes, le langage, les noms, les usages et les mythes mayas décrits dans ce livre sont tous exacts. J'ai simplement, pour la commodité de la fiction, regroupé en une seule les coutumes de différentes tribus mayas. Les actes barbares perpétrés par frère Diego de Landa, tels que les rapporte Akbal Coatl – *alias* Serpent nocturne –, n'ont nullement été falsifiés. Ces atrocités ont bel et bien eu lieu, exactement comme je les ai relatées. La majeure partie de l'histoire écrite des Mayas a été détruite lors de ce que j'appellerais un véritable pogrome.

Épigraphe

Mange, mange tant que tu as du pain
Bois, bois tant que tu as de l'eau
Un jour viendra où la sécheresse recouvrira la terre
Et la face du monde sera anéantie
Ce jour-là un nuage apparaîtra
Ce jour-là une montagne se dressera
Ce jour-là un homme puissant s'emparera du pays
Ce jour-là tout sera détruit
Ce jour-là la tendre feuille sera broyée
Ce jour-là les yeux mourants se fermeront
Ce jour-là il y aura trois signes sur un arbre
Ce jour-là trois générations d'hommes y seront pendues
Ce jour-là le drapeau de la bataille sera hissé
Et le peuple ira se perdre dans les forêts.

Extrait des Neuf Livres du chilam Balam (ou chilan Balan, le « prophète Jaguar »)

(http://en.wikipedia.org/wiki/Chilam_Balam.)
Ces textes sacrés et prophétiques, écrits par des prêtres mayas du Yucatán, existent bien ; il semblerait, en fait, qu'on en compte bien davantage que neuf…

Traduit par l'auteur

PROLOGUE

1

Château de Montfaucon
Montargis, France
25 octobre 1228

Le jeune roi s'agenouilla et récita une courte prière avant la chasse – après tout, Dieu était à ses côtés. Puis, dans un vacarme de claquements de sabots, lui et les cinquante cavaliers qui l'entouraient quittèrent le château de Montfaucon pour pénétrer dans la forêt domaniale.

Les violentes bourrasques qui accompagnaient cette journée d'automne faisaient bruisser les feuilles jaunies, tandis qu'une pluie fine et tenace trempait les visages des hommes. Les douze moines cisterciens qui suivaient toujours le roi à cheval avaient de plus en plus de peine à chanter les heures par-dessus les hurlements du vent. Le roi se tournait de temps à autre vers eux, irrité par ces voix qui oscillaient entre le *crescendo* et le *diminuendo.*

– Vous pouvez tous rebrousser chemin. Je suis las de vos miaulements dont je ne saisis pas les moindres paroles.

Les moines, habitués aux caprices de leur maître, s'écartèrent du cortège des chasseurs, se délectant à l'avance de retrouver plus tôt que prévu leur couvent et son feu ronronnant, ainsi que le copieux déjeuner qui les y attendait.

Louis se tourna vers son écuyer, Amaury de Bale.

– Lorsque tu évoquais ce sanglier, hier, lors de notre discussion... Tu prétendais que c'était aussi un symbole du Christ... Tu disais vrai ?

De Bale jubila intérieurement. La graine qu'il avait si soigneusement plantée avait fini par germer.

– Oui, sire. Dans l'Allemagne teutonique, le sanglier, *Sus scrofa*, a pour nom *der Eber*. Je crois savoir que le mot *Eber* remonte directement à Ibri, l'ancêtre des Hébreux.

Via une fausse étymologie qui s'avère particulièrement commode, ajouta de Bale pour lui-même.

Louis frappa du poing le pommeau de sa selle.

– Qui se nommaient eux-mêmes les Ibrim. Bien sûr !

De Bale sourit. En privé, il remercia les phalanges de tuteurs qui avaient tout fait pour que Louis reçoive une meilleure éducation encore que celle dispensée à son décadent de grand-père sodomite, Philippe II Auguste.

– Comme vous le savez, sire, dans la Grèce antique, le sanglier était l'animal emblématique des déesses Déméter et Atalante. Et, à Rome, celui du dieu Mars. Ici, en France, cet animal pourrait vous représenter, sire, dans le sens où il symbolise à la fois le vaillant courage et le refus du renoncement.

Les yeux de Louis brillaient d'enthousiasme. Sa voix perça le souffle rageur du vent.

– Aujourd'hui, de ma hache, je tuerai un sanglier. Comme Hercule sur le mont Érymanthe. Dieu m'a parlé, ce matin, et m'a dit que, si j'agissais de la sorte, la bête me transmettrait ses attributs et que mon règne verrait l'annexion permanente de Jérusalem, de Nazareth et de Bethléem par notre sainte mère l'Église.

De Bale haussa des sourcils étonnés.

– Par le saint empereur romain, vous voulez dire ?

– Par moi, en vérité.

De Bale demeura un instant sans voix. C'était de mieux en mieux. Le roi en avait fait lui-même la suggestion. Il regarda les cavaliers qui l'entouraient – oui, eux aussi avaient bien entendu leur souverain. Il devina même la furtive contraction de leurs sphincters tandis qu'ils comprenaient qu'aujourd'hui ce n'était pas un cerf qu'ils allaient chasser, mais un sanglier.

Il se tourna de nouveau vers le roi. Dans sa seizième année, âgé d'un an de plus que Louis, il avait déjà atteint toute sa puissance physique, alors que le roi, à quinze ans, était à peine pubère. De par la taille, toutefois, Louis dépassait son écuyer d'une tête, et il montait son cheval avec toute l'assurance d'une jeunesse éclatante.

– *Dente timetur*, déclara de Bale.

– *Rex non potest peccare*, riposta le roi.

Des paroles qui lui attirèrent les applaudissements spontanés de son entourage. De Bale lui-même ne put qu'admirer l'élégant jeu d'esprit de son monarque et le gratifia d'un profond salut. Il cherchait simplement à protéger ses arrières – *dente timetur* était une expression latine bien connue qui signifiait « soyez sur vos gardes ». Son maître lui avait cependant répliqué par un percutant : « Le roi ne peut pécher. » Mais, par une très subtile hésitation entre *potest* et *peccare*, Louis avait tourné la phrase en un féroce : « Tu ne feras pas trembler le roi, cochon sauvage. »

Le jeu de mots était si magnifique que de Bale fut un instant tenté d'ignorer ses ordres et d'épargner la vie du roi – où ailleurs qu'en France voyait-on un souverain de quinze ans doté de l'esprit d'un Abélard ? Mais, en homme de raison, il réfléchit à deux fois avant de contrarier un parent aussi puissant que Pierre Mauclerc, duc de Bretagne. Car un dilemme ne cessait de le tourmenter : il était constamment tiraillé entre Plantagenêts et Capétiens.

Poussant son cheval vers celui du roi, il jeta un discret regard derrière lui pour s'assurer que les autres écuyers appréciaient sa façon de capter l'attention de leur souverain.

– Je sais où vous pouvez en trouver un, sire. Un véritable monstre. Le plus énorme mâle adulte de tout l'Orléanais. Il pèse au moins quatre cents livres.

– Comment ?... Que dis-tu ?...

Ce fou est encore en prière, se dit de Bale. Il aurait dû naître prêtre et non roi.

S'il continuait ainsi, ils allaient devoir le sanctifier. Ou alors il finirait comme le tyran le plus assoiffé de sang, le plus orgueilleux, le plus imbu de sa personne depuis Néron.

Comme en écho à ses terreurs secrètes, une tout autre prière lui traversa l'esprit : *Seigneur, faites que, suite à ce que je m'apprête à faire, ce bâtard ne finisse pas en martyr, et moi en régicide éviscéré, écartelé et démembré.*

Un sourire de convenance sur les lèvres, de Bale se courba pour offrir enfin une réponse à la question de son roi.

– Je me le réservais à moi-même, sire. Ma domesticité…

– Comment oses-tu prétendre te le réserver ? Un sanglier n'appartient qu'au roi. Pour qui te prends-tu ?

De Bale devint écarlate. Dieu, protégez-moi de ceux qui sont mes maîtres, marmonna-t-il entre ses dents. Il était déjà redevable à Mauclerc, et voici qu'il croisait le fer avec son autre suzerain, Louis IX, que ce même Mauclerc voulait voir mort. De Bale bouillonnait intérieurement. Il chercha la meilleure approche, le meilleur moment pour plonger.

– L'animal est loin de la forêt royale, sire, et m'appartient donc légalement. Mais je ne l'ai pas encore tué. J'ai tout juste demandé à mes gens de construire une barrière d'osier autour de son territoire, et de le maintenir en place en l'affolant par du tapage. Je sais qu'il est là ; je ne l'ai simplement pas vu. J'allais le consacrer à Notre-Dame puis l'abattre. On dit qu'il possède des défenses d'au moins douze pouces.

– Douze pouces ? Impossible.

De Bale connaissait le personnage. Il haussa les épaules, se détourna et regarda au loin.

– Alors ce n'est pas un sanglier, c'est le démon, poursuivit le roi. Quatre cents livres, dis-tu ? Et des défenses de douze pouces ? C'est un imposteur. Il est inconcevable que Notre-Seigneur Jésus-Christ se reflète dans un tel monstre.

De Bale avança alors son dernier pion :

– C'est possible, sire. Vous avez raison, sans l'ombre d'un doute.

Il se signa d'un geste théâtral, un peu comme s'il aspergeait d'eau bénite une assemblée invisible.

– Quel meilleur adversaire pour un roi chrétien, dans ce cas ?

2

Il fallut cinq heures au roi et à son escorte pour atteindre la forêt seigneuriale évoquée par de Bale. Celui-ci avait fait venir chevaux frais et vivres, avant de faire dresser un pavillon juste à l'entrée du territoire du monstre. Il avait aussi convoqué l'ensemble de ses serviteurs en les dispensant de leurs travaux de la journée, ceci afin de s'assurer la plus large audience pour ce qu'il estimait être un événement extraordinaire, propre à bouleverser le royaume.

Lorsque le roi déboucha enfin des marais de Saint-Benoît, cinq cents de ses plus enthousiastes sujets tombèrent à genoux devant le cortège royal.

– Souhaiteriez-vous prendre d'abord un peu de repos, sire ? lui demanda l'un de ses écuyers.

Il s'inclina, indiquant que tout était en place pour le confort du roi.

– Ou désirez-vous commencer tout de suite ?

Le roi avait les yeux rivés sur le vaste fourré où se tenait la bête. Son visage était livide.

Il perd courage, songea de Bale. *Le pauvre fou a eu cinq heures pour penser à la chose et il commence à perdre ses nerfs.*

– Me nommeriez-vous votre champion, sire, afin d'abattre ce cochon sauvage à votre place ?

Sans répondre, Louis passa la jambe par-dessus le pommeau de sa selle et, aussitôt, un serviteur se précipita pour lui offrir son dos comme marchepied afin qu'il ne salisse pas ses bottes en mettant pied à terre.

– Dieu t'a-t-Il parlé à toi aussi, ce matin, Amaury ?

– Non, sire. Certes non. Dieu ne parle qu'aux rois, aux papes et au saint empereur romain.

Le roi grogna sa satisfaction puis fit signe à son écuyer.

– Apporte-moi une hache. Je vais tuer ce sanglier, puis nous mangerons.

De Bale remercia secrètement le ciel qu'aucun des sages conseillers du roi n'ait daigné participer à la chasse. À la vérité, ils étaient tous occupés à comploter avec la reine mère. Il avait le champ libre.

Il leva son gant, signalant à ses veneurs qu'ils pouvaient lancer la chasse. Ceux-ci, à leur tour, firent signe à leurs traqueurs qui, eux, transmirent les ordres aux rabatteurs, à l'autre bout du fourré.

– Le sanglier peut surgir à tout moment, sire. Oserais-je vous suggérer de prendre position ?

Le roi passa de l'autre côté de la barrière d'osier. Devant lui se dressait un enchevêtrement d'arbustes et de ronces, au travers duquel on avait taillé un semblant de tunnel que le sanglier était censé emprunter pour se frayer un chemin.

De Bale fit un signe de tête à l'un de ses hommes d'armes, qui lui lança une pique. Il alla alors prendre place à la droite du roi, à un pas derrière lui.

– Je ne ferai qu'intervenir, sire, au cas où votre premier coup manquerait sa cible.

– Tu n'interviendras nullement. Mon premier coup ne manquera pas sa cible. Dieu m'a parlé. Je suis son vaisseau consacré.

De Bale inclina ostensiblement la tête afin de montrer qu'il se soumettait contre son gré au désir de son roi. Celui-ci ne verrait pas son geste, mais tous les autres, oui.

– Fort bien, sire.

Il s'appuya sur sa pique et attendit.

Bientôt, une clameur se fit entendre de l'autre côté de la colline. La battue avait commencé. De Bale avait ordonné que les rabatteurs marchent en ligne, sans s'écarter de plus d'un mètre l'un de l'autre – surtout empêcher le sanglier de faire un brusque demi-tour et d'éviscérer l'un de ses hommes au lieu du roi lui-même.

– Sire, rappelez-vous de garder vos jambes bien jointes lorsque vous frappez.

– Que veux-tu dire ?

– Un sanglier cherche à faucher de bas en haut à l'aide de ses défenses afin d'éviscérer sa victime. Si vous gardez les jambes jointes, sire, vous protégerez non seulement votre personne mais aussi l'avenir de la France.

Louis éclata de rire.

Bien, songea de Bale. *Encore une preuve aux yeux de ceux qui nous entourent que l'entente est parfaite entre le roi et moi. Et, s'il garde les jambes jointes, c'est ainsi qu'il a le plus de chances de rater sa cible.*

Un craquement se fit soudain entendre dans les fourrés, aussitôt suivi des hurlements excités de l'assistance. Un sanglier surgit alors du tunnel de ronces pour se diriger droit sur le roi.

– Pas celui-là, sire !

De Bale bondit en avant et frappa l'animal de sa pique. La bête lâcha un cri rauque et s'écroula sur l'échine en battant l'air de ses quatre membres. De Bale fit signe à ses veneurs, qui se précipitèrent, tranchèrent la gorge du sanglier et le traînèrent à l'écart. Une puissante odeur flotta dans l'air derrière lui.

– Il pèse moins de deux cents livres, sire. Votre sanglier fait plus de deux fois ce poids.

Les yeux exorbités, Louis semblait fasciné par la mare de sang encore fumant laissée par l'animal massacré.

– Allons, souffla de Bale dans le dos du roi. Ne perds pas tes nerfs maintenant. Tu ne t'en remettrais pas. Les gens composeraient toutes sortes de chansons railleuses à ton sujet. Tu resterais dans l'histoire comme Louis le Faible. Et le destin ferait sans doute que tu vives jusqu'à l'âge de cent ans.

Une clameur soudaine s'éleva de l'assistance. Un cerf blanc venait d'émerger à son tour des fourrés. Il eut un bref mouvement de recul puis bondit au milieu des veneurs, sauta la barrière d'osier et galopa en direction de la forêt.

À ce spectacle, de Bale s'entendit marmonner :

– C'est un cerf blanc, sire. Sa présence signifie que votre but est inaccessible. Nous ferions aussi bien de rebrousser chemin.

Mais les mots restèrent coincés dans sa gorge. Pourtant, le symbole était puissant ; le cerf blanc avait une telle signification qu'il aurait été fou de sa part, en tant qu'hôte du roi, de ne pas reconnaître celle-ci.

Comme un cerf altéré cherche l'eau vive, ainsi mon âme Te cherche, Toi, mon Dieu. Louis leva sa hache, dans un geste qui indiquait clairement que de Bale – tout comme l'animal – se trompait.

Un cri perçant s'éleva des lignes arrière des rabatteurs. Puis ce furent des voix confuses. Il semblait que quelqu'un s'était fait encorner.

Le roi tourna les yeux en tous sens, le visage blême sous le soleil qui apparaissait au-dessus d'eux.

La bête surgit soudain des broussailles, des lambeaux rougeâtres accrochés à ses défenses.

D'abord, le roi ne le vit pas. Mais l'animal enragé – le premier des deux à goûter le sang – venait de l'apercevoir. Il observa un instant les veneurs ; aucune issue ne s'offrait à son regard. Puis il fixa le roi, qui n'était entouré par rien d'autre que l'air.

Le sanglier chargea, agitant sa gueule de tous les côtés pour se débarrasser des entrelacs d'intestins qui lui obstruaient la vue.

Le voyant fondre sur lui, le roi se campa droit sur ses jambes, brandit sa hache au-dessus de lui et attendit.

– Courez vers lui, sire ! Il vous faut l'attaquer !

De Bale ignorait totalement pourquoi il tentait de sauver le roi. C'était sa mort qu'il voulait, par tous les diables, et non faire de lui une légende !

Louis s'élança maladroitement vers le sanglier, sa hache à bout de bras, prête à s'abattre sur l'animal.

Au dernier moment, la bête l'esquiva d'un bond de côté et, de ses défenses, frappa le flanc de son assaillant.

Celui-ci lâcha un cri et tomba à terre.

Le sanglier fit volte-face puis s'élança pour une seconde attaque.

Sans réfléchir, de Bale se précipita vers le roi, menaçant la bête de sa pique brandie en avant… qui s'abattit avec violence sur l'encolure du sanglier. Le sang jaillit de l'artère sectionnée en une fontaine écarlate qui retomba sur le corps gisant du roi.

Le coup avait brisé en deux la hampe de la pique, laissant de Bale armé d'un seul éclat de bois.

Le grand sanglier rampait à présent vers le roi, bien décidé à terminer ce qu'il avait commencé.

Dague à la main, grimaçant de stupéfaction, les veneurs s'approchaient.

De Bale vécut toute la scène comme au ralenti. Il ne lui restait qu'une chose à faire.

Il se jeta sur l'animal, saisissant à pleines mains ses défenses acérées. La dernière image qu'il vit avant de perdre conscience fut celle des dagues de ses veneurs pleuvant autour de lui, à quelques centimètres de sa tête.

3

Amaury de Bale, comte de Hyères, passa les seize années suivantes en exil involontaire, loin de la cour.

La reine mère, Blanche de Castille, ne lui pardonna jamais ce qu'elle considérait comme une incitation envers le roi, son fils, à commettre un acte dont seule l'absurdité l'emportait sur la sottise. Le fait que de Bale ait sauvé la vie du jeune souverain en risquant considérablement la sienne n'avait qu'une valeur minime aux yeux de la reine, bien que cela lui ait indubitablement épargné le supplice de l'écartèlement pour avoir commis un régicide.

Blanche avait désormais interdit au roi de communiquer avec de Bale, et il avait accédé à sa requête par devoir et par affection pour sa mère, non sans refuser néanmoins d'en faire le serment solennel.

Mais le roi possédait une foi profonde, et l'Europe entière lui reconnaissait son sens de la justice. Des années après leur séparation forcée, il avait fini par se convaincre qu'Amaury de Bale avait été choisi par Dieu pour le sauver des machinations du démon. Et cela, d'autant plus que le grand sanglier de Saint-Benoît, loin de représenter l'un des symboles du Christ, s'était révélé être en fait Lucifer lui-même.

À la fin de l'été 1244, relevant à peine d'une maladie quasi mortelle, le roi Louis, pour la plus grande horreur de sa mère, avait déclaré à tous son intention de partir en croisade. Après une longue et profonde introspection, et sur les conseils de son confesseur, Geoffroy de Beaulieu, et de son chapelain, Guillaume de Chartres, il fut décidé qu'il serait impossible au roi de se lancer dans cette expédition sans admettre au préalable la part de Dieu dans sa décision. Et cela, en retour, ne pouvait se faire sans reconnaître celui qui avait clairement été choisi par Dieu Lui-même pour protéger le roi du démon.

Un autre problème s'ajoutait à celui-ci : un grand nombre des écuyers du roi – dont beaucoup, en seize ans, s'étaient vu offrir d'importantes fonctions à la tête de l'État – avaient clairement entendu leur souverain, en ce matin de 1228, expliquer au comte Amaury de Bale que lui-même, Louis, *Rex Francorum* et *Rex Christianissimus*, lieutenant de Dieu sur terre, grand protecteur de la France (la fille aînée de l'Église), s'était personnellement entendu dire par Dieu que, s'il souhaitait assurer l'annexion permanente de Jérusalem, de Nazareth et de Bethléem par la sainte mère l'Église, il devait d'abord tuer un sanglier de sa propre main.

Grâce à sa profonde connaissance des Saintes Écritures, le roi – et, via ce dernier, ses conseillers – comprenait aujourd'hui que, derrière ce motif, s'en cachait un autre, nettement moins visible, qui incluait le choix du comte Amaury de Bale comme son seul champion. Pour, en d'autres termes, agir à sa place et en son nom, selon le souhait de Dieu.

En conséquence, et malgré la vigoureuse désapprobation de la reine mère, le roi ordonna à de Bale de se présenter à la basilique Saint-Denis, près de la tombe de son père, Louis VIII, et de son grand-père, Philippe II Auguste, le jour même du seizième anniversaire de son intervention commandée par Dieu.

4

Tout d'abord, Amaury de Bale avait été tenté d'échapper à ce qu'il estimait être une invitation piège, en s'engageant sur un coup de tête dans l'armée de Frédéric II, le saint empereur romain. Mais il savait aussi que, si la reine mère cherchait réellement vengeance, elle saurait le trouver en Germanie aussi aisément qu'elle avait pu le faire ces seize dernières années en forçant la fragile sécurité de son château et de ses domaines.

Le fait qu'il devait la vie – et son non-écartèlement – à la grâce du roi ne faisait aucun doute. De bale frémit à la seule idée de ce que la reine mère aurait ordonné qu'on lui infligeât s'il n'avait pas changé d'avis au tout dernier moment et bondi pour sauver la vie de Louis. Cette décision soudaine, cependant, n'avait pas été due à un brusque accès de charité humaine, mais plutôt à son instinct de guerrier et à la subite prise de conscience – déclenchée par le sublime jeu d'esprit du roi – que celui-ci pouvait faire honneur à la France, plutôt que de se contenter de supporter la lourde charge dévolue aux Capétiens.

Cela avait eu pour conséquence de se mettre à dos le duc de Bretagne, ce qui avait entraîné une considérable perte d'influence, un mariage moins avantageux et des ambitions politiques quasiment réduites à néant. Mais, tout bien réfléchi, de Bale avait décidé que c'était finalement un moindre mal – Mauclerc n'était certes pas tendre, mais la reine mère, elle, était terrible.

De Bale s'agenouilla donc devant le tombeau du père du roi, la tête inclinée, les bras reposant sur son genou relevé, et attendit la décision de son souverain. Sa vie entière avait consisté en une série de paris le plus souvent impulsifs, et il éprouvait aujourd'hui le sentiment fataliste de sa propre insignifiance au cœur du magnifique et nouveau style gothique rayonnant de la basilique Saint-Denis.

Le roi, flanqué de son confesseur, Geoffroy de Beaulieu, et de son chapelain, Guillaume de Chartres, dissimulés derrière l'une des statues ornant le portail ouest de la basilique, observait de Bale.

– Regardez, déclara le roi, c'est Notre-Dame.

Les deux conseillers tournèrent vers lui des yeux surpris.

– Nous ne voyons rien, sire.

– Vous ne voyez rien ?

– Non, sire, nous ne voyons rien. Que voyez-vous ?

Il se retourna vers la crypte de son père.

– Je vois Notre-Dame, la mère de Dieu, remontant la cape de mon champion et la posant tendrement sur ses épaules afin qu'il ne prenne pas froid.

Les deux hommes se couvrirent le visage des mains. Puis ils tombèrent à genoux et se prosternèrent sur le sol dallé de la nef.

Le roi, après un bref instant d'hésitation, se dirigea d'un pas décidé vers la silhouette agenouillée du comte.

De Bale l'entendit approcher mais choisit de ne pas lever les yeux. Les mots du roi lui étaient parvenus, portés par l'écho de la basilique, et il comprenait que, à ce moment précis, son avenir et celui de sa famille allaient être écrits pour l'éternité.

Il sentit le bout de l'épée du roi toucher l'arrière de son épaule droite.

– Tu as vu le démon, de Bale ?

– Oui, sire.

– Et tu as protégé le roi ?

– De ma propre vie, sire.

– Et tu protégeras toujours le roi ?

– Toujours, sire.

– Et ce royaume de France ?

– Moi et ma famille, sire. Pour l'éternité.

– Tu seras donc mon Corpus Maleficus.

Louis se retourna, haussa la voix de sorte qu'elle se fît entendre à travers la basilique entière :

– J'ai demandé à l'évêque de Reims de me couronner. À l'évêque de Laon de me sacrer roi. À Langres de porter mon sceptre. À Beauvais de porter ma cape. À Chalons mon anneau. Et à Noyons ma ceinture. J'ai demandé au duc de Normandie de porter la première bannière carrée, et à Guyenne de porter la seconde. J'ai demandé à Bourgogne de porter ma couronne et d'attacher ma ceinture. J'ai demandé au comte de Toulouse de porter mes éperons. À Flandres, mon épée. Et à Champagne, mon étendard royal. Mais qui ai-je pour me protéger du démon ? Qui, pour être mon champion ?

Beaulieu et Chartres s'étaient redressés, et tous deux reconnaissaient un fait accompli lorsqu'ils en voyaient un.

– Vous avez le comte de Hyères, sire.

Louis hocha la tête.

– Le comte de Hyères est dorénavant le treizième pair de France. Les ossements de mon père et de mon grand-père en sont témoins. Apportez-moi le sceau et ma croix de croisé.

PREMIÈRE PARTIE

1

Domaine de Seyème
Cap Camarat, France
De nos jours

L'ex-capitaine Joris Calque, heureux bénéficiaire du programme de retraite anticipée de la police française pour les officiers blessés dans l'exercice de leurs fonctions, avait depuis longtemps accepté l'idée qu'il préférait le confort à la précipitation.

Voilà pourquoi il avait soudoyé un braconnier local notoire afin de lui construire une cachette sur la colline dominant la propriété privée de la comtesse douairière de Hyères, sur la péninsule de Saint-Tropez, sept cent soixante-cinq ans après les événements de la basilique Saint-Denis.

Le cabanon était équipé d'un ventilateur fonctionnant sur batterie, d'un fauteuil gonflable et d'une glacière grand format en polyuréthane. De son repaire sur la colline, le nouveau retraité Calque avait l'intention de surveiller les allées et venues d'un groupe d'individus dont il savait maintenant qu'ils composaient le Corpus Maleficus et, au moment voulu, d'apporter la preuve de leur implication dans la mort de son lieutenant quelques mois plus tôt.

Calque avait bien travaillé. Il avait passé le premier soir de sa retraite à éplucher les archives de la Bibliothèque nationale ainsi que les archives de Fontainebleau afin de trouver tout ce qu'il pourrait dégoter sur la famille de Bale, pour aboutir à de fatales conclusions.

Premièrement, les de Bale s'étaient arrangés pour contrôler pratiquement tous les systèmes religieux, politiques, civiques, administratifs et gouvernementaux établis en France depuis le début du Moyen Âge. Et, deuxièmement, ils avaient, presque sans exception, usé et abusé du pouvoir que cette mainmise leur avait ainsi obtenu.

Au cours des derniers huit cents ans, la famille de Bale avait pu compter parmi ses membres trois maréchaux, un sénéchal et deux officiers de police. Ils avaient acheté des archevêchés, infiltré le collège et les ordres du cardinalat, et même manipulé des papes, sans jamais avoir coiffé eux-mêmes la tiare pontificale ; ils avaient déclenché des guerres et toutes sortes d'émeutes, ordonné des massacres, épousé des révolutions et fomenté des tentatives d'attentat. Ils avaient affaibli des rois et des reines, suborné des dauphins et de petits principicules, séduit des princesses étrangères et, une fois même, une Demoiselle de France. Ils avaient détourné les règles et sapé à tous moments les principes de la loyauté. Loin de protéger la France du démon, ils semblaient, dès que l'occasion s'en présentait, s'empresser de précipiter la nation entre ses griffes.

L'histoire des de Bale, bien que découverte à travers les seules archives publiques dont disposait Calque, révélait une famille si avide dans sa poursuite et sa jouissance du pouvoir qu'elle avait fini par se diluer elle-même et disperser sa semence, et que, la Grande Guerre venue, elle avait virtuellement tout perdu de son influence. Lord Acton, se disait Calque, avait enfoncé le clou en avançant que « le pouvoir corrompt, et le pouvoir absolu corrompt de façon absolue. Les grands hommes sont presque toujours de mauvais hommes ».

Tant et si bien que le dernier descendant direct de la famille s'était retrouvé – les malheurs de la guerre aidant – incapable de procréer et de prolonger ainsi la lignée de Bale, tout en étant en même temps à l'origine d'une cabale qui s'effilochait à la vitesse de la lumière.

Près de trente ans plus tard, selon une coutume séculaire, et dans une tentative ultime et désespérée de s'accrocher à la vie, le vieil homme s'était trouvé une femme nettement plus jeune que lui, d'extraction moins noble, sans doute, que la sienne, mais qui lui fournissait une compensation non négligeable : sa très grande richesse. Geneviève Odilonne de Moristot, tout comme sa famille, s'était montrée trop heureuse d'échanger sa jeunesse, sa beauté et l'étonnante fortune dont elle avait hérité en tant que fille unique d'un petit nobliau flanqué d'une armada de parentes âgées et veuves de guerre (qui mouraient les unes après les autres à l'âge vénérable de quatre-vingts ou quatre-vingt-dix ans), pour un comté, un marquisat et, surtout, l'un des plus anciens noms de France.

Le fait que la lignée de Bale ne pût se prolonger de façon directe ne représentait aucun obstacle pour la nouvelle comtesse. Suivant l'exemple de l'Italie, selon lequel la continuation *per se* d'un grand nom a souvent la préséance sur la stricte pureté génétique, elle avait persuadé son vieux mari de la laisser adopter treize enfants de l'orphelinat religieux que sa famille avait fondé.

En découvrant ce chiffre, Calque avait bondi comme si une mygale venait d'atterrir sur les microfiches qu'il étudiait.

Mais, après réflexion, il avait fini par deviner une certaine logique derrière le geste de la comtesse. Quel meilleur moyen de reconstruire l'influence du Corpus ? Geneviève avait à la fois l'argent et, grâce à son extrême jeunesse, tout le loisir d'en profiter. Si l'on acceptait que le débat inné/acquis était incessant, quelle meilleure façon d'accroître son pouvoir sur ses enfants adoptifs que d'user de ses titres, de son influence et, enfin et surtout, de fonds pratiquement illimités ? Le vieux comte avait parfaitement choisi sa partenaire.

Achor Bale était-il donc simplement l'exception qui confirmait la règle ? D'après ce qu'en savait Calque, il avait été le seul des treize enfants de la comtesse à avoir, de par son âge, le caractère assez forgé avant d'être adopté. Était-il juste le monstre qu'il semblait être, comme ne cessait de l'assurer le commandant de Calque ? Ou tous les enfants de la comtesse avaient-ils été élevés de la même manière ? Libéré, grâce à sa retraite anticipée, de la pression des interférences bureaucratiques, le policier avait bien l'intention de trouver les réponses à ses questions.

Le fermier chez qui il avait installé son campement provisoire n'avait pas été difficile à persuader. Avant de libérer son bureau du IIe arrondissement, Calque avait fait en sorte d'égarer son badge de capitaine au milieu du maelström de ses dossiers et cartons. Après avoir officié pendant trente ans, il estimait que le sergent à la réception, impressionné de dire au revoir à celui dont il avait reçu les ordres depuis ses tout débuts au commissariat, n'allait pas oser le questionner sur cette disparition.

S'il s'y risquait, néanmoins, Calque n'aurait alors qu'à lui promettre de revenir déposer le badge la prochaine fois qu'il viendrait rendre visite à ses anciens collègues du commissariat. Mais ce fut avec satisfaction qu'il vit le sergent cocher la case « Plaque d'identité rendue » sur la liste des objets dont le retraité qu'il devenait n'aurait plus l'usage. Car il comptait bien utiliser ce badge… en premier lieu pour acheter le silence du fermier qui l'hébergeait.

Le capitaine n'avait pas été gravement blessé lors de l'accident de voiture que le fils adoptif de la comtesse, Achor Bale, *alias* « Œil noir », avait provoqué afin de les éliminer, lui et son assistant, Paul Macron, au printemps dernier. Mais la mort brutale de ce dernier, de la main de Bale, quelques jours plus tard, avait fait plus que bouleverser sa victime – elle avait sapé les bases, jusque-là solides comme le roc, de la vocation de Joris Calque.

Non pas qu'il ait beaucoup pleuré Macron, ni qu'il se soit même senti coupable de sa mort – l'homme était raciste, que diable, et avait le cerveau aussi épais que le biceps d'un terrassier ! Mais Calque n'estimait plus nécessaire de s'expliquer à des officiers supérieurs qui étaient à la fois plus jeunes et plus stupides que lui, et apparemment incapables de voir ou d'imaginer quoi que ce soit au-delà de leur petite sphère personnelle.

Cette nouvelle race d'hommes et de femmes qui infestaient les échelons supérieurs de la police n'avait pas le moindre sens de l'histoire, pas la moindre idée de l'attitude à observer dans certains cas. Lorsque Calque avait fait part au commandant de ses soupçons sur la comtesse et ses treize enfants adoptifs – il avait alors été brièvement tenté de les appeler du nom médiéval des « Douze Démons » avant de se ressaisir –, son supérieur lui avait tout simplement ri au nez.

– Achor Bale était un monstre. Unique en son genre. Qu'est-ce que vous croyez ? Que quelqu'un d'aussi respectable que la comtesse de Hyères – qui doit avoir dans les soixante-dix ans – a élevé une famille d'orphelins tueurs juste dans l'idée de respecter la promesse de feu son mari, vieille de huit cents ans, de protéger du diable la Couronne de France ? Capitaine, ça vous surprendra peut-être, mais il n'y a pas de diable. Et il n'y a plus de Couronne de France. Le dernier roi était Louis-Philippe, je ne vous apprends rien. Et on s'est débarrassé de lui en…

Le commandant avait hésité, saisi par une impression de trahison.

– On s'est débarrassé de Louis-Philippe en 1848. Mais ce n'était pas le dernier roi de France. C'était le dernier roi des Français. Le dernier roi de France à régner était Charles X ; là non plus je ne vous apprends rien, j'espère ?

Sans réponse de Calque, le commandant avait enchaîné :

– Attention, vous vous aventurez sur un terrain miné, capitaine.

– Je sais que la comtesse manipulait Bale pendant qu'il tissait sa toile meurtrière à travers la France. Qu'elle lui a ordonné de harceler à mort l'Américain, Adam Sabir, ainsi que ses deux amis tziganes, Alexi Dufontaine et Yola Samana. Qu'elle était persuadée que Sabir connaissait l'identité du troisième Antéchrist de Nostradamus ; un secret que le Corpus

Maleficus devait absolument préserver s'il voulait tenir sa promesse de protéger la France du démon.

– C'est du délire !

Un instant, Calque avait eu la tentation de lui révéler les paroles de Sabir quant à l'existence possible du Second Avènement, mais il s'était dit que la discrétion serait encore son meilleur atout. La situation semblait déjà bien trop tirée par les cheveux. Pourquoi en rajouter ? Le commandant était sans doute athée, de toute façon, et certainement incapable de la moindre pensée latérale.

– Achor Bale recevait ses ordres directement de la comtesse, sa mère. Ce qui fait d'elle un complice par instigation. En fait, j'irais même jusqu'à dire que c'est elle qui était aux manettes.

Réalisant qu'il poussait le bouchon un peu trop loin, Calque avait précisé :

– Qu'elle était en tout cas nettement plus qu'une simple conspiratrice.

– Et vous avez des preuves de ce que vous avancez ?

– Il l'a appelée du Maset. À un moment où il était en pleine galère. Il lui a demandé s'il pouvait rentrer à la maison. Elle lui a dit de terminer le travail. De tuer Sabir.

– Non, ce n'est pas à elle qu'il a parlé, mais à son majordome…

Le commandant avait paru fouiller dans sa mémoire, prêtant inconsciemment le flanc au mépris notoire de Calque.

– … Millefeuille.

– Milouins.

– Oui… c'est ça… Milouins. Bref, ce Milouins lui a répondu en partie en allemand. Il a utilisé le mot *Fertigmachen.* Qui peut vouloir dire des tas de choses. De « fiche le camp d'ici, bâtard meurtrier ! » à « finissons-en ici et maintenant ». Mais Bale n'a jamais parlé personnellement à la comtesse – la preuve que l'ordre venait d'elle est purement circonstancielle. Mais on a déjà discuté de tout ça, capitaine.

– J'ai vu cette pièce secrète, chez la comtesse, commandant. J'ai vu le document qu'elle y conserve. Celui où il est question d'une société secrète appelée le Corpus Maleficus.

– Mais ce document était indéchiffrable. Écrit selon un code mystérieux. Vous l'avez reconnu vous-même. Bon sang, il est daté de 1250 ! Quel lien aurait-il avec un crime commis de nos jours ?

– Postdaté de 1228 en 1250, en réalité. On le sait parce qu'il contenait les signatures non codées et les sceaux de trois hommes d'une importance cruciale aux yeux de Louis IX. L'un d'eux, Jean de Joinville, aurait eu quatre ans à l'époque de ces signatures. Impossible, évidemment. Le document a donc été émis rétrospectivement – peut-être en regard d'un acte dont la réelle signification n'a été reconnue que plus tard.

– Bon Dieu, capitaine ! Tout le monde sait que vous vous vantez d'avoir reçu une éducation classique – vous avez assez tourmenté Paul Macron avec ça. Vous l'ignorez forcément, mais, une semaine avant sa mort, il s'est plaint du harcèlement psychologique que vous exerciez sur lui.

– Du harcèlement psychologique ?

Calque mourait d'envie d'une cigarette mais, à cause du nouveau règlement, il savait que s'il osait en allumer une, son supérieur n'hésiterait pas à appeler les pompiers pour le chasser à coups de lance à incendie.

– On l'a convaincu que c'était dans son intérêt de ne pas porter plainte. Vos services rendus à la nation valent encore quelque chose, voyez-vous. Pourtant, il serait facile de ressortir cette plainte – même du cimetière – avec les conséquences que vous pouvez imaginer. Mais on s'éloigne du sujet, là. À partir d'aujourd'hui, vous laisserez la comtesse et ses enfants tranquilles. Vous m'entendez ? L'incident est clos. Bale est mort.

– Vous voulez dire qu'elle a bien trop de relations pour qu'on ose se frotter à elle, c'est ça ?

– En un mot, capitaine, oui.

C'est à cet instant précis que Joris Calque avait décidé que ses blessures causées par l'accident de voiture étaient nettement plus sévères que ce qu'il avait laissé entendre. Un trébuchement ou deux dans le bureau, suivis d'une véritable chute, avaient suffi à ouvrir le bal. Il avait eu alors le plus grand mal à se souvenir de petites choses toutes simples, s'était vu forcé de reconnaître devant le médecin de la police qu'il avait été victime de plusieurs trous noirs depuis l'accident et qu'il entretenait des pensées suicidaires à cause de la culpabilité qui le rongeait depuis la mort de Paul Macron.

La procédure s'était avérée étonnamment aisée. Il ne lui restait de toute façon que cinq ans à purger avant une retraite forcée – en fait, ils avaient été trop heureux de se débarrasser de lui. De faire le vide dans son bureau. De l'envoyer dehors retrouver les hommes qui ne se régénéraient pas. Histoire d'apporter du sang neuf dans les locaux de la police.

Calque avait quitté le bâtiment sans un regard en arrière. Et, cerise sur le gâteau, son ex-femme, qui lui coûtait une fortune, n'aurait dorénavant plus droit à la pension qu'il prélevait chaque mois sur son maigre salaire. Tout cela après s'être vu réformé pour blessures, avec tous les honneurs et un dossier limpide. Et, parce qu'on l'avait jugé incapable de fonctionner à cent pour cent du fait des préjudices – sans parler du stress posttraumatique – subis dans l'exercice de ses fonctions, l'État prendrait maintenant en charge une part significative de ses dépenses ; et l'État, il ne le savait que trop, n'était pas du genre à jouer les consciences coupables.

Souriant intérieurement, le policier se recala contre le dossier de son semblant de fauteuil et dirigea ses jumelles vers l'entrée principale de la demeure de la comtesse. Il observait l'endroit jour et nuit depuis des semaines, maintenant. Cette routine était devenue sa façon de vivre. Il avait tout misé sur la certitude que la propriétaire des lieux avait cherché à faire profil bas durant quelques mois après la mort de son fils adoptif : pas de brouillage de pistes, pas de réunion de clan. Et, jusque-là, il ne s'était pas trompé.

Mais Calque savait que ça ne durerait pas. Cette femme avait le sang aussi froid qu'un serpent. Il ne pouvait concevoir qu'elle ne chercherait pas à se venger d'Adam Sabir pour le meurtre de ce dément de Bale. Et Sabir avait montré à plus d'une occasion qu'il était aveugle devant le danger.

Calque avait donc décidé de consacrer les premiers jours de sa retraite anticipée à faire ce pour quoi il était le plus doué : protéger le public. Sauf qu'ici, le public se composait d'un seul personnage, l'écrivain américain Adam Sabir. Avec non pas les forces de l'ordre et tout leur attirail légal pour le soutenir, mais simplement un ex-policier à la limite de l'obésité, plus qu'instruit et définitivement sous-payé.

Pourquoi faisait-il cela ? Par ennui ? Par dépit ? Par rancœur pour avoir vu son extravagante mais déclinante carrière tronquée de la sorte ? Non, rien de tout cela. Mais, voilà, Sabir avait touché une corde étonnamment sensible chez un Calque qui, d'habitude, ne donnait pas dans la sensiblerie, avec ses mystérieux récits sur le Second Avènement et sur l'Apocalypse dont la date approchait à grands pas et que Nostradamus avait prédits dans ses cinquante-deux prophéties perdues – prophéties que Sabir avait réussi à mémoriser avant son règlement de comptes final avec Achor Bale. La vanité intellectuelle de Calque – ainsi que sa colère républicaine latente – avait été piquée au vif par la certitude innée de la comtesse qu'elle et sa descendance aristocratique finiraient toujours par gagner.

L'autrefois cynique Joris Calque, dans sa nouvelle version du « chevalier errant », avait donc assisté aux funérailles d'Achor Bale, pour noter, non sans satisfaction, l'absence de ses douze frères et sœurs.

Mais il savait que la comtesse finirait par les convoquer un jour ou l'autre. Pour les mettre au pas. Et ce n'était pas le téléphone ni Internet qui le feraient – trop de failles et d'opportunités pour une surveillance discrète. Cela voulait dire que ses enfants devraient retourner en personne au domaine de Seyème – et dans la chambre secrète que l'un des agents de Calque avait découverte par hasard derrière la bibliothèque. Car c'était là que le Corpus Maleficus se réunissait. Là qu'ils élaboraient leurs machinations.

Et c'était là que Joris Calque avait illégalement dissimulé un magnétophone à commande vocale tandis qu'il fouillait – de façon parfaitement légale, cette fois – la maison de la comtesse, quelque cinq mois plus tôt.

2

Le fraîchement titré Abiger de Bale, chevalier, comte de Hyères, marquis de Seyème, pair de France, *primus inter pares*, poussa son frère jumeau devant lui dans le TGV.

– Allez, Pollux, bouge tes fesses !

– Arrête de m'appeler Pollux. Mon nom, c'est Vaulderie.

– D'accord. Je t'appellerai Vaulderie, si tu préfères. Vicomte Vaulderie. Ça te va ? Moi, ce nom me fait plutôt penser à une maladie vénérienne…

Les jumeaux prirent place l'un en face de l'autre dans le wagon de première classe. Vaulderie frappa d'un coup de poing le coussin de son siège.

– Pourquoi je resterais un simple vicomte alors que toi, te voilà comte ? Pourquoi ce serait toi qui hériterais du titre de Rocha ?

– Parce que j'étais le dernier à émerger du ventre de maman. C'est le Code Napoléon. Le dernier sorti est le premier à avoir été conçu. C'est la primogéniture constructive, mon pote. Réfléchis, enfin. Si Clovis n'avait pas existé, notre ange déchu de sœur en aurait hérité à ma place. Deux ans de plus que moi… *Maltho ti afrio lito.*

– Ça veut dire quoi ?

– La loi salique, abruti. La primogéniture mâle. C'est ça qui nous a sortis de la galère.

– Non, ce que tu disais… dans une drôle de langue.

– C'est la seule phrase entière qui nous reste en vieux français : « Je te dis. Je te libère. À demi libre. » Un vrai charabia, évidemment. Sois déjà content d'avoir un titre. Si Rocha n'avait pas laissé ce salaud de flic lui tirer dessus, tu serais resté roturier toute ta vie. Maintenant, tu es un vrai vicomte ; tu leur montres ta chevalière gravée aux armes de la famille et elles se pâment toutes d'extase. C'est ce que je fais depuis des années.

Vaulderie envoya un autre coup de poing dans le coussin de son siège. Plus violent, cette fois.

– Ce n'est pas juste ! Si on était nés en Angleterre, c'est moi qui aurais été l'aîné. Le premier né est considéré comme le plus âgé, là-bas.

– Dans ce cas, heureusement pour moi qu'on n'est pas nés là-bas. On aurait eu un idiot à la tête de la famille.

Les deux frères, malgré leurs vingt-cinq ans, commencèrent à se bagarrer. En les voyant, un contrôleur qui n'était pas de service ce jour-là – et qui usait des privilèges de son métier pour voyager gratuitement en première – pensa combien il était heureux que la France soit une république. C'étaient toujours ces jeunes aristos, en sortie de week-end, qui fichaient la pagaille dans ses trains. Il voyait leurs chevalières étinceler tandis qu'ils se jetaient à la gorge l'un de l'autre.

– Ça suffit, lâcha-t-il en se plantant dans le couloir avant de leur brandir son insigne sous le nez. Je ne veux pas de bagarre ici, vous m'entendez ?

Les deux jeunes hommes se redressèrent et se recoiffèrent d'une main nerveuse.

– Désolé, Monsieur. On s'amusait, en fait.

Le contrôleur resta un instant interloqué. Il s'était attendu à des ennuis. Ces deux-là montraient tous les signes distinctifs de leur classe : une coupe de cheveux ridicule, un costume de flanelle grise qui semblait leur aller comme une seconde peau, pas une once de graisse en trop – de l'escrime, peut-être, ou du tennis dans un club privé ultra chic avec une liste d'attente de cinq ans. Lorsqu'il les regarda de plus près, il fut étonné de constater que c'étaient de vrais jumeaux.

Il haussa les épaules, désarmé par la courtoisie qu'ils montraient.

– Je ne prendrai pas vos noms, cette fois, car on entre en gare et que je descends là. Vous avez de la chance, vous vous en tirez même très bien. Mais faites attention, il y a des caméras de surveillance dans ce train.

– Oui, on les a vues.

Les deux frères se sourirent, comme en écho à une blague télépathique. Le contrôleur hésita, tenta d'en dire plus – de marquer ces jeunes voyous de la haute. Puis il haussa de nouveau les épaules et s'éloigna dans le couloir. De toute façon, ne descendait-il pas à la prochaine station ? Dans vingt minutes, il serait de retour chez lui, auprès de sa femme. Pourquoi compliquer les choses ?

– On y va ? lança alors Abiger en donnant un coup de pied espiègle à son frère.

– Tu es dingue ! On sera forcés de prendre un autre train. Et on sera en retard pour madame notre mère. Elle pourrait même nous demander ce qu'on faisait de si important pour manquer le début de la réunion.

– Oh, allez, Vau… vis dangereusement, pour une fois. On est trop vieux pour se faire corriger par un fossile comme lui. Et puis c'est moi le chef de famille, maintenant.

– C'est madame notre mère, le chef de famille. Toi, tu n'es que son lieutenant technique. Et une brute, en plus. Ça, je suis prêt à le reconnaître.

Abiger de Bale bondit en avant comme s'il cherchait à reprendre la bagarre interrompue un peu plus tôt par le contrôleur. Mais il se ravisa soudain. Un sourire se dessina sur ses lèvres, et son regard glissa de son frère vers le dos de l'homme qui continuait de s'éloigner.

– Ce ver de terre a insulté le CM, Vau. Moi, je dis qu'on doit se venger.

Durant vingt-quatre ans, Vaulderie avait aveuglément obéi aux ordres de son frère, l'avait suivi partout où il allait et s'était même fait punir à sa place. Ce n'était pas aujourd'hui qu'il allait lui dire non. Après la mort de Rocha de Bale, leur frère adoptif – celui que le monde extérieur connaissait maintenant sous le nom d'Achor Bale –, tout avait changé. Ce qui était caché était à présent dévoilé. Ce qui restait jusque-là obscur devait maintenant être révélé. Le Corpus Maleficus allait enfin prendre la place qui était la sienne, tenir le rôle qui était le sien : une force sans limites derrière un ordre nouveau.

Vaulderie lâcha un soupir résigné.

– D'accord, on y va.

3

Dès leur descente du train, les garçons emboîtèrent discrètement le pas au contrôleur. Si leur cible possédait une voiture, l'un des deux pouvait se procurer un véhicule tandis que l'autre continuerait de filer leur cible tout en restant en contact via leur téléphone portable.

Mais le contrôleur n'était pas motorisé, et ils constatèrent assez vite qu'il habitait à quelques minutes de marche de la gare – cheminot jusqu'au bout des ongles. Instinctivement, par pure intuition, les garçons décidèrent de ne pas s'attaquer à lui dehors.

Autant régler le problème chez lui, loin des regards extérieurs. Cette expectative n'en était que plus réjouissante.

À un moment donné, l'homme s'arrêta, inclina la tête, comme s'il écoutait quelque chose passer sous lui. Ses poursuivants se figèrent, à la fois visibles et invisibles, à une cinquantaine de mètres derrière lui. D'après leur expérience, une cible ne se retournait jamais. Qui s'attendrait en effet à être suivi, dans une rue de banlieue, en plein après-midi, au cœur de la France profonde, au milieu des mamans venues récupérer leurs enfants à l'école et des postiers en train d'accomplir leur dernière tournée ?

Les garçons s'arrêtèrent à nouveau lorsqu'ils virent le contrôleur hésiter devant la porte d'entrée de son immeuble, cherchant ses cigarettes dans la poche où se trouvaient ses clés. Allait-il tourner à la dernière minute pour se diriger vers le tabac du coin de la rue ? Allait-il s'en griller une juste avant de retrouver sa femme ? Dans ce cas, les jumeaux savaient qu'ils seraient forcés d'abandonner leur traque et de repartir vers la gare.

Car, malgré leur bravacherie, chacun, à sa manière, craignait madame leur mère, plus que n'importe quoi au monde. Elle était comme Agaberte, fille d'un géant nordique, Vagnoste, qui savait se transformer d'une vieille ratatinée en une femme si grande qu'elle était capable de toucher le ciel, retourner les montagnes, arracher les plus grands arbres et assécher les rivières les plus profondes. Abi et Vau étaient ses esclaves depuis l'enfance, et aucune puissance au monde ne pouvait prétendre briser son pouvoir sur eux.

Le contrôleur ouvrit la porte et les deux garçons se précipitèrent pour ne pas se retrouver face à un verrouillage quelconque. Vau saisit le battant juste avant qu'il ne se referme et Abi se glissa dans l'entrebâillement, l'œil déjà rivé sur l'escalier qui montait devant lui.

Chaussures à la main, ils grimpèrent en silence les marches de ciment. Comment pouvait-on supporter de vivre de la sorte ? L'argent et le pouvoir étaient là, à la disposition de tous. Un peu de courage pour s'en emparer, et le tour était joué.

Le contrôleur entrait maintenant dans son appartement et appelait sa femme.

Abi se planta à ses côtés et lui toucha le bras.

– Monsieur, on peut vous parler ?

4

Quelques années plus tôt, les frères avaient reçu une série de bâtons de combat télescopiques et lestés de plomb, conçus et fabriqués spécialement pour eux. Longs de vingt centimètres, ils se glissaient parfaitement dans la manche d'une veste où ils tenaient en place grâce à une dragonne et un double bouton.

Bien que composés principalement de caoutchouc, les bâtons ne passaient pas le détecteur de métaux à cause du plomb qu'ils contenaient, et devaient donc, dans un avion, voyager en soute avec les bagages – ou cachés, par exemple, dans un fourreau de pêche. En train ou en voiture, en revanche, c'était l'idéal. Une fois sortis de leur étui, ils retrouvaient d'un simple coup de poignet leur longueur originale de soixante centimètres, non sans garder assez de rigidité pour atteindre aisément leur cible.

Ils pouvaient tuer, bien sûr, si l'on en usait de façon agressive, mais leur fonction première était défensive – ils étaient censés calmer l'adversaire. En dix secondes, un homme se retrouvait paralysé après un seul coup derrière les genoux. Les jumeaux jugeaient donc que c'était là la meilleure réponse à des circonstances extrêmes. L'un d'eux attirait l'attention de la cible pendant que l'autre la frappait par-derrière. Jamais cette arme ne les avait trahis. Un être terrifié et à terre, une jambe intacte mais inutile, n'avait plus rien à voir avec un homme en colère et en possession de tous ses moyens physiques.

Le contrôleur se recroquevilla en position fœtale à l'entrée de son appartement et fut saisi de haut-le-cœur, comme un chat essayant de régurgiter une boule de poils. Sa femme arriva en trombe de la cuisine où elle préparait le dîner. Pour faire bonne mesure, Vau lui asséna deux coups, un derrière chaque genou. Elle s'effondra par terre puis tendit les bras, telle une postulante lors d'une cérémonie pascale.

Abi referma la porte et, aidé de son frère, traîna le couple jusqu'au salon.

Vau alluma la télévision.

– Explosion due au gaz ou double suicide ?

Le contrôleur tenta alors de se redresser, mais Vau le frappa derrière l'autre genou.

– Silence. Face contre terre et pas un mot, tous les deux. Compris ?

La femme était inconsciente – le choc, sans doute. Les garçons savaient que leurs victimes pouvaient avoir des réactions diverses. Les femmes étaient particulièrement vulnérables aux soudaines explosions de violence, alors que les hommes se débattaient souvent, ce qui demandait de les « calmer » davantage.

Abi claqua des doigts dans un geste de triomphe.

– Non, non. Attends, j'ai une autre idée. On va faire d'une pierre deux coups.

– Comment ça ?

– Attends-moi ici, ça ne prendra pas plus de dix minutes. Une petite surprise…

Vau regardait à présent par la fenêtre d'un air intrigué. Il referma son bâton et le rentra dans sa manche. Pas un seul instant il n'avait laissé perler une goutte de transpiration.

5

Abi avait dépassé la Jaguar en sortant de la station-service. La voiture avait capté son attention au milieu des Peugeot et Renault qui emplissaient les rues. La voiture d'un mac, sans doute, ou celle d'un veinard qui avait gagné au loto et n'arrivait pas à quitter son ancien quartier. Peut-être allait-il rendre visite à sa vieille mère…

Il ne fallut pas une minute à Abi pour en déjouer le système d'alarme. Depuis l'adolescence, il volait des voitures et considérait cela comme son principal talent. Durant leur jeunesse, madame sa mère les avait inscrits, lui et Vau, dans l'une des meilleures écoles de vol de véhicules, et il lui en restait infiniment reconnaissant. Cela lui avait donné un pouvoir indéniable.

Il gara la voiture juste devant l'appartement du contrôleur et actionna le mécanisme d'ouverture du coffre. Vau l'observait depuis la fenêtre de leur victime. Abi lui articula d'en bas quelques paroles muettes et Vau acquiesça.

Moins d'une minute plus tard, il émergea de l'immeuble en portant le contrôleur sur ses épaules comme l'on soutient un homme ivre après une nuit trop arrosée en ville.

Abi avait entre-temps refermé le coffre et tenait la portière passager ouverte, le dossier du siège avant rabattu. Il jeta un coup d'œil alentour puis hocha la tête. La vitesse était de rigueur dans ce genre de situation : la moindre hésitation pouvait se révéler fatale. Ni lui ni Vau n'étaient fichés à la police, et il avait bien l'intention que cela reste ainsi.

– Montez. Et gardez la tête baissée.

Le contrôleur se coucha à plat ventre sur le sol, entre les deux sièges de la Jaguar.

– Et ma femme ? Qu'est-ce que vous allez faire d'elle ?

Sa voix tremblait. Il se posa une main sur la jambe, comme pour en constater les dégâts.

– Ne vous en faites pas, colonel. Elle vient avec nous.

Une fois qu'ils furent sortis de la ville, Vau stoppa la voiture et les jumeaux transférèrent le contrôleur et sa femme dans le coffre de la Jaguar. C'était un peu étroit mais, apparemment, pas assez pour que le couple étouffe à l'intérieur. Tous deux avaient fait sur eux, ce qui évitait de devoir s'arrêter en route pour une petite pause technique.

Vau regarda un instant son frère puis lâcha :

– Je sais exactement ce que tu penses. Mais on n'y arrivera jamais. On ne prend pas de vitesse un TGV. Ces engins-là, ça fonce à plus de trois cents kilomètres à l'heure.

– Trois arrêts, répliqua Abi. Ils ont trois arrêts à faire. Et, à partir de là, ils réduisent nettement leur vitesse en longeant la côte. Je te file mille euros si on rejoint madame notre mère vingt minutes avant l'heure prévue.

– D'accord. Tu veux prendre le volant ?

– Non. Tu conduis mieux que moi.

Vau prit la direction de l'autoroute et passa tranquillement le poste de péage.

6

Ils atteignirent le phare du cap Camarat avec quatorze minutes d'avance. En contrebas, les rochers émergeaient de l'eau, blanchâtres sous la froide lueur de la lune.

– Franchement, Abi, tu n'as pas l'intention de t'en débarrasser ici ? On n'est qu'à quelques kilomètres de la maison…

– Regarde, rétorqua son frère en brandissant un téléphone portable, ça doit appartenir au mac à qui possède cette voiture.

– Et alors ?

– Alors ? Alors, tout ! On les sort du coffre, on leur donne les clés et on les laisse filer.

– Tu es complètement fou !

– Attends, j'ai une meilleure idée… Avant, on téléphone à un endroit que je connais en Afrique du Sud et on télécharge un film. Ça va prendre des heures et coûter un maximum. Ensuite, on planque le portable sous un siège de la Jaguar et, après, on téléphone aux flics pour prendre des nouvelles de notre voiture volée, dont on a déclaré la disparition quelques heures plus tôt. On leur demande s'ils se souviennent de notre coup de fil ; on leur dit que c'est peut-être un autre qui a reçu l'appel à ce moment-là. Ils en auront de toute façon la trace. Ensuite, on raconte aux flics qu'on vient de se souvenir qu'il y a un téléphone dans la voiture, et on leur donne le numéro et le nom du serveur. Après, on les laisse faire leur boulot.

– Je ne pige toujours pas.

– Bon sang, Vau ! Les flics essaient de traquer ce portable. Par chance, ils découvrent que la ligne est ouverte. Ils peuvent à ce moment-là localiser la voiture à trois mètres près. Alors, ils foncent et coincent les deux losers qui sont dedans.

– Mais les deux vont s'empresser de leur dire ce qu'on leur a fait.

– Tu crois ? Tu crois vraiment qu'ils raconteront avoir été kidnappés et emmenés à trois cents kilomètres de là par deux types à qui le contrôleur avait fait des réprimandes dans le train ? Qu'ils se sont fait ensuite tranquillement remettre les clés de la voiture volée et que, pour fêter ça, ils se sont maté un film pédoporno ? Quand les flics en auront fini avec eux – s'ils en finissent avec eux –, le contrôleur et sa femme n'en auront, eux, pas terminé avec le mac qui possède la Jaguar. N'oublie pas qu'ils viennent de dépenser trois mille euros via le portable du gars, tout en le stigmatisant comme pédophile au passage, ce qui ne gâte rien.

– Génial, Abi, tu es génial !

Ce dernier utilisa son propre téléphone pour appeler un taxi.

– Tu as raison, c'est génial. Pourquoi se fatiguer à tuer des gens quand on peut simplement détruire leur vie avec une once d'imagination ?

7

Geneviève de Bale, comtesse douairière de Hyères, regardait, du haut des marches du château de Seyème, ses jumeaux adoptifs descendre de leur taxi. C'étaient les derniers de ses enfants à arriver, ce qui la laissait légèrement irritée.

– C'est à huit heures dix que je t'attendais.

Elle se pencha vers sa secrétaire particulière, Mme Mastigou, qui consulta sa montre-broche et lui souffla l'heure exacte.

– Abiger, tu as vingt minutes de retard. J'espérais que tu me rejoindrais sur le perron pour accueillir tes frères et sœurs. C'est toi le comte, maintenant. Je suis veuve et tu n'es pas encore marié ; il aurait été plus convenable que tu accueilles ta famille à mes côtés. Pourtant, je me retrouve à attendre seule ici.

Abi baisa la main de madame sa mère, avant de la porter à son front. Puis il descendit de quelques marches et expliqua :

– Vaulderie et moi avions une petite affaire à régler. Que vous auriez approuvée, je peux vous l'assurer. S'il vous plaît, pardonnez-moi.

Sur la colline d'en face, Joris Calque jouait avec ses jumelles de nuit, non sans maudire la lune gibbeuse et les nuages qui l'obscurcissaient.

La comtesse se pencha et embrassa le crâne de son fils aîné. Vau se pressa auprès d'elle dans l'espoir de recevoir le même accueil, mais il dut se contenter d'une simple main posée sur son visage.

Elle ne changera jamais, sembla-t-il dire à son frère avant de rentrer précipitamment.

– Bien sûr que je te pardonne, mon chéri.

La mère et son fils adoptif demeurèrent un instant à considérer l'obscurité environnante, comme si une caméra invisible les filmait pour la postérité.

Puis Abi prit le bras de sa mère et ils suivirent Mme Mastigou dans la maison.

8

Calque se cala contre le dossier de son fauteuil gonflable et chercha ses cigarettes. Normalement, à cette heure, il n'aurait jamais osé l'allumer de crainte de trahir sa position ; mais, aujourd'hui, il se devait de fêter les événements. Il avait de nouveau d'assez bonnes chances de réussite.

Milouins, le majordome, avait été le premier à émerger de la maison, autour de quatre heures, cet après-midi. Après une courte pause pour renifler l'air, il s'était mis à ratisser la cour en décrivant des spirales dignes d'un jardin zen. Puis l'un des valets de pied était apparu avec un seau et un balai afin de nettoyer les marches du perron. Enfin, le jardinier avait fait son entrée en scène pour tenter de s'emparer du râteau que tenait Milouins ; une altercation s'était ensuivie et il avait perdu la partie.

Le jardinier s'était alors retiré sans le râteau en traînant des pieds sur le gravier tout juste ratissé. Le valet, estimant qu'il se moquait du monde, avait jeté ce qui restait du contenu de son seau dans la direction du coupable.

Calque décida de s'enquérir de l'identité du jardinier et de l'approcher pour obtenir discrètement des informations sur l'organisation de la maison – les domestiques désabusés, les épouses désenchantées et les parents déshérités constituaient depuis longtemps la majeure partie de son répertoire.

Après l'agitation initiale des préparatifs, il y avait eu une pause de trois heures, durant laquelle Calque s'était endormi à six reprises – il se tenait à son poste depuis l'aube et n'était tout de même pas de la première jeunesse. Vers huit heures du soir, lors d'un de ses moments de veille, la comtesse était apparue sur les marches, son assistante, la toujours élégante Mme Mastigou, à ses côtés. Puis, à huit heures quinze, la première d'une série de cinq voitures était venue se garer devant le perron.

Les hôtes étaient venus les uns après les autres baiser la main de l'imperturbable maîtresse des lieux, avant de recevoir d'elle en retour quatre baisers – deux sur chaque joue.

Puis les voitures s'étaient retirées, laissant la comtesse et Mme Mastigou contempler en silence la cour abandonnée, tels les derniers invités d'une soirée musicale.

Peu de temps après, un taxi était venu déposer deux hommes. La piètre lumière du soir avait empêché Calque de distinguer leurs visages – ils semblaient néanmoins faire exception aux règles habituelles de la comtesse, car elle fit un pas en avant pour les accueillir, impliquant par là qu'ils se trouvaient légèrement plus haut dans la hiérarchie que les autres arrivants.

L'un des hommes avait alors disparu dans la maison, tandis que son compagnon et la comtesse étaient demeurés dans la faible lumière du perron.

Le temps que Calque parvienne à ajuster ses jumelles, les deux s'étaient retournés pour entrer à leur tour à l'intérieur.

9

Assise devant une feuille de papier vélin, Mme Mastigou attendait que la comtesse prenne la parole.

L'attente était tout aussi palpable dans la salle hermétiquement close où se tenait l'assemblée. C'était la première fois en cinq ans que tous les enfants adoptifs de la comtesse se retrouvaient ensemble, et Mme Mastigou devinait clairement la tension derrière la contenance glacée de sa patronne.

Milouins, le majordome, avait été posté en surveillance devant la porte dérobée de la bibliothèque, et l'un des valets faisait office de videur dans le salon, s'assurant qu'aucun domestique de la demeure ne tenterait de violer le périmètre de sécurité ainsi formé. De l'autre côté, dans la pièce secrète, la comtesse se tenait en bout de table, tandis que ses enfants, strictement placés par ordre d'ancienneté, occupaient les places restantes à sa droite et à sa gauche.

Leur âge s'étendait de vingt-sept ans pour Lamia de Bale, l'aînée, à dix-huit ans pour Oni de Bale, le plus jeune – un géant de plus de deux mètres, dont les yeux rouges et la peau d'albinos étaient la marque de fabrique de la famille.

Abiger et Vaulderie, les mâles les plus âgés – et donc les premiers à hériter des titres respectifs de comte et de vicomte –, s'étaient vu attribuer les deux sièges supérieurs, bien qu'ils soient de deux ans plus jeunes que leur sœur. À l'autre extrémité de la table, une chaise restait vide. Devant elle se trouvait une épée, une chevalière ainsi qu'une écharpe de brocart rouge à la mémoire de leur frère Rocha.

Pour un œil froidement détaché, il était évident que chacun des enfants adoptifs de la comtesse avait reçu les marques caractéristiques qui les distinguaient du *vulgum pecus.*

La plus âgée, Lamia, possédait une tache de naissance écarlate qui lui mangeait la moitié du visage – vue d'un côté, elle était ravissante, tandis que, de l'autre, sa beauté était gâchée par ce qui ressemblait à un morceau de gaze ensanglanté plaqué sur sa peau. Athame, sa sœur cadette, était quasiment naine, avec de petits membres atrophiés. Berith, le jeune homme assis légèrement plus bas qu'elle, avait un bec-de-lièvre. Rudra de Bale, lui, boitait à cause d'un pied-bot, et Aldinach était hermaphrodite, une particularité qui ne se manifestait qu'à la délicatesse de certains de ses gestes – à la vérité, il lui convenait par moments de se vêtir en femme, et à d'autres, en homme.

Plus bas dans la lignée venait Alastor de Bale, atteint de cachexie, une maladie qui faisait apparaître Asson, son voisin le plus proche, nettement plus imposant que ce qu'il n'était en réalité. Quant à Dakini de Bale, vingt et un ans, elle avait les cheveux surnaturellement longs, encadrant un visage qui semblait figé dans une sorte de rictus malveillant ; et sa sœur de vingt ans, Nawal, souffrait, elle, d'hirsutisme, ce qui lui donnait quasiment une tête d'animal.

Chacun des treize enfants s'était entendu dire, depuis sa plus tendre enfance, qu'ils avaient ainsi reçu de Dieu une grâce spéciale. De sorte qu'ils considéraient leur affliction non pas comme une tare, mais comme la marque d'une sélection particulière. La comtesse leur avait aussi expliqué que, grâce à la vogue d'une sorte de sentiment de culpabilité dans la populace décadente du XXIe siècle, ils pouvaient même, en cas de crise, utiliser leur maladie pour détourner toutes sortes de soupçons sur eux-mêmes en les dirigeant sur d'autres.

En observant l'assemblée réunie devant elle, la comtesse ne put dissimuler sa satisfaction. Si son époux avait ressuscité le quasi moribond Corpus Maleficus, c'était à son instigation personnelle. La première fois qu'il lui avait décrit la cabale – et les buts auxquels aspirait sa famille depuis près de huit cents ans –, c'était juste quelques jours avant leur mariage. Le comte s'était alors presque excusé, comme s'il avait été forcé de faire appel à un ancêtre enseveli dans le caveau familial afin d'éviter que sa future femme ne l'apprenne de sources extérieures et moins bien intentionnées.

La comtesse – habituée, depuis sa plus tendre enfance, à recevoir l'attention la plus complète de sa large famille, de par sa position d'héritière unique de la considérable fortune de ses parents – avait aussitôt saisi l'éclatante puissance de cet héritage. Elle se sentait passer peu à peu d'une étreinte non charnelle à une autre, infiniment préférable. Avant cela, elle avait simplement deviné, grâce aux subtiles allusions de son père, qu'elle investirait avec sa fortune dans quelque chose de plus grand qu'un simple nom, sans toutefois réaliser tout à fait ce à quoi elle s'engageait avec cette union. Aujourd'hui, cependant, elle le savait.

— On ne peut pas laisser mourir un tel héritage.

Son fiancé avait souri.

— Comment ressusciter un mort ? Le corps extérieur et l'épiderme ont commencé à expirer avec les derniers vestiges de l'ancienne aristocratie, après le désastre de la Grande Guerre. Le corps intérieur et ses organes vitaux ont finalement péri avec ma virilité, le lundi 3 juin 1940, pendant le bombardement de Paris. Vous souvenez-vous du film de Jean Renoir, *La Grande Illusion* ? Des personnages joués par Pierre Fresnay et Erich von Stroheim ? Les aristocrates de la vieille garde se reconnaissant mutuellement et constatant qu'ils n'étaient plus utiles à la société ? Eh bien, Renoir avait raison. Nous sommes fatigués et hors course.

La comtesse s'était tournée vers lui, révélant pour la toute première fois le feu intérieur qui l'habitait.

— Von Stroheim n'était pas un aristocrate mais le fils d'un simple modiste juif. Le père de Fresnay était un huguenot, qui avait donc les catholiques en horreur. Quant au père de Renoir, c'était un peintre qui représentait les femmes comme des êtres faits de massepain. Qui sont ces gens pour vous dire que votre classe est maudite ?

Se tournant vers lui, elle avait ajouté :

– Je n'accepterai pas cela. Un homme n'a pas besoin d'un membre en état de marche pour être un homme. Une institution n'a pas besoin de l'approbation de l'État pour lui donner du poids. La fleur de la tradition chevaleresque française ne devrait pas avoir besoin de la permission de ses inférieurs pour fêter ses réussites passées et préparer ses triomphes à venir.

Le comte avait continué de sourire.

– Ses triomphes à venir ? Pour des raisons qui me sont totalement étrangères, il semblerait que je sois le dernier de ma lignée. Plus de mille ans d'histoire mourront avec moi, ma chère. D'où viendront ces triomphes futurs que vous évoquez ?

C'est alors qu'elle lui avait parlé de ses projets d'adopter une nouvelle génération de soldats pour la seule cause des de Bale ; lui avait dévoilé la véritable importance de sa fortune, en lui précisant comment tous deux pouvaient la mettre à profit. Et, peu à peu, le visage du comte s'était éclairé. Son expression avait changé.

– Vous croyez vraiment cela possible ? Je suis un vieil homme.

– Mais moi, je suis jeune. Je vous représenterai. Je me battrai pour notre statut de pairs héréditaires de France.

– Pourquoi ? Pourquoi feriez-vous cela ?

Elle avait hésité quelques secondes, presque comme si elle n'avait aucune réponse à sa question. Puis elle lui avait pris la main et l'avait placée sur son cœur avant de souffler :

– Parce que c'est ma destinée.

Plus tard, seulement, bien après leur mariage, la comtesse avait compris avec quelle finesse le comte l'avait amenée à décider d'accomplir ce que lui-même avait toujours désiré avec tant d'ardeur.

10

Ainsi donc, le temps était venu. La comtesse poussa de côté le document dont l'ancienne codification avait causé tant de problèmes à ce capitaine de police trop curieux. Comment s'appelait-il, déjà ? Clique ? Claque ? Celui qui ne l'avait pas lâchée d'une semelle lors de la course à la mort de son fils aîné, un peu plus tôt, au printemps. Elle en connaissait les termes par cœur.

– Qui sommes-nous ?

– Nous sommes le Corpus, répondirent ses enfants à l'unisson.

– Quel Corpus ?

– Le Corpus Maleficus.

– Et que faisons-nous ?

– Nous protégeons le royaume.

– Et qui est notre ennemi ?

– Le diable.

– Et comment le vaincrons-nous ?

– Nous ne le vaincrons jamais.

– Et comment le renverserons-nous ?

– Nous ne le renverserons jamais.

– Alors, quel est notre but ?

– Le retard.

– Et comment l'obtenons-nous ?

– En servant l'ombre noire du Christ.

– Et qui est-ce ?

– L'*antimimon pneuma*. L'esprit contrefait.

– Et quel est son nom ?
– L'Antéchrist.
– Et comment le servons-nous ?
– En détruisant la parousie.
– Et qu'est-ce que la parousie ?
– C'est le Second Avènement du Christ. Incarné par le frère de Satan.
– Et comment le reconnaîtrons-nous ?
– Un signe vous sera donné.
– Et comment le tuerons-nous ?
– Il sera sacrifié.
– Et quelle sera notre récompense ?
– La mort.
– Et quelle est notre loi ?
– La mort.
– Et comment l'accomplirons-nous ?
– Par l'anarchie.
– Et qui sont nos frères et sœurs ?
– Nous les reconnaîtrons.
– Et qui sont nos ennemis ?
– Nous les reconnaîtrons.
– Et qui est le troisième Antéchrist ?
– Nous le reconnaîtrons et le protégerons.
– Et qui est le Second Avènement ?
– Nous le reconnaîtrons et le tuerons.

La comtesse exécuta un signe de croix à l'envers, suivi du signe du pentacle renversé, tout comme son fils, Achor Bale, l'avait fait quelques courtes heures avant de mourir.

– Et saint est le nombre de la Bête.

Les enfants psalmodièrent les réponses aux questions de la comtesse, les yeux révulsés sous leurs paupières closes. Tandis qu'ils parlaient, leurs mains elles aussi faisaient le signe de croix à l'envers, démarrant de leur entrejambe pour remonter jusqu'à la base de leur cou. Puis vint le signe du « pentacle à six faces », partant lui aussi du bas vers le haut du corps.

Lorsque les invocations furent terminées, la comtesse vint se placer derrière la chaise vide d'Achor Bale. Elle se baisa les doigts et les posa tendrement sur le manche de son épée.

– Vous réalisez, bien sûr, que la mort de Rocha est le résultat direct des recherches qu'il avait entreprises au nom de la société ?

Un soupir général lui répondit.

– C'est à ma demande qu'il a suivi l'homme nommé Sabir. C'est à ma demande qu'il est intervenu après la découverte par ce même Sabir des prophéties perdues de Nostradamus. Il est mort en accomplissant son devoir pour le Corpus.

Abiger se tourna vers son frère. Il avait peine à retenir son sourire. Il savait ce qui allait suivre.

– Un espion dans la maison du défroqué Nostradamus – un espion au service de l'un de vos plus nobles ancêtres, Forcas de Bale – a alerté son maître quant au contenu potentiel des prophéties. Le comte se dirigeait vers Agen quand il apprit la nouvelle de la mort de Nostradamus. Lorsqu'il arriva, les prophéties avaient déjà été dispersées et le devin enterré. Il fallut attendre près de quatre cent cinquante ans pour les voir réapparaître. Nous, membres du Corpus, avons la mémoire longue. Une promesse est une promesse. Liés à vie par le serment.

– Liés à vie par le serment, répétèrent les enfants en écho à ses paroles.

– Abiger… lança la comtesse en se tournant vers son fils aîné. Le temps est venu pour toi et ton frère de partir pour l'Amérique. Tu retrouveras l'homme Sabir. D'abord, vous lui soutirerez les secrets des prophéties de la manière que vous jugerez la mieux appropriée. Puis vous vengerez le meurtre de votre frère. Me suis-je bien fait comprendre ?

– Parfaitement, madame.

La comtesse s'adressa alors à sa fille aînée.

– Lamia, tu n'as pas fait le signe de croix renversé. Fais-le maintenant, s'il te plaît.

La main de Lamia remonta lentement vers sa gorge. La tache framboise qui lui gâtait la moitié du visage vira à l'écarlate.

– J'attends.

– Je ne peux pas le faire, madame, lâcha sa fille en secouant la tête.

Ses frères et sœurs la regardèrent comme des chiens sauvages prêts à tuer.

– Abiger, accompagne ta sœur dans sa chambre. Elle y restera jusqu'à ce qu'elle puisse offrir une explication valable à sa conduite. Informe Milouins de la situation. Vous autres pouvez faire le serment par le sang. Vous serez prévenus lorsque l'on aura besoin de vous.

Oni de Bale regarda sa mère du haut de ses deux mètres.

– Devons-nous poursuivre notre travail, madame ?

Pour toute réponse, la comtesse se détourna et fit un signe à Mme Mastigou qui nettoyait un petit réceptacle d'ivoire. Puis elle s'adressa à Athame, sa fille à la taille de naine, qui souffrait du syndrome d'Ellis-van Creveld. Polydactyle, elle était excessivement adroite de ses douze doigts.

– Athame, sois fidèle à ton nom. Tu dois te faire les entailles obligatoires pour le serment par le sang.

– Oui, madame.

– Mère ?

– Je t'ai entendu, Oni, répliqua la comtesse avant de poser une main légère sur le bras de son plus jeune fils.

Afin de le regarder dans les yeux, elle dut pencher la tête en arrière, sa nuque venant s'appuyer contre le col de son élégant ensemble Dior des années 1950.

– Continue toujours ton travail. C'est la meilleure façon de me plaire. Tourne, tourne, tourne. Ne cesse jamais de brasser le bouillon. Ne laisse jamais les roturiers se reposer. Le démon est un ange affamé, il finira par nous appeler si nous ne le devançons pas. C'est ton devoir premier.

– Oui, madame.

– D'autre part, Oni…

– Oui, madame ?

– Bientôt, j'aurai quelque chose de plus particulier à te demander. Tu dois te tenir prêt pour cela.

Oni se pencha sur sa mère et lui baisa la main.

La comtesse remarqua l'hésitation de Lamia lorsqu'elle se dirigea vers la porte.

– As-tu quelque chose à me dire, ma chère ?

Il sembla un instant qu'elle allait répondre. Puis elle secoua la tête et suivit docilement son frère vers la bibliothèque qui jouxtait la salle.

11

À neuf heures trente précises, le lendemain matin, Joris Calque observait de sa cachette la batterie de chauffeurs venus récupérer leurs clients. Il les compta.

– Trois d'entre eux sont encore à l'intérieur, marmonna-t-il. Deux hommes et une femme, si je ne me trompe pas.

Lors des semaines solitaires qu'il avait passées, dissimulé dans son antre, il lui était plus d'une fois arrivé de se parler à lui-même. Tout à fait conscient de ce nouveau tic, il ne se sentait néanmoins pas près de devenir comme ces hommes qui arpentaient les trottoirs en parlant à des interlocuteurs imaginaires.

S'il lui arrivait de succomber à ce genre de travers, Calque espérait avoir encore assez de sagesse pour se glisser un écouteur dans l'oreille, et ainsi se protéger des forces de l'ordre public auxquelles il avait si longtemps souscrit.

Cela dit, son premier problème, aujourd'hui, n'était pas de s'inquiéter d'une démence naissante, mais plutôt de trouver comment récupérer l'enregistreur à commande vocale caché dans le sanctuaire de la comtesse.

Il se leva et considéra les alentours de son aire. Son temps ici était terminé.

Ni les toilettes chimiques, ni l'odeur de tabac éventé, ni la curieuse lumière qui filtrait par les trous de son filet de camouflage ne lui manqueraient nullement. En revanche, il regretterait les oiseaux, les bruissements des blaireaux, des lapins, des daims et des renards auprès de qui il avait passé les heures les plus lassantes de sa surveillance. Obéissant à une impulsion soudaine, il décida de laisser le contenu de son logement de fortune au braconnier qui le lui avait installé. Cela lui épargnerait le désagrément de tout remballer dans sa voiture, tout en lui servant aussi à couvrir efficacement ses arrières.

Par expérience, Calque savait qu'il n'avait pas la moindre chance de pénétrer dans le domaine de la comtesse pour récupérer lui-même l'enregistreur. Il n'était ni naïf, ni suicidaire, ni particulièrement pressé de connaître l'intérieur des prisons où il avait envoyé tant de malfrats, de pédophiles et de criminels en tout genre au cours de sa carrière d'inspecteur.

Mais il existait une autre voie que le suicide professionnel. Et Calque avait bien l'intention de l'explorer sans plus attendre.

12

Calque regarda le cousin de Paul Macron mettre la dernière main à un volet à claire-voie. De toute évidence, l'homme savait qu'il était observé. Mais comment espérer qu'un ancien légionnaire arrive au galop sous prétexte qu'un capitaine de police – de surcroît à la retraite – se présente à son atelier ? Au moins cela lui donnerait-il le temps de fumer une cigarette.

Alors qu'il s'apprêtait à en inhaler la première bouffée, il vit Macron se déplacer soudain dans sa direction, sa ponceuse à la main.

– Éteignez-moi ce putain de truc ! On n'est pas dans un country club. Il y a assez de bois ici pour enfumer une baleine !

Avec un sourire mielleux, Calque écrasa sous son pied sa cigarette à peine entamée. Il aurait dû s'attendre à cela, aussi. Le cousin de Macron n'avait aucune raison de le considérer autrement qu'avec mépris. Paul Macron avait été tué durant une planque, et sans le concours de la chance et le réflexe totalement suicidaire d'Adam Sabir, jamais la police n'aurait pu mettre un terme au massacre perpétré par Achor Bale.

Aimé Macron s'approcha d'un évier dans le coin de l'atelier et entreprit de se laver laborieusement les mains, le visage et la nuque. En voyant son reflet dans le miroir orné de photos de pin-up, Calque devinait qu'il s'amusait à le faire patienter.

Il ne bougea pas. Lui aussi jaugeait Macron, se demandant s'il devait lui faire confiance quant à une information qui, tombée entre de mauvaises mains, risquait de le précipiter en prison.

– Vous n'êtes plus flic, que je sache ?

Il s'avançait vers Calque, à présent, les yeux baissés, en s'essuyant la nuque.

Le policier eut un instant la tentation de bluffer, prétendre qu'il était encore dans la police, lui brandir sous le nez son badge égaré à bon escient, mais il se ravisa.

– Non, en effet. Comment avez-vous deviné ?

– J'ai vingt ans de Légion derrière moi. Je sais, à la façon dont il se comporte, quand un homme a le pouvoir. Et vous n'en avez plus aucun. Si vous étiez encore flic, vous seriez entré ici d'un air dégagé, sans hésiter à m'interrompre dans mon travail, sachant que c'était votre putain de droit. Mais, au lieu de ça, vous avez attendu que je termine. Les flics ne sont pas aussi délicats, d'habitude.

– Bien vu.

Malgré lui, Calque était impressionné. Il changea alors de tactique et approcha Macron d'une tout autre façon.

– Vous vous souvenez de moi, non ?

– Comment je l'aurais oublié ? C'est par vous qu'on a appris la mort de Paul.

Calque réprima un sursaut. Chaque mot de cet homme touchait une corde sensible chez lui.

– Vous m'avez aidé alors. Vous m'avez fourni de précieux renseignements sur Achor Bale. Pendant qu'il était à la Légion.

Macron sourit, comme s'il comprenait soudain quelque chose. Il alluma une cigarette.

Calque fit la grimace.

Et Macron sourit de nouveau.

– Oui, je me foutais de vous à propos des incendies. Vous en voulez une ?

– Pourquoi ce brusque changement d'attitude ? demanda le capitaine en inclinant la tête.

– Vous tenez vraiment à le savoir ?

– Oui. Vraiment.

– Oui… c'est parce que vous n'êtes plus flic. Je vous préfère comme ça, d'ailleurs. C'est à cause de la mort de Paul qu'ils vous ont fichu dehors ?

– Indirectement, oui.

– Les enfoirés. Ce n'était pas de votre faute. Si ça l'avait été, vous n'auriez pas osé passer le portail.

– J'imagine, oui.

Le policier alluma la cigarette offerte.

Les deux hommes se regardèrent un instant, puis Macron demanda :

– Alors, qu'est-ce que vous voulez, monsieur l'ex-capitaine ?

– Ce que je veux ?

Macron passa la main sur son crâne rasé.

– Ne vous foutez pas de moi, inspecteur. Vous n'êtes pas venu ici pour savoir comment je vais. Ni pour tailler avec moi le bout de gras à propos du bon temps que vous avez partagé avec Paul. Vous ne vous supportiez pas.

Calque le sentait de plus en plus sur la défensive.

– Vous avez raison, Macron. Il me faut un peu plus qu'une info, aujourd'hui. J'ai besoin de votre aide.

Un demi-sourire étira les lèvres du légionnaire.

– L'assassin de Paul est mort. Qu'est-ce que vous attendez de moi ?

Son visage changea brusquement d'expression.

– Vous avez besoin de soudoyer quelqu'un, c'est ça ? Je me trompe ? Et vous vous êtes souvenu que ce bon vieux Macron avait fait de la taule pour coups et blessures mais que, malgré les années, il n'avait pas forcément perdu la main.

– Ce n'est pas du tout ça.

– Alors c'est quoi ?

Calque se sentait totalement idiot. Que faisait-il ici, à demander à un parfait étranger de contrevenir à la loi, après avoir lui-même passé tant d'années de sa vie à la servir ? Autant lui déballer ce qu'il attendait de lui. Qu'avait-il à perdre ? Sa pension ? Elle lui donnait à peine de quoi se fournir en papier-toilette. Son nom ? À quoi lui servait-il dans ce bon pays qui s'appelait la France ? Son intégrité ? Il l'avait perdue en rempochant son badge prétendument égaré.

– Avez-vous des amis ex-légionnaires qui soient pompiers ? À Saint-Tropez, par exemple ?

– Des pompiers ? Vous rigolez ?

Calque jeta sa cigarette dans la flaque d'eau laissée par Macron après ses ablutions frénétiques.

– Pas le moins du monde.

13

Abiger de Bale était assis sur le lit, face à sa sœur.

Le dos tourné, celle-ci regardait fixement par la fenêtre.

– Je ne t'ai jamais aimée, Lamia. Je t'ai toujours considérée comme le maillon faible de notre famille.

Abi s'appuya sur les coudes et leva les yeux au plafond.

Lamia se tourna alors vers lui.

– Alors pourquoi ne pas me supprimer ? Tu es très doué pour ça, non ? Comme Rocha. Des tueurs-nés, tous les deux.

– Je ne tue que la vermine. Tu devrais plutôt me voir comme un terrier, entraîné à tuer les rats. Je suis gentil avec ceux qui me connaissent. Très tendre, même.

– Sors de ma chambre. Tu salis mon lit.

– J'attends Milouins. Il doit monter pour garder un œil sur toi.

– Je n'ai pas besoin qu'on me surveille. Mais qu'est-ce que tu crois ? Que je vais vous trahir tous ?

– Qu'est-ce qu'il y a à trahir ? demanda Abi avec un haussement d'épaules. On travaille tous séparément. Aucun de nous n'a de dossier. Si tu disais quoi que ce soit, personne ne te croirait. Ce que nous faisons n'a pas de sens logique, sauf si on comprend les mystères.

– Quels mystères ? Tu ne crois tout de même pas à un Second Avènement ? Ni à la naissance du troisième Antéchrist ?

– Bien sûr que non. Mais madame notre mère le croit, elle. Et c'est elle qui tient les cordons de la bourse.

– Alors, c'est juste une excuse ? Pour toi et Vau ?

– Non. Vau aussi croit à toutes ces inepties. Moi, je fais ça pour m'amuser, alors que lui, c'est par conviction. Mais le résultat est le même.

– Tu me donnes envie de vomir.

– Pourquoi ? sourit-il. Tous les autres y croient aussi. On met ensemble une bande de monstres, on leur lave le cerveau dès l'enfance. On leur fait croire qu'ils sont spéciaux, qu'ils ont été élus par Dieu et que tous les autres leur sont inférieurs. Puis on les couvre d'argent et de privilèges. Ça marche à tous les coups.

Lamia regarda du côté de la porte ouverte.

– Si madame notre mère t'entendait parler comme ça, ce n'est pas moi qu'elle emprisonnerait.

– Mais elle ne m'entendra jamais parler comme ça. Je ne vais pas tuer cette poule aux œufs d'or. Tu crois que je suis fou ?

– Je refuse de répondre à cette question.

Elle hésita puis ajouta :

– Que va-t-elle faire de moi, d'après toi ?

– Ah, ah ! si j'étais toi, je changerais de chanson. Et vite. Ça t'évitera de chercher à le découvrir.

– Qu'est-ce que tu veux dire ?

– Je ne sais pas pourquoi je te dis ça, parce que ce n'est pas du tout dans mon intérêt. Mais tu es ma sœur. Même si ce n'est pas par le sang.

Se redressant sur le lit, il enchaîna :

– Tu sais ce que je ferais, si j'étais elle ?

Lamia fit un pas vers lui.

– Dis-le-moi.

– Je demanderais à quelqu'un comme moi de te tuer.

Elle se figea. La partie non marquée de son visage devint blême.

– C'est pour ça qu'on t'a envoyé ici ?

– Moi ? Non. Tu serais déjà morte. Je n'aurais même pas pris la peine de te prévenir. On a une invasion de méduses qui infestent la baie, en ce moment. Je t'aurais simplement jetée à l'eau, au milieu de ces bestioles, et je t'aurais tirée au bout d'une corde, accrochée à une bouée. Tout le monde aurait pensé que tu te serais fait prendre en étant partie nager. Quelques piqûres de ces sales bêtes, tu te paies un choc anaphylactique et c'est la noyade assurée. C'est déjà arrivé des centaines de fois. Les stylos d'adrénaline, c'est introuvable en pleine mer.

– Pourquoi ? Où est l'urgence ? Qu'est-ce qu'il y a de si important qui devrait t'obliger à tuer ta propre sœur ?

Abi haussa les épaules.

– J'aurais cru que ça paraissait évident. C'est le moment que notre famille attend depuis huit cents ans. Madame notre mère…

Une voix à la porte l'interrompit :

– Oui, Abiger, tu as raison. Madame notre mère pense que c'est le moment que le Corpus attend depuis huit cents ans.

La comtesse se glissa dans la chambre, accompagnée de Milouins et de Mme Mastigou. Elle inclina la tête, d'abord vers Abiger puis vers sa fille.

– Mais Niobé n'a pas tué ses propres enfants, n'est-ce pas, Lamia ? Ce sont les dieux immortels qui ont décidé de leur destin.

Elle parcourut la pièce du regard, les yeux étrangement dans le vague.

– Tu resteras ici à la maison jusqu'à nouvel ordre. Ou, du moins, jusqu'à ce que tu parviennes à me convaincre que tu as retrouvé tes sens. Milouins veillera à ce qu'on s'occupe correctement de toi, et lui et les hommes te surveilleront chacun à leur tour. Tu prendras tes repas avec moi, bien sûr. Cela nous donnera l'occasion de parler. Tu pourras aussi utiliser la bibliothèque et la salle de jeu. Mais pas de téléphone ni d'ordinateur. Tu m'as bien comprise ?

Un éclair de colère enflamma brièvement le regard de Lamia. Puis elle baissa les yeux en signe d'acquiescement.

– Parfaitement, madame.

– Ceci est tout à fait inopportun, tu comprends ? J'ai vraiment d'autres choses à penser.

Abi, qui ne perdait pas un seul mot de la comtesse, jeta à sa sœur un regard de travers.

Sa mère se tourna vers lui et déclara :

– Abiger, tu as des ordres. Toi et ton frère, vous n'avez plus rien à faire ici.

– Non, madame.

– Avez-vous assez d'argent ?

– Amplement, madame. Vous le savez bien.

– Alors ne me décevez pas.

14

— Oui, je connais un pompier. Mais il travaille à Draguignan, pas à Saint-Tropez. Il est communiste. Il porte des caleçons rouges. Ça vous va ?

Calque ferma les yeux. *Je suis tombé sur la tête. Pourquoi est-ce que je fais ça ? Je devrais être à Tenerife en train de me la couler douce dans l'un des appartements qu'on réserve aux cheveux gris de la brigade…*

– J'ai bien peur que non, répondit-il. Je vais être franc avec vous, Macron. Je vous dois bien ça. Il me faut entrer dans une maison. Une maison très bien gardée. Pour y récupérer quelque chose que j'y ai laissé il y a plusieurs mois. Quelque chose qui concerne votre cousin et les gens responsables de sa mort. Je me suis dit que, si on déclenchait une alerte au feu, toute la maisonnée se retrouverait forcément dehors pendant que les pompiers travailleraient à l'intérieur. Je paierais l'homme qui accepterait de récupérer cet objet pour moi, bien sûr. Et je peux vous assurer qu'il ne s'agirait en aucun cas d'un vol, car la chose m'appartient à la base. Personne d'autre ne connaît son existence.

Calque hésita. Ainsi présentée, son idée lui paraissait soudain totalement boiteuse.

Macron ouvrit un placard tout au fond de son atelier et en sortit une bouteille et deux verres.

– Un pastis ?

Calque allait répondre qu'il était en service puis se ravisa.

– Avec plaisir.

Les deux hommes sirotèrent leur boisson en évitant soigneusement de croiser le regard de l'autre.

– Il m'a fallu deux ans pour construire cet atelier à partir de rien. Vous y croyez ? Ça vous donne une réputation, ça vous range des voitures.

Il avala une nouvelle gorgée de pastis puis enchaîna :

– Je trace ma route, maintenant. Je pense même à me marier. À élever des marmots.

Calque reposa son verre et se prépara à partir. La partie était terminée et il le savait.

– Attendez, lui lança alors Macron en lui indiquant son stock de planches parfaitement rangées. Vous voyez tout ça ? C'est de la meilleure qualité. Et ce bois, je le reçois d'un ex-légionnaire qui habite près de Manosque.

– Manosque ?

Où voulait-il en venir ? Était-il sourd ? Avait-il entendu ce qu'il venait de lui dire ?

– Oui, Manosque. Ce type est un génie. Il me procure tout ce dont j'ai besoin, commande de dernière minute ou pas. Il est de toute confiance. Tenez, sa carte est punaisée sur le mur, là-bas. Prenez son nom sur votre carnet. Quand vous lui parlerez, précisez-lui que vous venez de la part d'Aimé et son ordre du Mérite. Dites-lui : marche ou crève. Droit au but.

– Du bois ? s'étonna Calque. Vous recevez du bois de cet homme ?

Il en voulait davantage. Il voulait s'assurer que l'autre ne le menait pas en bateau.

– Bonne chance. J'espère que vous retrouverez ce que vous cherchez.

Le policier soupira. Il inscrivit le nom du forestier dans son carnet.

Quant à Macron, il restait quelque peu hésitant. Pouvait-il réellement faire confiance à un flic ?

– Ce cousin, capitaine… celui qui s'est fait tuer par votre Œil noir… votre associé. C'était une petite ordure qui frayait avec le Front national. Sa fiancée métisse est bien débarrassée de lui, maintenant.

Il avala d'un trait le reste de son pastis puis plongea son regard dans celui de Calque.

– Mais sa mère, la femme de mon oncle, celle qui s'est effondrée dans les bras de son mari quand vous lui avez annoncé la nouvelle de la mort de son fils Paul, c'est une femme exceptionnelle. Pour moi, elle vaut de l'or.

15

Lamia de Bale jeta un regard par la fenêtre de sa chambre. Il était minuit. La maison dormait enfin.

Derrière sa porte, elle entendit Philippe, le valet de pied, déplacer sa chaise.

Sa première idée avait été d'allumer la radio. D'habituer son gardien à la musique. Mais tout le monde savait qu'elle n'écoutait jamais de musique. Le petit pervers entrerait aussitôt pour voir ce qui se passait. Et il essaierait alors de l'attirer dans le lit, comme il l'avait déjà fait à au moins trois reprises, l'année précédente. Et, cette fois, elle était vulnérable… en n'étant plus la fille de sa patronne mais une prisonnière sans aucun droit. Autant ne pas courir ce risque.

Elle ramassa le paquet de draps, entra dans la salle de bains et s'y enferma.

Après avoir ouvert le robinet de la douche, elle saisit une paire de ciseaux et entreprit de découper les draps en lanières.

Je n'arrive pas à croire ce que je suis en train de faire, se dit-elle. *Et si je tombe ? Si je me brise un os ? Ils me tueront…*

Lorsqu'elle eut fini sa séance de découpage, elle tordit méthodiquement chaque pan de tissu avant de les nouer ensemble. Un moment, elle arrêta la douche et retourna dans sa chambre, prenant soin d'allumer sa lampe de chevet et d'éteindre le plafonnier, comme elle le faisait d'habitude.

Puis, sur la pointe des pieds, elle retourna dans la salle de bains et reprit sa laborieuse tâche.

Lorsque tous les pans furent noués ensemble, Lamia mesura à l'aide de son avant-bras la longueur de sa corde de fortune. Dix mètres ; suffisants, elle l'espérait.

Sa chambre se trouvait au deuxième étage, au-dessus de la cour. Une fois en bas, elle avait l'intention de gagner Ramatuelle. Elle savait où vivait M. Brussi, le chauffeur de taxi. Elle le connaissait depuis l'enfance. Même si madame sa mère lui avait confisqué son sac et ses cartes de crédit, il accepterait sûrement de l'emmener quelque part – n'importe où – sans lui demander d'argent.

Elle ouvrit la fenêtre et laissa glisser entre ses mains les draps noués en corde. Ayant pris la précaution d'attacher une brosse à cheveux à son extrémité, elle espérait ainsi pouvoir mesurer, malgré l'obscurité, à quelle distance il lui faudrait sauter si sa corde ne descendait pas jusqu'au sol.

Lorsque les morceaux de draps atteignirent leur pleine longueur, Lamia se mit à balancer la corde d'un côté à l'autre, aussi doucement que possible, jusqu'à ce que la brosse vienne heurter une paroi invisible.

La jeune fille arrêta son balancement et écouta, une main derrière l'oreille. Après une minute d'intense concentration, elle se détendit. Elle venait d'apprendre deux choses : personne ne se tenait dans la cour ; et il y avait trois mètres entre le sol et le volet ouvert qu'elle avait frappé avec sa brosse.

Elle attacha l'extrémité libre de sa corde à la section centrale de sa fenêtre… pour constater avec frayeur qu'elle venait de perdre encore une trentaine de centimètres. Elle devrait donc sauter près de trois mètres et demi dans l'obscurité. Y avait-il quelque chose en bas qui risquait de tomber lors de son saut et de la trahir ? Quelle idiote elle avait été de n'avoir pas vérifié les alentours pendant qu'il faisait encore jour !

Après un dernier regard à sa chambre, Lamia se hissa sur le rebord de la fenêtre. Elle s'apprêtait à laisser derrière elle tout ce qu'elle connaissait : la sécurité, sa famille, ses habitudes et ses liens sentimentaux. Durant vingt-sept ans, elle avait vécu dans un monstrueux mensonge.

La vérité de sa vie, ainsi que les vrais motifs de la cabale qui l'avait adoptée – une cabale à qui elle s'était, sans y songer, dévouée corps et âme –, ne s'était révélée à elle qu'après la publicité faite autour de la mort de son frère. Si ce qu'elle avait fait était sur ordre du Corpus Maleficus, quels dégâts avaient occasionnés tous les petits messages pathétiques que madame sa mère avait jugé bon de lui faire écrire depuis l'année de sa majorité ? Quels préjudices avait-elle causés sans le savoir à une société ignorante de l'ampleur – ou même de l'existence – de sa propre culpabilité ? Aujourd'hui, enfin, elle allait pouvoir pénétrer dans le vrai monde sans être encombrée par le lourd bagage de son passé.

Agrippée par les mains et les pieds, Lamia se laissa lentement descendre le long de sa corde. Assez athlétique grâce au tennis, à la danse et au yoga qu'elle pratiquait de façon relativement assidue, elle était malgré tout sujette au vertige et remerciait donc le ciel de devoir effectuer sa descente dans l'obscurité de la nuit.

À un moment, à mi-chemin et non loin de mourir de peur, elle s'enroula violemment le drap autour du poignet et dut rassembler toutes ses forces pour se libérer et poursuivre sa descente acrobatique.

Finalement, après trois minutes qui durèrent des siècles, son pied rencontra la brosse à cheveux fixée au bout de la corde. Soigneusement, la jeune fille se laissa descendre jusqu'au bout du drap, si bien qu'elle se sentait à présent pendre au-dessus du vide, accrochée par ses seules mains au dernier nœud de sa corde.

Alors, sans même oser réfléchir, elle lâcha prise.

Son objectif était d'atteindre le sol et de courir. Au lieu de cela, elle effectua deux foulées maladroites et tomba sur les genoux. Aussitôt, toutes les lampes de la cour s'allumèrent. Lamia roula sur le dos, le visage grimaçant sous le choc. C'était nouveau. Jamais madame sa mère n'avait parlé de protéger la maison avec un éclairage de sécurité.

La jeune fille se redressa péniblement et se mit à courir. Peut-être, quand elle serait sortie de la cour, les projecteurs s'éteindraient-ils. Peut-être, si personne ne regardait, penserait-on qu'un daim était venu s'égarer devant la maison en déclenchant l'allumage automatique.

Mais la porte principale du domaine s'ouvrit brusquement et Milouins fit irruption dehors. Un fusil à la main.

Prenant ses jambes à son cou, Lamia se rua vers l'espace entre le garage et l'entrée des écuries. Si elle parvenait à se faufiler au-delà des bâtiments, elle pourrait aller se perdre parmi les vignes.

Milouins jeta son fusil et se lança à sa poursuite.

Dès l'instant où il démarra, Lamia comprit qu'elle n'avait aucune chance de lui échapper. Il courait comme un athlète, ses coudes battant l'air, son visage figé dans un rictus d'effort.

La jeune fille jeta un regard éperdu autour d'elle. Puis elle s'arrêta et se plaqua contre le mur en se tenant la poitrine. Haletante, elle sentit Milouins approcher au grand galop, tel un cheval sauvage.

– Vous allez venir avec moi, mademoiselle, articula-t-il en arrivant à sa hauteur.

Lamia secoua la tête.

Milouins la saisit par le coude. Lorsqu'elle tenta de se débattre, il lui prit les deux bras et les lui tira violemment dans le dos.

– S'il vous plaît, mademoiselle. Je ne voudrais pas vous faire du mal. Je vous connais depuis votre plus tendre enfance. Venez tranquillement avec moi. Je vous en serais reconnaissant.

Lamia laissa échapper un sanglot de frustration puis hocha la tête.

Milouins relâcha son étreinte et se contenta de marcher deux pas derrière elle, confiant dans sa capacité de l'attraper sans peine si, une fois encore, elle tentait de fuir.

Le valet qui gardait la chambre de la jeune fille descendit alors les marches du perron, les semelles de cuir de ses chaussures résonnant bruyamment sur le marbre. Il s'arrêta devant le couple et grimaça.

– La vieille va me massacrer pour ça, articula-t-il avec un regard chargé de reproches. J'espère qu'elle va te donner à moi pour te tabasser. Je te passerai un sac de plastique sur la tête, comme ça je n'aurai pas à te regarder.

– Tais-toi, lui dit Milouins. Et va réveiller madame la comtesse.

– Elle est debout, déjà. L'alarme a dû sonner dans sa chambre quand tu es sorti dans la cour sans la neutraliser.

Lamia, Milouins et le valet se tenaient maintenant dans le vestibule, devant le grand escalier.

La comtesse, en chemise de nuit et accompagnée par une Mme Mastigou dans la même tenue, descendait à leur rencontre.

– Que devons-nous faire d'elle, madame ? demanda Milouins, vaguement mal à l'aise.

– Je vais te dire ce que tu vas faire, répliqua la maîtresse des lieux. Demande à Philippe de l'attacher, donne-lui un sédatif puis enferme-la dans la salle du Corpus. Nous pourrons ainsi tous aller nous recoucher. Il n'y a pas de fenêtre pour la tenter de recommencer. Demain, je déciderai de ce que nous ferons d'elle.

16

L'ex-sergent chef Jean Picard – vingt ans de Légion, dix ans d'emprisonnement à la Santé pour vol à main armée, huit ans dehors comme pourvoyeur de la confrérie criminelle en spécimens plus ou moins légaux – gratta son crâne tondu avec des ongles usés par des années de cette manie. Anciennement victime d'une gale contractée en prison, Picard n'avait pas réussi, en quinze ans, à se débarrasser de ce tic d'anxiété qui le reprenait chaque fois que le stress lui tombait dessus.

Et c'était bien le stress qui l'animait maintenant. Pourtant, on n'attendait de lui qu'un simple cambriolage. Alors pourquoi transpirait-il à grosses gouttes ? Et pourquoi se grattait-il la tête comme un chimpanzé atteint de gale ?

Tout d'abord, il avait songé à refuser catégoriquement le job qu'on lui proposait. C'était contre ses principes de dealer avec des ex-flics. Mais l'homme lui avait été recommandé par Aimé Macron. Et Macron avait sauvé la vie de Picard à Djibouti quand celui-ci s'était laissé entraîner par le chef d'une brigade Afar dans une affaire plus qu'alambiquée où il était question de drogue, de femmes et d'une livraison de fusils d'assaut Famas qui avaient, un peu plus tôt, étrangement disparu de l'entrepôt de la Légion.

Le flic avait ensuite réduit à néant ses objections en lui offrant mille cinq cents euros tout de suite, avec la promesse de lui en verser encore mille cinq cents en fin de mission, ceci pour aller récupérer un objet lui appartenant dans une maison située au cap. Le vol n'impliquait même pas de s'introduire par effraction dans la maison. Le flic – comme tout bon flic – avait subtilisé la clé de derrière alors qu'il menait une enquête dans cette même demeure deux mois plus tôt, et en avait fait faire un double. Il avait même donné à Picard un plan détaillé des lieux, qui lui indiquait la position de la bibliothèque et de la porte dissimulée ouvrant sur la pièce où se trouvait l'objet à récupérer. Un jeu d'enfant, à en croire le flic. Pourtant, quelque chose continuait de le tracasser.

Picard balaya le plan de sa lampe torche. Il surveillait l'arrière de la maison depuis une bonne heure, maintenant, et tout semblait calme. Pas de chiens. Pas de capteurs déclenchant un allumage automatique de ce côté de la propriété. Le flic lui avait même expliqué où se trouvaient le système d'alarme et les disjoncteurs, et comment les désactiver. Cette opération, c'était le rêve. Mais, d'après l'expérience de Picard, les rêves avaient une fâcheuse tendance à le réveiller en sursaut au moment où il s'y attendait le moins.

Il releva d'un coup sec le col de son blouson.

OK, légionnaire, on se lance.

Picard se redressa et partit doucement vers la buanderie.

17

Entré par la porte de derrière, Picard huma l'air autour de lui. Il ne savait ni comment ni pourquoi mais, parfois, la présence d'un individu se devinait même si celui-ci se trouvait dans une pièce voisine. Un instinct atavique, sans doute, qui remontait à la préhistoire.

Satisfait, il grimpa sans bruit les marches qui montaient vers le fond du vestibule. Après avoir neutralisé le système d'alarme dans les deux minutes prescrites, il alluma sa lampe torche et consulta son plan une dernière fois. À gauche, à droite et encore à droite, et il devrait se retrouver dans la bibliothèque. Puis, quelques pas pour traverser la pièce et… sésame, ouvre-toi !

Picard jeta un bref regard vers le haut de l'escalier tandis qu'il traversait le hall. Malgré la multitude de maisons qu'il avait cambriolées au cours de sa vie, il ne pouvait s'empêcher de frissonner à chaque nouvelle effraction.

En silence, il pénétra dans la bibliothèque. Seigneur, il se faisait trop vieux pour ce genre de chose ! Avait-il réellement besoin de ces trois mille euros ? Son compte en banque s'épaississait, le crédit de sa maison était payé, son fils était en passe de devenir ingénieur électricien, et il avait juré de mourir plutôt que de retourner un jour en prison. Alors pourquoi tout cela ? Par habitude ? Par addiction ? Ou juste parce que c'était encore l'une des rares choses qu'il savait faire ?

Il s'accroupit et tâtonna à la recherche du loquet, dont le flic lui avait dit qu'il se trouvait sous le volume trois des publications périodiques.

Une porte, cachée entre deux rangées de livres, s'ouvrit dans un léger déclic. Un petit regard derrière lui, et Picard entra dans la pièce cachée aux yeux du commun des mortels.

– Putain de merde ! lâcha-t-il, les yeux écarquillés de stupeur.

La silhouette inconsciente d'une femme attachée à une chaise trônait au beau milieu de la table de réunion. Sa tête était inclinée de côté et, sous la lampe de Picard, la moitié gauche de son visage apparaissait couverte de ce qui ressemblait à une mince couche de sang congelé.

18

Sans se départir de son professionnalisme, ni oublier les mille cinq cents euros qui l'attendaient, Picard passa sa main autour de la table à la recherche de l'enregistreur. Deux mètres à droite de la chaise maîtresse, fixé sous le panneau de bois, à l'angle de la solive et de l'attache métallique. Oui. Il était là.

Picard le saisit et le glissa dans sa poche.

Il hésita un instant puis se hâta vers la porte. En quoi le sort de cette femme le concernait-il ? Il avait fait ce pour quoi il était venu. Déjà, son excès de prudence l'avait mis en retard. Pourquoi compliquer les choses ? Il pouvait sortir de la maison avant l'aube sans encore rencontrer personne.

Inexorablement, pourtant, son regard se tourna vers la femme. Que diable lui avait-on fait ? Et si elle était morte, même ? Mais non. Sous la lumière de sa torche, il la voyait respirer.

Lâchant un lourd soupir, il sortit son Opinel et coupa les liens qui la retenaient prisonnière à la chaise. Il la souleva entre ses bras puis la balança sur son épaule.

Il l'y équilibra du mieux qu'il put et, avec la vague impression de s'être laissé berner, retraversa la bibliothèque et ressortit dans le vestibule.

Inutile de refermer derrière moi, songea-t-il. *Ils auront de toute façon remarqué mon passage…*

19

Picard déposa doucement la femme à l'arrière de sa voiture puis la contempla sous la faible lueur du plafonnier. Ce qu'il avait cru être du sang, dans l'obscurité de la chambre secrète, apparaissait à présent comme une simple marque de naissance. Une tache de vin. Pauvre fille. Elle aurait pu être si jolie… Parfois, on se demandait à quoi Dieu pouvait penser.

Il lui souleva les paupières et scruta ses pupilles. Elle était dopée, cela ne faisait aucun doute. Il fut brièvement tenté de lui nouer sa peau de chamois autour des yeux afin qu'elle ne puisse pas l'identifier au cas où elle se réveillerait – mais avec la chance qu'il avait en ce moment, elle paniquerait probablement et risquerait de causer un accident de voiture. Autant laisser les choses telles quelles pour l'instant.

Il s'arrangerait pour rencontrer le flic sur le parking derrière la plage de Pampelonne. Un trajet d'une vingtaine de minutes. Il lui laisserait la femme et le magnéto, empocherait le reste de son argent et disparaîtrait. Le flic saurait quoi faire d'elle. C'était bien le boulot des flics, non ? Mettre de l'ordre dans les affaires.

Trois fois en chemin, Picard se demanda s'il ne ferait pas mieux de la laisser au bord de la route. Elle ne l'avait pas encore vu. Elle n'avait pas vu le flic. Pourquoi se compliquer inutilement la vie ?

Mais l'image de cette fille attachée à la chaise au centre de la table le hantait. Pourquoi au centre de la table ? Et si elle s'était réveillée et jetée de côté dans un mouvement de panique ? Elle aurait pu se briser le cou et se retrouver paralysée. Les gens étaient tellement stupides, parfois.

À la lumière de ses phares, il aperçut le flic qui l'attendait sur le trottoir. Et voilà. Qu'est-ce qu'il ne fallait pas faire pour trois mille petits euros !

Picard s'arrêta à la hauteur de Calque. Il sortit de la voiture et inspecta les alentours. Très bien. Pas de comité d'accueil. C'était bon signe.

– Vous l'avez ?

– Bien sûr.

Il sortit l'enregistreur de sa poche et le remit à Calque.

Sans attendre, celui-ci lui tendit les mille cinq cents restants.

Le légionnaire lui indiqua alors sa voiture en disant :

– J'ai autre chose pour vous. Ça ne vous coûtera aucun supplément.

– Autre chose ? fit Calque en grimaçant. Qu'est-ce que vous voulez dire ?

Picard ouvrit la portière de son véhicule et fit signe au policier d'approcher. Tous deux se penchèrent sur la fille étendue à l'arrière.

– Pas de panique. Elle n'est pas morte. On l'a droguée et attachée à une chaise, qu'on a ensuite installée au milieu de la table, dans votre pièce secrète. J'ai d'abord cru à un truc sexuel – vous savez, le genre séances sadomasos. Mais, en voyant son visage, je me suis dit que je faisais erreur. J'ai pensé la laisser là mais, pour être franc, je n'ai pas pu. Elle ne m'a pas vu et elle ne vous a pas vu. Personnellement, je serais d'avis de l'abandonner là. Mais, au fond, c'est votre problème maintenant. D'accord ?

– D'accord, répondit Calque qui, déjà, réfléchissait aux possibles ramifications de cet épisode imprévu.

– Vous voulez que je la sorte ou c'est vous qui le faites ?

– Non, je vous laisse faire. Je ne suis pas au mieux de ma forme.

Calque regarda Picard sortir la jeune femme du véhicule.

– Qu'est-ce que c'est, sur son visage ? Elle est blessée ?

– Non, répondit le légionnaire en la tirant un peu plus vers la lumière. C'est une marque de naissance. Un putain de gâchis, vous ne trouvez pas ?

Calque reconnut aussitôt la marque faciale que portait la jeune femme. Elle avait été l'un des membres du premier groupe à débarquer dans la demeure, le jour de la réunion – le groupe qui avait précédé l'arrivée des deux hommes. Ce devait être l'un des enfants de la comtesse – l'un des Douze Démons. Mais qu'avait-elle bien pu avoir fait pour se mettre sa mère à dos ? Il fallait absolument qu'il lui parle.

Lamia choisit cet instant pour ouvrir les yeux.

Picard leva le bras, prêt à l'assommer pour qu'elle n'aperçoive pas son visage.

– Non, attendez ! s'écria Calque.

Plongeant la main dans sa poche, il en sortit son badge.

– Police, mademoiselle ! Dans votre intérêt, ne regardez pas autour de vous. Je vais vous sortir de la voiture.

Il lui prit alors le visage entre les mains et ajouta :

– Continuez de me fixer. Ne regardez pas autour de vous.

Lamia était encore à moitié abrutie. En s'extirpant de la voiture, elle tituba et s'effondra contre la poitrine de Calque.

Sans attendre, Picard sauta dans son véhicule et fit demi-tour. La portière arrière se referma toute seule tandis qu'il démarrait en trombe.

20

Philippe Lemelle était au service de la comtesse de Bale depuis dix-huit mois, maintenant. Jamais il n'avait gardé un job aussi longtemps, et il commençait à se lasser. Il fallait qu'il se passe quelque chose, sinon il finirait par exploser.

Son père et son grand-père avaient tous les deux servi le vieux comte, et c'était bien l'unique raison pour laquelle cet homme au QI au ras des pâquerettes avait obtenu ce travail. Lemelle était donc parfaitement au courant – ou, du moins, le croyait-il – des objectifs et aspirations du Corpus. Sans les intrigues à répétition de Milouins, le majordome – indubitablement jaloux de sa belle apparence et de son succès auprès des femmes –, Lemelle était convaincu qu'il aurait grimpé plus rapidement dans la hiérarchie du Corpus, se voyant confier par la comtesse des missions autrement plus palpitantes que celles de nettoyer les chambres ou surveiller la garce défigurée qui lui servait de fille.

L'homme s'était senti personnellement humilié par la fuite de Lamia, lors de son tour de garde – une vexation encore accentuée par le triomphe de Milouins, qui avait capturé la bêcheuse quelques secondes seulement après qu'elle avait touché le sol de la cour. Mais il s'était ensuite consolé en se disant que c'était à lui, et non à Milouins, que la comtesse avait confié la garde de sa fille après ce fiasco. Madame l'avait clairement sorti du lot et le destinait à d'autres missions plus nobles.

Dès l'instant où il l'avait vue, quatorze mois plus tôt, durant une brève visite à l'occasion de l'anniversaire de la comtesse, sa mère, Lemelle avait trouvé Lamia sexuellement attirante – malgré ou peut-être à cause de la tache de naissance qui lui maculait la moitié du visage. Après tout, comme lui disait son père, on ne regarde pas le dessus de la cheminée pendant qu'on attise le feu.

Il avait donc pris un plaisir particulièrement vif à l'attacher à sa chaise avant de l'abrutir de force avec une double dose de tranquillisant. Toutefois, il commençait maintenant à regretter son dernier caprice sadique, qui l'avait vu balancer sa victime inconsciente sur la table de réunion pour une raison qui, rétrospectivement, lui échappait. En fait, le souvenir de ce geste stupide ne cessait plus de le hanter, maintenant. Et si, à son réveil, elle était saisie de panique, tombait de la table et se brisait le cou ? La comtesse n'hésiterait pas à l'enterrer vivant.

Lemelle passa à la hâte un vêtement et descendit furtivement l'escalier. Le silence de la maison endormie le réconfortait car, depuis l'enfance, il était sujet au voyeurisme ; et la nuit, avec ses secrets et ses promesses, ne pouvait que stimuler ses élans érotomanes. Et, avec une Lamia totalement droguée, quel danger y avait-il à la gratifier de quelque chose en plus d'une simple visite ? S'il se faisait prendre, il pouvait toujours prétendre qu'il était descendu voir comment elle allait.

Si la jeune fille était toujours dans les vapes, il pourrait lui faire tout ce que bon lui semblerait. Ses jambes se mirent à flageoler à cette seule idée. Il tâta l'appareil photo dissimulé dans sa poche : ce serait bien fait pour cette garce si elle s'apercevait, dans un mois ou deux, qu'elle était enceinte du valet de sa mère ! Et, s'il lui venait l'idée de s'énerver, Lemelle se vengerait en diffusant sur la toile tout un tas de photos porno la concernant. Elle serait obligée de l'appeler, alors, de conclure un marché avec lui. Et, diable, il lui ferait payer son arrogance !

Mais, à peine arrivé devant la porte de la bibliothèque, Lemelle sentit que tout ne se passerait peut-être pas comme prévu. Elle était grande ouverte. Et les ordres de la comtesse étaient que toute porte de la maison soit obligatoirement fermée si la pièce n'était pas utilisée.

Le battant ouvrant sur la chambre du Corpus était béant, lui aussi. Une vague de nausée s'infiltra dans le corps de Lemelle. Si la fille s'était échappée une nouvelle fois, c'était lui qui se prendrait tout sur le dos. Il perdrait son boulot. Cette fois, sa mère elle-même serait incapable de le protéger.

Le valet se glissa dans la pièce. Lamia avait disparu. Sa chaise gisait à l'envers par terre, près de la table de réunion. Il attrapa l'une des cordes censées la retenir prisonnière et en tâta l'extrémité. Elle avait été nettement sectionnée. Ainsi donc, la petite garce avait reçu l'aide de quelqu'un. Lemelle entendait déjà résonner la voix triomphante de Milouins quand on découvrirait la catastrophe.

— Deux fois ?! Deux fois que tu la laisses s'échapper ? On t'avait dit de l'attacher et de la doper, nom de Dieu ! Qu'est-ce que tu as fait ? Tu lui as servi un double expresso, ou quoi ?

Lemelle parcourut à la hâte la maison vide, à l'affût du moindre indice. Oui. Encore une porte qui avait été laissée ouverte. Il descendit vers la buanderie. Déjà, il sentait un courant d'air frais sur son front. Devait-il appeler Milouins et lui annoncer ce qui s'était passé ? Bien sûr. C'était encore la meilleure chose à faire.

Il sortit son téléphone de sa poche et en considéra l'écran lumineux. Puis, émergeant par la porte arrière de la maison, il scruta l'obscurité. Et, soudain, ses yeux distinguèrent les phares d'une voiture coupant les rangées de vignes de leur faisceau lumineux.

Lemelle remit son portable dans sa poche et courut vers le garage des domestiques. Dans le monde de fantasmes qu'il s'était construit dans sa jeunesse, les héros ne laissaient jamais passer une seconde chance. Arrivé devant l'armurerie, il y entra et emprunta le précieux fusil à pompe de Milouins, un Mossberg 500, ainsi qu'une boîte de cartouches de calibre douze.

Quelle que soit la route qu'ils avaient prise, Lamia et son chevalier blanc devraient passer à moins de cinq cents mètres devant la propriété. Ce qui signifiait que Lemelle avait amplement le temps de sortir le Land Rover et de les suivre, toutes lumières éteintes, sans se faire voir dans la nuit.

Que Milouins aille se faire foutre ! Cette fois, c'était lui qui rattraperait la fille.

21

Douze minutes après s'être lancé à la poursuite de la voiture de Picard, Lemelle sentit son portable vibrer. Surpris, il bondit sur son siège.

Ses yeux se tournèrent vers l'écran. C'était Milouins. Autant répondre, donc. Il était sur un terrain miné.

– Oui ?

– Qu'est-ce qui se passe, bon sang ? ! J'ai entendu un moteur rugir dans le garage.

Sans répondre, le valet serra les mâchoires et frappa le volant d'un coup de poing furieux.

– Lemelle ? Qu'est-ce qui se passe ? Crache le morceau !

Tandis que celui-ci cherchait une réponse à lui donner, la voiture qu'il suivait prit soudain la direction de la plage de Pampelonne. Il hésita un instant puis quitta la route, fit reculer le Land Rover jusqu'à un groupe d'arbres et coupa le moteur.

– Réponds-moi, Lemelle… Je sais que tu m'écoutes.

D'un geste brusque, le valet saisit son téléphone et décrocha avant de se caler dans son siège.

– C'est la fille… Lamia. Elle a encore pris le large.

– C'est ce que je constate. Je suis dans la bibliothèque.

– Oui, et tu vas m'écouter : il y a quelqu'un qui l'a aidée à s'échapper. Un type. Je suis arrivé juste à temps pour les voir grimper dans une voiture. C'est pour ça que j'ai pris le Land. Je les suis depuis qu'ils ont quitté la maison.

Il y eut un bref silence. Ouais, tu peux me remercier, l'enfoiré, songea Lemelle.

– Et ils sont où, maintenant ?

– Lui, c'est un total abruti : il est allé se fourrer dans un cul-de-sac, à Pampelonne. Tu sais, la route de la plage. Il va être obligé de me passer devant en faisant demi-tour. Parce que je ne vois pas comment sa caisse de merde pourrait me contourner en se frayant ailleurs un chemin dans le sable.

– Il sait que tu le suis ?

– Bien sûr que non. Je roulais loin derrière lui sans lumières. Impossible qu'il m'ait repéré.

– Et s'il s'est tout bêtement débarrassé de la fille ?

– N'importe quoi. Pourquoi il la larguerait là-bas ? L'endroit est complètement désert, à cette époque. Il va revenir, c'est sûr. Il s'est gouré. Dans cinq minutes, il va repasser par ici. Et, là, je l'aurai.

– Comment ça, tu l'auras ?

– Comme ça. J'ai aussi emprunté ton flingue.

La voix alarmée de Milouins craqua dans le haut-parleur du téléphone.

– Surtout pas, Lemelle ! Si Lamia est dans la voiture, et si elle est blessée…

– Attends, attends… Je crois que je vois ses phares. Oui, c'est ça ! J'en suis sûr, c'est lui qui revient !

Lemelle raccrocha brusquement, un sourire vorace sur le visage. Il n'y avait aucune lumière, bien sûr. Mais il n'allait pas laisser ce salopard de Milouins lui couper une fois de plus l'herbe sous le pied. Il allait faire le boulot lui-même. Il faisait encore sombre. Il n'y avait aucune maison alentour. Aucun témoin en perspective. Parfait.

Il descendit du Land Rover en claquant la portière, glissa huit cartouches dans le Mossberg et prit position derrière un arbre. Il ne se trouvait qu'à une dizaine de mètres de la route. Le salaud qui avait pris Lamia devrait passer juste devant lui en rebroussant chemin après avoir réalisé qu'il n'avait pas tourné au bon endroit. Lemelle n'aurait qu'à bondir et lui tirer dans les pneus ; après quoi il pourrait s'en prendre au moteur, suivant la façon dont les choses tourneraient.

Déjà, il entendait le bruit que ferait le plomb en transperçant le caoutchouc, il sentait le pouvoir que lui procurerait le fusil sur les deux passagers de la voiture. Diable, il allait les faire ramper ! Il n'y avait sûrement aucun danger à ça. Et, quand tout serait terminé et qu'il aurait bien pris son pied, il rentrerait triomphalement au domaine avec ses prisonniers.

– Je vous ramène votre fille, madame la comtesse. Non, pas de problème. J'ai juste fait mon travail.

Lemelle et ses fantasmes jouaient les prolongations.

22

Jean Picard était content de s'être débarrassé de la fille. Cette affaire lui laissait un goût malsain dans la bouche. Il y avait quelque chose de diabolique à abandonner ainsi une femme dans une pièce condamnée, après l'avoir droguée et ficelée à une chaise juchée sur une table. Ce n'était rien d'autre que l'œuvre d'un maniaque.

Picard s'était juré que ce serait son dernier job. Sa femme et son fils vivaient en toute sécurité, son travail – en surface, tout au moins – était légal ; ou, s'il ne l'était pas strictement, il n'impliquait pas le fait d'entrer par effraction dans les maisons et de kidnapper des victimes sexuelles.

Il était trop vieux pour l'action, aujourd'hui. L'envie lui en était passée. Il en avait assez vu comme ça. Il s'était forgé une conscience propre. Il aurait pu laisser cette femme derrière lui, et pourtant il ne s'y était pas résolu. Si cela ne faisait pas de lui un héros, cela n'en faisait pas un salaud non plus.

D'abord, il aperçut le Land Rover. Puis il devina un bref mouvement derrière les arbres. Déjà, il dépassait la vitesse autorisée, tant il était soulagé de s'être écarté de ce flic.

À la Légion, Jean Picard avait appris très jeune à détecter – et contourner – toutes sortes d'embuscades. Ce soir, donc, encore sur les nerfs après son cambriolage et la découverte de cette femme maltraitée, il ne prit pas le temps de réfléchir.

Tandis que l'homme levait son fusil vers lui, Picard donna un violent coup de volant à gauche et se dirigea droit sur lui.

L'autre, sous l'effet de la surprise, n'eut pas le temps d'appuyer sur la détente.

La voiture du légionnaire mordit le bord de la route et vint heurter le tireur au niveau des hanches. Le visage et la poitrine de celui-ci s'écrasèrent contre le capot, le fusil allant voler par terre dans un cliquetis métallique.

Picard fit une brusque marche arrière puis roula de nouveau sur le corps de l'homme, avant de s'arrêter quelques mètres plus loin. Inutile de laisser un témoin, qui ne manquerait pas d'aller s'épancher auprès de la police. Jamais il ne retournerait en prison.

Laissant le moteur tourner, il descendit de voiture, récupéra le Mossberg tombé à terre, l'inspecta un instant puis le jeta sur le siège arrière.

Enfin, sans un regard sur sa victime, il remonta dans son véhicule, le ramena sur la route et prit la direction de Ramatuelle.

23

Milouins arriva sur les lieux douze minutes plus tard.

Il aperçut aussitôt le Land Rover et nota sa position. Aucun signe de Lemelle, cependant.

Le majordome hésita. Soit il ignorait complètement Lemelle et continuait vers la mer, soit il se lançait à sa recherche. Mais l'imbécile avait raison sur un point. Il n'y avait qu'une route possible pour revenir de la plage. Lamia et son kidnappeur accidentel – parce que l'esprit de Milouins ne pouvait concevoir que cet enlèvement ait été préparé – n'avaient pas d'autre choix que de repasser par ici, si ce n'était déjà fait.

Et, à cette heure du matin, qui d'autre pouvait ainsi se diriger vers la plage ? Mais il serait peut-être hasardeux de les croiser sur cette route étroite. Autant les attendre ici et les suivre ensuite, tous phares éteints – comme l'avait fait Lemelle depuis la maison –, quand ils finiraient par repasser. Découvrir vers où ils se dirigeaient… et qui se cachait derrière tout ça.

Les yeux dans toutes les directions, Milouins se gara sur le côté de la route, face à Saint-Tropez. Où se cachait ce crétin de Lemelle ? Il allait lui tordre le cou.

C'est alors que, au profit du jour qui commençait à poindre, il aperçut le corps.

– Oh, putain !

Il regarda des deux côtés de la route. Rien ne bougeait. Il était cinq heures du matin et la saison des vacances était terminée. Personne ne se pointerait avant au moins une bonne heure.

Il s'approcha du valet, ses yeux rivés non pas sur son corps mais sur la route de la plage, cherchant à repérer la moindre voiture qui approcherait.

Il s'accroupit et appuya un doigt sur la carotide de Lemelle, le regard toujours fixé loin devant lui.

Son agresseur ne l'avait pas raté. Sa tête semblait avoir été éclatée par une batte de base-ball. Il s'était vidé de son sang par la poitrine, laissant des traînées rouges sur son ventre, ses cuisses et l'herbe éparse qui l'entourait. S'il l'avait voulu, Milouins aurait pu lui enfoncer les doigts dans le torse et lui arracher ce qui restait de son cœur.

Saisi de nausée, il se releva et scruta les alentours du Land Rover. Il n'avait qu'une chose à faire.

Le cœur au bord des lèvres, il prit Lemelle à bras-le-corps et le traîna vers le véhicule. Ses entrailles à l'air, l'homme empestait. Milouins ouvrit le hayon et le poussa dans le coffre. Puis il se pencha derrière la voiture et vomit son dîner.

Une fois Lemelle à l'intérieur, Milouins entreprit de recouvrir son corps avec un sac de toile et de la paille récoltée par terre. Enfin, il se nettoya du mieux qu'il put avec le reste des brins puis referma le coffre et se lança à la recherche du fusil.

Dix minutes plus tard, il avait découvert trois cartouches non utilisées, sans doute tombées de la poche de Lemelle lorsque le véhicule – et Milouins acceptait maintenant l'idée que ce devait être un véhicule – l'avait heurté. Mais toujours pas de Mossberg.

Donc, soit Lamia et l'homme qui l'avait sauvée leur avaient échappé pour de bon, soit la première impression de Milouins tenait toujours : son ravisseur s'était débarrassé de la fille en la jetant dans un autre véhicule, puis il était tombé sur Lemelle en rebroussant chemin et l'avait écrasé sans autre forme de procès.

Le valet, fidèle à lui-même, avait sans doute brandi son fusil devant lui avant d'essayer de tirer. C'est du moins ce que racontaient les traces – et Milouins était homme à croire les indices qui lui tombaient sous les yeux.

Il regarda sa montre. Cinq heures vingt. Et Lemelle, dont le corps commençait à raidir, n'allait manifestement plus bouger de là.

Le majordome jeta un nouveau coup d'œil sur la route, un bras sur le nez pour chasser l'odeur qui persistait à émaner de ses vêtements. Soit Lamia et son saint Georges avaient disparu depuis longtemps, soit elle était encore dans les parages, attendant d'être livrée à son destinataire. Qu'avait-il à perdre en vérifiant son intuition ? S'ils revenaient par cette route, il les suivrait – jusqu'en enfer, au besoin. S'ils n'apparaissaient pas, il retournerait au domaine et offrirait à Lemelle un enterrement secret.

Satisfait d'avoir nettoyé la zone de l'accident et récupéré le corps du valet, Milouins remonta dans sa voiture et s'installa pour attendre.

24

Incongru dans son costume anthracite acheté quelque dix ans plus tôt au Bon Marché, Calque était assis sur le sable, les jambes écartées, contemplant la mer sous le jour naissant. La jeune femme, enveloppée dans une couverture écossaise, gisait inanimée près de lui.

Elle avait subitement ouvert les yeux quelques instants plus tôt, mais c'était une fausse alerte, une réaction purement automatique au changement de lumière. Toujours sous l'effet de la drogue, elle gardait la bouche entrouverte et les mains retournées sur elles-mêmes, comme si elle essayait de repousser les assauts d'un animal trop entreprenant.

Calque alluma une cigarette. Plissant les yeux devant la fumée, il sortit le magnéto de sa poche et rembobina la bande. Puis il le mit en route et le porta à son oreille.

L'enregistreur était à commande vocale, ce qui signifiait que, dès l'instant où il identifiait un son dans un rayon de trois mètres, il se mettait en marche. La bande se retournait alors automatiquement après quarante-cinq minutes puis s'arrêtait au bout de quatre-vingt-dix. Calque nota avec satisfaction qu'elle avait tourné durant la totalité de ce temps.

Le premier bruit qu'il entendit fut celui d'un aspirateur. La bande s'arrêta et repartit d'elle-même environ une douzaine de fois tandis que l'appareil allait et venait dans la pièce. Le capitaine fut tenté de déclencher l'avance rapide, mais il avait le temps. Personne ne savait qu'il était là. Et la mer le calmait, d'une certaine manière.

Au bout d'une demi-heure d'écoute, il perçut ses premières voix. Ôtant sa veste, il la posa sur sa tête pour créer une mini-chambre d'écho. Deux hommes parlaient. Calque reconnut la voix du majordome et vraisemblablement celle de l'un des valets – car il était clair, au ton de Milouins, qu'il s'adressait à un subalterne. Les deux hommes semblaient préparer la pièce pour une réunion. Milouins dit au valet d'étaler la cire avec un molleton, et une série de petits coups s'ensuivit.

– Le bâtard est en train de nettoyer la table, marmonna l'ex-policier.

D'autres coups étouffés se firent entendre.

– Il bouge des chaises. Le bâtard remue des chaises.

Dix minutes passèrent encore et la bande se retourna. Sans cesser de jurer, Calque appuya sur le bouton d'avance rapide. Rien. Juste des petits coups et quelques paroles échangées entre le valet et Milouins qui continuait de lui donner des ordres.

Calque arrêta le magnéto, le replaça dans sa veste et laissa son vêtement glisser sur ses épaules. Alors, il rejeta la tête en arrière comme s'il allait hurler à la lune. Cinq semaines. Cinq semaines à attendre et observer ; et tout ça pour obtenir quoi ? L'enregistrement de quatre-vingt-dix minutes de deux hommes en train de nettoyer une pièce.

Il était fini. Cela paraissait de plus en plus clair. Il avait perdu toute motivation. Le service avait eu raison de permettre sa retraite anticipée. Il était du passé. Un dinosaure.

Il se tourna vers la jeune femme.

Avec le jour, son visage devenait clairement visible à présent. Elle le regardait, les yeux écarquillés de stupeur.

Calque lutta contre la tentation de replonger la main dans sa poche pour en sortir son badge. Mais pourquoi aggraver la situation ? Si elle décidait de le poursuivre pour enlèvement, le fait de se faire passer pour un policier encore en activité risquait de lui coûter deux à trois ans de prison.

– Vous êtes libre, mademoiselle. J'aimerais que vous le compreniez. Je ne cherche en rien à vous contraindre.

Lamia se hissa sur les coudes. Elle scruta son visage durant d'interminables secondes, puis laissa son regard divaguer vers l'horizon.

– Où suis-je ?

– Sur la plage de Pampelonne. Près de Saint-Tropez. Le jour vient de se lever.

Elle s'assit et repoussa la couverture qui l'enveloppait encore. Puis elle tendit les bras devant elle, comme si elle s'attendait à trouver ses mains liées.

– Qu'est-ce que je fais ici ? demanda-t-elle en reportant les yeux sur Calque. Et vous, qui êtes-vous ?

– Vous voulez savoir qui je suis ?

Une fois encore, il fut tenté de décliner son identité, mais il se ravisa et laissa tomber :

– Vous voudrez bien me pardonner, mademoiselle, mais je ne vous donnerai mon nom que lorsque la situation se sera un peu éclaircie.

– Ah, parce qu'on se trouve dans une « situation » ? railla-t-elle.

Calque haussa les épaules.

– D'une certaine façon, oui.

Lamia garda son sourire ironique.

– Vous m'avez enlevée ? Ou vous m'avez sauvée ? Il faudrait savoir.

Il fit descendre sa veste de ses épaules et la posa doucement sur celles de la jeune fille.

– Il fait froid, mademoiselle. C'est le moment de la journée où le corps est le plus fragile.

– Si vous êtes un ravisseur, reprit-elle en s'enveloppant dans le vêtement, vous n'êtes pas très doué pour ça. Vous avez laissé votre arme dans votre poche.

Calque ne put réprimer un petit salut admiratif. Il était clair que cette femme l'invitait, pour la seconde fois, à jouer cartes sur table.

– Ce n'est pas une arme mais un enregistreur. Un magnétophone que j'ai secrètement installé dans la maison de votre mère il y a quelques mois, alors que j'étais encore dans la police active.

Lamia resserra la veste autour d'elle.

– Ah, oui… le policier intellectuel. Je sais tout sur vous. C'est vous que ma mère accuse d'avoir précipité mon frère vers une mort prématurée.

Une mort prématurée ? Un psychopathe comme Achor Bale ? Autant le savoir mort que vivant. Mais Calque se garda bien de mettre des mots sur ce qu'il pensait, car il continuait à s'entêter dans son désir de connaître les intentions de la jeune fille – tout comme elle-même s'évertuait à connaître celles du capitaine.

Il se racla la gorge et déclara :

– Vous étiez liée à une chaise et droguée quand mon associé vous a découverte. Ai-je tort de prétendre que mon aveu d'avoir mis votre mère et vos frères sur écoute ne vous a pas scandalisée plus que ça ? Que vous avez même… peut-être été carrément écartée par le reste de votre famille ?

Lamia lui rendit son vêtement avant de répondre :

– Vous ne pensez pas qu'on pourrait discuter de tout ça ailleurs qu'ici ? Devant un café et un croissant, peut-être ? Je n'ai rien mangé depuis une bonne quinzaine d'heures.

Calque enfila sa veste, dont le col était à présent imprégné de l'odeur de la jeune fille, ce qui ne manqua pas de le troubler.

– Mais bien sûr.

– Et, au fait, je m'appelle Lamia.

– Lamia ? C'est un nom plutôt rare, non ?

Il tenta, malgré lui, de retrouver ce que Lamia avait pu représenter dans la mythologie classique. Était-elle celle à qui Jupiter avait arraché la langue afin de l'empêcher de révéler à Héra l'une de ses nombreuses liaisons ? Non, il s'agissait de Lara. Ou était-ce Laodice ? Alors, oui, c'était vrai : sa cervelle partait en lambeaux.

– Et moi, je m'appelle Calque. Joris Calque. Ancien capitaine de police.

– Eh bien, ex-capitaine, auriez-vous une aspirine sur vous ? J'ai un mal de crâne atroce. Quant à votre associé – vous m'avez bien parlé d'un associé, pas vrai ? –, il semble avoir négligé de prendre aussi mon sac dans sa précipitation à m'enlever.

25

Lorsque Lamia émergea des toilettes, au fond du café près de la pointe de la Pinède, elle s'était nettoyé le visage et recoiffée du bout des doigts, mais les plis sur son pantalon restaient ineffaçables. Elle se pencha, le secoua une dernière fois puis abandonna.

Calque surprit plusieurs clients matinaux en train de la regarder. Malgré la tache spectaculaire qui ornait un côté de son visage, elle restait bien évidemment une jolie jeune fille.

Il se leva tandis qu'elle s'approchait de sa table.

– J'ai pensé un instant que vous vous étiez échappée. Ou que vous aviez appelé la police. Vous auriez eu parfaitement le droit de le faire.

– Je sais.

– Alors pourquoi ne l'avez-vous pas fait ?

Lamia s'assit en face de lui puis le fixa sans ciller.

– Parce que vous m'avez offert votre veste en estimant que j'avais peut-être froid.

Le serveur les interrompit en leur apportant leur café crème et un panier de croissants.

Lamia leva les yeux vers lui et demanda :

– Auriez-vous une aspirine ?

– Oui, madame.

Ouvrant l'index et le pouce, elle s'enhardit :

– Deux ? Avec un verre d'eau ? Je vous en serai éternellement reconnaissante.

Calque vit les yeux du garçon se promener partout sauf sur la marque rouge qui lui maculait le visage. Étrangement, il éprouva un brusque sentiment de pitié pour elle, presque comme si elle était sa fille, créature pathétique totalement manipulée par sa harpie de mère et qui ne lui adressait plus la parole depuis quinze ans.

Lamia avala une gorgée de café puis lâcha :

– Je suppose que vous avez tout sur cet enregistreur. La totalité de ce qui s'est passé dans la chambre du Corpus. Ou alors l'auriez-vous caché dans la cuisine par erreur ?

Calque refoula tout au fond de son cerveau son sentimentalisme naturel, puis inspira profondément – ce qu'il faisait toujours lorsqu'il était sur le point de dire une contrevérité à la personne qu'il interrogeait – avant de répliquer :

– Pour répondre à vos questions dans l'ordre inverse, mademoiselle, non je n'ai pas laissé mon magnéto dans la cuisine. Et, oui, j'ai tout enregistré de ce qui s'est passé.

Le mensonge ne lui allait pas du tout et, sous le stress, il sentait ses paupières inférieures battre de façon imperceptible.

Car Joris Calque avait toujours été sensible aux femmes et avait dû vivre avec ça durant ses trente années au service de la police. Mais il n'était pas naïf au point d'ignorer qu'elles pouvaient être aussi dangereuses que les hommes. Il suffisait de voir la comtesse. Et voilà qu'il était en train de bavarder avec la fille de celle-ci aussi tranquillement qu'avec un collègue de travail ou son voisin de palier.

Il dut faire tous les efforts du monde pour se rappeler qu'il avait affaire à un potentiel complice par instigation ; une femme qui avait peut-être même joué un rôle capital dans l'*actus reus* commis par Achor Bale contre son subalterne, Paul Macron.

– Je n'ai donc pas besoin de vous expliquer quoi que ce soit, capitaine.

– Non.

Lamia prit une des viennoiseries entre ses doigts mais ne chercha nullement à croquer dedans.

– Alors, que comptez-vous faire, maintenant ?

Calque, lui, n'hésita pas à tremper son croissant dans son café puis le porta à sa bouche, non sans protéger sa chemise des éventuelles gouttes qui en tomberaient.

– Qu'est-ce que vous me suggérez ?

La jeune fille saisit son verre et les deux cachets dans la soucoupe que le serveur lui tendait. Sans quitter Calque des yeux, elle les jeta au fond de sa gorge et avala une longue gorgée d'eau.

– Vous pourriez déjà prévenir la police.

Le garçon lui jeta un regard curieux puis recula, comme s'il s'était approché trop près d'un feu. Lamia le remercia d'un sourire machinal.

– La police ? répéta Calque en riant. Disons que… que je suis *persona non grata* avec mes ex-collègues, en ce moment. Et vous savez qu'un enregistrement ne constitue en aucun cas une preuve. Ils sont trop facilement trafiqués.

Lamia se massa les tempes, comme pour accélérer les effets de l'aspirine.

– Mais, ça, vous le saviez avant de commencer, capitaine Calque. Vous avez certainement établi un plan d'urgence…

– Un plan d'urgence ? s'étonna-t-il. Comment aurais-je pu établir un plan d'urgence en ne sachant pas d'avance ce que j'allais entendre ?

– Et Adam Sabir ? Qu'est-ce que vous allez faire à son sujet ?

Calque sentait son fragile château de cartes près de s'effondrer.

– Je vais l'appeler, bien sûr, et le mettre au courant.

– Vous allez l'appeler ? Et le mettre au courant ? Vous êtes malade ?… Le mettre au courant de quoi ?

Calque ne répondit rien et se contenta de rejeter la tête en arrière en fermant les yeux.

Lamia soupira.

– Vous ne savez rien, en fait. Vous ne faites que vous raccrocher à un vague espoir. Vous êtes sûr qu'il y avait quelque chose sur votre bande ?

– Oh oui, fit-il en se redressant d'un bond. J'ai une bonne heure et demie d'infos parfaitement consistantes.

– Des infos ? Quel genre d'infos ?

– Votre réunion. D'il y a deux jours.

– Alors vous savez ce que je faisais dans la pièce où votre mystérieux associé m'a trouvée. Pourquoi j'ai été droguée et attachée.

– Bien évidemment.

Lamia se leva et lâcha :

– Dans ce cas, vous n'aviez pas besoin de moi, capitaine. Je vous remercie de votre franchise. Me feriez-vous la gentillesse d'appeler un taxi ? Et j'apprécierais aussi un petit prêt de votre part, jusqu'à ce que ma banque ouvre et que je puisse les informer de la perte de mes cartes de crédit. Je vous signe une reconnaissance de dette si vous le désirez.

26

Calque suivit Lamia sur le trottoir. Malgré l'heure matinale, la rue était déjà animée, et cela ne faisait qu'ajouter à sa frustration.

– Qu'est-ce que vous allez faire, mademoiselle ? Où comptez-vous aller ?

– Je ne vois pas en quoi cela vous intéresse.

Calque eut un moment la tentation de se montrer honnête et d'admettre que son enregistrement était inutile ; de suivre son instinct, qui lui assurait que cette femme était sincère. Peut-être s'était-elle réellement rebellée contre sa mère et tout ce qu'elle subissait ? Mais, après trente ans passés à ne jamais se confier à personne de peur de voir un jour ses confidences utilisées contre lui, il avait fini par apprendre à ne plus écouter son instinct.

– S'il vous plaît, laissez-moi vous déposer quelque part, insista-t-il. Ce serait vraiment la moindre des choses, en ces circonstances.

Lamia secoua la tête d'un air distrait. Elle cherchait des yeux l'arrivée d'un taxi et semblait avoir déjà gommé le capitaine de son esprit.

Le téléphone de ce dernier sonna. On l'appelait si rarement que, d'abord, il jeta un regard absent autour de lui, comme si l'appel était destiné à quelqu'un d'autre. Puis il plongea une main nerveuse dans sa poche.

Lamia venait d'apercevoir un taxi et lui faisait signe.

Calque décrocha et leva un bras tremblant à son oreille, comme s'il craignait que l'appareil ne lui explose au visage.

– Oui ? Calque…

– C'est Picard.

Il fronça les sourcils. Pourquoi diable Picard l'appelait-il ainsi dans un endroit public ? Ils n'avaient plus rien à faire ensemble. Ce fiasco lui avait coûté trois mille précieux euros… pour ne récupérer, à la place des infos escomptées, qu'une femme pleine de rancœur et désireuse de se débarrasser de lui au plus vite.

– Écoutez, capitaine… ne me demandez pas pourquoi je fais ça, mais je ne peux pas vous abandonner dans une putain de tempête qui risque de vous laisser pour mort.

Tout en l'écoutant, Calque gardait un œil sur Lamia. Un taxi venait de s'arrêter à sa hauteur. Elle croisa le regard du policier et frotta ensemble son pouce et son index pour évoquer de l'argent.

– Quoi ? Qu'est-ce que vous racontez, Picard ? Quelle « putain de tempête » ?

Il leva une main apaisante et s'approcha de Lamia, son téléphone toujours plaqué à l'oreille.

– Vous avez entendu parler du shamal, capitaine ? continua son interlocuteur. C'est le nom que les Arabes du désert donnent à une tempête de sable ; du genre si puissant qu'elle peut finir par vous arracher la peau. Eh bien, c'est de cette putain de tempête que je parle.

– Picard…

– Écoutez. À la sortie de la grand-route… après vous avoir laissé la femme et le magnéto… il y avait un homme qui m'attendait. Un homme armé.

– Un… quoi ?

– Vous m'avez très bien entendu, capitaine. Je ne vais pas répéter. Cet homme dont je parle… en allant voir comment se portait la femme emprisonnée sur sa chaise, il a vu qu'elle avait disparu et m'a suivi à mon départ de la maison. Il s'est présenté à moi avec un fusil à pompe. Alors j'ai dû le descendre.

– Vous l'avez tué ?!

Sans s'en rendre compte, Calque s'était instinctivement remis en « mode police ». Il tapota sa poche en vain, à la recherche de son carnet.

– Écoutez, capitaine, je n'ai pas envie que tout ça se retourne contre moi, vous comprenez. J'ai une femme et un fils. J'ai réfléchi, et je pense que vous me devez bien ça.

– Comment l'avez-vous tué, Picard ?

Calque avait abandonné la recherche de son carnet. Il n'en voyait plus l'utilité, à présent.

– Je l'ai renversé avec ma voiture. Il s'apprêtait à tirer dans mes phares. Je n'avais pas le choix.

– Et le fusil ?

– Je m'en suis débarrassé.

– Où ?

Le chauffeur de taxi levait les mains en direction de Lamia en lui montrant son compteur.

– Dans les buissons, au bord de la route. Vous avez aperçu un Land Rover garé en revenant de la plage ?

– Oui, je l'ai vu. Et une autre voiture, aussi. Une Renault bleue, vide. Garée un peu plus loin.

Picard se figea.

– Capitaine, il n'y avait pas de Renault bleue garée quand je suis reparti. L'endroit était vide. Bon, je raccroche, maintenant. Et vous, si j'ai un conseil à vous donner, c'est de faire attention à vos fesses.

27

Calque rejoignit Lamia en quelques foulées. Posant une main sur l'épaule du chauffeur, il attira la jeune femme à lui.

– On a un problème. L'homme qui vous a sortie de la maison vient de me téléphoner. Il est tombé sur l'un des sbires de votre mère en remontant de la plage. Le gars s'est avancé vers lui avec un fusil et il a été forcé de le tuer. Ce qui veut dire qu'on a certainement été suivis jusqu'ici.

– Mais, c'est impossible…

– Lamia, il ne faut pas traîner. Je vous expliquerai plus tard. Vous connaissez mieux que moi votre mère ; vous savez de quoi elle et ses gens sont capables. Vous sentez-vous prête à faire ce que je vous demande ?

Elle le fixa longuement puis acquiesça.

– Montez dans le taxi, maintenant. Je vais donner au chauffeur l'adresse de mon hôtel à Cogolin. Vous devez aller là-bas. Je vous suivrai dans ma voiture. À un moment, vous me verrez prendre une autre route mais, vous, ne changez pas de direction. Je dois savoir où vous trouver. Je crois comprendre qu'on a affaire à un seul homme. Il me suivra parce que c'est moi qui représente pour lui la plus grande menace. Et, s'il ne me suit pas et continue de vous pister, je saurai où le retrouver. Vous saisissez ce que je vous dis ?

– Oui.

Calque donna ses instructions au chauffeur puis tendit quelques euros à Lamia.

– Je vous rejoins bientôt. Ne vous inquiétez pas. Prenez une chambre dans mon hôtel sous le nom de Mercier. Puis enfermez-vous jusqu'à mon retour. Vous m'avez bien compris ?

Il s'éloigna sans lui laisser le temps de changer d'avis. Sans un regard autour de lui, le policier rejoignit sa voiture. Il s'installa au volant, démarra et se lança dans le trafic en suivant le taxi à une cinquantaine de mètres. Il y avait trois voitures entre lui et Lamia, mais aucune n'était une Renault bleue. Calque jeta alors un coup d'œil dans son rétroviseur.

La Renault se trouvait à cinq véhicules derrière lui.

La peur lui tordit l'estomac. Il n'était pas un homme d'action. Il avait toujours laissé ça aux jeunes, à des gens comme Paul Macron… qui avait fini par trouver la mort, alors que lui-même était encore en vie. Cette seule idée le rongeait comme un acide.

À présent, sa priorité était de protéger cette femme. C'était à cause de lui si elle se trouvait dans une situation pareille, et il lui fallait tout faire maintenant pour l'en sortir. Il ne devait pas faillir comme il l'avait fait pour son assistant.

Au bout de cinq kilomètres, au rond-point de la plage de Cogolin, Calque prit à gauche sur la route de La Croix-Valmer. La Renault bleue le suivit.

Il se signa. Sa seule chance reposait maintenant sur son intelligence. Déjouer les manœuvres de son adversaire. Pratiquer la pensée latérale. S'il n'y parvenait pas, son poursuivant le coincerait à l'endroit qu'il aurait choisi et le liquiderait.

Il devait le pousser à gamberger. Le forcer à attendre avant d'agir.

Calque prit à gauche vers Gassin. Ce qui pousserait l'autre à se poser des questions. Sa proie repartait-elle vers Pampelonne ? Ou vers la maison de la comtesse ?

Il accéléra sur la colline qui menait au village. La route au-delà de Gassin tournoyait beaucoup et peu de conducteurs l'empruntaient à cette époque de l'année. Si l'homme devait faire quelque chose, cela ne pouvait être qu'ici.

Néanmoins, le policier espérait bien qu'une curiosité naturelle l'empêcherait de bouger. C'était un risque à prendre, dont sa vie dépendait, et il sentait l'anxiété le dévorer. Il n'avait pas d'arme dans la voiture. Aucun moyen de se défendre. De plus, il avait le cœur faible, et son lourd passé de fumeur lui assurait que ses poumons ne tiendraient pas le choc en cas de crise.

La Renault se rapprocha de sa voiture. Ils étaient sortis de Gassin, maintenant, et traversaient les collines vers Ramatuelle. Ils ne devaient pas être à plus de cinq ou six kilomètres de la maison de la comtesse. L'homme attendrait certainement avant de lancer son attaque.

Apercevant une voiture devant lui, Calque accéléra. Plus ils seraient nombreux, moins il y aurait de danger. Et il savait que son poursuivant hésiterait à agir devant des témoins. Surtout avec déjà un cadavre sur les bras…

Le véhicule que Calque rejoignait peu à peu semblait avoir fait ralentir la Renault. Dans son rétro, il la vit prendre de nouveau un peu de distance. Peut-être son conducteur pensait-il que le policier n'avait pas remarqué sa présence derrière lui.

Ils approchaient maintenant de Ramatuelle. Calque pria le ciel pour que le chauffeur de la voiture devant lui n'ait pas la mauvaise idée de stopper pour s'acheter le journal ou s'offrir un café dans un bar. Il se sentait déborder d'affection pour le petit homme anonyme qu'il suivait depuis quelques kilomètres.

Celui-ci continua à travers le village, Calque ne le quittant pas d'un pneu. Ils étaient à moins de trois kilomètres du manoir de la comtesse, maintenant, et il sentait la confiance renaître en lui. Il avait bien géré la chose, finalement. L'homme au volant de la Renault bleue avait manifestement contacté la comtesse, qui avait dû lui conseiller de se tenir à distance afin de voir quelles étaient les intentions de Calque.

À présent, le policier n'avait plus qu'à garder la tête froide, avant de la glisser directement dans la gueule du loup.

28

Une main sur le volant, Calque glissa l'autre dans sa poche pour y trouver le petit magnéto. Il l'ouvrit, le posa sur le siège passager et en sortit la cassette qu'il cala sur ses genoux. Puis il tâtonna à la recherche de son téléphone pour le placer juste à côté. Il devait bien ça à Picard. Autant éviter que le Corpus ne retrace ses derniers appels et finisse par identifier celui qui avait enlevé Lamia.

La Renault bleue se trouvait toujours à une cinquantaine de mètres derrière lui.

Encore deux kilomètres avant d'atteindre la maison de la comtesse – avait-il trop tardé pour agir ? La peur lui avait-elle dévoré une partie du cerveau, l'empêchant ainsi de voir clair ?

À trois cents mètres devant lui apparut un long virage en S. Voilà. C'était sa dernière chance. L'homme dans la Renault viendrait à coup sûr le recoller tandis qu'ils approcheraient du manoir.

Alors qu'il avait presque atteint le virage, Calque abaissa sa vitre et accéléra brusquement. Il faudrait à son poursuivant une demi-seconde pour réagir et le rattraper… Assez pour donner au capitaine de quoi disparaître un court instant de son champ de vision.

Comme il entamait le premier tournant, il jeta la cassette et le téléphone par la fenêtre ouverte, non sans chercher fiévreusement quelques points de repère au niveau des buissons qui bordaient la route. Puis, d'un coup d'index sur le bouton de fermeture, il remonta sa vitre et rétrograda afin de retrouver sa vitesse antérieure – surtout ne pas donner de coup de frein qui risquerait d'alerter le conducteur de la Renault.

Celle-ci venait tout juste de le rattraper, et Calque reconnut à son volant Milouins, le majordome. C'était donc l'un des deux valets que Picard avait tué. Des majordomes... Des valets... Dans quel siècle la comtesse croyait-elle vivre ? Et la Révolution, elle en faisait quoi ? Cette femme n'avait donc aucune honte ?

L'entrée du domaine de Seyème se trouvait à cinquante mètres sur la gauche. Calque lutta contre l'envie d'accélérer pour semer la Renault et fuir le destin qui l'attendait, mais cela voudrait dire se faire aussitôt doubler dans un virage sans visibilité, et affronter un Milouins très en colère et vengeur... s'il parvenait à survivre à la manœuvre. Non. La comtesse représentait un bien meilleur enjeu. Il arriverait peut-être à la bluffer. Et puis Milouins était du genre à tirer d'abord et poser ensuite les questions.

Calque mit son clignotant et se prépara à tourner à gauche. Merveilleux. Voilà qu'il se retrouvait à découvert, totalement vulnérable, en train de se jeter de lui-même dans la gueule du loup. Comment en était-il arrivé là ? Jamais, s'il l'avait cherchée, il n'aurait su s'inventer une fin aussi humiliante. Il ne leur restait maintenant qu'à le tuer – aussi discrètement que possible – puis le fourrer dans sa voiture et caler celle-ci sur le corps de la victime de Picard. Il imaginait sans problème la comtesse savourant le plaisir de raconter à la police ce qui s'était passé.

– Nous savions que votre ex-inspecteur nous filait. Qu'il mettait sur le dos de notre famille la mort de son assistant. Que c'était devenu une véritable obsession pour lui. Alors j'ai envoyé l'un de mes gens le raisonner, nous ne voulions plus vous faire gaspiller votre précieux temps, voyez-vous. Mais le capitaine a dû être pris de folie. Dans un accès de rage, il a tout simplement renversé mon valet avant de lui rouler dessus ; puis, voyant ce qu'il avait fait, il s'est donné la mort.

Tout cela s'accorderait idéalement avec sa supposée dépression. Il voyait déjà la une du *Nice Matin*: « Le geste fou d'un ex-policier aigri ».

Comme objectif personnel, il n'y avait pas mieux…

Calque s'arrêta devant le manoir de la comtesse. Milouins gara sa Renault derrière lui, au niveau de l'entrée de la cour, s'arrangeant ainsi pour lui bloquer toute issue. La tête appuyée au dossier, le capitaine soupira. Le Corpus n'y allait manifestement pas par quatre chemins.

Prudent, il dissimula le magnéto vide sous le siège passager puis descendit lentement de sa voiture. Inutile de fermer ; ils n'hésiteraient pas à briser la vitre.

La dernière fois qu'il avait mis les pieds dans cette cour, c'était avec Macron, quelques mois plus tôt, avec tout le système judiciaire français à ses côtés.

Et voilà qu'aujourd'hui il se retrouvait ici. Seul.

29

Assis dans l'entrée sur le siège du concierge, Calque attendait. Il décocha un sourire méprisant au valet qui se tenait à quelques mètres de lui. En réponse, ce dernier se passa lentement l'index sur la gorge en faisant mine de s'égorger, la langue pendant au coin de ses lèvres.

Enfin, il daignait communiquer.

Vingt minutes s'écoulèrent.

Calque se demandait comment la comtesse avait l'intention de jouer avec lui. Allait-elle lui offrir une tasse de café, comme la dernière fois ? Jouer les grandes dames ? Ou ordonnerait-elle tranquillement à Milouins de lui exploser la mâchoire à l'aide d'une matraque ?

Il s'en voulait amèrement de s'être ainsi laissé manipuler par cette femme. Seule Lamia savait dans quoi il s'engageait. Et personne d'autre qu'elle n'était en mesure d'expliquer aux autorités ce qu'il surveillait depuis six semaines. Picard ? Aimé Macron ? Aucun d'eux n'était du genre à aller de son plein gré informer la police. Et puis qu'auraient-ils à raconter ? Des rumeurs. De pures rumeurs.

Calque se sentait lui-même victime de la loi du silence contre laquelle il avait lutté tout au long de sa carrière. Si encore il avait eu le bon sens de mettre Adam Sabir au courant de ce qui se tramait. Mais non, il s'était cru malin en décidant de tout lui raconter d'un seul coup. Pour prouver quel homme intelligent il était. Voilà le tour que lui jouait sa vanité, son orgueil démesuré.

Milouins sortit la tête du salon et indiqua au valet de faire entrer le capitaine. Dans sa main, il tenait le petit magnéto qui pendait tel un yoyo au bout de ses doigts.

Première frappe du Corpus, songea-t-il. *J'espère au moins qu'ils ne vont pas me torturer. Ce serait le pompon. Jamais il ne leur viendra à l'idée que je ne sais absolument rien.*

La comtesse était assise dans son fauteuil habituel, près de la cheminée, Mme Mastigou debout derrière elle, son carnet de notes en main.

Milouins posa l'enregistreur sur la table de verre devant elle, comme s'il s'agissait du plateau sur lequel reposait la tête coupée de Jean-Baptiste. Puis, d'un geste du menton, il fit signe au policier de s'asseoir.

– Êtes-vous complètement remis de vos blessures, capitaine Calque ? lui demanda la maîtresse des lieux. Mme Mastigou me rappelle que vous avez été victime d'un accident de voiture juste après notre dernière rencontre. Avec votre assistant, le lieutenant…

– Macron. Le lieutenant Macron. Oui. L'homme que votre fils a tué.

Les paupières de la comtesse tremblèrent imperceptiblement.

– Laissez mon fils en dehors de tout cela, je vous prie. Mon émotion à ce sujet est encore extrêmement vive. Cela pourrait vous desservir, je crois.

Calque la sentait vibrer de colère. Il eut soudain la désagréable conviction que cette femme était folle et que personne dans son entourage n'osait intervenir pour la faire interner. Un peu comme les vieux généraux de la Wehrmacht restés, jusqu'au bout, fidèles à Hitler.

Elle se redressa dans son fauteuil. À son attitude, il était clair qu'elle n'allait pas tourner autour du pot. Indiquant l'enregistreur, elle déclara :

– Vous, ou l'un de vos associés, êtes entré par effraction dans ma maison, tôt ce matin. J'imagine que ce n'était pas simplement pour enlever ma fille ?

Calque ne prit pas la peine de répondre. À quoi bon ?

– Milouins, où avez-vous trouvé ce magnétophone ?

– Dans la voiture du capitaine.

– Et de quel genre est ce magnétophone ?

– Un enregistreur à commande vocale, madame.

– Ce qui veut dire ?

– Ce qui veut dire qu'il se met en marche ou s'arrête de lui-même selon le volume de la voix qui lui parvient.

– Instantanément ?

– Il répond à n'importe quelle sorte de bruit, en effet, madame. Et il est fait pour redémarrer tout seul. Ce qui veut dire que, une fois mis en route, il continue de fonctionner, en se mettant en veille lorsqu'il n'y a aucun son dans la pièce, et en relançant l'enregistrement au premier bruit.

– Avez-vous découvert l'endroit où il était dissimulé ?

– Oui, madame. Sous la table, dans la salle du conseil. Les traces de l'adhésif isolant avec lequel il était fixé sont encore nettement visibles. On peut les voir sur l'appareil aussi.

– Et la bande elle-même ?

– La cassette, madame ? Introuvable.

La comtesse se tourna vers Calque.

– Très intelligent de votre part, capitaine. Dissimuler le magnétophone dans votre voiture, là où on risquait à coup sûr de le découvrir… N'importe qui pourrait en déduire que c'était ce que vous cherchiez. Et pourquoi ? J'aimerais le savoir.

La gorge aussi sèche que du papier-émeri, Calque se contenta de hausser les épaules.

– Eh bien, je vais vous le dire, continua-t-elle. Milouins m'a tout expliqué de vos manigances. Comme vous pouvez le constater, nous savons où cet appareil était caché, et nous savons aussi quand il a été caché ; car la logique me dit que c'est vous qui l'y avez posé, de façon totalement illégale, lors de la fouille de ma maison par vos policiers, en mai dernier.

Voilà, se dit Calque. Voilà ma chance de bluffer un maximum pour me sortir de ce guêpier.

– Milouins nettoie la salle du conseil au moins une fois par mois, poursuivit la comtesse. Personne d'autre que lui et un valet n'y a accès. Il a donc fait une petite expérience pendant que vous attendiez dans le hall. Faites jouer la bande, Milouins.

Le majordome sortit une cassette de sa poche et la plaça dans l'appareil. Il augmenta le volume et appuya sur le bouton de lecture. Le son d'un aspirateur en marche résonna alors dans la pièce, suivi de plusieurs voix et du bruit de meubles que l'on déplaçait. Par instants, la bande s'arrêtait puis repartait après une courte période de silence. Pendant ce temps, Mme Mastigou ne cessait d'écrire sur son carnet.

Calque savait ce que c'était que de se faire prendre la main dans le sac. Jamais il ne se permettrait, désormais, de sous-estimer ces gens-là. Et la comtesse n'était pas folle – ç'aurait été bien trop facile. Elle était juste dérangée, avec une infime touche de démence.

– Voilà. Intéressant, qu'en dites-vous ? J'ai simplement demandé à Milouins de recréer les bruits exacts qu'il avait dû faire la semaine dernière tandis qu'il préparait la salle. À la lueur de ce petit test, il est clair que vous n'aurez pas réussi à enregistrer quoi que ce soit d'intéressant, pour vous ou pour la police, durant les quatre-vingt-dix minutes de bande que vous aviez à votre disposition. Dans le cas contraire, vous auriez jeté l'appareil entier par la fenêtre de votre voiture plutôt que juste la cassette qui s'y trouvait.

Calque décida de tenter malgré tout son bluff.

– J'ai toujours Lamia. Et vous, vous avez un meurtre à dissimuler. D'autre part, vous savez que la mort violente de deux personnes du même bureau de police, à quelques mois de distance, peut difficilement passer pour une coïncidence. Nous devrions pouvoir trouver un terrain d'entente, vous et moi, non ? J'ai encore pas mal d'influence dans la police.

La comtesse jeta un regard à Mme Mastigou. Qui consulta sa montre-broche et hocha la tête.

– Vous sous-estimez la situation, capitaine Calque. Ma fille, Lamia, sera très bientôt de nouveau parmi nous. À ce moment précis, deux de mes autres enfants entrent dans votre hôtel de Cogolin et demandent à voir leur sœur. Elle repartira avec eux car c'est une enfant obéissante, qui ne voudrait en aucun cas contrarier sa mère.

Calque se sentit blêmir.

– La plus importante station de taxis de la région de Saint-Tropez m'appartient, ajouta la comtesse. Pour tout dire, je possède la plus grande partie de la péninsule. Après mon mariage, j'ai investi une petite partie de ma fortune dans l'économie locale, ce qui me rapporte des bénéfices fort substantiels, je l'avoue. Dois-je vous rappeler que tous les ancêtres mâles de mon défunt mari sont comtes de cette région depuis quelque neuf cents ans ? Milouins n'a eu qu'à appeler le numéro des taxis pour recevoir une réponse instantanée. Comme vous le savez, la police et l'administration fiscale exigent que chaque course soit enregistrée sur un fichier central ; la procédure n'a donc posé aucune difficulté. Et puis Cogolin, ce n'est pas la Sibérie. Que croyiez-vous ? Traiter avec des amateurs ?

– Et le cadavre ? À Pampelonne ?

– Quel cadavre, capitaine ? Mon valet, Philippe Lemelle, est bipolaire. Il a trois fois fait preuve d'insubordination depuis que je l'emploie chez moi. Il a même un jour vendu tous ses biens, dont sa voiture, au premier homme qu'il a croisé. Milouins l'a retrouvé, vivant à la dure à Mandelieu. Nous l'avons repris avec nous, cette fois. En fait, nous avons été très tolérants avec lui – sa famille, après tout, travaille pour nous depuis des générations. Nous l'avons néanmoins mis en garde et prévenu que, s'il recommençait, il perdrait son travail. Ce qui semble, hélas, être arrivé.

– C'est n'importe quoi, vous le savez très bien.

– Pas selon notre médecin local. Ni selon Milouins. Ni M. Flavenot, notre conservateur. Je puis vous l'assurer.

– J'ai accès à la voiture maculée de sang qui l'a tué.

– Oh, je vous en prie, capitaine. Celui qui conduisait cette voiture est aussi entré par effraction dans ma maison et a enlevé l'un de ses occupants, avant de tuer un innocent et de prendre la fuite. Si nous devions poursuivre dans cette direction, c'est vous et votre associé qui seriez pris entre deux feux, pas moi.

– Dans ce cas, pourquoi me retenez-vous ? demanda Calque dont les oreilles commençaient à bourdonner. Vous savez tout. Vous contrôlez tout. Ma présence ici n'a aucune pertinence pour vous.

– C'est vous qui employez le mot « pertinence », capitaine, pas moi, rétorqua la comtesse en se levant. D'autre part, nous ne vous retenons pas. Vous êtes venu ici de votre plein gré. Vous pouvez repartir tout aussi librement. Nous n'avons plus rien à nous dire, vous et moi.

Comme en écho au geste de la comtesse, Calque se leva à son tour. Qu'y avait-il dans la tête de cette femme ? Sa confiance en elle était-elle à ce point imperméable ? Était-elle si persuadée que Dieu approuvait ce qu'elle entreprenait qu'elle croyait aussi que les idiots qui composaient le reste du monde jouaient le même jeu qu'elle ?

– Puis-je récupérer mon magnétophone ?

– Peut-être voudriez-vous aussi que nous vous dédommagions de la perte de votre portable ? railla la comtesse. Ma patience a des limites, capitaine.

Calque hésita, peu certain encore qu'elle accepterait de le laisser partir. Il tenta quelques pas vers la porte. Comme personne ne semblait chercher à l'en empêcher, il prit sans attendre la direction du vestibule. En passant devant lui, il éprouva une furieuse envie de faire un bras d'honneur au valet mais se ravisa. Peut-être que tout ceci n'était qu'un énorme coup de bluff et que, dès l'instant où il aurait quitté la comtesse, on se jetterait sur lui pour l'empoigner, le traîner jusqu'à la cave et lui faire subir la torture du tuyau d'arrosage enfoncé dans la gorge…

Il laissa cette pensée gronder en lui tout le temps qu'il mit à regagner sa voiture. Et s'ils l'avaient piégée ? S'ils en avaient scié les câbles ? Ponctionné le liquide de frein ? Posé une bombe qui exploserait juste après avoir passé le panneau de limitation de vitesse à cinquante à l'heure ? Bon Dieu, ils en auraient eu largement le temps !

Il commençait à comprendre qu'il s'attaquait à une organisation si certaine de sa puissance – et si hermétique quant à son identité – que personne sur terre ne pouvait espérer faire le poids avec elle.

Lâchant un soupir de soulagement, Calque s'installa au volant et démarra. Sa main trembla quand il passa la première. Le pied vissé sur la pédale d'embrayage, il attrapa l'étui à cigarettes en crocodile que sa femme lui avait offert le jour de leur mariage et qui, par miracle, avait échappé au règlement du divorce. Il l'ouvrit, en éparpilla par mégarde le contenu sur le siège passager et attrapa du bout des doigts la cigarette la plus proche avant de la glisser nerveusement entre ses lèvres. Pour une raison qu'il ne s'expliquait pas, il avait toujours le plus grand mal à se servir de l'allume-cigare.

Personne ne le suivit lorsqu'il quitta la cour du manoir. Personne ne le suivit non plus lorsqu'il rejoignit le carrefour pour s'engager sur la grande route. Perplexe, Calque tourna à droite, en direction de Ramatuelle. Non, il en était certain maintenant, il n'avait pas de suiveur.

Il s'arrêta sur la première aire de stationnement et sortit. D'abord, il s'allongea sur le sol pour vérifier le dessous du châssis. Rien. Aucun signe de sabotage. Puis il ouvrit le capot et scruta le moteur. Tout était nickel. Il tapota les sièges, les inspecta sous toutes les coutures. Rien non plus. Enfin, il fit le tour du véhicule et en examina l'arrière, observant particulièrement le pot d'échappement. Pour finir, il souleva le cache en plastique de la roue de secours. Si ceux du Corpus lui avaient tendu un piège, ils étaient très forts pour le dissimuler.

Calque remonta en voiture, démarra et repartit. Une vingtaine de mètres plus loin, une convulsion le secoua de part en part. Furieux de ce manque de contrôle physique, il frappa le volant du poing. Il devait absolument se ressaisir. Surtout ne pas perdre du temps à tenter d'apaiser des terreurs infondées. Il devait à tout prix récupérer son téléphone. Le numéro privé d'Adam Sabir en Amérique était caché quelque part dans ses entrailles, et Calque se sentait le devoir de le prévenir que le Corpus en avait toujours après lui.

Car le capitaine avait appris quelque chose de très précieux lors de ses conversations avec la comtesse et avec Lamia – un détail qu'il avait intercepté presque par hasard. Son hôtesse avait parlé à peu près de tout, lors de leur entretien, de tout sauf de Sabir. Pas une seule fois son nom n'avait été prononcé. Et pourtant, l'Américain était la première personne dont Lamia lui avait demandé des nouvelles, lorsqu'elle avait repris conscience après avoir été droguée.

Ce n'était pas pour rien si Calque avait passé la meilleure partie de sa vie à interroger des suspects ou des témoins. Il savait d'expérience que les questions que les gens laissaient en suspens et les noms évidents qu'ils oubliaient lors d'un interrogatoire avaient systématiquement plus de signification que ceux qu'ils laissaient remonter à la surface de leur plein gré.

Une chose était sûre lorsqu'il récupérerait son portable : il ne chercherait pas à brancher ses vieux potes de la police sur la curieuse disparition de Philippe Lemelle – la comtesse avait raison là-dessus. Jean Picard avait risqué gros en aidant cette fille et, plus tard, en avertissant Calque que le Corpus l'avait à l'œil.

Il avait d'ailleurs bien demandé au capitaine d'y aller doucement, au nom de sa femme et de son fils. C'était un repris de justice, ce qui voulait dire que, s'il retournait en prison, il y resterait pour de bon. Pas question de libération sur parole, cette fois. Ni de remise de peine pour bonne conduite.

Même s'il pestait à l'idée de laisser la comtesse libre comme l'air, Calque savait que c'était parfois mieux de donner du temps au temps.

30

Assis dans sa voiture, Calque surveillait l'entrée de l'hôtel de la Place, à Cogolin. Il était midi et la circulation commençait à se faire plus dense. Trois fois il avait essayé de contacter Sabir en revenant de Ramatuelle, mais son téléphone du Massachusetts n'avait fait que sonner en vain.

Mais, au fond, que lui aurait-il dit ? De surveiller ses arrières ? Comment ? En louant les services d'un garde du corps ? En appelant le FBI ? Ou alors il aurait pu conseiller à Sabir de s'offrir des vacances supplémentaires. Ce qui n'aurait servi à rien. Car Calque avait eu tout le loisir de jauger la comtesse – elle était implacable. Si elle décidait de se venger de l'homme qui avait tué son fils, ce n'était pas la distance qui l'en empêcherait.

Au cas où le capitaine n'aurait pas la moindre preuve à présenter à Sabir, il savait par intuition que, comme lui, l'Américain ne croirait pas une seconde que les ambitions du Corpus étaient mortes dans ce cloaque en même temps qu'Achor Bale. Non c'aurait été trop beau. Calque était convaincu qu'ils cherchaient encore à mettre la main sur ce que Sabir détenait : les prophéties.

Aujourd'hui, avec le recul, il réalisait combien il avait été stupide de ne pas avoir cru la jeune femme dès le début. Il aurait pu au moins obtenir d'elle quelque chose de concret, des indications sur les réelles intentions du Corpus pour compenser le fiasco du magnétophone. Au lieu de cela, fidèle à son obstination de policier, il s'était montré dubitatif et n'avait finalement rien fait d'autre que de la rendre à sa famille. La frustration qu'il ressentait était quasi palpable.

Tous ses carnets se trouvaient dans sa chambre d'hôtel, avec l'adresse privée de Sabir ainsi que ses annotations détaillées sur la dernière conversation qu'ils avaient eue ensemble et sur les indices plus que tentants que Sabir lui avait fournis au sujet des cinquante-deux prophéties perdues. Cinquante-deux sur les cinquante-huit originales, qui décrivaient l'Armageddon qui guettait la planète. Pas un instant, Calque n'avait songé à les cacher. C'était lui, et non le Corpus, qui tenait les rênes. Du moins, l'avait-il cru… Car, à présent, il avait la nette impression que le chasseur était devenu le gibier.

Calque descendit de voiture. Ses yeux scrutèrent les environs. De l'autre côté de la rue, quelques personnes attendaient en file pour entrer dans le restaurant de l'hôtel. C'est alors qu'il sentit la faim lui dévorer l'estomac.

Il traversa la rue et pénétra dans l'établissement. Le concierge n'était pas à son poste. Peut-être lui aussi prenait-il son déjeuner ? Comme n'importe qui entre midi et une heure.

En observant le casier derrière le comptoir, Calque constata que sa clé n'y était plus. Si, d'une certaine manière, il s'y attendait, après les allusions de la comtesse, il se sentait soudain une furieuse envie de quitter les lieux au galop.

Tout au fond de lui-même, le capitaine continuait de résister à l'idée que les prophéties pouvaient avoir une valeur autre que celle, purement commerciale, qu'on leur attribuait en général. Comment un homme, né un demi-millénaire plus tôt, pouvait-il prédire une série d'événements précis censés se produire quatre cent cinquante ans plus tard ? Aucune personne douée de raison ne saurait nourrir une idée pareille.

Adam Sabir, encore sous le coup d'une névrose posttraumatique, poursuivait sa convalescence à l'hôpital quand il avait parlé au policier des prophéties de Nostradamus relatives aux cinquante-deux ans précédant le grand changement de 2012. Le troisième Antéchrist ? Le Second Avènement ? De la folie furieuse. Calque s'était alors demandé s'il ne souffrait pas d'un début de démence sénile. Ce qui aurait expliqué pourquoi lui-même avait, un temps, négligé tout jugement rationnel pour laisser un réel et puissant lien d'amitié s'installer entre Sabir, les Gitans et lui.

Mais croire ou non à ces prédictions n'était plus le problème. Des crimes avaient été commis. Des gens avaient été tués, et d'autres blessés. Démence précoce ou pas, le seul objectif de Calque était maintenant d'empêcher de nouveaux crimes. Il devait bien cela à son ex-assistant, non ? Faire en sorte que Paul Macron ne soit pas mort pour rien.

31

Calque ignora l'ascenseur et grimpa laborieusement l'escalier. Après une courte hésitation devant la porte de sa chambre, il tourna la poignée et ouvrit en silence. Qu'allait faire le Corpus ? Lui tendre une embuscade ? Le descendre en place publique ? Ils en avaient déjà eu l'occasion un peu plus tôt… sans en profiter, pourtant. Ce n'était manifestement pas lui qui les intéressait.

La chambre était vide.

Saisi d'un très vague espoir, il se rua sur sa valise et l'ouvrit d'une main impatiente. Toutes ses notes avaient disparu.

– Putain de merde !

Il referma le couvercle avec rage. Il avait grandi auprès d'une mère protestante et d'un père catholique. Chacun à sa manière – et parfois de façon contradictoire – lui avait inculqué les principes d'une attitude décente. En conséquence de quoi, il ne jurait que très rarement. À quoi servait, en effet, de claquer la porte de l'écurie une fois que le cheval s'en était échappé ? Mais, aujourd'hui, c'était l'exception.

Quelle folie l'avait poussé à laisser ses notes dans sa chambre ? Et pourquoi n'avait-il pas utilisé le coffre de l'hôtel ? Trop peu pratique, voilà pourquoi. S'il avait eu la bonne idée de manquer d'amour-propre, il aurait éprouvé un terrible sentiment de dégoût. Au lieu de cela, son esprit embraya aussi sec pour passer à la vitesse supérieure. Et la première chose qu'il inscrivit à son nouvel agenda fut de découvrir au plus vite ce qui était arrivé à la jeune femme.

Laissant sa porte grande ouverte – que pouvait-on lui voler, maintenant ? –, Calque redescendit les marches quatre à quatre jusqu'à la réception. Le concierge était de retour derrière son comptoir, visiblement en train de digérer son déjeuner. Le capitaine n'y alla pas par quatre chemins :

– Est-ce que mon assistante, Mme Mercier, est passée vous voir, ce matin ? Elle était censée arriver à l'heure du petit déjeuner.

Il laissa l'homme jeter un bref coup d'œil à son badge illégal pour faire accélérer les choses.

– Mme Mercier, vous dites ?

– Oui, reprit Calque d'une voix impatiente.

– Il faut d'abord que je vous demande quelque chose. C'est très important.

Réprimant l'envie de lui écraser la tête contre son comptoir, Calque répondit avec un sourire crispé :

– Je vous écoute.

– Combien de croissants avez-vous mangés ce matin ?

Le capitaine en demeura bouche bée. Vibrant d'une rage mal contenue, il fixa le concierge dans l'espoir de lui faire comprendre que, si c'était une blague, il la prendrait très mal.

– Vous êtes sérieux, là ? C'est important de savoir combien de croissants j'ai mangés ce matin ?

– Oui, monsieur. C'est la question que la dame m'a demandé de vous poser.

Calque leva les yeux au ciel, jugeant plus utile de se concentrer sur ce qu'il avait avalé au petit déjeuner que d'étrangler son interlocuteur.

– Alors, je vais être précis : j'en ai mangé trois. Ou plutôt deux trois quarts. Les deux miens et celui que Mme Mercier avait laissé, à peine entamé, dans son assiette. Vous êtes satisfait ?

Le concierge fouilla dans les étagères devant lui et en sortit une enveloppe.

– Alors on m'a dit de vous remettre ceci, capitaine.

Celui-ci se jeta littéralement dessus, mais l'homme la garda contre sa poitrine en affichant un sourire gourmand.

Avec un grognement, le policier sortit un billet de dix euros.

L'autre hésita, comme s'il avait envie d'en demander davantage. Enfin, il tendit l'enveloppe à Calque.

– Quelqu'un d'autre a-t-il demandé à voir Mme Mercier ?

– Dans ce cas, je lui aurais posé la même question qu'à vous. Et s'il avait répondu correctement, je lui aurais remis l'enveloppe. Mme Mercier m'a donné des instructions très précises là-dessus.

Oui. Et un billet de cinquante euros qui m'appartenait, espèce de petit morveux, songea Calque.

Il repartit vers l'ascenseur, comme s'il avait l'intention de remonter à sa chambre. Mais, une fois hors de vue du concierge, il déchira l'enveloppe d'une main fébrile. Dedans, il trouva un papier sur lequel n'apparaissait qu'une seule ligne, accompagnée d'une initiale :

8, 7, 1, 2, 6, du lieu où nous étions assis ce matin. Votre veste. L

Le capitaine s'appuya contre le mur. Qu'est-ce qu'on lui voulait, maintenant ? L'attirer dans un autre piège ? Peut-être le Corpus avait-il des difficultés à déchiffrer l'écriture manuelle de ses notes. Peut-être désiraient-ils le réinviter au domaine afin de lui expliquer pourquoi ils lui avaient volé son matériel. N'importe quelle personne dotée d'un QI normal aurait su découvrir le lieu où lui et Lamia s'étaient assis ce matin. Après tout, le Corpus avait marqué l'endroit avec une efficacité redoutable. Et puis la route vers la plage était un cul-de-sac ; une seule destination, donc. Quoi de plus clair ?

Haussant les épaules, Calque réfléchit puis se dit qu'il n'avait d'autre choix, dans ces circonstances, que de suivre cette route là où elle le mènerait.

La plage de Pampelonne. PAMPELONNE. La huitième lettre était un N. La septième, un O. La première, un P. La deuxième, un A. La sixième, un L. NOPAL. Qu'est-ce que ça voulait dire ? Une espèce de cactus mexicain ? Une algue ? Quoi qu'il en soit, c'était mexicain. Alors qu'est-ce qui, à Cogolin, pouvait avoir un rapport quelconque avec le Mexique ? Un restaurant ? C'était ce qui semblait le plus probable. Ou alors une boutique qui vendait des objets mexicains ? Mais le plus plausible restait un restaurant. Lamia n'avait pas dû mettre longtemps à établir son plan, et elle devait être sous une pression considérable. Elle aurait cherché la réponse la plus évidente possible avec le peu de temps dont elle disposait.

Le concierge désirant visiblement se vendre au plus offrant, il était inutile de lui demander s'il existait un restaurant mexicain en ville. Si le Corpus avait réellement échoué à retrouver Lamia, c'était sans doute le plus apte à pouvoir les conduire à elle.

Calque sortit de l'hôtel par la porte de derrière. Il accosta le premier passant qu'il croisa pour lui demander le chemin du poste de police le plus proche. Désinformation. C'était le nom du jeu.

L'adresse de la gendarmerie en poche, il remonta rapidement la rue, sans aucun regard à droite ni à gauche. Laisser ces salauds mariner dans leur propre jus. Ils l'avaient relâché pour une bonne raison, c'était évident : ils n'avaient pas réussi à remettre la main sur Lamia. Et ils attendaient tout simplement qu'il les mène à elle. Eh bien, il allait leur montrer qu'ils n'étaient pas près d'arriver à leurs fins.

Calque monta d'un pas décidé les marches de la gendarmerie et se dirigea droit vers le planton derrière son bureau.

– Bonjour, sergent. Je me présente : capitaine Joris Calque, de la police nationale.

Plutôt que son badge gardé illégalement, il présenta sa carte de policier à la retraite.

Le gendarme se leva et le salua avant de répondre :

– C'est un plaisir, capitaine.

Calque lui rendit son bonjour, non sans songer avec satisfaction qu'il faisait encore effet.

– Je loge en haut de la rue, à l'hôtel de la Place, et je passais juste vous remettre ma carte. J'ai le vague sentiment que votre commandant et moi, nous nous connaissons depuis des lustres.

– Voulez-vous que je l'appelle, capitaine ? Il sera certainement ravi de venir vous saluer.

– Non, ne vous donnez pas cette peine. Je suis déjà en retard et je suis sûr qu'il est très occupé. Je passais par ici en allant déjeuner au Nopal. Je ne me trompe pas ? C'est bien un peu plus haut dans la rue, n'est-ce pas ?

– Le Nopal ?

– Oui, un restaurant mexicain. Le chili, les fajitas, des choses comme ça…

– Ah non, capitaine, sourit le sergent, vous voulez parler de l'Esposito. C'est le seul restaurant étranger en ville. Mais il y a un bar attaché à l'établissement, qui s'appelle le Nopal, oui. Vous le trouverez juste après la place de la Liberté. Mais, si vous voulez un conseil, je ne vous recommanderai ni l'un ni l'autre. Le Largesse est nettement mieux, avec de la vraie cuisine française. Ils ont un pot-au-feu divin. Mme Adélaïde utilise la même recette depuis trente ans, et personne ne s'en est jamais plaint jusque-là. Dites-lui que vous venez de la part du sergent Marestaing.

– Ah, d'accord… l'Esposito. Mais nous devons nous retrouver au bar, d'abord. Je savais que je ne vous donnais pas le bon nom.

Avec un sourire mélancolique, Calque ajouta :

– Ce n'est pas moi qui ai choisi l'endroit où je déjeune aujourd'hui. Je suis invité. Mais j'essaierai sûrement le Largesse demain, en y venant de votre part. Au fait, pourrais-je utiliser vos toilettes pendant que je suis là ? Ma prostate me joue des tours… vous savez ce que c'est ?

Le gendarme acquiesça, comme s'il savait en effet de quoi il s'agissait. Puis il indiqua le couloir à Calque.

– Est-ce que je peux sortir par-derrière, ensuite ? Histoire de marcher un peu moins ?

Le téléphone sonna soudain, détournant fort à propos l'attention du policier.

– Oui, il y a une sortie par-derrière, capitaine, répondit-il à la hâte. Vous pourrez sortir par là.

– Merci, sergent.

Il se sentit curieusement satisfait de leur échange, comme s'il venait de se prouver qu'il savait encore prendre l'initiative. Faire le poids.

Une fois dehors, son comportement changea de façon subtile. Par trois fois, il s'arrêta avant d'atteindre le coin de la rue pour s'assurer que personne ne le suivait. Il n'allait pas refaire la même erreur. Il n'allait pas conduire le Corpus à Lamia.

Avec un peu de chance, celui qui l'avait éventuellement suivi serait en pleine communication avec la comtesse pour lui annoncer que Calque était encore à l'intérieur de la gendarmerie, sans doute pour cracher le morceau au sujet de la mort du valet. Désinformation. Duperie. Duplicité. Les trois D. Son regretté mentor, Maurice Edard – un policier de la vieille école qui s'était fait les dents pendant les bonnes vieilles années 1960, lorsque la police nationale s'appelait encore la Sûreté –, aurait été fier de lui.

Calque sourit en imaginant la panique au manoir. La comtesse devait être en train de faire le ménage chez elle, craignant que la police ne débarque pour une visite surprise.

32

Arrivé à l'Esposito, Calque était sûr à quatre-vingt-dix-neuf pour cent de n'avoir pas été suivi. Il était revenu deux fois sur ses pas, n'avait emprunté que des rues secondaires et s'était même offert un petit détour par une librairie de bouquins d'occasion.

À peine entré dans le restaurant, il partit droit vers le fond de la salle, sans prendre le temps de consulter le menu affiché. Il ne s'attendait pas vraiment à y retrouver Lamia, d'ailleurs. Peut-être même le message codé de la jeune femme n'était-il qu'une fausse piste sur laquelle le Corpus l'avait lancé afin de s'assurer un plan B – dans le cas où le policier leur aurait échappé la première fois, ou s'il s'était montré assez pro pour songer à cacher ses notes plutôt que de les laisser à la vue de tous, comme le dernier des naïfs. Mais que pouvait-il faire d'autre que de croire à la véracité de ce message ? C'était le seul moyen qu'il avait trouvé pour rester dans la partie.

Il sursauta en découvrant finalement Lamia assise, le dos tourné à l'entrée, dans l'un des box du fond, tout en s'étonnant lui-même de réaliser qu'il s'était inquiété pour elle. *Je dois me ramollir avec l'âge*, songea-t-il, amusé. D'abord, je pleure la mort du ver de terre raciste que j'avais pour assistant, et maintenant je craque pour la sœur de celui-là même qui l'a tué !

Il s'assit face à elle, l'air impassible.

Lamia leva les yeux et soutint son regard une dizaine de secondes. Sans réaction de la part de Calque, elle glissa tranquillement vers lui une liasse de papiers.

– Mes notes ? interrogea-t-il d'une voix étranglée.

Elle se contenta d'un signe de tête affirmatif.

– Je n'aurais jamais osé espérer… Comment, diable, avez-vous fait ?

Lamia haussa les épaules.

– J'ai compris, quand vous avez donné au taxi le nom de votre hôtel et que vous avez parlé devant lui d'une prétendue Mme Mercier, que ma mère serait au courant de tout dans les vingt minutes qui suivraient et que cela nous compromettrait gravement tous les deux. Elle possède la moitié de Saint-Tropez, capitaine. Elle a des antennes partout.

– Je sais. Je lui ai parlé.

– Vous… ? lâcha-t-elle, les yeux exorbités.

Lui serrant doucement la main au-dessus de la table, Calque l'interrompit :

– Les notes d'abord, Lamia… Comment avez-vous réussi à les récupérer ? Je vous expliquerai le reste plus tard.

L'expression de la jeune femme s'éclaira un instant.

– Dans le taxi, j'ai eu le temps de réfléchir à certaines choses, de saisir le point où nous étions le plus vulnérables. Quand je suis arrivée à l'hôtel, j'ai prétendu être votre maîtresse devant le concierge. Au début, il ne m'a pas crue : quel homme sain d'esprit voudrait de moi comme maîtresse ?

Elle se cala contre le dossier de la banquette, comme si elle mettait Calque au défi de la contredire, de nier la triste réalité de son visage.

– Mais, pour le radoucir, je lui ai donné le reste de votre argent et il m'a remis vos clés. Il est curieux de voir avec quelle facilité un homme nous croit quand on lui parle sexe.

Calque inclina poliment la tête. En réalité, il se sentait terriblement gêné par la façon soudaine dont elle évoquait sa tache de naissance. Et il fut incapable, en l'occurrence, de trouver une réplique convenable à sa remarque.

– Et mes notes ? Vous les avez lues ?

Lamia se détourna vivement.

– Écoutez, reprit Calque, je ne vous accusais en rien. Je veux au contraire que vous les lisiez. Pour tout dire, j'ai absolument besoin de votre aide.

– Alors... vous me croyez ?

– Oui, je vous crois. J'ai menti en vous parlant de l'enregistrement, ce matin. Je n'ai rien, absolument rien tiré de ces acrobaties ridicules, perché en haut de ma colline, à part le bourdonnement d'un aspirateur et le bruit occasionnel de meubles qu'on déplaçait !

Lamia se plaqua une main sur le visage, comme pour s'empêcher d'éclater de rire.

Calque fit semblant de ne rien voir et poursuivit :

– Au point que je n'ose même plus tenter quoi que ce soit d'autre. J'aurais mieux fait de passer ces cinq dernières semaines à faire du surf à Hawaï... si j'avais su.

– Vous ? Faire du surf ? Certainement pas, souffla Lamia en laissant sa main retomber lentement sur la table.

Un geste étrange, qui s'apparentait à celui d'ôter un voile. Presque comme si, de son plein gré, elle se découvrait pour la première fois. Elle inclina un instant la tête de côté pour indiquer à son interlocuteur qu'elle ne plaisantait plus.

– Pourquoi devrais-je vous aider, capitaine ? Pourquoi devrais-je trahir ma famille pour quelqu'un que je ne connais que depuis quelques heures ?

– Pour aucune raison, lâcha Calque en se redressant sur sa banquette. Vous avez déjà fait pour moi bien plus que ce que je pourrais faire moi-même pour vous, simplement en empêchant le Corpus de mettre la main sur mes notes. Si vous deviez vous en aller maintenant, je vous resterais, en tout état de cause, éternellement reconnaissant. Jamais il ne me viendrait à l'idée de vous reprocher quoi que ce soit.

Les yeux de Lamia scrutèrent le visage du policier avec curiosité.

– Qu'attendez-vous de moi ?

– Je souhaiterais que vous me disiez tout ce que vous savez quant aux plans du Corpus.

– Donc, vous voulez que je trahisse ma famille ?

– Comme ils vous ont trahie. Oui. Je ne vous mentirai pas, Lamia. Je tiens sincèrement le Corpus pour malveillant. De plus, je considère votre mère comme un être sans aucun scrupule moral. Qui n'hésiterait devant rien, pas même le meurtre, pour arriver à ses fins.

– Que savez-vous, au juste ? demanda la jeune femme, une main sur le cœur. Sur ma mère, je veux dire… Sur son rôle au sein du Corpus Maleficus ?

– Rien, justement.

– Que voulez-vous me demander, alors ?

– Je voudrais vous poser une simple question : que s'est-il passé dans cette pièce lorsque vous vous êtes tous réunis ?

Lamia semblait être encore en train de le jauger.

– Les gens que vous avez vus entrer dans la maison, vous savez que ce sont tous mes frères et sœurs ?

– C'est ce que j'en ai déduit, oui. Et votre mère n'a fait que me le confirmer.

– Je ne comprends toujours pas pourquoi elle vous a laissé partir, fit-elle en secouant la tête. Vous dites que vous l'avez vue ? Cela me paraît impossible.

Calque appela le serveur, puis se pencha vers la jeune femme par-dessus la table.

– Je suis un policier à la retraite, Lamia. Votre mère était persuadée de vous avoir de nouveau sous son contrôle. Elle pensait également avoir mes notes. Pourquoi remuer davantage les choses ? Je ne crois pas qu'elle ait une si haute opinion de moi, voyez-vous.

– Dans ce cas, elle se trompe lourdement.

– C'est gentil à vous de penser ça, mais je ne le crois pas. En revanche, si elle se trompe sur moi, elle se trompe tout autant sur vous.

De nouveau, Lamia se détourna. Un geste de toute évidence bien rodé, s'il était totalement inconscient. Un peu comme si elle voulait soulager son interlocuteur de la vision désagréable que lui offrait son visage – ou se reposer elle-même du poids du regard de l'autre. L'espace d'un instant, Calque l'imagina sous les traits d'une jolie femme, sans cette marque monstrueuse qui la défigurait.

Puis elle se retourna vers lui et le fixa avec un air de défi.

– Vous avez parfaitement lu en moi, capitaine. Il y a quelque temps, j'ai jugé qu'il fallait en finir avec les machinations de ma mère. L'autre soir, j'ai pris ma décision. J'avais passé des semaines à rassembler assez de courage pour lui dire ce que je pensais de tout cela. Stupidement, j'ai décidé de le faire devant toute ma famille ; au moment où ils s'attendaient tous à ce que je renouvelle mon allégeance à la cause pour laquelle les de Bale se battaient depuis près de huit cents ans. Disons que ce n'était pas ce qu'on pourrait appeler le bon timing…

– Et que mijote votre mère, exactement ? Quelle est cette cause qui vaille que toutes les générations d'une même famille se réunissent depuis des siècles ?

Lamia hésita.

– Cet homme… Sabir… C'est votre ami, non ?

– Je vais être franc avec vous, Lamia : je mentirais si je disais qu'Adam Sabir est mon ami. Nous avons été en relation, brièvement, alors que nous traversions chacun un moment pénible de notre vie. Il a eu pitié de moi, après la mort de mon assistant, et m'a transmis des informations qu'il regrette sans doute aujourd'hui de m'avoir dévoilées – sans doute parce qu'il était en soins intensifs et sous morphine, alors. Notre relation n'est, en tout cas, jamais allée plus loin.

– Alors pourquoi vous intéressez-vous toujours à lui ?

– Parce que je pense qu'il détient la clé d'une chose que votre mère et, à travers elle, le Corpus convoitent.

– Et vous croyez en ce Corpus ?

– Je pense que votre mère y croit, elle. Je pense également que c'est une personne très riche, très puissante et très malveillante. Je la soupçonne aussi d'être directement responsable de la mort de mon assistant. Et j'ai bien l'intention de lui faire payer ce meurtre. Je dois bien cela à sa famille.

Il hésita, puis enchaîna à voix basse :

– Et à moi-même aussi…

Lamia le considéra un instant sans rien dire, puis inspira profondément avant de déclarer :

– Vous avez raison, capitaine. Vous avez raison depuis le début. Ma mère est directement responsable de la mort de votre assistant. Elle l'a admis devant nous, l'autre soir.

Calque bondit sur son siège.

– Je le savais. Alors, pour finir, je n'ai pas perdu mon temps ?

– Loin de là, capitaine. Mais cela ne vous aidera pas. Et ne sauvera pas non plus Sabir.

– Qu'est-ce que vous voulez dire… « ne sauvera pas » Sabir ? De quoi parlez-vous ?

Les yeux dans ceux de Calque, Lamia répondit :

– Mes frères jumeaux sont partis hier pour les États-Unis. Sur les ordres de ma mère.

Elle regarda sa montre et enchaîna :

– Sabir doit déjà être mort, à l'heure qu'il est.

DEUXIÈME PARTIE

PROLOGUE

1

Au début, j'ai cru à un nouveau tremblement de terre. Il y en avait eu trois, ces derniers jours, et j'avais fini par m'y habituer.

Cela se passait toujours de la même façon. D'abord, on se sentait l'estomac brusquement retourné. L'espace de quelques secondes, on demeurait figés sur place en se demandant ce qui se passait. Puis, si par malheur on s'était fait piéger à l'intérieur de sa cabane, il fallait avoir la présence d'esprit de lever les yeux. Si la lampe à huile se balançait, on savait que c'était un tremblement de terre et on se ruait dehors, le sol oscillant sous nos pieds, pour trouver au plus vite un endroit qui ne soit pas sous un arbre, un poteau électrique ou un mur risquant de s'effondrer. Puis on surveillait de loin sa bicoque en priant le ciel pour qu'elle tienne debout.

Quand tout semblait fini, on retournait s'abriter chez soi, à moitié nauséeux à cause des répliques. On remerciait Dieu que l'épicentre soit à une centaine de kilomètres de là et on se remettait à travailler.

Mais, cette fois, ce n'était pas un tremblement de terre. En me concentrant, j'ai réalisé que les secousses du sol de ma cabane étaient accompagnées d'un profond roulement sonore. Je suis ressorti en catastrophe et j'ai regardé vers les collines. À cent kilomètres de là, le grand volcan, haut de 5 675 mètres, perçait le ciel. Chaque jour de ma vie, je l'avais contemplé. Tout au long de l'année, la neige recouvrait son sommet, malgré le climat quasi tropical qui nous entourait.

On le savait encore en activité, mais tout le monde se disait qu'il n'était pas entré en éruption depuis plus d'un siècle et demi. Les deux grands volcans, situés à quatre heures et demie de route à l'ouest, fumaient régulièrement en polluant l'atmosphère – c'est du moins ce que j'avais entendu – avec une odeur de soufre et d'œuf pourri. Mais notre volcan, lui, semblait dormant, en comparaison. Paisible. Au repos.

À présent, un énorme nuage encerclait le cratère en me bloquant le soleil. Même à une centaine de kilomètres, je commençais à sentir les émanations de soufre dans l'air, et je savais que cela pénétrerait tout, comme l'odeur d'un animal en putréfaction.

J'ai suivi l'évolution des choses, totalement interloqué. Et, pendant que je restais à regarder, des cendres volcaniques et de minuscules boules de boue incandescentes crépitaient en tombant autour de moi comme des grêlons. Au loin, d'épais nuages noir, blanc et bleu roulaient sous le vent, traversés par de sinistres éclairs.

Jamais je n'aurais pensé que cela arriverait un jour. En tant que gardien du manuscrit – comme, avant moi, mon père, mon grand-père et mon arrière-grand-père –, j'étais préparé à cet événement que l'on attendait depuis cent soixante-trois ans. Depuis la dernière éruption.

Le seul devoir de ma famille durant tout ce temps était de s'assurer que personne ne découvre la grotte qui abritait le manuscrit. Et ce devoir avait été accompli. Maintenant, une seconde – et plus grande – tâche m'attendait.

Et cela demandait un voyage dans le Sud. Un voyage auquel, cette fois, je n'étais absolument pas préparé.

2

Le Tanyard, Stockbridge, Massachusetts

Cela faisait plusieurs mois qu'Adam Sabir était incapable de dormir une nuit entière.

Dès qu'il commençait à s'assoupir, les cauchemars revenaient, et avec eux la claustrophobie qui le torturait depuis ce soir d'Halloween où ses camarades d'école l'avaient bâillonné et enfermé dans le coffre de la voiture de leur professeur.

Celui-ci avait découvert Adam trois heures plus tard, son bâillon à demi dévoré, gémissant, hallucinant et complètement terrorisé. Le jeune garçon avait passé le reste du semestre alité chez lui, entre séances de lecture et vomissements dus aux tranquillisants que lui prescrivait son psy.

Des années plus tard, devenu journaliste, Sabir s'était vengé de ses bourreaux, un peu à la manière du comte de Monte-Cristo. Malgré cela, la peur restait tapie au fond de son esprit, tel un cauchemar récurrent, mille fois exacerbée par ce qu'il avait vécu l'été passé, dans la cave d'une maison abandonnée de Camargue.

Ces derniers mois, le sommeil de Sabir avait suivi le même tracé, tout aussi troublé par des rêves surréalistes où il se retrouvait au fond de cette fosse d'aisances, dans la cave camarguaise des Gitans. Dans ces rêves qui le hantaient, il se voyait plongé jusqu'au cou dans des eaux d'égout, la tête tendue au maximum en arrière, le front collé au couvercle de la fosse qu'Achor Bale lui avait fermé sous le nez.

Puis venait le cauchemar des cauchemars, dans lequel il revivait les hallucinations qu'il avait eues dans la fosse ; hallucinations où il se voyait démembré et éviscéré ! Alors, un gigantesque serpent s'approchait de lui, un anaconda aux écailles de poisson et aux yeux globuleux, qui lui avalait la tête avant de le faire lentement descendre le long du tuyau que formait son corps, dans des mouvements convulsifs qui avaient tout d'une naissance à l'envers.

L'instant d'après, Sabir devenait lui-même ce serpent, et c'était toujours à cet instant qu'il se réveillait, inondé de sueur, les yeux révulsés. Il vomissait sur ses draps puis se ruait dehors, dans le jardin, où il inspirait une immense goulée d'air, non sans maudire Achor Bale et les effets pernicieux de ce traumatisme.

Il passait alors le reste de la nuit dans le vieux hamac que son père avait installé dans la véranda, les portes grandes ouvertes, une couverture simplement posée sur son corps ramené en position fœtale. Il avait bien essayé le sac de couchage, mais pour finir chaque fois par se débattre comme un fauve pris au piège sous le filet d'un braconnier.

Ce soir-là, le cauchemar l'avait saisi avec une vigueur particulièrement destructrice. Sabir était au bord de l'asphyxie lorsqu'il atteignit enfin la véranda.

Il savait, bien sûr, que cela n'avait aucun sens de s'entêter à dormir dans la maison. À quoi bon, puisqu'il finissait toujours par en émerger trois heures plus tard, le cœur écrasé par une angoisse indicible ? Pourtant, une part de lui-même lui soufflait de tout tenter pour vivre une vie normale.

Secrètement, il craignait que, s'il oubliait toute prétention de vivre à l'intérieur – en d'autres termes, s'il abandonnait la lutte –, sa claustrophobie ne devienne obsessionnelle, l'entraînant par là dans une spirale infernale d'analyses et de soporifiques.

Car c'était ainsi que sa mère était partie. Une inexorable descente vers la dépendance à la drogue et l'hospitalisation forcée. Cela avait détruit la vie de son père et n'avait pas été loin non plus de détruire la sienne.

Depuis quelque temps, Sabir se demandait s'il ne faisait pas tout pour répéter ce que ses parents avaient vécu.

3

— J'adore les Américains des petits patelins, déclara Abiger de Bale. Ils sont tellement naïfs.

Assis dans leur voiture de location, les jumeaux attendaient devant la maison d'Adam Sabir. Ils étaient arrivés aux États-Unis moins de douze heures plus tôt et avaient déjà repéré leur cible.

– Qu'est-ce que tu veux dire… «naïfs»?

Abi allongea le dossier de son siège, de façon que sa silhouette ne se détache pas contre les lumières de la rue.

– Je prétends être un touriste, tu vois. Je leur pose des questions. En américain. Des choses comme: «Vous avez des gens connus dans votre ville?» Alors, ils me fournissent toute une liste: Norman Rockwell, Daniel Chester French, Owen Johnson, Mum Bett… oh, et puis aussi le nom de celui qui a écrit un livre sur la vie privée de Nostradamus. Et, parce que cet écrivain est le seul de la liste à être encore de ce monde, ils me racontent tout sur sa vie privée. Ils me disent qu'il est incapable de garder une femme. Qu'il vit seul. Que sa mère est devenue folle. Un tas de choses de ce genre, sans que moi, le touriste, j'aie besoin de leur demander quoi que ce soit. Essaie de faire la même chose en France; autant t'échiner à casser une pierre avec le bout de ton nez. Tu t'y es pris comment?

– À peu près comme ça.

– Tu vois… J'adore ces Américains.

Vau jeta un regard curieux à son frère.

– Tu ne crois pas qu'ils vont se souvenir de nous ?

– Réfléchis, Vau. Personne ne nous a jamais vus ensemble. Ils vont donc penser que toi et moi, on ne fait qu'un. Et puis les Américains sont incapables de reconnaître les accents, de toute façon. Ils ne mettent jamais les pieds à l'étranger. Ils nous prendront pour des Canadiens.

– Je crois quand même qu'on devrait l'emmener quelque part. Éviter de s'en débarrasser ici.

– Ne t'inquiète pas pour ça. J'ai une meilleure idée. Sabir a un comportement étrange depuis quelque temps. Les gens, ici, commencent à se dire qu'il tient de sa mère. On va utiliser l'idée à fond.

– Comment ?

– Attends, tu vas voir.

4

La maison d'Adam Sabir, un cottage de style Berkshire, se situait très à l'écart de la rue principale de Stockbridge, sur un terrain de plus d'un demi-hectare.

La lumière ultra discrète des lampadaires formait un arc fragile sur la pelouse, laissant dans l'ombre la plus grande partie de la demeure. Le jardin de derrière, au fond duquel se trouvait la «retraite» d'été où Sabir aimait écrire, s'étendait sur une quinzaine de mètres, vers un épais bosquet qui marquait la limite entre son domaine et la petite ferme du voisin. L'arrière de la propriété était clôturé par une palissade blanche, tandis que le devant ouvrait directement sur la rue.

Deux heures du matin venaient de sonner lorsque Abi et Vau émergèrent de leur voiture, s'assurèrent que la rue était vide puis traversèrent en silence la pelouse éclairée, jusqu'à se faire avaler par l'obscurité entourant la maison.

Après avoir contourné le bâtiment, Abi grimpa sans bruit les marches de la véranda et essaya la porte de derrière. Elle était ouverte. Il regarda son frère en souriant.

– Non mais tu y crois, Vau ? Cet abruti ne ferme même pas sa porte la nuit. À ton avis, il savait qu'on viendrait ?

– Je n'aime pas ça, Abi. Personne aux États-Unis ne laisse sa porte ouverte la nuit.

– Eh bien, M. Sabir le fait, lui. Et, pour une fois, je le remercie de sa courtoisie.

Les jumeaux passèrent la porte puis s'arrêtèrent au milieu du vestibule pour contempler le grand escalier.

Une main devant la bouche, Abi articula :

– Tu l'as vu, tout à l'heure ? Tu en es bien sûr ?

– Certain. Sa chambre, c'est la dernière sur la droite, sous le chien-assis.

– Et il n'y a personne d'autre, ici ?

– Non. Il était seul. Et il se comportait comme un homme seul. Tu sais, en bricolant à droite et à gauche.

– Dingue. C'est dingue de laisser sa porte ouverte. Qu'est-ce qu'il a dans le crâne ?

Les frères s'approchèrent de l'escalier et montèrent. À mi-hauteur, ils stoppèrent et écoutèrent une fois encore. La maison était plongée dans un silence de mort.

– Il ne ronfle même pas, ce crétin.

– Peut-être qu'il ne dort pas.

– À deux heures et demie du matin ? Alors pourquoi les lumières sont éteintes ?

– D'accord, je n'ai rien dit.

Vau s'arrêta devant la chambre de Sabir, une main sur la poignée.

Debout derrière lui, Abi sortit le bâton télescopique dissimulé dans sa manche puis hocha la tête.

Vau ouvrit la porte.

Abi s'élança vers le lit, bondit et atterrit, les jambes écartées, sur le matelas où il s'attendait à trouver le dormeur.

– Bon sang, Vau, il n'y a personne !

– Tu rigoles ?

Allumant sa lampe torche, Abi rétorqua :

– Quelqu'un a dormi là, pourtant. Les draps sont encore tièdes, merde ! Va voir dans la salle de bains. Après, on fait le reste de la maison.

Mais, déjà, sans vraiment savoir pourquoi, Abi devinait que la demeure était déserte.

– Il n'est pas non plus dans la salle de bains, lâcha Vau.

– Tu es sûr de n'avoir pas vu une voiture s'en aller pendant que je dormais ? Tu es sûr qu'il ne nous a pas repérés ?

– Hé, Abi, évidemment, je suis sûr ! Je te l'aurais dit. Sa voiture est toujours dans le garage.

– Peut-être qu'il est parti se balader. Peut-être que, toutes les nuits, il passe la palissade pour aller forniquer avec la femme du voisin.

– Non. Je l'ai vu se préparer pour aller au lit. J'ai même pris les jumelles pour m'assurer que c'était bien lui. Les rideaux sont restés grands ouverts. Il avait l'air de se foutre complètement qu'on le voie de la rue.

– Allons jeter un coup d'œil en bas. Peut-être qu'il a un bureau ou un cagibi où il aurait installé un lit.

Vau fit la grimace.

– Ça, c'est pour les hommes qui ne supportent plus leur femme. Comme monsieur notre père, tu te rappelles ? Sabir, lui, n'a pas de femme. Il vit seul.

Après dix minutes de recherches aussi fébriles qu'infructueuses, les jumeaux finirent par se convaincre que Sabir ne se trouvait pas dans la maison.

– Très bien, lâcha Abi avec un soupir d'exaspération. Faisons quelque chose de constructif : regardons s'il a écrit quelque chose quelque part. Au moins, on ne repartira pas les mains vides.

– Et après, qu'est-ce qu'on fait ?

– On met le feu à cette baraque. Ça le fera venir.

5

Sabir avait presque réussi à s'endormir quand il vit s'allumer dans la maison les lumières du bureau. D'abord, il refusa d'en croire ses yeux. Puis il se glissa hors du hamac et, encore étourdi de fatigue, s'avança vers le bord de la pelouse, pour s'arrêter à la limite de l'arc de lumière jeté par les fenêtres du bureau.

Il se faisait cambrioler. C'était clair. D'abord, cela le laissa perplexe. Qu'allait-il faire ? Qui pouvait-il appeler ? Son portable était là-haut, dans sa chambre, et lui se trouvait dans le jardin, pieds nus et en pyjama, par une nuit d'octobre froide et venteuse. Franchement, il n'y avait pas plus ridicule comme situation.

Des armes ? Il n'en avait pas. Quel idiot. Il n'avait même pas une paire de pantoufles pour s'attaquer à ces voleurs. Et il ne se voyait pas affronter avec un râteau des hommes sans doute armés.

Il s'écartait de la maison pour s'engager dans la rue lorsque son instinct le stoppa net. Peut-être était-ce le souvenir d'une autre nuit, cinq mois plus tôt, lorsque planqué derrière une dune, là-bas en Camargue, il avait surveillé une maison similaire, plongée elle aussi dans l'obscurité et seulement éclairée par un fragile cercle de bougies.

Ce soir-là, la lumière des flammes éclairait la silhouette encagoulée de Yola Samana, sa sœur de sang, tandis qu'elle vacillait dangereusement sur un tabouret à trois pieds, un nœud coulant passé autour du cou, devant un Achor Bale invisible dans l'obscurité, qui la regardait d'un air impassible.

Ce soudain écho d'un passé récent coupa brusquement Sabir dans son élan et le fit réfléchir. Les dents serrées, il repartit vers sa cabane d'été. Il voyait clairement les ombres de deux hommes se profiler sur le plafond de son bureau. Des cambrioleurs ? Non. Les voleurs ne se baladaient pas dans la maison de leurs victimes en allumant les lumières. La CIA ? Le FBI ? Le fisc ? Qui d'autre pouvait s'autoriser à rendre visite à d'honnêtes citoyens au beau milieu de la nuit ?

C'est alors qu'il fut saisi d'une certitude. Sabir savait qui étaient ces deux hommes, ce qu'ils cherchaient et pourquoi.

Et, brusquement, il se souvint du vieux fusil de son père. Un fusil à double canon, qui avait toujours été là, sous l'escalier de la cave à vin, suspendu par la sous-garde, canon vers le bas, à un crochet de boucherie. Sabir n'avait rien bougé dans la maison depuis la mort de son père, trois ans plus tôt. Donc, si la sous-garde n'avait pas rouillé avec les ans, le fusil devait encore être là.

Fort de ce souvenir, rassuré à l'idée de retrouver le sanctuaire que représentait la maison familiale, Sabir reprit courage. Si ces hommes étaient envoyés par la comtesse, comme il le suspectait, il n'avait d'autre choix que de se confronter à eux. C'était un problème qui ne regardait que lui. Pas question, donc, de descendre la rue en pyjama, à trois heures du matin, pour réveiller ses voisins.

Il avait cependant un atout en réserve. Il savait, après quelques années de journalisme au *New England Courier*, que le Massachusetts avait des lois draconiennes concernant les cambriolages. Un vol à main armée était puni au minimum de quinze ans d'emprisonnement, et une effraction, même sans arme, en coûtait cinq.

Alors qu'il se dirigeait vers la cave, il se récita mentalement comment les choses risquaient de se dérouler.

6

Lassé de ne rien trouver dans le bureau de Sabir, Vau s'interrompit dans sa recherche et déclara :

– Il doit tout garder bien au secret dans sa tête. Il n'y a rien d'intéressant, ici.

– Tu croyais vraiment qu'il y aurait quelque chose ?

– Je ne crois rien du tout, en fait, répondit Vau en haussant les épaules. Pour moi, on n'est venus ici que pour nous venger du tueur de Rocha.

– Toujours fantassin mais jamais capitaine, c'est ça ?

– Moque-toi si tu veux, Abi, mais je sais parfaitement où je me situe. Je suis reconnaissant à madame notre mère et à monsieur notre père de m'avoir adopté. Je les remercie du titre qu'ils m'ont donné et encore plus de l'argent qui va avec. D'autres, plus intelligents que moi, peuvent bien monter des stratégies, interpréter des prophéties, retarder l'Armageddon ou tout ce que l'enfer nous promet, moi, je me contente d'obéir aux ordres.

Abi reprit appui contre le bureau de Sabir, toisa son frère avec un sourire narquois puis lâcha :

– Je suppose que tu vas me dire maintenant que tu es un homme heureux et satisfait ?

– Heureux ? Satisfait ? Je n'en sais rien. Mais il y a une chose dont je suis sûr.

Il hésita, parut réfléchir un instant, puis enchaîna :

– Je vais te dire quelque chose, Abi. Quelque chose dont tu n'as peut-être rien à fiche, mais je vais te le dire quand même.

La tête inclinée de côté, Abi semblait s'amuser au plus haut point.

Vau inspira longuement puis déclara :

– Tu es la seule personne que j'aime vraiment, en ce bas monde, Abi. La seule. Et ce n'est pas parce que tu es spécial ni mieux que les autres, rien de tout ça. Mais parce qu'on est viscéralement liés, tous les deux. Tu es mon jumeau. On était même liés physiquement à notre naissance, c'est du moins ce qu'on m'a toujours dit. Et puis je te l'accorde, tu es plus brillant que moi. Et plus rapide, aussi. Mais tu auras beau chercher pendant mille ans, tu ne trouveras jamais personne de plus vrai que moi.

– Le maître du *non sequitur* a encore frappé, sourit Abi en faisant mine d'être plaqué contre un mur par un admirateur.

Puis, retrouvant son sérieux, il demanda :

– Pourquoi est-ce que tu me racontes tout ça, Vau ? Et pourquoi ici ?

– Parce que je m'inquiète pour toi. Tu te mets à aimer beaucoup trop tout ça. Tu commences vraiment à te prendre pour quelqu'un de spécial, au-delà des normes, au-dessus des lois de la morale. En d'autres termes, tu deviens comme Rocha. Un monstre. Regarde-nous, franchement ! On est ici, dans un pays étranger, dans une maison qui ne nous appartient pas, éclairée comme un putain d'arbre de Noël, et qu'on est sur le point d'incendier ! Et tu as l'air de trouver ça normal.

Abi tourna sur lui-même, les mains en prière comme un gourou de caricature.

– Mais c'est normal, Vau. Tu ne vois pas la beauté de tout ça ?

– La beauté ?

– Oui, la beauté. Je vais te montrer, *pendejo*. Je vais te lire un passage de la Bible.

Abi fit mine de tourner des pages.

– Les lointains ancêtres de monsieur notre père se sont vu lancer un défi sacré par le plus grand et le plus vénéré des rois de France, un roi que le Vatican a fini par sanctifier à la demande du peuple. Ce défi était de protéger le royaume de France du démon. Simple jusque-là, non ? Mais il ne devait pas s'arrêter à la mort du roi. Non. Il tient toujours, aujourd'hui.

– Aux yeux de qui ?

Abi lâcha un soupir condescendant.

– À nos yeux, Vau. Aux tiens et aux miens. Le fait qu'on soit en décalage avec la société – que la France ne soit plus une monarchie, que ces crétins d'athées ne croient plus au diable –, ça n'entre pas en ligne de compte. Ce sont les autres qui sont des monstres. Ceux qui refusent d'agir. Toutes ces putains de victimes ambulantes, ces gens qui n'ont jamais franchi les limites du *no man's land* pour aller voler le troupeau des autres.

Un doigt levé vers son frère, il continua :

– Toi et moi, on est les chasseurs, Vau. Et eux, ce sont nos proies. Nous avons été libérés par le décret de saint Louis. C'est la seule justification morale dont nous avons besoin. Maintenant, attrape-moi cette chaise et entasse-la ici avec les autres. On met le feu à cette baraque.

Sabir en avait assez entendu. Munitions ou pas, il n'allait pas laisser ces maniaques incendier la maison de son père.

Il avait fouillé en vain la cave à la recherche d'une boîte de cartouches. Le fusil était à sa place, cependant, là où il se souvenait de l'avoir toujours vu. S'il voulait sauver la demeure familiale de la destruction, il pouvait toujours utiliser cette arme comme moyen de dissuasion. Comment les voleurs pourraient-ils se rendre compte que les deux canons étaient vides ?

Sabir ouvrit brusquement la porte du bureau et mit son fusil en joue. Leur conversation lui avait appris que ces hommes étaient des jumeaux, mais il hésitait encore devant leur troublante ressemblance.

Celui qui s'appelait Vau était en train de soulever le siège de bureau préféré de son père.

– Lâchez ce fauteuil ! lança Sabir d'une voix vibrante. Vous ne mettrez le feu nulle part.

Le dos plaqué contre la porte, il se promettait que, si l'un deux faisait le moindre geste vers lui, il lui lancerait le fusil à la figure, tournerait les talons et s'enfuirait aussi vite que possible.

Les deux hommes se figèrent. Le dénommé Abi fut le premier à se détendre et à reconnaître l'Américain.

– Vous vous attendiez peut-être à ce qu'on lève les mains pour se rendre ? Comme dans les films ?

– Non, vous allez vous allonger sur le sol, détacher votre ceinture et baisser votre pantalon jusqu'aux chevilles.

– Tu entends, Vau ? On est entre les pattes d'un homo.

– Exécution ! coupa Sabir. De là où je suis, je peux vous exploser chacun la cervelle sans avoir besoin de recharger.

Modifiant son axe de tir, il visa directement Abi. Il était clair, à présent, que c'était lui le chef.

Les jumeaux tombèrent lentement à genoux. À contrecœur, ils défirent leur ceinture, descendirent leur pantalon et se couchèrent sur le sol.

– Qu'est-ce que vous allez faire maintenant, Sabir ? Nous violer ?

– Non, ça, c'est le boulot des taulards. Dans quinze ans, vous aurez de quoi écrire un livre sur vos expériences en prison. Ça fera à tous les coups un best-seller. Je vous propose un titre : « Baisés par le système pénal ».

– Tu entends ça, Vau ? Il a le sens de l'humour, on dirait. Ça veut dire que vous allez appeler les flics ?

– D'après vous ?

– Écoutez, on est juste venus récupérer des infos. On n'est même pas armés. Si vous nous donnez ce qu'on cherche, on vous laisse tranquille.

– La bonne blague.

– Dites-nous au moins qui vous a prévenu de notre arrivée. Parce que quelqu'un vous a prévenu, non ? Ce n'est pas par hasard si vous n'étiez pas dans votre chambre, et en possession d'un fusil au moment exact où on est entrés chez vous.

Sabir hésita. Maintenant que les jumeaux étaient à terre, il ne savait pas comment se sortir de la situation dans laquelle ils se trouvaient tous les trois.

– Personne ne m'a prévenu, finit-il par répondre en s'approchant du téléphone sur le bureau.

– N'importe quoi. On vous a vu vous mettre au lit. On surveille votre maison depuis douze heures. Quelqu'un vous a prévenu.

Se tournant vers son frère, Abi ajouta :

– Ça y est, Vau, je sais qui l'a prévenu. C'est ce porc d'ex-flic. Celui qui a enlevé Lamia. Celui que madame notre mère accuse d'avoir tenté d'enregistrer notre réunion. Mais comment savait-il qu'on devait venir ici ?

Embarrassé, Vau se détourna plutôt que de répondre.

– C'est notre garce de sœur, non ? J'aurais dû la tuer quand j'en ai eu l'occasion.

Abi se releva, remit son pantalon et rattacha sa ceinture, comme si Sabir ne se trouvait plus dans la pièce.

– Lève-toi, Vau. J'ai appris tout ce que je voulais savoir. Ce n'est pas aujourd'hui que ce minable va nous descendre. Il n'a pas les couilles pour ça. Et je ne vais pas attendre ici, à moitié à poil, pendant qu'il se demande s'il va ou non appeler les flics.

– On ne bouge plus, de Bale !

– Allez vous faire foutre, Sabir, répliqua Abi en se dirigeant vers la porte. Vous avez sauvé votre maison, soyez-en satisfait. Dommage, la voir s'embraser, ç'aurait été jouissif. Mais je saurai attendre ; ça s'appelle reculer pour mieux sauter.

Indécis quant au geste à faire, Sabir garda Abi en joue.

Vau rejoignit alors son frère à la porte et déclara :

– Là encore, vous pouvez nous avoir avec une seule cartouche. Mais vous aurez peut-être du mal à expliquer ça aux flics. Et puis vous auriez quelques petits arrangements à faire avant leur venue. Et ce genre de choses, ça demande d'avoir l'esprit clair et de ne pas être stressé comme vous l'êtes en ce moment.

– Qu'est-ce que vous racontez ?

– Voyons, Sabir, réfléchissez. La porte de derrière était ouverte. Vous nous avez carrément laissés entrer ; on ne trouvera aucun signe d'effraction. Et puis, comme vous pouvez le constater, on n'est pas armés.

Dix minutes plus tôt, en découvrant le bureau vide, Abi avait rentré dans sa manche son bâton télescopique.

– En fait, ce qui s'est passé, c'est qu'on est venus ici, aux États-Unis, dans le but de vous pardonner la mort de notre frère. Pour tourner la page de cette histoire. Les Amerloques adorent ce genre de truc. Mais vous êtes devenu dingue, comme votre mère, et vous nous avez accueillis avec un fusil. Imaginez ce que ça va donner devant un tribunal, surtout que tout le monde sait que vous avez été soupçonné de meurtre et que, à peine cinq mois plus tôt, vous étiez encore en train de fuir la police. Les flics ont la mémoire longue, Sabir. La merde, ça reste. Et il n'y a pas de puanteur sans merde.

Sabir attrapa le téléphone. Que lui restait-il d'autre ? Appuyer sur la détente d'un fusil sans munitions ? Si son arme avait été chargée, il aurait pu les descendre, ne serait-ce que pour la plaisanterie à propos de sa mère. Mais, telles que les choses se présentaient, il ne put que les regarder sortir tranquillement de la pièce tandis que son doigt tapait trois chiffres au hasard sur le clavier du téléphone.

Dès que les jumeaux furent en bas et qu'il entendit la porte se refermer sur eux, Sabir raccrocha.

Il n'appellerait pas les flics.

7

Debout devant la fenêtre de sa chambre, Sabir regarda les jumeaux monter dans leur voiture, mettre le moteur en route et démarrer en trombe dans un crissement de pneus.

Il se retourna et jeta le fusil sur son lit. Puis il s'allongea à côté et ferma les yeux. Dieu, si seulement il pouvait dormir. Mais non, il restait là, attendant patiemment que l'adrénaline qui le secouait depuis une quinzaine de minutes quitte lentement son système.

Il était au moins sûr d'une chose : rester dans sa maison, c'était la mort pour lui. Les frères d'Achor Bale à ses trousses, il devenait extrêmement vulnérable. C'était suicidaire.

Que faire, alors ? Reprendre la fuite, en gardant en tête toutes les informations dont il avait besoin. Curieusement, l'idée de repartir à nouveau sur les routes ne l'inquiétait pas plus que cela. Dans son esprit, il était déjà de toute façon à des milliers de kilomètres de Stockbridge.

Pour sa plus grande surprise, sa recherche des cinquante-deux quatrains de Nostradamus avait avancé par bonds, ces dernières semaines, au point qu'il avait de plus en plus hâte d'éprouver sur le terrain ses nouvelles théories. Peut-être, peut-être seulement, pourrait-il mettre la main sur un livre, un document riche de renseignements, sans être obligé de lâcher quoi que ce soit de crucial.

Sabir avait compris qu'il ne pourrait protéger Alexi, Yola et leur enfant à venir qu'en ne publiant qu'une version des prophéties soigneusement expurgée, avec seulement ses propres suggestions quant à leur signification.

Lorsque le capitaine Joris Calque lui avait rendu visite à l'hôpital, il n'était pas venu les mains remplies de cadeaux. Il cherchait seulement à savoir pourquoi le fils aîné de la comtesse, Achor Bale, avait poursuivi à travers la moitié de la France Sabir et ses deux amis gitans, Alexi Dufontaine et Yola Samana, avec l'intention de les tuer.

D'abord, Sabir avait refusé de l'éclairer là-dessus. Puis le policier lui avait rappelé les sacrifices de son assistant, Paul Macron, et du sergent Spola, pour leur sauver la vie. Il avait été forcé de reconnaître que Calque s'était montré plus que fair-play avec lui et les deux Gitans. Du moins selon ses dires.

Malgré lui, il avait eu pitié de cet homme et avait fini par lui expliquer comment il croyait que les cinquante-deux quatrains perdus de Nostradamus constituaient un décompte de cinquante-deux ans avant un éventuel Armageddon. Et que, selon lui, ce cycle de cinquante-deux ans avait commencé en 1960, ce qui annonçait sa fin possible en 2012. Une fin qui correspondait quasiment à la grande transition prévue, selon le compte long maya, pour le 21 décembre de cette même année.

Sabir avait poursuivi son explication en lui disant comment chaque quatrain du cycle semblait converger vers certains événements en une seule année spécifique. La liste, dans sa totalité, couvrait les premiers essais nucléaires français en Algérie, la fin respective des empires français et britannique, le mur de Berlin, le voyage de Gagarine dans l'espace, l'assassinat des frères Kennedy, la Révolution culturelle en Chine, la guerre des Six-Jours en Israël, la défaite américaine au Viêtnam, le génocide cambodgien, le tremblement de terre de Mexico, les première et deuxième guerres du Golfe, les attentats du 11 septembre, l'ouragan Katrina à La Nouvelle-Orléans et le tsunami dans l'océan Indien.

D'après la théorie de Sabir sur les prophéties de Nostradamus, chaque fois qu'un événement survenait comme il l'avait prédit, la date exacte de la fin du cycle se fixait un peu plus dans l'esprit des gens. Cela devait alors permettre à la population du monde de se préparer à ce qui l'attendait et, si possible, de tenter quelque chose. Mais cette partie du schéma directeur de Nostradamus n'avait pas exactement marché comme il l'avait prédit.

Au lieu d'être un parmi des millions d'autres hommes dans le secret, Sabir était aujourd'hui le seul sur terre à savoir que la prophétie concernant l'année présente était censée décrire l'endroit où trouver le visionnaire susceptible de confirmer ou nier la fin du monde, une personne capable, comme Nostradamus, de prédire l'avenir et de véhiculer cette information. Elle seule pouvait annoncer au monde ce qui l'attendait, la régénération ou l'apocalypse.

La dernière prophétie de ce cycle de cinquante-deux ans ne faisait que décrire la naissance et la caractéristique du Second Avènement, ainsi que son rôle symbolique contre l'Antéchrist. Elle précisait comment la connaissance de la survenue du Second Avènement affaiblirait le pouvoir de l'Antéchrist et le rendrait vulnérable, et comment cette même connaissance rassemblerait les croyants et les non-croyants en une gigantesque vague de vertu apte à combattre les forces du mal.

Cette information, Sabir la gardait soigneusement pour lui. Il y avait assurément une raison pour laquelle Nostradamus avait confié ses prophéties aux Gitans : le Second Avènement – la parousie – ne pouvait prendre naissance que chez les gardiens de ces prophéties.

Cet enfant était maintenant à naître, et Yola, la sœur de sang de Sabir, serait sa mère. Elle l'avait conçu sur la plage de Cargèse, en Corse, après s'être fait enlever – de son plein gré – par son amour de toujours, Alexi Dufontaine. La jeune femme avait confié à Sabir avoir conçu cet enfant en même temps qu'elle perdait sa virginité, à l'instant précis où un vol de canards avait jeté une ombre sur le couple enlacé. Plus tard, après qu'Alexi lui eut symboliquement arraché les yeux – un euphémisme gitan pour décrire l'extase sexuelle féminine –, un chien mâle avait galopé vers elle sur le sable pour lui lécher les mains. Ainsi avait-elle appris que son enfant serait un garçon.

Plus de quatre siècles auparavant, Nostradamus avait révélé à la famille Samana le lieu où les prophéties se trouvaient en sécurité, à l'abri de toute attaque extérieure. Le fait que la parousie doive émerger de la population la plus haïe, la plus honnie et la plus rejetée du monde – des gens qui ne possédaient pas de terres, qui n'avaient pas d'autre identité que celle qu'ils portaient avec eux –, était en partie essentiel au processus de guérison supranationale. Les Gitans étaient un peuple nomade, fui et mis sur la touche par pratiquement toutes les cultures établies. Toujours optimiste, Nostradamus avait dû estimer que, si le monde devait accepter un sauveur issu d'une telle communauté, il devait avant tout – presque par définition – avoir appris et intégré les vertus de tolérance et d'acceptation.

Sabir lâcha un soupir désabusé. De toute évidence, le monde n'en était pas encore là. Patience et acceptation semblaient aussi hors programme que du temps de Nostradamus. Les gens avaient beau sembler accepter les différences physiques ou religieuses, dès que leur petit domaine se voyait menacé, ils revenaient aussi vite au protectionnisme racial et à l'isolationnisme national : « dehors, les étrangers » semblait être leur devise *in extremis.* En conséquence, jamais, jamais, Sabir ne se risquerait à divulguer la véritable identité de Yola ni celle de son fils à naître. Pas même à Calque. Ni à n'importe qui d'autre.

L'avant-dernière prophétie du cycle décrivait le troisième Antéchrist – un être qui, si on ne tentait rien pour l'en empêcher, déclencherait l'holocauste de 2012. Cela aussi devait rester secret.

Mais Sabir devait trouver quelque chose à vendre à ses éditeurs et à son public. Une histoire qui tienne debout ; ce que les anciens comédiens auraient appelé un « numéro ».

Le plus sûr restait encore de raconter sa quête du fameux visionnaire dont parlait Nostradamus dans la prophétie de cette année. Une personne tellement en symbiose avec la toile intriquée du temps que l'on pourrait aisément en démêler les fils afin d'y lire l'avenir.

Si cette personne existait, Sabir la trouverait. Et au diable la comtesse, le Corpus Maleficus et les jumeaux de Bale.

8

Sabir se redressa après avoir inspecté le dessous de son 4x4 Grand Cherokee. Ayant soigneusement fermé son garage, il ne pensait pas que les jumeaux pouvaient avoir accès à l'intérieur.

Mais deux précautions valaient mieux qu'une. Alors qu'ils poursuivaient Sabir et ses amis en France, Achor Bale et la police française avaient utilisé les systèmes de traque électronique, et il savait que ceux-ci n'hésiteraient pas à les employer à nouveau si cela pouvait les aider. Il avait besoin de sa voiture pour se rendre à l'aéroport, et il la voulait «propre». Pas question de laisser les deux frères lui filer le train jusqu'en Arabie saoudite.

L'alarme remise en route, Sabir verrouilla derrière lui la porte du garage et repartit vers la maison. Depuis les événements de la veille, il emportait partout son fusil avec lui en espérant que ses voisins, le soupçonnant d'avoir perdu la boule, ne se mettent pas en tête d'appeler la police. Pour parer à cette éventualité, il avait imaginé une histoire à peu près plausible – un opossum voyou qui s'amusait à dévorer les fils de son téléphone –, mais il n'avait pas encore eu l'occasion de l'utiliser car, jusque-là, personne de son entourage ne semblait avoir remarqué sa toute récente réincarnation en militaire.

De retour à l'intérieur, il glissa quelques vêtements dans un sac de voyage et embarqua ses cartes de crédit, son passeport et son chargeur de téléphone. Puis il descendit à la cave suspendre le fusil sur son crochet à viande, verrouilla la maison du mieux qu'il put et repartit vers son 4x4.

À mi-chemin, il stoppa brusquement, prêt à détaler. Une voiture était garée devant la porte du garage, lui en bloquant l'entrée.

Sabir jeta un bref coup d'œil autour de lui. Impossible qu'on vienne le chercher ici, sous les yeux de tout le voisinage.

La portière du véhicule s'ouvrit lentement, et un visage familier apparut.

Sabir laissa tomber son sac.

– Capitaine Calque… Seigneur Dieu ! J'ai failli avoir une attaque. Je croyais que c'étaient les jumeaux de nouveau… Qu'est-ce que vous faites ici ?

– Les jumeaux ? s'étonna Calque en s'écartant de sa voiture. Ils sont déjà passés par ici ? Et vous êtes encore en vie ?

– Je peux dire merci à la chance, oui.

Reprenant son sac, il s'avança vers le policier, jeta un regard dans sa voiture. Elle était vide.

– Une visite officielle, c'est ça ? Pour mettre un peu d'ordre dans toute cette affaire ?

Sabir s'efforçait de garder une voix neutre. Il ne voulait surtout pas que Calque vienne interférer avec ses plans, jeter la confusion dans ce qu'il projetait de faire.

Le policier laissa ses yeux se promener sur la route, lui aussi cherchant à jouer un rôle.

– Non. J'ai pris une retraite anticipée. On m'a déclaré inapte au service. Je travaille pour mon compte, maintenant.

– Vous ? Inapte au service ? Ça me surprend. Je les aurais crus obligés de vous passer la camisole de force et de vous attacher à un brancard avant de vous mettre dehors.

Inclinant la tête, il enchaîna :

– Mais qu'est-ce que vous faites ici, au juste ? En vacances, peut-être ? Venu admirer les couleurs d'automne ? Et vous passez juste comme ça, pour me rendre une petite visite ? Bon sang, Calque, observer la nature, ce n'est pas votre genre !

Le ton sarcastique de Sabir indiquait à Calque qu'il lui fallait aller droit au but, sinon il le perdait.

– Non, la nature, ce n'est pas mon genre, comme vous le dites. Je suis venu vous mettre en garde, Sabir. À propos des jumeaux. Et je ne voyais pas d'autre moyen pour le faire que de venir en personne. Je me suis dit que vous n'auriez pas aimé que je vous contacte par le biais de la police. Mais pourquoi ne laissez-vous pas votre foutu téléphone allumé ? Pourquoi ne répondez-vous jamais aux messages ? C'est suicidaire de votre part.

Sans l'avouer, Sabir fut surpris par le ton du capitaine.

– C'est une longue histoire, vous savez. En fait, je ne peux pas fermer l'œil de la nuit. Alors, pendant la journée, j'éteins tout pour que, si je finis enfin par m'endormir, ce foutu téléphone, comme vous dites, ne me réveille pas. Mais… si ce n'est pas une visite officielle, capitaine, qu'est-ce que c'est ? Et comment êtes-vous déjà au courant pour les jumeaux ?

Indiquant sa voiture, Calque répondit :

– Montez, et je vous raconterai.

9

— Le Cheval Blanc ? Vous logez au Cheval Blanc ?

— Qu'est-ce qu'il y a de bizarre ? demanda Calque.

— Vous payez le tarif haute saison, vous le savez ?

— Pourquoi haute saison… en automne ?

— Bon sang, Calque, vous ne savez pas que les hôteliers profitent de cette époque pour augmenter leurs tarifs, en vue de l'arrivée des « observateurs de la nature » ? Ils doublent quasiment leurs prix.

— J'ignorais… Ce n'était pas mon idée mais celle de ma compagne.

— Votre compagne ? Vous êtes venu ici avec une petite amie ?

— En quelque sorte, oui.

L'Américain s'agita nerveusement sur son siège.

— C'est bon, Sabir, on n'est pas suivis.

— Vous en êtes sûr ?

— Je suis un professionnel, lui rappela Calque. J'ai constamment surveillé les alentours en venant ici. Et puis ça n'a pas d'importance. On restera dans des endroits publics. Il faut qu'on parle, c'est tout.

Arrivés sur place, les deux hommes sortirent de la voiture de Calque. Il ne leur avait pas fallu plus de huit minutes pour arriver à l'auberge.

Sabir fit un signe de tête au réceptionniste en entrant.

— On vous connaît, ici, on dirait.

– Capitaine, j'y ai passé toute ma vie. Je suis né à cinq kilomètres d'ici, si vous voulez savoir.

– C'est bien d'avoir un port d'attache… articula Calque dont l'attention venait d'être attirée par Lamia, installée dans l'un des canapés du lobby, près de la cheminée.

– Venez avec moi, j'aimerais vous présenter quelqu'un.

En apercevant le visage de la jeune femme, Sabir tressaillit. Ce que le capitaine ne manqua pas de remarquer.

– Vous vous connaissez ?

Lamia avait les yeux rivés au sol, manifestement mortifiée par le regard choqué de Sabir.

– Non, non, s'empressa de répondre ce dernier. On ne se connaît pas. Désolé, c'est… j'ai été surpris.

Lamia leva les yeux, encore rose de honte devant la réaction de Sabir.

– Je sais que je ne suis pas très belle à voir, mais peu de gens réagissent aussi fort que vous, monsieur Sabir.

– Pardon, ce n'est pas votre visage, mademoiselle. Ne croyez pas ça…

– Alors qu'est-ce que c'est ?

– Je vous ai vue en rêve. Je sais que ça peut sembler un peu fou, mais c'est la vérité.

– Pardon ?

Sabir se tourna vers Calque et enchaîna :

– Sans doute le capitaine ne vous a pas expliqué ce qui m'est arrivé ce printemps… Mais il n'y a aucune raison, en fait.

Le regard noir, Calque lui indiqua de s'asseoir. L'envie le démangeait de lui écraser une chaise sur le crâne.

– Lamia, je vous présente Adam Sabir. Adam, voici Lamia de Bale.

Resté debout, Sabir interrogea d'une voix étranglée :

– De Bale ? C'est une de Bale ? Grands dieux, Calque, vous avez perdu la raison ?!

– Est-ce que j'ai l'air d'avoir perdu la raison ? Mlle de Bale m'a été d'une aide tout à fait précieuse, ces derniers jours. Elle s'est disputée avec le reste de sa famille, et sa vie, comme la vôtre, est en grand danger. Alors, s'il vous plaît, asseyez-vous et faites au moins mine de vous montrer civilisé.

Sabir se laissa tomber dans le fauteuil derrière lui, incapable de détacher les yeux du visage de Lamia.

– Je suis désolé… J'ai effectivement entendu parler de vous. Je sais qui vous êtes, maintenant.

– Très bien, dans ce cas, fit-elle en se passant une main rapide sur la joue. Préféreriez-vous que je me voile, peut-être ? Comme une musulmane ? Vous ne seriez plus obligé de me dévisager aussi durement.

– Non, non… absolument pas… je suis sincèrement désolé. Ce n'est pas ce que vous croyez. Depuis… depuis que j'ai eu affaire à votre frère…

– … Depuis que vous avez tué mon frère, vous voulez dire ?

Sabir se détourna dans l'espoir de retrouver son sang-froid. De stopper la panique soudaine qui menaçait de le submerger. De contrôler l'angoisse viscérale que la seule évocation d'Achor Bale faisait naître en lui.

Il reporta son regard sur la jeune femme et répondit :

– Depuis que j'ai tué votre frère, c'est ça. C'est techniquement vrai. Je l'ai tué. Si je ne l'avais pas fait, c'est lui qui m'aurait éliminé. Chez moi, ça s'appelle de la légitime défense, mademoiselle de Bale.

– Et moi, je m'appelle Lamia, et non mademoiselle de Bale. Et, croyez-moi, monsieur Sabir, je ne vous reproche aucunement d'avoir tué mon demi-frère. C'était un chien féroce. Et je le détestais.

– Je regrette, vous savez. Je regrette franchement qu'on ait dû en arriver là.

– Pas moi.

Sabir jeta un regard perdu à Calque. Il ne comprenait pas ce qu'on attendait de lui. Ni pourquoi le capitaine l'avait précipité dans cette galère.

– Votre rêve. Vous nous parliez de votre rêve, Sabir.

– Euh… oui. Depuis ce jour où je me suis retrouvé dans cette cave… cette fosse d'aisances… Depuis que j'ai cru mourir asphyxié, je fais le même rêve. Le même cauchemar, plus exactement. Un cauchemar où je me vois déchiré, mis en lambeaux.

Conscient du fait que ses paroles semblaient n'avoir aucun sens, il poursuivit néanmoins :

– Et alors ma tête est dévorée par un serpent. Et je deviens moi-même ce serpent… C'est complètement fou ; je ne sais vraiment pas comment décrire ça, mais je fais à peu près le même rêve toutes les nuits. C'est si effroyable que je n'en dors plus. Et c'est grâce à ça, je dois avouer, que vos jumeaux de frères ne m'ont pas piégé quand ils sont entrés chez moi, la nuit dernière. Je deviens claustrophobe, si bien que, chaque nuit, je sors de la maison pour aller dormir dans une petite cabane au fond du jardin. Là-bas, c'est ouvert, je vois le ciel, je peux respirer.

– Vous voulez dire qu'ils sont entrés dans votre maison alors que vous étiez à l'extérieur ? Dans un abri de jardin ?

– Oui. C'est complètement fou, je sais. J'avais même laissé la porte de derrière ouverte. Ensuite, quand ils ont allumé une lampe, en pensant que je n'étais pas là, j'ai réussi à les surprendre et à les faire fuir avec le fusil non chargé de mon père.

– Vous avez réussi à les faire fuir ? s'étonna Calque. Avec un fusil vide ? Vous avez tenu en respect les jumeaux de Bale avec un fusil non chargé ?

– Vous savez, personne ne peut dire quand un fusil est chargé ou pas. Ce n'est pas comme un revolver, où on voit les balles… ou quand il n'y en a pas.

– Je connais la composition d'un fusil, Sabir.

– D'accord… quoi qu'il en soit, dans ce rêve je vois une femme. Elle me tourne le dos. Vous devez imaginer que je suis un serpent, alors, et je m'approche d'elle. Ma bouche est grande ouverte, je m'apprête à y introduire la tête de cette femme, comme le serpent l'a fait avec moi. Et puis, au dernier moment, ma proie se tourne vers moi et… elle a votre visage, mademoiselle de Bale.

– Vous voulez dire, mon visage tel qu'il est maintenant ? Avec ma marque de naissance ? Ma tache de vin ?

– Oui. Elle a une marque rouge comme la vôtre. Au début, j'ai cru que c'était du sang. Longtemps même, j'ai cru que c'était du sang.

– Et aujourd'hui, vous comprenez que ça n'en est pas ?

– Oui, c'est ça.

Sabir baissa les yeux. Il ne comprenait que trop à quel point il avait pu blesser cette femme. Pourtant, il était encore déchiré entre l'horreur de la savoir la sœur d'Achor Bale et la fascination d'apprendre qu'elle semblait avoir rejeté le clan de Bale et rejoint le parti des anges, c'est-à-dire lui-même et Calque.

– Et qu'arrive-t-il à cette femme qui me ressemble tant ? demanda Lamia. Dans votre rêve, je veux dire.

Sabir hésita, puis la fixa et lâcha :

– Elle ouvre la bouche, plus large encore que celle du serpent, et elle m'avale entièrement.

10

— L'Arabie saoudite ? Vous plaisantez ?

— Bien sûr que non, rétorqua Sabir en se calant contre son dossier. J'ai regardé de tous les côtés, et le quatrain semble pointer directement là-bas.

— Ça vous ennuierait de nous faire partager votre logique ?

Deux fois, Calque avait sorti son paquet de cigarettes, pour le remettre systématiquement dans sa poche après s'être fait fusiller du regard par le personnel de l'hôtel.

Sabir jeta un coup d'œil à Lamia.

Saisissant le message, elle fit mine de se lever.

— Vous préférez que je sorte ? Je comprendrais parfaitement que, malgré l'assurance du capitaine Calque, vous n'osiez pas avoir confiance en moi.

— Non, restez, s'il vous plaît. Écoutez, avant de tomber sur vos deux frères, chez moi, j'ai pu entendre un peu de leur dialogue. Deux bonnes minutes, en fait. Et, avec ce qu'ils m'ont dit ensuite, il m'a semblé clair qu'ils estiment que vous les avez trahis, mademoiselle de Bale. Ils pensent même que – via notre ami Calque ici présent – vous m'avez directement prévenu de leur arrivée. Et je peux vous assurer que, à cause de ça, ils ne vous adorent pas.

— Mais c'est bien ce qu'elle a fait, intervint Calque. C'est exactement ce qu'elle a fait. Elle m'a parlé de la mission de ses frères. Assez tôt pour que j'aie le temps de vous prévenir. Si vous aviez pris la peine de décrocher votre téléphone, cela dit, ou d'écouter vos messages.

– Bien vu, capitaine.

– Et je ne vous ai pas encore dit comment je l'ai trouvée. Ce que sa famille comptait lui faire.

– Inutile. Les paroles de ses frères m'ont suffi. Mlle de Bale est libre de se joindre à notre conversation si elle le désire.

Par une politesse non feinte, Sabir cherchait à excuser non seulement sa surprise en découvrant un peu plus tôt le visage de Lamia, mais aussi le contenu déroutant de son rêve. D'un autre côté, il devait reconnaître que Calque se sentait manifestement responsable de la jeune femme – bon sang, n'avait-il pas une fille dévoyée cachée quelque part ? –, et que lui-même avait une dette envers le policier.

– Pourquoi avoir laissé les jumeaux s'en aller ? Ils étaient entrés chez vous illégalement, non ? Pourquoi n'avez-vous pas appelé la police ?

– Ils jouaient avec moi, répondit Sabir. Ils savaient que je ne tirerais pas. Ils crânaient, comme s'ils n'étaient pas entrés chez moi illégalement ; comme si je n'avais pas de quoi porter plainte. Et puis, quand ils ont compris comment j'avais réussi à éviter leur petit piège, ils sont partis.

– Vous les avez laissés partir ? Comme ça ?

– Qu'est-ce que je pouvais faire, Calque ? Leur jeter le fusil à la figure ? Si vous voulez savoir, ils n'attendent qu'une chose, me coincer quelque part et m'arracher tout ce que je possède. Quand je serai désarmé, sans doute.

Haussant les épaules, il ajouta :

– Mais les choses pourraient bien se passer différemment, cette fois.

11

— Sabir a été prévenu, madame. J'en suis certain. L'Américain savait qu'on venait. Il se cachait dans le jardin avec un fusil. Quand on a allumé la lumière en pensant qu'il n'était plus chez lui, il a su exactement où nous trouver.

– Tu penses que Lamia l'aura prévenu ? Par le biais de Calque ?

– J'en suis persuadé.

– Alors pourquoi n'a-t-il pas appelé la police ?

– Il avait peur, madame. On est entrés chez lui par la porte de derrière, restée ouverte – il était sorti par là. Compte tenu de cela, et de la relation qu'entretiennent nos deux familles, il aurait été difficile pour lui de nous accuser de cambriolage. On peut donc considérer qu'on se trouve en ce moment dans une impasse.

– Que comptes-tu faire, maintenant, Abiger ?

– On l'a fait fuir, madame. Il ne va plus penser qu'à une chose, à présent : nous échapper. On doit donc le suivre partout où il ira.

– Vous avez collé un mouchard sur sa voiture ?

– Impossible, madame. Il la garde soigneusement à l'intérieur. Et le garage est protégé par une alarme. Quand il décidera de partir, il le fera très vite.

– Et Lamia ?

– Elle est ici, avec le policier. Ils se trouvent tous les trois dans le hall de l'hôtel du Cheval Blanc. On ne peut pas être plus près d'eux.

– Saurez-vous les poursuivre ?

– Bien sûr, madame.

– Abiger, ce que tu dis n'a aucun sens. Deux hommes ne peuvent pas en traquer un autre vingt-quatre heures sur vingt-quatre. C'est parfaitement impossible. Et une fois que vous aurez perdu sa trace, vous l'aurez perdu, lui, pour de bon. Je vais demander à vos frères et sœurs de vous aider.

– Mais, madame…

– Tais-toi, Abiger. Je veux savoir exactement ce qu'il fait et pourquoi il le fait. Nous n'allons plus agir avec lui comme nous en avons discuté jusqu'ici. Il y a un autre problème qui s'ajoute au premier : ce Calque, que nous avons à gérer maintenant. Alors vous tous, mes onze enfants, allez devoir surveiller de près ces trois-là, voir s'ils décident de se séparer ou non. S'ils restent ensemble, cela ne vous sera que plus facile. Je veux être mise au courant de tout ce qu'ils entreprennent, du moindre de leurs déplacements. C'est moi, Abiger, qui déciderai alors du meilleur moment pour frapper. Pas toi. Ai-je été assez claire ?

Un bref instant d'hésitation.

– Ai-je été assez claire, Abiger ?

– Oui, madame. Mais je continue à diriger les opérations, n'est-ce pas ? J'en suis toujours responsable ?

– Oui, Abiger. Jusqu'à ce que j'en décide autrement.

12

Au début, j'ai eu de la chance. Le voyage s'était bien passé. Un homme qui transportait des chayotes vers Veracruz m'avait pris dans son camion. On avait traversé Orizaba, Cordoba, avant d'arriver à La Tinaja, où il m'a déposé. J'ai fait du stop pendant trois heures sur la route de Tierra Blanca, mais personne ne m'a pris. Tout le monde allait dans l'autre sens. Vers le volcan. Pour assister au spectacle gratuit, à ce que je supposais.

Alors, je me suis mis à marcher. J'avais de quoi m'acheter à manger, mais pas assez pour prendre le bus. Cela dit, rien ne pressait. Le volcan avait déjà fait son travail. Personne n'avait été tué. Quelques villages proches du sommet avaient été endommagés, certains par la lave, d'autres par les cendres volcaniques, mais les gens avaient eu largement le temps d'évacuer, même à pied. Et puis l'État avait promis de reconstruire leurs maisons. Tout ça, je l'avais entendu à la radio, dans le camion.

L'État devait être effectivement très puissant, à ce que je m'étais dit. Quand les choses allaient mal, c'était lui qui arrangeait tout. Je ne comprenais pas trop comment l'État fonctionnait, mais j'imaginais qu'il était naturellement bienveillant. Que les choses avaient toujours été ainsi.

Je serrais contre mon cœur le mince sac de coton qui contenait le manuscrit maya. J'avais faim. Dans la panique de l'éruption, et sachant que j'avais une tâche à remplir, j'avais oublié de manger. Alors je me suis arrêté devant une cahute en bord de route et j'ai acheté quelques tacos. J'en ai aussitôt dévoré la moitié, et j'ai gardé les autres dans un morceau de papier, pour plus tard. Je sentais que je n'aurais d'autre choix que de dormir à la belle étoile et, pour ça, j'aurais besoin d'énergie.

J'ai bu un peu de coca pour mon estomac et parce que, chez nous, c'était parfois offert en cadeau à l'église pour prier. Quelque part, tout au fond de mon esprit, je me demandais comment j'arriverais à vivre quand j'aurais atteint ma destination et qu'il ne me resterait plus un sou. Jamais je n'étais sorti de ma province, auparavant. Et s'il n'y avait personne pour m'accueillir ? Si nulle part on ne m'attendait ? Peut-être, alors, devrais-je demander à l'État de m'aider ? Mais je ne savais pas comment contacter l'État, ni même comment communiquer avec lui. Et peut-être, parce qu'il avait tant de puissance, essaierait-il de me voler le manuscrit ? Ce qui me laisserait sans aucune fonction. Sans aucune raison de vivre.

Non. Je dois rester à l'écart de l'État. Il va se passer quelque chose. Quelqu'un va me reconnaître. Le manuscrit est protégé depuis si longtemps et par tant de générations qu'il doit avoir une extrême importance.

13

— Pourquoi faites-vous tout ça, Sabir ? Pourquoi cherchez-vous encore de ce côté-là ? Qu'est-ce qui vous intéresse tant que ça, dans cette histoire ?

Une cigarette éteinte au coin des lèvres, Calque se contentait d'en renifler l'odeur, à défaut de l'allumer et de s'attirer l'ire de tout le personnel de l'hôtel. Lamia avait dû jouer les traductrices pour lui car son niveau d'anglais n'atteignait pas celui d'un élève de sixième.

– Mais je croyais que vous saviez. Pour l'argent, évidemment.

– Des conneries.

– Écoutez, Calque, j'aimerais que vous compreniez une chose. Si j'ai répondu à l'annonce de Samana, en mai dernier, c'était uniquement parce que je croyais qu'il y aurait là matière à écrire un livre. Je suis écrivain. Et je vis de mon écriture. J'ai déjà mis six mois de travail dans ce projet. Ça m'a valu des nuits de sommeil de jamais plus de deux heures d'affilée. Ça m'a coûté une partie de mon oreille. Et ça a fait de moi un tueur. D'autre part, on m'a pourchassé, on a tenté de m'intimider, on m'a tiré dessus et on a même cherché à m'enterrer vivant. Des gens ont essayé de me castrer. On m'a jeté des couteaux à la figure, on a tenté d'incendier ma maison. La police française – vous, donc – m'a même mis sur sa liste des personnes les plus recherchées. Je pense que j'ai droit à un juste retour des choses, après tout ça, une petite contrepartie, vous ne croyez pas ? Et je commence à bien imaginer le moyen de l'obtenir.

– L'Arabie saoudite, vous voulez dire ?

– Écoutez, la prophétie évoque l'éruption d'un « grand volcan ». Un homme, « Ahau Inchal Kabah », vit dans la région de ce volcan. Il est capable de lire l'avenir. Grâce à lui, le monde saura si le 21 décembre 2012 amènera l'Armageddon tant redouté ou le début d'une nouvelle ère spirituelle.

– Pourquoi l'Arabie saoudite ?

– Ça paraît simple, mais ça m'a pris des semaines pour y arriver. Le mot-clé, c'est « Kabah »... un lien manifeste avec la Kaaba, ou la maison d'Allah, le site le plus sacré de l'Islam. L'orthographe est assez exacte, non, si ce n'est un A en moins au début du mot et un H à la fin ? La construction de la Kaaba date de plus de deux mille ans, ce qui veut dire que Nostradamus en connaissait certainement l'existence. Et chaque musulman, où qu'il soit dans le monde, se tourne vers la Kaaba quand il prie. Ensuite, on a « Inchal ». Les musulmans appellent Inch'Allah la volonté d'Allah – assez proche aussi, vous ne trouvez pas ? Avec tout ça en main, j'ai vérifié ce que Nostradamus appelle la « terre du grand volcan ». Et j'ai très vite découvert un autre lien avec l'Arabie saoudite. Je crois aujourd'hui que le « grand volcan » n'est autre que le mont Harrat Rahat, entré en éruption en 1256 et dont la lave a dévalé les pentes pour s'approcher à moins de cinq kilomètres de la cité de Médine. Beaucoup pensent que ce volcan correspond à la situation actuelle du mont Sinaï. Dans l'Exode, XIX, 18, on lit : « Or le mont de Sinaï était tout couvert de fumée, parce que l'Éternel y était descendu en feu ; et sa fumée montait comme la fumée d'une fournaise, et toute la montagne tremblait avec violence. »

Après un bref regard vers Lamia, Calque se tourna vers Sabir et demanda :

– Ce volcan est entré en éruption, récemment ?

– Non, pas depuis neuf cent cinquante ans, je le reconnais. Mais certains érudits pensent que le mont Sinaï est en fait le mont Hala el-Badr.

– Et j'imagine que celui-là est entré en éruption ?

– Non, non plus, lâcha Sabir sur un ton irrité. Pas encore.

– Mais vous l'attendez, n'est-ce pas ?

– Écoutez, Nostradamus ne peut pas avoir toujours raison sur tout, non ?

– Et le mot « Ahau », quelle serait sa signification ?

– Je n'ai rien trouvé là-dessus, avoua Sabir. Ça ne semble pas être un mot arabe.

S'adressant à Lamia, Calque demanda :

– On lui dit ? On avertit notre intrépide chercheur… qui, visiblement, n'écoute pas les infos, tout comme il néglige de répondre au téléphone ?

– Pourquoi le lui dire ? interrogea la jeune femme avec une moue sceptique. Nous n'avons plus besoin de lui. Autant le laisser s'envoler pour l'Arabie saoudite, comme il en a l'intention. Il lancera ainsi mes frères à ses trousses, ce qui nous permettra d'arriver sains et saufs au Mexique.

Sabir les observait l'un et l'autre sans vraiment comprendre.

– Au Mexique ? De quoi parlez-vous, au juste ?

– Sérieusement, Sabir, vous ne seriez pas un peu technophobe ? Vous n'avez donc rien écouté des infos, ces derniers jours ? lui demanda Calque en se débarrassant de sa cigarette à demi mâchouillée pour s'en glisser une autre entre les lèvres.

– C'est vous qui me traitez de technophobe, capitaine ? Je me rappelle pourtant vous avoir vu refuser, à plusieurs occasions, un téléphone portable, ceci au grand dam de votre assistant.

– Ma question reste la même, s'entêta Calque.

– D'accord, vous avez raison. Je n'ai rien écouté des infos, ces derniers temps. Je n'ai pas vraiment la tête à ça, en ce moment, et je fais un peu une fixette sur ma théorie de l'Arabie saoudite. Mais je ne vois pas pourquoi vous faites, de votre côté, une fixette sur le Mexique… sous prétexte que « Ahau » est un dieu du soleil maya. De toute façon, c'est plus exactement Ahau-kin. Ou Kinich Ahau, tout dépend du contexte. Vous voyez, moi aussi, j'ai fait mes devoirs.

Sa cigarette non allumée pendant au coin des lèvres, Calque se cala dans son siège et déclara:

– Si vous vous étiez donné la peine d'allumer votre télé, ne serait-ce que deux minutes durant ces dernières vingt-quatre heures, vous auriez appris que le pic d'Orizaba, plus connu sous le nom de Citlaltépetl, vient d'entrer en éruption. On a vu les infos dans l'avion. Moi, je dirais que c'est ça, votre grand volcan, et non le Harrat Rahat ni le Hala el-Badr, non?

– Le Popocatépetl et l'Orizaba sont les deux grands volcans du Mexique. Tout le monde sait ça. Pourquoi ce pic d'Orizaba se métamorphoserait-il en grand volcan sous prétexte qu'il a choisi ce moment précis de l'histoire pour entrer en éruption?

– Pourquoi? répéta Calque en haussant les sourcils. Parce qu'il est le plus grand des deux, voilà pourquoi! L'Orizaba dépasse les 5600 mètres; 249 mètres de plus que son plus proche rival. Et lui ressemble à un volcan. Il trône aussi majestueusement que le mont Fuji, avec une caldeira, un sommet enneigé, des fumerolles, etc. Sauf qu'il est plus haut de 1900 mètres que le Fuji, et que c'est un stratovolcan, comme le Mayon, le Vésuve et le Stromboli. À côté, vos deux volcans d'Arabie saoudite feraient pâle figure.

– D'accord, Calque. Je suis impressionné. Vous avez gagné votre poupée Kewpie.

– Ma quoi?

– Oh, laissez tomber… C'était une formule à moi. En revanche, vous vous trompez sur un détail: le mont Fuji est aussi un stratovolcan.

Sabir se rendit soudain compte que Lamia le fixait, comme si l'interrogatoire qu'il subissait représentait une sorte de test. Il regretta aussitôt sa remarque à propos des stratovolcans. Il avait cherché par là à gagner des points sur Calque dans l'espoir de cacher sa gêne d'avoir été pris au dépourvu. Et voilà que Lamia se rendait parfaitement compte de cette subite faiblesse qu'il montrait. Rien de plus humiliant pour un homme que de se voir critiquer publiquement par une femme.

– Bon, et « Inchal » et « Kabah », dans l'histoire ? Ça signifierait quoi, alors ?

La jeune femme choisit cet instant pour se lever et déclarer :

– Je m'éclipse cinq minutes, si vous voulez bien.

Sans attendre, elle se dirigea droit vers la réception.

– Qu'est-ce qui lui arrive ? demanda Sabir, interloqué.

– Allez savoir, répondit Calque avec un haussement d'épaules.

Il écrasa sur la table sa cigarette non fumée et plongea la main dans sa poche à la recherche d'une autre.

14

Revenue s'asseoir aux côtés des deux hommes après que Sabir avait commandé du café, Lamia s'occupait maintenant à faire le service, un sourire mystérieux sur le visage.

– Alors, qui va être le premier à poser la question ?

Vaguement mal à l'aise, Sabir devait reconnaître que, si Lamia et Calque n'étaient pas passés par là, il serait en ce moment en partance pour l'Arabie saoudite.

Un lourd silence lui répondit tandis que ses deux interlocuteurs se contentaient de siroter leur café.

– D'accord, je l'admets, reprit-il. J'ai merdé. J'étais totalement à côté de la plaque. Mais je ne saisis toujours pas ce que signifie ce « Inchal ». Ni pourquoi « Kabah » n'a en fait rien à voir avec Kaaba.

–Je viens d'utiliser la connexion Internet de l'hôtel, expliqua Lamia, et j'ai tapé « Kabah ». Avec un H. Comme c'est écrit, d'après vous, dans les prophéties de Nostradamus. Ça vient en numéro deux sur Google, juste après Kaaba, il s'agit d'un site maya situé dans le Yucatán. *kabah* signifie « main puissante » ou, dans sa forme originale, *kabahaucan*, « serpent royal dans la main ». L'endroit est réputé pour son Codz Poop, le palais des Masques, où des centaines de masques de pierre dédiés au dieu au long nez, Chaac, s'alignent sur une façade de pierre. Chaac, si vous l'ignorez, est aussi le dieu du tonnerre, des éclairs et de la pluie, capable de déclencher, du bout de sa hache foudroyante, des éruptions volcaniques.

– Seigneur… souffla Sabir.

Déjà incapable de se concentrer sur plus d'une chose à la fois, il était anéanti par sa toute récente incapacité à pratiquer la pensée latérale.

– Le mot « Inchal » a été plus difficile à trouver, poursuivit Lamia. D'abord, je n'ai trouvé qu'un endroit en Inde, sans aucun lien avec les Mayas. Et puis, en tournant un peu autour de ça, je suis tombée sur « *chilan* ».

– Et *chilan*, qu'est-ce que c'est, à part un habitant du Chili ?

– Un prêtre maya. Littéralement, ce mot signifie « interprète », « porte-parole » ou « devin ». Les *chilan* étaient ceux qui enseignaient les sciences, fixaient les jours saints, guérissaient les malades, offraient des sacrifices et agissaient en tant qu'oracles des dieux.

– Bon sang !

– Et les *chilan* portaient traditionnellement l'*ahau*, la ceinture du soleil des Mayas. Un mot qui signifie aussi « dieu » ou « maître », en maya. Ainsi, la phrase de Nostradamus « Ahau Inchal Kabah » – et le fait qu'il précise que cette personne, riche du don suprême de prophétie, vit dans le pays du « grand volcan » – est tellement loin d'évoquer un lieu quelconque en Arabie saoudite qu'on se demande, monsieur Sabir, comment vous avez pu vous laisser égarer à ce point.

Penché en avant, Sabir se prit la tête entre les mains, sous le sourire ravi de Calque.

– Sabir, vous n'avez pas beaucoup dormi, ces derniers temps, n'est-ce pas ? Votre cerveau ne fonctionne pas comme il le devrait, j'imagine.

L'ex-policier était aux anges. C'était comme s'il avait, par un tour de passe-passe, sorti Lamia de sa poche pour la présenter à une foule en délire.

– Ne retournez pas le couteau dans la plaie, capitaine, je vous en prie.

Celui-ci se tourna vers Lamia et demanda :

– Qu'en pensez-vous ? On le laisse voyager avec nous ? Ou on y va seuls ? On a tout le matériel qu'il nous faut.

– Vraiment ? s'étonna Sabir en se redressant. Vous avez tout ce qu'il vous faut ?

– Oui. Je crois, oui…

Lamia roula des yeux surpris.

– Vous avez le texte complet des quatrains de Nostradamus, c'est ça ? Y compris la clé pour trouver l'endroit où vit cet homme, une fois que vous serez à Kabah ?

Calque se mit à jouer avec sa cigarette non allumée.

– Dans ce cas, poursuivit Sabir en se levant, vous n'avez effectivement plus besoin de moi. Mais si par hasard vous changez d'avis, vous aurez une chance de me trouver encore dans le coin, dans la prochaine demi-heure. Dans mon nouveau chez moi : un Grand Cherokee gris métallisé. Après ça, j'aurai quitté les lieux. Compris, les petits malins ?

15

Sabir n'alla pas jusqu'à les planter là sans autre forme de procès. Après tout, il avait affaire à deux – futurs ? – compagnons de voyage pour qui le compromis était une condition *sine qua non*.

Même s'il refusait *mordicus* de cracher le morceau quant à la partie-clé des quatrains indiquant où se trouvait l'Ahau Inchal Kabah de Nostradamus, il reconnaissait que tous trois pouvaient au moins mettre leurs ressources en commun et voyager ensemble. Il lui semblait clair, à présent, que trois esprits réunis valaient mieux qu'un seul.

– Je propose qu'on s'envole pour Cancún et qu'on y loue une voiture. On pourra ainsi y être en moins d'une journée.

Lamia et Calque échangèrent un regard interrogateur.

– Quoi ? s'agaça Sabir. Qu'est-ce que j'ai encore dit ?

– Rien, mais vous oubliez mes deux frères.

– Oui, enchaîna Calque. Les aéroports représentent la pire des solutions. Trop transparents. Avec de l'argent et les bons réseaux, on peut aisément se procurer les plans de vol et les listes de passagers. Et les frères de Lamia ont les deux. Et puis, aujourd'hui, la plupart des voitures de location possèdent soit un système GPS, soit un traceur intégré. Ça veut dire qu'on peut suivre ces véhicules et les localiser n'importe où sur la planète.

– Alors, qu'est-ce que vous proposez ?

– Qu'on devrait utiliser votre voiture. Et se rendre au Mexique par la route.

– Par la route ? Grands dieux, Calque, vous savez combien de temps ça va prendre ? On en a pour près de cinq mille kilomètres… je n'exagère pas.

– On n'est pas pressés. Il y a une date limite pour ça ?

– Non… je suppose que non.

– Et puis on sera trois. À se partager le volant.

– C'est vrai, reconnut Sabir. Mais je continue à ne pas aimer l'idée de baser notre plan sur les probables cabrioles d'un couple de truands en goguette. Désolé, Lamia, mais vous savez de quoi je parle, n'est-ce pas ?

Calque intervint sans laisser à la jeune femme le temps de répondre.

– Depuis que je vous connais, Sabir, vous manifestez un défaut qui, s'il est mortel, demeure aussi très persistant : vous sous-estimez toujours vos adversaires. C'est presque une maladie, chez vous.

Sabir tenta d'intervenir, mais Calque passa outre :

– Je ne sais rien de ces garçons à part ce que Lamia m'en a dit, mais c'est assez pour me faire réfléchir. Ce sont les frères d'Achor Bale, nom de Dieu ! Ils sortent de la même nurserie. Ils ont été nourris au même sein diabolique. À la différence de Lamia, ils n'ont jamais eu de doutes quant à leur vocation. Ils savent ce qu'ils veulent et ils sont prêts à tout pour l'obtenir. J'ai parlé à la comtesse il y a deux jours. Je me suis trouvé en sa présence, Sabir. C'est, sans aucun doute, l'être humain le plus terrifiant que j'ai eu la malchance de rencontrer. Elle est pire que n'importe quel politicien, en ce sens qu'elle est persuadée qu'elle a raison – elle ne se contente pas de jouer un rôle, elle est ce rôle. Vous avez tué son fils, je vous le rappelle. Vous seul possédez l'information qu'elle et le Corpus Maleficus recherchent. Croyez-moi, Sabir, la comtesse ne laissera rien, rien ni personne se mettre entre ses gens et vous.

16

— Mme Mastigou s'est occupée des billets d'avion, Abiger. Tes frères et sœurs seront à l'aéroport JFK dans huit heures. Ils auront chacun une voiture de location à leur disposition. Vous resterez en contact par téléphone. Je suggérerai aux autres de s'acheter une carte rechargeable pour éviter qu'on trace leurs appels. Puis toi et Vau devrez abandonner vos anciens mobiles et vous en acheter de nouveaux.

– Et si les trois changent d'avis et partent vers le nord ?

– Dans ce cas, vous les suivrez vers le nord, et tes frères et sœurs vous rattraperont plus tard.

– Vous voulez dire qu'ils feront le trajet en voiture ?

– Non. Mais s'ils prennent un avion, ce ne sera pas d'un aéroport local. Calque n'est pas idiot. Il sait que la sécurité aéroportuaire est totalement défaillante. Sabir essaiera d'abord de vous semer. Puis il se dirigera vers un aéroport avec un gros trafic comme ceux de Chicago, Baltimore ou Boston. En sachant qu'il peut aisément se perdre dans la foule.

– Ça ne serait pas mieux pour nous de les entraîner par ici ? De leur tendre une embuscade dans le coin ? Je ne vois pas Sabir embarquant son fusil avec lui dans sa voiture. Trop risqué. On pourrait les attirer dans une ferme déserte, quelque part, et leur soutirer les informations dont on a besoin.

– Non. Sabir a été prévenu par votre faute, à toi et à Vau. Il aura déjà effacé ses traces, détruit toute documentation écrite. Cet homme a une mémoire d'éléphant, d'après ce que je me suis laissé dire par certaines sources en Amérique que j'avais payées pour me renseigner sur lui.

– Ah, je vois.

Sa mère l'avait une fois de plus pris à contre-pied.

Abiger sentait la rancœur le ronger.

– En outre, poursuivit la comtesse, je crois tout à fait improbable qu'il en ait révélé à Lamia et à Calque plus que nécessaire. Il reste donc notre première source d'informations concernant le Second Avènement. Et la possible identité du troisième Antéchrist. Il a tout dans sa tête. S'il se retrouve acculé, il est parfaitement capable de se sacrifier pour ce qu'il estime être le bien de l'humanité. Il est assez âme sensible pour cela. Rappelle-toi ce qu'il a fait à mon bien-aimé Rocha. Malgré sa terrible claustrophobie, il a réussi à se retourner contre lui puis à le tuer. Sous ses airs tendres, il cache un cœur de pierre. Non, je préfère qu'il nous mène sans le savoir là où il ira. C'est mieux ainsi, crois-moi.

– Si vous le dites, madame.

– Oui, je le dis, Abiger.

17

— Ils sont toujours derrière nous ?

– Toujours. Et sans chercher le moins du monde à se cacher.

Le trio venait de traverser Scranton et se trouvait maintenant sur la voie rapide en direction du sud, vers Harrisburg.

– Et si on se dirigeait vers Miami plutôt que le Texas comme prévu ? Il doit bien y avoir un ferry qui nous mènera à Campeche. Ou à Veracruz. Ou même Cancún.

Calque se sentait de plus en plus irritable. Avec Lamia et Sabir, ils étaient parvenus à contrecœur à un accord : une fois par heure, il pourrait baisser la vitre et fumer une cigarette. Mais il lui en fallait plus que cela pour se sentir comme un être humain. Il regarda subrepticement sa montre afin de voir si le moment n'était pas arrivé d'en allumer une nouvelle.

– Ça nous ferait gagner trois jours de conduite.

– Et ça ferait de nous des cibles immobiles, rétorqua Sabir, assis au volant. Tant qu'on roule, on est à l'abri. Fumez donc votre foutue cigarette, Calque. Vous ne vous en êtes peut-être pas aperçu, mais c'est au moins la quatre-vingtième fois en une minute que je reçois un de vos coups de pied dans le dos.

– Oh, désolé… fit-il en entrouvrant la vitre. Retourner les choses dans ma tête, ça me rend nerveux. Et, en ce moment, j'en retourne beaucoup.

Laissant la fumée s'échapper lentement de ses narines, il ajouta :

– Alors, qu'est-ce qu'on fait, ce soir ?

Sabir se tourna vers Lamia.

– Vous dites que vos frères ne lâcheront rien sans se battre, c'est ça ?

– Oui, et le terme est faible.

– Alors, qu'est-ce qu'ils attendent, d'après vous ? Ils n'ont pas l'air de bouger.

– Comme vous venez de le dire, tant qu'on roule, on est tranquilles. Mais, dès qu'on s'arrêtera, on sera vulnérables ; et particulièrement la nuit. J'imagine que vous n'avez pas l'intention de dormir dans la voiture ?

– Non, bien sûr que non.

– Alors, il ne nous reste qu'un seul choix.

– Lequel ?

– Les semer avant de s'installer pour la nuit.

Sabir laissa échapper un juron.

– Il est trois heures de l'après-midi. À neuf heures, ce soir, on sera loin de Harrisburg. Si on ne veut pas rouler toute la nuit, il faut qu'on trouve une solution.

– Et… vous avez une idée ?

Calque avait fini sa cigarette. Il en jeta le mégot par la fenêtre ouverte et, l'air aussi serein que s'il avait fumé une bonne dose d'opium, lâcha :

– Moi, j'ai une idée.

Sabir jeta un coup d'œil dans le rétroviseur. Derrière eux, la voiture des jumeaux maintenait une distance constante d'environ trois cents mètres.

– OK, accouchez.

– Hum… très élégant.

– On vous écoute, capitaine.

– L'idée, ce serait de prendre trois chambres différentes dans un motel. Une pour vous. Une pour moi. Et une pour Lamia.

– Et notre budget, vous y pensez ?

– Sabir, votre légèreté, parfois, me consterne.

– Oh… désolé.

– On prend donc une chambre chacun, après s'être garés devant. Mais pas pour longtemps. Très vite, je ressors et je remonte dans la voiture. Je démarre et je m'éloigne. Mais, parce que je n'ai aucune importance à leurs yeux, les jumeaux continuent de surveiller les deux autres chambres… les vôtres. Sabir sort alors de la sienne et frappe à celle de Lamia. Elle le laisse entrer. Et ses frères en tirent les conclusions qui s'imposent. Qu'est-ce que vous en pensez ?

– Rien de bien, observa Lamia, pelotonnée à l'avant, un pied glissé sous elle. Mes frères savent parfaitement que ma vie amoureuse est quasi inexistante. Ils ne cessent de me chiner là-dessus. L'idée que je pourrais avoir une relation avec M. Sabir, à peine un jour après l'avoir rencontré, leur paraîtrait si grotesque que leur curiosité les précipiterait aussitôt vers ma chambre.

– Oh… vous… n'avez aucune vie amoureuse ? laissa tomber Calque, interloqué. Quel gâchis… une femme aussi belle… Je ne comprends pas. Les hommes que vous rencontrez doivent être aveugles.

Tendant la main derrière son siège, Lamia laissa le capitaine lui prendre les doigts et les porter à ses lèvres.

– Alors, demanda Sabir d'une voix où perçait l'impatience, quelle était votre idée, une fois que Lamia aurait refermé la porte derrière moi ? Après nos faux ébats, j'entends.

– Mon idée, c'était que vous sortiez par une fenêtre donnant sur l'arrière en laissant les lumières allumées et la porte fermée, avec le signe « Ne pas déranger » sur la poignée. Puis vous fileriez me rejoindre à un rendez-vous convenu d'avance, quelques rues plus loin. Là, je vous embarquerais en laissant les jumeaux surveiller une série de chambres vides. On roulerait environ cent cinquante kilomètres – sur des petites routes, bien sûr –, et alors seulement on s'arrêterait pour la nuit.

Sabir regarda Lamia et dit :

– À part le plan sexe un peu foireux, l'idée n'est pas mauvaise. J'aime bien la partie où Calque saute dans la voiture et s'en va en nous laissant seuls à l'hôtel. Ça tient debout. Et si on filait plutôt chacun de notre côté, indépendamment, en oubliant les suggestions romantiques de Calque ?

– Il va falloir pour ça trouver un motel à l'ancienne, avec des fenêtres donnant sur l'arrière. La plupart des établissements modernes ne sont plus construits ainsi. Et ils ont presque tous un parking central, maintenant. Il nous faut vraiment un bâtiment avec la possibilité de garer la voiture juste devant les chambres.

– On pourrait faire un petit repérage avant de réserver, proposa Calque. Voir un peu ce qu'il y a dans le coin. Ça n'aurait rien d'étrange. Personne ne devinerait ce qu'on cherche.

– Oui, reprit Sabir, je pense que ça vaut le coup d'essayer. Qu'en pensez-vous, Lamia ?

– Je pense que le capitaine Calque est ce qu'on appelait avant un « gentleman ».

18

Abiger de Bale regarda sa montre.

– Il commence à se faire tard. Les autres sont encore loin ?

Vaulderie jeta un coup d'œil sur son téléphone portable.

– J'ai un message d'Athame, un autre de Berith et un d'Oni ; ils disent tous qu'ils se dirigent vers nous. On devrait se croiser dans l'heure qui suit. Les six autres ne doivent pas être très loin.

– Parfait. Trois, ça suffit.

– Comment ça ?

– Écoute, je suis sûr que Sabir va essayer de nous filer entre les doigts avant la tombée de la nuit.

– Qu'est-ce que tu en sais ?

– J'aurais dû m'en douter. Mets-toi à leur place. Ils ne pourront jamais se coucher tranquilles en sachant qu'on est dehors à les surveiller. Ils vont craindre qu'on trafique leur voiture. Ou qu'on y installe un mouchard. Ou encore qu'on force la porte de leur chambre. C'est leur point faible.

– Ils ne vont pas dormir dans la même chambre ?

– Ils seraient fous de ne pas le faire ; et de ne pas se barricader à l'intérieur, en plus. S'ils se séparent, ça les affaiblit inévitablement. Isolés, ils sont évidemment plus vulnérables.

– Alors, qu'est-ce qu'on fait ?

– Rien. On les laisse nous fausser compagnie.

– Là, je ne comprends plus, soupira Vau.

– Mais si : le temps qu'ils s'installent pour la nuit, on aura au moins quatre voitures en train de les suivre, dont trois qu'ils ne reconnaîtront pas. Alors, nous deux, on restera devant. On se fera encore plus évidents qu'avant. Et, quand ils tenteront leur petite manœuvre pour nous échapper, on leur laissera croire qu'ils ont réussi. Athame, Berith et Oni peuvent se positionner sur chaque route partant du motel. Lorsque Sabir leur passera devant dans son Grand Cherokee magnifiquement voyant, ce seront eux qui le suivront, pas nous. Ils nous renseigneront sur le chemin qu'ils prennent, et on les rejoindra. Mais on aura changé de voiture, d'ici là. Et, avec un peu de chance, on se sera alors retrouvés tous les neuf. À partir de là, on les suivra chacun à notre tour en changeant de position toutes les vingt minutes, de sorte qu'ils ne verront jamais deux fois le même véhicule. Madame notre mère m'a bien recommandé de ne pas interférer avec eux tant qu'ils n'auront pas atteint leur destination finale. S'ils prennent un avion, on les suit. S'ils continuent par la route, on les suit.

– Et Lamia ? Si elle nous reconnaît ?

– À partir de maintenant, on portera tous une casquette. Une casquette et des lunettes. Ainsi, on aura l'air de vrais Américains. Oni pourra cacher ses cheveux dessous et se mettre un peu de crème autobronzante. Il aura l'air bizarre mais, de loin, il n'aura rien d'un albinos.

– Et nous ?

– On restera derrière. Loin derrière. De façon que nos trois niais n'aient aucune chance de nous apercevoir de nouveau. Et on restera en contact avec les autres par téléphone.

– Tu es sûr qu'ils vont essayer de nous fausser compagnie, Abi ? Tu en es certain ?

– Plus que certain.

19

Calque remonta dans le Grand Cherokee de Sabir. Après avoir passé quelques longues secondes à ajuster le siège à sa taille, il considéra le levier de vitesse. Heureusement, la boîte était manuelle. Avec une Chrysler, il aurait pu s'attendre à trouver un système automatique ; mais non… même pas. Il passa la marche arrière et sortit tranquillement du parking.

La prochaine fois, songea-t-il, *on pense à garer la voiture le nez face à la sortie, histoire de démarrer en marche avant et de prendre plus rapidement la fuite.*

À peine avait-il formulé cette idée qu'il secoua la tête sans comprendre. Mais qu'est-ce qu'il foutait ici ? Il aurait pu être en France, en ce moment, en train de dîner à La Reine Margot d'un bon cassoulet… arrosé d'un corbières ou d'un minervois. Mais non, il était là, assis au volant d'un 4x4 monstrueux, au beau milieu des États-Unis, nourri d'un hamburger accompagné de frites, achetés en drive-in au premier Wendy's venu, ceci afin d'éviter de servir de cible aux deux frères de Lamia.

Calque s'engouffra dans la rue principale. Sans prendre soin de regarder à droite ni à gauche, il comptait sur sa vision périphérique pour repérer la voiture des jumeaux ainsi que les lumières des véhicules autour de lui. Oui. Ils étaient là. Garés de l'autre côté de la rue, en face du motel, dont ils pouvaient aisément surveiller la sortie, et les allées et venues devant leurs trois chambres. C'était évident : la prochaine fois que lui et ses amis s'arrêteraient pour la nuit, ils devraient impérativement se séparer pour dormir dans trois endroits différents.

Agacé, le capitaine frappa violemment le volant du poing. Non, ce n'était pas la solution. C'était même une idée stupide. Ce qu'ils devaient faire, au contraire, c'était de partager la même chambre. Plus on était de fous, plus on était en sécurité ! Qu'est-ce que Sabir et Lamia penseraient de ça ? Calque savait qu'il était sujet au ronflement. Paul Macron en avait fait les frais, d'ailleurs. Peut-être pouvait-il profiter du fait qu'il était seul pour s'acheter un masque ? Les Américains devaient bien avoir à lui vendre un truc de ce genre pour régler le problème. Car, s'il y avait une chose qu'il ne souhaitait pas, c'était de rappeler à Lamia qu'il n'était plus si jeune. Un homme pouvait compter sur son esprit et son intelligence pour captiver une femme en pleine journée mais, pour la nuit, une autre subtilité s'imposait, malheureusement.

Non pas que le capitaine ait eu l'intention de séduire Lamia – loin de lui cette idée. Elle avait trente ans de moins que lui, et à peu près le même âge que sa fille. L'idée donc de tenter de lui plaire était grotesque. Mais il était clair qu'il lui fallait être protégée contre l'incessante litanie de gaffes de Sabir, pour la plupart dignes d'un gamin de six ans. Son attitude au Cheval Blanc, par exemple : aucun Français n'aurait réagi de la sorte en découvrant la tache de vin sur le visage de la jeune femme, lors de leur rencontre. Non. Seul un Américain pouvait commettre une bévue pareille.

Calque savait que Sabir avait eu une mère française, mais il décida qu'elle avait dû s'américaniser très rapidement pour donner naissance à un rejeton aussi rustre. Le sang français de Sabir n'était en fait qu'un caprice de l'histoire.

Lorsque le capitaine émergea de son rêve éveillé, ce fut pour réaliser que les jumeaux ne le suivaient pas. Ils étaient restés en faction devant le motel, exactement comme il l'avait espéré.

Un coup d'œil à sa montre lui indiqua que le timing était parfait. Il tourna à gauche, puis encore à gauche, jusqu'à se retrouver sur une route parallèle à celle du motel. Puis il compta quatre pâtés de maisons, après quoi il prit une nouvelle fois à gauche. Oui. C'était bien la rue où ils étaient convenus de se retrouver, après avoir consulté le plan de la ville que leur avait aimablement remis le gérant du motel. Lamia et Sabir devaient maintenant être en train de quitter leur chambre en sortant par la fenêtre de derrière. Il leur donnait une vingtaine de minutes pour remonter les quatre pâtés de maisons qui les séparaient de la voiture.

Il laissa le moteur tourner. Autant se préparer à toute éventualité. Les jumeaux pouvaient très bien intervenir plus tôt que prévu. Dans ce cas, il devait être prêt à repartir vers le motel et faire ce qu'il pouvait pour sauver la situation. Appeler la police, si nécessaire. S'interposer entre les jumeaux et leurs victimes. Il posa sur le siège à côté de lui le téléphone qu'il avait emprunté à Lamia.

Puis il réfléchit. Dans quoi s'était-il lancé ? Il n'était pas fait pour ce genre de sport. Le moindre exercice physique le rebutait. De toute sa carrière de policier, jamais il n'avait eu à faire usage de son pistolet, encore moins de sa force sur quelqu'un. Il avait toujours eu des assistants – plus ou moins capables, d'ailleurs – prêts à le faire à sa place.

Il n'était pas Lancelot du Lac.

20

— Abi, réveille-toi, il y a du mouvement.

Vau secoua doucement l'épaule de son frère.

Abi, comme d'habitude, s'offrait une petite sieste là où il pouvait. Depuis sa plus tendre enfance, il maîtrisait l'art de s'endormir n'importe où, dans les situations les plus extrêmes. Une fois, il s'était même offert le luxe de tomber dans les bras de Morphée au beau milieu d'un cambriolage. C'était un test imaginé par leur mentor, Joly Arthault, à l'instigation de madame leur mère. Cherchant son frère partout, Vau avait fini par le trouver pelotonné sur un canapé, dans le salon de la maison qu'ils étaient en train de dévaliser. Il avait alors protégé les arrières d'Abi, comme il l'avait fait à maintes reprises durant leur enfance et leur adolescence.

Les jumeaux regardèrent Calque monter dans le Grand Cherokee, ajuster son siège puis démarrer dans leur direction.

– Non mais, regarde-le, Vau. Il fait comme si on n'existait pas. Sa tête est comme pétrifiée, il n'a même pas vérifié s'il y avait de la circulation en sortant du parking. Si on ignorait qu'il préparait quelque chose, c'est sûr que, maintenant, on le sait. Il ne comprend pas que les gens qui mijotent quelque chose devraient agir normalement ? Et non pas comme des robots. J'aurais espéré un peu plus de bon sens de la part d'un policier.

– Qu'est-ce qu'on aurait fait, si on n'avait pas eu les autres pour nous seconder ?

—Je serais descendu de voiture pour rester ici, et toi tu l'aurais suivi.

— Ah, je vois… pour continuer à les surveiller tous les trois, où qu'ils soient.

— Exactement. Mais maintenant, on reste ici et on lui laisse croire que son petit plan marche. Je viens d'avoir des nouvelles de Rudra et d'Aldinach. Ça veut dire qu'on est à présent six pour les chaperonner dès qu'ils essaieront de nous fausser compagnie.

— Qu'est-ce qu'ils vont faire ? S'enfuir par la fenêtre ?

— Oui. Tu les as vus faire des repérages dès qu'ils sont arrivés en ville. Ils cherchaient un motel avec des chambres disposant d'une issue arrière pour s'enfuir. Au moment où je te parle, je te parie qu'ils ont rassemblé leurs affaires et qu'ils sont en train de s'esquiver discrètement par le parking de derrière. Si j'étais un peu méchant, je serais tenté de faire le tour du motel… et, à coup sûr, j'apercevrais deux longues traînées émergeant de sous une voiture, qui m'assureraient qu'ils ont pissé de rire en croyant nous avoir bernés.

21

Sabir jeta son sac par la fenêtre avant de se hisser lui-même au-dehors. Puis il attendit que Lamia fasse la même chose. Il pensa un instant lui tendre la main pour l'aider à s'extirper de l'ouverture étroite, mais il se ravisa. Encore gêné d'avoir si vivement réagi en découvrant son visage, il se disait qu'elle ne devait pas se sentir exactement à l'aise avec lui.

– S'il vous plaît, vous pouvez m'aider ?

Sabir se précipita. Il lui posa une main sur les reins pour la stabiliser, puis l'attira doucement vers lui afin de l'aider à se dégager de la fenêtre. Elle toucha le sol avec légèreté, presque comme si elle s'était envolée de ses bras.

Sabir baissa vivement les yeux, troublé de constater l'effet qu'avait sur lui le contact physique avec cette femme. Les courbes ultra féminines de ses hanches et de ses fesses sous le fin coton de son pantalon l'avaient fait vibrer malgré lui. Et voilà que son regard se promenait à présent sur le doux contour de ses seins et qu'il frissonnait de la tête aux pieds. Dieu… pourquoi fallait-il qu'il soit un homme ?!

Lamia se redressa et lui sourit.

Les femmes… songea-t-il. *Elles savent exactement comment faire craquer le sexe opposé. Un instinct inné. Une espèce de « regardez-moi, je suis là »*. Il lui rendit son sourire… malgré lui, plus sensible qu'il ne l'aurait voulu à la gente féminine.

– Allez, lui souffla-t-il, on file d'ici avant qu'ils ne comprennent ce qu'on est en train de faire.

Emportant le sac de Lamia avec le sien, Sabir, suivi de la jeune femme, contourna prudemment les voitures garées. *Et voilà que, maintenant, je lui trimballe son sac,* se dit-il. *Incroyable! Comme un gamin portant le cartable de sa copine avec l'idée de la séduire…*

Arrivés devant la rue, ils marquèrent une pause.

– On va couper par là, annonça-t-il, et continuer le long du pâté de maisons ; comme ça, ils n'ont aucune chance de nous apercevoir. Ensuite, on passe trois carrefours et on retrouve Calque, qui doit nous attendre dans la rue suivante.

– Mes frères ne sont pas aussi stupides que vous semblez le croire, monsieur Sabir.

– Adam, s'il vous plaît.

– Oui… Adam.

– Je sais qu'ils ne sont pas stupides, Lamia. Mais qu'est-ce qu'ils vont faire ? S'ils n'ont pas suivi Calque, ça veut dire qu'ils sont encore en train de nous attendre en face du motel. Et s'ils l'ont suivi, on ne se retrouve pas dans une situation pire que la précédente.

– J'imagine.

– Et moi, je vous le garantis.

22

L'hermaphrodite, Aldinach de Bale, fut le premier à apercevoir le Grand Cherokee.

– Je les ai. Ils remontent vers le nord de la ville.

– Suis-les.

– C'est ce que je fais.

Aldinach se glissa dans le flot de voitures qui, en cette fin de soirée, quittaient Carlisle, en Pennsylvanie. Brusquement, le 4x4 changea de voie et prit la direction du sud.

– Ils vont vers le sud, à présent. Ils ont changé de file au beau milieu de l'autoroute.

– Surtout, ne les suis pas. Oni est pile dans la bonne direction. Ils ne pourront pas faire autrement que de le dépasser. À partir de là, il pourra les suivre. Il faut leur laisser croire qu'ils nous ont semés et qu'ils sont tranquilles, maintenant.

Aldinach poursuivit donc sa route. Mais, deux kilomètres plus loin, lorsqu'il fut certain d'être hors de vue du Cherokee, il changea lui aussi de voie et prit à son tour la direction du sud.

Curieux, il se demanda quel genre de voyage leur réservait Sabir. C'était vers le sud, en tout cas. Et Aldinach aimait le Sud. Il aimait la chaleur et l'opportunité de pouvoir s'habiller en femme. Dans le Nord, il s'en tenait à son identité masculine car c'était évidemment plus correct. Mais dans le Sud, il se sentait réellement une fille.

23

— Ça y est, on les a semés.

— Vous voulez que je prenne le volant ? proposa Sabir.

Calque ne demandait pas mieux. Il avait un besoin urgent de cigarette, mais n'osait pas conduire ce monstre de Cherokee avec une seule main sur le volant.

– Ah, je ne demande pas mieux, oui. D'autant que, après avoir semé les jumeaux, on pourrait peut-être s'offrir un vrai dîner quelque part. Qu'en pensez-vous ? Je ne sais pas si c'est pareil pour vous, mais moi, après neuf heures sans manger, je me sens affamé.

– Bonne idée. On s'arrêtera au prochain Wendy's.

– Non ! Euh... désolé, je ne voulais pas crier comme ça mais, si on se gare discrètement dans le fond du parking, on pourrait se trouver un bon petit restaurant avec de la cuisine familiale et...

– Il est onze heures du soir, capitaine, lui rappela Sabir. Et on est aux États-Unis. Les gens dînent à sept heures, ici. Vous aurez de la chance si vous trouvez quelque chose d'ouvert aussi tard dans la soirée.

– Bon, OK, une cafétéria...

– Oui, une cafétéria. Mais vous réalisez que ça veut quand même dire hamburger et frites ?

Sabir ne comprenait que trop le ras-le-bol de Calque, mais il avait envie de s'amuser un peu aux dépens du Français. Il ne lui avait pas encore totalement pardonné de s'être moqué de sa réaction en découvrant le visage de Lamia, et aussi de s'être montré aussi pointu avec sa théorie sur le grand volcan.

– Un hamburger et des frites ? Vous rigolez ? C'est grotesque.

– Ne vous en faites pas, Calque. Ça s'arrangera quand on sera au Mexique. En attendant, vous tiendrez bien encore trois jours de régime américain, non ?

– Trois jours ? Trois jours de burgers et de frites ? Moi, je tiendrai, mais mon estomac, non.

24

Au début, le stop avait bien marché. Deux trajets en autant d'heures. Le premier jusqu'à Loma Bonita, dans un camion qui transportait des légumes, et le second jusqu'à Isla Juan. Et puis… plus rien.

J'ai dormi, cette nuit-là, dans une plantation de café en bord de route, sous un bananier. Je me suis enveloppé dans le *rebozo* de ma mère que j'avais emporté en guise de couverture, une main serrée sur ma machette au cas où un chien enragé, un serpent, un rat ou une veuve noire viendraient me déranger pendant mon sommeil.

J'ai bien dormi, malgré le froid. En me réveillant au petit matin, je n'avais aucune idée de l'endroit où j'étais, ni de la distance qui me séparait du palais des Masques. Quelqu'un à qui j'ai posé la question m'a dit qu'il fallait six jours pour le rejoindre. Mais quand j'ai cherché à savoir si c'était en bus, en voiture ou à cheval, on a été incapable de me renseigner. Je ne savais qu'une chose : je devais continuer vers le sud en gardant toujours la côte sur ma gauche. Et, quand j'approcherais de Campeche, il serait temps de demander à nouveau mon chemin. On m'indiquerait alors sûrement la direction à suivre.

J'avais grandi en croyant à une force supérieure, une force que je servais et à qui j'obéissais, donc, en bon serviteur. Cette force me protégeait si elle le désirait, et elle me laissait mourir si c'était son choix. *Asi es la vida.* Ainsi va la vie… Inutile de lutter contre elle. Inutile d'argumenter.

Maintenant, je ne faisais rien d'autre que de rester aux ordres de cette force. Ma famille avait été choisie pour garder le livre. Mon grand-père m'avait dit comment les gardiens originels – ceux qui avaient sauvé ce manuscrit de la vengeance ignorante des prêtres espagnols – avaient fini par en payer le prix de leur vie. Il m'avait raconté, aussi, comment ce codex ancien avait été remis à son père des mains d'un mourant. Comment il avait été forcé de promettre à cet homme, sous peine de se voir damné, de protéger ces écritures et de ne jamais les donner aux Espagnols. Car eux les brûleraient, comme ils avaient brûlé tous les grands livres des prêtres mayas.

– Mais je ne suis pas maya, lui avait répondu mon arrière-grand-père. Je suis moitié totonaca, moitié espagnol. Je ne comprends rien à tout cela. Nous ne croyons pas au même dieu que toi.

– Il n'y a qu'un dieu, lui avait répondu le mourant. Et tout le monde croit en lui. Seulement, il n'a pas le même nom pour tous. Et cela crée des dissensions.

– Mais quand dois-je le prendre ? Et pour le donner à qui ?

– Toi, ton fils ou ton petit-fils, ou même son fils, vous devez attendre que le grand volcan crache de nouveau le feu. Ce sera le signal. Alors, tu sortiras le manuscrit de cette grotte et tu partiras vers le sud, où se trouve le palais des Masques. Là, tu recevras un signe.

– Mais où est ce palais ?

– À Kabah. Près de Campeche. Je vais te dessiner une carte avec mon sang. Tu la remettras en même temps que le manuscrit. Il y a un signe dessus, tu le vois ? Je l'ai dessiné ici. Ce signe, on le reconnaîtra.

Alors, j'ai pris la carte et je l'ai posée sur le sol devant moi. J'avais depuis longtemps fini mes derniers tacos, et mon estomac était tellement vide que je sentais comme un ver en train de le dévorer.

Suçant un caillou pour conserver ma salive, j'ai suivi de mon doigt la ligne de sang séché. À quelle distance me trouvais-je par rapport à cette ligne ? Un pouce ? Deux pouces ? Si j'étais à deux pouces en deçà, ce qui semblait probable, il me restait encore huit pouces à franchir. Ce qui voulait dire quatre autres nuits sur la route.

De ma poche, j'ai sorti mon petit sac de pesos. J'avais beaucoup de pièces, mais pratiquement sans valeur. Et aussi quelques billets chiffonnés, que j'ai étalés sur la carte. Trois cents pesos. Cinq billets de cinquante, deux de vingt et un de dix. Cela devrait suffire.

Je me suis penché et j'ai observé le signe. C'était un serpent. Oui, cela devait être un serpent. Sa bouche était grande ouverte et il semblait être en train d'avaler la tête d'un homme.

Qui pourrait bien reconnaître un signe pareil ?

Pour la première fois depuis le début de ce voyage, j'ai pris peur.

25

Sabir ne trouvait pas le sommeil. Il tourna les yeux vers le lit de Lamia puis vers celui de Calque. Tous deux dormaient à poings fermés.

Le trio avait finalement estimé que le fait de se séparer ne les rendrait que plus vulnérables. Bien qu'à l'origine de cette suggestion, Calque, pour des raisons connues de lui seul, avait fini par se retrouver le moins à l'aise avec cet arrangement; tandis que Lamia, qui aurait dû raisonnablement rejeter l'idée de passer la nuit en compagnie de deux hommes, semblait accepter la chose avec sérénité.

Sabir n'y avait vu, lui aussi, que du bien; cependant, il craignait que si un de ses cauchemars le prenait, il risquait de crier ou de se ruer hors de son lit et réveiller ainsi la planète entière. Cette idée le rongeait tellement qu'il était incapable à présent de fermer l'œil.

Il avait donc fini par se lever et sortir sans bruit de la chambre pour s'asseoir le dos contre l'un des piliers de la galerie qui longeait la façade. La nuit était fraîche, mais cela restait supportable. Lâchant un long soupir, il contempla le ciel étoilé.

Ils avaient eu une chance incroyable de semer les jumeaux à la sortie de Carlisle. C'était presque un miracle. Sabir les imaginait, en ce moment, en train d'inspecter chaque motel à quatre-vingts kilomètres à la ronde dans l'espoir – vain – de les repérer. Mais, cette fois, le trio avait roulé plus de cent soixante kilomètres au sud, avant de sortir de l'autoroute en direction de Harpers Ferry afin de brouiller leur piste.

Ils s'étaient retrouvés dans un motel miteux, dirigé par une famille du Pendjab qui n'avait pas semblé trouver extraordinaire de les voir débouler à deux heures du matin, ni se soucier du fait que deux hommes d'âge mûr et une très jeune femme demandent à occuper la même chambre. Peut-être ce genre de chose était-il courant ici, en Virginie-Occidentale. Les Indiens leur avaient simplement déniché un lit supplémentaire pour Sabir, qu'ils avaient collé sous la fenêtre.

La porte s'ouvrit soudain derrière lui, sur une Lamia enroulée dans une couverture.

– Tiens, vous non plus, vous ne pouvez pas dormir ? lui souffla Sabir en se redressant. Bienvenue au club.

Lamia lui fit signe de se rasseoir et prit place à ses côtés en resserrant sa couverture autour d'elle.

– Calque s'est mis à ronfler.

– Oh…

– Oui, et ça fait un bruit d'enfer. Il est marié, vous croyez ?

– Non, divorcé, d'après ce que je sais, fit-il en éclatant de rire. C'est peut-être à cause de ça…

– J'ai pensé un moment à le secouer, mais j'étais déjà tellement réveillée… Je me suis dit que cela ne ferait que priver deux personnes de sommeil au lieu d'une. Et puis je me suis rendu compte que votre lit était vide aussi.

– Oui, mes cauchemars, vous savez. J'ai eu peur de me mettre à crier et d'ameuter la terre entière.

Elle sourit puis demanda :

– Bon, on ne se débrouille pas si mal, jusque-là, non ? En tant qu'équipe ?

– On peut dire ça. On a semé vos frères. On s'est rapprochés de plusieurs centaines de kilomètres de notre but et on se trouve chez des gens accueillants. Les choses pourraient en effet être nettement pires.

– On ne les a semés que provisoirement, lui rappela Lamia. Vous vous en rendez compte, j'espère ?

– Oui, je sais bien…

– Ils nous retrouveront d'une façon ou d'une autre.

– Pour l'instant, je ne vois pas comment. Mais je préfère ne pas ignorer la chose ; ça nous force à rester vigilants.

Lamia commença à se détendre, comme si elle venait tout à coup de décider de se débarrasser d'un poids encombrant.

– Il n'y a pas grand-chose qui vous perturbe, n'est-ce pas, Adam ?

– Ne pas dormir me perturbe. Ces cauchemars me perturbent. Vous blesser me perturbe. Mais le reste…

– Me « blesser » ?

Sabir se tourna vers elle.

– Quand on s'est rencontrés. Ce que j'ai dit. La façon dont je l'ai dit. Mon regard insistant sur votre visage. Ce n'était pas mon intention… Je me suis conduit comme un imbécile. Calque a eu raison de me traiter de plouc.

– Vous n'êtes pas un plouc. J'ai très bien compris ce qui se passait. Et pourquoi vous avez agi ainsi.

– Alors vous êtes un homme meilleur que moi, Gunga Din.

– Quoi ? lâcha-t-elle avec un demi-sourire. Gunga Din ?… Qu'est-ce que ça veut dire ?

Sabir remarqua, une fois encore, à quel point elle était jolie. Malgré son imperfection. Malgré le fait qu'elle en était consciente. Il y avait des moments, et celui-ci en faisait partie, où elle semblait oublier tout ce qui avait trait à son visage, où elle semblait se comporter avec lui d'égal à égal plutôt que comme une femme blessée devant un homme chahuté par l'existence.

– C'est un film. Un poème de Kipling, à la base. Gunga Din est un pauvre porteur d'eau qui se sacrifie pour sauver la vie des autres, et Cary Grant lui dit alors : « Vous êtes un homme meilleur que moi, Gunga Din. »

– Et vous, vous êtes un homme étrange, Adam. Vous semblez adorer le cinéma ?

– Oui, c'est une passion. J'ai eu ce qu'on pourrait appeler une enfance solitaire. Sans frère ni sœur. Un père intellectuel.

Une mère à moitié folle. Pas d'affection familiale, mais des films et des bouquins. Ils étaient ma vie. Je pouvais m'y évader quand je le désirais. La seule chose que mon père a faite avec moi, c'était de m'emmener au cinéma. Il n'aimait pas le baseball ni aucun sport d'équipe. Mais chaque semaine, sans faute, il m'entraînait au Lenox Club pour la séance de l'après-midi, où, sur un projecteur 16 mm, j'ai pu voir des films comme *Henri V*, *La Charge de la brigade légère*, *Capitaine Blood*, *Robin des Bois* ou *Les Trois Lanciers du Bengale*. Vous me croirez ou pas, mais ces vieux acteurs étaient plus anglais que les Anglais eux-mêmes.

– Vous êtes fou, Adam, vous en avez conscience ?

– Quoi ? Fou de vous parler comme ça ?

Se détournant vivement, Lamia répondit :

– Ce n'est pas ce que je voulais dire.

Puis, avec un petit sourire, elle enchaîna :

– Mais oui, vous êtes fou de faire ce que vous faites. De risquer votre vie de cette façon. Vous pourriez vivre tranquille dans la maison de votre père, écrire d'obscurs bouquins sur le cinéma. Vous pourriez vous contenter de publier ce que vous avez découvert en France. Vous seriez en sécurité.

– Vous croyez ça ? Vous pensez que votre famille me croirait ? Qu'elle croirait que j'ai publié tout ce que je sais ?

– Pourquoi pas ?

– Parce qu'ils savent que je sais des choses, Lamia. Des choses que je ne peux raconter à personne. Que je ne peux pas publier.

Il la sentit un moment près de lui demander de s'exprimer plus clairement, d'user de l'intimité inattendue qui s'était installée entre eux pour lui soutirer des informations. Curiosité féminine et toutes ces balivernes… Mais elle n'en fit rien.

Plantant son regard dans le sien, elle se contenta de lui demander :

– Vous avez l'intention de garder tout ça pour vous jusqu'au bout, c'est ça ?

Sabir fit mine d'étudier sa question, mais il en connaissait déjà la réponse :

– Je n'ai pas le choix. Ces cauchemars… il faut en faire quelque chose. Mais il n'y a pas que ça. Je suis en train de changer, Lamia. Je change à l'intérieur. Je ne peux pas vraiment décrire ce qui se passe en moi. Mais il m'est arrivé quelque chose là-bas, dans cette fosse, en Camargue… que je ne comprends toujours pas. Je me sens attiré par certaines choses. Presque comme si je les avais vécues auparavant, et j'ai besoin de les revisiter pour en saisir la véritable signification.

Il secoua la tête et ajouta :

– Pas étonnant que vous me preniez pour un fou.

– C'est vrai, ce que vous dites n'a pas de sens. Mais je ne pense pas que vous soyez fou. J'ai eu tort de dire ça.

– Et vous ? Pourquoi nous avez-vous suivis dans cette virée ? Certainement pas pour vous sentir en sécurité. Car, dans ce domaine, le capitaine Calque et moi ne sommes sans doute pas plus efficaces que… hum… Laurel et Hardy.

Lamia éclata de rire.

– Laurel et Hardy. C'est exactement ça. C'est ce que vous êtes, tous les deux. Laurel et Hardy.

– Merci. Merci beaucoup.

Reprenant son sérieux, Lamia hasarda :

– Pourquoi n'avez-vous pas de femme, Adam ? Quel âge avez-vous ? Entre trente et quarante ans ? Vous êtes même plutôt beau… un genre Dean Martin.

– Un genre Dean Martin ? Je ressemble à Dean Martin ?

– Oui. Un peu. Et à quelqu'un d'autre, aussi. Un acteur des années 1930 dont je ne me rappelle pas le nom. Mais ça me reviendra, j'en suis sûre.

– W. C. Fields ?

Elle lui tapa légèrement le bras.

– Mais je suis sérieuse, Adam. La plupart des hommes ont posé leurs valises, à votre âge. Ont formé une famille. Et vous, vous vivez dans une maison dix fois trop vaste pour vous. Avec un ravissant jardin. Dans un coin d'Amérique absolument exquis. Pourquoi n'êtes-vous pas marié ? Qu'est-ce qui ne va pas avec vous, monsieur Sabir ?

– Vous allez me demander maintenant si je suis gay ?

– Non. Je sais que vous ne l'êtes pas.

– Ah oui ? À quoi voyez-vous ça ?

– À la façon dont vous avez réagi, un peu plus tôt dans la soirée, quand vous m'avez aidée à passer par la fenêtre.

Sabir se sentit rougir malgré lui.

– Allons, je vous ai juste soutenue durant quelques secondes. Vous auriez été un sac de grains, je n'aurais pas agi différemment.

– Je ne crois pas. Les Françaises comprennent ce genre de choses. Je ne dis pas que vous êtes attiré par moi, ne pensez pas cela. Mais une femme sait quand un homme réagit devant sa féminité. Les gays n'ont pas ce genre de réaction. Vous êtes *straight*, comme disent les Américains. Alors, répondez à ma question.

Sabir se mit à rire. Mais il hésitait entre l'embarras et le malaise. Il n'avait pas l'habitude qu'une femme lui parle ainsi. D'un côté, il aimait cela, d'un autre, il avait envie de disparaître sous terre.

– C'est à cause de ma mère, j'imagine.

– Avec les hommes, c'est souvent cela.

Surpris, une fois encore, par la franchise de Lamia, il se cala contre le pilier derrière lui et rétorqua :

– Non, détrompez-vous, ce n'est pas souvent ça avec les hommes. Pendant la plus grande partie de mon adolescence et même une fois passé vingt ans, j'ai vu ma mère malade. Mentalement, je veux dire. C'était si insupportable, parfois, qu'on devait la traîner à l'hôpital et la placer sous tranquillisants durant des semaines pour l'empêcher de se suicider. Ce qui a détruit la vie de mon père. Et, j'imagine, une partie de la mienne aussi. Je ne pouvais amener personne à la maison, voyez-vous. Et, d'une certaine manière, j'avais l'impression de trahir ma mère si je sortais avec des filles qu'elle n'aurait jamais l'occasion de rencontrer. Elle voulait être normale,

Lamia. Elle le voulait désespérément. Mais il y avait quelque chose – une sorte de court-circuit dans son cerveau – qui l'en empêchait. J'ai fait l'université comme tout le monde. J'ai eu quelques relations de courte durée, des petites aventures qui ne voulaient pas dire grand-chose. Mais je n'ai jamais pu garder une femme. Comme s'il y avait chez moi quelque chose de détaché, de cassé. Quand mon père est mort, il y a trois ans, j'étais un homme de trente-deux ans qui vivait encore la plus grande partie de l'année dans la maison familiale.

– Et votre mère ?

– Oh, elle a finalement réussi ce qu'elle avait essayé de faire durant la moitié de sa vie. J'avais vingt-cinq ans, peut-être vingt-six, quand elle s'est bourrée de barbituriques avant de s'ouvrir les veines. C'est moi qui l'ai trouvée, dans sa baignoire, dont elle avait laissé le robinet ouvert. Une eau teintée de sang descendait en cascade le long de l'escalier. Sordide façon de s'en aller… Comme toujours, elle n'a épargné personne.

– Mais vous l'aimiez ?

– Oui, je l'aimais, et je la détestais. Ça répond à votre question ?

Alors que Lamia lui serrait le bras avec affection, Sabir s'écarta d'elle par pur réflexe, comme effrayé à l'idée de ce contact.

26

Le trio roula toute la journée du lendemain en longeant les Appalaches, jusqu'en Alabama. Ils se partagèrent le volant, non sans dormir un peu chacun durant leurs moments de pause.

Calque avait réussi à persuader Sabir de ne pas se goinfrer au petit déjeuner pour mieux se restaurer dans la journée. Ils mangèrent donc de manière modérée avant de partir, en sachant qu'ils s'arrêteraient quelques heures plus tard pour un déjeuner digne de ce nom puis dîneraient léger avant de se coucher.

– Cette fois, c'est moi qui choisirai le restaurant, avait-il annoncé. On n'est plus suivis, on n'a plus besoin de se contenter du drive-in pour pique-niquer dans la voiture en s'empiffrant de nourriture frite et graisseuse dont on respire l'odeur pendant des heures ensuite.

Sabir, pas plus que Lamia, ne jugea utile de lui rappeler combien il empestait lui-même l'atmosphère de l'habitacle avec ses cigarettes qu'il fumait de plus en plus à l'intérieur. La jeune femme ne chercha pas non plus à lui reprocher ses ronflements. Elle devinait chez lui une certaine fragilité – qui confinait parfois au narcissisme –, et elle était aussi consciente de sa susceptibilité non seulement face à elle, mais aux femmes en général.

Pendant le déjeuner, dont le vin, à son grand dam, était absent, Lamia le questionna poliment sur son épouse et sa fille.

Les yeux sur son assiette, Calque répondit en soupirant :

– Quand on s'est rencontrés, ma femme souhaitait que je devienne un homme d'affaires plutôt qu'un policier. Elle a réussi à se convaincre – sans, bien sûr, aucun encouragement de ma part – que je finirais par céder à son désir et changer de métier. Nous aurions alors vécu une existence confortable et bourgeoise, dans une respectable banlieue de Paris, en prenant nos vacances à l'île de Ré, comme le faisait sa famille depuis des générations. Je l'ai laissée croire à cela, comme à beaucoup d'autres choses, en fait. Nous avons eu une fille qui, au début, semblait m'être très attachée. Je l'emmenais au marché aux fleurs, au jardin du Luxembourg pour y faire naviguer son bateau miniature. Mais, quand ma femme a réalisé à quel point nous nous entendions, notre fille et moi, elle a compris que l'heure était venue de prendre sa revanche. Elle a donc passé le plus clair de ces vingt dernières années à l'éloigner de moi de toutes les manières possibles. J'ai lutté contre ça, bien sûr, mais un homme qui travaille de longues heures à plein temps, parfois dans des situations violentes, peut voir son armure se fragiliser. Pour finir, ma fille s'est mariée et a quitté la maison. Et aujourd'hui, quand je téléphone chez eux, c'est son mari qui me parle, mais pas elle. Sans la présence de notre enfant, mon mariage m'est apparu comme une véritable parodie, et nous avons fini par divorcer, ce qui a achevé de me détruire. Mais ce n'est que justice, après tout. Si un homme se laisse abuser par lui-même, il mérite d'être abusé par les autres. Cependant, l'âge venant, je peux considérer de loin ma naïveté et en sourire. Alors qu'avant je ne pouvais qu'en pleurer.

Sabir et Lamia restèrent muets devant le récit de Calque. Jamais il ne s'était ouvert de la sorte sur sa vie privée. Et voilà qu'il étalait son linge sale devant eux, avec simplicité, confiance presque. Si bien que ses deux interlocuteurs ne savaient quoi répondre.

– Dommage qu'on ne serve pas de vin, ici, articula enfin Sabir. Je m'en serais bien offert un petit verre.

Lamia le regarda comme s'il venait de renverser une saucière sur sa robe.

– Calque, reprit-il en se secouant, c'est… c'est terrible. Vous voulez dire que votre fille ne vous parle plus ?

Cette fois, Lamia lui flanqua un coup de pied bien senti à la cheville.

Le capitaine, cependant, ne sembla pas l'avoir entendu et poursuivit :

– Mais tout va bien, maintenant. J'ai pris une retraite anticipée, je fais une véritable fixette sur les répercussions de la dernière affaire qui m'a occupé. J'ai passé des semaines entières en planque sur une colline dans le sud de la France. Je me suis ruiné en payant à prix d'or un criminel pour pénétrer dans la maison de la mère de Lamia et y récupérer une bande magnéto totalement vide. Je suis venu en Amérique, un pays dont je ne connais rien et dont je me fiche pas mal, où les gens semblent se nourrir en permanence de fritures qu'ils mangent sur le pouce, et j'en ai pris mon parti. J'ai été poursuivi par des fous furieux à qui j'ai réussi à échapper. Et voilà, je suis entouré de mes amis, maintenant.

Calque plongea son morceau de pain au maïs dans une sauce barbecue et l'avala avec un petit air de soulagement.

– En d'autres termes, je ne suis pas trop maltraité par l'existence. Mieux que ce que je mérite, en tout cas.

– Il plaisante ? demanda Sabir en se tournant vers Lamia. Ou il délire ?

– Non, il est tout à fait sérieux, sourit Lamia. Seulement, il a une manière bien française d'évoquer les choses sérieusement.

– Comment ça ? En zigzaguant, en se baladant à droite et à gauche pour lâcher finalement la vérité ?

– Exactement.

Calque s'était remis à manger, totalement indifférent au reste de la conversation.

C'était comme s'il avait étalé ses cartes sur la table, comme si tout était arrangé d'avance, comme s'il incombait aux autres de décider de ce qu'ils allaient faire d'eux-mêmes.

27

Tout s'était bien passé pour le Corpus jusqu'à ce que leur caravane arrive dans la petite ville de Wakulhatchee au sud de Tuscaloosa, en Alabama, vers neuf heures ce vendredi par une soirée incroyablement chaude pour la saison.

La journée de conduite avait été pénible pour les dix voitures et les onze personnes chargées de pister le trio. Tous se sentaient épuisés par la nécessité continuelle de prudence et ces périodes de vingt minutes de surveillance imposées par Abi malgré le fait que les occupants du Grand Cherokee ne se savaient plus suivis.

Même lors de la pause repas – lorsque l'équipe aurait pu profiter de ce moment pour se détendre un peu –, Abi avait refusé à ses frères et sœurs de s'offrir autre chose qu'un en-cas.

– Vous aurez tout le temps de vous relaxer ce soir. Quand ils se seront posés. À ce moment-là, deux personnes suffiront pour les avoir à l'œil. Les autres pourront aller se reposer et récupérer.

– Qui va commencer la surveillance à deux ?

Sentant venir l'orage, Abi articula d'une voix autoritaire :

– Vau et moi, on va prendre le premier quart de quatre heures. On est les moins fatigués ; on n'a pas eu la même pression toute la journée. Maintenant, à vous de tirer au sort les deux qui nous suivront. Ces quatre heures devraient vous laisser le temps de vous trouver à dîner et de vous détendre. Si nos trois compères décident de s'offrir une petite sortie nocturne, on vous appellera pour vous raconter où ils vont. Pas question que vous tombiez nez à nez avec eux. Si Lamia aperçoit l'un de nous, ce sera fichu. Ils décamperont en vitesse et s'arrangeront cette fois pour nous semer définitivement. Il faut absolument éviter qu'ils se sentent traqués.

Quant à Calque, Lamia et Sabir, ils avaient trouvé une fois de plus un motel « d'un autre temps », comme ils l'appelaient, à l'entrée de la ville. Celui-ci était dirigé par une famille polonaise, et eux aussi avaient à peine haussé un sourcil devant l'étrange installation de leurs trois hôtes.

Après avoir vu le trio prendre possession de sa chambre, Abi et Vau se placèrent un peu plus bas dans la rue pour en surveiller l'entrée. Ils conduisaient un autre véhicule que dans le Massachusetts, à présent, que les occupants du Cherokee n'avaient encore jamais aperçu dans leur rétroviseur.

– Comment ça se passe, d'après toi ? demanda Vau à son frère.

– C'est la merde.

– Je ne comprends pas, reprit Vau au bout d'un moment. On les a toujours dans le collimateur. Toute la famille est là pour nous aider. De quoi te plains-tu ?

– De l'inactivité. Voilà de quoi je me plains.

Comme son frère haussait un sourcil étonné, Abi enchaîna :

– Bon sang, Vau, tu sais très bien que ce sont tous des enfants gâtés qui ont l'habitude d'obtenir tout ce qu'ils veulent quand ils veulent, soit en l'achetant, soit en le prenant à quelqu'un d'autre. Ce genre de liberté agit sur eux comme une dynamo. Et, aujourd'hui, on demande à cette bande d'anarchistes de se tenir tranquilles pour mener à bien une mission archi délicate et, surtout, interminable. Tu imagines, si Sabir décide de poursuivre sa route jusqu'au Brésil ? Il a sa propre voiture ; mais nous, qu'est-ce qu'on fait, dans ce cas ? À chaque frontière, on laisse notre véhicule pour en louer un nouveau de l'autre côté ? Sans, évidemment, perdre nos proies de vue…

– Mais pourquoi devrait-on franchir des frontières ? Ils ne sont pas censés aller en Floride ?

– En Floride ? Tu as regardé ta carte, récemment ? On vient de longer ces foutus Appalaches. On se dirige vers le Texas, mon grand !

– Bon, très bien. On va au Texas, donc.

– Et qu'est-ce qu'il y a au-delà du Texas ?

Vau réfléchit un instant puis lâcha :

– Le Mexique, je dirais.

– Et dans ta petite tête, tu n'imagines pas que Sabir pourrait se rendre là-bas ?

– Mais pourquoi ?

– Tu ne sais pas ce qui s'est passé là-bas, dernièrement ? Tu n'as entendu parler de rien ?

Vau réfléchit une nouvelle fois. Puis il hocha la tête et lâcha :

– Non. Non, je n'ai entendu parler de rien de spécial.

Abi se tassa contre le dossier de son siège et ferma les yeux en marmonnant :

– Je n'y crois pas…

28

L'endroit s'appelait Alabama Mama's et se trouvait de l'autre côté de Wakulhatchee, à l'opposé de leur motel. Ce n'était rien d'autre qu'un parking avec, en son centre, un bâtiment en tôle ondulée, à l'origine peint en rouge.

À dix heures, ce vendredi soir, l'emplacement était encore vide de voitures. Aussi, la soudaine arrivée de dix véhicules immatriculés dans l'État de New York n'affola-t-elle personne. Bien sûr, les membres du Corpus attirèrent sur eux quelques regards – ils étaient, après tout, assez remarquables –, mais les choses s'arrêtèrent là.

Des neuf qui pénétrèrent dans l'établissement ce soir-là, Athame était pratiquement naine ; Berith avait un bec-de-lièvre ; Rudra était affligé d'un pied-bot ; Alastor, du fait de sa cachexie, était maigre à faire peur ; Asson, au contraire, souffrait d'une obésité monstrueuse ; Dakini, dont les cheveux étaient démesurément longs, avait les traits figés en un rictus inquiétant ; Nawal, elle, souffrait d'hirsutisme ; Oni était un albinos à la taille de géant ; tandis qu'Aldinach était un véritable hermaphrodite.

De tous, c'était celui des enfants de la comtesse qui avait l'allure la plus ordinaire – ce soir, il avait en effet décidé d'être une fille, étant donné la moiteur torride qui régnait encore en ville. En ce mois d'octobre, il ne faisait pas moins de trente degrés dehors et, dans le club, c'était pire encore, avec les ventilateurs qui brassaient inutilement de l'air chaud.

Aldinach avait donc choisi de porter une légère robe de coton, dont le profond décolleté laissait deviner une poitrine petite mais parfaitement formée. Sa tenue était assortie d'escarpins rouge sang aux talons vertigineux et elle avait lâché ses cheveux, qu'elle portait plus volontiers en queue-de-cheval quand elle était un garçon. Une épaisse frange lui ornait le front et ne donnait que plus de poids à ses cils lourdement maquillés.

Refusant de pénétrer dans le club en même temps que ses frères et sœurs, elle s'y rendit séparément par une entrée latérale et alla s'asseoir seule à l'extrémité du bar.

Le barman, en l'apercevant, crut halluciner. Après vingt ans à travailler dans les clubs, les bars et les tripots de toutes sortes, il continuait de s'étonner devant ce que les femmes pouvaient inventer pendant la « saison de la chasse ». Il demeura un instant à contempler le spectacle et à spéculer sur lequel de ses clients serait l'heureux élu ce soir. Parce qu'il y aurait un élu. Il en était certain.

– Je prendrai une margarita.

– Granitée ou avec glaçons ?

– Granitée.

– Excellent choix. Et votre verre, givré au sel ?

– Bien sûr.

Tout en préparant son cocktail, le barman lui demanda :

– Vous êtes de Louisiane ?

– Oui.

– Je m'en doutais. J'ai tout de suite reconnu votre accent. Lafayette ?

– Lake Charles.

– Waouh, je n'étais pas loin, non ?

– Vous avez de l'oreille, je le reconnais.

Il plaça un rond de papier devant Aldinach et y déposa un verre empli d'un pâle et lumineux liquide vert.

– Essayez ça. Et dites-moi que c'est la meilleure margarita de ce côté de la Sierra Madre.

Aldinach avala une gorgée du cocktail puis rejeta la tête en arrière en souriant.

—Je vous l'avais dit. J'ai longtemps travaillé à Cancún pendant les vacances de Pâques. À l'hôtel Esmeralda.

Affichant tout à coup l'air le plus sérieux du monde, le barman ajouta :

– Dites-moi, je ne voudrais pas vous offenser mais… vous savez dans quel endroit vous êtes, ici ?

—J'en ai une vague idée, oui, répondit Aldinach avec un haussement d'épaules.

Le regard sur la porte d'entrée, il déclara :

– Ce n'est pas vraiment le lieu qu'on peut qualifier de distingué, si vous voyez ce que je veux dire.

Il hésita puis enchaîna :

– Écoutez, je vous aime bien et, franchement, vous faites un peu plus classe que les habituels piliers de bar qui fraient par ici. Et puis vous vous y connaissez en cocktails. Si j'étais vous, je n'hésiterais pas à continuer de boire, une fois dehors. Essayez le Hummingbird, en haut de la route, à trois kilomètres d'ici. Je déteste renvoyer mes clients, mais vous méritez mieux que la populace qui traîne ici. Tenez, regardez la bande d'affreux qui sont installés là-bas.

Du menton, il indiqua, de l'autre côté de la piste de danse, les trois tables autour desquelles s'étaient regroupés les frères et sœurs d'Aldinach.

– Ça, si ce n'est pas de la provoc. C'est comme d'agiter un drapeau rouge devant un taureau. Les péquenauds qu'on reçoit ici le vendredi soir vont prendre ça comme une insulte à leur virilité, je ne vous dis que ça. Notre clientèle, elle ne verse pas vraiment dans le genre « goûts spéciaux », vous voyez. Je ne sais pas qui c'est – la progéniture d'un débile ou des créatures échappées de l'asile –, mais je n'aimerais pas être là quand les Skunks vont débouler.

– Les Skunks ?

– Vaut mieux que vous ne sachiez pas. Croyez-moi, la belle, vaut mieux pas savoir.

29

Skip Dearborn était le grand chef biker des Skunks, une section des Anges de l'enfer de Birmingham, depuis près de vingt ans maintenant. Dans cette région du sud de l'Alabama, il avait pour spécialité les viols, les assassinats, le vol, la torture, la corruption, le chantage, les enlèvements, tout ça sans jamais avoir mis les pieds en prison. D'autres avaient payé à sa place. Et, selon lui, ce n'était que justice.

Puisqu'il était le plus malin et le plus enfoiré de tous les salauds du quartier, pourquoi n'en profiterait-il pas ? Il arriverait bien un jour où quelqu'un lui volerait sa couronne, mais ce n'était pas demain la veille. Et, pendant ce temps, Skip exerçait son droit de cuissage sur chaque femme assez stupide pour s'être acoquinée avec l'un ou l'autre de sa bande, tout autant qu'il prélevait sa dîme sur le moindre butin récolté, que ce soit l'argent de la drogue ou la fille de passage.

Il n'était en fait qu'un lion gonflé d'orgueil. À lui la moto la plus brillante, les plaques les plus voyantes, les cuirs les plus souples et l'odeur corporelle la plus répugnante de tous les guerriers mâles qui constituaient sa cour. Qui irait le provoquer ou lui tenir tête, de toute façon ? Il avait une plaque d'acier dans le crâne, une broche dans le bras, un poumon perforé, des cicatrices plein le dos, les épaules et le cou, un tympan éclaté et, parfois même, des acouphènes, ce qui avait le don de le rendre souvent très irritable.

Ce soir, ses oreilles l'ennuyaient particulièrement. Et la seule chose susceptible de le soulager, ne serait-ce qu'à moitié, de cette torture, c'était une bonne bagarre, une fille… ou les deux. Un sursis de quelques heures, en fait.

Ce vendredi soir, le chef des bikers déboula dans le bar, entouré d'un assortiment de ce que les Hells Angels pouvaient compter d'associés, de parasites ou de prétendus amis. En d'autres termes, des gars prêts à prendre sa place à la première occasion et, en attendant, à accomplir jusqu'au moindre de ses désirs. Beaucoup, parmi le gang, avaient cependant choisi d'éviter Skip ce soir, soit qu'ils commençaient à s'estimer trop vieux pour ce genre de vie, soit qu'ils ne supportaient plus de voir leur femme violentée par un autre. Ils ne supportaient plus ce tyran, et lui-même était bien enclin à prendre sa revanche par tous les moyens qu'il jugeait bons.

Manipuler ceux qui lui tournaient autour était l'une des distractions favorites de Skip. La plupart d'entre eux étaient si désireux de rejoindre le One Percenters – le fameux « Un pour cent » des bikers (les quatre-vingt-dix-neuf autres étant considérés comme respectueux des lois et ironiquement appelés « Citoyens » par les Angels) – que Skip pouvait faire d'eux ce qu'il voulait.

Ce soir, armé de son jouet favori, un spray au poivre, d'une chaîne de combat chinoise et d'une queue de billard sciée en son extrémité, il ouvrit avec fracas la porte de l'Alabama Mama's et y pénétra, suivi de sa horde de courtisans. Il était encore tôt. Bien trop tôt pour s'amuser vraiment. Skip avait l'intention de s'imbiber de mescal pendant une heure ou deux, puis de se jeter sur tout ce qui s'aventurerait à passer le seuil du club. Mais une chose à laquelle il ne s'attendait pas, c'était de trouver les divertissements de la soirée déjà sur les lieux au moment de son arrivée.

Skip promena un regard paresseux de l'autre côté de la piste de danse. Doux Jésus ! Qui était donc cette bande de dégénérés agglutinés autour de trois tables, au fond de la salle ? Cette vision le surprit tellement qu'il stoppa net pour les considérer avec curiosité. C'est alors qu'il aperçut Aldinach au bar.

– Celle-là, elle est pour moi, déclara-t-il aussitôt au courtisan le plus proche de lui. Va me la chercher.

Le barman se précipita vers le groupe de bikers.

– Skip, pas d'embrouille ce soir, d'accord ? La dernière fois, tu as failli m'envoyer en taule. J'offre la tournée, hein ? Tequila pour tout le monde. Qu'est-ce que tu en dis ?

– Du mescal, voilà ce que j'en dis. Et amène de la bière aussi.

– D'accord, Skip. Tout ce que tu voudras.

Les Angels allèrent s'asseoir. Skip regarda son larbin se diriger lentement vers la jeune femme au coin du bar. Qu'est-ce qu'il glandait, l'enfoiré ?

– Toi, miss, lança-t-il d'une voix de stentor. Tu viens boire avec nous ?

Aldinach se leva et, la tête inclinée, fit mine de se demander d'où venait cet aboiement.

– Avec plaisir.

Le biker qui s'approchait la rejoignit alors… puis se figea sur place. À quoi jouait cette salope ? Elle était aveugle ou quoi ? Il savait qu'il aurait dû avoir quelques difficultés à l'attirer jusqu'à la table des Angels. Un « non » franc et massif, peut-être, suivi d'un « va te faire foutre » bien senti. Il aurait alors tenté de l'amadouer, après quoi il se serait écarté, la queue basse, pour laisser Skip faire le reste.

Mais, contrairement à toute attente, la femme saisit son verre sur le bar et le suivit de son plein gré à travers la salle.

Le barman, qui les croisa à cet instant, considéra Aldinach d'un air atterré puis secoua la tête, semblant se défaire de toute responsabilité vis-à-vis de sa cliente. Il se garda bien d'articuler le moindre mot car il tenait à la vie.

Skip se leva et offrit une chaise à Aldinach avec une politesse affectée. Il n'en revenait pas. À quoi pensait cette fille ? Peut-être qu'elle aimait le sexe sauvage ? Qu'elle avait envie de s'offrir une soirée inoubliable ? Mais, après tout, qu'est-ce qu'il en avait à faire ?

– Tu veux un coup de mescal ?

– Non. Je préférerais une autre margarita.

– Ça arrive.

Il brailla un ordre au barman, qui lui répondit par un petit signe.

Le regard d'Aldinach fit le tour de la table des Angels.

– Vous êtes tous habillés pareil. Vous faites partie d'un club, peut-être ?

– On peut dire ça, oui, sourit Skip. Le club des « partageurs ».

– Ah oui ? Jamais entendu parler…

– Je m'appelle Skip. Et ton nom, c'est quoi, chérie ?

– Tu peux m'appeler Désirée.

– Tu es française, ou du genre ?

– Je suis de Louisiane. Lake Charles.

– J'aurais pu le deviner… à la façon dont tu te fringues.

– Tu aimes ?

– Nom de Dieu, vous entendez madame ?!

De plus en plus perplexe, Skip regarda les bikers qui l'entouraient.

– Tu n'as pas répondu à ma question.

– Oui… oui, évidemment, j'aime bien comment tu te fringues. Ça me plaît.

Se levant alors, Aldinach déclara :

– Je vais me repoudrer. Vous m'attendez, hein ? Vous ne partez pas ?

Skip manqua de renverser sa chaise. Comme par magie, ses acouphènes avaient cessé de le perturber. Pas question de laisser passer une proie pareille.

– Vas-y, chérie. Ne t'inquiète pas, on t'attend de pied ferme.

Aldinach se fraya tranquillement un chemin parmi les tables. Comme elle passait devant ses frères et sœurs, elle sourit et leva un sourcil interrogateur. Oni jeta un bref regard du côté des Angels et haussa les épaules.

– Ces clowns t'ennuient, ma jolie ? lui lança Skip, debout, le cou tendu vers eux.

Vaguement inquiet, il sentait un nœud se former au creux de son estomac.

– Oui, fit Aldinach en se retournant. Ils m'ont dit des choses dégueulasses. Et aussi, ils vous ont traités de femmelettes.

Oni soupira puis lâcha à l'adresse de ses frères et sœurs :

– Abi sera furieux si on fait ça.

– On s'en fout, rétorqua Berith.

Il demanda alors à Rudra, Alastor et Asson :

– Et vous trois, vous en êtes ?

– Et nous, les filles ? interrogea Nawal en le poussant du coude.

– Vous nettoierez derrière nous, laissa tomber Oni avec un sourire.

Puis il se leva et se tourna vers les Angels.

– Vous avez vu, les mecs ? lança Skip à sa cour. Il y a le cirque qui vient de débouler en ville !

30

Le combat fut inégal. Les bikers n'avaient pas vraiment le cœur à cela ; aucun n'était encore assez imbibé d'alcool pour se montrer énervé ou agressif.

Le gros gars, le maigrichon, le bec-de-lièvre, le boiteux, tous s'avancèrent vers eux, précédés du géant albinos qui, en quelques enjambées, se retrouva vite fait devant la table des Angels. Les autres ne tardèrent pas à le rejoindre, les filles, tels des barracudas, encerclant leurs victimes pour leur bloquer toute issue.

Un à un, chaque « clown » sortit un bâton de sa manche, sous le regard stupéfait des bikers.

L'albinos fut le premier à attaquer. Diable, il était monstrueusement grand !

Deux Skunks sortirent un couteau, mais Oni se jeta sur eux, fracassant la tête de l'un et brisant les mâchoires de l'autre.

Les quatre autres garçons ayant rejoint leur frère, les bâtons volaient de toutes parts, maintenant. On entendait craquer des os, les bikers hurlaient.

Skip plongea au sol dans l'espoir de sectionner le jarret du premier qui s'approcherait de son couteau, mais deux filles l'aperçurent et empilèrent sur lui chaises et tables, jusqu'à l'emprisonner littéralement dans une cage de tubes d'acier.

Revenue au bar, Aldinach avait un œil sur le barman et l'autre sur le champ de bataille.

– Vous êtes avec eux ? lui demanda-t-il.

– Jamais vus de ma vie.

Voyant les autres clients s'enfuir, paniqués, l'hermaphrodite demanda :

– Vous pensez qu'ils vont appeler la police ?

– Je ne le sais pas plus que vous. Mais à mon avis, non. Nos clients, ils n'adorent pas les flics.

– Et vous ? Vous allez appeler la police ?

– Pour quoi faire ? Je vois tellement souvent les Skunks se bastonner avec d'autres…

Le combat avait l'air de s'apaiser, à présent. Ceux des Angels qui n'avaient pas fui en courant se retrouvaient à présent vautrés par terre ou sur les quelques chaises restées debout.

Aldinach se leva et se fraya un chemin au milieu du chaos. Les huit membres du Corpus se tournèrent vers elle comme un seul homme.

– Skip, demanda-t-elle d'une voix haut perchée, tu es là-dessous ?

Oni écarta les tables et les chaises qui l'emprisonnaient, pour le découvrir recroquevillé en position fœtale.

Lentement, il émergea du tas de meubles et se redressa. Il tenait devant lui son couteau à cran d'arrêt et son spray au poivre comme des amulettes – ou comme un collier d'ail destiné à éloigner les vampires. Constatant ce qui restait de sa bande de joyeux lurons, il lâcha :

– Merde…

– Tu comptes te servir de ça ? lui demanda Aldinach en s'approchant.

– C'est un piège que vous nous avez tendu, vous autres, non ? Vous êtes ensemble, c'est ça ? Vous saviez que ça allait arriver avant même qu'on entre ? Vous nous avez bien entubés. Et toi, Désirée de mes fesses…

Comme il brandissait son spray devant elle, Aldinach s'empara du bâton de Nawal et lui frappa la main qui tenait le couteau. Les os de son bras firent entendre un craquement sinistre et, alors qu'il se courbait en deux en s'attrapant le poignet, elle lui asséna un violent coup à la nuque, lui arracha son spray au poivre et lui en aspergea le visage.

Skip s'effondra sur le sol tel un sac de linge sale.

– Et ça voulait m'offrir un verre, articula l'hermaphrodite tandis qu'avec ses frères et sœurs elle se dirigeait vers la porte de sortie.

31

Ne savourant que moyennement le silence de ses passagers pendant qu'il conduisait, Calque monta le volume de la radio.

– Écoutez ça.

Un journaliste décrivait la bagarre qui avait eu lieu la veille à l'Alabama Mama's.

Sabir, qui tentait de dormir un peu après une nouvelle nuit agitée, laissa échapper un grognement. Lamia, en revanche, plus chanceuse que lui, semblait plongée dans un profond sommeil.

– Eh bien, on a raté quelque chose, continua Calque. On était du mauvais côté de la ville, apparemment. Une bagarre de gangs. Deux groupes de Hells Angels en train de s'écharper. Quatorze personnes emmenées à l'hosto. Le paradis des ploucs.

– Qu'est-ce que vous connaissez des ploucs, Calque ? demanda Sabir en se redressant.

– J'en sais plus que vous ne croyez, figurez-vous. Le Polonais du motel m'a même raconté deux blagues de péquenauds.

– Ah bon ? Comment pouvez-vous communiquer avec lui sans parler américain ?

– C'est simple. Il est polonais. Civilisé. Européen. Il parle français.

– Et… vous vous en souvenez ? soupira Sabir. Des blagues, je veux dire.

– Oui, je crois, répondit-il en paraissant réfléchir.

– Alors, racontez-m'en une. Si je ne peux pas dormir, un petit divertissement ne me fera pas de mal.

Les yeux plissés contre le soleil matinal, le capitaine se lança :

– Alors la première, c'est ça : un plouc d'Alabama meurt. Mais heureusement, il a fait un testament qui précise qu'il laisse la totalité de ses biens à sa veuve. Le hic, c'est qu'elle ne pourra hériter que lorsqu'elle atteindra l'âge de quatorze ans.

– C'est tout ?

– Oui… je l'ai trouvée très drôle et j'ai ri quand le Polonais me l'a racontée. Mais l'autre est meilleure. Bien meilleure.

– D'accord, allez-y, fit Sabir en fermant les yeux.

– Deux ploucs d'Alabama se rencontrent au bord de la route. L'un porte à la main un sac rempli de poulets. L'autre lui dit : « Si je devine combien de poulets vous avez dans ce sac, vous me les donnerez ? » Le premier réfléchit et dit : « D'accord, si vous arrivez à deviner combien de poulets j'ai dans ce sac, je vous donne les deux. » Le second cherche un peu puis lâche : « Cinq ? »

Au fond de la voiture, Lamia étouffa un petit cri amusé. Sabir lui-même eut la grâce de rire.

– Vous voyez, reprit le capitaine, je vous avais dit que la deuxième blague était meilleure. En France, on en a des tas comme celle-ci à propos des Ricains.

– En fait, ça ne me surprend pas. Nous, les Ricains, on en a autant à propos des Français. J'en ai appris des dizaines quand j'étais à la garde nationale.

– Vous êtes à moitié français, Sabir, ne l'oubliez pas, rétorqua Calque, un doigt levé dans sa direction. Vous avez un devoir envers votre terre natale.

– Comment l'oublierais-je ? C'est à cause de ça que j'ai eu droit à toutes ces stupides blagues anti-français. Cependant, j'estime que celui qui est incapable de raconter une bonne plaisanterie sur lui-même ne peut prétendre avoir le sens de l'humour. Vous n'êtes pas d'accord ?

– Allez-y, intervint Lamia du siège arrière. Racontez-nous une blague antifrançaise.

– Vous voulez vraiment ?

– Tout à fait.

– D'accord. Combien de Français faut-il pour visser une ampoule ?

Silence dans la voiture.

– Un seul. Il la tient et le reste de l'Europe tourne autour de lui.

– Ce n'est pas drôle du tout, objecta Calque.

– D'accord… En voici une autre.

Sabir sentait qu'un orage allait éclater mais, pour une raison inconnue de lui-même, il fut incapable de s'arrêter.

– Comment troublez-vous un soldat français ?

– Aucune idée… comment ?

– Vous lui donnez un fusil et vous lui demandez de tirer avec.

Cette fois, Calque frappa violemment le volant de ses paumes.

– C'est n'importe quoi ! On racontait vraiment ce genre de blagues contre vous, à l'armée ?

– Je n'étais pas à l'armée. J'étais dans la garde nationale.

– D'accord, la garde nationale, si vous voulez…

Sabir commençait à sentir un certain agacement l'envahir.

– Oui. On me racontait tout le temps des blagues de ce genre. Mais ils oubliaient que, si mon père était cent pour cent américain, ma mère, elle, était française.

Puis, saisissant le col de sa chemise, il le remonta jusque sur les yeux et marmonna :

– Bon, si le Corpus nous met la main dessus, inutile de me prévenir. Je suis très bien comme ça.

32

— Vous les suivez toujours ?

— Oui, madame.

— Vous connaissez leur direction ?

— Je crois que c'est le Mexique, madame.

— Comment le savez-vous ?

— Nous sommes près de Houston, au Texas. Tirez une ligne droite entre Stockbridge et Houston, et cela vous mène au Mexique. À la frontière Brownsville-Matamoros, très exactement. Si vous voulez mon avis, je pense que c'est l'éruption du volcan mexicain qui a inspiré à Sabir cette décision.

— Tu as sans doute raison. Mais cela ne nous mène guère plus loin. Bien sûr, si tu avais réussi à soutirer des informations à Sabir lorsque tu en avais l'occasion, cela nous aurait renseignés sur leur point de chute plutôt que sur la raison de leur voyage vers le Mexique. Avez-vous eu des accrocs en chemin ?

Abi leva les yeux au ciel. Il redoutait cette question depuis le début de sa conversation avec sa mère.

— Abiger ?

— Oui, madame ?

— Dis-moi la vérité. Je sais toujours quand tu mens. Et cela depuis ta plus tendre enfance.

Abi se tourna vers Vau résolument concentré sur sa conduite et faisant comme s'il n'entendait rien de l'échange qui lui parvenait, clair et net, via les écouteurs mains libres de leur voiture de location.

— Oui, un petit ennui, madame.

– Causé par qui ?

– Aldinach. Elle s'est un peu fait du vent sous la queue.

– Pardon ?

– Oui, c'est une expression qu'on utilise pour les juments en chaleur. On dit qu'elles ont « le vent sous la queue » quand elles galopent à travers le paddock, la queue dressée d'un côté, ce qui sème la pagaille, évidemment...

– Et c'est ce qu'a fait Aldinach ?

– En quelque sorte, oui.

– Et le résultat ?

– Quatorze personnes à l'hôpital. Des Hells Angels, pour la plupart.

– Et chez nous ?

– Personne, évidemment. L'opposition s'est écroulée sur elle-même. Ils ne s'étaient pas motivés pour le combat. Ils ignoraient à qui ils avaient affaire.

– Des morts ?

– Non.

– Vous n'aurez donc pas de problème avec la police ?

– Non, je peux vous l'assurer.

– Tu t'es joint à cette altercation ?

Ah, c'était la question piège. Abi avait beau s'y attendre, elle lui glaça le sang. Une mauvaise réponse, et il allait être pendu à un crochet de boucherie.

– Bien sûr que non, madame. J'ai suivi vos instructions à la lettre. Vau et moi, nous étions en train de surveiller le motel de Sabir. J'avais accordé aux autres un peu de temps libre pour se détendre. Mais je n'avais pas prévu le soudain accès de fièvre d'Aldinach. Elle est entrée dans ce bar bien décidée à semer la pagaille tout autour d'elle.

– Tu l'as punie pour cela ?

– À quoi bon ? Tout s'est bien terminé, finalement. On n'a pas effrayé Sabir. La police n'a été prévenue que plus tard, bien après que tout le monde s'était dispersé. Personne de chez nous n'a été blessé. Et ça a permis à tous de laisser tomber un peu la pression.

– Je pense qu'on devrait placer un mouchard dans la voiture de Sabir.

Abi jura pour lui-même.

– Est-ce bien prudent, madame ? Nous avons Sabir, Lamia et le policier sous surveillance. Ils ne peuvent pas émettre le moindre son sans qu'on ne les entende.

– Jusqu'où devez-vous encore aller, Abiger ?

– Je n'en sais absolument rien.

– Exactement. Et combien de temps va-t-il se passer avant un autre coup de « vent sous la queue » ?

– Je ne sais pas, madame, répondit-il, un nœud dans la gorge. Ça peut être n'importe quand comme jamais.

– Le Mexique est un endroit où il se passe beaucoup de choses, Abiger. La police y est corrompue de façon endémique. La guerre de la drogue sévit tout le long des frontières. Je ne veux pas qu'on perde Sabir sous prétexte qu'un maniaque comme Aldinach se sent des fourmis dans l'entrejambe.

Tapant le bras de Vau pour attirer son attention, Abi articula tout bas les mots « maniaque » et « fourmis dans l'entrejambe » avant de lever une nouvelle fois les yeux au ciel.

– Non, madame. Bien sûr que non.

– Est-ce que Vau peut se glisser dans leur voiture sans déclencher l'alarme ?

– Vau peut se glisser dans n'importe quelle voiture. Vous le savez, madame. C'est vous qui avez insisté pour que les meilleurs parmi les voleurs de voitures lui apprennent comment agir. Mais ce sera délicat. Si ça tourne mal, on risque de les faire fuir.

La comtesse lâcha un soupir mélodramatique.

– Eh bien, nous devons prendre ce risque, tu ne crois pas ? Afin de nous offrir une position de repli. Mais, Abiger, sois gentil de ne pas dire à tes frères et sœurs que tu as fait cela à ma demande. Je ne voudrais pas qu'ils pensent que je ne leur fais pas confiance. Tu comprends ce que je veux dire ?

– Parfaitement, madame.

– Et, Abiger ?...

– Oui, madame.

– Cette fois, je ne te tiendrai pas pour responsable de ce qui est arrivé.

– Merci, madame. C'est très gentil à vous.

Abi raccrocha d'une lente pression du doigt, avant d'ajouter :

– Vieille vache, qu'elle aille se faire foutre !

– On ne parle pas de madame notre mère de cette façon, Abi, lui reprocha Vau.

– Ah oui ? Elle est quoi, alors ? Elle reste tapie au milieu de sa toile d'araignée avec ce salaud de Milouins et cette faux cul de Mastigou, toujours là pour la protéger du monde réel, et elle continue de croire qu'elle peut tirer les ficelles à elle toute seule. Pourquoi est-ce qu'elle ne se déplace pas jusqu'ici puisqu'elle veut à tout prix tout diriger ?

– Parce que c'est une vieille femme, Abi. Et parce qu'elle est riche.

– Vraiment, Vau ? Tu crois ça ? Eh bien, je ne marche pas.

33

En deux jours de route, j'ai réussi à me faire embarquer trois fois. D'abord jusqu'à Minatitlan, dans un camion de bière, ensuite, après une longue attente, en direction d'Agua Dulce, dans la voiture d'un *gringo.*

Agua Dulce était un peu à l'écart de ma route, mais j'ai accepté le stop en me disant que tout était bon pour me rendre vers l'est. C'était mieux que de rester sans bouger, avec tous les dangers que comportait l'inactivité : perdre ma motivation ou dépenser le peu d'argent dont je disposais.

Mais le voyage vers Agua Dulce s'est avéré plus qu'heureux, car le même *gringo* m'a aperçu le lendemain matin en train d'attendre au bord de la route et m'a emmené cette fois jusqu'à Villahermosa. Je n'ai cependant pas compris pourquoi il m'a demandé à plusieurs reprises si j'avais découvert dans mon jardin des objets tels que des gravures sur pierre, des poteries, des vieux colliers, des couteaux d'obsidienne. J'ai bien essayé de lui dire que je ne possédais pas de jardin, que je travaillais pour mon patron, le cacique, et que, par conséquent, tout ce que je trouvais dans son jardin lui appartenait de droit. J'ai aussi ajouté que, là ou ailleurs, je n'avais de toute ma vie jamais déterré quoi que ce soit.

Le *gringo* a paru très déçu en apprenant cela. Il m'a pourtant emmené jusqu'à Villahermosa et a même proposé de m'acheter de quoi manger dans une baraque en bord de route ; ce que son étrange attitude m'a incité à refuser. Tous les *gringos* étaient-ils comme lui ? Des pillards ? Comme les Espagnols ?

Je n'en avais rencontré que deux au cours de ma vie, mais ils ne m'avaient pas laissé un souvenir impérissable. Un homme devait toujours parler directement de ce qu'il avait dans le cœur. Sans jamais chercher des voies détournées.

Dès lors, j'ai décidé d'éviter les *gringos* et de m'en tenir à mes semblables. Les paysans. Les Indiens. Les *mestizos.* Les gens qui vivaient de la terre et non de vol.

34

Vau attendit deux heures trente du matin avant de s'approcher du Grand Cherokee.

Il avait apporté sa série de passe-partout ainsi qu'un pied-de-biche, et une antenne de voiture flexible au cas où il devrait se glisser à l'intérieur par la fenêtre. Mais, d'une manière ou d'une autre, il ne devait laisser aucune trace. Le Cherokee de Sabir n'étant heureusement pas tout jeune, il ne disposait pas d'un système de verrouillage très sophistiqué. Ce qui facilitait bien les choses.

Pourtant, Vau ne comprenait pas pourquoi il devait se compliquer la vie en entrant dans le véhicule alors qu'il aurait pu se contenter de fixer le mouchard sous le véhicule, et achever ainsi son travail en une ou deux minutes. Au lieu de cela, il se mettait en danger dans un endroit très éclairé, où n'importe qui pouvait sortir de sa chambre pour se servir des glaçons ou acheter un sachet de chips au distributeur.

Dissimulé derrière la voiture de Sabir, Vau s'accroupit devant la portière du conducteur et se mit au travail. Mais alors qu'il insérait la cinquième de ses quatorze clés, il vit s'ouvrir la porte de la chambre de l'Américain et celui-ci en sortir.

Lâchant un juron, il se coucha par terre. Puis il se glissa de côté, toujours à plat ventre, jusque sous le châssis.

– Dans quel merdier je me suis mis ? marmonna-t-il. Ce n'est même pas l'aube… Mon Dieu, faites que cet abruti ne se soit pas mis en tête d'aller faire un petit tour. Avec ces roues de 4x4, je serais réduit à l'état de chair à saucisse.

35

Assis sous la galerie du motel, Sabir se pencha en avant comme s'il souffrait de l'estomac et s'appuya la tête sur les genoux. Parviendrait-il une seule fois à dormir une nuit d'une traite ? Les réveils incessants finissaient par l'épuiser. Cependant, il redoutait les somnifères – il avait vu leurs effets dévastateurs sur sa mère.

La température à Corpus Christi, cette nuit, atteignait à peine les dix degrés, et l'odeur de l'océan amenée par le vent lui caressait les narines. En se redressant, il entendait même le bruit des vagues s'écrasant sur les rives de Padre Island.

Il demeura longtemps assis à écouter les murmures de la nuit, espérant secrètement que Lamia viendrait le rejoindre, comme elle l'avait fait deux soirs plus tôt. Il regrettait de s'être écarté d'elle quand elle avait tenté de le réconforter, et il cherchait maintenant l'occasion – n'importe laquelle – d'arranger les choses avec elle.

Si seulement Calque se mettait à ronfler. Ou à jouer les somnambules. Ou à remuer dans son lit. Mais lorsque Sabir était sorti de leur chambre sur la pointe des pieds, l'ex-policier dormait comme un bébé.

Pour ce qui était de leur voyage, tous les trois semblaient avoir adopté une petite routine, se racontant des blagues ou jouant à des jeux dans la voiture. À la grande surprise de l'Américain, Calque se montrait un adversaire redoutable quand il s'agissait d'exercices intellectuels, au point d'en arriver à violer parfois quelques règles quand cela l'arrangeait.

Sabir estimait que cela avait sans doute à voir avec son ancien métier de policier, mais il préférait garder cette pensée pour lui-même. Une autre conséquence de cette vie à trois était qu'il n'y avait eu jusque-là pratiquement aucune occasion d'engager une conversation intime avec Lamia.

Sabir s'apprêtait à regagner leur chambre pour tenter une nouvelle fois de trouver le sommeil, lorsque la porte s'ouvrit derrière lui. Lamia apparut, une main sur le front pour se protéger de la lumière crue de la lampe extérieure.

Il fit de son mieux pour cacher le délice qu'il éprouva devant cette réapparition miraculeuse.

– Ne me dites pas que Calque s'est remis à ronfler ?

– Eh si.

– Alors pourquoi chuchote-t-on ? Avec ce bruit de machine infernale, ce ne sont pas nos paroles qui vont le réveiller.

Lamia se mit à rire. Comme l'autre soir, elle avait emporté une couverture avec elle mais, cette fois, elle choisit de s'asseoir dessus avant d'en ramener les pans sur ses jambes repliées. Elle portait une longue chemise de nuit à l'ancienne, et Sabir ne put que s'émerveiller devant le peu de cas qu'elle en faisait. Elle était différente de toutes les Françaises qu'il avait croisées, tellement persuadée de son absence de séduction.

– Alors, quoi de neuf ? demanda-t-il en souriant, sans vraiment s'attendre à une réponse sérieuse de sa part.

– Je n'en ai pas encore parlé à Calque mais, cet après-midi, alors qu'on traversait Houston, je suis pratiquement certaine d'avoir vu ma sœur Dakini dans une voiture, en train de nous suivre.

– Vous plaisantez ?

– Non. Je l'ai reconnue, malgré sa casquette et ses lunettes noires.

– Une casquette et des lunettes noires ?

– Oui. Ça ne lui ressemble pas, pourtant ; et j'ai même réussi à me convaincre, un temps, que je m'étais trompée. Mais Dakini a un visage qu'on n'oublie pas.

Elle rougit et se détourna, sachant que son propre visage pouvait parfaitement tomber dans la même catégorie.

– Qu'on n'oublie pas… c'est-à-dire ?

– Eh bien, en plus d'avoir de très longs cheveux – je veux dire vraiment longs, qui lui tombent quasiment aux genoux –, Dakini a une espèce de rictus permanent sur les lèvres, qui lui donne un air cruel, malveillant.

Lamia soupira puis enchaîna :

– Parfois, je me demande si madame ma mère n'a pas fait exprès d'adopter des enfants atteints de tics ou de handicaps plus ou moins désastreux. Pourquoi ne nous a-t-elle jamais fait soigner ? Voir des médecins ou des chirurgiens ? Dans le cas de Rudra, elle aurait pu lui faire réparer son pied-bot. Et faire opérer le bec-de-lièvre de Berith. Je reconnais que le nanisme d'Athame est incurable, comme la cachexie d'Alastor ou l'hermaphrodisme d'Aldinach. Mais elle aurait pu mettre Asson au régime au lieu d'encourager sa gourmandise – on dit maintenant que son excès de poids n'est pas forcément génétique.

– Et… pourquoi n'a-t-elle rien fait pour vous non plus ? hasarda Sabir.

– C'est évident, non ? soupira Lamia. C'est qu'elle nous voulait comme ça. Nous devions lui convenir ainsi… contrefaits.

– Et maintenant, vous ne pouvez pas vous faire arranger le visage ? insista-t-il. On a fait d'énormes progrès en dermatologie, depuis votre enfance. Il y a certainement quelque chose à faire.

– Peut-être, mais ça m'effraie. Un hémangiome comme le mien doit être traité très tôt. Plus on le laisse longtemps, plus il devient dangereux. Sur un bébé, on peut le décolorer avec de l'azote liquide, mais plus tard cela devient impossible. Parce que mon hémangiome ne menaçait aucun organe vital, les bonnes sœurs l'ont simplement laissé – c'est, du moins, ce qu'on m'a dit – en espérant qu'il disparaîtrait de lui-même. Mais, comme vous le voyez, il est toujours là. Peut-être même pensaient-elles que, si Dieu m'avait faite ainsi, pourquoi aller contre Sa volonté ? Aujourd'hui, pour le soigner, on devrait avoir recours aux stéroïdes, aux interférons ou au laser. Dans mon cas, vu sa taille, on devrait l'opérer, avec tous les risques que cela comporte. Je pourrais même me retrouver dans un état pire qu'aujourd'hui.

– Votre état n'est pas aussi terrible que vous le croyez. Je pense même que vous êtes très belle.

– Merci, Adam. Mais j'ai passé l'âge de croire aux contes de fées. J'ai vingt-sept ans. Pas onze.

Estimant qu'il était temps de changer de sujet, Sabir demanda :

– Et les jumeaux ?

– Au moins, madame ma mère a eu la grâce de les faire séparer. Ou, en y réfléchissant, ce sont peut-être les bonnes sœurs qui y ont pensé. Quoi qu'il en soit, j'ai vu les cicatrices. Je crois qu'ils partageaient un rein ou quelque chose de ce genre quand ils sont sortis du ventre de leur mère. À présent, ils partagent simplement une attitude.

Même s'il ne trouvait pas les jumeaux franchement amusants, Sabir ne put s'empêcher de rire.

– Vous les aimez ? Je veux dire, vous en aimez certains ? Votre mère ? L'un ou l'autre de vos frères et sœurs ?

Lamia resta pensive un instant puis répondit :

– À une époque, j'étais assez proche d'Athame. C'est celle de mes sœurs qui souffre de nanisme. Enfin, ce n'est pas vraiment une naine mais elle est très, très petite. Elle souffre du syndrome d'Ellis-van Creveld, comme certains de vos amish, ici. Elle est aussi polydactyle.

– Poly… quoi ?

– Polydactyle. Elle possède douze doigts.

– Seigneur. Et elle se sert de tous ?

– Comme vous et moi.

– Et vous êtes toujours proche d'elle ?

– Nous nous sommes brouillées à cause de mon attitude envers le Corpus. Depuis quelques années, je me relâche un peu dans mon engagement. Aucun des autres ne s'en est rendu compte car ils n'étaient pas très proches de moi, mais Athame, elle, a très bien compris. Et elle n'a pas pu l'admettre. Elle croit que madame notre mère est une sorte de déesse. Elle la vénère, comme les Juifs de l'Ancien Testament vénéraient les images gravées – le veau d'or ou ce que vous voudrez. Elle pense que la comtesse est une sorte de golem. Et parfois, je me dis qu'elle a raison. Celle qui a fait de nous ses enfants n'est pas totalement humaine. Il est parfaitement possible qu'une force l'ait créée à partir d'un argile primitif en lui donnant le visage et le corps d'un humain mortel. Pour tromper les gens.

— Pour tromper les gens ? Comment ?

Pour la première fois, Lamia s'autorisa à fixer Sabir.

— En les poussant à croire qu'elle est comme eux.

36

Couché sur le ciment glacé du parking du motel, Vau percevait chaque mot de leur conversation.

Il commençait à sentir le froid dans son dos et imaginait toutes sortes de situations : il éternuait soudain ou, au contraire, s'endormait… pour se relever d'un coup et se cogner violemment la tête contre le châssis du Cherokee en étouffant un cri. Le scénario le plus cauchemardesque étant de voir le couple grimper dans la voiture pour s'ébattre sur le siège arrière, car, au son de leurs voix et à la façon intime dont ils se parlaient, Vau était convaincu qu'il y avait davantage entre eux qu'une simple amitié de convenance.

Abi avait beau se moquer du visage de Lamia et de ses tenues totalement antiglamour, Vau savait qu'il y avait là-bas des hommes pour la trouver attirante. Ce mufle de Philippe, par exemple, le valet retrouvé mort. Cela faisait des années qu'il la reniflait. Seul le total manque d'intérêt en matière de sexe de madame sa mère lui avait permis de conserver son travail. Mais il y avait une justice quelque part, car il se languissait maintenant à six pieds sous du béton armé, dans la nouvelle école catholique que subventionnait la comtesse dans un couvent proche de Cavalaire-sur-Mer. Rien de tel que de garder les choses bien au chaud et dans la famille.

Il n'était cependant pas question pour Vau de tenter de pénétrer une nouvelle fois dans le Cherokee après ce contretemps. Résolu à mentir à Abi, il prétendrait avoir fixé le mouchard à l'intérieur du véhicule, dans l'espace sous la roue de secours. En fait, il se contenterait de le coller sous la voiture en espérant que ce serait efficace. Il avait localisé le meilleur endroit pour cela alors qu'il attendait, caché sous le châssis du véhicule. Il s'attellerait à cette tâche dès que les deux tourtereaux cesseraient de bavasser dehors et rentreraient dans leur chambre… et au diable les conséquences.

37

Abi jeta un regard méprisant à son frère revenu s'installer dans leur voiture de location.

– Tu es crasseux. Qu'est-ce que tu trafiquais, tout ce temps ? Tu t'es roulé dans un tas de merde ?

– Et si je te répondais oui ? Non, j'étais tout bêtement planqué sous la voiture de Sabir, sur le parking du motel, à l'écouter deviser amoureusement avec Lamia. Voilà ce que je faisais.

– Dis-moi que tu plaisantes. Tu n'es pas sérieux, là ?

– Détrompe-toi, je suis on ne peut plus sérieux. Et je peux te dire qu'elle a reconnu Dakini un peu plus tôt, aujourd'hui, à Houston.

– Ce n'est pas vrai ?!

– Si, Abi. Elle a réussi à se persuader elle-même qu'elle voyait des choses. Ton coup de la casquette de base-ball et des lunettes noires, ça a super bien marché. Ça ressemblait tellement peu à un déguisement que Lamia pense maintenant qu'elle a simplement imaginé la vision de l'enfer que Dakini représente sans l'avoir réellement vue.

– Elle est vraiment spéciale.

– Le terme est faible.

Abi laissa échapper un petit rire puis demanda :

– Alors, tu as réussi à fixer le mouchard ?

– Bien sûr. Qu'est-ce que tu crois ?

– Où ?

– Sous la roue de secours, évidemment. Là où je les pose d'habitude.

– Tu as utilisé quelle clé pour entrer ?

– Ça t'intéresse tant que ça ?

– Je ne suis pas stupide, Vau. Tu t'es fait surprendre en plein boulot et tu as été forcé de te cacher. Ce qui t'a valu de devoir les écouter parler de Dakini pendant une demi-heure. Tu es couché sous la voiture et tu as envie de hurler de rage. Ne me dis pas que tu n'as pas songé à prendre un raccourci.

L'espace d'une seconde, Vau fut tenté de composer. Puis il envoya un violent coup de poing dans la portière.

– D'accord, Abi. D'accord… tu m'as eu. Comme d'habitude. J'ai glissé ce putain de truc sous le châssis, pas sous la roue de secours. Entre nous, il n'était pas question pour moi de retourner à l'intérieur de la voiture pendant que nos deux oiseaux, parfaitement réveillés, s'envoyaient en l'air dans leur chambre de motel.

– Mais de quoi tu parles ? S'envoyaient en l'air ?…

– J'ai entendu la voix de Lamia. C'est ma sœur, je te le rappelle. Jamais je ne l'ai entendue parler comme ça à un homme.

– Comment, « comme ça » ?

– Comme si elle se souciait carrément de ce qu'il pense d'elle.

– Tu rigoles ?

– Non. Je suis sûr qu'elle craque complètement pour Sabir.

– Je n'arrive pas à y croire.

– C'est vrai que ça peut paraître étonnant, lui concéda Vau. Quand on pense aux millions de femmes qui ont un visage normal. Franchement, pourquoi aller chercher pile celle qui a une tare ? Enfin, soit elle se fait des idées, soit Sabir a les rétines décollées.

– Sérieusement, Vau, tu crois que Sabir en pince pour elle ?

– En fait, il le cache bien, mais ça ne m'étonnerait pas.

Il sourit à son frère, heureux de pouvoir enfin l'étonner avec une nouvelle de poids.

– Tu penses pouvoir tirer quelque chose de ça ?

Un instant songeur, Abi finit par lâcher :

– Je ne sais pas. Peut-être. Peut-être pas. Mais sois certain que je vais y réfléchir.

38

Ce matin-là vit le trio traverser le Rio Grande par le Puente Nuevo en quittant Brownsville, au Texas, pour passer à Matamoros, au Mexique. Après s'être acquittés des 2,25 dollars réglementaires pour le passage de leur véhicule, ils s'engagèrent sur l'autoroute 101 en direction de San Fernando.

Abi et Vau, qui avaient passé un peu plus tôt la frontière à pied avant de se trouver une nouvelle voiture de location, rattrapèrent le Grand Cherokee au bout de trois kilomètres après la sortie de la ville. Le traceur marchait bien, aussi purent-ils facilement garder leurs distances avec la Jeep de l'Américain, sans la perdre de vue et sans non plus se faire repérer par ses occupants. Les neuf membres restants du Corpus avaient eu pour instruction de louer deux monospaces, un pour les hommes et un autre pour les femmes, et de rester en contact serré avec Abi et Vau au moyen de leurs téléphones mobiles. Ils devaient se rencontrer chaque soir, non loin du motel où le trio aurait choisi de passer la nuit.

Abi avait décidé de ne pas cacher à ses frères et sœurs l'existence du mouchard car il estimait que c'était encore le meilleur moyen de les motiver. Sinon, penseraient-ils, pourquoi filer le train à une voiture qui risquait à tout moment de les semer ? Et puis au diable l'inquiétude de madame sa mère quant au fait que ses enfants sentiraient qu'elle ne leur faisait désormais plus confiance. Si eux ne le lui disaient pas, évitant ainsi une scène de colère attendue, ce n'était pas lui qui le ferait. Par ailleurs, qui avait confiance en qui, maintenant ?

Une autre foirade, et Abi était certain que la comtesse l'écarterait de cette mission. Seigneur, elle était même capable de confier l'affaire à la Lumière des nations, Vau en personne, ou, pire encore, au suivant sur la liste des prétendants à l'ancienneté : M. Bec-de-Lièvre lui-même. Ce connard de Berith. Le plus grand faux cul de la planète !

Abi savait que sa meilleure chance avec la comtesse était de se faire aimer d'elle « en face à face », de la séduire de front. Avec Oni et Athame, il avait toujours été son préféré. En revanche, le contact avec elle par téléphone n'aboutissait en général à rien de bon. Elle détestait ce moyen de communication et se sentait limitée dans ce qu'elle disait ; elle se montrait immédiatement offensive et restait sur ses positions. Dès lors, n'était-il pas plus facile de congédier quelqu'un lorsqu'on n'avait pas à le regarder dans les yeux ?

Abi décida donc d'enfiler des gants de velours durant les prochains jours. Quand viendrait le moment d'agir avec Sabir, il serait prêt. Il ne raterait pas les choses deux fois de suite.

39

— Je crois qu'il est temps que vous nous en disiez un peu plus sur le Corpus Maleficus, déclara Calque, vautré sur la banquette arrière du Grand Cherokee.

Sabir conduisait et Lamia se trouvait à ses côtés, sur le siège passager.

La climatisation marchait à fond, ce qui réduisait la puissance de la voiture. Il observait sagement un cent dix kilomètres à l'heure en se disant qu'une rencontre avec la police mexicaine aussi près de la frontière ne pourrait que leur faire du tort. C'était le pays de la drogue. Tout le monde était corrompu, dans un sens comme dans l'autre. Ce n'était qu'une affaire de niveau social.

– Pourquoi maintenant ? s'étonna Lamia. Pourquoi ne pas me l'avoir demandé plus tôt ?

Calque se redressa, l'air le plus sérieux du monde.

– Il nous reste deux sinon trois jours de voiture avant d'atteindre notre destination. Sabir a choisi de ne pas nous faire partager l'élément-clé de son quatrain révélateur, même si j'ai pu espérer qu'il aurait appris à nous faire confiance, avec le temps. Je me disais qu'à partir du moment où vous, Lamia, aviez accepté de nous dévoiler les squelettes des placards de votre famille, notre insaisissable Sabir se montrerait plus disposé à se confier à ses amis.

Ce dernier roula des yeux exaspérés.

– Bien joué, Calque. Très bien joué. Vous avez le don d'enfoncer quasiment tout le monde avec vos petits discours. Vous n'auriez pas été policier dans une vie antérieure ?

Sans laisser au capitaine le temps de répondre, Lamia se tourna vers les deux hommes pour les fixer chacun à leur tour avant de déclarer :

– Ça ne me gêne pas que vous me posiez des questions. J'ai confiance en vous deux, même si ce n'est pas réciproque. Si je suis ici avec vous, c'est parce que je n'ai nulle part où aller. Et aussi parce que je ne veux pas me retrouver seule, maintenant que ma famille m'a bannie. C'est aussi simple que ça. Vous avoir tous les deux à mes côtés, pouvoir partager mes craintes avec vous, tout cela m'est très précieux.

Les femmes et leur côté maternel… songea Sabir avant d'observer le visage de Calque dans le rétroviseur. Incroyable. Il était aussi rouge qu'une écrevisse. Et dire qu'il lui avait toujours paru imperméable au sentiment de culpabilité et à l'embarras.

Mais Sabir devait s'avouer que lui aussi se sentait un peu coupable. Il devenait tellement évident que c'était par pur instinct de survie si lui-même et Calque avaient caché certaines choses à Lamia. Peut-être était-il temps de lui raconter un peu de la vérité ?

Se raclant la gorge, l'Américain annonça :

– C'est bon. Je commence. Cartes sur table. Je suis désolé de vous avoir paru aussi insaisissable. Le quatrain qui attise tant votre curiosité et votre rancœur, le voici :

Sur la terre du grand volcan, le feu
Quand la roche refroidit, le sage, Ahau Inchal Kabah,
Fera du vingtième masque un crâne articulé :
Le treizième cristal chantera pour le dieu du Sang.

Un silence de plomb s'ensuivit, que Calque fut le premier à briser.

– C'est tout ? C'est le quatrain ?

– Oui, répondit Sabir. C'est ça. Rien de plus.

– Grands dieux, ça nous mène où ?

– Au palais des Masques, à Kabah, non ?

– Vous croyez, Sabir ? Comment l'interprétez-vous, ce quatrain ?

– Eh bien… le passage « du vingtième masque », ça doit être Codz Poop. Ou du moins le nom que lui donne votre site, Lamia. Ça colle parfaitement, vous ne voyez pas ? C'est pour ça que je me suis senti si ridicule quand vous m'avez sorti l'éruption de l'Orizaba. Quant à savoir comment Nostradamus en est arrivé là, ça me dépasse. Peut-être le désir posthume de nous lancer sur une piste ne menant nulle part. Une dernière marque de pouvoir venant d'outre-tombe, je ne sais pas…

– En France, ce n'était pas une piste menant nulle part. Tout ce qu'il disait dans son quatrain était vrai.

– Oui, mais c'était en France. Nostradamus connaissait la France. Il y avait vécu plus de soixante ans. Mais que savait-il du Nouveau Monde ?

– Plus que vous ne croyez, répondit Calque, de nouveau dans son élément. Il est né en 1503, souvenez-vous, juste trois ans avant la mort de Christophe Colomb. Qui avait découvert le Nouveau Monde en 1492. Suivi de Hernán Cortés et son invasion du Mexique, vingt-sept ans plus tard, en 1519. Ce qui a donné à Nostradamus, mort en 1566, quarante-sept ans pour découvrir tout ce qu'il voulait savoir sur les nouvelles colonies espagnoles. Il connaissait certainement les *Cartas de Relación* de Cortés, imprimées et éditées entre 1519 et 1526 ; les écrits et comptes rendus personnels du conquistador Bernal Díaz del Castillo ; la terrible *Extermination des Indiens*, de frère Bartolomé de las Casas ; et aussi le *Manuscrit Florentin* de Bernardino de Sahagún. Car il est bien connu que Nostradamus parlait et lisait l'espagnol aussi bien que le latin, le grec, l'italien et le provençal.

– Pour l'amour du ciel, Calque, pourquoi toutes ces années dans la police, alors ? Vous êtes un historien-né, bon sang.

Calque réussit à paraître à la fois heureux et furieux, comme s'il venait d'être surpris dans les bras d'une femme particulièrement belle.

– Je reconnais que j'ai effectivement bien bossé, ces derniers mois. Toutes ces futiles semaines passées à espionner la famille de Mlle Lamia n'ont pas été une totale perte de temps. J'ai lu des dizaines de bouquins avant et pendant ce laps de temps, et aussi tout ce que j'ai pu trouver sur Nostradamus.

– Et ?...

– Et il n'y a aucune raison pour que ce monsieur n'ait pas montré un vif intérêt pour le Nouveau Monde. Ce pays et ses richesses étaient, pour tous les érudits européens, l'objet d'une fascination sans limite. Rappelez-vous le mythe de l'Eldorado. Et aussi le fait que Nostradamus descendait d'une ancienne famille juive. Comme pour les Tziganes, l'ex-Juif qu'était Nostradamus devait parfaitement savoir quelle menace les forces combinées du catholicisme espagnol, de l'Inquisition et des autodafés représentaient pour une population qu'ils considéraient comme païenne et, par conséquent, damnée.

– Vous voulez dire qu'il se serait senti une sorte d'affinité avec les Mayas ?

– Exactement. Comme il s'était senti une affinité avec les Tziganes. Au point qu'il a peut-être pu comparer l'anéantissement de la culture maya à la menace inquisitoriale contre les quatre niveaux de la Kabbale. Comme toujours, donc, Nostradamus aurait interfolié dans ses quatrains des codes cachés destinés à les protéger des regards indiscrets, des codes qui ne pouvaient être déchiffrés que via l'utilisation de la gematria.

– La... gematria ?

– Oui. C'est le système hébreu de numérologie.

– Bon, si je comprends bien, reprit Sabir sur un ton presque agacé, vous êtes en train de nous dire que vous avez déchiffré toute une série de codes secrets en... combien de temps ?

L'espace de cinq minutes après avoir eu accès au quatrain, c'est ça ?

Calque se cala contre son dossier.

– Non. Désolé de vous décevoir, mais non, je n'ai encore déchiffré aucun code. Je ne fais que supposer qu'ils pourraient – non qu'ils devraient – exister.

40

La journée a été terrible. Sans doute la pire de toute ma vie.

À Villahermosa, on m'a volé pendant que je dormais sur la place du marché. Les voleurs ont pris les deux cents pesos que je gardais en réserve dans une pochette attachée à ma taille. Mais, plus grave encore, ils ont dérobé le sac dans lequel je gardais le manuscrit. Je m'en faisais un oreiller et, en le sentant glisser de sous ma tête, je me suis réveillé.

J'ai vite repéré mes voleurs et je leur ai donné la chasse. Mais n'ayant presque rien mangé ces derniers jours, mes forces ont eu tôt fait de me lâcher. Cependant, j'ai pu crier et me faire aider par des Indiens qui dormaient, eux aussi, sur la place.

D'abord, les voleurs ont semblé m'échapper mais, tout à coup, deux Indiens qui pénétraient sur la place après avoir beaucoup bu ont réussi à les arrêter. Les voleurs ne possédaient pas de machettes, mais les deux autres avaient les leurs sur eux.

Rapidement, un groupe de gens s'est refermé autour des voleurs et on m'a demandé ce qui était arrivé.

J'ai parlé des pesos et du sac contenant le livre que j'apportais à un ami.

Un policier est venu se joindre à la foule pour voir ce qui se passait si tôt le matin, avant l'ouverture du marché.

Les voleurs ont prétendu ne pas avoir fait ce dont on les accusait. Ils se sont montrés très persuasifs. J'ai tenté de riposter, mais le policier n'a pas paru très enclin à m'écouter, car j'étais un étranger, venant du Veracruz. Pour finir, il a pris les deux voleurs à part et ils ont discuté ensemble durant un bon moment. Les deux hommes lui ont donné quelque chose, il a hoché la tête et ils se sont dépêchés de filer. Et, aussi rapidement que la brume se disperse au-dessus d'un lac, tous les Indiens qui m'entouraient se sont évanouis dans la nature.

Alors le policier est revenu vers moi. Il avait dans la main le sac dans lequel je transportais le manuscrit.

– Ceci t'appartient ? m'a-t-il demandé.

– Oui, *señor.*

– Ça a certainement beaucoup de valeur ? a-t-il ajouté en sortant le livre avant d'en feuilleter les pages.

– Non, cela n'a pas grande valeur.

– Dans ce cas, ça ne te fera rien si je le confisque ?

J'ai secoué la tête, le cœur près d'exploser dans ma poitrine.

– Si, j'en serais très attristé. Cet objet appartient à un autre. J'ai promis de le lui rapporter. Je lui en ai fait le serment.

– Les voleurs m'ont donné deux cents pesos. Qu'est-ce que tu vas me donner ?

J'ai ouvert mes mains devant lui en disant :

– Les deux cents pesos que ces voleurs vous ont donnés m'appartenaient. C'est l'argent qu'ils m'ont volé.

– Je regrette, mais je ne peux rien pour toi. Si tu veux récupérer ton bien, tu dois payer. C'est la loi.

Le policier a ouvert son carnet à une certaine page et m'a montré un texte que moi, bien sûr, je ne pouvais pas lire.

J'ai alors ôté l'une de mes chaussures, dans laquelle j'avais cinquante des cent pesos qui me restaient. J'ai sorti le billet de cinquante pesos et l'ai placé dans le carnet du policier.

– C'est tout ce que tu as ? a-t-il lâché avec une moue.

– Les voleurs… ai-je dit en haussant les épaules.

Cependant, dissimulé dans l'autre chaussure, il me restait l'autre billet de cinquante pesos. J'ai prié la vierge de Guadalupe qu'il ne me demande pas ce qu'il y avait aussi de caché dans celle-là. Car, dans ce cas, j'étais perdu.

Il a alors refermé son carnet et m'a dit :

– Très bien.

Puis, laissant tomber à terre le sac contenant le manuscrit, il a ajouté :

– Tu as payé ton amende. Tu es libre de partir, maintenant.

Je me suis empressé de ramasser le sac, j'ai salué le policier et je suis parti sans attendre.

Dès lors, je savais que j'allais mourir de faim. Il ne me restait que cinquante pesos. Et je devais encore traverser Ciudad del Carmen, Champotón puis Hopelchén avant d'atteindre ma destination finale, Kabah et le au palais des Masques.

Un Indien m'avait dit que, si j'attendais la fin du marché, un vendeur qui avait fait de bonnes affaires accepterait peut-être de m'emmener dans son camion vide. Une bonne partie d'entre eux venaient de Ciudad del Carmen et de Campeche. Avec un peu de chance et de patience, je pourrais trouver celui qui m'embarquerait dans son véhicule.

Mais pour cela, je savais que je serais obligé de traîner toute la journée dans les allées du marché en priant le ciel de ne pas me retrouver nez à nez avec le policier, et en espérant que l'un ou l'autre des marchands ait quelques fruits pourris à jeter dans le caniveau. Ainsi, je pourrais me sustenter un peu et calmer les cris de mon estomac affamé. Car les cinquante pesos que je gardais dans ma chaussure me seraient sans aucun doute utiles à Kabah – comme pot-de-vin, par exemple, au cas où le gardien, à la grille, refuserait de me laisser entrer.

Quand je me mettais à penser à cette attente, la faim me tenaillait encore davantage. Au début, je m'étais promis de m'offrir des œufs – une *salsa de huevo* – pour le petit déjeuner afin de garder quelque force. Mais maintenant, à cause des voleurs, je n'osais plus dépenser le peu qui me restait pour un tel luxe.

Cette journée a réellement été terrible pour moi. Peut-être la pire de toute ma vie.

41

— Malgré tout ce que vous pouvez dire sur elle, madame ma mère est une femme tout à fait honorable.

Sabir chercha la réaction de Calque dans le rétroviseur du Cherokee. Atterré, celui-ci se prit la tête entre les mains. Heureusement pour lui, Lamia ne sembla pas avoir remarqué son geste.

– Qu'est-ce que c'est que ce « madame ma mère », en fait ? Cette appellation m'intrigue, Lamia.

Ce n'était pas la question la plus intelligente du monde, mais Sabir sentait qu'il devait tout faire pour éviter que la jeune femme ne voie Calque, qui avait l'air près de déclencher une émeute. Lorsqu'il s'agissait de la comtesse, l'ancien policier ne répondait plus de rien.

– C'est un terme de respect, répondit Lamia. Nous l'utilisons tous. Monsieur mon père était un très vieil homme quand nous l'avons connu – davantage un grand-père qu'un père, en fait –, et il nous semblait plus que naturel de lui montrer du respect. Cela s'est ensuite reporté sur madame ma mère, et nous n'avons jamais vu aucune raison de changer cette habitude.

– Alors vous continuez de la respecter ?

– Bien sûr. Ce qui ne m'empêche pas d'être en désaccord avec elle. En très profond désaccord.

Sabir se gara sur une aire de stationnement et coupa le moteur. Ils n'étaient pas loin de Ciudad Madero et de Tampico.

Les camions et les pick-up de la nationale 80 secouaient le Grand Cherokee à chacun de leurs passages.

– Désolé, mais je ne peux pas à la fois conduire et me concentrer sur une telle conversation, déclara-t-il en se tournant vers Lamia. Alors, si j'ai bien compris, vous continuez de respecter la femme qui vous a fait droguer et ligoter, et qui vous aurait sans doute fait tuer si le copain de Calque n'avait pas déboulé sur son fier destrier blanc pour vous sauver ?

– Madame ma mère ne m'aurait jamais fait tuer.

– Vous croyez ça ? Elle n'a pourtant pas hésité à lancer votre frère, Achor Bale, à la poursuite d'innocents Tziganes, dont il a tué deux d'entre eux, avant de laisser un troisième à l'agonie et de déclencher chez un autre des cauchemars permanents. Cela sans mentionner l'assassinat d'un gardien, de son chien-loup et aussi de Paul Macron, l'assistant de Calque.

– Rocha pensait qu'ils détenaient des informations dont nous avions besoin.

– Oh, voilà qui explique tout !

– Je ne crois pas que madame ma mère savait à quel point Rocha était hors de contrôle. Je ne crois pas qu'elle voulait tuer quiconque. Rocha opérait à sa manière, selon sa propre stratégie.

Calque choisit cet instant pour intervenir dans la conversation.

– Rocha – appelez-le comme vous voulez, pour moi, ça reste Achor Bale – n'agissait certainement pas de son propre chef. Il agissait à l'instigation de votre mère et faisait exactement tout ce qu'elle lui demandait.

– Vous avez des preuves de ce que vous avancez ?

– Bien sûr que non. C'est mon gros problème. C'est d'ailleurs pourquoi la comtesse s'en est sortie avec son sale procédé. Dans n'importe quelle société digne de ce nom, elle se serait pris au moins cinq ans pour complicité par instigation. Mais elle était trop bien renseignée pour ça, évidemment. Mon commandant l'a carrément admis devant moi. C'est une des raisons pour lesquelles j'ai pris une retraite anticipée.

– Peut-être avez-vous eu tort. Peut-être est-elle innocente depuis le début. Vous avez pensé à ça ?

Calque renifla comme un cheval irrité.

– Je le savais déjà et j'en suis encore plus persuadé maintenant : elle est coupable à cent pour cent.

Sabir tourna vers Lamia un regard hésitant. Devait-il réellement la coincer au sujet de sa famille ou lui accorder le bénéfice du doute ? La première option l'emporta.

– Et vos frères jumeaux ? Avaient-ils vraiment l'intention d'avoir une conversation amicale avec moi, à Stockbridge ? De tailler le bout de gras, comme on dit ? Ai-je mal interprété leurs intentions ? Peut-être qu'ils n'avaient pas dans l'idée de brûler ma maison, après tout ? Peut-être qu'ils ne faisaient que me charrier, au fond ?

– Peut-être, oui, admit-elle.

– Pour l'amour du ciel, Lamia, qu'est-ce qui vous prend ? Vous êtes en train de regretter d'être venue avec nous ? Vous songez peut-être à retourner tenter votre chance auprès du Corpus ?

La jeune femme se tourna vers Sabir. La partie non atteinte de son visage était devenue blême.

– Non, bien sûr que non. Mais je ne veux pas non plus que vous diabolisiez ma famille. Ils croient sincèrement à ce qu'ils font. Ils croient sincèrement que les de Bale ont pour tâche de protéger le monde du retour du diable. C'est ce que nous faisons – et non sans succès – depuis près de huit cents ans, maintenant.

– Alors, merci au ciel de faire que quelqu'un s'occupe de ça, lâcha Sabir dont la patience s'émoussait.

Comment une femme de l'intelligence de Lamia pouvait-elle être aussi aveugle devant les agissements de sa famille ?

– Comment êtes-vous arrivés à tout ceci ? demanda Calque qui avait profité de l'inattention de ses compagnons pour allumer une cigarette.

– Eh bien, je vous donne un exemple. Pendant les guerres de Religion, en France, les membres du Corpus, en bons catholiques, visaient les huguenots. Ce fut de Bale qui, avec les de Guise, persuada Charles IX d'accepter le massacre de la Saint-Barthélemy. Ce fut aussi un membre du Corpus qui tenta d'assassiner l'amiral de Coligny, cela pour déclencher le massacre. Ce qui évita à la France de subir les horreurs encore plus grandes qui affligèrent plus tard les principautés allemandes.

Sabir secoua la tête d'un air sidéré.

– Ainsi, le massacre des huguenots aurait été une bonne chose, c'est ça ? D'après ce que je comprends, les catholiques français déchaînés ont massacré trente mille innocents durant les mois qui ont suivi le massacre de la Saint-Barthélemy. Ce fut un effroyable bain de sang, Lamia. Et vous, aujourd'hui, vous prétendez que tout cela a été fait pour garantir une paix future. C'est bien ça ?

– Mais c'étaient des adorateurs du diable, Adam. Des gens qui pensaient que le pape était l'Antéchrist. Il fallait qu'ils meurent.

– Vous n'êtes pas sérieuse, là ?

– Il y a des moments où des innocents doivent être tués afin de protéger la majorité.

– Oh… alors vous reconnaissez qu'ils étaient innocents ?

– Innocents dans le sens où ils étaient dans l'erreur, oui.

– Calque, vous êtes catholique, vous aussi, je suppose ?

– Oui, mais je n'ai encore massacré personne. Alors, ne me regardez pas comme ça, Sabir.

– Que pensez-vous des paroles de Lamia ?

Il hésita un moment puis répondit :

– C'est beaucoup plus compliqué que ça n'en a l'air.

– Ah, alors, maintenant, vous êtes d'accord avec Lamia ? Le Corpus a bien agi, finalement ?

– Non, s'empressa-t-il de répliquer. Ce n'est jamais bien de massacrer des gens, quoi que vous pensiez de leur religion, de leur race ou de leur point de vue. Mais le Corpus pensait qu'ils agissaient pour le bien de tous. C'est ce que Lamia essaie de vous expliquer. Et c'est ce dont nous n'avons pas tenu compte avec sa mère.

– Grands dieux, Calque, si vous continuez comme ça, je vais finir par croire que vous avez l'esprit large !

– L'esprit large ? Oubliez cette idée. Mais il faut absolument comprendre ce qui motive le Corpus, et, mieux encore, comment le détruire. Selon moi, Lamia nous a clairement expliqué sa position. Elle respecte le point de vue de sa mère, mais le rejette pour elle-même.

– Qu'est-ce que vous cherchez à nous dire ? Que l'on devrait partager nos infos avec le Corpus ? Leur raconter tout ce qu'on fait ?

Un sourire mielleux sur les lèvres, Sabir ajouta :

– Allez embrasser la comtesse lors de votre prochain passage au cap Camarat, pendant que vous y êtes. Je suis sûr qu'elle vous accueillera les bras ouverts, capitaine.

– Je ne suis pas fou, Sabir. Je ne sais que trop ce dont ce maniaque d'Achor Bale était capable. Il a tué mon assistant, souvenez-vous. Un homme pas meilleur que lui, peut-être. Mais un homme, malgré tout, avec une famille, une fiancée et un avenir. Achor Bale a balayé tout ça sans se poser la moindre question.

– Donc, qu'est-ce que vous suggérez ?

– Je dis qu'il faut qu'on comprenne exactement d'où vient le Corpus. Ce qu'ils essaient de réaliser. Franchement, Lamia, vous devez vous montrer nettement plus ouverte avec nous, si on veut avoir une chance de les combattre. En premier lieu, est-ce que le Corpus exerce toujours la même influence que lorsque la France avait un roi ?

Lamia demeura pensive. L'espace d'un instant, Sabir craignit qu'elle ne tente d'esquiver la question. Puis elle secoua la tête et répondit :

– Non. Tout cela s'est terminé avec la Seconde Guerre mondiale.

– La Seconde Guerre mondiale ? Expliquez-vous.

– Voilà… Le maréchal Pétain, chef de la France de Vichy, était à coup sûr membre du Corpus. Il avait fait l'école militaire de Saint-Cyr et l'École supérieure de guerre à Paris, toutes deux importants foyers d'activités du Corpus vers la fin du XIXe siècle. Plus tard, Pétain s'est lié d'amitié avec le comte, mon père. Mais ils étaient en profond désaccord quant à la politique d'apaisement avec les Allemands. Mon père refusait de croire, par exemple, qu'Adolf Hitler était le deuxième Antéchrist. Il attribuait plutôt cette distinction à Joseph Staline. Il n'admettait pas non plus la politique de Vichy envers les Juifs. S'il n'avait pas été sérieusement blessé lors des premiers bombardements allemands, il aurait pu agir de façon beaucoup plus importante, mais en coulisse.

– Vous êtes sérieuse ?

– Tout à fait sérieuse. Il était convaincu, par exemple, que la France était une alliée naturelle de la Russie et non de l'Allemagne, et que nous n'aurions jamais dû nous allier tactiquement avec les nazis contre Staline.

– Alors, il était communiste ?

– Non. Mais il se préparait à l'idée d'utiliser les communistes dans ce but.

– Jolie distinction.

– La blessure de mon père a empêché que la France aille dans cette direction. En un sens, elle a préparé la route pour une désintégration finale du Corpus.

Se tournant vers Calque, Lamia précisa :

– Un peu comme la blessure du Roi pêcheur a édulcoré le pouvoir de la Table ronde. Vous voyez la comparaison, capitaine ?

– Parfaitement.

– Avant cette époque, nos écoles militaires, notre administration, constituaient une réelle force. Un peu comme une franc-maçonnerie, en fait. Mais la guerre a changé tout cela. Monsieur mon père, hors de combat et haïssant viscéralement le régime hitlérien – dont il n'hésitait pas à dire en privé qu'il était mené par le diable –, toute l'influence du Corpus s'est effondrée. Laval et Pétain ont fini par avoir leur revanche, vous voyez. Et quand mon père s'est enfin remis de ses blessures, autant physiques que morales, la France avait radicalement changé, s'étant débarrassée d'une culpabilité rétrospective. Le comte s'est simplement retiré de la vie publique afin de laisser le Corpus se désintégrer dignement. Ce ne fut qu'à l'arrivée de madame ma mère, trente ans plus tard, que le Corpus connut sa renaissance.

– Sous quelle forme ?

– Celle dont vous êtes témoins aujourd'hui. Le comte n'a permis à la comtesse d'adopter ses treize enfants qu'à la stricte condition que, sous l'égide de son nom toujours aussi influent, elle se consacre activement à la réintégration du Corpus dans la vie publique. Elle a reçu pour mission d'envoyer chacun de leurs enfants aux quatre coins du monde pour faire naître une nouvelle branche de ce Corpus. Ils sont censés réintroduire les quatre grands facteurs qui déterminent le prestige aristocratique : l'ancienneté, les alliances, les dignités et les illustrations. Ils sont censés représenter la noblesse ancienne, bâtir de nouvelles alliances, tenir de hautes fonctions et accomplir de belles et nobles actions. Mais il ne s'est rien passé de tel. La société avait trop changé. Monsieur mon père s'était aliéné trop de figures de droite avec son excoriation de l'Allemagne nazie. Nous avions encore un certain degré d'influence, mais celle-ci était basée sur la nostalgie plutôt que sur un réel accès aux allées du pouvoir.

– Alors, où en est le Corpus, maintenant ?

– Il travaille à une différente méthode. Ce que nous ne pouvons pas voler, nous l'achetons. Et ce que nous ne pouvons pas obtenir de droit, nous le saisissons. Avec nous, c'est devenu la loi de la jungle.

Levant la tête d'un air de défi, Lamia enchaîna :

– Si vous voulez détruire le Corpus, vous ne le ferez qu'en observant, comme lui, la loi de la jungle. Sinon, le Corpus vous avalera et vous recrachera comme un morceau de viande pourrie.

Sabir se tassa dans son siège, la tête contre la vitre afin de voir en même temps Calque et Lamia, et demanda :

– Une question à un million d'euros, maintenant : pourquoi vous acharnez-vous à nous poursuivre ? Qu'espérez-vous gagner ? Qu'espérez-vous tirer des prophéties perdues de Nostradamus ?

Lamia eut l'air choquée.

– Mais, Adam, c'est tellement évident. Je pensais que vous le saviez. C'est une question de pouvoir. De savoir ce que l'avenir nous réserve. Et pour cela il nous faut trois choses : identifier le troisième Antéchrist – que certains appellent le « Roi volontaire » – et ses intentions ; appréhender ce que sera le Second Avènement ; et savoir si le 21 décembre 2012 marquera la véritable fin du monde ou simplement le début des dix mille ans annoncés du retour du diable. Dans ce cas précis, le Corpus protégera l'Antéchrist et anéantira la parousie. Dans la foulée, ils retarderont la venue du diable, car celui-ci ne se sentira plus alors sous-représenté sur terre, et rempliront la tâche ancienne qui leur avait été confiée. Dans le cas d'une fin du monde, ils commettront un suicide collectif et se verront emmenés au ciel pour siéger à la droite de Dieu le Père tout-puissant.

Calque laissa sa cigarette non allumée lui glisser des doigts.

– Par tous les saints… comme l'enlèvement ?

– Un peu, oui.

– Mais l'enlèvement est lié au Second Avènement, Lamia. Il est indissociable de la parousie. Il n'est pas question de l'anéantir, pour l'amour du ciel !

– Pour l'enlèvement prétribulationniste, capitaine. C'est le moment où le soleil deviendra noir et la lune rouge sang. Une période de guerres, de famines, de tremblements de terre, d'éruptions volcaniques et de tsunamis, ce que la Bible appelle « l'abomination de la désolation ». La colère de Dieu s'abattra sur les non-croyants lorsque le sixième sceau sera enfin brisé. Il y aura la tribulation, une longue période de souffrances, avant le Second Avènement. Cela ne vous rappelle pas quelque chose, messieurs ?

Sabir avait soudain l'impression d'être passé dans une essoreuse.

– Vous parlez de l'éruption de l'Orizaba ? Du tremblement de terre de l'Aquila ? Du réchauffement climatique ? Du tsunami de l'océan Indien ? De la fonte de la banquise ? Ce genre de choses ?...

– Oui, soupira la jeune femme. Et de tout le reste aussi.

42

Abi s'occupait de surveiller les alentours pendant que Vau conduisait. Dès le début, le traceur s'était mis à mal fonctionner et, à leur grande surprise, les jumeaux étaient passés devant le Cherokee à l'arrêt.

– Bon sang, tu les a vus ? Tu as vu ce qu'ils faisaient ? C'étaient eux, Abi ! Tu crois qu'ils nous ont repérés ?

– Non, Vau, pas de panique. Ils parlaient tranquillement dans leur voiture. Du moins, d'après ce que j'ai pu voir. On est passés trop vite devant eux. Et puis on a changé de véhicule. Et puis on porte ces stupides casquettes qui nous cachent bien.

– J'aurais aimé leur coller un mouchard en bon état de marche quand on en a eu l'occasion.

– Ah, oui ? C'est toi qui dis ça, alors que tu n'as pas voulu t'embêter à grimper dans leur voiture quand tu en avais la possibilité, et que tu t'es contenté de le planquer sous le châssis en espérant qu'il ne se détacherait pas au premier passage d'un de ces foutus ralentisseurs ? Tu plaisantes ou quoi ?

– D'accord, Abi, d'accord. Pas la peine d'insister.

– De quoi parlaient-ils, d'après toi ? Peut-être que tu en as une petite idée, Vau ?

– Comment je le saurais ? Et toi, tu as une idée ?

Fermant les yeux, Abi reposa sa nuque contre l'appuie-tête puis fit signe à son frère de se garer.

– Ils parlaient de nous, c'est sûr.

– Comment tu le sais ? Ils ne savent même pas qu'on les suit.

– Quoi ? Tu t'imagines qu'ils nous ont oubliés ?

– Non, Abi. Ce n'est pas ce que je crois.

– Et pourquoi pas ?

– Parce qu'ils sont bien trop futés pour ça. Lamia sait qu'on n'abandonnera jamais. Et elle les aura prévenus. Ils doivent avoir une trouille bleue qu'on surgisse de nulle part et qu'on leur mette le grappin dessus.

Abi se tassa dans son siège, au cas où le Cherokee les rattraperait.

– Tu veux savoir, Vau ? Je crois que tu as raison.

Il parut réfléchir puis déclara :

– Je crois qu'on devrait un peu précipiter les choses. Qu'on devrait leur foutre la trouille et les forcer à commettre quelques petites erreurs. Tourner comme ça autour du pot, ça commence réellement à me gonfler.

– Mais madame notre mère t'a dit d'attendre. Je l'ai bien entendue. Elle t'a dit de les laisser nous conduire où ils iraient et de ne pas interférer avec eux sans qu'elle te donne le feu vert pour ça.

– Écoute, on sait très bien qu'ils vont rester au Mexique, maintenant. Et que ce sera sans doute à Veracruz ou dans le Yucatán.

– Comment on peut en être sûrs ?

– Parce qu'ils empruntent la route côtière, crétin. S'ils devaient traverser le Guatemala, par exemple, ou le Honduras, ou même Panama, ils prendraient tout droit vers le centre, réfléchis ! Ils traverseraient Mexico, ne sois pas stupide.

– Oui, j'imagine… mais pas la peine de me crier dessus comme ça.

– Tu imagines bien. Et, oui, j'ai envie de te crier dessus car tu ne captes vraiment rien, parfois.

Abi laissa échapper un bâillement d'ennui puis enchaîna :

– Alors, voilà, on commence à approcher du but. Et ils ne savent pas qu'on leur a collé un mouchard. Donc, on leur fiche une trouille d'enfer et on les pousse à redoubler de vitesse pour nous semer. Parce que, si on continue à ramer comme ça derrière eux, Aldinach va de nouveau se prendre des fourmis dans les jambes et nous déclencher une autre émeute. Ou alors cet abruti d'Oni va encore s'engueuler avec les flics mexicains. Franchement, tu l'as vu, ces derniers jours ? Il se met à porter des shorts à fleurs ; on dirait un cafard au milieu d'un gâteau !

– Ha, ha ! trop marrant, s'exclama Vau en frappant d'une paume sur le volant. J'adore… un cafard sur un gâteau !

– Ce n'est pas très original, Vau, lâcha son frère avec mépris. J'ai volé l'idée à Raymond Chandler. Sauf que lui, il a dit : « Une tarentule sur une tranche de pain des anges. »

– Du pain des anges ? Qu'est-ce que c'est ?

– Du gâteau de Savoie.

– Du gâteau de Savoie… Et ce Raymond, c'est qui ?

– Laisse tomber, Vau. Ce n'est pas grave…

43

Quittant l'autoroute Cuota de Veracruz, Sabir s'engagea dans le village de La Antigua afin d'y déjeuner. Il restait au trio environ deux jours de conduite avant d'atteindre Kabah, et il estimait que cela méritait un repas digne de ce nom.

– Comment connaissez-vous cet endroit ? lui demanda Calque. Il est plutôt hors des sentiers battus.

– J'y suis passé lors de vacances avec mes parents. Les seules que nous ayons jamais prises en famille, je dois avouer.

– Et pourquoi ici ?

Le regard mélancolique, Sabir expliqua :

– J'avais dix-sept ans. Ma mère traversait une période à peu près tranquille, à cette époque. Mon père nous a emmenés au Mexique car il pensait que ce serait bon pour elle. Nous sommes arrivés ici en passant par Oaxaca et Monte Albán, pour visiter les ruines de Zempoala. Ce qui s'est avéré être une catastrophe, pour finir. Bourrée de tranquillisants, maman a dû être rapatriée aux États-Unis par avion. Même si La Antigua ne reste pas dans mon souvenir comme un lieu de vacances idéal, c'est ici, devant un mojito, que mon père nous a raconté le débarquement de Cortés avec ses hommes. Nous avons même pris un bateau jusqu'à l'embouchure de la rivière pour nous promener au bord de l'eau.

– Alors, vous parlez un peu espagnol ?

– Pas un traître mot. Et vous, capitaine ?

– Mon espagnol est à peine meilleur que mon anglais. Et vous savez comment je parle l'anglais…

– Je me demandais pourquoi vous aviez laissé Lamia se débrouiller quand on a pris une chambre dans notre *posada.*

– J'ai bien remarqué, moi aussi, que vous ne disiez pas grand-chose non plus.

Lamia, qui, déjà, se dirigeait vers le restaurant, déclara alors d'un air amusé :

– Je vais donc jouer les interprètes, si je comprends bien ? Cela me donnera un rôle à jouer. Heureusement, je parle couramment l'espagnol. Et aussi l'italien, l'anglais, le portugais, l'allemand et un peu de grec.

– Génial. Montrez-nous ça.

Elle se retourna et leur décocha son sourire le plus séduisant.

44

Calque et Sabir choisirent une table près d'une fenêtre donnant sur la rivière, tandis que Lamia partait se rafraîchir. C'était la première fois que les deux hommes se retrouvaient seuls ensemble depuis qu'ils avaient passé la frontière mexicaine, deux jours plus tôt.

– Vous pensez vraiment qu'on peut lui faire confiance, Calque ? Après ce qu'elle nous a dit, à Tampico, sur le Corpus et le respect qu'elle continue de porter à la comtesse ?

– Si elle essayait de nous jouer un tour, Sabir, vous croyez qu'elle aurait pris la peine de se montrer aussi honnête ?

– Et si elle disait la vérité en tentant de nous faire croire qu'elle bluffe ?

– C'est ça, et Dieu est anglais ! Allons, Sabir. Il suffit de la regarder pour voir qu'elle dit la vérité. Pour moi, c'est un privilège de voyager avec elle. Imaginez ce que ce serait si nous n'étions que tous les deux ; où en serions-nous ? Elle nous aide à rester concentrés sur notre objectif ; sans parler de notre linge qu'elle pense à emporter dans les laveries de passage.

– Oui, d'accord… c'est clair que vous en pincez pour elle, Calque. Vous agissez comme une vraie mère poule avec elle.

– Et vous ? s'insurgea le capitaine en se redressant d'un bond. Vous vous êtes regardé, ces derniers temps ?

Sabir fit mine d'observer des pêcheurs en train de démarrer le moteur de leur barque, puis il maugréa :

– N'importe quoi…

– Pas du tout. Je sais que vous vous retrouvez secrètement, tous les deux, la nuit. Je me suis réveillé, un soir, et je vous ai entendus parler dehors.

Sabir haussa les épaules, les yeux toujours rivés sur l'embarcation qui s'éloignait.

– C'est parce que nous ne pouvons pas dormir, elle et moi. Je fais des cauchemars et vous ronflez. Alors, entre nous, pas étonnant que Lamia ait besoin de souffler de temps à autre. Si on se retrouve dehors, c'est par accident, voilà.

– Je ne ronfle pas.

– Ah, vous croyez ? Quand avez-vous partagé votre chambre avec quelqu'un pour la dernière fois, Calque ? Dans les années 1950 ? Bien sûr que vous ronflez. Une véritable locomotive…

– Sabir, vous exagérez. Je respire peut-être fort, je vous l'accorde, mais seulement quand je dors par inadvertance sur le dos. Ça arrive à tout le monde.

– Respirer fort… ronfler… appelez ça comme vous voudrez.

– Vous continuez d'éluder ma question, insista le capitaine.

– Qui est ?

– Vous et Lamia ?

– Vous êtes son père ?

– Je me sens le devoir d'agir un peu en son nom, oui. Je lui en ai parlé, et j'estime dès lors qu'elle est sous ma responsabilité.

– Admettez-le, vous aimeriez qu'elle soit votre fille.

– Je reconnais effectivement qu'avoir perdu l'affection de ma fille m'est insupportable, avoua-t-il. Mais je suis surpris que vous remettiez ça sur le tapis, Sabir. Je vous en avais fait la confidence dans un moment de faiblesse et j'imaginais naïvement qu'on s'en tiendrait là, tous les deux. Mais je ne nie pas non plus éprouver un intérêt quasi paternel pour Lamia. Il serait même étrange qu'elle me soit totalement indifférente.

Cherchant nerveusement une cigarette, Calque ajouta, presque comme pour lui-même :

– Et puis, si vous avez remarqué, je ne suis pas encore un vieux gâteux. Je n'ai que cinquante-cinq ans. Néanmoins, ce que j'éprouve pour Lamia n'a rien de sexuel ; c'est plutôt de l'affection… et de l'admiration. Je ressens aussi le besoin de la protéger. Oui, de la protéger des attentions de jeunes hommes comme vous.

– De jeunes hommes comme moi ? Et qu'est-ce qu'ils ont, les jeunes hommes comme moi ?

– Ils ont tendance à prendre la bravade pour de l'expérience. Ils n'ont aucun instinct de conservation. Je vous revois en France, passant d'un désastre à l'autre sans chercher une seconde à vous contrôler. C'est un vrai miracle que vous et vos deux Tziganes ayez survécu aux envies de meurtre d'Œil noir. Dans un monde normal, vous seriez tous les trois morts, à l'heure qu'il est.

– Et vous auriez Lamia pour vous tout seul, c'est ça ?

Calque se leva brusquement, aussitôt imité par Sabir. Un serveur qui s'avançait vers leur table s'éloigna aussitôt en devinant la tension entre eux.

– Ce n'est pas possible… souffla le capitaine, outré.

Ce fut l'instant que choisit Lamia pour les rejoindre.

– Vous vous disputez encore, on dirait, lança-t-elle sur un ton léger. On vous entend depuis l'entrée de la salle. C'est comme ça chaque fois que je m'absente, je me trompe ? Pourtant, je sais que vous vous appréciez mutuellement. Reconnaissez-le et arrêtez de vous affronter en permanence. Et au fait, de quoi discutiez-vous ?

L'air penaud, Calque se rassit en tirant longuement sur sa cigarette. Sabir, quant à lui, haussa les épaules et prétendit regarder les joueurs de marimba.

– Vous vous disputiez à mon sujet, c'est ça ?

– Bien sûr que non, Lamia. On n'a aucune raison de…

– Alors de quoi discutiez-vous ? insista-t-elle en s'asseyant avant de faire signe au serveur.

45

Abi attendit d'être loin de Veracruz pour mettre son plan en action. Ils approchaient du lac Catemaco, sur la route de la côte, lorsqu'il dit à Dakini de se débarrasser de sa casquette et de ses lunettes noires et de faire sentir sa présence. Athame, Nawal et Aldinach – qui, pour l'occasion, avait choisi de se joindre aux filles de Bale – gardaient la tête baissée afin de rester invisibles dans le monospace.

De son côté, Lamia conduisait le Cherokee pendant que Sabir dormait sur le siège arrière. Calque, lui, lisait un livre.

– Je le savais, déclara-t-elle en le secouant d'un léger coup de coude. C'est bien Dakini que j'ai aperçue à Houston. Et je viens de la voir de nouveau. Dans une voiture différente, cette fois.

– Où ça ? demanda le capitaine en abandonnant sa lecture.

– Elle faisait le plein à la station Pemex. Là-bas, derrière nous.

– Elle était seule ?

– Oui, c'est ce qui m'a semblé. Mais la voiture était bien grande pour une seule personne.

– Vous êtes sûre que c'était elle ?

– Je connais ma sœur, capitaine.

– Alors, accélérez. On a encore une chance de la semer. Elle ne peut pas repartir sans payer et laisser un pourboire au garagiste.

Lamia engagea vivement le Cherokee sur la première route latérale qui se présentait.

– Je savais qu'on aurait dû prendre l'autoroute Cuota dès la sortie de Veracruz. On n'a plus le choix, maintenant. Ils n'auront qu'à nous attendre au croisement d'Acayucan.

– Donnez-moi la carte.

– C'est Sabir qui l'a.

Calque se tourna vers Sabir et lui tapota la jambe.

Celui-ci ouvrit péniblement un œil.

– Qu'est-ce qu'il y a ? Pourquoi me réveillez-vous ? Et pourquoi Lamia conduit-elle comme une malade ?

– On a de la compagnie.

Il se redressa subitement.

– Où ?

– Derrière nous, à la station Pemex. Ils étaient en train de faire le plein. Avec un peu de chance, on les aura devancés de quelques kilomètres quand ils repartiront.

– Oubliez ce que vous venez de dire. Ils nous attendront tout simplement à Acayucan.

– C'est ce que Lamia vient de dire. Mais je me souviens d'une plus petite route, sur la carte. Un chemin de terre qui traverse les montagnes en direction de Jáltipan. Si on arrive au croisement avant qu'ils ne nous voient, on aura une chance de leur échapper. Ils ne s'attendront pas à ce qu'on emprunte une route aussi ridicule.

– Ridicule, oui. C'est vous qui le dites, Calque. Pas moi.

Il jeta un rapide coup d'œil à la carte puis la tendit au capitaine.

– Mais même si vous avez raison de suggérer ça, je ne suis pas emballé par cette idée. C'est un chemin fermier, rien d'autre. Il est même noté en orange pointillé, et ça ne me dit rien qui vaille.

Il se retourna sur la route vide, derrière eux, puis observa :

– Si nos poursuivants nous voient la prendre, je ne vous dis pas la cible qu'on formera pour eux.

– Quelle différence ? On constitue déjà une cible pour eux, il me semble.

46

— Voilà, ils ont pris le chemin de terre, exactement comme on s'y attendait, annonça Abi en applaudissant. Ils vont bien s'amuser à traverser la sierra de Santa Marta. Ça grimpe à 1880 mètres en à peine vingt kilomètres. Sur une route non pavée. Avec des ravins dans lesquels on n'oserait pas balancer sa belle-mère.

– On les suit ?

– À quoi bon ? Ils vont réapparaître dans trois ou quatre heures à Jáltipan. Sur les rotules, probablement. On pourra alors les localiser avec le mouchard sans aucun problème… s'ils ne font pas le grand bond en pensant qu'on les suit. J'adore quand les choses se passent comme ça.

– Comment ?

– Quand elles sont inattendues.

– Comme ce que tu as fait avec le contrôleur du train et sa femme ? Télécharger de la pornographie pédophile ?

– Exactement. Je déteste accomplir les choses directement. Il existe toujours un autre moyen, plus ou moins détourné, d'arriver au même résultat.

– Et… quel est l'intérêt ?

– *Primo*, c'est jouissif. Et *secundo*, ça plaît à madame notre mère. Quand je lui raconte comment je m'y prends, parfois, pour « éloigner » ceux qui nous veulent du mal, elle ne me le reproche pas. C'est une vieille femme maintenant, tu sais, Vau.

– D'accord. Et alors ?

– Eh bien, elle n'est plus exactement ce qu'elle était. Et si, aujourd'hui, il m'arrive d'aller contre sa volonté, ça ne doit pas te surprendre.

– Et d'après toi, elle s'en doute ?

– Bien sûr que oui.

– Elle doit être très fière de toi, Abi. J'aimerais bien savoir ce que ça fait…

– Ne t'inquiète pas, Vau, lui dit son frère en lui tapant l'épaule. Tu le sauras bien assez tôt.

47

— On dirait qu'on les a de nouveau semés, déclara Sabir, un œil sur la carte. Il faut qu'on se décide vite. Est-ce qu'on prend la route de la côte vers Villahermosa ou est-ce qu'on se risque à reprendre la Cuota ? Histoire de mettre un peu plus de distance entre eux et nous.

– Ce qu'il faut faire, c'est s'arrêter tout de suite et vérifier qu'ils ne nous ont pas collé de mouchard.

– Allons, Calque. Ils n'ont pas besoin de mouchard pour nous suivre. Ils se sont juste arrangés pour savoir dans quelle direction on allait et se sont dispersés pour mieux nous piéger. Lamia dit que, si Dakini est ici, les dix autres sont là aussi. Ils ont donc tous les effectifs nécessaires pour faire le boulot. Dakini a simplement eu une chance incroyable en nous apercevant à Catemaco. Ils l'avaient sans doute placée en guetteur sur la route de la côte pendant que les autres surveillaient l'autoroute.

– Je continue à croire qu'on devrait chercher un traceur. Achor Bale en a utilisé un avec vous et vos amis pendant votre voyage à travers la France. Et nous aussi, « amateurs » au sein de la police. Le Corpus a certainement appris à faire usage de ce genre d'appareil.

Calque se tourna vers Lamia, mais elle préféra ignorer cette dernière remarque.

S'engageant dans une station Pemex, elle gara la voiture derrière la boutique afin qu'on ne la voie pas de la route.

– J'aimerais faire un brin de toilette, si ça ne vous ennuie pas. Trois heures de conduite sur ce chemin de montagne, avec ma propre famille aux trousses, cela me laisse fatiguée, d'humeur irritable et pas très fraîche non plus. *Idem* pour vous, messieurs, pardonnez-moi de vous le dire. Si vous avez envie de vous lancer à la recherche d'un mouchard, faites comme bon vous semble. Mais j'apprécierais que vous vous laviez et vous changiez après ça.

Elle descendit de voiture, attrapa son petit sac de voyage et disparut dans les toilettes.

– Toutes les mêmes… articula Sabir, les yeux au ciel.

Devant le regard de reproche de Calque, il enchaîna :

– Allez, capitaine, trouvons donc ce fichu mouchard et qu'on en finisse.

Grommelant une vague réponse, il descendit du Cherokee puis annonça :

– Je prends l'arrière. Il devrait être là. Vous, occupez-vous de l'avant.

– Vous pensez sérieusement qu'ils seraient entrés dans la voiture pour y installer un mouchard ? Et qu'on n'aurait rien vu ni entendu ?

Calque s'étira et répondit :

– L'idée ne vous est pas venue à l'esprit qu'ils nous auront laissés leur échapper un peu trop facilement, à Carlisle ? Pour, quatre mille kilomètres plus loin, nous repérer tout aussi aisément ?

– En étant onze à nous suivre, selon les calculs de Lamia ? Non. Ce n'est pas la première chose qui m'est venue à l'esprit.

Calque ouvrit le hayon et tâtonna à la recherche du traceur. Sabir fit de même à l'avant du Cherokee.

Au bout d'un quart d'heure, Lamia les rejoignit, un gobelet de café à la main. Appuyée contre un muret, elle demanda :

– Qu'est-ce que ça donne ?

– Rien par ici, répliqua Sabir en se redressant. S'ils ont dissimulé un mouchard, ce serait sous la structure de la voiture, et on n'y arrivera pas comme ça.

– Non, intervint Calque. Ils n'ont eu ni le temps ni le moyen de faire ça.

– Alors, pourquoi pas sous le châssis ?

– On dissimule des bombes sous les voitures, Sabir, pas des traceurs. Ce n'est pas professionnel. À la première secousse, il s'envolerait. C'est trop risqué. Non, ils ont dû le poser à l'intérieur. Et je suis persuadé, maintenant, qu'ils n'ont rien fait de tel. Je pense qu'on peut être de nouveau tranquilles. Pour le moment, du moins.

Voyant Lamia fixer sa chemise, Calque se renifla les aisselles puis ferma les yeux comme si l'odeur en était pestilentielle.

– Ils vont s'éparpiller, cela dit. Essayer de nous passer devant. Tout ce qu'ils ont à faire, c'est regarder une carte, tirer quelques lignes ici et là, et trouver ainsi dans quelle direction nous allons. Autant nous éclairer nous-mêmes avec un stroboscope.

Il commença à s'essuyer les mains sur son pantalon puis se ravisa.

– On aurait peut-être dû zigzaguer en venant jusqu'ici. Mais on ne peut pas tout faire… Ce trajet nous a déjà pris bien trop de temps. Je pense qu'on devrait rouler toute la nuit pour être à Kabah demain matin. Lamia est exténuée. Je prendrai le premier quart et vous, Sabir, le second. Ceux qui ne conduiront pas essaieront de dormir un peu.

– Bien, reprit Sabir, on va se rafraîchir un peu, nous aussi.

Pointant un doigt moqueur sur le capitaine, il attrapa sa chemise et déclara :

– Lamia, ça vous ennuierait de nous acheter de quoi grignoter un peu en route ? Vous savez, le genre de cochonneries dont Calque raffole.

Le capitaine sursauta malgré lui puis regarda Lamia se diriger à nouveau vers la *tiendita*, la petite boutique du garage.

– Vous avez remarqué, Sabir ? Elle s'est maquillée. Et elle a mis une jupe et un chemisier propres, et aussi ce qui ressemble à des talons hauts. Jamais je ne l'ai vue aussi féminine.

Sabir haussa les épaules d'un air indifférent. Il commençait à avoir l'habitude d'éviter les pièges calculés de l'ex-policier.

– Écoutez, vous avez eu plus que raison de nous lancer à la recherche de ce mouchard, Calque ; et moi, j'avais tort. On aurait eu l'air de parfaits imbéciles si on en avait découvert un. En fait, vous avez été tout à fait à la hauteur, jusque-là. Je regrette tout ce que j'ai pu vous dire de stupide…

Il suivit le regard de Calque vers la boutique, sachant exactement où cette conversation les menait. Comme d'habitude, le capitaine avait réussi à l'entraîner là où il voulait.

– Je sais que vous pensez que Lamia a fait tous ces efforts juste pour moi. Mais vous vous trompez, je vous assure. Nous n'éprouvons absolument rien l'un pour l'autre. Lamia ignore même que j'existe, la plupart du temps.

Calque soupira.

– Vous savez, parfois, je me dis qu'être un homme jeune, c'est l'équivalent mental de la cécité des neiges. Quel âge a Lamia, Sabir ?

– Vingt-sept ans. C'est ce qu'elle m'a dit l'autre soir.

– Et vous, quel âge avez-vous ?

– Bientôt trente-cinq.

– Assez jeune encore pour ne rien voir. Mais assez vieux pour comprendre de quoi il s'agit.

– Où voulez-vous en venir ?

– Sabir, vous avez devant vous une très jolie jeune femme qui ne sait pas qu'elle est ravissante. Elle est abîmée. Toute sa vie, elle a vu comment les gens la regardaient et elle en a tiré certaines conclusions, qui sont : Je ne suis pas une femme normale, et je ne le serai jamais. Je n'ai rien de désirable. Si un homme se retourne sur mon passage, c'est parce qu'il a pitié de moi. Et j'ai ma fierté ; je ne peux pas tolérer ça. Alors, je me renferme sur moi, je nie ma féminité, je travaille sur d'autres aspects de ma personne, ceux qui me donnent de la valeur. J'apprends des langues, je lis beaucoup, j'étudie avec rage, je développe mon cerveau. Je prends la part de féminité qui est en moi et je la tue, tout simplement. Ainsi, je ne suis pas vulnérable. Ainsi, on ne peut pas me faire de mal.

– Seigneur, Calque ! Où êtes-vous allé chercher tout ça ?

– J'ai vu la façon dont elle vous regarde, Sabir, reprit le capitaine, un index levé. Écoutez-moi bien : ne lui faites pas de mal, respectez ses sentiments. Ça ne suffit pas d'être un homme et d'obéir à vos hormones sans prendre le temps de réfléchir. Si vous n'éprouvez rien pour elle, montrez-le-lui. Si vous éprouvez quelque chose pour elle, montrez-le-lui. Ou alors je vous en voudrai à mort et notre amitié s'arrêtera là.

– On est… amis ?

– Ce n'est pas ce que Lamia a dit de nous ?

– Si, effectivement…

– Alors, vous seriez bien avisé de la croire.

48

C'est après avoir traversé Santa Elena que la faim a commencé à me donner des hallucinations. D'abord, j'ai vu un petit animal qui ressemblait à un chien, mais qui n'en était pas un. Il avait la queue coupée et le pelage tout gris. Il m'a regardé alors que je partais à pied le long de la route et m'a suivi en bondissant d'un buisson à l'autre. Un moment, j'ai pris ma machette pour la brandir devant lui, mais il est resté caché, comme s'il sentait que j'étais prêt à l'agresser.

Puis, plus tard, j'ai aperçu un serpent au bord de la route. Il était vert émeraude. Il s'est enroulé sur lui-même et a fait mine de se jeter sur moi… mais sans bouger. Cela m'a paru si étrange que je me suis approché pour voir ce qui lui arrivait. C'est alors que j'ai vu qu'un véhicule lui avait roulé sur la queue. Avec le sang, elle s'était collée à l'asphalte, laissant le serpent à la fois libre et emprisonné. Il était réellement collé à la route quand une autre voiture est passée et a achevé le travail que la première avait commencé.

Cette fois, j'ai utilisé ma machette à bon escient, comme lorsque je coupe les hautes herbes devant la maison du cacique. Le serpent n'a rien senti, mais cela ne m'a pas empêché de regretter sa mort.

Je m'étais éloigné de quelques mètres de son corps, quand j'ai réalisé que la créature contenait de la viande. Et que, fraîchement morte, elle ne serait utile à personne d'autre qu'à celui qui venait de la tuer.

J'ai emporté le serpent avec moi dans les broussailles, j'ai fait un petit feu et je l'ai cuit sur les braises, enroulé autour d'un morceau de bois. En le mangeant, j'ai trouvé sa chair aussi tendre et douce que celle d'un poulet. J'ai senti la viande et ses protéines bienfaisantes me descendre dans le corps, puis mon estomac, trop longtemps privé de nourriture, fut saisi de spasmes et j'ai vomi.

Je suis resté longtemps au même endroit, à me tenir le ventre, avant de me baisser et de ramasser les morceaux de viande que j'avais rendus. Lentement, soigneusement, je les ai nettoyés et les ai avalés une nouvelle fois. J'ai réussi à les garder dans mon corps, car je savais que, sans ces aliments, c'était la mort pour moi. Et si cela arrivait, les serments de mon père, de mon grand-père et de mon arrière-grand-père n'auraient pas été respectés. Et quand le moment serait venu d'être jugé par la *Virgencita*, elle obtiendrait de son fils qu'il me condamne au *purgatorio*, où je resterais à patauger dans la souillure de ma honte.

Après cela, je me suis assis au bord de la route et j'ai regardé les voitures passer pendant un moment. Mais manger ce serpent ne m'avait nullement revigoré, et je n'avais même plus la force de lever la main pour demander de l'aide. Au crépuscule, je n'avais pas bougé de ma place. J'étais à dix-sept kilomètres de Kabah, mais cela me semblait encore le bout du monde.

C'est alors qu'un Maya est passé devant moi, un fusil à la main. J'ai levé la tête. Il m'a regardé d'un air curieux, et je me suis dit que ces gens étaient de bien étranges personnes. Petits, le visage rond, les oreilles tombantes, le nez busqué et le ventre en avant. Loin d'être aussi minces et élancés que les métis du Veracruz. Cet homme avait même les cheveux courts, qui formaient comme une brosse sur son crâne. En passant à ma hauteur, il a éternué puis s'est mouché en soufflant du nez vers le sol.

Seigneur, ai-je pensé en prenant cela pour une bénédiction.

L'homme a souri et m'a dit en montrant son fusil :

– Je vais tirer un faisan. Ou sinon un iguane.

– Un iguane ?

– Oui. Ils sont délicieux à manger. Sauf en août et en septembre, où il est interdit de les tuer.

– Pourquoi ?

Il s'est mis à rire et m'a répondu :

– Parce qu'ils se transforment en serpents.

– Sainte mère de Dieu !

– Et pas seulement ça. Si on en tue un en cette période et qu'on se marie, nos femmes deviendront des vipères.

– On est en octobre, maintenant. Tu peux en tuer un ?

– Oui, oui. C'est ce que je vais essayer de faire.

Le Maya a commencé à s'éloigner puis s'est arrêté.

– J'ai un *triciclo.* Quand j'aurai tué mon iguane, je repasserai par là. Si tu es fatigué, tu pourras t'asseoir à l'avant, et je t'emmènerai.

– Pourquoi ferais-tu ça ?

– Pourquoi pas ? Tu me sembles épuisé. Tu viens de loin. Je le vois à ton visage. Quand je reviendrai avec du petit bois et un iguane, tu me diras où tu te rends et tu partageras mon repas. Je marche le temps de deux cigarettes et j'atteins ma maison, en haut de la route. Tu es un étranger, ici. Tu seras mon hôte.

J'ai laissé tomber ma tête sur mes genoux tandis que l'homme s'éloignait dans les bois. Ainsi, la *Virgencita* m'avait entendu pleurer. Et elle m'avait répondu.

J'étais béni.

49

Il était une heure du matin. Le Cherokee s'approchait de Campeche. Calque, après ses quatre heures de conduite, dormait profondément à l'arrière, et Lamia était pelotonnée sur le siège passager.

Sabir songea un instant à allumer la radio puis se ravisa. Il joua un peu avec le ventilateur de la climatisation et ajusta le rétroviseur. Il ne voulait surtout pas que Calque se réveille à nouveau ou, pire, se mette à ronfler.

– Vous savez que vous êtes très beau ? interrogea soudain la jeune femme.

L'Américain tourna vers elle un regard surpris.

– Votre profil, il est très beau. Gary Cooper, un peu… C'est son nom que j'essayais de me rappeler, l'autre jour. C'est à lui que vous ressemblez, de profil.

Il ne trouva rien à répliquer. Jamais aucune femme ne lui avait parlé de la sorte.

Lamia regarda vers la fenêtre. Les réverbères de l'autoroute Cuota se mirent à jouer sur son visage, l'éclairant par à-coups tous les cinquante mètres.

–Je n'ai jamais laissé un homme m'embrasser, souffla-t-elle. Vous saviez ça, aussi ?

Il secoua la tête en silence.

– Vous aimeriez m'embrasser ? lâcha-t-elle soudain.

Cette fois, il hocha la tête.

– Alors, quand vous le souhaiterez, je ne vous repousserai pas.

Sans vraiment s'en rendre compte, Sabir ralentit.

Il tendit la main vers sa passagère. Qui se blottit contre lui et posa la tête sur son épaule. Il lui embrassa les cheveux et l'attira à lui pour la serrer de son bras libre. Sans voix, incapable de prononcer le moindre mot, il crut que son cœur allait exploser dans sa poitrine.

Il conduisit ainsi durant quelques kilomètres, Lamia toujours lovée contre lui. Il sentait qu'elle le regardait. Que ses yeux jouaient sur son visage.

– Comment saviez-vous ? interrogea-t-il enfin.

L'air mystérieux, elle ne répondit pas.

– Je n'aurais rien dit, de toute façon, continua-t-il. Ça aussi, vous le saviez ?

Elle hocha la tête. Puis se raidit légèrement au creux de son bras.

– Mon visage… ça ne vous répugne pas ?

– J'aime votre visage.

– Vous savez très bien ce que je veux dire.

Comme il tendait la main pour la toucher, Lamia se dégagea.

– Vous avez promis de ne pas me repousser, lui rappela-t-il alors.

Elle lâcha un profond soupir… puis le laissa la toucher. Prendre son visage dans sa main libre.

– Je vais arrêter la voiture et vous embrasser.

– Et… Calque ? souffla-t-elle en jetant un coup d'œil derrière elle.

– Qu'il aille au diable.

Dans l'obscurité qui baignait l'arrière de la voiture, le capitaine les observait, un vague sourire sur les lèvres.

50

— Je crois que vous devriez nous parler de ces noms, Lamia.

Il était trois heures du matin et ils se trouvaient à une cinquantaine de kilomètres de Kabah, à l'intersection de Hopelchén. Sabir conduisait toujours et Calque venait de se réveiller.

Lamia se tourna à demi vers lui. Ses pupilles paraissaient anormalement grandes dans l'obscurité de l'habitacle. Il n'y avait plus de lampadaires à l'extérieur et, depuis un certain temps, ils traversaient des bosquets sans fin, parsemés ici et là de plantations d'agaves et de maïs.

– De quels noms parlez-vous ?

– De ceux qui ont été donnés à vos frères et sœurs. Ils sont plutôt étranges, reconnaissez-le. Dakini, par exemple… Qu'est-ce que c'est que ce prénom ?

Quelque peu hésitante, Lamia abaissa le miroir de courtoisie et vérifia l'état de ses cheveux. Puis, satisfaite, elle remit le miroir en place et lâcha :

– C'est un nom tibétain. Cela veut dire « celle qui traverse le ciel ». Et aussi « qui danse dans le ciel », ou « qui marche dans le ciel ». Une *dakini* est une magicienne, lors des rituels. Elle tient dans une main une coupe de sang menstruel et, dans l'autre, un couteau recourbé. Elle porte autour d'elle une guirlande de crânes humains et, contre l'épaule, un trident. Elle a une longue chevelure sauvage et affiche une expression cruelle. Lorsque ma mère a découvert le visage de Dakini, elle lui a donné ce nom. Les *dakini* dansent sur le corps des morts pour montrer qu'elles détiennent le pouvoir sur l'ignorance et la vanité.

– Vous n'êtes pas sérieuse ? s'indigna Sabir.

– Madame ma mère est toujours parfaitement sérieuse dans ce qu'elle fait, Adam.

– Alors, les autres noms, d'où viennent-ils ?

– Une *nawal* est une sorcière d'Amérique centrale qui peut se transformer en n'importe quel animal. Personne ne peut lui faire du mal car tout ce qui est dirigé contre elle rebondit sur celui qui l'agresse. Elle peut user de ses pouvoirs pour faire le bien ou le mal, selon son humeur. La tradition veut que nous soyons tous un animal familier à la naissance. Certaines *nawal* choisissent à ce moment-là de se transformer en jaguar ou en vampire. Elles peuvent alors sucer le sang d'innocentes victimes la nuit, pendant leur sommeil. Les Mayas Jakaltek croient qu'une *nawal* punira tous ceux qui transgressent les règles de leur société et qui épousent un *mestizo.* Une personne de sang mêlé ; pas un Indien de pure race.

– Votre mère est particulière, c'est indéniable.

– Oni, mon plus jeune frère, qui est à la fois géant et albinos, porte le nom d'un démon japonais aux cheveux ébouriffés et à la taille immense, muni de griffes et de cornes, et dont la peau a une couleur contre nature. Dans le cas de mon frère, elle est d'un blanc laiteux. Un *oni* est doté d'une force surnaturelle qui le rend invincible. Il est un peu comme un fantôme. Dans le folklore européen, il serait comparable à un troll.

– Et les autres ?

– Asson tient son nom d'une crécelle sacrée. Cet instrument est utilisé par les sorciers *hougan* et les sorcières *mambo* durant les cérémonies vaudoues. Elle est souvent parée de perles et d'os de serpents. Alastor, son vrai frère, porte le nom du maître des Enfers. C'est le vengeur des actes perfides – Zeus l'utilise parfois comme auxiliaire. Il peut personnifier une malédiction, un peu comme Némésis. Son nom est également synonyme de crapule.

– Génial. Vraiment des noms merveilleux... Quelle joie de se coltiner un nom pareil sa vie entière.

– Quant à mon frère – ou ma sœur – Aldinach, c'est un véritable hermaphrodite. Aldinach était un démon égyptien, à l'origine de violentes tempêtes, de tremblements de terre et de toutes sortes de catastrophes naturelles. Il apparaissait toujours sous la forme d'une femme quand il œuvrait ainsi. Il avait aussi pour spécialité de couler des navires.

– Il fallait bien mettre ça sur le dos de quelqu'un.

Lamia devinait l'embarras des deux hommes devant ce qu'elle racontait et la manière dont elle l'exprimait, mais elle n'allait pas les laisser décrocher comme cela.

– Mon frère Rudra porte le nom d'un dieu démon indien. Ce dieu se servait de flèches pour propager la maladie. Lui aussi pouvait déclencher des tempêtes et des catastrophes naturelles. Son nom peut être traduit par « le hurleur », ou « le sauvage », ou simplement « le terrible ». Rudra peut aussi signifier « le rouge » – Nostradamus emploie cette terminologie dans certains de ses quatrains, si vous vous rappelez. C'était pour lui l'équivalent du diable, ou peut-être celui de l'Antéchrist. Rudra pouvait plus généralement être vu comme un dieu des tempêtes par ceux qui ne comprenaient pas sa véritable fonction.

– Qui était ?

– De nettoyer les choses.

– Seigneur. Et qui d'autre ?

– Berith est un duc malfaisant, dans les annales de la démonologie. Il est habillé de rouge et porte une couronne d'or. C'est le démon de l'alchimiste, car il est dit qu'il peut transformer en or n'importe quel métal. C'est aussi un menteur célèbre. Athame, ma sœur préférée, celle dont je vous ai parlé, porte le nom d'une épée, ou une dague, dont le manche est en obsidienne et qui est utilisée par les prêtres et les prêtresses. La lame est à double tranchant – le positif et le négatif, si vous voulez. Ce sont aussi les symboles du couteau. Curieusement, cependant, l'épée ne servait pas à couper mais à canaliser l'énergie. Cette dague est mentionnée dans *La Clé de Salomon.* Ma sœur Athame est naine. C'est une bonne personne. Le couteau à lame acérée la décrit assez bien.

– Et les jumeaux ? On ose à peine le demander…

– Vaulderie, le plus jeune des deux, est vicomte de Bale depuis la mort de Rocha et tient son nom de ceux qui s'unissaient par le sang en un pacte satanique. Ces individus avaient alors le pouvoir de voler grâce à un onguent magique. Quiconque était jugé coupable de « vaulderie » se voyait torturé puis brûlé sur le bûcher. Le frère aîné de Vau, Abiger, aujourd'hui comte de Bale, tient son nom du chef des démons de l'enfer, Hadès. Il est toujours décrit comme un chevalier beau et puissant, chef de nombreuses armées et maître de soixante des régions infernales. Il porte une lance, un étendard et un sceptre. Il lit l'avenir et se montre si sage dans l'art de la guerre que de nombreux guerriers viennent chercher conseil auprès de lui.

– Pourquoi Rocha, votre frère le plus âgé, n'a-t-il pas reçu, comme les autres, un nom particulier ? Car d'après ce que je sais, Rocha ne veut rien dire. Un roc, peut-être. Cela lui irait bien, au fond.

– Rocha était déjà un jeune homme lorsqu'il a été adopté par madame ma mère. Elle n'a pas jugé opportun de le renommer.

– Alors, il a choisi de se renommer lui-même, en se donnant le nom d'Achor Bale.

– C'est simplement l'utilisation de l'image inversée. Nous avons tous deux faces en nous. Rocha a estimé que son côté dominant n'était pas le comte Rocha de Bale, mais Achor Bale. C'était son choix. Il est mort maintenant, cela n'a donc plus d'importance.

– Et votre nom, Lamia ? D'où vient-il ?

Elle ferma les yeux, comme si sa réponse allait lui être pénible.

– Moi aussi, j'étais plus âgée lors de mon adoption. En fait, je suis l'aînée des enfants survivants de mes parents. Mes jeunes frères ne me sont supérieurs que par la loi salique. Quant à mon nom, c'est celui de la fille de Poséidon. Et maîtresse de Zeus, je crois. L'une de ses nombreuses maîtresses…

Elle eut comme un petit rire de regret puis ajouta :

– C'est la seule signification de mon nom. Je crois savoir aussi que Zeus a accordé à Lamia le don de prophétie pour la remercier de ses bons et loyaux services au lit. C'est tout ce que je sais. Elle n'a pas grande importance, en fait, dans le sujet qui nous préoccupe.

Calque la considéra d'un air étrange, puis il secoua la tête sans paraître bien comprendre.

– Le site de Kabah n'ouvre pas avant huit heures, ce matin. On pourrait déjà s'en approcher au maximum puis nous garer dans une rue latérale, un peu plus loin. Et dormir un peu dans la voiture. Quelqu'un a une meilleure idée de ce qu'on pourrait faire ?

Lamia et Sabir échangèrent un regard, puis répondirent par un signe de tête négatif.

S'appuyant contre son dossier, Calque demanda alors :

– Comme Sabir se plaît toujours à le dire, d'une façon américaine bien à lui : « Je prendrai ça comme un oui, donc. »

51

Je ne m'attendais pas du tout à ce que le Maya au fusil revienne. Peut-être sa poursuite des faisans l'avait-elle emmené loin – trop loin, sans doute – pour penser à revenir ? Ou alors son iguane s'était-il montré plus insaisissable qu'il ne le croyait ? Ou encore n'avait-il pas trouvé de petit bois pour faire son feu ?

La tête affaissée sur la poitrine, je me préparais à me rouler en boule sur le sol et à m'endormir. La route vers Villahermosa avait été particulièrement difficile. Au début, j'ai eu de la chance. Un marchand a accepté de me faire monter dans son camion vide. Puis, plus tard, il a pris d'autres passagers. Et à la fin de la journée, je me suis retrouvé littéralement suspendu au-dessus du sol, terrifié à l'idée de tomber et de m'éclater la tête sur la route. Mais j'ai réussi à tenir, mes doigts étant devenus de véritables griffes.

Puis j'ai attendu des heures qu'un autre camionneur me prenne en stop. Mais ce fut un homme qui m'emmena jusqu'à Campeche dans une voiture blanche où la climatisation marchait à fond. Au bout d'un moment, je tremblais de froid, je lui aurais demandé de me laisser là si je n'avais pas été certain qu'aucun autre véhicule ne s'arrêterait pour moi. Cet homme était un miracle à lui tout seul. Un homme riche. De Sinaloa. J'ai d'abord eu peur de salir sa voiture, mais il m'a vite expliqué que son père, lui aussi, avait été un paysan et que pour cette raison lui-même n'hésitait pas à prendre à son bord ceux qui en avaient besoin.

Campeche n'en finissait pas. J'ai marché, marché, et, n'en pouvant plus, j'ai fait signe à un bus *colectivo.* Je savais ma décision peu sage, car je n'avais que cinquante pesos sur moi, mais je risquais de m'effondrer à tout moment ; on m'aurait alors traîné à la Croix-Rouge, où j'étais certain de perdre le peu que je possédais, sans parler de mon âme elle-même.

Lorsque j'ai relevé la tête, j'ai vu le Maya qui me regardait. Me voyant retrouver mes esprits, il m'a brandi sous les yeux deux iguanes. Deux.

– Tu vois ? m'a-t-il dit, tu m'as porté chance. Grimpe à l'avant de mon *triciclo.* Je t'emmène chez moi. Tu sais cuisiner ?

J'ai répondu non de la tête. Ma mère continuait de me faire la cuisine et, par conséquent, je n'avais jamais appris à cuire un poulet ni un lapin. Ç'aurait été lui faire insulte.

– Pas de problème, m'a-t-il répondu, moi je sais. Tu es capable d'allumer un feu, au moins ?

J'ai hoché la tête.

– Alors viens. On te fera de la place ici, près du feu.

52

Calque et Sabir étaient bien trop tendus pour dormir. Lamia, elle, ne se posait pas tant de questions. Blottie sur la banquette arrière du Cherokee, elle ne tarda pas à trouver le sommeil… la veste de Sabir lui servant d'oreiller.

Les deux hommes finirent par abandonner le combat et, aux premières lueurs du jour, sortirent de la voiture pour regarder le soleil se lever.

– Vous savez ce que je préfère dans ce monde, Calque ?

– Non, mais vous allez me le dire.

– C'est la façon dont les fesses des filles rebondissent quand elles marchent.

– Putain, Sabir, ça vous obsède !

– Alors, vous étiez réveillé ? C'est bien ce que je pensais. C'est vrai que, à la police, on vous entraîne à espionner les gens.

– Vous vouliez que je fasse quoi ? Me manifester et vous gâcher un si bon moment ? De toute façon, vous saviez que j'étais réveillé puisque je ne ronflais pas. Du moins, selon votre théorie.

– Non, vous avez eu raison et je vous en remercie. Vous me l'aviez pourtant dit, mais j'étais trop idiot pour l'entendre. Si Lamia n'en avait pas pris l'initiative, je serais sans doute assis dans un bar à regretter les vingt ans que j'ai laissés passer.

– Quoi ? Comme moi, vous voulez dire ?

– Je n'ai pas dit ça.

– Mais vous l'avez pensé.

– Vous n'avez jamais songé à vous remarier, Calque ? Fonder une nouvelle famille ? Comme vous me l'avez clairement dit l'autre jour, vous n'êtes pas trop vieux pour ça. Faire un autre enfant. Vous n'aurez que soixante-quinze ans quand elle se fera la belle avec un camionneur, tueur en série de son état.

– Merci. C'est très encourageant. Je vais réfléchir à votre suggestion. Vous avez une femme particulière à l'esprit ? Lamia exceptée, bien sûr.

– Bien sûr. Laissez-moi le temps d'y réfléchir. Je trouverai bien quelqu'un.

– Ah, quelle soudaine assurance peut vous apporter le sentiment de posséder une femme qu'on n'attendait plus ! Vous avez changé, Sabir. En l'espace de douze heures, vous êtes redevenu un être humain.

Le regard ailleurs, Calque enchaîna :

– Mais attention, pas une Américaine. Cette femme que vous me suggérez… vous ne pensez pas à une Américaine, j'espère ?

– Non, jamais. Je ne suis pas sadique. Vous êtes français, je ne l'oublie pas.

– Merci.

Sabir claqua des doigts puis demanda :

– Et une Mexicaine ? Elles apprécient les hommes. Elles savent les traiter comme il faut.

Perdu un instant dans ses pensées, Calque finit par lâcher :

– Vous réalisez, Sabir, qu'aucune femme sur terre ne sait réellement ce qu'elle veut ? Elle ne le sait que lorsqu'elle l'a.

Il s'apprêtait à lui répondre lorsque Lamia émergea du Cherokee pour s'étirer.

– De quoi parlez-vous, tous les deux ? Vous m'avez réveillée.

Elle les considéra d'un air soupçonneux puis ajouta :

– Au moins, vous n'êtes pas en train de vous disputer.

– On parlait des femmes, lui dit Calque avec un sourire innocent.

Elle rougit malgré elle.

– Pas d'une femme en particulier, précisa-t-il. Juste les femmes en général. Excepté pour un aspect… spécifique.

– Ah bon ? Lequel ?

– Sabir me disait qu'il aimait voir vos fesses rebondir quand vous marchiez.

Ce dernier fit mine de flanquer un coup de poing à la nuque du capitaine.

– Calque, vous me faites quoi, là ?!

– Vous avez vraiment dit ça, Adam ? interrogea Lamia, la gorge serrée.

– Oui, il l'a dit, insista Calque avec un sourire ravi.

– Et vous aimez ça ? Vous aimez voir bouger cette partie de mon corps ?

Sentant un piège, Sabir chercha ses mots. Puis il se lança :

– Oui, j'adore.

La fixant du regard, il attendit sa réaction.

– Et moi, j'adore vous entendre dire ça.

– Euh… vraiment ?

– Oui. Personne ne m'a jamais parlé de la sorte. Ça me plaît.

Elle se tourna vers la voiture, amusée de constater que sa déclaration les laissait ainsi bouche bée.

– Vous venez ? leur lança-t-elle sur un ton léger. On pourrait s'offrir un petit déjeuner avant que Kabah n'ouvre ses portes.

– Non. On va rester ici et vous regarder, merci.

– Ça, je n'aime pas, répliqua-t-elle en ramassant un bout de bois dont elle fit mine de les menacer.

– D'accord, d'accord. Et on vous précède. Ça vous va ?

– Non, je vous précède. Finalement, je crois que je ne déteste pas être admirée.

53

Acan Teul passait ses journées et ses nuits à Kabah depuis que la nouvelle de l'éruption de l'Orizaba était parvenue au *halach uinic*.

Cent fois, durant ces longues nuits de veille, il avait été tenté de découcher pour rendre visite à sa petite amie, qui tenait une buvette en bord de route à six kilomètres de là. Mais chaque fois, il s'était ravisé en réalisant ce que le *halach uinic* lui ferait subir s'il le surprenait à abandonner son poste. Chaque soir, il avait eu le temps d'espérer quand le site de Kabah était fermé.

Pourtant, Acan ne savait pas exactement ce qu'il attendait. Le *halach uinic* – à ce qu'on lui avait dit, le prêtre le plus important du Yucatán – ne l'avait pas noyé sous les informations.

– Après l'éruption, il va se passer quelque chose à Kabah. C'est écrit. Mais on ne sait pas encore ce que ce sera. Tu as déjà été guide à Kabah, n'est-ce pas, Acan ? Tu resteras donc ici chaque jour. Si tu estimes qu'il se passe quelque chose d'étrange, tu te serviras du téléphone portable du gardien et tu m'appelleras. Ton frère Naum prendra ta relève durant la nuit. Au bout des deux premières semaines, vous aurez tous les deux du temps libre.

– Deux semaines ?

– Tu seras payé par la caisse. Plus que ce que tu gagnes avec tes heures de labourage. N'est-ce pas mieux de rester à boire du coca que de casser des pierres pour un patron qui t'exploite ?

Comme toujours, le *halach uinic* avait mis le doigt sur l'essentiel.

– Je ferai ce que vous dites.

– Au moindre événement qui te paraît étrange, tu m'appelleras ?

– Je vous appellerai.

Aujourd'hui, après huit jours, assis à l'ombre d'un caroubier, Acan fantasmait au sujet de sa petite amie et rêvait d'être auprès d'elle dans sa buvette à lui pincer les fesses. Il adorait les glapissements qu'elle poussait quand il la surprenait de cette façon. Parfois, elle le frappait de son torchon, ce qui ne faisait qu'augmenter son plaisir.

Alors qu'il commençait à s'endormir sous les premiers rayons du soleil, l'attention d'Acan fut attirée par un étranger – un *mestizo*, à ce qu'il semblait – arrivant sur le *triciclo* de Tepeu.

Où son cousin, qui passait son temps à chasser, avait-il dégoté ce sang-mêlé et, plus curieux encore, comment acceptait-il de le trimballer sur son tricycle ? Acan se redressa maladroitement tout en se protégeant les yeux du soleil. Tepeu et le *mestizo* négociaient avec l'homme qui se tenait devant le portail, à l'entrée du site. Leurs voix s'élevèrent brièvement puis Tepeu tendit un iguane mort au gardien, qui fit signe au garçon de passer.

Celui-ci se dirigea à pied vers le palais des Masques, pour s'arrêter longuement devant le mur orné d'une multitude de masques sculptés dans la pierre, avant de secouer la tête comme si un détail l'intriguait. Au bout d'un moment, il fit demi-tour et repartit vers Acan. D'abord, ce dernier pensa que le *mestizo* allait lui parler, mais il choisit un caroubier voisin, situé vingt mètres à droite de celui où il se tenait. Le nouveau venu s'installa sous son ombre, puis s'allongea, en se faisant un oreiller de son sac, et se prépara à dormir.

Acan se retourna vers le portail qui fermait l'entrée du site, pour s'apercevoir que son cousin était déjà reparti sur son *triciclo*. Tant pis. Après tout, en quoi tout cela le concernait-il ? Même si cela n'arrivait pas tous les jours, un *mestizo* qui se présentait sur le site de Kabah ne constituait pas un événement en soi. Et puis il avait l'air de dormir, à présent.

Acan s'autorisa donc à s'affaler de nouveau à l'ombre de son caroubier. Il avala une longue gorgée de coca puis se remit à penser à sa petite amie, Rosillo, et à ce qu'il pourrait lui faire, samedi soir, s'il parvenait à la persuader de boire juste un peu de l'aguardiente qu'il cachait sous ses vêtements.

54

Acan s'éveilla de son somme un peu après dix heures, ce matin-là. Des *gringos* arrivaient – il entendait le bruit de leurs voix à une centaine de mètres de là.

Leur arrivée ne constituait pas vraiment un fait étrange, car les quelques personnes qui se souciaient de visiter Kabah étaient des *gringos* de toutes sortes. Cependant, la plupart des visiteurs du Yucatán choisissaient plutôt des destinations très touristiques comme Chichén Itzá ou Uxmal, laissant le site de Kabah isolé et paisible.

Ces *gringos* avaient néanmoins des voitures américaines – avec son œil de lynx, Acan savait reconnaître toutes les plaques des véhicules garés sur le parking. Et déjà, le fait semblait étrange car cela voulait dire que ces gens avaient parcouru des milliers de kilomètres pour arriver ici. Sauf bien sûr si, comme certains, ils vivaient au Mexique une partie de l'année.

Acan regarda sur sa droite. Le *mestizo* s'intéressait lui aussi aux *gringos* qui venaient d'arriver. Il saisit le sac qui lui servait d'oreiller et le cacha derrière le tronc de son caroubier, comme s'il craignait que ceux-ci ne le lui dérobent. Ce geste aussi avait quelque chose d'étrange. Pourquoi le jeune homme craignait-il que ces personnes lui volent son bien ? Normalement, c'était le contraire. Les *mestizos* étaient de terribles voleurs ; c'était du moins ce contre quoi son père l'avait mis en garde lorsqu'il avait commencé à s'intéresser à une *mestiza*.

– Un Maya épouse une Maya, lui disait-il. S'il épouse une voleuse à demi espagnole, il perd son âme et la *nawal* le punit.

Mais Acan s'était désintéressé de la fille dès qu'il avait aperçu Rosillo dans sa buvette. Une véritable déesse ! Et maya, de surcroît. Son père n'oserait jamais la traiter de voleuse.

Acan décida de s'approcher un peu des *gringos.* Il se leva, s'étira et s'avança en zigzaguant dans leur direction. Ils se tenaient devant le mur des masques.

– Vous avez besoin d'un guide ? leur proposa-t-il. Je connais cet endroit comme ma poche ; je peux tout vous dire. Si vous me payez en dollars américains et pas en pesos, je vous en raconterai plus encore.

Le plus jeune des deux se mit à rire puis se tourna vers la femme, derrière lui, en lui demandant son avis. Acan la découvrit alors. Il se figea et fut saisi d'un frisson.

Une partie de son visage était couverte d'un voile de sang.

Réprimant de justesse un signe de croix, il se rappela ce que le *halach uinic* disait des anciennes coutumes chrétiennes, comment elles détruisaient la vraie croyance, la vraie ouverture d'esprit. Dieu était Dieu. Hunab Ku était Hunab Ku. Itzam Na était Itzam Na. Dieu était Hunab Ku. Itzam Na était Dieu. Dieu était à la fois Hunab Ku et Itzam Na. En d'autres termes, Dieu était le même pour tous. Il n'appartenait pas plus à une religion qu'à une autre. On ne Le possédait pas sous le simple prétexte qu'on Lui donnait un nom.

Comme la femme le regardait d'un air intrigué, Acan réalisa qu'il avait les bras croisés et s'agrippait les épaules. Il laissa alors retomber ses mains et esquissa un sourire.

Elle sentait néanmoins sa peur, il le savait. Dissimulant au mieux son stress, il se tourna vers l'homme le plus âgé. Peut-être celui-ci saurait-il décider pour le groupe ? Acan ne désirait rien de plus au monde que de retourner sous son arbre, avaler un demi-litre de coca glacé, aller retrouver Rosillo et lui parler de la touriste au visage maculé de rouge. Peut-être lui demanderait-il de lui passer un œuf cru au-dessus de la tête, avant de le casser dans un bol d'eau et de l'examiner. De cette façon, le *mal de ojo* serait absorbé par l'œuf. Et plus tard, Acan recouvrirait le bol de paille et le glisserait sous son oreiller avant de dormir.

Le *gringo* le plus âgé se racla la gorge. Il s'essaya à quelques mots en espagnol puis secoua la tête en réalisant qu'Acan ne le comprendrait pas. Son anglais aussi était très pauvre, mais au moins pouvait-on deviner ce qu'il voulait dire.

– Cinq dollars, alors ? articula-t-il. Et tu nous fais faire le tour du site en nous expliquant tout ?

– Oui, *papi*, je vous jure. Et après vous me donnerez ce que vous voudrez. Ce que je mériterai, d'après vous. Peut-être moins que cinq dollars. Peut-être plus. D'accord ?

– D'accord, fit l'homme en riant.

Du coin de l'œil, Acan voyait que le plus jeune avait un bras passé autour de la taille de la femme et qu'il lui parlait doucement. Mais il n'osait pas les regarder en face. Il craignait ses propres réactions.

Il leur indiqua la grande façade ornée de masques devant eux.

– Alors, vous avez ici le Codz Poop, aussi appelé le palais des Masques. Il est dédié à Chaac, le dieu maya de la pluie. C'est lui qui sépare les nuages de son épée d'éclairs et qui remplit les cénotes tout au long de la saison sèche.

Il parlait à présent d'une voix monocorde et automatique, comme tous les guides du monde.

– Savez-vous combien il y a de masques, ici ? demanda l'homme le plus âgé. Du moins, combien il y *avait* de masques ?

Acan chercha dans sa mémoire – cela faisait longtemps qu'il n'avait pas guidé de touristes dans ce coin.

– Avant la destruction, il y avait neuf cent quarante-deux masques. C'est en tout cas ce qu'on dit. On voit bien là où devait se trouver la deuxième rangée de masques. Aujourd'hui, il n'en reste que cinq cents. Le nombre neuf cent quarante-deux avait une signification précise, chez les Mayas.

– Quelle signification ? Je n'ai jamais rien entendu de spécial sur le nombre neuf cent quarante-deux.

C'était le plus jeune des *gringos* qui parlait. Celui qui tenait par la taille la femme au visage de sang.

– On sait que trois cent soixante-cinq était un chiffre-clé pour les Mayas, car c'était celui du nombre de jours dans leur année solaire. Deux cent soixante aussi avait son importance, car cela correspondait aux neuf mois de grossesse avant d'enfanter. Mais neuf cent quarante-deux ? Ça ne représente rien.

Acan se sentait mal à l'aise, un peu sur la défensive, après sa réaction devant le *mal de ojo* de la *gringa*. Pourquoi cet homme insistait-il comme ça ? Lui en voulait-il encore à cause de sa réaction devant le visage de son amie ?

– On ne le sait plus. Le secret s'est perdu avec la destruction de presque tous nos livres peints.

– Les codex, vous voulez dire ?

– Je... ne connais pas ce mot. Mais parmi tous les livres, trois seulement, plus les fragments d'un quatrième, sont restés intacts. C'est la plus grande douleur du peuple maya. Ces livres contiennent toute notre histoire. Et les prêtres espagnols les ont détruits.

L'homme plus âgé et à l'accent étrange posa sur lui un regard grave.

– L'évêque Diego de Landa, en juillet 1562, a torturé et tué tous les *chilan* et les notables. Puis ils ont détruit cinq mille objets de culte ainsi que vingt-sept livres. Et donc, la *Leyenda negra*, la Légende noire.

Acan se détourna.

– Je ne connais pas de *Leyenda negra*, *señor*. Tout ce que je sais, c'est que les prêtres espagnols ont torturé et tué tous ceux qu'ils soupçonnaient d'être revenus à leurs anciennes croyances. Et monseigneur l'évêque n'a pas détruit vingt-sept livres, *señor*. Il a détruit quatre-vingt-dix-neuf fois vingt-sept livres. C'est ce que le *halach uinic* m'a enseigné, et il connaît toutes ces choses. Plus tard, l'Église catholique nous a expliqué que monseigneur l'évêque s'était montré très charitable en détruisant l'histoire de notre peuple. Car il essayait ainsi de nous protéger de nous-mêmes.

Acan ignorait pourquoi il racontait tout cela aux *gringos.* Était-il devenu fou ? Du temps où il était guide ici, cinq ans plus tôt, jamais il n'avait fourni tant de détails aux touristes. Mais les histoires du *halach uinic* étaient encore fraîches dans sa tête, et la vue de cette femme l'avait bouleversé. À ce rythme, les *gringos* lui donneraient un dollar et non pas cinq, et le renverraient en lui bottant les fesses.

– C'est terrible.

Pour la première fois, leur amie prenait la parole. Acan sentait son regard perçant sur sa nuque.

– *Asi es la vida.* Mon grand-père disait toujours qu'avoir les Espagnols pour amis était pire que de les avoir pour ennemis.

Incapable de rire, Acan se contenta de hausser les épaules. Au fond de lui-même, il savait qu'il jouait à un jeu qui, sans doute, finirait par le dépasser.

Une main se posa alors sur son épaule, et Acan bondit, comme s'il venait de se faire mordre par un serpent. Puis il réalisa que ce n'était pas la femme, mais l'homme, qui venait de le toucher. Et lui n'avait pas les yeux du mal. Le *mal de ojo.*

– Donc, si je comprends bien, tu dis qu'il y avait à l'origine neuf cent quarante-deux masques sur cette façade ?

– C'est ce que j'ai appris, oui. Ce que le *halach uinic* m'a toujours dit.

– Le *halach uinic* ? Qui est cette personne dont tu parles tout le temps ?

– C'est le plus grand de tous les prêtres mayas. Il comprend beaucoup de choses.

– Et tu connais cet homme ?

– Bien sûr. Tout le monde le connaît.

Le plus jeune se tourna vers ses compagnons et leur dit quelque chose à voix basse. Acan ne comprit pas clairement ses paroles mais il perçut la mention du nombre neuf cent quarante-deux, de certaines prophéties, et aussi du *halach uinic.*

Il décida alors que, mis à part le visage de la femme, ces *gringos* n'avaient rien d'important. Ils étaient juste comme les autres touristes, avides de savoir ce qu'ils oublieraient aussitôt. Il se dit qu'il leur soutirerait autant d'argent que possible puis irait partager une cigarette avec le *mestizo* en tâchant en même temps de savoir quelle était sa relation avec son cousin Tepeu.

Car ça, c'était un vrai mystère.

55

Sabir était assis sur un tonneau défoncé, devant la petite buvette que le gardien de Kabah avait installée à la sortie du site. Il était encore intrigué par la violente réaction de leur jeune guide devant le visage de Lamia. Jamais il n'avait vu une chose pareille. Au premier regard sur la jeune femme, le Maya avait paru aussi terrifié qu'à la vue d'un fantôme.

Sabir décida dans la foulée que, dès lors, lui et Lamia – comment dire ?… Se fréquentaient ? Formaient un couple ? Une fois que tout ceci serait fini, il la persuaderait de se rendre au service de dermatologie du Massachusetts General Hospital de Boston, où il avait un ami médecin chef. Ils ne s'étaient pas vus depuis des années, mais c'était cela, l'amitié, non ? Il l'appellerait chez lui et lui demanderait son avis sur l'état de Lamia. Et il retrouverait un ami, par la même occasion.

Il savait aussi qu'il devait agir en toute délicatesse en ce qui concernait la jeune femme. Elle avait beau se montrer hypersensible – et à raison – quant à l'aspect de son visage, il n'imaginait pas qu'elle songe à refuser ce qu'il lui proposerait. Avant tout, il devait faire en sorte qu'elle ne pense pas qu'il agissait ainsi pour lui-même, histoire qu'elle présente mieux quand ils se retrouveraient en société. Car, dans ce cas, il était fichu.

Lamia et Calque vinrent se réfugier à l'ombre de l'auvent de plastique à l'instant où Sabir parachevait mentalement son plan. De quoi avaient-ils pu parler, tous les deux, sous cette chaleur ? Peut-être le capitaine jouait-il au papa protecteur en rassurant la jeune femme après la réaction du jeune Maya devant son visage ? Peut-être Sabir devrait-il chercher l'opinion de Calque quant à son idée de clinique dermatologique ? Il avait beau être monsieur Je-sais-tout à ses heures, pour ce qui était des femmes, il semblait particulièrement affûté.

Sabir devait reconnaître que lui-même, aux abords de la quarantaine, était nul en psychologie féminine. Et pourtant, quand il regardait Lamia et l'imaginait dans ses bras, son cœur palpitait – une émotion délicieuse qu'il n'avait pas éprouvée depuis des années.

Calque s'approcha de Sabir en sirotant son Sprite.

— Vous pouvez nous redonner les quatrains ?

— Vous les voulez sur un bout de papier ?

— Non, surtout, n'écrivez rien. Le Corpus pourrait nous localiser à nouveau, et ils seraient trop heureux qu'on leur offre tout ça sur un plateau.

— Effectivement. Alors voilà :

Sur la terre du grand volcan, le feu
Quand la roche refroidit, le sage, Ahau Inchal Kabah,
Fera du vingtième masque un crâne articulé :
Le treizième cristal chantera pour le dieu du Sang.

— Alors, fit Calque en haussant les épaules, qu'est-ce qu'on fait de ça ? On a regardé le palais des Masques. Par une chance extraordinaire, on a appris qu'il existait à l'origine neuf cent quarante-deux masques… autant que les neuf cent quarante-deux quatrains de Nostradamus. À mon avis, cette relation n'est qu'une ridicule coïncidence, qui ne vaut pas la peine qu'on s'y arrête davantage. Vous n'êtes pas d'accord ?

— Personnellement, non, répondit Sabir avec un regard en direction de Lamia.

Il devinait qu'elle ne prêtait pas totalement attention à ce qui se disait entre lui et Calque.

Prenant alors ses doigts entre les siens, il les embrassa et les pressa contre sa joue. Surprise, la jeune femme changea subitement d'expression, comme si l'on venait de l'arracher à un rêve.

Sabir s'étonna lui-même de son geste. Lui qui se croyait totalement stupide avec la gente féminine, voilà qu'il obéissait à un instinct naturel sans même se poser de question.

– Non ? lâcha Calque, incrédule. Vous pensez vraiment qu'il y a un lien entre un obscur site du Yucatán et un écrivain français du XVIe siècle ?

– Mais enfin, Calque, on sait déjà qu'il y a un lien. Vous avez entendu le quatrain. Il est catégorique. Nostradamus n'a pas inventé ces « Ahau », « Inchal » et « Kabah ». Il les a même orthographiés de la bonne façon. Presque comme si quelqu'un avait regardé par-dessus son épaule pendant qu'il écrivait les versets, pour s'assurer qu'il ne les estropiait pas. Et rappelez-vous, le manuscrit est resté caché plus de quatre cents ans dans un tube de bambou scellé et dissimulé dans le socle d'une statue de sainte Sara. Impossible de revenir là-dessus. Impossible même de savoir qu'il était là sans que Nostradamus ne le précise. Alors oui, je pense qu'on doit prendre au sérieux toute connexion possible entre Nostradamus et ce site.

– Bon alors, que fait-on maintenant ?

– J'aurais cru cela évident. On revient ici ce soir, quand la nuit sera tombée, et on déloge du mur le vingtième masque en nous aidant d'un pied-de-biche. Je ne vois pas, en ces circonstances, comment on pourrait procéder autrement.

56

— Ils sont partis sur le site de Kabah, madame. C'est un endroit totalement insignifiant, au milieu de nulle part. Ce matin, on les a vus faire le tour du site. Ils semblaient particulièrement intéressés par le palais des Masques.

– Étaient-ils seuls ? Ou les as-tu vus retrouver quelqu'un ?

– Ils étaient seuls. À part un gars du coin qui est venu les embêter pour qu'ils le prennent comme guide ; et ils ont accepté.

– Lui as-tu parlé ?

Abi hésita, sentant le danger venir.

– Non. Je n'ai pas jugé cela nécessaire. De toute évidence, cet homme était employé par le site. Il dormait, allongé sous un arbre, quand Sabir et son petit groupe sont arrivés.

– Peut-être les attendait-il ?

– Non, madame. Je ne pense pas.

– Parle-lui quand même. Tu m'as bien entendue, Abiger ?

– Oui, madame.

– Et où s'est rendu notre trio, ensuite ?

– Dans un motel. À une vingtaine de kilomètres de là. Mais j'ai autre chose à vous dire, madame. Quelque chose qui vous intéressera, je pense.

– Je t'écoute, Abiger.

Il se racla la gorge, ignorant comment la comtesse allait prendre ce qu'il s'apprêtait à lui révéler. Il savait cependant qu'il fallait lâcher la nouvelle, ou alors une des filles – Athame, peut-être, qui était très proche de Lamia – le devancerait auprès de madame leur mère, lui coupant l'herbe sous le pied.

– Depuis le début de leur voyage, ils partagent la même chambre à trois. Par peur, sans doute, qu'on leur tombe dessus.

– Viens-en au fait, Abiger.

– Eh bien, maintenant, le capitaine Calque a pris une chambre pour lui tout seul.

– Et Lamia ?

– Elle est avec l'Américain.

57

Debout dans la petite chambre de motel, Lamia attendait que Sabir mette le ventilateur en route. L'appareil fit entendre un drôle de cliquetis puis se mit à tourner dans un grincement métallique.

Elle considéra les deux lits jumeaux. La chaleur de cette fin de matinée pénétrait déjà par les fenêtres, et Lamia sentait la transpiration lui couler lentement le long des reins.

– Vous avez peut-être envie de quitter ce taudis, lui demanda Sabir en allant et venant dans la pièce. Le trajet de Ticul à Merida ne prendra guère plus d'une heure. On pourrait se trouver une chambre avec l'air conditionné, dans un hôtel un peu plus moderne. Vous y seriez plus à l'aise, non ?

– Non, je n'ai plus envie de faire de route.

– D'accord, fit-il en s'arrêtant enfin. Vous avez faim ?

– Il fait trop chaud pour manger, répondit-elle avant de se tourner vers le ventilateur. On ne peut pas le faire marcher plus vite ?

– J'ose à peine le toucher. Mais je vais essayer…

Il tripota un instant le mécanisme puis ajouta :

– Seigneur, j'ai l'impression qu'il va décoller !

Elle se mit à rire puis écarta l'étoffe de sa robe qui lui collait à la peau afin d'y faire circuler un peu d'air frais.

Sabir alla jeter un coup d'œil dans la salle de bains.

– Il y a une douche aussi grande qu'un terrain de foot et des serviettes qui m'ont l'air assez propres. Ce n'est pas aussi moche que je l'aurais cru. Voulez-vous que je commande des boissons fraîches ?

– Oui, c'est gentil, Adam.

Comme il saisissait le téléphone pour demander le *room service*, Sabir le reposa aussitôt.

– Il ne marche pas. Je vais descendre moi-même à la réception. Qu'est-ce que vous voulez boire ?

– Quelque chose de doux. Un 7Up, peut-être.

– Une bière plutôt, non ?

– Une bière… répéta-t-elle en inclinant la tête. Oui, bonne idée.

– Corona ? Dos Equis ? Negra Modelo ? Pacifico ?

– Je vous laisse choisir, Adam.

Il hésita, puis se dirigea vers la porte. Comme il passait devant Lamia, il s'arrêta. Il parut vouloir lui dire quelque chose mais n'en fit rien et se contenta de lui toucher le bras. Puis il sortit son portefeuille de la veste qu'il avait jetée sur le lit et dit :

– Je reviens tout de suite.

– Et moi, je vais prendre une douche.

Hochant la tête, Sabir lui demanda :

– Vous êtes sûre de vouloir une bière ?

– Oui.

– Je vais prendre des chips, aussi. Et peut-être quelques cacahuètes.

– Adam, fit-elle en se tournant vers lui, c'est parfait. Je suis venue dans cette chambre de mon plein gré. Je ne le regrette pas. Je ne vais pas m'enfuir si vous me laissez seule ici deux minutes.

Il lâcha un profond soupir, repartit vers la porte, fit demi-tour et traversa la pièce pour rejoindre Lamia.

La jeune femme se pencha alors vers lui et posa la tête sur son épaule.

Il l'entoura de ses bras et la serra contre lui.

– Je vous aime… Je t'aime… Je voulais te dire ça maintenant. Avant qu'il ne nous arrive quoi que ce soit.

Un léger silence s'installa entre eux, qu'il brisa aussitôt en ajoutant :

– Tu es la première femme à qui je dis cela. Jamais je n'ai éprouvé ce que j'éprouve avec toi.

Fourrant son visage dans le creux de sa nuque, il sembla s'y noyer.

– Moi aussi, je vous… je t'aime, Adam. Je voulais te le dire dans la voiture, ce matin, mais je me suis dit que tu pouvais ne pas m'aimer… pareil. Que tu étais attiré par moi comme ça, juste parce que nous avions voyagé ensemble. Et peut-être que c'est vrai…

Comme il relevait la tête, elle plongea son regard dans le sien et poursuivit :

– Je pourrais le comprendre. Tu peux me faire l'amour, si tu veux, et ensuite voir ce que tu ressens. Et me le dire plus tard.

– Je te le dis maintenant, Lamia.

– Adam, tu n'as pas besoin de descendre chercher des bières, tu sais. Ni des chips, ni des cacahuètes.

– Je sais. Je n'y vais pas. Je ne sais pas à quoi je pensais…

Il l'entraîna lentement vers le lit. Ils se tenaient à présent l'un face à l'autre. Tout allait bien de nouveau dans le monde.

– J'ai adoré quand tu as passé cette robe, hier, lui souffla-t-il. Et quand tu t'es maquillée. Et que tu as mis des talons hauts.

– Pourquoi ? Qu'est-ce que j'ai de si différent avec cette robe, ce maquillage, ces talons ? demanda-t-elle sur un ton taquin.

– Tu sais très bien, répliqua-t-il en riant. Ça te rend plus féminine ; ça attire mon regard sur des parties de ton corps qui me plaisent.

– Des parties de mon corps ? Comme ?…

Sabir ne répondit pas tout de suite. Il la regarda en plissant les yeux puis la poussa doucement à se retourner. Il aimait la façon dont elle le laissait jouer avec elle.

Lâchant un court soupir, comme un chirurgien devant une série de points de suture particulièrement délicats, il déclara :

– Ta nuque, par exemple, reprit-il, une main posée à la base de ses cheveux. Et tes épaules. Tes bras, aussi.

– Et… quoi, encore ? sourit-elle.

– Attends… laisse-moi réfléchir. Tes coudes. Tes poignets.

À mesure qu'il les décrivait, il caressait chacune des parties qu'il disait aimer, prenant un délicieux plaisir à sentir le poids de son corps contre le sien. Conscient aussi du lit, juste derrière eux, qui semblait les inviter, mais peu pressé de l'y pousser.

– Quoi d'autre ? insista Lamia. Qu'est-ce qui différencie une femme d'un homme ?

Sabir resta pensif un instant puis finit par répondre :

– Il n'y a rien à dire sur les hanches d'un homme, par exemple.

Les mains sur celles de Lamia, il enchaîna :

– En revanche, les tiennes… J'aime leur forme évasée, qui contraste tellement avec la finesse de ta taille. Tu es comme un violon. Et j'adore comment ta robe accentue la chose.

Il l'entoura de ses bras et laissa ses mains descendre le long de ses cuisses avant de remonter vers ses reins.

– Voilà une région que j'aime particulièrement, lui souffla-t-il au creux de l'oreille.

– Vraiment ? dit-elle d'une voix étranglée par l'émotion.

– Et puis tes mollets, aussi… Et ces chaussures que tu portes. Avec ces talons… j'aime comment elles mettent tes chevilles en valeur.

– Mes chevilles ?

– Oui, tes chevilles.

En se baissant, il prit chacune d'elles entre ses mains.

– Mais il y a plus encore.

– Plus ?…

Cette fois, Sabir la fit se retourner vers lui, de façon que son nombril se retrouve devant ses yeux.

– Et voici ton ventre. Quand tu portes une jupe, ça fait si joliment ressortir ton pubis. J'aime ça. C'est tellement féminin… et suggestif.

– Et… qu'est-ce que ça te suggère ?

– Oh, tant de choses.

Il sourit, posa la tête contre son ventre, et une douce tiédeur lui envahit la joue. Il huma son odeur – un mélange de linge propre, de parfum et d'une senteur spéciale qui n'appartenait qu'à elle… qu'il avait pour la première fois humée lorsqu'il l'avait prise dans ses bras pour l'aider à s'échapper avec lui par la fenêtre du motel de Carlisle.

Les doigts de Lamia se promenaient maintenant entre ses cheveux ébouriffés.

– Tu aimes les femmes, hein ?

– Oui.

– Mais tu te méfies d'elles.

– Oui…

– Pourquoi ?

Sabir ferma les yeux. Il n'avait plus envie de parler. Pas envie de gâcher ces instants magiques. Pourtant, quelque chose l'y forçait. Le sentiment que, s'il n'expliquait pas exactement ce qu'il ressentait, il frustrerait Lamia de ce qu'elle méritait de droit : la reconnaissance formelle d'une grâce qu'elle lui accordait et qu'aucune autre femme avant elle n'avait su lui offrir.

– À cause de ma mère. Je l'ai vue se détruire et entraîner mon père avec elle. J'en ai souffert comme personne jusqu'à ce qu'elle se donne la mort. Et j'en ai souffert encore plus après ça.

– Tu en souffres encore ?

– Pas quand je te serre contre moi.

– Comme en ce moment ?

– Oui. Je ne pense à rien d'autre qu'à toi.

Croisant les bras, Lamia releva lentement sa robe sur ses hanches, sa poitrine puis ses épaules. Enfin, elle la fit passer au-dessus de sa tête et la laissa voleter sur le lit derrière elle.

Sabir se releva sans que ses paumes ne quittent un seul instant la douceur de sa peau. Il lui défit son soutien-gorge, qui alla rejoindre la robe sur le lit.

Lamia s'assit puis se laissa mollement tomber sur le matelas, telle une poupée de chiffon. Elle posa sur Sabir un regard rieur, qui semblait anticiper ce qui allait dans un instant les unir.

Penché sur elle, il saisit son slip du bout des doigts et le fit descendre avec douceur le long de ses cuisses.

Elle se retrouva nue devant lui. Sans chercher à se couvrir. Consciente de sa beauté. Désirant qu'il l'admire.

Sabir la consumait littéralement du regard et Lamia acceptait cela comme rien de moins que son dû. Sans la quitter des yeux, il se défit de ses propres vêtements, tandis qu'elle le considérait maintenant avec une expression ardente.

Il se glissa sur le lit à ses côtés.

Et ils se retrouvèrent allongés l'un face à l'autre, sentant le souffle du ventilateur sur leurs peaux nues.

Un long moment passa avant que Sabir, enfin, la prenne entre ses bras pour l'embrasser.

58

Oni de Bale claqua le moustique qui lui voletait devant les yeux. Puis, se calant contre l'arbre derrière lui, il s'aspergea d'un spray insecticide. Est-ce que les autres étaient en train de se faire dévorer vivants, eux aussi ?

Ils avaient chacun leur voiture, à présent – Abi avait profité de l'intermède sexuel entre Sabir et Lamia, ce matin, pour les envoyer tous à Merida, à l'agence Avis la plus proche.

Mais ce qui se passait était vraiment étrange. Jamais il n'aurait cru que ces deux-là se retrouveraient ensemble. Surtout avec les idées qu'avait madame leur mère sur la virginité. Quelle était l'ânerie qu'elle ne cessait de leur rabâcher – surtout destinée à Aldinach, en fait – dans l'espoir de les voir bien se conduire ?

Ce sont ceux qui ne se sont pas souillés avec des femmes, car ils sont vierges. Ils suivent l'agneau partout où il va… Et dans leur bouche il ne s'est point trouvé de mensonge, car ils sont sans faute devant le trône de Dieu.

Bien sûr, dans le cas d'Aldinach, la cible représentait à la fois les hommes et les femmes – du moment qu'ils n'étaient pas du sexe qu'il avait choisi d'être ce jour-là. Pratique, quand on y pensait. Non, Aldinach n'était pas gay. Oni devait reconnaître cela à son nymphomane de frère/sœur. Il ne recherchait que le sexe opposé au sien. Il avait sa propre morale, en fait.

Cela dit, les imprécations de madame leur mère n'avaient pas eu grand effet sur eux tous. Sauf sur Rocha, qui s'était laissé piéger par ses histoires de lignée ; et il fallait voir ce que cela lui avait apporté. Mais, à part Lamia, il était bien le seul à ne pas se conduire comme un lapin en rut.

Et voici que Lamia décidait aujourd'hui qu'elle en avait assez. Ignorant ses vingt-sept ans, elle attirait le vieux Sabir dans son lit. Sincèrement, il ne pouvait l'en blâmer. Avec un visage comme le sien, autant sauter sur la moindre chance qui s'offrait à elle.

Oni en savait quelque chose, d'ailleurs. Avec sa taille, la plupart des femmes s'enfuyaient en l'apercevant, de peur de se faire écraser comme une vulgaire puce. D'accord, il n'avait pas l'allure du gros porc qu'était Asson, qu'il avait vu un jour s'enfiler à la suite quatre pots de glace à la cerise Ben & Jerry, mais il dépassait les deux mètres dix et les filles lui arrivaient en général à peine au-dessus du nombril. Résultat, Oni ne fréquentait que les « femmes du métier », celles qui n'étaient pas rebutées par – comment disait Aldinach ? – l'aspect démesuré de sa personne.

La veille, Abi les avait tous envoyés dans la forêt pour surveiller le site de Kabah, et voilà qu'Oni et sa carrure de géant se retrouvait là, en pleine nuit, à servir de dîner à des moustiques surexcités. Qu'ils aillent se faire foutre. Qu'ils aillent tous se faire foutre !

Réajustant ses lunettes de vision nocturne, il les braqua sur le dos de Sabir. Celui-ci était occupé à compter les masques sur la façade du temple. Chaque fois que l'un d'eux lui plaisait, il sortait une feuille de papier de son sac à dos et l'appliquait sur le masque. Il avait ainsi déjà couvert cinq rangées du mur, et seule la plus haute restait à faire. Oni pouvait cependant lui dire merci pour une chose : le papier blanc luisait clairement sous la lune.

À force de l'observer, il remarqua aussi que Sabir choisissait systématiquement le vingtième masque de chaque section. Dans quel but ? Il saisit son téléphone et envoya l'info à Abi.

L'Américain s'était introduit sur le site de Kabah à peine une demi-heure plus tôt, exactement comme Abi l'avait prédit, armé d'un sac à dos et de deux démonte-pneus. Le policier était entré juste derrière lui. Lamia n'était pas avec eux, mais sans doute dehors, dans la voiture, en train de se remettre de leurs ébats. Oni ne put réprimer un sourire. Sûr qu'elle devait avoir mal partout. Elle avait dû marcher toute la journée les jambes écartées. Au fond, la garce n'avait rien perdu pour attendre…

Et ce valet qui s'était fait écraser – Philippe, oui, c'était son nom –, cela faisait des siècles qu'il la harcelait. Mais Lamia l'avait repoussé avec mépris. Et maintenant il n'était plus de ce monde. Dieu ait son âme…

Se tournant de trois quarts, Oni ajusta cette fois ses lunettes sur l'Indien. Oui, il continuait à se cacher derrière l'arbre, non sans surveiller les moindres mouvements de Sabir. Puis ce fut Abi qui dirigea son regard vers la cour située à gauche du palais des Masques. Oui, le gardien de nuit était toujours posté à l'entrée du site. Il murmurait dans son téléphone comme s'il lui faisait l'amour.

Il semblait pratiquement impossible que Sabir et le policier n'aient pas remarqué qu'ils étaient surveillés par au moins trois groupes différents. Mais Oni devait admettre qu'ils n'avaient pas le même avantage que lui : ses lunettes de vision nocturne transformaient toute la scène devant lui en une sorte de cour de récréation baignée de lune, où tout prenait l'aspect irréel d'un tableau de Dali.

Oni avait hâte de savoir ce qui se passerait lorsque celui que le gardien appelait un flic, ou un archiviste de musée, ou un militant écolo, déboulerait sur le site tel le 7e de cavalerie dans un film de John Ford. L'expression de Sabir vaudrait certainement au moins le prix d'une entrée.

De nouveau, Oni joignit Abi via son téléphone portable :

–Je fais quoi, alors ?

– Tu restes où tu es. Tu le gardes à l'œil. Et tu attends. Mais, je te le répète, tu n'interviens surtout pas.

– Plus facile à dire qu'à faire, grogna Oni avant de claquer un autre moustique venu s'acharner sur lui. Foutues bestioles, ajouta-t-il en s'aspergeant à nouveau de spray.

59

J'ai observé les deux *gringos* en me demandant avec angoisse ce qu'ils faisaient. Pourquoi étaient-ils ici alors qu'il faisait aussi noir que dans un four ? Le plus jeune comptait les masques de chaque section puis collait une feuille de papier sur ceux qu'il avait sélectionnés. Étrange procédure… Et, sans doute, parfaitement illégale. Sinon pourquoi venir ici en pleine nuit plutôt qu'en plein jour, où ils se feraient remarquer par tous les visiteurs ?

Je les reconnaissais pour les avoir déjà vus un peu plus tôt dans la journée. Seulement, maintenant, la femme qui était avec eux, celle avec le visage taché de sang, celle dont le guide pensait qu'elle avait le *mal de ojo*, cette femme n'était pas revenue ce soir avec eux. Peut-être n'approuvait-elle pas ce que ces hommes faisaient ?

Au début de la soirée, Tepeu a tenté de me persuader de l'accompagner chez lui sur son *triciclo.* C'est un homme estimable. Un homme à respecter. Je lui ai dit que je devais rester ici, près du temple, et il ne m'a posé aucune question, ni essayé de m'en dissuader. À la place, il m'a prêté une couverture et a demandé à la femme du gardien de m'apporter un peu de ragoût d'iguane ; elle et son mari vivent dans une cabane à environ un kilomètre du site.

À huit heures du soir, Tepeu est venu me rejoindre en vélo et nous avons mangé l'iguane ensemble en partageant une bouteille de bière. Quand je lui ai dit que je ne pourrais jamais lui rendre la pareille, il a repoussé mes paroles comme on repousse une guêpe qui vous ennuie.

Plus tard, en observant les *gringos*, je n'ai pas su quoi faire. Avaient-ils l'intention de voler, comme le font tous les autres ? Et pourquoi voudraient-ils dérober ces masques ? Qu'espéraient-ils en faire ? Les vendre ? Impossible. Les autorités auraient vite fait de les découvrir et ils risqueraient la prison.

Sous mes yeux, le plus jeune a sorti un outil de son sac et l'a utilisé comme un levier sur la première pierre, pour la détacher sans doute. Le plus âgé l'a aussitôt imité en s'attaquant à l'autre côté.

Je me suis levé derrière mon arbre afin de mieux voir ce qu'ils faisaient. La lune était pleine et la façade du temple qui reflétait sa lumière éclairait parfaitement les deux hommes.

Que pouvais-je faire ? Aller leur parler ? Courir chercher Tepeu ? Ou alors le gardien.

Cependant, pour une raison que j'ignore, je n'ai pas bougé. Je me suis contenté de regarder les deux *gringos* en train de se battre avec la pierre.

60

— Vous croyez qu'on a raison de faire ce qu'on fait ? Nous voilà dans un pays étranger, en pleine nuit, au beau milieu d'un site archéologique protégé, en train de détruire l'un de leurs monuments anciens. Si on nous prend sur le fait, on nous jette en prison et *basta.*

Livide sous la lune, Sabir ne parvenait pas à dissimuler son inquiétude.

– On remettra les pierres, Adam, vous le savez très bien. Personne ne verra la différence.

Les deux hommes travaillaient sur le troisième masque. Chaque fois qu'ils réussissaient à en arracher un de son support, l'un d'eux tenait la lampe torche pendant que l'autre tâtonnait sur la surface ainsi dévoilée, non sans craindre à tout instant de mettre le doigt sur un scorpion, une araignée ou un serpent.

– Peut-être qu'il n'y a pas de scorpions au Mexique ? hasarda Sabir.

– Bien sûr que si. Mais ce sont des créatures strictement nocturnes, qui ne se fâchent que lorsqu'on les dérange.

– Merci, Calque, c'est tout à fait rassurant, répliqua l'Américain en poursuivant sa recherche du bout des doigts. Ils ne sont pas mortels, au moins ?

– Seulement ceux du genre *Centruroïdes.* Les autres, ça va.

– Bon, rien ici, articula Sabir en retirant sa main du trou.

Avec un frisson, il ajouta :

– Où avez-vous encore déniché ça, capitaine ? Cette façon de vous rencarder sur tout, c'est parce que ça vous plaît ou c'est un tic nerveux ?

– Les deux.

– Alors, le prochain trou, c'est pour vous.

Son téléphone sonna soudain et il l'arracha littéralement de sa poche.

– Oui ?

Il écouta puis hocha la tête.

– Ah… merci. Oui, tout va bien… Non, on n'a encore rien trouvé. Il en reste trois… Après ça, on pourra rentrer et s'offrir des vacances… Aux Caraïbes, de préférence. J'ai déjà préparé le double hamac et le rhum. Et là-bas, il n'y a pas de scorpions qui risquent de vous sauter dessus…

Il remit l'appareil dans sa poche et se tourna vers Calque.

– Lamia dit que les routes sont claires dans les deux directions. Elle va continuer à nous appeler jusqu'à ce qu'on la fasse venir.

– Les Caraïbes sont pleines de scorpions, Sabir. Vous êtes vraiment très ignorant.

– D'accord, vous allez voir si je suis ignorant. Les Mayas écrivent de gauche à droite, comme nous. Sauf qu'avec eux tout va par paire. Les glyphes, et tout ce qui y ressemble. C'est bien vous qui me l'avez dit, non ?

Calque hocha prudemment la tête.

– Et si on sautait la prochaine section pour aller voir ce qui se passe dans la partie gauche ? Ce qu'on aurait sans doute dû faire dès le début, au lieu de perdre notre temps à ne chercher qu'à droite. En fait, on devrait appréhender ce mur comme si c'était l'équivalent en pierre d'un parchemin.

– Pourquoi ne pas jouer ça à pile ou face, pendant qu'on y est ? soupira le capitaine. Cela dit, si votre théorie est bonne, Sabir, on perd notre temps à regarder derrière les mauvaises pierres. Depuis le début, on compte le vingtième masque en partant de la droite de chaque section. Si on avait suivi les coutumes mayas, on aurait dû compter le vingtième en partant de la gauche. Et commencer par le haut. C'est bien ce que vous dites ?

– Exactement. Mais de toute façon, je suis un abruti qui ne sait pas que les Caraïbes sont bourrées de scorpions.

– Je plaisantais, mon vieux. Si un homme est réellement sûr de son intelligence, il n'éprouve pas le besoin de mordre chaque fois qu'on le taquine.

– D'accord, d'accord… désolé.

– Moi aussi, désolé. Et encore plus désolé de voir que votre théorie – même si j'ai de la peine à le reconnaître – semble être la bonne. Passons donc directement au vingtième masque en partant de la gauche.

– Qu'est-ce que vous m'offrez, si j'ai raison ?

Nouveau soupir de Calque.

– Je parlerai de vous à Lamia chaque fois qu'elle me demandera quelque chose à votre sujet. Ce qu'elle fait au moins deux cents fois par jour. Jusqu'à maintenant, je me suis toujours arrangé pour vous laisser de côté, à cause de ma jalousie. Mais dorénavant, je vous porterai aux nues. Ça vous va ?

– Marché conclu.

– Bien sûr, si on ne trouve pas ce qu'on cherche ici, je m'estimerai libre de vous dénigrer à la première occasion.

– Dieu merci, Calque, vous êtes français et non belge. Sinon, j'aurais un réel problème avec votre sens de l'humour.

61

— À votre tour d'y enfouir la main, Calque. Avez-vous quelques souhaits à formuler ? Je veillerai à ce que vos instructions posthumes soient précisées à la lettre.

Ignorant sa plaisanterie, le capitaine enfonça la main dans le premier trou de la section qu'ils venaient d'entamer.

– Il y a quelque chose, ici, articula-t-il sur un ton intrigué. Quelque chose de lisse. Et de froid.

– Vous blaguez, là ?

– Non, je le sens même très bien. Ce truc a des dents. Et un nez. Je peux même deviner le relief des yeux.

– Seigneur Dieu, qu'est-ce que c'est ?! Si vous vous fichez de moi, je vous étrangle !

– Je ne me fiche pas de vous, Sabir, dit-il en ôtant sa main. On va devoir enlever le support entier du masque. Impossible pour moi de sortir cet objet à travers le peu d'espace dont je dispose.

Sabir décida de constater par lui-même l'étroitesse du boyau et lâcha :

– Vous avez raison. Mais on ne peut pas risquer d'arracher le masque entier à sa niche. Ce sera trop lourd. On n'arrivera jamais à le replacer, ensuite.

Reculant d'un pas, les deux hommes considérèrent le travail qui les attendait.

– Si, reprit Sabir, mais on va devoir tirer comme des brutes pour le sortir de là. Et il va sans doute perdre son nez en tombant par terre. C'est notre réputation de pilleurs de tombes qui va en prendre un coup… Quoi qu'il en soit, je peux vous assurer une chose, Calque : une fois qu'on aura mis la main sur ce qui se cache derrière ce masque, je ne m'amuserai pas à moisir ici.

– Moi non plus. Allez, mettons-nous au boulot.

S'aidant chacun de leur pied-de-biche, ils travaillèrent les contours du masque jusqu'à ce que celui-ci commence à remuer contre son support.

– Ça commence à venir. Méfiez-vous, ça va se détacher d'un coup.

Sabir tira une dernière fois sur le masque puis bondit en arrière tandis que la structure tombait à ses pieds.

Le masque heurta le sol puis se mit à rebondir.

– Bon sang, il continue…

Les deux hommes virent le morceau de pierre continuer son chemin et dégringoler dans un bruit sec le long des marches, des éclats de cailloux volant dans toutes les directions.

Alors seulement ils aperçurent, éclairés par la lune, les huit Mayas debout en bas des marches. Chacun d'eux avait un fusil à la main. Derrière eux se tenait Lamia, bâillonnée avec un linge.

Sabir jeta un bref regard à Calque puis articula du bout des lèvres :

– Qu'est-ce qu'on fait ?

– On attend. Peut-être que ces types n'en ont pas après nous. Peut-être qu'ils sont en exercice de nuit pour l'armée mexicaine.

– Et Lamia avec eux… Bravo, elle est bien bonne. Je suis content de vous avoir posé la question.

62

Tepeu regardait les deux *gringos* avec un mélange d'horreur et de fascination. Ils souriaient. Incroyable mais vrai ! Ils faisaient face à huit hommes armés et étaient pris par le *halach uinic* en flagrant délit de pillage d'un temple sacré… et ils souriaient ! Ils n'avaient donc aucune idée du sort qui les attendait ? Aucune idée de la gravité de leurs actes ?

Assis en haut des marches de pierre, le plus jeune des deux se prit la tête entre les mains. L'autre, debout derrière lui, considérait non sans curiosité le *halach uinic.*

Celui-ci s'avança et demanda que l'on retire son bâillon à la femme.

C'était Tepeu qui l'avait capturée. Un acte dont il ne se sentait pas peu fier. Après avoir couché son *triciclo* au milieu de la route, il s'était allongé à côté, comme s'il avait été victime d'un accident.

L'espace d'un instant, il avait pensé que la femme ne l'avait pas vu et allait lui rouler dessus. Mais au dernier moment, elle avait stoppé net, était descendue de voiture tout en parlant au téléphone.

Tepeu s'était alors levé, non sans se protéger de son fusil, car son cousin Acan lui avait parlé du *mal de ojo.* Mais Tepeu avait très vite compris que cette femme souffrait d'une tache de naissance sur le visage. Il avait déjà vu cela sur un homme, au marché. Ce n'était assurément pas le *mal de ojo*, mais quelque chose dont on ne pouvait qu'être affligé, plutôt. Comment pouvait-on passer une vie entière à être regardé avec pitié par tous ceux que l'on croisait ? Mis à part ce terrible défaut qui la défigurait, cette femme était très belle. Il était vrai qu'Acan avait toujours tendance à dramatiser la situation. Et pourtant, il était à peine mieux qu'un *güero*, un rouquin au teint pâle, courant sans cesse après les filles, les dollars et la chance. Tepeu adorait son cousin Acan, mais il n'appréciait pas vraiment son style de vie.

À présent, il cherchait furtivement une trace de son nouvel ami, le *mestizo* du Veracruz. Il devait être là mais, par prudence, il se cachait. Tepeu aimait bien cet homme. Ce n'était pas sa faute s'il était de sang mêlé. Mais il était honnête. Et modeste. Des qualités qui irradiaient de lui-même.

Le *halach uinic* s'avançait maintenant vers les marches où se tenaient les deux étrangers. La femme l'accompagnait, ainsi qu'Acan et son frère, Naum. Tepeu se dépêcha de les rejoindre. De là, il aurait une meilleure vue sur la forêt environnante. S'il apercevait le *mestizo*, il pourrait lui faire signe de s'éloigner, lui indiquer d'une façon ou d'une autre de ne pas intervenir.

Le plus vieux des *gringos* parlait au *halach uinic* dans un mauvais anglais en indiquant l'espace sur la façade d'où le masque avait été arraché.

Le *halach uinic* claqua des doigts, et le *gringo* remonta les marches derrière lui. Le groupe, Tepeu compris, le suivit alors, avant de s'arrêter au niveau de l'ouverture laissée dans la façade.

L'étranger s'avança et plongea la main dans le trou.

Tepeu sentit son souffle se coincer au fond de sa gorge.

Il allait se passer quelque chose.

Le *gringo* allait-il en sortir une arme ? Et pourquoi le *halach uinic* l'écoutait-il ainsi ? Tepeu n'avait pas tout compris de ce que le *gringo* avait dit en anglais. Peut-être avait-il plaidé pour sa vie, et le grand prêtre avait-il accepté de l'épargner s'il plongeait la main dans la bouche du dieu de la pluie ?

L'homme finit par sortir un objet de la cavité. Un objet pâle et rond, qui semblait capter la lumière de la lune sur toute sa surface.

Il le tint bien droit devant le *halach uinic* afin que celui-ci en distingue bien les contours.

Et subitement, le Mexicain tomba à genoux. Acan et Naum tombèrent aussi à genoux. Tepeu, sans vraiment savoir pourquoi, fit de même. Derrière lui, les quatre hommes qui les avaient accompagnés se prosternèrent également.

C'est ce moment que choisit l'ami de Tepeu, le *mestizo*, pour apparaître de derrière son caroubier.

Tepeu se figea. Il y eut un bruit soudain dans sa tête qui ressemblait aux sifflements d'un millier de serpents. Au milieu de ce bruit, il crut entendre la voix du *mestizo* comme si elle émergeait des murs du temple.

– Ce que tu as dans la main, déclara le *mestizo*, est représenté ici. Dans le livre que je tiens. Ce livre qu'aujourd'hui je dois te donner. Tu vois, je l'ai dans mes mains. Je l'ai apporté du Veracruz, mais c'est un trésor bien trop lourd pour que je continue à veiller seul sur lui. Bien avant moi, mon père, mon grand-père et mon arrière-grand-père ont protégé ce livre pour toi. Maintenant que le grand volcan Orizaba a craché ses flammes, le temps est venu pour ce livre de retourner à son peuple. C'est ce qu'on m'a demandé de te dire. Nous avons agi comme nous l'avons promis.

63

— Tu ne vas pas le croire, Abi.

— Qu'est-ce que je ne vais pas croire ? demanda-t-il, les yeux sur l'écran de son téléphone. Attends, laisse-moi deviner… Il y a eu un crime passionnel. Calque a assassiné Sabir par jalousie car lui aussi était amoureux de notre petite sœur. Non, trêve de plaisanterie, ce Sabir doit être complètement aveugle. Ou alors, Lamia au lit, c'est de la braise, et ils sont devenus dingues l'un de l'autre.

– Non, non, tu as tout faux, Abi.

Oni était bien trop excité pour sentir la moindre trace de sarcasme dans la voix d'Abi. D'autant que les moustiques qui continuaient de s'acharner sur lui l'empêchaient de se concentrer sur ce genre de chose.

– Vas-y alors, je t'écoute, reprit Abi sur un ton où perçait l'impatience.

– Franchement, tu aurais dû être là. C'était comme dans un *Indiana Jones*. Imagine Sabir et Calque, au clair de lune, en train d'arracher un des masques du temple et essayer d'attraper quelque chose qui serait caché derrière. Au bout d'un moment, le masque se détache brusquement de sa niche et se met à dégringoler les marches du palais.

– Oui, j'imagine… Et alors ?

– Alors, ces deux crétins se retournent et regardent le masque comme s'il allait s'arrêter tout à coup et, par magie, reprendre sa place dans son trou. C'est là que huit Mayas arrivent de nulle part, notre sœurette à la main, et les entourent de leurs fusils.

– Qu'est-ce qu'ils ont trouvé, Oni ? Calque et Sabir… dis-moi ce qu'ils ont trouvé.

– Quoi ? Mais je te parlais de ces types armés…

– Oublie ces types. Je suis au courant. Tu trouves ça peut-être impensable, mais tu n'es pas le seul poisson dans ce putain d'océan, Oni. Alors maintenant, dis-moi ce qu'ils ont trouvé.

– Qui est-ce qui raconte l'histoire, Abi ? Toi ou moi ? J'en arrivais à la chute, justement.

Abi regarda son portable avec des envies de meurtre.

– Alors, tu ferais mieux de me la sortir, cette chute, ou j'aplatis ton putain de crâne dès que je t'ai en face de moi.

– Tu ne devrais pas jurer comme ça, Abi. Madame notre mère dit que c'est signe de manque d'imagination.

Abi ferma les yeux, se mordit les lèvres et s'efforça de se contenir. À quoi bon s'énerver contre Oni. Il savait à quoi ressemblait son frère. Il l'avait toujours su. Mais il oubliait parfois que ce demeuré n'avait que dix-huit ans.

Quelque temps plus tôt, il avait effectivement eu vent de l'arrivée des hommes armés. Et étrangement, cette nouvelle ne l'avait pas surpris. On ne poursuivait pas trois personnes jour après jour sans s'attendre à quelque chose de violent en retour. Et voilà que c'était arrivé.

Abi avait aussitôt ordonné aux autres d'attendre et de ne reprendre leur traque que quand et où ce serait possible. Il ne lui restait maintenant qu'à soutirer une réponse à peu près sensée de son monstre de frère, et alors seulement il reprendrait le contrôle de la situation.

– Désolé, Oni. Continue ton histoire. Je t'écoute avec toute mon attention… comme toujours.

– Pas besoin de te moquer, Abi. Je sais que je me laisse un peu emporter, parfois. Mais là, c'est spécial. Écoute.

– J'écoute.

– Quand le masque s'est enfin arrêté de rebondir sur les marches, il y a eu une sorte de… de réunion, de discussion plutôt, avec tout le monde qui semblait donner son avis. Les mains et les fusils bougeaient dans tous les sens. Et puis ils ont dû finir par prendre une décision, parce que Calque s'est retourné subitement et a entraîné tout le monde vers la façade du temple. Il s'est alors posé là comme un magicien sur une scène, et…

– Et ?…

– … Il a fourré sa main dans le trou laissé par le masque et en a sorti un…

Oni s'arrêta de nouveau. Il souriait devant son téléphone comme un chimpanzé.

– Il en a sorti un quoi ? Oni, putain, dis-moi ce qu'il a sorti de ce trou !

– Un crâne en cristal, frérot. Un putain de crâne en cristal. Tu arrives à y croire ?

Sans réponse d'Abi, Oni poursuivit :

– Il faisait plus de trente centimètres. Avec une mâchoire sur des pivots, comme un vrai crâne. Et quelque chose de vert pour faire les yeux. Des émeraudes, peut-être. Ou alors du jade. Je ne voyais pas bien… Et quand ces connards avec leurs fusils ont vu ça, ils sont tombés à genoux comme s'ils venaient d'apercevoir le pape. Et Sabir et Calque, tu ne devineras jamais ce qu'ils ont fait. Eh bien, au lieu de cavaler comme des dératés vers leur voiture, ils sont restés là, comme s'ils attendaient de recevoir une médaille d'or ! Comme s'ils espéraient une bonne tape dans le dos en signe de remerciement, plutôt que la balle entre les deux yeux qu'ils finiront bien par se prendre quand ces cinglés armés auront retrouvé leurs esprits.

– Et qu'est-ce qui s'est passé ensuite, Oni ?

– Attends, tu vas savoir. C'est de mieux en mieux. Ce qui s'est passé, c'est que ce gars que j'observais depuis plus de trois heures – celui qui se cachait derrière le caroubier dont je t'ai parlé, Abi –, eh bien, il est sorti de sa cachette en agitant un livre. « Tout est écrit là-dedans ! il a crié. Je ne veux pas garder ça plus longtemps avec moi. Le volcan a parlé… » Ou un truc dans ce genre. Mon espagnol, tu sais…

Oni ne pouvait plus s'arrêter, à présent.

– Je peux te dire que les gars aux flingues, ils ne savaient plus où donner de la tête. Ils couraient dans tous les sens en se demandant sur qui tirer, qui protéger, ou alors s'ils devaient s'agenouiller encore une fois devant les dieux qu'étaient devenus Sabir et Calque.

– Et comment ça s'est terminé ?

– Ils se sont mis à trois pour replacer le masque dans son trou, comme si rien ne s'était passé. Puis leur chef a rassemblé ses hommes armés, ils ont commencé à discuter et, à la fin, ils sont repartis dans trois voitures séparées, dont le Cherokee de Sabir.

Oni chercha fébrilement de quoi terminer son récit avec panache.

– Et maintenant, il ne reste que nous dans cet endroit paumé. Nous et ces putains de moustiques assoiffés de sang ! Est-ce que je peux rentrer, à présent, Abi ?

64

— Je vous reconnais. Vous êtes le guide, non ? Celui qui nous a parlé des neuf cent quarante-deux masques ?

Sabir était au volant du Cherokee, Acan assis à ses côtés, Lamia et Calque installés à l'arrière.

– Alors vous étiez là en train de nous observer, c'est ça ? Comment ça se fait ? Vous nous attendiez ? C'est impossible…

Tournant la tête vers son passager, il demanda soudain :

– Vous n'êtes quand même pas avec le Corpus ?

Acan ne cessait de jeter des coups d'œil nerveux à la femme assise derrière… craignant qu'elle ne le regarde directement et lui donne ainsi le mauvais œil.

– Le Corpus ? Qu'est-ce que c'est ?

– OK, laissez tomber… Et puis arrêtez de regarder mon amie de cette façon. Vous ne vous rendez peut-être pas compte, mais c'est franchement désagréable pour elle. Qu'est-ce que vous avez, tous ? Ça ne vous suffit pas de nous avoir enlevés ?

– Elle a le mauvais œil.

– Le quoi ?

Calque se pencha vers Sabir et lui souffla :

– Il pense que Lamia a le mauvais œil. À cause de son visage. Et que, si elle le regarde, il sera maudit.

– Oh, pour l'amour du ciel !…

– C'est sérieux, Sabir. Vous devez lui expliquer.

– C'est moi qui vais le lui expliquer, intervint Lamia en se penchant à son tour. Je parle sa langue. C'est mon visage qui l'effraie, pas le vôtre.

Calque se recala au fond de son siège et Sabir reporta son attention sur la route. Mal à l'aise, les deux hommes comprenaient que tranquilliser ce jeune Maya était maintenant plus important que de chercher à se sortir de ce guêpier.

Lamia approcha les lèvres de l'oreille d'Acan et lui souffla quelques mots en espagnol. Son premier réflexe fut de reculer contre la vitre en secouant vivement la tête. Ignorant ce geste, elle lui prit la main, la porta à son visage et l'y posa avec douceur. Acan l'arracha et se signa avec fébrilité. Lamia le regarda, à la fois triste et désireuse de lui faire comprendre ce qu'elle était. Puis, brusquement, Acan s'écarta encore et, cette fois, elle n'insista pas.

Les doigts d'Acan tremblaient. Il avait presque oublié le fusil qu'il serrait entre ses jambes.

Sabir sentit alors qu'il était en position d'arracher son arme à son passager et de reprendre ainsi le contrôle de la situation. D'accord, il était entouré de deux véhicules, chacun occupé par des hommes armés, mais il distinguait un peu plus haut sur la route une issue vers la droite. Il ne lui restait qu'à calculer son temps pour s'engager au dernier moment et par surprise sur cette voie d'accès.

Mais dans ce cas, il pouvait dire adieu au crâne de cristal. Au manuscrit. Et aux réponses qu'il cherchait. Il réfléchit un instant, avec, tout au fond de lui, l'horrible certitude qui lui murmurait : Et adieu aussi à Lamia… Jamais elle ne lui pardonnerait d'avoir ainsi abusé de sa confiance.

Sabir ne fit donc rien. Pour la première fois depuis le suicide de sa mère, il comprit qu'il faisait passer avant les siens le bien-être et le bonheur d'une autre personne. Un sentiment tout à fait nouveau pour lui. Commençait-il à émerger de près de dix ans d'enfermement sur lui-même ? Il jeta dans le rétroviseur un regard possessif sur Lamia.

Les surprenant tous les trois, Acan choisit cet instant pour toucher le visage de la jeune femme. Quelque chose changea alors dans ses yeux. La peur en disparut et il hocha la tête comme si une vérité apparaissait soudain en lui – un secret qu'il avait toujours cherché à connaître.

Se détournant de Lamia, il lâcha :

– Ça va, maintenant. Je suis désolé…

Puis il se mit à pleurer en silence.

– Qu'est-ce qui se passe ? demanda Sabir d'une voix dure.

– Rien, répondit Lamia. Je lui ai rappelé la marque de Caïn. Je lui ai dit que Dieu m'a donné cette marque parce que je suis issue d'une engeance maléfique. Et que je considère cela comme un signe ; le signe pour moi de tourner le dos au mal que représente ma famille, de voler de mes propres ailes. Comme le *Demian* de Hermann Hesse.

– Qu'il a lu, bien sûr ?

– Ne ris pas, Adam. Je lui ai expliqué que le dieu Abraxas enchaîne tout ce qui est bien et mal sur cette terre, et que nous avons chacun à détruire un monde si nous voulons renaître. Je lui ai traduit une citation de Hesse qui dit : *L'oiseau lutte pour sortir de sa coquille. La coquille est le monde. Celui qui désire renaître doit détruire un monde. L'oiseau vole vers Dieu. Le dieu s'appelle Abraxas.*

– Lamia, il est en larmes, bon sang !

– Mon image de l'œuf signifie quelque chose pour lui. Ici, ils utilisent l'œuf pour se débarrasser des pensées mauvaises. Je crois qu'il comprend ce que je représente, maintenant. Il ne pense plus que j'ai le mauvais œil.

Sabir jeta un regard furtif à Acan. Puis à Lamia. Derrière lui, il devinait les yeux humides de Calque.

Il éprouva soudain l'impression d'être mal renseigné, et donc incompétent. Pas digne de l'amour de Lamia. Que faisait-il ici ? Quel droit avait-il d'interférer avec la vie de tous ces gens ? D'agir comme une sorte de catalyseur impie face à des forces réunies qu'il ne comprenait que mal, et sur lesquelles il n'avait aucun contrôle ?

– Désolé d'avoir fait cette plaisanterie sur le livre de Hesse, dit-il. Parfois, je ne comprends même pas mes propres motivations. Je croyais tout simplement te posséder et je n'aimais pas le fait que tu ne m'inclues pas dans ce que tu disais à… Quel est ton nom, déjà ?

– Acan.

– Eh bien, Acan, voici Lamia. Lamia de Bale. Derrière moi, c'est Calque. Joris Calque. Et moi, je m'appelle Sabir. Adam Sabir.

Acan sourit à travers ses larmes.

– Et moi, je m'appelle Acan Teul. Je suis maya. Du village d'Actuncoyotl. Mon père a pour nom Anthonasio, on le surnomme Tonno. Et ma mère s'appelle Ixtab.

Lamia eut pour Sabir un sourire plein de gratitude. Puis, se tournant vers Acan, elle déclara :

– Ixtab, c'est un très joli nom.

– Oui, c'est celui de la femme à la corde. Notre déesse du suicide. En maya yucatec, le suicide est une notion positive. C'est une façon honorable de terminer sa vie. Ixtab est la déesse qui accompagne au paradis les personnes qui se sont donné la mort. Elle s'assure qu'elles y sont bien accueillies et reçoivent le respect qui leur est dû.

– Le suicide ? répéta Sabir, à la fois intrigué et soupçonneux. Pourquoi parler de suicide, tout à coup ?

Calque lui posa une main sur l'épaule. Ils avaient tous les nerfs à fleur de peau, et Sabir plus que les autres. Le capitaine savait qu'il dormait très mal… et très peu. Ces derniers jours, l'Américain s'était montré de plus en plus nerveux, stressé, à l'image de ce qu'il avait été après s'être dramatiquement frotté à Achor Bale. C'était un peu comme s'il lui manquait trois ou quatre des couches d'épiderme que tout homme possède naturellement.

Au début, Calque avait estimé que sa toute récente relation avec Lamia allait servir à le calmer un peu. Mais paradoxalement, leur histoire d'amour semblait avoir sur lui l'effet inverse, faisant de Sabir un homme encore plus sur les nerfs qu'à l'accoutumée. Avec Lamia, il devrait, à l'avenir, avancer très prudemment s'il ne voulait pas craquer de nouveau. Le capitaine pesa donc ses mots avant de répondre :

– Acan veut dire que la déesse Ixtab agit comme une espèce de guide spirituel en escortant les morts vers leur vie dans l'au-delà. Les shamans peuvent aussi remplir ce rôle, d'après ce que je comprends. Un passe-temps assez innocent.

– Oui, oui, affirma Acan en remerciant Calque du regard pour son intervention. C'est ce que fait ma mère. Elle est *iyoma.*

– *Iyoma* ?

– Oui, femme shaman. Une sage-femme, en fait. C'est elle qui dit, au moment de la naissance d'un enfant, s'il deviendra ou non lui aussi un shaman. S'il naîtra avec une âme séparée, comme un vrai shaman, et fera beaucoup souffrir sa mère lors de l'accouchement. Ce qui peut être une très mauvaise chose pour elle. Il arrive parfois que l'*iyoma,* pour cette raison, ne dise rien aux parents quant à leur enfant à naître, mais ne le leur révèle que lorsqu'elle en sait un peu plus sur lui.

– Pourquoi ta mère a-t-elle reçu le nom de la déesse du suicide ? s'étonna Sabir en regardant le jeune Maya comme s'il était responsable de la mort de la sienne.

Mais Acan, déjà secoué par ses propres émotions, ne parut pas en tenir compte. Essuyant ses larmes d'un revers de main, il répondit :

– La vieille *iyoma* que nous avions à cette époque dans le village a senti dès sa naissance que ma mère serait un shaman. Elle a su d'instinct que cette petite fille était reliée par son cordon ombilical à la déesse Ixtab. Sans rien dire à ses parents, elle est allée voir les anciens et leur a suggéré ce nom. Dans notre village, nous respectons les anciens. Nous faisons ce qu'ils nous commandent de faire. Ma mère a donc été appelée Ixtab. Elle a guidé beaucoup de gens vers leur vie après la mort et en a introduit beaucoup d'autres dans ce monde comme fruits de la terre. C'est une femme très sage.

Acan hocha la tête, comme s'il disait là une évidence.

– Vous la rencontrerez, Adam. Nous allons à Ek Balam. Tout près de mon village. Ma mère sera là ; elle vous attend.

Acan posa un regard intrigué sur Sabir. Car soudain, sans prévenir, celui-ci s'était mis à pleurer.

65

Le *halach uinic* n'avait jamais vu cela. Qui avait ordonné que surviennent de tels événements ? Hunab Ku ? Itzam Na ? Le dieu du maïs ? Le dieu qui n'avait pas de nom ? Et que signifiaient-ils ?

Pourquoi, par exemple, ces étrangers avaient-ils tant besoin de ce treizième masque de cristal, sans lequel les douze autres ne pouvaient chanter ? Et pourquoi avait-il fallu encore un étranger – un homme de la région de Veracruz ! – pour apporter aux Mayas l'incroyable cadeau que représentait ce quatrième manuscrit complet, qui se rangeait aux côtés de ceux de Dresde, de Madrid et de Paris, tous volés aux Mayas par les descendants des conquistadors ? Le *halach uinic* comprenait qu'on lui annonçait quelque chose, que des voix lui étaient apportées par le vent et qu'il lui fallait impérativement les écouter.

Il se tourna vers le *mestizo* porteur du livre et, l'air grave, déclara :

– Nous ne pouvons te prendre ce livre. Il est dans ta famille depuis des générations. C'est à toi qu'il appartient, pas à nous. Ce serait mal de ma part de ne pas te révéler la valeur de ce manuscrit. Si tu devais l'emporter hors du pays – aux États-Unis, par exemple, ou en Angleterre –, les *gringos* feraient de toi un homme très riche. Tu pourrais t'acheter des voitures, des maisons, et faire l'amour à une femme différente chaque jour. Tu pourrais traverser le ciel en avion et voir des choses que nous, ici, ne connaissons pas. Tu ne dois donc en aucun cas nous donner ce livre. Il est à toi. Tu dois en faire ce que bon te semble.

Alors qu'il prononçait ces paroles, le *halach uinic* ressentit une violente douleur dans le bas du dos, comme si un calcul formé dans l'un de ses reins cherchait à s'en échapper. Il savait qu'en disant ces mots il risquait de perdre le plus beau présent que son peuple avait jamais reçu. Mais il savait aussi qu'il devait prononcer ces mots – et les penser –, sinon ce présent n'aurait aucune signification.

Les yeux fixés droit devant lui, le *mestizo* semblait se concentrer sur le véhicule devant eux – celui qui emmenait les *gringos*.

Se tournant à demi vers le *halach uinic*, il demanda :

– Et le crâne ? Ce sont les *gringos* qui l'ont trouvé, pas toi. Vas-tu le leur offrir en retour, aussi ?

Le *halach uinic* sentit le poids du destin descendre sur lui comme le couvercle d'un cercueil. Comment ce *campesino* voyait-il les choses avec autant de clarté ? Comment savait-il lui poser de telles questions ? Il avait dû être choisi par Dieu. Il n'y avait pas d'autre explication.

Sans lui laisser le temps de répondre à sa question, le *mestizo* le regarda dans les yeux pour la toute première fois en lui demandant :

– Tu es le grand prêtre, non ? Celui qu'on appelle le *halach uinic* ?

– C'est ce qu'on dit, oui. Mais je ne suis pas entièrement d'accord avec eux là-dessus…

– Avec les autres prêtres ?…

– Les *chilan* et les *ah kin*.

– Ils feront ce que vous leur commanderez ?

– Non. Ils feront ce que leur esprit leur dira.

– Mais pourtant… ils vous écoutent ?

– Je suis un porte-parole. Oui. Cela, ils l'acceptent.

– Alors, vas-tu rendre ce crâne aux étrangers ?

Le *halach uinic* ferma les yeux. C'était le treizième crâne dont ils parlaient. Le crâne du pouvoir. Toute sa vie, il avait entendu des récits à son sujet. Sur l'endroit où il pouvait être caché. Sur les secrets dont il pouvait fournir la clé. Et sur le fait que ce crâne pouvait détenir la réponse quant à ce qui arriverait après le temps de la grande transition – le 21 décembre 2012, date qui marquerait la fin du compte long maya.

Le grand prêtre savait que, une fois ce crâne en place – et avec les offrandes appropriées –, les douze autres accepteraient de chanter et de révéler aux *chilan* ce qui surviendrait dans le futur, quand tout serait dit et fait.

Tu n'es qu'un nicanic, se dit-il alors. *Oui, un nigaud. Les autres prêtres feraient mieux de t'attacher tout de suite et te jeter dans le cénote X'Canche, pour te laisser te noyer la tête en bas, en sacrifice aux dieux.*

—Je rendrai le crâne aux *gringos.* Comme je t'ai offert de garder le livre que tu nous as apporté. Cela te convient-il ?

– Oui. Et quand vas-tu faire cela ? Maintenant ?

– Dès que nous aurons atteint Ek Balam. Je ferai fermer le site pour la journée. Nous monterons ensemble la grande pyramide. Je vous ferai mon offre là-haut, aux étrangers comme à toi. Devant l'*ahau kan mai*, les *chilan*, l'*ah kin* et les shamans, tous ceux à qui je demanderai de se rassembler.

J'ai hoché la tête. Qu'est-ce qui m'avait poussé à exiger cela de lui ? Pourquoi m'étais-je adressé de cette façon au grand homme ? Avais-je perdu la raison ? De toute ma vie, je n'avais parlé à personne avec autant d'autorité. J'avais dû pénétrer dans un royaume qui dépassait le domaine de mon imagination.

J'ai soudain revu ma maison, et ma mère en train de m'attendre sur le seuil, à la fin du jour. J'ai eu envie d'être chez moi, dans le Veracruz, de retour après ma journée de travail, fatigué mais heureux. J'ai eu envie que ma mère me frotte le dos et le visage avec un linge humide. Envie qu'elle me taquine car je n'avais pas encore trouvé de femme pour prendre soin de moi comme elle le faisait ; une belle-fille qui l'aiderait à la cuisine et au ménage, qui lui donnerait des petits-enfants.

J'ai fermé les yeux et j'ai pensé à tout l'argent que le *halach uinic* m'avait assuré que j'aurais si je vendais le livre aux *gringos.* Mais il pouvait peut-être faire une copie de ce livre. Ainsi, je pourrais empocher l'argent sans mauvaise conscience. N'était-ce pas ce qu'il avait suggéré ?

Alors, je pourrais construire une plus grande maison pour ma mère et moi. Me trouver une femme, qui la respecterait et lui rendrait la vie plus douce. Je pourrais m'acheter un petit *chayotal.* Faire pousser de la courge et du café. Et même élever quelques vaches.

Je savais que le *halach uinic* me regardait, une expression étrange sur le visage. Comme s'il devinait les idées qui me passaient par la tête, sans vouloir me juger pour cela.

66

Alastor de Bale considérait le Mexicain avec ce qui ressemblait à de l'intérêt. À la vérité, cela faisait des années qu'il ne s'intéressait à personne d'autre qu'à lui-même.

Il souffrait de cachexie, une maladie débilitante qui, dans son cas, ne provenait nullement d'un cancer ni du sida mais d'une acidose métabolique, elle-même étant le résultat d'une trop forte consanguinité.

Alastor n'avait aucune idée de ce que tout cela voulait dire, et il ne cherchait surtout pas à le savoir. Il savait ce que la cachexie finirait par lui infliger d'ici deux ou trois ans, et tout ce qui l'inquiétait pour l'heure, c'était de se procurer une régulière poussée d'adrénaline – la seule chose qui parvenait à le sortir de l'inévitable léthargie que lui imposait sa condition. Et s'il ne se trompait pas, le prétentieux Mexicain qu'il avait devant lui allait très certainement l'y aider.

– Je peux te fournir tout ce que tu veux, à condition que tu alignes le fric. En dollars américains, bien sûr. Et que des petites coupures. Rien au-dessus de vingt. Je te trouve un Uzi. Un mini-Uzi, même. J'ai aussi un Beretta M12. Un Heckler & Koch MP5K. Et même un Stoner M63. Encore emballé. Jamais servi. Le gars qui me l'a commandé s'est fait étendre alors qu'il venait le chercher.

– Tu as des pistolets ?

– Tout ce que tu veux, mec. Tout ce que tu veux. J'ai du Makarov. Du PSM. Du CZ.

– Je ne veux rien du bloc de l'Est.

– D'accord, d'accord. J'ai un Glock 18. Un Walther P4. Un Star 30M. Et peut-être bien un MAB P15.

– Non, pas de MAB P15.

– Comme tu veux, mec. Je donne ce que tu veux.

– Tu as un Beretta 92SB ?

– Quoi ? Un modèle de l'armée américaine ?

– Avec un blocage du percuteur. Oui.

– J'ai ça aussi.

C'est là qu'Alastor comprit qu'il était sur le point de se faire pigeonner. La manne qui vous tombait du ciel, c'était très bien, mais marcher sur l'eau, il fallait y croire.

– Il nous faut onze armes en tout. Donne-moi tout ce dont on a parlé, sauf le grand Uzi. Et rappelle-toi, pas de merde du bloc de l'Est.

– Non, non, je ne suis pas stupide. Chez moi, le client est toujours le roi.

– Combien ?

– Dix mille, fit le Mexicain en bavant presque.

– Tu cherches à me baiser ou quoi ?

– Hé, mec, non ! J'ai des filles, pour ça. Toutes sortes de filles. Tu en veux, aussi ? Je te trouve ce que tu veux. Des vertes. Des noires. Des rouges. Des blanches. Le cul en biais. Le cul redressé. Tu choisis.

– Je t'en donne cinq mille.

– Non, tu rigoles, mec. Tu sais comment c'est dur de récolter ce genre d'objets, dans le pays ?

– Aussi dur que ton trafic de filles. Je suis au courant des tunnels sous Agua Prieta par lesquels vous les faites passer, toi et tes potes.

– Hé, baisse la voix. Tu es dingue ?

Mais ce n'était pas les commentaires d'Alastor qui perturbaient le Mexicain. Il avait juste les yeux rivés sur les dollars.

– D'accord. Neuf mille. Mais c'est mon dernier prix. Les fédéraux se lâchent sur les armes illégales, en ce moment. On a de gros problèmes, maintenant. Ça nous coûte un max.

– Six mille.

– Non, non, mec. Je ne peux pas.

Alastor trouvait tout à fait jouissif l'embarras du Mexicain, qui devait décider de la bonne attitude à avoir face à ce client chipoteur. Trop souple, et celui-ci le fuirait. Pas assez souple, et la même chose se passerait – Alastor lèverait deux doigts et s'en irait voir ailleurs. Il fallait faire montre de subtilité.

Ainsi donc, Alastor regardait le Mexicain. Et attendait. Il avait appris que savoir attendre donnait toujours de bons résultats.

– Il faut que tu te mettes quelque chose sous la dent, mec. Tu es maigre. Trop maigre.

– Six mille.

– Pas possible. Mais je vais te dire. On oublie le Stoner et je te fais tout le reste pour sept mille.

– D'accord.

– D'accord ?

– De toute façon, je ne voulais pas du Stoner. Trop gros. Trop bruyant. Trop facile à tracer.

– C'est ce que je pensais aussi. Oui, c'est ce que je pensais...

Il dégoulinait de sueur, à présent. L'idée d'empocher sept mille dollars le dévorait comme de l'acide. Peut-être aurait-il pu emmener le *gringo* jusqu'à huit mille ?

– Où est-ce que je prends le matériel ?

Le Mexicain regarda la *cantina* autour de lui. Un bar pour les hommes, totalement vide en ce début d'après-midi, la plupart de ses occupants habituels faisant la sieste ou prétendant travailler.

– Tu viendras seul ?

– Oui. J'ai une voiture. Ce sera facile de mettre le matériel à l'arrière.

– Tu as déjà fait ça ?

– Non.

Alastor sourit, les rides de stress formant des sillons glacés sur son visage émacié.

– Tout ça, c'est nouveau pour moi.

Ce fut au tour du Mexicain de sourire. Il savait maintenant qu'il avait affaire à un vrai pigeon. Sa réponse le prouvait. Dans son monde, personne n'admettait son inexpérience. Dans son monde, chacun avait tout fait au moins mille fois.

– On se retrouve ce soir. À six heures. Il y a un site de grottes, près de Valladolid. Ça s'appelle Balancanché. Rendez-vous sur le parking. Tu ne peux pas le louper, mec. Ça se trouve à quelques kilomètres à peine au sud de Chichén Itzá.

Fronçant les sourcils, il ajouta :

– Et rappelle-toi : pas de coupure au-dessus de vingt dollars.

– OK, sept mille. On est d'accord ?

Le Mexicain faillit se trahir, alors. Il manqua d'éclater de rire. Ce *gringo* était impayable. On était tenté de l'attraper par une main et de le faire tournoyer en l'air comme un lasso.

– Oui. Sept mille. Tu auras les meilleurs flingues de tout le Mexique, crois-moi. Tu peux me faire confiance ; tu t'es pointé au bon endroit.

67

Lamia s'assit par terre, ramena ses jambes sous elle comme elle l'avait vu faire chez les femmes mayas qui s'affairaient autour d'elle en tissant, pilant le maïs, cuisinant ou pétrissant de la pâte pour les tortillas. Tout cela en prétendant ne pas regarder les *gringos*, et, tout particulièrement, la *gringa* au visage marqué de rouge.

Lamia jeta un regard furtif à Sabir. Un regard inquiet qu'il ne lui connaissait pas.

– Qu'est-ce qu'ils vont faire de nous, d'après toi ?

Il vint s'accroupir à ses côtés, les yeux fixés sur les deux gardes debout à l'entrée de la clairière, fusil à la main.

– Entre nous, ils peuvent faire ce qu'ils veulent. Personne ne sait que nous sommes ici. Personne ne se soucie de nous. Ils pourraient nous tuer et nous enterrer au milieu de nulle part, personne ne le saurait. Il ne leur resterait plus qu'à déshabiller le Cherokee et l'envoyer au Guatemala. On a changé nos dollars en pesos, à la frontière, Lamia, et on a payé en espèces tout ce qu'on a acheté en chemin : l'essence, la nourriture et les hôtels. Ça nous a paru une super bonne idée, sur le moment. Mais résultat, il n'y a aucune trace de nous au-delà de Brownsville.

– Je ne crois pas qu'ils iront jusque-là, Adam. Acan est un gentil garçon. Ce n'est pas un tueur.

– C'est ce que je pense aussi…

Lamia lâcha un lourd soupir, heureuse que Sabir pense finalement la même chose qu'elle.

– Mais qu'est-ce qu'ils ont fait de Calque ?

– Ils l'ont emmené de l'autre côté de la clairière. Il doit être en train de manger quelque chose. Ou alors les prêtres, après s'être fabriqué une cape avec sa peau, sont maintenant en train de le manger, qui sait ? Oui, peut-être que je me suis complètement trompé, finalement, et qu'on est les prochains à passer à la casserole.

Lamia fit mine de lui jeter une poignée de sable à la figure. Elle rit en le voyant perdre l'équilibre pour l'éviter, avant de se vautrer par terre.

Sabir se releva vite et tapota sa chemise pleine de poussière.

– Disons que je l'ai mérité, sourit-il. Je n'avais pas compris que tu étais une femme aussi dangereuse et impulsive.

Satisfait de lui avoir rendu un peu de gaieté, il s'accroupit de nouveau aux pieds de Lamia, qui lui demanda :

– Tu as une idée de l'endroit où nous sommes ?

– Oui, vaguement. En chemin, j'ai vu un panneau qui annonçait Ek Balam. Et il y a une pyramide, là-bas. Tu la vois ? Elle dépasse à peine des arbres. Il semblerait donc qu'on se trouve dans ou près du site qui, si je me souviens bien, est situé à quelques kilomètres au nord de la grande route de Cancún, qui traverse Valladolid. Franchement, ils n'ont pas l'air de s'inquiéter du fait qu'on sache où on se trouve.

– S'ils s'en moquent, c'est parce qu'ils vont de toute façon nous tuer. Peut-être que tu avais raison, finalement.

– Oui. Et peut-être que le verre est toujours à moitié vide, et jamais à moitié plein. Non, Lamia, je pense qu'on leur a posé un problème qu'ils tentent de résoudre eux-mêmes. Tu as vu leur réaction devant le crâne de cristal ? Et maintenant ils ont ce livre que le garçon a rapporté du Veracruz. Ça fait beaucoup pour une seule journée. Je suis sûr que ces gars sont de vrais Mayas, qui nous ont pris pour des pilleurs de tombes et qui se sont interposés pour protéger leur site sacré. Je fais confiance à Calque pour parvenir à les rassurer de ce côté. Il est très doué pour ce genre de chose.

– Et mes frères et sœurs ?

– Espérons qu'on les a réellement semés là-bas, près de Jaltipan.

– Tu aurais des raisons de croire le contraire ?

– En fait, non. Mais je n'ai pas envie d'imaginer jusqu'où ils seraient capables d'aller pour mettre la main sur le crâne et le codex. Dès l'instant où des armes entrent en jeu, comme avec ces Mayas, tout jugement rationnel part à la poubelle. Les gens se comportent comme des animaux. Je ne suis pas assez stupide pour ne pas comprendre que, si ça tourne à la bagarre entre ces gens et le Corpus, celui-ci gagnera haut la main. C'est comme ça que tu vois les choses, toi aussi ?

Lamia hocha la tête sans rien dire.

68

En fin d'après-midi, le *halach uinic* avait enfin réussi à rassembler tous ceux dont il devait s'entourer pour procéder à la cérémonie de l'arrachage de peau. C'était en effet la décision qu'il s'était résolu à prendre, ce matin, dans la voiture qui les avait conduits jusqu'ici.

Après une prière seul et une longue réflexion, le *halach uinic* avait décidé de s'offrir lui-même en sacrifice afin de se réconcilier avec les dieux et, à travers eux, avec Hunab Ku – le seul «dieu unique», qui incarnait à la fois Quetzalcóatl et Kukulcán.

Bien sûr, le grand prêtre n'avait pas l'intention de se sacrifier lui-même au sens purement physique. Cette tradition était depuis longtemps obsolète. Les colonisateurs espagnols avaient eu raison de bannir les sacrifices humains – il y avait un temps et un lieu pour toutes choses et, au début du XXIe siècle, une mort non nécessaire, même suivie de l'inévitable renaissance, était totalement déplacée.

Le sacrifice que le *halach uinic* avait l'intention de faire était plus difficile encore que le fait de donner sa vie pour une cause. Car l'acte de rendre le crâne de cristal et le manuscrit à leurs propriétaires respectifs devait être payé en retour. Et c'était à lui, chef représentatif de tous les autres prêtres, qu'incombait cette tâche.

Il regarda le temple principal. Tout était prêt. Les prêtres et les shamans étaient en place. Les marches vers le sommet de la pyramide étaient ornées de nénuphars, de fleurs de *pitaya* et de feuillages de *corozo.* Objets rituels et offrandes de toutes sortes – cigares, orchidées, chocolat, sucre candi, aguardiente, bols de résine de *sacpom* fumante et bougies – décoraient le chemin menant aux marches. On chantait des prières, et des feux étaient allumés tout autour. Le calendrier des jours avait été compté par l'un des prêtres, et de l'encens de *copal* blanc brûlait pour signifier que la confrérie avait été élargie. Sur chacune des marches, des croix plongées dans le miel représentaient le *chaacoob* – un cercle encadrant les quatre points cardinaux avec leurs couleurs respectives : rouge pour l'est, blanc pour le nord, noir pour l'ouest et jaune pour le sud.

Les shamans et l'*iyoma* – plus communément appelée *ajcuna*, ou conseillère spirituelle –, chacun muni de son sac d'objets rituels, étaient déployés sur tous les niveaux de la pyramide. Certains d'entre eux portaient des colliers de coquillages et des coiffes de plumes de quetzal, d'ibis, de flamant et de perroquet. Tous étaient vêtus de façon différente car, chez les Mayas, les vêtements possédaient un langage caché ; et ceux qui savaient parler ce langage pouvaient en apprendre beaucoup – sur l'âge, le rang, le statut au sein de la communauté et même le niveau de conscience psychique – à la simple vue du costume qu'un homme ou une femme avait choisi de porter ce jour-là.

Le *halach uinic* reconnut Ixtab, la mère d'Acan, debout à mi-hauteur des marches vers le sommet de la pyramide. De toutes les *iyoma* croisées au cours sa vie, Ixtab était la plus perspicace. Il était heureux de voir qu'elle avait, pour un temps, mis de côté son travail journalier afin de répondre à son appel. Il voulait qu'elle voie les *gringos.* Il avait besoin de connaître son opinion.

Fermant les yeux, il se concentra quelques instants, en espérant que, au milieu de l'excitation de la cérémonie, ses canaux de communication avec elle restent ouverts. Car le *halach uinic* et Ixtab se retrouvaient régulièrement via leurs rêves. La connexion entre eux était peut-être muette, mais il savait avec certitude que son *nawal* avait choisi Ixtab pour le guider dans la nuit ; que c'était elle qui avait été envoyée pour l'empêcher de commettre les fautes que suscitaient l'orgueil et l'inévitable vanité humaine. Elle était sa protectrice et sa conscience. Son docteur spirituel et sa compagne de vie.

Ixtab posa les yeux sur le grand prêtre, le visage presque translucide sous sa coiffe de plumes. D'un geste furtif, il leva les mains et les ouvrit vers le ciel, tandis qu'Ixtab tournait elle aussi les paumes, mais vers le sol.

Le *halach uinic* comprit ce qu'elle lui disait. Peu de gens savaient que ce site méconnu d'Ek Balam était le véritable centre spirituel de la croyance maya. Un lieu où les prêtres se rendaient depuis des générations, certains qu'un gardien serait là pour les accueillir et les faire passer sous l'arche de pierre qui en gardait l'entrée – connue localement sous le nom de « Temple des mains qui prient ». Le gardien lavait alors les genoux, les pieds et les mains du prêtre visiteur, avant de lui choisir une place dans l'une des alcôves de pierre non ensevelies. Le prêtre y entrait pour se recharger en énergie et se reconnecter avec la nature.

Pour les plus éclairés, Chichén Itzá, Tulum, Palenque et bien d'autres grands sites de l'ancienne civilisation maya n'étaient autres que les tristes souvenirs d'une grandeur disparue. Ils n'avaient plus rien à offrir. Quelle que soit l'énergie qui leur restait, elle était cachée si bas sous terre qu'on ne pouvait l'atteindre qu'à travers un rituel extrême et profond. À Ek Balam, cependant, l'énergie émergeait du sol telle une fontaine.

De plus, Ek Balam, dont le nom signifiait le « jaguar noir », était le seul site du Mexique, du Guatemala et du Belize réunis à mêler encore les trois éléments essentiels et les centres d'énergie – le ciel, la terre et les Enfers. Les mains abaissées d'Ixtab, qui faisaient écho au geste vers le ciel du *halach uinic*, signifiaient la reconnaissance de ce fait et rappelaient au grand prêtre qu'il devait se fier, faire confiance et ne pas tenter de dominer.

Celui-ci répondit à l'avertissement d'Ixtab en inclinant la tête. Puis il fit signe à Acan, Naum et Tepeu d'amener les trois *gringos* ainsi que le *mestizo* du Veracruz.

Devinant le vif intérêt que créait l'apparition des étrangers, il laissa l'émotion collective le pénétrer jusqu'à ce que la réaction de chacun devienne un peu la sienne.

Ce ne fut que lorsqu'il eut l'impression de porter en lui les espoirs de la foule qu'il entreprit de monter les marches de pierre.

69

Sabir se sentait apaisé. Mais étrangement, il n'éprouvait pas le besoin de savoir pourquoi. Il était juste heureux de se prélasser dans une espèce d'harmonie nouvelle et de laisser la guérison faire son travail.

Au bout d'une demi-heure d'absence quasi totale, quelque chose le sortit brutalement de sa rêverie. Il se mit à regarder avec une curiosité grandissante les préparatifs de la cérémonie menés par le *halach uinic.* C'est alors qu'il réalisa que celui-ci communiquait de façon presque télépathique avec une femme debout au milieu des marches de la pyramide.

Sans trop se demander comment il avait réussi à s'infiltrer dans leur conscience, il sentait clairement l'énergie qui circulait entre eux deux. C'était un peu comme le claquement soudain d'un rideau à la fenêtre… une sensation incontrôlable mais qui lui procurait la certitude de pouvoir intervenir entre ces deux personnes selon son gré – ce qui, il le savait, serait considéré comme la pire des impolitesses.

Il se tourna vers Calque, à sa gauche, puis vers Lamia, à sa droite, tous deux plongés dans l'observation des préparatifs de la cérémonie.

Était-il devenu fou ? De toute évidence, ses compagnons n'avaient pas la moindre idée de ce qui se passait dans sa tête – pas plus qu'ils ne semblaient vivre la même expérience que lui.

Ses perpétuelles nuits sans sommeil finissaient-elles par le rattraper ? Était-il en train d'halluciner ? Sabir s'ébroua comme un chien et tenta de se concentrer sur la scène qui se déroulait devant lui.

La première chose qu'il constata fut que les Mayas, assemblés en masse, paraissaient plus petits qu'il l'avait imaginé. Le visage rond, les pommettes saillantes, ils souriaient beaucoup et semblaient toujours près de rire. La plupart des femmes étaient trapues, solides et bien campées sur leurs jambes. Beaucoup d'entre elles affichaient des traits asiatiques, d'autres avaient le nez busqué, les yeux en amande, une chevelure d'ébène, la bouche expressive et sensuelle. La couleur de leur peau allait du café au lait jusqu'au brun sombre, certaines étaient dotées d'une opulente poitrine, d'autres avaient une chute de reins très saillante. Toutes ces femmes portaient les cheveux longs, tandis que les hommes étaient le plus souvent coiffés en brosse.

Sabir remarqua aussi que les Mayas avaient l'air de flâner plutôt que de marcher. Les femmes, souvent coiffées d'une queue-de-cheval, portaient une longue robe blanche bordée de fleurs sur un épais jupon, et aussi le *rebozo*, un châle jeté autour des épaules. Les plus jeunes arboraient souvent de longues boucles d'oreilles colorées.

Oui, ces hommes et ces femmes ressemblaient à s'y méprendre aux visages sculptés dans la pierre qui ornaient les temples de leurs ancêtres.

– Sabir, levez-vous. On y va.

– Quoi ?…

Calque le regardait comme si l'Américain avait perdu tout sens des réalités.

– La cérémonie, qui se prépare devant vous depuis plus de deux heures, maintenant… Ne me dites pas que vous n'avez rien suivi.

Se tournant vers Lamia, il enchaîna :

– Vous croyez qu'une espèce d'alien s'est emparé de lui ?

– Oui.

– Eh bien, moi aussi, maugréa-t-il en regardant s'approcher Acan, Naum et Tepeu.

Aucun d'entre eux ne portait de fusil, à présent, et ils avaient troqué leurs vêtements de tous les jours contre une longue tunique blanche.

Acan se détacha alors du groupe et s'avança vers Sabir. Naum fit de même, mais pour se diriger vers Calque. Et Tepeu rejoignit Lamia avant de l'inviter, avec le *mestizo*, à l'accompagner.

Sabir se sentait mal à l'aise de paraître aussi détaché de ses compagnons. Lamia elle-même le regardait comme s'il était soudainement devenu un autre. Décidant alors de jouer la bonhomie, il afficha un sourire totalement faux et déclara :

– Tout n'est plus que douceur et légèreté, maintenant. Vous voyez ? Ils se sont même débarrassés de leurs fusils.

Calque secoua la tête d'un air effaré.

– Sabir, vous n'avez peut-être pas remarqué, mais il y a au bas mot un millier de Mayas qui nous entourent, en ce moment. Pourquoi auraient-ils besoin de fusils ?

70

Alastor de Bale patientait depuis deux heures dans sa voiture, sur le parking des grottes de Balancanché. Il était six heures du soir et, une heure plus tôt, tous les employés avaient quitté les lieux, ne laissant sur place que le vieux préposé au lavage des voitures, qui espérait une dernière commission. Alastor lui avait donné cent pesos avant de l'envoyer paître.

L'homme s'attarda encore une dizaine de minutes autour des véhicules, jusqu'à ce qu'Alastor fasse mine de lui trancher la gorge. Jamais il n'avait reçu cent pesos à ne rien faire, et s'il traînait avant de partir, c'était juste pour s'assurer que le squelette qui se tenait au volant était bien réel.

Alastor jeta dans le rétroviseur un nouveau coup d'œil sur l'entrée du parking. Le vendeur d'armes n'était pas idiot. Il n'y avait qu'une route dans le coin, bordée des deux côtés par une forêt et des broussailles impénétrables. Derrière lui se trouvaient les grottes – closes, à présent, depuis le départ des touristes. Et aucun gardien en vue. À quoi bon ? Il n'y avait absolument rien à voler, ici.

Dissimulés au pied des sièges de la Hyundai, Rudra et Oni avaient pris position une demi-heure plus tôt, après qu'Alastor leur avait assuré que la voie était libre ; Berith et Asson se trouvaient dans le coffre du véhicule. Il faisait une chaleur étouffante, là-dedans, mais les deux hommes avaient l'habitude d'attendre – ils se mettaient alors en mode ralenti et le temps passait plus vite.

À exactement six heures quinze, un 4x4 Suzuki blanc montra le nez au bout du chemin menant aux grottes. Il stoppa à l'entrée du parking, le conducteur jeta un regard autour de lui puis effectua un brusque demi-tour pour venir se garer devant la sortie dont il bloqua le passage.

Alastor sourit.

Trois hommes émergèrent du véhicule. Le Mexicain qu'il avait rencontré à la *cantina* était flanqué de deux sbires armés d'un mini-Uzi. Le premier tenait ce qui ressemblait à un Glock 18, canon vers le bas.

Alastor sourit cette fois de toutes ses dents. Trois flingues en vue. Il en restait huit.

Il sortit de sa voiture, les mains levées bien haut, et lança :

– Tu as l'intention de me tuer ?

– Pas si tu nous files le fric.

– Tu as les armes que je t'ai demandées ?

– On a ça. Ça t'ira ?

Ils s'avançaient lentement vers Alastor. Les deux qui entouraient le Mexicain jetaient autour d'eux le même regard inquiet que dans un bon vieux western spaghetti.

– Ça fait trois, ça. J'en avais demandé onze.

– Hé, mec, dommage… j'ai dû oublier le reste.

– Bon, d'accord. Trois, c'est mieux que rien. Mais on va devoir renégocier le prix.

– On va devoir quoi ? demanda le Mexicain en levant son Glock.

Il était à dix mètres, maintenant.

– Ah… je vois. D'accord, on va peut-être rester à ce qu'on a dit.

– Ouais, on va faire ça. Où tu as le fric ?

– Dans le coffre. Tu veux que je l'ouvre ?

– Non. On l'ouvre. Toi, tu te mets de côté.

– D'accord. Voilà la clé. Tu appuies au milieu de la télécommande. L'argent est dans un carton.

– Tu me prends pour un débile ?

– Comment ça ?

L'espace d'un instant, Alastor crut que le Mexicain avait changé d'avis et ne voulait plus ouvrir le coffre lui-même.

– Tu crois que je ne sais pas me servir d'une clé automatique ?

– Non, non, je n'ai jamais pensé ça. Je voulais simplement te faciliter les choses.

Maintenant que les hommes se trouvaient à un mètre d'eux, Alastor respirait clairement leur haleine alcoolisée. Avaient-ils ressenti le besoin de se blinder pour le tuer ? Pour se donner du courage ? Quoi qu'il en soit, l'alcool ralentirait leur temps de réaction.

Les hommes au mini-Uzi l'encadraient maintenant de près, tandis que le premier s'avançait vers la voiture pour en ouvrir le coffre.

Alastor laissa lentement glisser ses bâtons le long de ses manches, un dans chaque main. Puis il croisa les paumes devant lui, comme s'il était menotté. Déjà, il sentait l'adrénaline lui imprégner les veines. Deux d'un coup. Diable, y parviendrait-il ? S'en sortirait-il entier ?

Le Mexicain déverrouilla le coffre, et le capot se souleva… sur Berith et Asson qui surgirent comme des diables de leur boîte. Au même instant, Oni et Rudra bondirent dehors en ouvrant à toute volée les portes de la Hyundai.

Alastor jeta les bras en avant, ses bâtons de combat brandis devant lui telles les pinces d'un crabe prêt à l'attaque. Le craquement d'os et de dents qui lui parvint alors aux oreilles lui procura une immense satisfaction.

Les deux hommes gisaient maintenant par terre. Et derrière lui, son prétendu vendeur d'armes avait succombé au coup de bâton que Rudra lui avait asséné derrière le genou, puis à celui d'Asson, qui lui avait violemment atteint le sternum. Étalé sur le macadam du parking, il suffoquait.

Alastor fit signe à Oni et à Rudra de s'emparer des mitraillettes Uzi.

– Vérifiez la voiture. Et aussi la sortie de la route, là-haut. Ils ont peut-être des renforts.

Ses deux frères s'éloignèrent en courant.

– Toi, lâcha Alastor à l'adresse du Mexicain, tu es gaucher ou droitier ?

N'ayant pas totalement récupéré son souffle, il hocha la tête, incapable d'aligner deux mots.

– D'accord… tu tenais le Glock dans ta main droite. Je vais donc considérer que c'est celle que tu utilises d'habitude. Berith, viens donc me couper la main droite de monsieur. Juste au-dessous du coude, ça fera l'affaire.

Le Mexicain poussa un hurlement.

Berith sortit une machette du coffre de la voiture.

– J'ai aiguisé cette foutue chose tout l'après-midi et je n'ai toujours pas réussi à en obtenir un fil correct. Ce serait trop leur demander de les vendre avec des lames aiguisées ?

– Ça… ça veut dire quoi ? demanda l'autre d'une voix rauque.

– Ça veut dire qu'un seul coup ne suffira peut-être pas. Je vais sans doute devoir frapper plusieurs fois. Trois, peut-être. Sinon, je n'atteindrai pas l'os. Désolé, l'ami, mais tu comprends mon problème, non ?

Le Mexicain, dont l'une des jambes restait encore inerte après son coup derrière le genou, tenta de se glisser sous la voiture.

Mais, le saisissant par les pieds, Asson le tira violemment vers lui. Alors, il se dirigea vers celui des deux hommes à terre qui essayait péniblement de se relever, et lui asséna un cruel coup de bâton sur la tête. Puis il s'approcha de l'autre et lança :

– Celui-ci, tu l'as bien dézingué, Ali. Chapeau. Tu les as vraiment eus tous les deux d'un coup, ou tu t'y es pris à deux fois ? Réponds-moi franchement.

– Droite et gauche en même temps. Il devrait y avoir un club pour les gens comme moi. Avec un dîner d'honneur chaque année. Des vestes spécialement dessinées pour les membres, dont la poche serait ornée de deux bâtons croisés. Entrée exigée avec deux témoins, sinon dehors. Il en existe un comme ça à Londres, j'ai entendu dire.

– Vous voulez quoi de moi ? demanda soudain le Mexicain, qui respirait mieux, maintenant.

Maintenant que les deux monstres – le gros et le maigre – parlaient ensemble, il se disait qu'il avait peut-être encore une chance de sauver son bras.

– On te le dira après l'amputation. Berith, vas-y.

– Non, non ! Je vais vous dire où trouver le reste !

– Quoi ? s'exclama Alastor. Le reste de ma commande, c'est ça ?

– Oui, exact. On allait évidemment tout te donner. On voulait juste vérifier que tu n'étais pas armé.

– Tu veux dire, armé comme vous trois ? Comment voulais-tu que je vienne armé ? Je venais t'acheter des armes, pas m'en débarrasser, bouffon ! Coupe-lui le bras, Berith.

Le Mexicain se fourra aussitôt les mains sous les aisselles, tel un gamin en train de piquer une colère.

– Non… écoute-moi. On a un entrepôt. Avec juste un gars pour le surveiller. Sans alarme. Je vous y conduis.

– Tu ne nous conduis nulle part, reprit Alastor. Tu vas juste saigner à mort.

– C'est juste à dix kilomètres d'ici. À Xbolom. Tu prends à droite en quittant Chandok. Il y a un panneau qui dit *Agave Azul – El futuro de Yucatán.* C'est là que tu tournes. La grange est à deux cents mètres de là, sur la droite. De la tôle ondulée avec un toit en palmes…

– Tu es bien sûr de ça ? Si tu mens, je te supprime les deux mains.

– Non, non… je ne mens pas. Vas-y et tu verras. Prends tout ce que tu voudras.

Alastor ramassa le Glock et tira une balle dans la tête du Mexicain.

– Pas de souci, on y va.

71

— C'est parfait, comme endroit, déclara Abi en balayant du regard les alentours.

L'entrepôt s'élevait le long d'un champ d'agaves bleus. Fusils, pistolets et caisses de munitions étaient stockés un peu partout dans le bâtiment.

– Personne n'entendra rien. Quand on aura ramassé nos trois petits cochons, on pourra se payer du bon temps avec eux. Qu'est-ce que tu as fait des macchabées ?

– Ils sont dans la voiture.

– Et le gardien ?

– Il est dehors. Il peut toujours parler malgré sa mâchoire brisée.

– Amène-le ici.

Oni s'exécuta. L'homme saignait de la bouche.

– Il y a un cénote, par ici ? Vous devez bien vous fournir en eau quelque part ? Et ce n'est sûrement pas sur le réseau national.

L'homme baissa la tête, avec l'air de ne pas comprendre ce qu'on lui demandait.

– Frappe-le, Oni.

Comme celui-ci levait la main, l'autre échappa à sa poigne de géant et tenta de fuir.

Abi leva son Glock et lui tira dans le mollet.

– Oni, va dehors et demande à Berith s'il a entendu le coup.

– D'accord.

Abi attendit. Le gardien se tordait de douleur par terre. Une flaque rouge et visqueuse se formait lentement sous sa jambe blessée.

– Non, lança Oni en retournant dans l'entrepôt. On n'entend rien, dehors.

– Très bien.

Abi visa l'autre jambe de l'homme et tira.

– Maintenant, l'ami, c'est sûr que tu n'iras pas loin, avec tes deux jambes hors service. Le prochain coup, c'est dans ton bras qu'il atterrira. Puis dans ton ventre. Chaque fois que tu ne répondras pas à ma question, je t'atteindrai quelque part. Tu comprends mon espagnol ?

L'homme hocha la tête. Il avait le visage blême et le regard de plus en plus flottant. Bientôt, il allait sombrer en état de choc.

– Le cénote, où est-il ?

– Dans les bois… là-bas, vers le nord… souffla-t-il. À six cents mètres, environ…

– Qui d'autre est au courant ?

– Personne ne vient ici… si c'est ce que vous voulez dire… Personne n'ose… C'est pas des tendres qui tiennent cet endroit…

– Ah, oui ? Eh bien, maintenant, ils sont morts.

– Non… il y en a encore. Ils vont arriver… et vous allez tous crever.

– Combien ils sont ?

Le gardien hésita.

Abi pointa son Glock sur lui.

– Six… Huit, peut-être. Je sais pas…

– Et ils sont où, en ce moment ?

L'homme soupira. Manifestement, il sentait sa fin proche.

– Vous allez me tuer ?

– Ils sont où ?

– Là-haut, à la frontière américaine. Partis récupérer une grosse cargaison d'armes… Ils ne devraient pas revenir avant six jours, au moins… Pepito s'occupait d'un autre travail quand il a conclu le deal avec vous. Le boss nous a laissés pour garder l'entrepôt. Pepito… il n'aurait pas dû me laisser seul ici. Mais… il m'a promis cent dollars si je gardais la maison pendant une heure ou deux.

Il commençait à perdre conscience. Sa voix se faisait de plus en plus ténue.

– Vous… vous allez me tuer ?

– Brise-lui le cou, Oni.

– Eh, attends, pourquoi est-ce que je lui briserais le cou ? C'est dur de briser le cou de quelqu'un. Tu n'as qu'à lui tirer dessus.

– Non, j'ai besoin que tu t'entraînes. D'accord ?

– D'accord, répondit Oni avec un sourire mauvais.

Le gardien ferma les yeux. Il était content d'avoir menti au *gringo.* Content de ne lui avoir pas dit la vérité quant à son boss, à l'arrivage d'armes, au nombre d'hommes qui composaient le groupe et à la date de leur retour.

Lorsque Oni lui brisa le cou, ce fut presque un soulagement pour lui.

72

Abi observa longuement le cénote. On l'atteignait en traversant une épaisse étendue d'herbes hautes. Ce puits naturel formait une sorte de cylindre aux parois rocheuses, large de vingt mètres et profond de plusieurs dizaines de mètres. Des arbres poussaient tout autour, leurs feuillages courbés au-dessus de l'énorme trou sans jamais en atteindre les bords. Vers midi, la surface de l'eau, au fond, devait être baignée de lumière, mais en ce moment, à près de huit heures du soir, cela ressemblait plutôt à l'entrée de l'enfer.

Un tuyau y descendait, qui alimentait une série de pompes destinées à mener l'eau jusqu'à l'entrepôt. À part ce conduit, rien ne permettait de descendre dans ce puits ni d'en remonter. Tout ce qui y tombait y restait.

– Déshabille les trois macchabées et brûle leurs vêtements. Ensuite, dépose-les dans le Suzuki, abaisse les vitres d'une quinzaine de centimètres – assez pour laisser l'eau entrer mais pas assez pour laisser quoi que ce soit en sortir. Amène le 4x4 jusqu'ici et balance-le dans le cénote. En essayant de ne pas trop abîmer l'herbe au passage.

– Mais les cadavres, ils vont polluer l'eau, Abi.

– Eh bien, on boira de l'eau en bouteille en attendant, Vau. On ne va pas rester assez longtemps pour avoir besoin d'un bain.

– D'accord. C'est toi le boss. Et… tu as l'intention d'amener Sabir, Lamia et Calque ici, à l'entrepôt ?

– Oui. On va leur soutirer quelques infos, d'abord. Sabir va craquer dès qu'il verra qu'on s'en prend à Lamia. C'est ça, l'amour, Vau. Ça te rend vulnérable. Certains admirent la chose. Moi, je trouve au contraire que ça pue.

Abi regarda Vau se frayer un chemin vers l'entrepôt à travers les hautes herbes puis par le petit chemin qui longeait le champ d'agaves. Les choses ne pouvaient se passer mieux. Ils possédaient plus d'armes que les CRS et la Légion ensemble. Et avec ce puits naturel, ils avaient l'équivalent aquatique d'un incinérateur pour se débarrasser tranquillement des dommages collatéraux que constituaient ces quatre cadavres.

Maintenant, pour que son bonheur soit complet, il ne lui restait plus qu'à obtenir la bénédiction de madame sa mère pour se jeter sur Lamia, Calque et Sabir, et tout ce qui lui tomberait sous la main, dont le livre du *mestizo* et le crâne de cristal. Ce qui, vu les récentes recommandations de la comtesse, serait plus facile à dire qu'à faire.

Abi appela Athame au téléphone. Il savait que sa position pouvait être compromise si elle répondait au mauvais moment, aussi ne laissa-t-il passer que deux sonneries avant de raccrocher. Elle sentirait la vibration à travers ses habits et saurait qu'il cherchait à la joindre.

Il s'assit au bord du cénote et attendit en contemplant la surface sombre de l'eau, quinze mètres plus bas.

Lorsque son portable retentit enfin, il lui fallut un moment pour répondre. L'obscurité était tombée. Tout autour de lui, la forêt vibrait de mouvements furtifs d'animaux.

– Tu peux parler ?

– Oui. Il y a tellement de bruit en provenance du temple que, même si je hurlais, on ne m'entendrait pas.

Abi sourit. L'idée qu'Athame, avec sa taille de naine, puisse pousser des hurlements tenait de l'absurde.

– Qu'est-ce qui se passe ? demanda-t-il.

– Une sorte de cérémonie, on dirait…

– Tu peux voir ce qu'ils font ?

— Non, je ne suis pas assez près. Essaie de joindre Aldinach, pour ça. Elle est planquée dans un arbre, de l'autre côté du site. Elle a peut-être une meilleure vue. Je ne sais pas où se cachent Dakini et Nawal, mais tu as eu une bonne idée de nous envoyer ici, nous, les filles. Si on se fait choper, ils nous prendront pour une bande de *gringas* essayant d'apercevoir quelque chose de la cérémonie.

— Qu'est-ce que c'est, d'après toi ?

— Tu veux mon avis ?

— Oui.

— Je pense qu'ils sont en train de discuter de ce qu'ils vont faire du crâne et du livre. Ils ont fait monter Lamia et ses deux amis avec eux, en haut de la pyramide. Peut-être que, quand ils se seront décidés, ils leur arracheront le cœur pour l'offrir au dieu jaguar. Ensuite, quelqu'un pourra se revêtir de leur peau et se balader dans le sanctuaire comme au bon vieux temps. Ça nous épargnerait bien des ennuis.

— Qui « dirige les débats » ?

— Le grand prêtre. Si on garde un œil sur lui, on saura où trouver le livre et le crâne.

— Reste où tu es. Je te rejoins avec Vau, Asson, Alastor et Rudra. Je laisse Oni et Berith ici pour surveiller l'entrepôt.

— Quel entrepôt ?

— Je te raconterai plus tard. Mais en attendant, on a toutes les armes qu'il nous faut. Tu peux choisir : Beretta, Glock, Heckler & Koch, Star, Walther, Smith & Wesson.

— Je crois que je vais prendre le Walther.

— Bien vu. C'est un P4. Je te le remettrai en personne.

— Et après ?

— Je vais le savoir bientôt. Je m'apprête à appeler madame notre mère.

73

Sabir suivit le *halach uinic* jusqu'en haut des marches. Tous les regards étaient braqués sur lui et ses deux amis. La foule, dans sa plus grande partie, s'était tue, à part quelques murmures qui persistaient çà et là.

L'obscurité tombait peu à peu sur le site, mais les bougies, les feux de bois et les bols d'encens en exagéraient mystérieusement les effets. Plus Sabir montait, plus il lui était aisé de distinguer la couverture sans fin de la forêt qui s'étendait dans toutes les directions, tel un grand océan sombre entourant l'île fragile que formait la pyramide.

Arrivé à mi-hauteur, Sabir tourna instinctivement la tête à gauche, pour s'apercevoir qu'il se trouvait sur la même marche que la femme qu'il avait vue communiquer par télépathie avec le *halach uinic.*

Il fit un pas vers elle.

Mais, aussitôt, Acan lui posa une main sur l'épaule pour l'en empêcher.

– C'est Ixtab. Ma mère. Je t'ai parlé d'elle. Mais nous la verrons plus tard. Tu dois venir avec moi, maintenant. Tu ne peux pas rester ici. Les *chilan* montent à notre suite. Ils seront très irrités si tu troubles la cérémonie.

Repoussant la main d'Acan, Sabir ignora ses paroles, coupa la file de prêtres qui montaient et se dirigea droit vers Ixtab. Il avait l'air soucieux, comme si on l'avait soudain placé devant une énigme à résoudre. À peine conscient que le *halach uinic* et sa suite avaient stoppé leur progression et le regardaient avec stupéfaction, il n'avait qu'une idée à l'esprit.

Il tendit les deux mains vers Ixtab.

Souriante, celle-ci les prit entre les siennes. Elle inclina la tête à plusieurs reprises et articula :

– Bienvenue, shaman. Je vous attendais.

Une étrange énergie sembla passer de son corps vers celui de l'Américain.

– Shaman ?

Le puissant courant qui circulait entre eux paraissait maintenant provenir de Sabir seul.

– Pourquoi êtes-vous surpris ? demanda-t-elle. Vous luttez contre cela depuis des années. Vous ne le saviez pas ?

Sabir ferma les yeux et murmura :

– Un *curandero* tzigane, dans le sud de la France, me l'a dit. Il y a quelques mois. En un sens, il m'a même sauvé la vie.

– Voilà. Je le savais. Il était votre messager. C'est lui qui vous a envoyé à nous. Si vous étiez né ici, parmi nous, c'est moi qui vous l'aurais dit.

Elle le considéra un long moment puis continua :

– Votre mère aussi était shaman.

Il rouvrit brusquement les yeux.

– Que dites-vous ? Ma mère s'est donné la mort. Elle avait l'esprit dérangé.

– Non, reprit Ixtab. Elle n'était pas reconnue pour ce qu'elle était. Elle vivait parmi des gens qui ne comprenaient pas sa véritable fonction. Elle se consumait. Cela arrive. Mais cela ne doit pas vous arriver.

Derrière eux, Acan s'était effondré en grimaçant. Les choses ne se passaient pas comme prévu.

– Ce n'est pas possible, répliqua Sabir.

– Pourtant, vous savez que c'est vrai.

Il dévisagea la femme en face de lui. Il n'était pas question de douter de ses paroles. Elle croyait à ce qu'elle disait. Et lui y croyait aussi.

– J'ignorais cela de ma mère. Elle était trop démolie mentalement, alors. Et moi, trop jeune pour le comprendre.

– Elle ne le savait pas elle-même. Vous n'avez rien à vous reprocher. Votre père l'aimait trop. D'un amour qui la déstabilisait. Jamais elle n'aurait dû se marier. Un shaman doit rester célibataire. Il n'est marié qu'à la vérité.

– Mais vous ? Vous êtes mariée. Vous avez un fils.

– J'ai deux fils, corrigea-t-elle. Et trois filles. Mais je ne suis pas un shaman. Je suis une *iyoma.* Ma tâche consiste à reconnaître ceux que les dieux ont distingués, et à guider ceux qui se sont égarés.

– Auriez-vous guidé ma mère ?

– Seulement si elle était venue à moi. Car je ne peux pas aller chercher les gens. Cela dépasse mes pouvoirs. Et les pouvoirs de tous, sauf ceux de Hunab Ku.

Ixtab jeta un regard entendu au *halach uinic.* Qui lui répondit par un geste de la tête.

Sabir se tourna alors vers lui. Le prêtre lui tendit une main et l'enjoignit de le suivre avec Ixtab. L'Américain posa son regard sur Lamia, qui l'observait d'un air intrigué. Il lui fit un petit signe mais elle secoua la tête avant de reprendre sa place dans la file, derrière Calque et le *mestizo* du Veracruz.

C'est alors que Sabir sentit une froideur inhabituelle l'envahir. La sensation était si puissante qu'il eut l'impression d'être touché par l'ombre de sa propre mort.

Il se retourna vers Ixtab. Qui le poussait mentalement à gravir le reste des marches. Le message était si clair qu'il ne lui vint pas à l'idée de le remettre en question. Il reprit donc sa lente ascension, sans savoir ce qui allait lui arriver, ni pourquoi il agissait d'une manière aussi étrange. Qui était donc cette femme ? Et pourquoi se sentait-il aussi parfaitement connecté avec elle ? Pourquoi Lamia avait-elle refusé de l'accompagner ? Et quelle était la signification du triangle invisible qui semblait maintenant exister entre lui, Ixtab et le *halach uinic* ?

Aussitôt, trois images lui apparurent à l'esprit, comme elles l'auraient fait dans un rêve. Ensemble, elles étaient totalement cohérentes avec les questions qu'il s'était posées.

Dans ces images, le *halach uinic* était le ciel, Ixtab était la terre et lui, Sabir, représentait le monde souterrain.

74

— On ne fait rien.

— Qu'est-ce que tu dis ?

— Qu'on ne bouge pas. C'est ce que dit madame notre mère. On regarde et on attend.

Vau, Asson, Alastor et Rudra étaient assis dans la voiture avec Abi. Chacun avait nettoyé et testé son arme. Rudra avait dégoté dans l'entrepôt de vieux bouchons de liège, qu'il avait brûlés pour fabriquer un semblant de charbon dont ils s'étaient barbouillé le visage, les mains et les avant-bras, afin qu'aucun centimètre de peau blanche ne dépasse de leurs vêtements.

Alastor était encore tout excité après ce qu'il avait accompli aux grottes de Balancanché. Il sentait que ses frères éprouvaient la même sensation planante. Voilà à quoi ils étaient entraînés. Voilà pourquoi ils vivaient. Rien d'autre ne comptait vraiment.

— Mais ça fait plus d'une semaine qu'on attend sans rien faire.

— Exactement. Et on doit continuer comme ça.

Tous se regardèrent d'un air contrarié.

Comme Abi conduisait, il ne capta pas immédiatement quelles étaient leurs intentions réelles. Mais il savait ce qu'ils pensaient. Il savait aussi que c'était le moment de tenter quelque chose contre la mainmise de madame leur mère.

— Vous êtes contents de ça ? Au moins, vous participerez à la soirée. Asson, tu as les armes des filles ?

– Oui. Un Walther P4 pour Athame, des Beretta pour Dakini et Nawal, et le Heckler & Koch pour Aldinach. J'ai tout bon ? Il n'y a rien qui m'échappe ? Comme, par exemple : pourquoi est-ce qu'on a besoin d'armes si tout ce qu'on fait, c'est regarder se dérouler une putain de cérémonie ?

– Tu as raison, Asson. Et tu présentes tes arguments avec tellement d'éloquence. Autant laisser ces armes dans la voiture, donc.

– Pas question ! s'exclama Alastor. Je ne lâche pas l'œuvre d'art que j'ai dans la main. Tout au long des routes américaines ou mexicaines, je me suis senti tout nu sans pistolet. Maintenant que j'ai ce Glock, je le garde. Dix-sept balles parabellum de 9 mm, une vitesse de trois cent soixante-quinze mètres à la seconde, une portée effective de trois cents mètres… et j'en fais ce que je veux. Même Dieu ne pourrait pas me séparer de ce bijou !

– Et c'est dit par celui qui a descendu deux Mexicains avec des bâtons cachés dans ses manches, plaisanta Asson. Alastor n'en a peut-être pas l'air, mais il cache un sacré revers.

Puis, s'adressant à son frère aîné, il ajouta avec une moue :

– Abi, c'est sérieux ? Elle veut vraiment qu'on se tienne à carreau ? Mais qu'est-ce qu'on fait, depuis une semaine ? On pisse dans le vent ?

– Tu le sauras bien assez tôt.

Le silence s'installa dans le 4x4 tandis qu'ils approchaient d'Ek Balam. Déjà, ils apercevaient la pyramide qui brillait au loin, tel un gâteau de Noël orné de milliers de bougies.

– Je vais garer la voiture dans ce chemin. On va faire le reste à pied.

– Pourquoi ?

– Parce qu'on va attendre que la foule se disperse et que tout le monde aille gentiment se coucher. Alors, seulement, on attaquera. Athame dit que les Mayas ne sont plus armés. J'imagine que Sabir et sa clique ont trouvé le moyen de s'attirer les bonnes grâces du grand prêtre et qu'ils ne sont plus considérés comme des prisonniers. Alors on s'empare de nos trois petits Européens, du livre et du crâne, et on décampe. On ne fait pas de bruit. On ne tue personne. On ne veut pas de la police mexicaine à nos trousses. Ces types-là, ils ne plaisantent pas avec les armes à feu. Ils vous tuent dès qu'ils vous aperçoivent.

– Mais madame notre mère t'a bien dit de ne rien faire ? s'étonna Vau.

– Tout ce que madame notre mère ignorera ne la blessera pas. On est tous d'accord là-dessus ?

Silence dans la voiture.

– Écoutez, on marche comme ça et on lui présente la chose comme un fait accompli. Elle n'est pas avec nous sur le terrain. Elle n'a pas tous les faits en main pour prendre les décisions qui s'imposent. Et puis elle ne sait rien au sujet de l'entrepôt.

– Pourquoi ?

– Parce que je n'allais tout de même pas lui raconter tout ça au téléphone, alors que n'importe qui peut intercepter nos conversations. J'ai l'air d'un crétin ? Moins il y aura de gens au courant, mieux ce sera. Quand on en aura terminé ici, il y aura sept corps immergés dans ce cénote. Et j'aimerais bien qu'ils y restent. Pour toujours. Quand les gars qui s'estiment propriétaires de l'endroit reviendront récupérer leur cargaison dans six jours, je ne veux pas qu'ils aillent traîner autour de ce puits. Il doit paraître normal. Sans la moindre trace de notre passage. Parce qu'on va y balancer la plupart de nos armes, aussi.

– Pourquoi, Abi ?

– Parce qu'on veut que le *big boss* pense que ce bon vieux Pepito et ses trois copains se sont tirés avec toute sa marchandise. Donc, sans le savoir, il se brossera les dents et se douchera avec une eau parfumée aux macchabées et à la rouille pendant dix ans.

– Il ne va pas appeler de là où il est ? Sans réponse, il va envoyer quelqu'un pour aller voir ce qui se passe.

– Il se trouve à la frontière américaine, bon sang ! Et il ne va pas appeler au milieu de la nuit pour vérifier que ses gardiens font bien leur boulot – ils sont payés pour, non ? Tu crois qu'il s'attend à ce que ses locaux soient envahis par une bande de Français ? Le temps qu'il mette quelqu'un dans l'avion, demain après-midi ou peut-être plus tard, on aura depuis longtemps mis les voiles. Et puis j'ai dit à Oni et à Berith de placer le Stoner en position de tir pour couvrir la route en cas d'approche. Le moindre véhicule qui se pointera dans le coin sans prévenir, on l'explosera. Ça répond à ta question ?

– Plus ou moins.

– Est-ce que ce « plus ou moins » suffira à te faire repousser des couilles ?

– Tu veux dire qu'on va suivre tes ordres à la place de ceux de madame notre mère ?

– Dans le mille.

Alastor interrogea ses frères du regard.

– Je ne sais pas pour vous, mais ça m'a bien plu de descendre ces types, ce soir. J'ai enfin eu l'impression d'arriver quelque part. Et j'ai bien l'intention de profiter de cette montée d'adrénaline. Là, je la sens bien. Mais si on reste assis comme ça pendant sept jours à regarder les gens et se faire manger tout crus par des putains de moustiques, moi, je descends en ville me faire une petite banque juste pour me donner un coup de fouet.

– Et tu dis qu'on a combien de temps pour utiliser cet entrepôt ? demanda Rudra.

– Six jours, d'après ce que m'a dit le gardien. Mais ça peut se réduire à vingt-quatre heures si le *big boss* appelle demain et se rend compte que ses gars se sont peut-être tirés avec sa marchandise.

– Alors je pense qu'il faut suivre Abi. Si on reste ensemble, on pourra toujours s'arranger plus tard avec madame notre mère.

– Voilà une bonne parole, répliqua Abi en lui tapant l'épaule.

75

Arrivé au sommet de la pyramide, Sabir contemplait le Yucatán. Malgré l'obscurité ambiante, il restait assez de lumière pour que la somptuosité du paysage lui imprègne encore les pupilles.

– Que voyez-vous ? lui demanda le *halach uinic*, debout à ses côtés.

– Je vois la forêt. Et, plus loin, la forêt encore.

– Non, plus près d'ici. Regardez.

Il lui montra une deuxième pyramide, à quatre cents mètres de là, qui se devinait entre les arbres, puis d'autres, plus petites, qui apparaissaient ici et là, tout autour d'eux.

Sabir demeura un moment sans répondre puis lâcha :

– Je vois une famille.

Interloqué, le *halach uinic* fit un pas en arrière.

– Qu'est-ce que vous voyez ?

– Je vois une famille. Nous nous tenons sur la pyramide père. Qui représente peut-être le soleil. Et, là-bas, se trouve la pyramide mère. La lune, probablement.

– Pourquoi l'appellez-vous la mère ?

– On voit que c'est une femme à la façon dont vos ancêtres l'ont construite. Deux édifices s'élèvent sur chacun de ses flancs. Ce sont ses seins. Puis, plus bas, entre ce qui devrait être ses jambes, on aperçoit une fente. C'est son vagin. Et, sur la gauche, les deux mêmes pyramides. Ce sont ses jumeaux. Les plus petites, au-delà, sont ses autres enfants. Tous se tiennent dans l'ombre de leur père, qui les domine de sa haute taille. Seigneur, ils ont même des yeux.

Se tournant vers le *halach uinic*, il enchaîna :

– Tout est là. Il suffit de regarder.

– Où avez-vous entendu cela ? demanda le grand prêtre d'une voix blanche.

– Où ai-je entendu ça ? À part le fait de l'avoir vu sur une carte, j'ignorais l'existence de cet endroit. C'est pourtant évident. N'importe qui peut le voir.

– Évident pour vous, peut-être. Mais, de toute ma vie, personne ne m'a jamais dit avoir vu ce que vous voyez. Jamais. Cela n'est précisé dans aucun livre, aucun écrit d'érudits. Personne, pas même les prêtres, ne décrit le site de cette façon.

– Alors peut-être que je me trompe, admit Sabir. Mais vous m'avez demandé ce que je voyais. Et ce que je vous dis, je le vois clairement. Ces édifices me paraissent vivants. Presque comme s'ils respiraient.

Ixtab, qui se tenait derrière les deux hommes et entendait leur conversation, s'approcha. Une main sur le cœur, elle dit au *halach uinic* :

– Tu dois lui dire.

Le grand prêtre tourna vers elle un regard étonné.

– C'est lui, continua-t-elle. Tu dois lui dire.

– Tu en es certaine ?

– Et toi ? Tu ne l'es pas ?

– Si.

– Alors parle.

76

— J'ai une histoire à raconter.

Le *halach uinic* se tenait devant moi, au plus haut de la grande pyramide. Tandis qu'il parlait, sa voix trouvait un écho dans les marches de pierre, qui retransmettaient ses paroles à la foule en contrebas.

Un peu plus tôt, alors que le grand prêtre était occupé avec l'un des *gringos*, Tepeu m'avait touché le bras pour attirer mon attention. J'ai tendu l'oreille pour l'entendre murmurer beaucoup de choses sur la pyramide et le *halach uinic* lui-même. Il m'a révélé, par exemple, que l'édifice avait été construit pour servir de porte-voix aux prêtres, et que ceux-ci avaient été choisis, dès leur naissance, pour délivrer la parole des dieux. Il m'a dit aussi que le *halach uinic* était à la fois leur chef temporel – celui qu'on appelle « l'homme véritable » – et leur chef spirituel – l'*ah kin mai*, ou le « plus grand du soleil ». Jamais il n'était encore arrivé qu'une personne possède à elle seule ces deux titres. C'était une mesure de rigueur quant aux périodes à venir. Tout devait être regroupé dans le même vaisseau.

Je ne saisissais rien de ce que me racontait Tepeu, mais je ne lui en ai rien dit. Je ne voulais pas insulter la confiance qu'il me faisait. J'ai donc acquiescé à chacune de ses paroles et je l'ai encouragé à continuer.

Puis, soudain, le *halach uinic* m'a fait signe d'approcher. Je me suis avancé vers lui sans hésitation. Mais non sans me poser mille questions.

Que faisais-je ici, debout au-dessus de la foule, comme si j'étais quelqu'un d'important ? Je n'étais qu'un *campesino*, sans terre, sans argent, sans éducation, ne sachant que cultiver un coin de légumes ou un champ de chayotes. Quel démon s'était glissé en moi pour me pousser à interroger le *halach uinic* alors que nous étions ensemble en voiture ? Si je n'avais pas demandé que, si l'on me rendait le livre, il fallait aussi rendre le crâne aux *gringos*, rien de tout ceci ne serait arrivé. Il n'y aurait eu aucune réunion, aucune cérémonie. J'aurais été libre de retourner dans le Veracruz, chez ma mère – à condition, bien sûr, d'être capable de refaire le chemin dans l'autre sens, sans rien à manger, sans argent, sans moyen de transport et sans rien connaître à la géographie de mon pays.

Maintenant, le *halach uinic* ne parlait plus en maya mais en espagnol. C'était une bonne chose. J'avais bien tenté de comprendre le maya lorsque Tepeu m'y avait encouragé, mais en vain. Pas un seul mot n'avait trouvé de sens dans mon esprit. En me retournant, j'ai vu la femme au visage de sang traduire les mots du grand prêtre aux deux autres *gringos*, et c'était bien aussi, car ils ne comprenaient pas ce que le *halach uinic* leur offrait. Ils devaient être libres, comme je l'étais, pour soit accepter, soit refuser son offre. Cela au moins était clair pour moi.

Ensuite, le *halach uinic* a saisi le manuscrit que j'avais apporté. Il a commencé à raconter l'histoire de ma famille, chargée de garder et protéger ce livre depuis des générations. Il a dit comment l'un de ses prêtres, qui avait appris à lire le langage des anciens Mayas, avait lu ce livre, et que celui-ci contenait un récit que tout le monde devait entendre. Mais il a ajouté que le prêtre ne pouvait faire cela qu'avec ma permission. Car ce livre était à moi, pas à eux. C'était moi, et non un Maya, qui avais été choisi pour le garder en sécurité. Comme les dieux avaient choisi un *gringo* pour découvrir le treizième crâne de cristal.

Ces choix qu'avaient faits les dieux constituaient un message, a poursuivi le *halach uinic.* Un message qui avait deux significations. La première disait que les Mayas n'étaient en rien spéciaux. Ils n'avaient pas été choisis parmi d'autres. Ils n'avaient aucune préséance sur quelque hiérarchie que ce soit. Ils n'étaient pas un « peuple élu ». Comme un prêtre, leur fonction était simplement d'être les messagers de ce que les dieux et, à travers eux, le seul dieu, Hunab Ku, avaient à dire au monde.

La seconde signification évoquait la fin de ce que le *halach uinic* appelait le compte long, qu'il décrivait comme le dernier grand cycle de cinquante-deux ans. C'était, disait-il, la seule fois où le haab, le calendrier de trois cent soixante-cinq jours, et le tzolkin, celui de deux cent soixante jours, se superposaient : durant les cinquante-deux ans du calendrier rond. Cela marquait la fin du cinquième grand cycle. La fin du cinquième soleil.

Je me sentais de plus en plus perdu. Pourquoi le *halach uinic* insistait-il sur ces dates, ces calendriers ? Que voulaient-ils dire ?

Ensuite, il a expliqué que le début du premier des cinq grands cycles avait commencé avec la naissance de Vénus, le 4 Ahua – 8 Cumku. Alors, il s'est tourné vers les *gringos* pour leur expliquer que, dans leur calendrier – qu'il nommait grégorien –, la date de naissance de Vénus tombait le 13 août, en 3113 avant J.-C. Le cinquième grand cycle devait s'achever le 21 décembre 2012, non pas avec la mort de Vénus, mais avec la possible destruction de la terre. Ce n'était pas la première fois que la terre faisait face à une telle crise, a-t-il ajouté. Car, durant la période précédente de cinq mille cent vingt-six années, le monde avait été créé cinq fois, après avoir été détruit quatre fois de suite.

Le *halach uinic* a ensuite raconté une histoire pour illustrer ce qu'il voulait dire – comme faisait le prêtre de mon église, à Coscohuatepec, quand il parlait des paraboles de Jésus-Christ.

Il a dit que, lorsqu'il était jeune et pas encore sûr de sa destinée, il avait voyagé à Palenque pour s'asseoir au pied du grand shaman lacandon, un ancien que l'on appelait le *t'o'ohil*

Chan K'in. À cette époque, Chan K'in était âgé de plus de cent ans et avait déjà vu beaucoup de choses. Le *halach uinic* lui avait parlé de la grande transition – en lui avouant ses craintes et son manque de compréhension de l'événement.

Au début, Chan K'in, qui, comme à son habitude, mâchonnait un gros cigare, n'avait répliqué que par la négative. *La terre est épuisée et doit être détruite avant que Hachäkyum, le Créateur, puisse la revitaliser. L'oiseau quetzal ne vole plus. Les hommes abattent les forêts et ne respectent plus la nature. Le dieu Mensabak ne me parle plus.*

Le *halach uinic*, alors encore très jeune, avait refusé de considérer les paroles négatives de Chan K'in comme son dernier mot, et il avait poussé le vieil homme à lui donner plus de détails.

Après quelques hésitations, Chan K'in avait fini par lui dire que, si cet événement tant redouté était approché de la bonne façon – à travers le rituel de l'expiation, peut-être –, la grande transition pourrait ne pas se révéler aussi mauvaise qu'il l'avait d'abord prédit, mais pouvait, à la place, donner naissance à un nouveau grand cycle du temps. Si, en revanche, il était approché de la mauvaise manière – à travers la colère et la cupidité –, cela annoncerait la destruction finale du monde. Et affecterait non seulement les Mayas mais toutes les populations de la terre. Chan K'in avait insisté sur le fait qu'il fallait prendre cela très au sérieux.

Le *halach uinic* se releva alors pour s'adresser à l'assemblée d'une voix forte :

– C'est pour cette raison que j'ai l'intention de renoncer à mon rôle de *halach uinic* et d'*ah kin mai*, afin de laisser la place à une personne mieux qualifiée que moi pour délivrer la parole de Hunab Ku. Une personne qui ne serait peut-être pas maya. Une personne capable d'aller parler au-delà des frontières. C'est ma décision.

77

Un murmure s'éleva de la foule, tel un immense soupir général.

Le *halach uinic* tourna le dos à l'assistance et partit se cacher parmi les prêtres. Mais ceux-ci se serrèrent autour de lui, l'encerclèrent et, sans mot dire, le poussèrent à reprendre sa place à la tête de l'assemblée. Sans paraître leur résister, il se courba en avant, en signe d'acceptation et comme s'il venait de recevoir une lourde charge sur les épaules.

C'est ce moment que je choisis pour m'avancer à l'extrême bord de la pyramide, aux côtés du *halach uinic*, face à la foule réunie à nos pieds.

Ces Mayas n'étaient pas mon peuple, mais je me sentais un puissant lien avec eux. Un sentiment que m'avait procuré le fait d'avoir gardé et protégé leur livre. Comme si ce manuscrit, que j'étais incapable de déchiffrer, recelait en lui l'esprit du peuple que j'avais sous les yeux. Je leur ai alors lancé d'une voix qui me surprit moi-même :

– Le *halach uinic* dit que ce livre est le mien. Et que je dois en faire ce qu'il me plaira. Qu'il vaut une grande somme d'argent chez les *gringos* du Nord, et que je serai un homme riche si je le vends. Je comprends pourquoi il fait cela – pourquoi il m'offre ce choix. Mais, pour ce que dit le *halach uinic* quant à celui qui possède ce livre, ce n'est pas la vérité. Je n'ai pas le droit de le donner. Car, déjà, il vous appartient.

J'ai alors reculé d'un pas, par crainte d'avoir offensé le grand prêtre. Par crainte de m'être mis en avant sans le mériter.

Le *halach uinic* m'a tendu une main ouverte en signe d'encouragement. Puis il a dessiné un arc avec son bras pour montrer la foule devant lui.

J'ai baissé la tête. Ses intentions étaient claires. Il voulait que je m'adresse encore une fois au peuple. Ce que j'ai fait.

– Maintenant, c'est à moi de vous raconter une histoire.

J'étais tendu à l'extrême. Jamais je n'avais parlé à tant de gens à la fois. En fait, jamais je n'avais parlé à plus de quatre personnes en même temps.

– Il y a bien des années de cela, l'un de vous a échappé à un événement tragique. Quel événement ? Je l'ignore.

J'ai hésité, sans vraiment savoir comment poursuivre.

Le *halach uinic* m'est alors venu en aide.

– C'était à l'époque de la guerre des Castes, au cours de laquelle se sont affrontés les partisans de Merida et ceux de Campeche entre 1847 et 1901. Le *chilan* qui protégeait ce livre était l'*ak k'u hun* – le « gardien des livres sacrés ». Il s'est fait prendre lors de l'insurrection de Valladolid, qui a été suivie par la grande révolte des Mayas contre la population blanche et métisse, au printemps de 1848. Il a écrit tout cela sur la dernière page qui recouvre son livre. Comme vous le voyez ici.

Le *halach uinic* était, lui aussi, très tendu, je le voyais sur son visage. Il semblait également bouleversé par la confiance que lui portaient les autres prêtres. Il s'était montré prêt à renoncer à sa position afin de me laisser libre d'agir comme je l'entendais. Pour cette raison, je comprenais que c'était à moi de continuer ou non cette histoire, même si cela me paraissait difficile. À moi de les convaincre tous que le livre leur appartenait de droit, comme le *halach uinic* le proclamait.

– Ce *chilan* fut poursuivi par ceux qui voulaient lui voler le précieux livre. Il s'enfuit jusqu'au Veracruz. Mais ses ennemis le retrouvèrent là-bas et le blessèrent – si cruellement qu'il sut dès lors que son heure était venue. Il découvrit mon ancêtre qui travaillait dans une clairière. Réunissant ses dernières forces, il l'approcha. Le père du père de mon père vit ce que les ennemis du *chilan* lui avaient fait, eut pitié de lui et le cacha dans sa cabane. Il risqua sa vie pour cet homme. C'était un fervent catholique. Il connaissait la parabole du bon Samaritain. Lorsque le *chilan* se trouva tout près de lâcher son dernier souffle, sans aucun espoir de survie, il parla à mon ancêtre du livre qu'il portait avec lui. De son importance pour le peuple maya. Il lui demanda s'il pouvait jurer de garder ce livre jusqu'à ce que notre grand volcan, le *Pico de Orizaba*, choisisse le moment de reprendre vie. Alors, lui, ou l'un de ses successeurs, devrait prendre ce livre et l'emporter jusqu'à un lieu bien précis, pour le remettre à ceux qui se trouveraient là. Mon ancêtre ne voulait pas faire cela. Il ne savait pas lire. Il ne savait pas ce que contenait ce livre. Peut-être de mauvaises écritures. Ou de la magie. Mais le *chilan* lui fit promettre d'honorer les dernières volontés d'un mourant. C'était ce que mon arrière-grand-père devait faire, selon les coutumes de mon peuple. Et le *chilan* semblait être un homme de bien. En entendant mon ancêtre faire le serment de garder ce livre, le *chilan* prit une épine et se piqua la langue, puis la joue, la lèvre et l'oreille. Il écrivit des choses avec son sang, sur les pages blanches du livre et aussi sur une feuille séparée qu'il portait sur lui. Cette feuille était une carte.

J'ai brandi le papier devant la foule et j'ai poursuivi :

— Et cette carte m'a amené jusqu'à vous. Vous voyez donc que je n'ai aucun droit de garder ce livre. Il vous appartient. Maintenant que j'ai rempli ma tâche, vous devez me laisser rentrer chez moi, vers ma mère et mon travail. Je suis parti depuis bien trop longtemps.

78

— Si tu veux mon avis, on a affaire à un philanthrope sacrément honnête.

Athame à ses côtés, Abi attendait au coin de l'édifice le plus extrême du site d'Ek Balam, en dehors de la zone touristique. Le Glock était glissé sous la ceinture de son pantalon, caché par une longue chemise, une guayabera qu'il avait achetée à cet effet à Veracruz. Athame portait le Walther P4 dans le sac à dos qu'elle trimballait tout le temps avec elle.

– Je ne crois pas que ce soit une bonne idée, Abi.

– Quoi ?

– De t'opposer ainsi aux souhaits de madame notre mère.

– Comment veux-tu qu'elle en soit contrariée ? Elle n'en saura rien. Et puis j'ai dans la tête une approche un peu plus subtile que de faire irruption au milieu de cette foule en tirant dans le tas comme un malade.

– Elle pourrait tout simplement nous planter là. Sans nous laisser le moindre centime.

– Et alors ? On peut toujours se remettre à voler. Ça fait quinze ans qu'on s'entraîne à toutes les escroqueries possibles. Pour quoi ? Pour baby-sitter le type qui a tué notre frère et le flic qui l'a harcelé jusqu'au bout. Calque et Sabir ne quitteront pas le Mexique vivants, c'est moi qui te le dis. Et si je dois m'en charger moi-même, je n'hésiterai pas.

– Et Lamia ?

– Je sais que tu as toujours eu un faible pour elle, Athame, mais elle est avec Sabir, maintenant. Elle s'est donnée à lui.

Et ce n'est pas le genre de femme à rater son coup. Elle a brûlé ses vaisseaux au château, c'était son choix. Si je lui mets la main dessus, je l'utiliserai pour obtenir tout ce que je veux de Sabir. Et quand j'en aurai fini avec elle, je la supprimerai. Elle ira rejoindre les autres au fond du cénote. Ça lui fera six hommes pour elle toute seule, tiens.

– Tu es un vrai malade, Abi.

– Tu veux essayer de me mettre des bâtons dans les roues, toi aussi ?

– Non. Elle a brûlé ses vaisseaux, comme tu dis. Mais je ne te laisserai pas abuser d'elle. Utilise-la, d'accord. Menace Sabir autant que tu voudras. Mais je ne veux pas la voir maltraitée par toi. On a été sœurs, ne l'oublie pas.

– Et elle, tu crois qu'elle s'en souvient ? Tu crois qu'elle pense à toi comme toi tu penses à elle ? Moi, j'en doute.

Au sommet de la pyramide, le *halach uinic* s'écarta pour laisser passer l'un des autres prêtres.

– On dirait qu'ils sont prêts à déblatérer les conneries que raconte le livre du *mestizo*. Et ça, j'ai bien envie de l'entendre. Pense à ce que vaut ce foutu manuscrit, Athame. L'un des quatre codex mayas encore de ce monde. Et avec une attribution, ce qui ne gâte rien.

– Une attribution ?

– Le *mestizo* a une mère, non ? Et elle sait tout de ce livre que sa famille tient au chaud depuis plus de cent ans. On s'empare de la chose et on le cuisine à travers elle. Cherchez la femme… ce n'est pas ce que les Anglais prétendent que nous, Français, on dit tout le temps ? Ils ont raison, bien sûr. Regarde ce qui est arrivé à Achille quand il est tombé amoureux de Briséis ; c'est ce qui pend au nez de Sabir.

– Écoute, Abi, le prêtre commence à lire le livre.

– Chouette. J'adore les histoires qu'on lit aux enfants avant de les envoyer dormir.

79

Le *chilan* se courba devant son maître, le *halach uinic*, puis devant l'assistance. Il leva brièvement le codex à son front et l'embrassa. Puis, avec soin, presque avec tendresse, il ouvrit le manuscrit et se mit à lire.

– Moi, Akbal Coatl – « serpent de la nuit », pour les Espagnols –, *chilan* et *ak k'u hun* – prêtre et grand gardien des livres sacrés –, j'écris ceci, en ce soir du douzième jour de juillet de l'année de notre Dieu 1562, la journée la pire que le monde ait connue. J'écris ceci pour témoigner contre frère Diego de Landa, car c'est mon devoir. J'écris ceci dans le dernier des livres sacrés mayas, sur la toute dernière des pages sacrées, et que Kukulcán, qui est le vrai dieu, me pardonne ce blasphème.

Durant trois mois, frère de Landa a silloné notre pays après le passage de ses soldats, afin de s'assurer que les ordres des moines franciscains étaient appliqués. En tant que gouverneur de province de l'ordre franciscain du Yucatán, frère de Landa a le soutien complet du juge de la Haute Cour du Guatemala et des confins, Tomás Lopez. Je dois ajouter ici que le juge Lopez a décidé que toutes les villes mayas demeurant en dehors de la domination franciscaine leur soient immédiatement remises.

De plus, le juge Lopez a donné à frère de Landa toute autorité, en s'appuyant sur la bulle papale *exponi nobis*, pour faire respecter ce que l'on nomme « la discipline de la vie journalière et sociale ». Le juge Lopez stipule aussi que toute violation des droits de frère de Landa en cette matière par des Indiens pensant s'appuyer sur leurs droits antérieurs sera punie par l'Inquisition. Voici le texte complet de l'arrêté de la royale audience du Guatemala, promulgué par le juge Lopez en 1552 :

Arrêté de la royale audience du Guatemala, à la demande
des frères du Yucatán, concernant la conduite
et le traitement des Indiens.

Investi du pouvoir que m'a confié notre empereur,
J'ordonne, à vous, caciques et populations, ce qui suit :
Aucun cacique ne devra quitter son village plus de cinquante jours,
sauf pour quérir nourriture temporelle ou spirituelle, ou répondre
à l'appel des pères,
sous peine de voir sa charge supprimée.

Les Indiens ne devront pas habiter dans la forêt mais
devront se rassembler dans les villages, dans de bonnes et solides
maisons, sous peine d'être fouettés ou emprisonnés.

Pour éviter les difficultés de l'endoctrinement, aucun Indien
ne devra passer d'un village à l'autre sans la permission
des autorités locales espagnoles.

Puisque beaucoup de chefs et d'anciens, dans le respect qu'ils ont de
leurs ancêtres, appellent le peuple à des réunions secrètes afin de lui
enseigner les rites anciens et l'éloigner de la doctrine chrétienne,
dans sa faiblesse de compréhension, de telles actions
et réunions sont prohibées.

Les caciques ne devront pas se réunir, ni sortir la nuit, une fois
que les cloches auront sonné pour les âmes du purgatoire.

Chaque cacique ou chef de village devra garder à l'esprit la liste de
toutes les personnes. Chaque homme qui s'absentera de son village
durant plus de quarante jours, excepté pour le service public ou pour

rejoindre les pères, même avec l'autorisation de son cacique, sera puni de cent coups de bâton et cent jours de prison.

Chaque village devra se construire en deux ans une belle église, et une seule, à laquelle tous pourront se rendre. Le cacique ne pourra construire aucune autre église, sous peine de recevoir cent coups de bâton.

Chaque village aura des écoles où les Indiens se verront enseigner la nécessité du baptême, sans lequel nul ne peut aimer Dieu. Les écoles devront être construites par le village, et les caciques devront s'y appliquer en suivant les normes indiquées par les pères, et dans les lieux désignés par eux.

Les jours d'endoctrinement, chacun devra rejoindre le village, avec une croix et un habit, pour appeler tous les habitants à se réunir en ordre dans le lieu indiqué, chaque village agissant indépendamment de l'autre.

Si quiconque, après avoir entendu la sainte parole et quitté ses fausses doctrines, devait y retourner, il serait emprisonné pour attendre la punition que la royale audience décidera de lui donner.

Aucun Indien ne devra entreprendre lui-même de prêcher la sainte parole, sauf sur demande expresse des pères de la religion. Aucun Indien baptisé ne devra posséder d'idoles, sacrifier des animaux, se percer les oreilles ou le nez, ni pratiquer aucun rite ou brûler de l'encens, ni jeûner par vénération pour ses fausses idoles.

Aucun Indien baptisé ne devra se faire baptiser une seconde fois.

Beaucoup d'Indiens s'étant laissé dire que leurs enfants mourront s'ils sont baptisés, j'ordonne que tous les enfants soient baptisés.

Le rite du mariage étant très respecté par les Indiens, j'ordonne qu'aucun ne possède plus d'une épouse, et j'annonce qu'un adultère

sera puni de cent coups de bâton et d'autres châtiments,
s'il ne fait pas amende honorable.

Aucun cacique ne devra fréquenter une esclave.

Personne ne tentera de se marier en secret.

Personne ne se mariera deux fois, sous peine de se voir
marquer au fer rouge le chiffre 4 sur le front.

Aucun cadeau ne doit être fait aux parents de l'épouse,
et aucun jeune couple ne se verra réclamer, selon les anciennes
coutumes, de rester et servir dans la maison
de ses beaux-parents durant deux ou trois ans.

Personne ne donnera de nom païen à ses enfants.

Tous devront plier le genou devant le saint sacrement,
réciter les prières demandées quand sonne l'Ave,
et se courber devant la croix et les images.

Tous, hommes et femmes, devront aller à l'église le matin et le soir,
et réciter avec vénération un Ave et un Notre-Père.

Tous devront dire les grâces avant et après le repas,
se signer le soir au coucher et réciter les prières
que les pères leur auront enseignées.

Personne ne devra jeter de grains de maïs aux dieux,
ni porter marque, ornement ou tatouage rappelant
son ancien état de païen.

Les Indiens manquant tellement de charité et d'attention pour leur
conjoint ou famille, j'ordonne que tous les soignent
lorsqu'ils seront malades ou souffrants.

Toute épidémie dans un village devra être rapportée, et les pères devront être en mesure de dispenser le dernier sacrement. Tout héritage devra être conservé avec soin.

Toute forme d'esclavage est prohibée, et ceux qui en sont victimes recouvreront leur liberté. Les caciques auront, en revanche, le droit de louer les services de personnes, en prenant soin d'en prévenir les pères et en les leur amenant pour l'endoctrinement.

La coutume des banquets étant si courante et si destructrice de chrétienté, j'ordonne qu'aucun repas de la sorte ne soit donné, excepté pour un mariage ou une fête, mais en ne dépassant jamais le nombre de douze personnes.

Aucune danse ne doit avoir lieu, sauf durant la journée.

Dieu nous a donné du temps pour travailler et du temps pour le servir. Ainsi donc, j'ordonne le maintien des fêtes à l'église, suivant les rites fixés par les pères religieux.

Toute préparation d'anciens breuvages est prohibée, et il est donné aux caciques et autres chefs deux mois pour rassembler et brûler tous ustensiles utilisés à leur fabrication et leur consommation, sous peine d'une amende de vingt pesos.

Les villages devront suivre la mode espagnole, posséder des maisons d'hôtes, une pour les Espagnols et une autre pour les Indiens. Des places de marché devront aussi être installées pour éviter tout voyage de marchandises. Aucun marchand indien, mexicain, de sang-mêlé ou nègre ne devra être logé dans une maison privée.

Des poids et mesures corrects devront être stipulés sous deux mois, sous peine d'une amende de vingt pesos or.

J'ordonne que l'élevage du bétail soit introduit chez les Indiens.

La principale production du pays étant le tissage du coton, j'ordonne que celui-ci soit enseigné partout.

J'ordonne que toutes les femmes portent de longues jupes et, par-dessus, leurs huipiles. *Et que tous les hommes portent des chemises et au moins des sandales.*

Puisque les Indiens parcourent toujours les bois pour chasser, j'ordonne que tous arcs et flèches soient brûlés. Mais chaque cacique devra posséder deux ou trois douzaines d'arcs avec leurs flèches, pour des occasions spéciales ou se défendre contre les tigres.

Les routes devront être entretenues en bon état entre les villages.

Aucun nègre, esclave ou sang-mêlé ne devra pénétrer dans un village sans son maître, et à la condition de ne pas y demeurer plus d'un jour et une nuit.

Tout cela, je le sais et je peux vous le transmettre car je suis le secrétaire privé de frère de Landa, chargé de la traduction, de l'inscription et de la documentation des droits de l'Église – de ce fait, je travaille avec le notaire officiel de frère de Landa, Francisco de Orozco, en tant que son fidèle lieutenant. Pourquoi, me demanderez-vous, fais-je ici état de la perfidie de frère de Landa alors que, en pratique, je fais partie intégrante de son escorte, que je le représente personnellement auprès des Mayas, et que je suis membre honoraire de l'ordre franciscain ? Je vais, à présent, vous l'expliquer.

Lorsque j'étais encore enfant, il fut décidé que, étant le second fils de la noble famille d'Ah Maxam, je devais être préparé à la tâche de scribe royal, ceci afin d'organiser les cérémonies royales, superviser les mariages royaux, garder et tenir à jour l'arbre généalogique, et enregistrer tous les tributs et cadeaux offerts par les États clients. En tant qu'*ah ts'ib* – « celui qui écrit » –, j'étais considéré comme un membre reconnu de la famille royale.

Lorsque les franciscains sont arrivés et ont pris notre ville, mon père et ceux qui restaient de nos prêtres ont estimé que je devais ne faire plus qu'un avec les Espagnols – adopter leurs coutumes, apprendre leur langue, étudier le latin, reconnaître leur ascendance – afin que l'un d'entre nous au moins soit capable de comprendre la pleine implication de l'horreur qui allait de toute évidence s'abattre sur notre peuple. Et j'ai accepté.

À cette fin, j'ai beaucoup travaillé, je me suis rendu utile aux frères dans presque tous les domaines, jusqu'à atteindre la position la plus haute possible pour un Maya. Grâce à cela, j'ai pu aussi, et au travers d'un subterfuge, prévenir mon peuple de la catastrophe qui le menaçait, détruire les documents offensants pour lui, et suffisamment influencer frère de Landa pour qu'il s'intéresse à notre culture et à notre histoire, et, ainsi, n'abuse pas démesurément de notre peuple.

Cette situation s'est prolongée jusqu'à il y a trois mois. Quelques années avant cela, pensant que frère de Landa se montrait plus tolérant qu'il ne l'était en réalité, Nachi Cocom, dernier grand maître de la lignée Cocom, qui se croyait l'ami de frère de Landa, lui avait dévoilé les écrits secrets des Mayas, qui comprenaient deux mille six cent soixante-treize livres et codex, cinq mille images et idoles sacrées et treize grandes tables d'autel que nous appelons *kanal acantum.* S'ajoutaient à cela vingt-deux petites pierres et cent vingt-sept vases et urnes funéraires contenant les ossements de prêtres, de nobles et de rois, qui complétaient les archives historiques de notre peuple depuis le début du premier âge du grand monde.

Cocom a montré ces manuscrits à frère de Landa car il savait qu'ils ne servaient désormais plus, et qu'il pouvait croire que cet ami et homme de Dieu en garderait les secrets. Au début, frère de Landa parut se montrer digne de sa confiance, l'incitant ainsi à lui révéler notre croyance en Los Aluxes. Une croyance qui précise qu'un certain nombre d'êtres éclairés ont reçu pour mission des dieux de garder les endroits et objets magnétiques de cette terre, et que, grâce à l'intercession de ces gardiens spirituels, la destinée du monde pourra être assurée. Cocom a eu la folie de croire que frère de Landa, avec tout l'intérêt qu'il semblait porter à la culture maya, était l'une de ces personnes.

À la mort de Nachi Cocom, frère de Landa s'empressa de trahir sa confiance en s'emparant de la totalité des manuscrits et en l'accusant à titre posthume d'idolâtrie, avant de déterrer son corps, de brûler ses restes et d'éparpiller ses cendres aux quatre vents. Vous devez savoir que, pour un roi maya et un chef spirituel, la façon dont il est enterré est de la plus haute importance. Bien mourir est considéré comme une bénédiction parmi notre peuple. Du maïs aurait dû être placé dans la bouche de Cocom, et du jade et des perles de pierre auraient dû être ajoutés comme monnaie d'échange pour payer son voyage spirituel dans les Enfers. Son corps aurait dû être enveloppé dans du coton, et son cercueil recouvert de cinabre, car le rouge est considéré par notre peuple comme la couleur de la mort mais aussi celle de la renaissance.

En exhumant les restes de Nachi Cocom, frère de Landa a cru priver son âme du repos éternel. Et en s'emparant des manuscrits, il a cru manifester sa domination et celle de l'Église sur nos chefs spirituels.

Puis, plus récemment, frère de Landa a reçu d'autres informations du traître Antonio Gaspar Xiu – l'ancien Chi Xiu –, descendant de Tutul Xiu, grand chef du clan Xiu, ennemis traditionnels des Cocom, quant au pouvoir ininterrompu de la religion maya. Grâce à cette information et à la connaissance privilégiée qu'il avait eue de nos livres sacrés, frère de Landa fut convaincu que ceux qui s'étaient laissé baptiser par l'ordre franciscain continuaient secrètement d'observer la religion de leurs ancêtres. J'ai tenté de lui expliquer que ce qui se passait était naturel – l'inévitable méprise occasionnée par la transformation de la grande pyramide maya en l'église catholique de San Antonio. Je lui ai dit que mon peuple était abasourdi par la masse de messages contradictoires qu'il recevait.

– Dans ce cas, nous devons les débarrasser de leurs doutes, m'a simplement répliqué frère de Landa.

80

— Ainsi, frère de Landa, fléau et instrument de la vengeance des Mayas, était né. Il s'efforça cependant d'étouffer au maximum sa responsabilité dans les exactions qu'il perpétrait, car il ne voulait pas se mettre à dos ses supérieurs à Rome. Il prit donc l'habitude d'envoyer une armée devant lui, qu'il suivait à quelques jours afin de balayer toutes traces du passage de ses hommes. Il m'emmena aussi avec lui pour lui servir d'assistant, de secrétaire et de traducteur. Voici pourquoi je puis aujourd'hui témoigner des événements survenus par la suite.

Dans le village de Cupul, l'armée décida de brûler vifs le chef et ses conseillers. Pour cela, on les crucifia, on plaça des bûchers sous leurs pieds, que l'on alluma en obligeant la population à regarder la scène. Ceux qu'ils ne brûlèrent pas, ils les pendirent.

Plus tard, les Espagnols se tournèrent vers le Yobain, dans la ville de Chels. Là, ils s'emparèrent de tous les dirigeants, les lièrent chacun à un tronc d'arbre et les frappèrent. Puis ils les placèrent, toujours attachés à leur tronc, à l'intérieur d'une maison, à laquelle ils mirent le feu. Une manière de faire différente de celle qu'ils avaient employée à Cupul.

Ensuite, ils chassèrent du village les femmes et les enfants. De peur de ne pas avoir convaincu les cités avoisinantes, le capitaine des Espagnols prit les femmes et ordonna qu'on les pende aux branches d'un grand arbre, leurs enfants suspendus sous elles comme des fruits. À ma connaissance, ils ont agi ainsi pour saper la croyance des Mayas en l'arbre du grand monde, qui, pour nous, était porteur de vie. Ce jour-là, cependant, nous fûmes forcés de constater que cet arbre était porteur de mort.

Dans le village suivant, estimant que certaines femmes étaient trop belles et qu'elles pouvaient de la sorte pousser les soldats à commettre des actes impies, le capitaine Verey ordonna qu'on leur coupe les seins et qu'on les pende à la vue de tous, afin de prouver à notre peuple que les Espagnols étaient indifférents à nos femmes. Des femmes qui moururent, elles aussi.

Le frère et son escorte, dont je faisais toujours partie, arrivaient dans ces villages deux ou trois jours après le passage de l'armée. La population, par peur des représailles, n'avait pas osé descendre les corps, qui pourrissaient peu à peu dans l'humidité étouffante de l'été. Frère de Landa, dans le désir de se montrer sous un jour amical après les atrocités perpétrées par ses soldats, laissa les villageois redescendre les victimes de ses purges, non sans exiger que leurs corps ne soient pas enterrés mais brûlés, puis, comme celui de Nachi Cocom, disséminés aux quatre vents. Tel fut l'ordre donné par le frère.

Ensuite, notre escorte se dirigea vers la province de Cochuah et la ville de Chetumal. Là, notre peuple, apprenant ce que les Espagnols avaient fait à leurs frères et sœurs, se rebella contre eux. Mais, sans armes dignes de ce nom, sans chiens de combat ni chevaux, ils étaient impuissants. Ceux qui furent capturés se firent couper le nez, les mains, les bras ou les jambes – et même les seins pour les femmes, et les parties génitales pour les hommes. Puis tous, vifs ou morts, furent traînés jusqu'au cénote d'où la population tirait son eau, et, des poids aux pieds ou à ce qui restait de leur corps, furent précipités dans les eaux profondes du puits. Quant aux enfants qui ne pouvaient marcher aussi vite que leur mère, ils se virent chacun abattre d'un coup de lance. Ceci, nous l'avons appris des survivants, en très petit nombre, il est vrai, car la plupart d'entre eux avaient été emmenés comme esclaves par les Espagnols.

Le frère se déclara indigné de ce qui était arrivé. Il présida à des cérémonies funèbres en l'honneur des morts, et bénit ceux qui avaient échappé à ces atrocités. Je me suis moi-même joint à ces cérémonies, non sans parfaitement comprendre la façon d'agir de frère de Landa, parce que mon devoir était de rester à ses côtés et de représenter notre peuple – car tel était le serment que j'avais fait devant l'assemblée des *chilan*. Un serment qui m'a forcé à prétendre être celui que je n'étais pas. Qui m'a forcé à observer et faire état de toutes les horreurs que j'ai vu commettre à l'encontre de mes frères de sang – ceux qui vénéraient les mêmes dieux, qui étaient faits du même argile que moi.

Si je vous dis tout ceci par avance, c'est afin que vous compreniez mieux pourquoi je profane par mes écrits le dernier de nos livres sacrés. Car maintenant, je vais vous narrer ce qui est arrivé aujourd'hui, à Maní, sous la supervision directe du frère, et qui va faire apparaître tout ce que nous avons déjà vécu comme un simple badinage.

81

Sabir écoutait attentivement la traduction que faisait Lamia des paroles du *chilan*. Un moment, il s'approcha et lui prit la main… pour la réconforter ou se réconforter lui-même, il ne le savait pas vraiment. Elle garda un instant sa paume dans la sienne puis l'enleva, sans doute incapable de se concentrer à la fois sur son geste et sur les paroles qu'elle rapportait en français.

Calque se tenait à côté d'eux, la tête tournée vers l'extérieur, comme s'il refusait d'écouter ou d'entendre l'histoire de frère de Landa. Mais Sabir, qui le connaissait bien à présent, pouvait dire, à la façon dont se tenait le capitaine, qu'il ne perdait pas un mot de ce que Lamia traduisait pour eux.

Le *chilan* s'interrompit dans sa lecture. Le visage inondé de sueur, la voix de plus en plus rauque, il tenait le livre d'une main tremblante et semblait incapable de croiser le regard de quiconque. Comme s'il avait vécu lui-même les horreurs qu'il racontait.

Ixtab, la mère d'Acan, s'approcha alors du lecteur. Elle défit son *rebozo* et lui en tamponna le front. Il hocha la tête en signe de remerciement mais ne put esquisser le moindre sourire. Le *halach uinic* se tenait non loin de lui, le visage entre les mains. Pas un seul murmure ne montait de l'assistance en contrebas.

Le *chilan* lâcha un profond soupir puis se replongea dans la lecture du manuscrit.

82

— L'autodafé débuta en ce matin du douzième jour de juillet 1562. Ce fut l'accomplissement de la première partie de la prophétie du cycle des neuf Enfers, dont le premier cycle de cinquante-deux ans commença avec l'arrivée des franciscains dans le Yucatán, en 1544, sous la férule de Luis de Villalpando. Le dernier et neuvième cycle est attendu pour la fin de l'année 2012, soit un total de quatre cent soixante-huit années entre le début du cycle et son achèvement.

À l'aube, frère de Landa ordonna que la population libère entièrement la grande place de Maní. Puis il demanda qu'on lui amène ses prisonniers, les soi-disant *indios rebeldes*, que l'on avait forcés, en prélude légal à leurs tortures, à jeûner durant huit heures. Parmi eux se trouvaient les grands nobles – les Pat, les Xiu, les Canul, les Chikin-Chel, les Cocom, les Cupul, les Hocaba-Humun, les Cochua et bien d'autres encore. Leurs noms avaient été lâchés par leurs enfants, arrachés à leur famille par les franciscains, endoctrinés et forcés à se soumettre au catéchisme chrétien. C'est ainsi que ces innocents devinrent sans le vouloir les bourreaux de leurs propres parents.

Moi, Akbal Coatl, le « serpent de la nuit », que les Espagnols appellent Salvador Emmanuel, n'ayant rien su de l'enlèvement de ces gens, je fus par la suite horrifié de constater que beaucoup des membres restants de ma famille se trouvaient parmi eux. En l'apprenant, j'ai pensé les rejoindre, me jeter parmi eux et mourir avec mon peuple. Mais l'homme que je savais être le *halach uinic* – le grand prêtre et chef de tous les Mayas, dont nous avions caché l'identité aux frères – me fit signe de ne me révéler aux Espagnols en aucune façon. D'un geste discret, il me montra également le manuscrit, en me demandant d'écrire tout ce que je voyais. Je crois aujourd'hui qu'il avait appris grâce à des prophéties ce qui allait arriver.

M'inclinant devant mon destin, je m'obligeai donc à accéder à la demande de frère de Landa : noter officiellement les noms et descriptions de toutes les personnes présentes, leur place dans notre hiérarchie et les crimes, principalement d'idolâtrie, qui leur étaient reprochés.

Alors, les interrogatoires débutèrent. En premier lieu, frère de Landa fit comprendre à ceux qui admettaient leurs crimes et se repentaient de leurs péchés qu'ils n'échapperaient pas au châtiment. Ils seraient ainsi présentés en place publique, une idole dans la main, une bougie dans l'autre et une corde autour du cou. De plus, coiffés de la *coroza*, le chapeau de la honte en forme de cône, et vêtus du *sambenito*, la robe des pénitents, ils devraient écouter une messe entière et un sermon, avant d'avoir la tête rasée et de se faire fouetter devant tous.

Malgré les avertissements, beaucoup parmi les personnes présentes avaient choisi de subir ces châtiments, après s'être laissé raconter ce qu'on infligeait aux non-repentants – qui n'en étaient pas moins des innocents.

Les pénitents furent ensuite emmenés à l'écart pour subir leur châtiment. Les autres durent se ranger en files.

Et les tortures commencèrent pour notre peuple. Les premiers chefs furent poussés en avant et hissés sur le palan, que les Espagnols appelaient la *garrucha*. Les bras tirés en arrière, ils se virent soulevés de terre puis brusquement relâchés, cela à plusieurs reprises, tout en étant questionnés par les frères. Si l'interrogatoire ne portait pas ses fruits, frère de Landa, prétendant agir sous l'égide de la Consulta da Fé, ordonnait que l'on attache de lourds poids aux pieds de nos chefs afin de disloquer leurs membres. On laissait passer du temps entre chaque chute, ceci pour augmenter la douleur et leur faire « avouer la vérité pour l'amour de Dieu ». Pendant ce moment de fausse délivrance, le Miserere devait être chanté par tous ceux qui n'étaient pas soumis à la question. Si, là aussi, la méthode ne portait pas ses fruits, le chef coupable se faisait fouetter puis arroser le visage et le corps de cire bouillante.

Sur ordre de frère de Landa, les femmes eurent droit à une dispense spéciale : la torture par cordelette. Placées sur un siège, elles eurent les bras et les jambes noués par de fins *cordeles* qui leur pénétraient dans la chair à mesure que l'on serrait. Si cela ne suffisait pas, on passait à la torture de l'eau, qui consistait à placer la victime sur un chevalet, *escalera* ou *potro*. On lui plaçait alors un *bostero*, une pointe de fer, dans la bouche, après quoi on lui enfonçait dans la gorge un morceau de lin, appelé *toca*, afin de guider le flot d'eau qui s'écoulait de la *jarra*. Et, peu à peu, le corps de la suppliciée se distendait en forçant la peau contre les cordelettes nouées autour de ses membres. Peu de femmes résistaient à cette technique barbare, et c'est ainsi que l'on obtenait des « abjurations spontanées ».

Au cours de la journée, nombre d'Indiens furent soumis à la torture. Certains se repentirent. Beaucoup moururent. De nombreux autres encore eurent les membres tordus jusqu'à sentir leurs muscles s'arracher. L'un des grands chefs, dont je tairai le nom car il est lié à celui de ma famille, et qui s'était montré particulièrement généreux avec moi durant mon enfance, fut accusé d'avoir présidé à un sacrifice humain. On lui plaça la garrotte autour de la tête, avant de lui donner sept tours de vis qui lui firent sauter les yeux des orbites. Après cela, on lui laissa la vie sur ordre de frère de Landa, ceci devant servir d'avertissement à son peuple.

En fin d'après-midi, malgré les nettoyages réguliers demandés par frère de Landa, la place de Maní se retrouva jonchée de charognes sanguinolentes, tandis que, mystérieusement, le soleil se faisait aussi vite dévorer que dans un *chibil*, une éclipse. Stupéfaits, certains des spectateurs involontaires à qui frère de Landa avait ordonné d'investir la place murmurèrent entre eux que les fourmis *xulab* avaient envahi le ciel pour protéger le soleil, de crainte qu'il ne voie de telles horreurs survenir dans son royaume.

Peu de temps après, la lune, notre mère, apparut elle aussi dans le ciel, sans surprise pour ceux qui connaissaient le Tun-Uc, notre calendrier lunaire, car cet astre accompagne toujours les grandes catastrophes et actes cruels. La déesse-lune Tlacolteotl avait compris que des membres de sa prêtrise, le Nahau Pech, se faisaient torturer, et elle était venue suivre leur mort de près. C'était ce qui devait arriver, car le Nahau Pech savait, comme nous tous, que la lune imprévisible était considérée par beaucoup d'entre nous comme représentant l'ascendance espagnole et la fin de l'ordre ancien. Ainsi, le soleil et la lune avaient toujours été en conflit, et tous savaient maintenant que celle-ci avait fini par gagner.

L'obscurité prenait de l'ascendant.

Nous comprîmes qu'il n'y aurait plus d'harmonie entre notre père, le soleil, et notre mère, la lune, jusqu'à ce que le cycle des neuf Enfers soit achevé.

83

— Lorsque frère de Landa estima que l'on avait assez torturé et qu'il avait suffisamment rétabli l'autorité de l'Église sur ses ouailles égarées, il m'appela vers lui. Il me demanda s'il existait encore des hommes capables de lire les anciens écrits qu'il tenait dans sa main ; et, si ces hommes existaient, je devais les lui amener.

J'admets aujourd'hui avoir alors craint pour ma sécurité.

Je me suis tourné vers la place et j'ai montré tous ces morts étendus sur le sol.

« Ceux-ci savaient lire les anciens écrits. Et aussi le chef dont tu as révulsé les yeux avec ta garrotte. Ils sont morts, et lui est aveugle. Alors les livres sont morts aussi. Il ne reste personne pour les faire parler. »

Frère de Landa me regarda durant un long instant. J'eus alors l'impression qu'il fouillait dans mon âme comme Une Mort et Sept Morts, les dieux de Xibalba, dans le Lieu de la Peur – que ses yeux me transperçaient jusqu'aux cinq niveaux de création qui m'ont créé.

Et soudain, une terrible angoisse m'étreignit : notre notion des cinq niveaux de création se perdrait à jamais si, moi aussi, je mourais. Ne resterait-il aucun *chilan* pour enseigner à nos enfants le savoir du premier niveau, celui de pierre et de feu, qui fabrique leurs os, leur cœur et leur bile ? Qui leur apprendrait le deuxième niveau, celui des plantes, des fleurs et des arbres, qui fabrique leur peau ? Ou le troisième niveau, celui de l'eau, des lacs et des rivières, qui fabrique leur sang, leurs nerfs et les fluides essentiels de leur corps ? Qui saurait leur décrire le quatrième niveau, celui du vent et des animaux, d'où proviennent leur souffle et leur vision ? Qui resterait-il pour leur parler du cinquième et dernier niveau, qui fait d'eux des « fruits de la terre » ? Des êtres humains, dont l'essence est semblable à frère de Landa lui-même ?

« Et toi ? interrogea-t-il. Sais-tu lire ces livres et écrire ces paroles ? Je te conjure, sur ton honneur et ta conscience de chrétien, de me répondre avec franchise. »

C'est alors que m'est apparu l'esprit du Lak'ech. L'esprit de notre code d'honneur maya. Le *halach uinic* m'avait demandé de me fondre parmi les Espagnols. Afin de défendre notre peuple. Il y avait un dicton chez nous : je suis un autre moi-même. Avant ce jour, j'avais essayé de le mettre en pratique. Pour comprendre frère de Landa – pour me placer dans son ombre et saisir autant que possible le sens de ses actes. Mais le temps de la compréhension était maintenant passé.

« Sur mon honneur et ma conscience de chrétien, je ne sais pas.

– Et le treizième crâne de cristal ? Celui que l'on nomme le "crâne chantant" ? Celui dont les plus crédules de ton peuple pensent qu'il anime les douze crânes volés dans la librairie secrète de Nachi Cocom ? Mes soldats et mes frères moines ont cherché partout, ont soumis beaucoup de gens à la question et n'ont toujours pas trouvé ne serait-ce qu'un seul des treize. Je sais que ces crânes existent, car je les ai vus. Qui les possède, aujourd'hui ? »

J'ai indiqué de la main le plus grand des chefs étendus morts à nos pieds.

« Lui. Il était le gardien des crânes. »

Frère de Landa a souri. D'un sourire terrible.

« Devrai-je te soumettre aussi à la question, toi, Salvador, mon fils ? »

Voici qu'il utilisait le nom que m'avaient donné les Espagnols. Mon prétendu nom de baptême. Le nom par lequel j'étais connu de tous, sauf des morts.

« Je suis votre loyal serviteur et le loyal serviteur de l'Église. Je répondrai à toutes vos questions, quelles qu'elles soient. »

Le frère se mit à rire. Très fort. En frappant dans ses mains et en dansant, sa longue tunique soulevant la poussière autour de lui. Puis il lança à ses soldats, d'une voix aussi criarde que celle de l'ara :

« Apportez-moi leurs livres ! Apportez-moi leurs idoles ! Apportez-moi leurs tables d'autel ! »

Les soldats espagnols poussèrent devant eux nos frères, leurs esclaves, qui titubaient sous le poids de notre patrimoine. C'est ainsi que les livres sacrés que Nachi Cocom avait montrés à frère de Landa furent étalés, telles des feuilles de maïs, sur le parterre de la place. Comme le furent les tables d'autel et les objets sacrés, sur lesquels on entassa bois et broussailles. De l'encens fut disséminé parmi les branches, et des croix d'osier furent disposées tout autour. Et, bientôt, se dessina le squelette d'un immense bûcher de six mètres de haut et trente mètres de diamètre, qui révélait la forme d'un volcan.

L'obscurité nous envahissait, à présent. Moi, Akbal Coatl, le « serpent de la nuit », que les Espagnols appelaient Salvador Emmanuel, je n'avais jamais craint la nuit. Ce soir, pourtant, je la redoutais.

Notre peuple se tenait en files autour du feu encore éteint. Certains ne purent s'empêcher de vomir. D'autres sortirent un couteau et se tranchèrent la gorge.

Debout près de mon maître, frère de Landa, je levai ma plume et écrivis ce qu'il me dictait. Les moines m'avaient fourni un lutrin pour plus de commodité, et m'avaient aussi apporté de l'eau à boire, provenant de la source qui leur avait servi à remplir la bouche de leurs victimes. Mais je la refusai. Ma gorge était pourtant aussi sèche que le parchemin. Et mes yeux pleuraient au point que je voyais à peine le vélin sur lequel j'écrivais.

Un soldat apporta à frère de Landa une torche enflammée.

Je pensai à notre code, le Lak'ech. Je pensai à notre dicton : je suis un autre moi-même. Je sus alors que ce frère ne faisait pas partie de moi, ni de ce que je représentais ni de ce en quoi je croyais. J'étais heureux que le treizième crâne de cristal fût en ma possession. Heureux de connaître le lieu où se trouvait le plus grand de nos livres sacrés. Car, à travers moi, l'avenir des Mayas serait en sécurité. À travers moi, nos coutumes et croyances ne seraient pas perdues lorsque le crâne et le livre seraient à nouveau réunis, à la fin de la période appelée le cycle des neuf Enfers.

Car n'étais-je pas *chilan* et *ak k'u hun* – prêtre et chef gardien des livres sacrés ? N'étais-je pas l'ami et le serviteur dévoué des frères ? N'avais-je pas leur confiance et n'étais-je pas témoin privilégié de leurs atrocités ? N'étais-je pas destiné à me rendre en Espagne avec frère de Landa et à visiter les monastères et les bibliothèques de notre ordre, lorsque le temps serait venu de faire les comptes ? Ne m'étais-je pas assez sacrifié pour apaiser les dieux ?

Frère de Landa se tourna vers moi. Il me montra le grand bûcher érigé devant nous. Il me bénit d'un signe de la croix et sourit.

« Tiens, me dit-il en me tendant la torche. À toi de l'allumer. »

84

— Arrêtez. C'est assez. Le chemin des paroles doit s'arrêter ici.

La voix du *halach uinic* résonna au-dessus de l'assemblée. Les lumières des bougies se reflétaient sur son visage aussi blême que celui d'un cadavre.

Le *chilan* qui avait lu le codex tendit celui-ci au grand prêtre, qui le tint à distance comme s'il craignait de le voir s'enflammer entre ses mains. Délivré de sa charge, le *chilan* trébucha et manqua de tomber. Certains des plus jeunes prêtres se précipitèrent pour le soutenir tandis que, déjà, il s'éloignait.

Le *halach uinic* ferma les yeux.

– Apportez le treizième crâne de cristal.

Un murmure s'éleva de la foule.

Acan s'avança, ôta les linges qui entouraient le crâne et l'offrit au *halach uinic*.

– Donnez-le au shaman.

Acan hésita. De toute évidence, il ignorait de quel shaman parlait le grand prêtre.

Ixtab prit doucement le crâne des mains de son fils et l'offrit à Sabir. Ses gestes étaient si pleins d'assurance que l'Américain n'eut d'autre choix que de l'accepter.

– Pourquoi me le donnes-tu ? Je ne suis pas shaman.

Comme il cherchait à le lui rendre, elle refusa d'un signe de tête.

Sabir jeta autour de lui un regard désemparé.

– Écoutez, nous sommes venus ici sans avoir la moindre idée de ce que nous y trouverions. Et jamais, en tout cas, nous n'aurions pensé à un tel objet.

Il tourna des yeux suppliants vers Calque et Lamia avant de reprendre :

– Je ne comprends pas ce qui se passe…

Le *halach uinic* abaissa la voix de façon que seuls ses plus proches voisins l'entendent.

– Détrompez-vous, c'est pour trouver cela que vous avez été envoyés ici. Ce livre contient bien davantage que ce que nous a lu le *chilan*. Bien davantage. J'ai de très urgentes questions à vous poser. Des questions dont vous n'êtes peut-être pas conscient de connaître la réponse. Un secret qui n'en est pas un. Mais pour cela, il nous faut un *touj*.

– Un quoi ?

– Plus tard. Plus tard, je vous expliquerai tout.

Le *halach uinic* se retourna vers son peuple puis, le codex dans sa main gauche, il parut attendre.

Totalement interdit, Sabir se rendit alors compte que la foule, en bas, et le grand prêtre lui-même attendaient qu'il agisse.

Il regarda autour de lui d'un air affolé. Comment était-ce possible ? Après une semaine passée à tenter de semer les onze frères et sœurs d'un homme qu'il avait tué par inadvertance – ou tout à fait volontairement, selon le Corpus Maleficus –, voilà qu'il se trouvait ici, au sommet de cette pyramide, au beau milieu du Yucatán, un crâne de cristal à la main, et entouré d'un millier d'étrangers qui buvaient jusqu'au moindre de ses gestes. Était-il victime d'une sombre plaisanterie ?

À peine cette pensée absurde avait-elle germé dans son esprit qu'une incroyable sensation de bien-être s'empara de tout son corps. Il regarda vers Ixtab, certain que l'impression de soutien qu'il ressentait soudain venait d'elle.

Elle lui sourit et hocha doucement la tête.

Et, tout à coup, Sabir sut exactement ce qu'il devait faire. Il s'avança vers le *halach uinic*, en tenant le crâne bien haut afin que tous le voient. Puis il se courba devant lui et lui tendit l'objet sacré, avant de faire signe à Lamia de s'approcher.

Celle-ci hésita un court instant puis fit quelques pas vers lui.

– J'aimerais que tu nous serves d'interprète, Lamia. Mon espagnol est trop faible. Cela veut dire que tu devras t'adresser à ces gens de ta voix la plus forte. T'en sens-tu capable ?

L'espace d'une seconde, Lamia parut réfléchir, puis elle acquiesça d'un signe de tête.

C'est alors que Sabir lui souffla :

– Je t'aime...

Soutenant son regard, elle lui rendit ses paroles d'une voix feutrée. Il réprima un sourire puis déclara :

– Dis-leur qu'un grand homme, mort presque quatre ans jour pour jour après les événements que l'on vient de leur décrire, nous a montré, quatre siècles et demi plus tard, et probablement d'outre-tombe, où trouver le crâne.

Lamia fronça les sourcils, puis son visage s'éclaira tandis qu'elle commençait à traduire les paroles de Sabir.

– Dis-leur que ce grand homme comptait offrir ce crâne en cadeau au peuple maya. Un crâne qui leur revenait de droit car il avait déjà été en leur possession autrefois.

Sabir marqua une pause, attendant que Lamia traduise ses mots.

– Dis-leur que nous, venus de l'autre côté de l'océan, leur demandons d'accepter ce cadeau, comme notre ami du Veracruz leur a offert de leur rendre le livre sacré.

Cherchant son inspiration, il jeta un regard alentour. Et les mots lui vinrent subitement, comme s'ils étaient cachés derrière les personnes qu'il avait devant lui.

– Dis-leur que nous, étrangers, sommes fiers d'avoir été les gardiens involontaires de leurs trésors – les deux seuls objets sauvés de la destruction ordonnée par frère de Landa. Que nous les leur rendons avec le plus grand respect et en faible, très faible compensation des maux infligés à leur peuple au nom de l'Église chrétienne.

Sabir savait que ce n'était pas ses propres mots qu'il articulait, mais ceux qu'Ixtab et le *halach uinic* lui insufflaient mentalement. Cependant, il résistait encore à l'idée que des paroles puissent lui être suggérées par la seule volonté d'un autre.

Le *halach uinic* accepta le crâne que lui offrait l'Américain. Il le brandit avec le livre devant l'assemblée, puis les remit à l'un des prêtres.

– Le livre sera copié et traduit, annonça-t-il d'une voix forte, et, quand le travail sera achevé, vous pourrez tous en connaître le contenu.

Il attendit que les commentaires cessent avant d'enchaîner :

– Le crâne ne pourra être réuni aux douze autres que le dernier jour du cycle des neuf Enfers, c'est-à-dire le 21 décembre 2012. Alors seulement, nous pourrons apprendre ce que les treize crânes ont à nous dire. Cela vous paraît-il juste ? M'autoriserez-vous à vous représenter pour cet événement ? Si vous ne le désirez pas, je m'écarterai et céderai ma place à un autre.

Un énorme tintamarre monta soudain de la foule réunie en bas. Sabir scruta l'obscurité et finit par comprendre ce qui se passait. Les femmes mayas avaient apporté leurs ustensiles de cuisine afin de préparer la fête, et, à présent, elles cognaient leurs casseroles ensemble par-dessus leurs têtes pendant que les hommes faisaient tournoyer leurs machettes en les frappant l'une contre l'autre.

Sabir s'assit sur la plus haute marche de la pyramide et se prit le front entre les mains. Il se sentait vidé. Sans aucune volonté. Incapable d'agir, de bouger même. Lamia vint s'accroupir auprès de lui et posa sa tête sur son épaule.

– Tu as bien fait, lui dit-elle. Ce que tu as dit était très beau. Comment as-tu appréhendé aussi parfaitement ce qu'ils avaient besoin d'entendre ?

Il tourna son visage vers la jeune femme et l'embrassa tendrement sur la bouche. Puis il la regarda d'un air interrogateur et l'embrassa de nouveau.

– Si je te le disais, tu ne me croirais pas.

85

Son portable collé à l'oreille, Abi se protégeait l'autre d'une main plaquée dessus. Le bruit était si infernal autour de lui qu'il estima que c'était le meilleur moment pour téléphoner sans se faire entendre.

– Tout va bien dans l'entrepôt ? demanda-t-il à Oni. Pas de visiteur indésirable ?

– C'est aussi tranquille que dans une tombe, ici. J'ai dit à Berith d'aller dormir un peu, tant que c'était possible.

Tendant le cou, Oni ajouta :

– Mais qu'est-ce que c'est que ce raffut autour de toi ?

– C'est Sabir qui distrait la foule. Et notre sœurette lui sert d'interprète. Il y a eu comme une tempête, ici… on se serait cru dans *Les Mines du roi Salomon*.

– Quoi ? Quelles mines ?

– Oh, laisse tomber, Oni. Bon, quant à Athame, elle est partie voir si elle peut découvrir où ils emportent le crâne et le manuscrit. En cette heureuse époque de parité, personne n'ose rien refuser à une femme, même si elle est dix fois plus petite que toi. Donc, elle a toutes les chances de ne pas se faire repérer. Et nous, ici, on est planqués dans la verdure autour du camp. Quand les Mayas auront fini de faire la fête et qu'ils iront tranquillement se coucher, on attaquera. On s'arrangera pour leur faire croire que Calque et Sabir ont changé d'avis et se sont enfuis avec leurs sacro-saintes reliques. Des *gringos* avides, qui auront profité de la situation… quelque chose du genre. Ça devrait déclencher un esclandre d'enfer tout en nous laissant à l'abri. On ne veut surtout pas d'ennuis à l'aéroport de Cancún quand on quittera le pays. Avec ces Mexicains, on ne sait jamais.

– J'aimerais bien être avec vous.

– Non, je ne crois pas, Oni. Tu t'ennuierais à mourir. Ça peut prendre encore des heures. Je commence à regretter de ne pas avoir emporté de sandwichs avec nous.

– Moi, j'ai de quoi manger, ici. Du chorizo, du lomo, du fromage, du poulet, de l'avocat…

– Va te faire foutre, Oni…

86

Après être lentement redescendus de la pyramide, le *halach uinic* conduisit Sabir, Calque et Lamia vers le lieu destiné à se purifier l'esprit et le corps.

– Voici le *touj*, le sauna dont je vous parlais, que l'on appelle aussi *temazcal* dans d'autres provinces du Mexique. Je vous saurais gré de ne porter à l'intérieur aucun ornement personnel. Ils vous seront retirés et gardés en lieu sûr jusqu'à la fin de la cérémonie.

Ixtab était à ses côtés, comme le *chilan* qui avait lu le codex sacré. Le *mestizo* du Veracruz se tenait légèrement en retrait, l'air apeuré. Les événements de la soirée les avaient tous marqués, à l'image de Sabir lui-même, qui contemplait le *temazcal* d'un regard inquiet.

Le *halach uinic* se tourna vers Ixtab puis fit un discret signe de tête en direction de Lamia.

Ixtab s'approcha de la jeune femme et, baissant la voix, lui demanda :

– *Señorita*, pardonnez-moi, mais je dois vous poser une question : avez-vous vos règles ? Car il n'est pas permis d'entrer dans le *touj* pendant cette période. Ce n'est pas bon pour la matrice, voyez-vous.

– Non, répondit simplement Lamia.

Le *halach uinic* acquiesça puis expliqua :

– Cet endroit nous permettra de parler librement entre nous. Personne ne nous entend, ici. J'ai préparé quatre substances. D'abord, du peyotl, que nous appelons *aguacolla*. Et puis du *k'aizalah okax*, connu chez vous comme le *Psilocybe cubensis*, ou « champignon magique », et que nous nommons chez nous « champignon du jugement dernier ». Il y a aussi des graines de *quiebracajete*, qui est pour vous la « belle-de-jour », que nous mélangerons avec le *balché*, une boisson sacrée que les Espagnols nous interdisaient de fabriquer. Et enfin, un venin de crapaud, le *Bufo marinus*, que nous mélangerons avec du tabac fabriqué à partir d'un nénuphar, le *Nymphæa ampla*. Certains parmi nous utilisent aussi le *vuelveteloco*, ou datura, à des fins spirituelles, mais Ixtab me dit que ce n'est pas conseillé aux Européens. Elle a entendu parler de *gringos* devenus fous après en avoir absorbé. Ces substances vont permettre à notre corps et à notre âme de s'unifier comme ils le devraient, en laissant la force de vie les pénétrer. Ixtab va chercher en chacun de vous afin de décider laquelle de ces préparations est en accord avec votre nature, car celles-ci ne doivent pas être mélangées. Êtes-vous prêts à tenter cette expérience ?

– Je n'entre pas là-dedans, lâcha Sabir, soudain blême. Je suis claustrophobe, figurez-vous. Rien ni personne ne me fera entrer là-dedans.

– Mais…

– Ce n'est pas que je n'aime pas les petits espaces, c'est juste que je suis sérieusement claustrophobe. À en hurler, parfois. À m'en taper la tête contre les murs. À en devenir à moitié cinglé. Vous saisissez ? Vous voyez le tableau ?

Ignorant le silence de plomb qui venait de s'abattre sur eux, Sabir continua :

– Je connais ce genre d'endroit. On vous enferme à l'intérieur avec un tas de pierres volcaniques incandescentes et on monte la température à quatre-vingts degrés. On ne voit plus rien, on est dans le noir complet, un peu comme en enfer, la rivière de feu en moins.

Secoué d'un spasme, il enchaîna :

– Non, je ne peux pas. Drogues ou pas drogues. Qu'est-ce que je dis, « je ne peux pas » ? Je ne le ferai pas. Point barre.

Le *halach uinic* lui posa une main sur le bras en lui disant :

– Ixtab m'a prévenu de vos phobies. Elle vous a préparé un bol de *chocah*, principalement fait de chocolat, que nous appelons *xocolatl*, mais aussi de poivre, de miel et de jus de tabac. Cela vous apaisera avant d'entrer.

– Comment diable Ixtab sait-elle que je suis claustrophobe ? Qui le lui a dit ?

Sabir fusilla Calque et Lamia du regard.

Mais tous deux secouèrent la tête.

Bien qu'habitué, maintenant, à la troublante perspicacité d'Ixtab, il se retourna vers elle et lui dit :

– Vous n'avez pas la moindre idée de ce que j'endure. Il y a six mois, j'ai vécu une expérience complètement folle. C'était comme d'être enterré dans une tombe, mais avec ses facultés toujours intactes. En un sens, j'étais mort et je suis revenu à la vie.

Il regarda Lamia, espérant qu'elle lui pardonnerait d'avoir réveillé le souvenir de la mort de son frère et aussi de l'accuser tacitement d'avoir trahi le secret de sa claustrophobie à Ixtab.

– Cela faisait écho à une expérience similaire vécue alors que j'étais enfant, enfermé dans le coffre d'une voiture. Et il n'est pas question pour moi de revivre ce cauchemar. Je ne peux pas entrer ici, je vous l'assure. Et je ne vois d'ailleurs pas pourquoi je le ferais.

Levant vers lui deux mains apaisantes, le *halach uinic* lui répliqua :

– Nous n'allons pas vous forcer à y entrer, monsieur Sabir. Restez à l'extérieur du *touj*, si vous le souhaitez. Cela sera cependant une tragédie pour nous, car je crois que vous avez un autre précieux cadeau à nous transmettre. Un présent secret dont Akbal Coatl dit dans ses écrits que vous l'avez reçu par l'intermédiaire du prophète Nostradamus.

– Je n'en crois pas un seul mot ! s'insurgea Sabir en reculant. Calque, vous leur avez parlé de Nostradamus ?

– Non, Adam, articula le capitaine, tout aussi étonné que lui. Jamais je n'ai parlé de Nostradamus à qui que ce soit, ici. Ni de votre claustrophobie, je tiens à le préciser. Pour quoi faire, d'ailleurs ? Et je ne sais absolument rien non plus de ce cadeau secret qu'il a évoqué et que vous êtes censé lui remettre.

Sabir se tourna vers le grand prêtre pour lui demander :

– Vous êtes donc en train de me dire que cet Akbal je-ne-sais-quoi a parlé de moi dans ses écrits ? Et m'a lié à Nostradamus ? Vous plaisantez, j'espère ?

– Il n'a pas mentionné votre nom, bien sûr. Notre frère n'était pas prophète ; il était scribe. Il a juste écrit qu'un messager, guidé par les manuscrits que lui et Nostradamus avaient rédigés ensemble, viendrait, après l'éruption du grand volcan d'Orizaba, pour rendre le treizième crâne de cristal à ses véritables propriétaires. Comme il a écrit d'ailleurs qu'un homme – un *ak k'u hun* élu, gardien des livres sacrés – nous rendrait le codex sacré, le moment voulu. Et ce gardien, il est ici.

Il indiqua le *mestizo* avant de poursuivre :

– Et vous voici maintenant tous les deux devant nous. Vous êtes membres de Los Aluxes. Vous rappelez-vous ce qu'Akbal Coatl a dit d'eux ? Il a dit que les Aluxes étaient des êtres éclairés, envoyés par les dieux pour protéger les lieux et objets magnétiques de la planète. Et ce n'est que par l'intercession de ces gardiens spirituels que la destinée du monde pourra être assurée. Vous rappelez-vous cela ?

Le *halach uinic* ne pouvait cacher sa satisfaction de connaître enfin l'aboutissement de toutes ces prédictions.

– Vous et lui, dit-il en montrant du doigt Sabir puis le *mestizo*.

– Vous ne savez même pas le nom de ce gars, bon sang ! s'énerva Sabir. Et si vous le connaissez, vous ne vous êtes jamais donné la peine de l'utiliser.

Il comprit dans le même temps que lui non plus n'avait jamais cherché à savoir son nom.

– Et vous essayez maintenant de me convaincre que sa venue ici était ordonnée d'avance ? Ça n'a aucun sens !

Le grand prêtre considéra un instant le *chilan*, puis Ixtab, comme s'il cherchait quelque soutien dans leurs regards. Il semblait ignorer que tout le monde n'était pas, ici, intime avec les coutumes religieuses des Mayas.

– Mais nous n'avons pas besoin de connaître son nom, voyez-vous. Pour nous, il restera toujours le « gardien ». De la même façon qu'un shaman perd son nom pour hériter d'un autre lorsqu'il est invité par un tiers – car c'est seulement alors qu'il peut commencer à soigner et à guérir. Quand le « gardien » nous a apporté le livre, nous avons aussitôt su qui il était. Ixtab et moi-même avions rêvé de son arrivée, la nuit qui a suivi l'éruption du *Pico de Orizaba*. Il était écrit depuis longtemps qu'une révélation nous serait faite à Kabah. Mais je n'osais pas croire en la réalité de mon rêve.

Il tendit les mains, paumes tournées vers le haut, comme pour reconnaître sa culpabilité.

– Ixtab m'a cependant persuadé de la réalité de ce rêve lorsqu'elle m'a raconté le sien en détail, sans rien connaître du mien. C'est alors que j'ai décidé de poster un homme jour et nuit sur le site de Kabah. Et c'est pour cette raison que nous sommes arrivés si vite quand vous et votre compagnon avez découvert le crâne de cristal. Et trouver le « gardien » là-bas n'a fait que nous conforter dans l'interprétation de notre rêve. C'est pour cela que nous avons pu organiser aussi vite cette cérémonie. Car nous y étions préparés depuis longtemps.

– Je suis donc le « gardien » ? demanda soudain le *mestizo* en s'avançant après avoir entendu la traduction par Ixtab des paroles du *halach uinic*. C'est ainsi que vous m'appelez ?

– Oui, lui répondit le grand prêtre. Tu es le « gardien ». Tu seras aussi toujours connu chez nous comme « celui qui a apporté le livre ». Tout ce dont tu auras besoin, nous te le donnerons. Nous avons déjà réuni de l'argent pour toi. Chacun a donné selon ses possibilités. Tepeu nous a dit que tu n'as pas d'épouse, que ta mère vit seule dans une cabane. Ceci est inacceptable. Si tu avais vendu ce livre, comme c'était ton droit, tu aurais reçu une grosse somme d'argent des *gringos*. Tu as cependant choisi de ne pas le faire. Nous ne pouvons pas remplacer cet argent, mais nous pouvons t'offrir de quoi construire une autre cabane près de celle de ta mère, afin d'y faire vivre une épouse qui lui donnera des petits-enfants prêts à la soutenir dans son vieil âge. Cela, nous pouvons te l'offrir. Et tu dois l'accepter.

– Non, je ne peux pas l'accepter.

– Tu dois l'accepter. Sinon nous devons te rendre le livre.

Le *mestizo* se tourna vers Ixtab, puis vers le *chilan* qui avait lu le manuscrit. Tous attendaient sa réponse. Tous le pressaient du regard de ne pas ignorer les paroles du *halach uinic.* De ne pas rejeter son offre.

Alors, baissant la tête, il articula:

–J'accepte. Ma mère sera heureuse de ma décision. Elle se désespérait de me voir sans épouse. Je connais une jeune veuve. Elle s'appelle Lorena. Elle vit à Miatlisco, un village proche du nôtre. Si je pouvais lui construire une maison, elle viendrait habiter avec moi et deviendrait ma femme. C'est ce qu'elle m'a dit. Je lui ai expliqué que je n'avais pas les moyens de faire cela. Je lui ai dit de se chercher un autre homme. Un homme qui saurait subvenir à ses besoins.

– À présent, tu peux le faire.

– Oui. Oui, je peux le faire. Maintenant, je vais pouvoir lui construire une maison.

87

Athame de Bale observait le groupe devant le *temazcal.* En se mettant une main derrière l'oreille, elle pouvait distinguer quelques mots de ce qu'ils disaient. Elle perçut clairement le mot « Nostradamus », précédé de « secret », et puis « cadeau ».

Un sentiment de triomphe l'envahit. Ce que l'on disait au *mestizo* n'avait pas grande importance. Seul Sabir l'intéressait. Aurait-il ou non le courage d'entrer dans ce lieu sombre et fermé ? Pouvait-elle compter là-dessus ? Quoi qu'il en soit, elle n'aurait qu'une occasion d'agir comme elle l'escomptait.

Pour l'instant, le groupe semblait tout occupé à baratiner le *mestizo* et persuader Sabir que, malgré ses protestations hystériques, entrer dans cet endroit ne lui ferait que du bien.

Athame fit une prière silencieuse. Si seulement la femme maya au collier de coquillages pouvait se déplacer un peu, elle aurait une meilleure vue de ce qui se passait. Lamia et l'ex-policier lui tournaient tous les deux le dos, de même que le *halach uinic* et le prêtre qui avait fait la lecture. Sabir était trop pris par ses propres problèmes pour remarquer qui que ce soit d'autre, et le *mestizo*, fou de joie à l'idée de pouvoir enfin se marier, n'avait d'yeux que pour le grand chef.

Comme s'il avait agi sur commande, Sabir fit brusquement volte-face et repartit d'un pas décidé vers la pyramide. La femme au collier fit un signe au *halach uinic* et se précipita à sa suite. Pendant un moment, tout le monde se laissa absorber par l'attitude de Sabir et ne s'occupa plus du *temazcal.*

Athame traversa au pas de course la partie à découvert entre sa cachette et le sauna. Sans oser jeter un regard derrière elle, elle se glissa à l'intérieur. Grâce à sa petite taille, l'étroite ouverture ne lui posa aucun problème, et elle se retrouva bientôt hors de vue de l'assemblée.

L'endroit étant plongé dans l'obscurité, Athame sortit une lampe de son sac à dos et l'alluma, non sans cacher de sa paume la plus grande partie de la lumière. Elle chercha avidement des yeux un lieu où se cacher au plus vite, au cas où quelqu'un l'aurait vue entrer. Entouré d'une douzaine de coussins, un cercle de cailloux occupait le centre de la pièce afin de recevoir les pierres de lave incandescentes. Dans le sauna, construit comme un igloo, ces coussins formaient un cercle de neuf mètres de circonférence, avec entre les places assises et la paroi, un espace d'environ deux mètres.

Elle alla se tapir dans l'ombre, non sans avoir recouvert son petit mètre vingt-cinq de deux coussins attrapés au passage. À travers l'épaisseur de son sac à dos, elle sentit la forme familière – et rassurante ? – de son Walther P4 contre ses hanches. Peut-être était-ce un message ?

Elle s'en empara. Avec ses vingt centimètres de long, c'était une arme imposante pour une femme aussi petite. Un P5 compact aurait été nettement suffisant. Mais Athame était heureuse de l'avoir pour elle, même si ses mains à six doigts arrivaient à peine à en agripper la crosse. À deux mains, en revanche, elle la tenait parfaitement bien.

Elle arma le pistolet et en ôta la sécurité. Puis elle éteignit sa lampe, cala le Walther contre sa poitrine et attendit.

88

Ixtab rejoignit Sabir alors qu'il commençait à retrouver son calme. Appuyé contre un arbre, il s'emplissait les poumons de l'air de la nuit et contemplait les pyramides distantes, peut-être pour s'imprégner de leur sagesse.

Une trentaine de volontaires s'affairaient à nettoyer les marches après la cérémonie afin de tout laisser propre pour l'arrivée des touristes, le lendemain.

Ixtab s'arrêta derrière Sabir, qui ne se retourna pas pour autant.

– Nous avons attendu des années votre arrivée, lui dit-elle.

– N'importe quoi.

– Si, et vous savez que c'est vrai.

– Si vous êtes venue avec l'idée de me persuader d'entrer dans ce foutu hammam, vous perdez votre temps.

– Buvez cela, malgré tout. Je l'ai préparé pour vous. Cela vous calmera.

– Vous avez fabriqué ça avec l'une des décoctions du *halach uinic*, j'imagine ?

– Non, je ne ferais jamais cela. Tout ce qui est dedans est naturel. Il n'y a aucun hallucinogène. Le *halach uinic* ne souhaite qu'une chose : que les gens consomment ses préparations de leur plein gré et à des fins spirituelles. Ce ne sont pas des jouets pour *gringos*. Et vous n'êtes pas en état de prendre quoi que ce soit en ce moment.

Sabir accepta le bol à contrecœur, hésita un instant puis but avidement, surpris par la soif soudaine qui le prenait. Il se sentait à la fois grincheux, agacé et tout petit.

– Merci. Je ne voulais pas vous offenser, j'espère que vous le comprenez.

– Bien sûr. Nous aurions dû mieux vous préparer à tout ceci. Vous expliquer le but de la cérémonie. Mais le *halach uinic* a le don de double vue. Il est très supérieur à nous tous pour ces choses-là. C'est son instinct que nous devrions suivre sans hésiter. Il est capable de sentir le mal qui approche. Selon lui, nous avons une date butoir à observer, ou nous serons tous perdus. Jamais je ne l'ai vu se tromper.

– Et vous ? Il vous arrive de vous tromper ?

Une main sur le cœur, Ixtab lui répondit :

– Je me suis trompée à votre sujet. Je pensais que vous accueilleriez avec intérêt la cérémonie. Je n'ai pas su discerner la peur en vous. Une peur justifiée, que je comprends à présent. C'est impardonnable de ma part.

Sabir hocha la tête, plus ému qu'il ne l'aurait cru de l'attention qu'elle lui montrait.

– Je ne veux pas être shaman. Je ne connais aucun secret. Je viens de rencontrer la femme de ma vie. Je n'ai qu'un désir, maintenant, c'est de l'emmener avec moi et tenter d'effacer de ma vie vingt ans passés à me prendre pour une espèce d'introverti, à penser que je ne vaux rien.

Ixtab ne répondit pas. Elle se contenta de le regarder avec douceur.

Gêné par son silence, Sabir se hâta de reprendre :

– Tout ceci n'était pour moi qu'une énorme diversion, vous comprenez ? Si j'étais honnête avec moi-même, je reconnaîtrais que je ne suis venu ici que pour l'argent. Je voulais être celui qui a publié les prophéties perdues de Nostradamus. Je voulais toute cette saleté de publicité que cela m'aurait attirée. Si les choses s'étaient passées comme prévu, je serais apparu dans un tas de documentaires. J'aurais signé des tonnes de livres. Peut-être même vendu des droits cinématographiques. Je me serais fait un fric monstre, en d'autres termes. Mais tout a mal tourné. Mes amis tziganes et moi avons eu la malchance de nous embrouiller avec la mère de Lamia, une véritable folle, et ses monstres d'enfants qui craignent le diable. Sans le réaliser tout de suite, j'ai très vite haï de toutes mes forces ce fou furieux d'Achor Bale, le frère aîné de Lamia. Au point que j'en perdais le sens des réalités. En mai dernier, j'ai failli me faire tuer. Et la semaine dernière, nous étions une fois de plus en train de fuir cette bande de dégénérés, et, franchement, je n'en peux plus. Je voudrais juste rentrer chez moi.

Peu à peu, Sabir sentait le *chocah* d'Ixtab le calmer. Et paradoxalement, cela le rendait de plus en plus loquace.

– Et Lamia ? Comment prend-elle cela ? Elle semble mal à l'aise.

– Elle ne sait pas quoi penser, en fait. Elle ne sait pas comment réagir. Elle est comme nous. Nous prenons chaque jour comme il vient.

– Vous en êtes sûr ?

Sabir hocha lentement la tête. Il se sentait somnolent et détendu. Une soudaine vague de confiance s'empara de lui, le surprenant par son intensité.

– Oui, j'en suis sûr. Je la connais. Elle souffre. Alors, elle se replie sur elle-même. Elle m'a laissé lui ôter sa virginité, à vingt-sept ans… et cela l'aura certainement déstabilisée aussi. C'est à peine surprenant.

Il s'arrêta net, étonné de son manque de discrétion. Étonné de ce que sa bouche pouvait prononcer.

– Je ne sais pas pourquoi je vous raconte tout ça, murmura-t-il. Ce n'est pas ce que je voulais, quand j'ai commencé…

Il jeta un regard suspect à son bol vide puis le rendit à Ixtab.

D'un signe de la tête, elle lui réaffirma que la boisson ne contenait rien de fâcheux.

Maintenant qu'il s'était laissé aller à de telles confidences, Sabir estimait qu'il n'avait plus rien à cacher à cette femme.

– À cause de son visage, Lamia n'a jamais laissé un homme l'approcher. Vous comprenez, n'est-ce pas ? Mais moi, elle m'a laissé. Et tout à coup, je suis un peu devenu fou. Pas étonnant qu'elle se sente vulnérable.

– Adam, vous portez un lourd fardeau en vous. Un secret. Quelque chose dont vous ne savez que faire. C'est cela qui vous empêche de dormir, et non la claustrophobie ni les souvenirs.

– Comment savez-vous que je ne dors pas ?

– Dois-je vous l'expliquer ? soupira-t-elle.

– Non, peut-être pas. En fait, je crois le savoir.

– Vous croyez seulement ?

– Non, je le sais.

– Alors, vous avez franchi le premier pas. Maintenant, il vous faut passer au deuxième.

– Et… qu'est-ce que c'est ?

– Découvrir ce que vous ne savez pas.

Sabir éclata de rire.

– Oh, c'est adorable. Vraiment très mignon.

– Mignon ? Qu'est-ce qui est mignon ?

– Oh, laissez tomber, dit-il avec un soupir.

Un sourire sur les lèvres, il commençait à se sentir de nouveau comme un homme – un homme dont une femme telle que Lamia pouvait décemment tomber amoureuse.

Il avait confiance en Ixtab, cela ne faisait aucun doute. Son instinct le lui assurait. C'était une femme qui choisirait toujours le bon chemin. Qui vous guiderait toujours dans la bonne direction.

– Je ne sais pas ce que contenait votre fichue décoction, mais, si vous la vendiez sur le marché, vous feriez fortune. J'ai du mal à croire ce que je suis en train de vous dire, pourtant je suis prêt à essayer votre espèce de sauna. Si je ne le fais pas maintenant, je ne le ferai jamais.

– Vous êtes certain ?

– Bien sûr que non. C'est pourquoi je me réserve le droit de m'échapper une deuxième fois avant d'y entrer. Mais cette fois, vous ne me suivrez pas. D'accord ?

Ixtab lui rendit son sourire.

– Cette fois, si vous vous enfuyez, je ne vous suivrai pas. Mais vous ne vous enfuirez pas, Adam. Et quand viendra le moment, vous dormirez.

89

— Du datura ? répéta le *halach uinic*. Non ! C'est impossible. Nous devons l'ôter, Ixtab, car nous connaissons tous deux sa toxicité et savons dans quelles conditions il a poussé. Et pour un *gringo*, c'est dangereux. Les effets indésirables peuvent s'avérer extrêmement longs et déplaisants.

– Aucune autre infusion ne marchera, protesta-t-elle. Tous les trois, nous devons la prendre. Nous devons communiquer avec l'autre côté. Nous devons faire appel au serpent de la vision.

Sabir paraissait perplexe. Les effets du *chocah* se dissipaient peu à peu.

Le *halach uinic* se tourna vers Calque et Lamia.

– Tenez, mâchez ce peyotl. Longuement. Si vous l'avalez trop vite, vous risquez de vous sentir très mal. Ne vous inquiétez pas de son amertume, c'est normal.

– Pourquoi devons-nous prendre ça ?

– Pour faciliter la transcendance. Cela nous permettra de nous unifier, de faire ensemble le même voyage. Ixtab a lu dans vos cœurs. Elle estime que cette substance vous convient à tous les deux. Plus tard, au cours de la cérémonie, vous en recevrez une nouvelle fois. Le *chilan* boira la mixture au venin de crapaud – il l'a toujours fait, il est donc accoutumé à ses effets. Le gardien, puisqu'il n'est indien qu'en partie, boira le *quiebracajete*, fait de graines pilées de belles-de-jour, que nous mélangerons avec du *balché*. Il nous a dit avoir l'habitude de boire le *pulque*, les jours de marché, à Veracruz ; cela n'aura donc aucun mauvais effet sur son organisme.

– Pourquoi ne prenez-vous pas les mêmes infusions que nous ? demanda Calque.

– Je ne puis vous le dire car je l'ignore. Ixtab est la maïeuticienne de notre voyage. Nous sommes entre de bonnes mains. Elle a guidé beaucoup de gens vers les Enfers. Si quelqu'un le demande, elle lui donnera du sirop d'ipéca, issu de la plante ipécacuanha, et il rejettera alors tout ce qui lui reste dans l'estomac.

– Génial ! s'exclama Calque. On va tous devenir anorexiques. Des années que j'en rêve…

Il avait l'impression de se trouver au milieu d'un groupe de fous.

– Vous êtes certain de vouloir essayer tout ça ? demanda-t-il à Sabir.

– Qu'est-ce que vous croyez, capitaine ? Bien sûr que non, je n'en suis pas certain. Mais si je continue à me poser des questions, je vais de nouveau partir en courant. Alors je me lance.

Il jeta un bref regard à Lamia puis tendit la main vers le *halach uinic*.

Celui-ci lui déposa quinze graines dans la paume.

– C'est tout ?

– Davantage serait dangereux. Et inutile. Lorsque les *gringos* en prennent plus, cela les rend schizophrènes. Leurs pupilles restent dilatées durant des jours, et ils souffrent de photophobie. Certains deviennent amnésiques et fous. Ce n'est pas la connaissance qu'ils recherchent, mais la gratification.

– Et… ça n'aura pas le même effet sur nous ?

– Non. Pas si vous mâchez longuement les graines. Pas si vous posez les bonnes questions.

Sabir mâcha les graines. Le *halach uinic* fit de même, aussitôt imité par Ixtab. Puis ce fut au tour du gardien et du *chilan* de boire leur mixture.

L'air désabusé, Calque haussa les épaules puis engloutit le peyotl. Il se mit à en mastiquer la pulpe, une expression de dégoût sur le visage, comme si on le forçait à avaler une cuillerée d'huile de ricin.

Lamia fut la dernière à se décider. Elle contempla l'obscurité environnante pendant un long moment, puis, parcourue d'un frisson, posa le peyotl sur sa langue.

90

D'abord, Sabir ne sentit pratiquement rien. Comme si le datura n'avait aucun effet sur lui. Peut-être lui avait-on donné par erreur une poignée de graines de tournesol à mâcher ? De temps à autre, cependant, il se retrouvait en train de tendre le bras comme à la recherche d'une cigarette. Mais il n'avait jamais fumé. C'était très étrange…

La voix du *halach uinic* continuait de résonner sourdement. Cela faisait plus d'une heure, maintenant, qu'il priait en compagnie du *chilan* et, au milieu de ce bourdonnement, Sabir ne distinguait qu'à peine la présence des autres. La pièce surchauffée était plongée dans le noir – pas un seul rai de lumière ne venait en trouer l'obscurité. Même les pierres brûlantes étaient sombres – Sabir s'était pourtant imaginé qu'elles rayonneraient d'une lueur rouge, comme les braises dans une cheminée.

Grâce à la chaleur qu'elles dispensaient, il transpirait maintenant comme s'il était atteint d'une forte fièvre. Et voilà qu'il se mettait à imaginer une bouteille de bière glacée, par un beau jour d'été. Cette pensée lui donna envie de saliver, mais il s'aperçut qu'il était incapable de produire la moindre goutte de fluide. Il songea à demander un verre d'eau puis se ravisa. L'idée d'eux sept réunis autour de ces pierres incandescentes sans même se voir rendait cette situation absolument ridicule.

De temps à autre, résonnait le bruit de pots que l'on déplaçait ou de liquides que l'on versait. Sans doute le grand prêtre,

Ixtab et le *chilan* étaient-ils en train de préparer les offrandes dans l'obscurité. Chacun avait apporté avec soi des récipients emplis de sang de biche, de résine de *sacpom*, et d'autres décoctions plus ou moins étranges, pendant qu'Ixtab trimballait comme d'habitude son fourbi shamanique.

Sabir se prit à imaginer ce que pouvait contenir son sac, en fait. De la poudre compacte ? Du rouge à lèvres ? Un smartphone ? Il se mit à rire en la voyant comme une princesse maya urbaine. L'idée était si grotesque qu'il éprouva le besoin d'en faire part à son entourage, de façon que chacun y aille de son commentaire. Mais, pour une raison qu'il ne comprit pas, il ne parvint pas à sortir le moindre son de sa bouche.

Peu à peu, l'Américain réalisa l'énormité de ce qui se passait en lui. Sa claustrophobie avait disparu depuis qu'il avait pénétré dans cette pièce obscure, et cela lui parut si absurde qu'il chercha en vain dans son esprit le sentiment de peur… auparavant si palpable dès lors qu'il se trouvait dans le noir. Mais il eut beau essayer, aucune terreur ne l'envahissait. C'était à se demander si vraiment il avait été claustrophobe un jour…

Il laissa ses doigts tâtonner autour de lui afin de savoir qui était assis à ses côtés. Le processus était cependant difficile car il ne voulait pas non plus violer l'intimité de son voisin. En procédant par élimination, il décida que le *halach uinic* était assis en face de lui, avec le *chilan* à sa gauche et Ixtab à sa droite – les bruits de prières lui parvenaient exactement de là. Ce qui laissait le gardien, Lamia et Calque comme ses voisins potentiels.

Baissant le nez, il se mit à renifler discrètement. Pour une raison qu'il ignorait, il éprouvait le besoin de deviner qui se trouvait près de lui rien qu'à son odeur. Ce qui lui semblait tout à fait normal, et il s'étonna que, dans la vie courante, personne ne fasse de même pour reconnaître son voisin. Mais si ! Certains le faisaient… Qui étaient-ce ?

– C'étaient les chiens ! s'écria-t-il soudain, surpris lui-même par le son de sa voix.

Le *halach uinic* et le *chilan* cessèrent leurs incantations.

– C'est ça. Ce sont les chiens qui reniflent…

Sabir leva une main devant lui, comme pour prendre une cigarette. Puis, de son bras, il dessina un arc et s'arrêta brusquement en sentant une résistance. Une résistance qui n'était pas physique, seulement suggérée.

– C'est vous, non ?

Il avait oublié d'utiliser le nom de la personne, mais il soupçonnait qu'il s'agissait de Calque.

– Oui, c'est moi.

– Je m'en doutais. J'ai failli vous frapper.

– Vous en étiez loin. Vous n'êtes pas du tout à côté de moi.

– Ah, oui ?

Sabir se laissa tomber en arrière et demeura ainsi, les yeux fixés là où il imaginait que se trouvait le plafond – mais cela pouvait aussi bien être le sol, au point où en étaient les choses !

– Quelqu'un peut me dire pourquoi je suis là ?

Le *chilan* et le *halach uinic* reprirent leur chant.

Sabir décida, lui, de s'endormir.

91

Cela faisait près de trois heures qu'Athame était recroquevillée sous ses coussins, sans remuer d'un millimètre. Pendant ce temps, le *halach uinic* et le *chilan* n'avaient interrompu leur chant qu'une seule fois, lorsque l'un des participants – Sabir, selon elle – avait crié quelque chose à propos de chiens.

Pour ne pas s'engourdir, elle s'appliquait à faire de minuscules mouvements. Flexions et extensions. Petits spasmes musculaires pour éviter les crampes. Combien de temps allait-elle tenir ainsi ? Et pourquoi, en fait ? Jusque-là, personne n'avait encore dit quoi que ce soit qui vaille la peine de rater le dîner.

Un moment, elle sentit son téléphone vibrer contre elle mais, par bonheur, les voix de baryton du prêtre et du *chilan* en couvrirent le bruit. Elle décida donc de le couper carrément.

Abi lui avait bien précisé que, s'il l'appelait, il ne laisserait passer que deux sonneries ; si Athame ne répondait pas, cela voudrait dire qu'elle était occupée ailleurs, et il raccrocherait. Ce qui lui éviterait de se faire découvrir et de devoir réagir de manière directe, contrairement aux souhaits de madame sa mère. La jeune fille était suffisamment finaude pour se dire que, en ces circonstances, Abi se serait fait un plaisir de la balancer aux chiens, rejetant ainsi sur elle toutes les responsabilités de ses actes dissidents.

Une seule fois, lorsque les chants se firent plus bruyants, Athame parvint à changer partiellement de position afin de ne plus fixer le mur devant elle mais la pièce entière. Que faisaient tous ces gens ? Pourquoi étaient-ils assis dans un endroit totalement obscur à chanter des niaiseries ? Elle se mit à regretter son idée super géante de s'introduire dans ce trou noir. Car, vu la situation impossible dans laquelle elle s'était mise, elle savait qu'elle devrait attendre jusqu'à la toute fin de cette cérémonie débile.

Si au moins Abi pouvait deviner ce qui lui arrivait, et désigner l'un ou l'autre de ses frères et sœurs pour s'occuper du crâne et du codex.

92

Le calme était retombé sur le campement provisoire. Tous dormaient à la belle étoile, certains roulés en boule à même le sol, d'autres dans des hamacs fixés entre deux arbres.

Abi avait toute la zone sous contrôle. Oni et Berith toujours à l'entrepôt, il avait pour lui Vau, Rudra, Aldinach, Alastor, Athame, Asson, Dakini et Nawal pour espionner le camp. Chacun avait sa partie à surveiller, tout en gardant un contact téléphonique avec Abi via son mobile.

Grâce à Aldinach – qui, ce soir, et pour une raison connue d'elle seule, avait choisi d'être une fille –, il savait exactement où se trouvaient le crâne et le codex. Grâce aussi au génie intuitif de l'hermaphrodite pour contrôler les différentes zones dont il n'était pas directement responsable, Abi savait aussi qu'Athame était cachée quelque part à l'intérieur du *temazcal*, où rien ne lui échappait des faits et gestes des trois compères.

Il lui avait bien reproché de s'être mise dans un tel danger, mais, une fois calmé, il s'était rassuré en considérant la chose de façon rationnelle. Une seule fois, il avait tenté de l'appeler, juste avant qu'Aldinach ne lui précise où elle se cachait ; donc, si son vibreur ne l'avait pas trahie, il devait reconnaître qu'elle savait se mettre en sécurité.

Madame sa mère avait aussi téléphoné un peu plus tôt. Sentant que l'affaire entrait maintenant dans sa phase finale, elle avait pris l'habitude d'appeler Abi toutes les heures. Et il éprouvait la plus grande satisfaction de pouvoir lui dire à peu près toute la vérité quant à la situation. Ils faisaient exactement ce qu'elle leur avait demandé, après tout ; à savoir, observer les événements sans intervenir directement. Personne, à part Athame, n'avait pris l'initiative de bouger. Personne n'allait contre ses désirs. Pas encore.

Abi savait la comtesse particulièrement habile dans l'art de deviner les mensonges. S'il s'en tenait donc à lui raconter la stricte vérité, c'était reculer pour mieux sauter. Il voulait pouvoir lui annoncer leur succès dans tout ce qu'elle avait demandé : la récupération du codex maya et du treizième crâne de cristal ; l'identité et la localisation du Second Avènement et du troisième Antéchrist ; et, enfin, le meurtre de Sabir, tâche qu'il confiait à Aldinach et son délirant pouvoir de transformation physique. Alors, alors seulement, il pouvait espérer se faire pardonner. La mort de Joris Calque et celle de Lamia ajouteraient simplement une couche de glaçage au gâteau de fête.

Il regarda l'écran de son téléphone : deux heures trente du matin. Autant en finir au plus vite. Les gens se levaient tôt, par ici, et il savait que certains pourraient passer par là dès quatre heures s'ils devaient se déplacer loin pour leur travail.

Il commença donc sa série de coups de fil.

93

Le serpent s'approchait de nouveau. Celui-là même qui l'avait tourmenté alors qu'il se trouvait dans la fosse d'aisances sous le Maset du marais, en attendant le retour d'Achor Bale.

Mais, cette fois, le serpent rampa devant lui, et il ne fit que sentir l'effleurement de sa peau humide contre la sienne.

Sabir tenta de tourner la tête pour suivre la progression du reptile, mais il fut incapable du moindre mouvement. C'est alors qu'il réalisa que son crâne était emprisonné dans un étau.

Avec effort, il concentra son regard vers l'avant et comprit aussitôt ce qui lui faisait face : la scène décrite par Akbal Coatl, le gardien des livres sacrés, à Maní, lors de la préparation du grand bûcher destiné à détruire les reliques mayas.

Sabir voulut crier. Fuir la réalité qu'il était en train de vivre, pour revenir à celle qui lui semblait être la sienne. Mais, là encore, aucun son ne sortit de sa bouche.

Il se souvint que le temps était une spirale. N'était-ce pas ce que croyaient les Mayas et Nostradamus ? À un moment donné, toutes les conditions étant réunies pour cela, on pouvait voyager dans le passé, ou même dans le futur. Le poète et philosophe T. S. Eliot avait saisi cette idée dans la partie « Burnt Norton » de ses *Quatre Quatuors* :

Le temps présent et le temps passé
Sont tous deux présents peut-être dans le temps futur,
Et le temps futur contenu dans le temps passé.

Si tout temps est éternellement présent,
tout temps est irrémissible.

Ces mots se répétaient en boucle dans ton cerveau.

Tu te sentais devenir fou. Un soldat espagnol s'avançait à présent vers toi. Une garrotte à la main.

Tu te tournas vers un moine vêtu de la sombre tunique brune des franciscains. Frère de Landa. Ce ne pouvait être que lui. Son visage était lisse et irréprochable – celui d'un homme certain de faire le bien, quels que soient ses actes, quelles que soient les atrocités qu'il ait choisi de commettre. Près de lui, un homme, que tu reconnus aussi, écrivait sur un vélin posé sur un lutrin. Oui, tu le connaissais bien ; c'était un membre de ta famille. L'espace d'un instant, tu éprouvas pour lui de la rancune. Que faisait-il à frayer ainsi avec les Espagnols ? Il aurait dû être ici, avec toi, puni comme toi pour ses croyances.

Alors, tu te rappelas. Tu avais fait un serment. Tu avais juré de protéger deux objets sacrés : le manuscrit restant du codex sacré, dont le contenu avait été révélé à frère de Landa par la folie de Nachi Cocom ; et le treizième crâne de cristal, celui que l'on appelait le « crâne chantant », sans lequel les douze autres crânes de la sagesse ne pouvaient parler. Pour compléter sa tâche, Akbal Coatl avait accepté de complaire aux Espagnols, de ne faire qu'un avec eux. Et il s'y était appliqué du mieux qu'il avait pu.

Le soldat espagnol noua la garrotte autour de ton front. Le serpent était tout près de toi, à présent. Il murmurait à ton oreille.

Tu savais maintenant que le reptile était le serpent de la vision. Celui qui n'apparaissait qu'à ceux dont les yeux ne suffisaient plus à distinguer la vérité près de les submerger.

Un premier tour de garrotte fut donné. Tu hurlas de douleur. Tu sentais le sang surgir de ton front.

Le serpent de la vision te susurra le premier des sept secrets.

Puis vint le deuxième tour de garrotte. Tes yeux s'embrumèrent. Tes oreilles se mirent à chanter sous la pression des *cordeles*. Quatre tours. C'était le maximum que l'on pût infliger à quelqu'un. Mais tu savais que tu pouvais supporter cela. Tu étais solide. Tu aurais peur, oui. Terriblement peur. Mais tu survivrais.

Le serpent de la vision te murmura le deuxième des sept secrets.

Quand on serra la garrotte pour la cinquième fois, tu ne savais plus, tu ne te souciais plus de ce que l'on te demandait. Les *cordeles* te comprimaient les os du crâne. Le sang te troublait la vue. La douleur était ta seule réalité. Tu sentais tes dents se briser dans ta bouche tandis que tu serrais les mâchoires pour tenter de relâcher la pression.

Le serpent de la vision te soupira le cinquième des sept secrets.

Au septième tour de garrotte, tes yeux sortirent de leurs orbites et te tombèrent sur les joues. Cela, tu le voyais. Car tu voyais à travers les yeux du serpent de la vision. Tu étais mort et vivant en même temps. Ton crâne se brisait sous la pression de la garrotte. Ton cerveau était compressé comme dans un étau.

Tu étais mort. Personne ne pouvait survivre à sept tours de garrotte.

Le serpent de la vision te souffla le septième des sept secrets.

– Il est encore en vie, monsieur. Doit-on serrer la garrotte encore un tour afin de briser le crâne en deux ?

– Non. Laissez-le en vie. Cela servira de leçon aux autres chefs.

D'abord, quand ils desserrèrent la garrotte, il leur fut impossible de l'ôter de ton crâne. Les *cordeles* s'étaient enfoncés si profond qu'ils ne faisaient plus qu'un avec ton front.

Tu étais mort. Tu ne sentais plus rien.

Tu voyais encore les soldats, mais seulement à travers les yeux du serpent de la vision. L'un d'eux coupa les membranes qui supportaient ce qui restait de tes yeux explosés. Un autre sectionna les *cordeles* et les arracha de ton front, comme on aurait arraché d'une plaie infectée un bandage plein de sang coagulé.

Tu te sentis soulevé. Clairement. Soulevé par quatre hommes et femmes. Ta tête pendait en arrière. Tu voyais le sang s'écouler de tes blessures.

Tu étais mort. Personne ne pouvait survivre à ce qu'on t'avait infligé.

Puis vint la douleur. Et, avec elle, les derniers chuchotements du serpent de la vision. La dernière vision de toi-même à travers les yeux du serpent de la vision.

94

Sabir ouvrit les yeux. Il était aveugle.

Il les referma.

Tout était donc vrai. On lui avait pris ses yeux. Il se sentait dévoré par l'obscurité. Il hurla.

Des mains lui saisirent le corps. Il se sentit emporté hors du *touj*, à l'air libre.

Il se couvrit le visage des bras. Il faisait sombre. Tout n'était que ténèbres autour de lui. Reconnaître sa cécité lui était insupportable.

Ixtab se pencha sur lui et posa ses mains sur les siennes.

– Essayez d'ouvrir les yeux, maintenant, lui dit-elle avec douceur. Vous allez voir. Vous n'êtes pas aveugle. Faites-moi confiance.

– Non, non… je ne peux pas.

– Ouvrez les yeux.

On le déposa sur le sol. Il sentait l'odeur de la poussière. Celle des corps qui l'entouraient. Il les reconnaissait chacun à leur odeur.

– Où est Lamia ? J'ai besoin d'elle…

– Ouvrez les yeux, Adam.

Sabir obéit. Il faisait encore nuit, mais, à la lueur de l'aube naissante, il parvenait à distinguer les visages les plus proches.

Alors, il comprit qu'il n'était pas aveugle. Qu'il n'avait eu jusque-là qu'une vision mimétique. Son corps était à présent secoué de sanglots. Brusquement, il se rappela avoir absorbé du datura. Il se rappela la cérémonie. Il se revit en train de sombrer dans le sommeil.

Quand il put enfin parler, il s'agrippa au bras d'Ixtab.

– Qu'est-ce que j'ai fait ? Qu'est-ce que j'ai dit ?

– Vous nous avez dit beaucoup de choses.

– Les sept secrets… je vous les ai révélés ?

– Les sept secrets ?

– Oui. Les sept secrets que m'a dévoilés le serpent de la vision.

Un silence stupéfait s'installa. La nervosité de ses compagnons était quasi palpable.

– Non. Quels étaient ces secrets ?

– Qu'est-ce que je vous ai dit ? demanda Sabir en s'asseyant.

Calque s'approcha puis s'accroupit devant lui.

– Vous nous avez dit que le troisième Antéchrist se trouvait déjà parmi nous. Que vous connaissiez son nom et l'endroit où il se trouvait, mais que personne d'autre ne devait le savoir. Que, si quiconque le savait, le Corpus Maleficus lui arracherait ces informations afin de soutenir cet Antéchrist et retarder le retour du démon.

– Seigneur Dieu ! C'est ça ? C'est vraiment ça que je vous ai dit ?

– Oui, vous avez cité un passage de l'Apocalypse : *Les mille ans écoulés, Satan, relâché de sa prison, s'en ira séduire les nations des quatre coins de la terre, Gog et Magog, et les rassemblera pour la guerre : leur nombre est comme le sable de la mer.*

– Oui, oui, c'est ce qu'Achor Bale m'avait dit quand il m'a emprisonné dans la fosse. *Après quoi, il doit être relâché pour un peu de temps.* Ce fou furieux croyait qu'il nous protégeait encore du démon, comme ses ancêtres de Bale l'avaient fait pour les rois de France !

Le *halach uinic* fit un petit signe à Ixtab, qui s'agenouilla devant Sabir pour lui dire :

– Nous ne comprenons pas ceci. Comment les de Bale pensent-ils nous protéger tous d'un démon qu'eux-mêmes semblent occupés à invoquer ?

Calque posa une main sur l'épaule de Sabir pour l'empêcher de répliquer.

– Laissez-moi répondre à ça. Je suis devenu un peu expert en la matière, depuis quelques mois. La question du « Démon-Antéchrist » est particulièrement épineuse. En quelques mots, le Corpus croit que c'est seulement en apaisant le diable – en soutenant son représentant sur terre, le troisième Antéchrist (les deux premiers étant Napoléon et Hitler, selon Nostradamus) – que l'on pourra le convaincre de laisser la terre se gérer elle-même. En revanche, lorsque le démon sera tenté d'intervenir – quand il aura perdu patience, en d'autres termes, avec les machinations de ses hommes de main –, ce sera pour nous l'Armageddon.

– Comment est-ce possible ? s'étonna Ixtab. N'y a-t-il aucun moyen d'arrêter cela ? Ou alors le Corpus estime-t-il que tout est déjà ordonné d'avance ?

– Selon les de Bale, la seule menace réelle pour le Troisième Antéchrist réside dans le Second Avènement. Parce que l'Antéchrist est le reflet malveillant du Christ – son ombre noire, l'*antimimon pneum*, la contrefaçon de l'esprit, ou ce qui vous possède – seule une véritable représentation du Christ – donc le Fils de Dieu – donc la Parousie donc le Second Avènement – peut espérer triompher de lui. Le Corpus Maleficus ne peut laisser arriver pareille chose, car cela signifierait qu'ils auraient échoué dans leur tâche, qu'ils n'auraient pas tenu serment. Le plus fou, là-dedans, c'est qu'ils se prennent pour les « gentils ». Que tout ce qu'ils feront – même les pires atrocités – pour retenir le diable sera justifié. C'est leur garantie. Le reste n'a aucune valeur pour eux. Le diable est le mauvais frère de Dieu – l'Antéchrist est en quelque sorte l'inverse du Christ. L'un, dans les deux cas, présuppose l'existence de l'autre. L'Antéchrist est ainsi l'ombre noire du Christ, ou son image inversée, et il ne peut être dominé que par son nombre opposé. Et vice versa. Vous saisissez ? C'est simple, en fait.

Ixtab et le *halach uinic* échangèrent un regard, puis le grand prêtre baissa les yeux.

– Qu'est-ce que j'ai dit d'autre ? demanda Sabir.

– Vous avez parlé de votre sœur de sang, Yola Samana. Vous nous avez dit que son mari, Alexi Dufontaine, lui avait fait un enfant sur une plage de Corse. Et que ce bébé à venir n'était pas un enfant comme les autres, mais celui qu'avait annoncé Nostradamus dans ses prophéties perdues – celles que vous aviez lues puis brûlées afin qu'elles échappent aux mains d'Achor Bale et du Corpus Maleficus. Vous nous avez dit que cet enfant n'était autre que la parousie, que certains appellent le Second Avènement. Et qu'à cause de son histoire et de la tribu nomade maudite de laquelle il était issu, il deviendrait le représentant de toutes les croyances, qu'elles soient religieuses ou laïques, de tous les peuples, et pas simplement les chrétiens, de toutes les races, et pas simplement les Aryens et les Sémites. Que sa naissance a été voulue par Dieu pour rassembler tous les peuples du monde et non pour les séparer, comme l'Apocalypse l'a annoncé. De chaque côté du fleuve, se trouve l'arbre de vie, qui porte douze espèces de fruits, et donne un fruit chaque mois. Et les feuilles de cet arbre servent à la guérison des nations.

– Mon Dieu, je vous ai dit ça ? ! J'avais pourtant juré de ne pas le dire.

– À qui avez-vous juré cela ?

– Je ne sais pas. Je ne me souviens pas. À moi, peut-être. Mais dans mon délire, cela n'a aucune valeur. En revanche, je dois à Yola de la protéger. C'est ma sœur de sang. J'en ai fait la promesse devant sa tribu. Plus il y a de gens au courant, plus elle sera en danger.

– Tout est bien, donc, déclara le *halach uinic* en souriant. Personne ici ne trahira votre confiance. Vous nous avez fait ces révélations car vous deviez transmettre le message. C'est le serpent de la vision qui vous y a poussé. Le culte du Second Avènement commencera ici. Lorsque le temps sera venu, nous proclamerons son nom. Et ce sera le 21 décembre 2012. À la toute fin du cycle des neuf Enfers.

– Alors, vous signerez l'arrêt de mort de l'enfant, répliqua Sabir. Je n'aurais jamais dû parler. Vous avez eu tort de me donner du datura. J'ai trahi ma sœur de sang.

– Non, Adam. Vous nous avez parlé car vous sentiez dans votre inconscient que vous deviez partager le secret qui vous a été transmis. C'est une charge trop lourde à porter pour un seul homme.

– Non, vous vous trompez. Je vous en ai parlé car je croyais être le chef dont les Espagnols avaient fait sauter les yeux de ses orbites avec la garrotte. Me croyant sur le point de mourir, je ne voulais pas emporter mon secret avec moi dans la tombe. Je rêvais que j'étais dans la clairière avec frère de Landa, que je voyais Akbal Coatl écrire ce dont il était témoin, que je découvrais les corps brisés de ceux que le moine avait déjà torturés. Pendant que j'étais aveugle, le serpent de la vision m'a brièvement prêté ses yeux afin que je puisse témoigner de ce que j'ai vu.

Portant les mains à ses yeux, Sabir poursuivit :

– Je savais que tout cela n'avait pas de sens, bien sûr. Je n'étais pas là-bas. C'étaient juste les effets des drogues que j'ai absorbées. J'étais en plein trip, voilà tout. Et mon esprit inconscient a saisi la première chose qui s'est imposée à moi, qui s'est avérée être les sales besognes de frère de Landa. En d'autres circonstances, j'aurais pu tomber sur l'histoire d'un livre que j'étais en train de lire. Ou sur celle d'un film. Ou sur quelque chose qui m'était arrivé un peu plus tôt dans la rue.

– Vous étiez ce chef, Sabir, insista le *halach uinic.* Vous avez vraiment vu le serpent de la vision.

Penché sur l'Américain, le grand prêtre le pressait de le croire.

– Du gros n'importe quoi, riposta Sabir. Et puis comment ce serait possible ?

– Parce que nous étions avec vous, Adam. Nous tous. Nous avons été témoins de ce qui vous est arrivé. Ixtab était parmi ceux qui vous ont transporté de la place Maní jusqu'ici. Moi aussi. Comme le gardien, le *chilan* et Calque. Nous vous avons tous sorti du *touj*. Nous avons été choisis pour partager votre vision. Qui était commune à nous tous. De par son expérience de maïeuticienne, Ixtab s'est même fait dire par les franciscains de soigner vos blessures pour que vous ne mouriez pas. Pour que vos tourments servent d'exemple aux autres chefs.

Sabir jeta au *halach uinic* un regard totalement incrédule, puis il partit d'un rire amer.

– C'est de la pure folie. En fait, vous m'avez tous amené ici il y a quelques instants seulement. Et certainement pas de la place Maní, il y a quatre cent cinquante ans. Je n'en crois pas un traître mot. Et où était Lamia, dans tout ça ? Je dois lui parler. J'ai quelque chose à lui demander.

Le *halach uinic* se leva, contempla l'obscurité autour de lui puis laissa tomber :

– Ce ne sera pas possible, j'en ai peur. Lamia est partie.

95

— Elle était là il y a quelques minutes à peine, s'étonna Calque. Je l'ai vue. On est restés à cet endroit plus de quatre heures ; elle a dû aller faire un tour dans les buissons, j'imagine. Et discrètement. Ce n'est pas quelque chose qu'on crie sur les toits, surtout quand on voit les autres transporter son petit ami à demi mort.

– Je suis fatigué, lâcha Sabir, le visage tendu. Je n'ai plus envie de parler de tout ça. Est-ce qu'on peut remettre toutes ces palabres à demain matin ? Je retourne à notre cabane. Lamia doit m'y attendre. J'en suis sûr.

– Vous saurez comment la retrouver ?

– Oui. Il commence à faire jour, regardez. Notre cabane se trouve près du plus grand arbre de la zone. Impossible de le manquer.

– Je viens avec vous, s'empressa de proposer Calque.

– Pour quoi faire ? Me tenir la main ? Vous avez peur que je me perde dans le noir ?

– Je veux juste m'assurer que Lamia va bien. Elle a, comme nous, été témoin d'une scène très pénible. Vous hurliez, Sabir. Comme si on vous avait vraiment arraché les yeux.

– C'est bien ce qui s'est passé, non ?

– Pourtant, vous venez de nous dire que c'était du « gros n'importe quoi ». Soyez consistant, mon vieux.

Dans la pénombre, Sabir devinait à peine que Calque avait la tête inclinée de côté, comme s'il s'adressait à une personne au QI relativement bas. C'était une spécialité du capitaine.

Quelque chose que, durant trente ans, il avait perfectionné face à des suspects plus que récalcitrants – et souvent pas très malins.

L'Américain n'apprécia pas vraiment ce regard. Surtout en ce moment où il se sentait particulièrement vulnérable.

– Eh bien, peut-être que je me trompais. Bon sang, j'ai encore un mal de tête atroce, comme si on m'avait claqué une portière de voiture en pleine figure.

– C'est arrivé il y a des années, Sabir, soupira Calque. Je l'ai remarqué il y a bien longtemps. Il doit y avoir une explication rationnelle à la façon dont vous vous comportez.

Le *halach uinic* leva une main apaisante, désireux de mettre un peu de distance entre lui et l'ex-policier au discours moralisateur.

– Nous avons tous besoin de sommeil. Nous vous reverrons tous les deux demain matin. Au petit déjeuner. L'esprit plus clair, j'en suis certain. Et Ixtab saura vous expliquer tout le reste. Comment fonctionne le datura. Les visions collectives. Toutes ces choses.

– Cette perspective m'enchante, marmonna Sabir dont la tête semblait près d'exploser.

Il avait une soif épouvantable. Et qu'une envie : mettre les voiles, s'avaler des litres d'eau fraîche, se prendre trois Advil et se réfugier entre les bras de Lamia. Ce fut avec un immense soulagement qu'il regarda les quatre silhouettes s'éloigner dans l'obscurité.

Dès qu'elles eurent disparu, Calque attrapa Sabir par l'épaule et se dépêcha de l'entraîner dans la direction opposée.

– Qu'est-ce qui se passe, capitaine ? Pourquoi tant de précipitation ? Vous m'avez l'air bien pressé, subitement.

Le policier le poussa comme il pouvait vers le grand arbre et lui dit :

– Écoutez, Sabir, je vais peut-être commettre la plus grosse erreur de ma vie, mais je vous demande encore un peu de patience. Si vous avez jamais eu ne serait-ce qu'un iota d'amitié pour moi, c'est le moment de me le prouver.

96

Lamia ne les attendait pas dans la cabane.

Se prenant la tête entre les mains, Sabir murmura d'une voix à peine audible :

– Elle s'est perdue. Il fait encore nuit, dehors, et tout le monde dort. Il n'y a personne à qui demander son chemin. Elle n'aura pas osé déranger qui que ce soit.

– Ça n'a aucun sens, et vous le savez très bien.

– Non, je ne le sais pas, Calque. Qu'est-ce que vous cherchez à me dire ? C'est quoi ce truc pathétique au sujet de mon amitié pour vous ? Vous n'allez tout de même pas croire que Lamia nous a lâchés pour redevenir notre ennemie ?

– Si, c'est précisément ce que je voudrais vous dire, Sabir. Où sont vos clés de voiture ?

L'Américain se tapota les poches. Puis il pâlit.

– Elles étaient là.

– Mais elle en a eu besoin pour quelque chose, c'est ça ?

– Oui… elle voulait se changer avant la cérémonie. Trouver sa brosse à dents, ce genre de truc. Mais ça ne la remet pas pour autant dans le camp du Corpus. Franchement, Calque, vous êtes sérieux ? Vous croyez vraiment que, après tout ce qu'ils lui ont fait subir, elle leur serait encore loyale ?

– Mais… qu'est-ce qu'ils lui ont fait ?

– Ça, je vous le demande. C'est vous qui l'avez trouvée. C'est vous qui l'avez entraînée dans ce voyage avec nous. C'est vous qui m'avez assuré qu'elle en pinçait pour moi. Grands dieux, Calque ! Vous êtes le meilleur ami qu'elle ait au monde.

Vous allez vous sentir comme le pire des crétins quand elle reviendra en gambadant de l'endroit où elle s'est perdue. Mais je vais vous faire une faveur. Vous donner une réelle preuve de notre amitié. Je ne lui dirai rien de vos soupçons.

Les yeux fixés sur le ciel qui s'éclaircissait, Calque articula :

– Ils l'ont attachée à une chaise, mise sur une table et lui ont donné un tranquillisant. C'est tout ce qu'ils lui ont fait.

– Ça suffirait pour bien des gens.

– Il y a autre chose.

– Quoi ?

– Son nom.

– Quoi, son nom ?

– Elle nous a menti à propos de son nom.

– Oh, pour l'amour du ciel !

– Elle nous a dit que Lamia était la fille de Poséidon et la maîtresse de Zeus. Que ça ne signifiait rien d'autre. Que Zeus a donné à Lamia le don de prophétie en acompte pour les services qu'elle lui a rendus au lit. Qu'elle n'avait aucune importance dans le déroulement de cette affaire.

– Et alors ?

– Alors, j'y ai réfléchi. J'y ai longuement réfléchi. Ça me titillait. Tous les autres noms donnés à ses enfants par la comtesse – excepté à notre ami Achor Bale, alias Rocha de Bale, adopté bien trop tard pour qu'on lui change son prénom – correspondent à celui d'un démon, d'un des sbires du diable ou d'un autre monstre de l'enfer. Lamia nous a expliqué tout ça. C'est systématique. Une autre des petites maniaqueries de la comtesse. Donc, pourquoi Lamia porterait-elle un prénom différent ?

– Oui, pourquoi ? répéta Sabir qui commençait à se sentir très mal.

– Quand vous étiez tous les deux dans votre chambre en train de vous ébattre dans ce motel de Ticul, j'ai téléphoné à un vieil ami en France. Je lui ai demandé de consulter le dictionnaire classique de Lemprière, et deux ou trois autres livres qu'il avait chez lui.

– Non, ne me dites pas que Lamia était la servante du diable, avec 666 pour nom de code. Ni que madame sa mère l'aurait prénommée comme une célèbre tueuse en série – je veux nommer la comtesse Báthory.

– Rien de tout ça, rassurez-vous. Le prénom de la comtesse Báthory était Erzsébet – Élisabeth, si vous préférez.

– Calque, s'il vous plaît. On parle de Lamia. La femme dont il se trouve que je suis amoureux.

– C'est précisément cela qui me consterne.

– Alors, faites un effort surhumain et crachez le morceau.

Calque se racla la gorge et se lança :

– Lamia était en effet la maîtresse de Zeus, mais elle était loin de jouer un rôle capital. Ce qui n'a pas empêché Héra, l'épouse de Zeus, d'en être si jalouse qu'elle a tué tous ses enfants et l'a transformée.

– Transformée ? Comment ?

– Elle a fait d'elle une créature mi-femme, mi-serpent, condamnée à garder les paupières ouvertes afin de ne plus avoir de repos. Son nom signifie « gosier » en grec ancien. Lamia tuait les enfants des autres pour venger la mort des siens, avant de sucer leur sang et de les dévorer. Apitoyé, Zeus lui a donné le don de prophétie et le pouvoir de s'arracher les yeux pour trouver le sommeil – un peu comme votre serpent de la vision, non ?

– Il y a autre chose, Calque, articula Sabir d'une voix blanche. Ne me dites pas que c'est jouissif pour vous de maintenir comme ça le suspens.

– Franchement, Sabir, je ne trouve rien de jouissif là-dedans, croyez-moi. Ce que je vous raconte me rend malade, au contraire.

– Désolé, Calque, c'est moi qui déraille, je le reconnais. Allez-y, racontez-moi la suite. Je vous promets de ne pas vous étriper.

Manifestement touché par le changement d'humeur de l'Américain, Calque lâcha un soupir avant de poursuivre :

– Certains la relient même à Lilith, la première femme d'Adam, en prétendant qu'elles faisaient une seule et même personne. Elle aurait conçu avec lui une nichée de monstres, dont on retrouvera plus tard l'histoire dans de sordides contes de fées qui font peur aux enfants.

– Moi aussi, je m'appelle Adam, capitaine. Comme le mari de Lilith. Vous n'aviez peut-être pas remarqué...

– Sabir, franchement... fit-il, l'air un peu excédé. Ça n'a pas échappé à Lamia, non plus. C'est d'ailleurs pour ça qu'elle vous a séduit, mon vieux. Parce qu'on le lui a dit. John Keats écrivait : *Sa gorge était serpent, mais les paroles qui en sortaient n'étaient que miel, au nom de l'amour...*

– D'accord, j'en ai assez entendu. Je comprends pourquoi ce pauvre Macron vous trouvait si irritant.

Sabir le cachait bien, mais la nausée qui l'envahissait prenait rapidement le pas sur son mal de tête.

– Je crois que je vais être malade... souffla-t-il avant de se plier en deux pour vomir.

Lorsqu'il releva la tête, ce fut pour découvrir Calque flanqué de deux silhouettes. La première, quasi naine, tenait à bout de bras un énorme pistolet. Même si ses doigts, trop petits, ne s'enroulaient qu'en partie autour de la crosse, l'arme était immobile entre ses mains.

La deuxième personne, une femme également, mais de taille normale, avait la tête inclinée de côté comme si la stupéfaction de Calque l'amusait.

– C'est eux ? demanda-t-elle.

– Oui, c'est eux, répondit la naine.

– Ils ne ressemblent pas à la description d'Abi... Bon, je propose de ne pas traîner et de les tuer tout de suite. On a déjà plus que ce qu'il nous faut.

– Tu as envie d'alerter tout le camp ?

– Non, je leur tranche la gorge avec mon scalpel... personne n'entendra.

Encore secoué de haut-le-cœur, Sabir se plaqua une main sur la bouche puis demanda :

– Vous êtes bien celles que je crois ? Non, ne répondez pas… Comment diable nous avez-vous retrouvés ?

Alors qu'il mettait la main à sa poche, l'une d'elles lui commanda :

– Laissez vos mains bien en vue, s'il vous plaît.

– J'ai besoin de mon mouchoir, c'est tout.

– Un peu de vomi, ça ne fait de mal à personne.

Il le sortit malgré tout en disant :

– Eh bien, tirez… qu'est-ce que vous attendez ?

Au fond de lui, il se moquait de se faire tuer. Il s'approcha du seau d'eau qu'il avait partagé avec Lamia et se rinça le visage. Aldinach se colla à lui, son pistolet à hauteur des hanches.

Décidément, l'attitude excentrique de l'Américain ne cesserait jamais d'intriguer le capitaine. Devinant que la plus grande des deux femmes était prête à l'abattre, il lança, dans l'espoir d'attirer son attention :

– Ce sont bien celles que vous croyez, Sabir. Je les connais. Je les ai vues chez la comtesse. La plus petite, c'est Athame. La grande, c'est…

Il hésita, espérant avoir bien calculé son coup.

La grande en question s'arrêta net dans son élan et se tourna vers lui.

– Aldinach. Je suis Aldinach. L'hermaphrodite. Vous vous rappelez ? Mi-homme, mi-femme. Mais aujourd'hui, je ne suis qu'une femme.

Elle exécuta une pirouette des plus pathétiques pour exhiber sa féminité.

– Où est Lamia ? Vous l'avez enlevée ?

– Ah, notre sœur insaisissable. Tu sais où elle est, Athame ?

– Elle s'est sauvée. Je crois qu'elle a fini par deviner ma présence dans le *temazcal*. Je n'ai eu qu'une demi-seconde pour décider de mes priorités. Et j'ai choisi ces deux messieurs.

– Tu as bien fait.

– Vous étiez dans le *temazcal* ? C'est impossible !

Sabir s'effondra à genoux près du seau. Il sentait encore les effets du datura sur son pauvre estomac.

– On vous aurait entendue…

– Vous étiez tous tellement défoncés, là-dedans. Et vous, pendant que vous étiez occupé à hurler qu'on vous arrachait les yeux, les autres idiots chantaient comme une bande de Hare Krishna. Des coups de canon ne vous auraient même pas fait sursauter… Et, après votre départ, en me glissant dehors, j'ai même eu droit à vos grotesques discussions *post mortem.*

Un nouveau spasme obligea Sabir à se plier en deux.

– Intéressantes, toutes vos précisions sur le Second Avènement. Je crois qu'une petite visite à Samois s'impose ; c'est là, d'après mon frère Rocha, que vit votre Yola Samana, non ? Dommage que vous n'ayez pas prolongé votre discussion sur le troisième Antéchrist. Ça ne va pas arranger vos affaires. Mon frère Abi est encore très contrarié par la mort de Rocha. Quand il découvrira que vous nous avez caché…

Athame s'interrompit pour demander :

– Qu'est-ce que tu en penses, Aldinach ?

– Je pense que, tous les deux, vous serez contents d'apprendre qu'on a finalement décidé de ne pas vous tuer tout de suite.

Levant son pistolet à la hauteur des deux hommes, Aldinach ajouta :

– Allez, *vamos.* Et pas un bruit en traversant le camp. Le premier que vous réveillez, on le descend.

97

Un léger sourire sur les lèvres, Abi regarda les quatre silhouettes approcher.

Tout s'était passé plus simplement qu'il ne l'aurait cru. Vau, Rudra et Alastor avaient mis la main sans difficulté sur le codex et le treizième crâne de cristal. Les prêtres et les trois Mayas que le *halach uinic* avait désignés comme gardiens des objets sacrés s'étaient rapidement endormis, leurs trésors enveloppés dans un linge et posés là, au pied de leur lit… tel un cadeau laissé par le Père Noël.

À présent, Sabir et Calque, la mine défaite, s'avançaient vers lui en traînant les pieds, flanqués d'Athame et d'Aldinach.

– Où est Lamia ? demanda-t-il à ses sœurs. Vous ne l'avez pas tuée, j'espère ?

Athame vint lui glisser quelques mots à l'oreille.

– D'accord, fit-il d'un air entendu. Toi et Aldinach, vous allez prendre notre voiture la plus rapide. Il n'y a qu'un seul endroit où elle a pu aller, c'est sur la route de Cancún. Si elle est un peu logique, elle cherchera à quitter le Mexique au plus vite. En fonçant, vous devriez pouvoir capter son transpondeur au bout de trente ou quarante kilomètres. Ce pays est aussi plat qu'un foutu cimetière.

– Mais tu ne voulais pas que j'interroge Sabir ? s'étonna Aldinach, dépitée.

– On arrangera ça. Toi et Athame, vous êtes de loin les meilleures en termes de camouflage. Je voudrais que vous suiviez Lamia à la trace. Si elle quitte le pays, allez avec elle.

Si vous la perdez, sautez dans le premier avion et rejoignez le camp de Gitans, à Samois. Je suis sûr que vous la retrouverez là-bas. Mais chaque chose en son temps. Calque et Sabir vont se payer un petit voyage avec nous. Mettez-les dans le coffre de la Hyundai.

– Vous aviez donc collé un mouchard à notre voiture, dit le capitaine en s'avançant vers Abi.

Par nature, il n'était pas prêt à s'approcher plus que nécessaire de ceux qu'il considérait comme ses ennemis, mais, cette fois, sa curiosité fut la plus forte.

– Où l'avez-vous posé ? On a retourné le véhicule dans tous les sens. Je suis prêt à parier qu'il n'y avait rien de caché à l'intérieur.

– Mon frère Vau est un génie de l'électronique. Tu entends ça, Vau ? Je te fais un compliment.

Puis il précisa :

– Il l'a collé sous le châssis.

– Sous le châssis ? répéta Calque, étonné. Mais c'est le meilleur moyen de le perdre au premier cassis ! Ou par temps de pluie. Ou en traversant un champ. On a fait des milliers de kilomètres dans ce véhicule. Vous avez eu de la chance, c'est tout.

– Je vous ai dit que Vau était un génie de l'électronique, sourit Abi. Je n'ai jamais prétendu qu'il était intelligent.

Incrédule, Calque se laissa pousser dans le coffre de la voiture, où Sabir le rejoignit bientôt, sans la moindre résistance.

– Quoi ? On ne rue pas dans les brancards, monsieur Sabir ? Rocha a pourtant dit à ma mère que vous étiez super claustrophobe. Qu'il vous avait vu, enfermé dans une boîte en bois, dans le camp de Samois, et que vous déliriez à moitié quand on vous en a sorti. J'ai cru comprendre qu'il vous était arrivé le même genre d'aventure à l'époque où vous l'avez tué. Dans une fosse d'aisances, si je ne me trompe pas.

– Je ne suis plus claustrophobe, figurez-vous. Il s'est passé quelque chose dans le *touj*. Gardez-moi enfermé là-dedans aussi longtemps que vous le voudrez, je m'en moque.

Sabir mit autant de conviction que possible dans cette affirmation. À la vérité, il tremblait à l'idée qu'on l'enferme dans un espace encore plus petit que le précédent. Qu'on lui inflige la torture de l'eau, peut-être aussi.

– Oh, ne craignez rien, on vous trouvera autre chose. On a tout le temps qu'on veut.

Sur ces mots, Abi claqua le coffre sur les deux hommes.

98

Abi descendit de la Hyundai une soixantaine de mètres avant d'arriver à l'entrepôt. Le jour était levé et la visibilité augmentait à chaque minute. Il composa sur son téléphone le numéro d'Oni, puis leva les deux mains au-dessus de sa tête en signe de reddition. Au bout de dix secondes, il abaissa les bras et raccrocha.

Il savait parfaitement qu'Oni avait la gâchette rapide. Il savait aussi que les deux fusils d'assaut – le Stoner M63 et le AAT, ce dernier aussi fameux que peu fiable – couvraient leur approche. Il ne voulait pas que Berith et Oni, pensant que les propriétaires mexicains du dépôt d'armes étaient revenus plus tôt de leur virée à la frontière, se mettent à tirer. Pas plus qu'il n'avait envie de tomber dans un piège.

Son portable couina. Abi décrocha de nouveau.

– Tu nous vois ?

– Oui.

– Des problèmes ?

– Non.

– On arrive, alors.

– Oui, arrivez. Vous faites une cible bien tentante, d'ici. J'ai failli vous arroser… juste pour le plaisir.

Abi remonta en voiture et fit un petit signe à Alastor, derrière lui. Le convoi s'ébranla.

– On entre directement dans l'entrepôt et on en finit avec ça. Inutile de s'éterniser.

– Tu penses que les Mexicains vont bientôt revenir ?

– Je ne pense pas, j'en suis sûr.

Abi mena la voiture jusqu'au bâtiment, en descendit et balança sur son épaule le sac à dos contenant le codex et le crâne.

– Sortez nos deux guignols du coffre. Et ne vous gênez pas pour les bousculer, ils sont destinés au cénote, de toute façon. Peu importe leur état, personne ne les trouvera. Je doute que les gars qui bossent ici soient des fans de plongée.

Rudra et Asson sortirent Sabir et Calque du coffre sans le moindre ménagement.

– Vau, toi et Alastor allez remplacer Oni et Berith aux mitrailleuses. Ils doivent en avoir marre, à l'heure qu'il est. Je vais les laisser s'occuper de nos prisonniers, en compensation ; leur donner un peu de distraction pour se libérer l'esprit.

– D'accord. Mais tu crois vraiment qu'on risque d'avoir des ennuis ?

– Pas immédiatement. À moins qu'ils aient un hélico à leur disposition. Les gars qui ont cet entrepôt n'ont peut-être pas encore appelé. Et pourquoi le feraient-ils ? Qui se mettrait en tête d'attaquer un arsenal ? Mais ils finiront bien par le faire. Et là, ils vont être très, très fâchés. Un coucou dans leur nid, ça ne va pas leur plaire du tout.

Abi rejoignit les autres à l'intérieur. Il déposa sans cérémonie son sac sur un comptoir, comme si son contenu ne signifiait rien pour lui.

– Quel dommage qu'on n'ait pas Lamia avec nous – ç'aurait pu être très amusant. J'aime qu'on soit tous réunis. On n'aurait pas tardé à découvrir si M. Sabir est le gentleman qu'il prétend être.

Il considéra un instant ses deux prisonniers puis ajouta :

– Ficelez-moi d'abord le policier. Façon estrapade. Les bras liés dans le dos… et je m'en fous si vous lui déboîtez les coudes. On verra si M. Sabir aime regarder ses amis gémir de douleur.

C'est alors qu'Oni lui lança, du bout du bâtiment :

– Abi, tu as une seconde ?

– Tu ne vois pas que je suis occupé ?

– Sérieusement, tu ferais mieux de venir voir ça.

L'entraînant vers le fond, il lui montra une trappe, partiellement cachée derrière les cartons qu'ils avaient dérobés la veille.

– J'ai remarqué ça il y a une heure, en venant me faire un café. Je n'ai pas eu le temps d'y jeter un coup d'œil plus tôt parce qu'on n'était que deux, ici. Tu ne penses pas qu'on devrait regarder ce que c'est ? Il y a peut-être quelque chose d'intéressant…

Abi se tourna vers Calque. Rudra finissait de le ficeler à l'un des palans. Sabir était assis entre les jambes du capitaine, les bras également liés dans le dos, au niveau des poignets et des biceps.

Asson sourit en voyant Abi contempler la scène.

– Comme ça, le flic pourra pisser sur la tête de son pote quand la douleur sera trop forte.

– Une seconde, je veux d'abord vérifier ce qu'il y a sous cette trappe. Fais-moi bouillir de l'eau, en attendant. Et découpe la chemise du policier. On n'a pas de temps à perdre en subtilités. On verra si M. Sabir aime manger du cuivre bouillant.

Oni poussa de côté les cartons puis tira violemment sur la trappe. Qui grinça mais ne céda pas.

– Passe-moi le mini-Uzi. Et écartez-vous, tous, si vous ne voulez pas vous faire arracher les dents.

Abi se plaqua les mains sur les oreilles. Il avait une peur maladive de perdre l'ouïe.

Oni actionna le mini-Uzi, qui déchira la serrure en envoyant partout à la ronde des éclats de bois et de métal. Il flanqua ensuite un coup de pied sur le battant, mais rien ne vint.

– Bon, je recommence.

Cette fois, la balle de 9 mm laissa dans le bois un trou aussi gros qu'une tête d'homme.

– OK, on y va.

Abi laissa retomber ses mains et regarda Oni arracher ce qui restait de la trappe.

– Descends, je te suis, lança-t-il à son frère.

Armé d'une lampe torche, Oni sauta dans le sous-sol et lâcha un cri :

– Seigneur Dieu Marie Joseph !

– Quoi ? lui cria Abi. Qu'est-ce que tu as trouvé ?

– Viens voir ça, reprit Oni.

Abi descendit à son tour, se redressa et abandonna sa lampe sur une table à côté de lui.

– Nom de Dieu !

Une trentaine de cuves géantes garnissaient le tiers de la cave, un autre tiers étant occupé par un énorme empilage de petits paquets de la forme d'un lingot, emballés dans du film plastique vert vif, bleu ou blanc. Et dans la troisième partie, trônaient un Hummer H1 Alpha blindé ainsi qu'une vitrine remplie de mitraillettes en plaqué or, de pistolets sertis de diamants et d'émeraudes, et d'au moins un millier de balles revêtues de platine. Certains des pistolets avaient la crosse ornée de l'image de la Vierge Marie, tandis que d'autres portaient un faux logo Versace.

– Ce n'est pas un dépôt d'armes, Abi, c'est une fabrique de *crystal meth*.

Accroupi devant l'un des paquets recouverts de plastique, Oni le perça et en testa la poudre au moyen de son couteau.

– C'est de l'*ice* pure, de premier choix ! Il doit y en avoir une tonne et demie, au moins. Dans la rue, ça rapporte au bas mot cinq millions de dollars, cette affaire.

Il se releva, un peu étourdi par sa découverte, et enchaîna :

– Quant au narco bling, il pèse au moins un demi-million de dollars. Mais franchement, comment ils ont fait pour descendre ce Hummer ici ? Il doit y avoir une plateforme, ou une espèce d'ascenseur qui relie cette salle à la surface. C'est obligé…

Il entreprit de fouiller l'endroit, comme un enfant à la recherche de ses œufs de Pâques.

– Oui, voilà ! s'exclama-t-il, la main sur un interrupteur. C'est ici. Regarde, Abi.

Il actionna le bouton, et une partie du plafond s'ouvrit comme un éventail, laissant place à une rampe carrossable qui descendit en se déroulant lentement pour venir se poser en douceur sur le sol de ciment. Un fin rai de lumière leur parvint alors de l'extérieur.

– Ça, c'est cool. C'est vraiment cool !

Oni caressait le mécanisme comme s'il s'agissait d'une femme.

– C'est mieux qu'une pute à mille dollars, Abi. On va pouvoir sortir toute cette came dans le Hummer et la planquer où on voudra. On a mis la main sur un trésor, mon pote.

– Non, Oni, lâcha platement Abi. Le gardien que tu as tué nous a menti. Le bâtard devait être au courant de tout ça. Ses boss n'étaient pas partis vers la frontière pour leur trafic d'armes, ils se préparaient pour une énorme expédition de méthamphétamine. Regarde ça.

Il indiqua une plaque dorée vissée dans le mur, dont le cadre était orné de diamants.

– Écoute ce que ça dit : *Mieux vaut mourir au combat la tête haute qu'à genoux et humilié. Mieux vaut être un chien vivant qu'un lion mort. On ne tue pas pour l'argent. On ne tue pas les femmes. On ne tue pas les enfants. On ne tue pas d'innocents. On tue seulement ceux qui méritent de mourir. C'est ça, la justice divine.* Regarde, ils se sont même fabriqué leur propre édition de la Bible, avec des pages rajoutées… et si tu veux mon avis, je n'aime pas du tout l'aspect du cuir qui la relie.

– Quoi ? Tu ne vas pas me dire que c'est de la peau humaine ?…

– Ça peut être aussi du porc, mais je n'en mettrais pas ma main au feu. Les fumiers qui ont fait ça sont probablement en train de se réveiller, à l'heure qu'il est, après une nuit passée à faire la bombe à Cancún. Un appel sans réponse à notre ami Pepito, et ils fonceront ici comme une meute de loups affamés. On se tire d'ici, Oni. Tout de suite.

– Quoi ? Et on abandonne tout ça ?

– Tu peux embarquer un paquet pour ton usage perso, si ça te chante. Mais le reste ne bouge pas d'ici. Qu'est-ce que tu veux ? Te pourrir les dents ?

99

À peine Abi eut-il atteint le haut de l'escalier que les mitrailleuses entrèrent en action. *C'est parti*, se dit-il.

Asson abandonna sa lecture du mode d'emploi du système de levage. Les bras tirés haut derrière lui, Calque avait déjà senti ses pieds décoller du sol.

– Laisse pendouiller ce salaud, Asson, on a un problème ! Il y a assez de *crystal meth* en bas pour envoyer un vaisseau dans l'espace. Berith, Rudra, Oni, courez vous armer avec Asson. Dakini et Nawal, bougez-vous, ça va chauffer ! Si vous voulez dégager, c'est maintenant ou jamais. Rampez jusqu'aux agaves, si nécessaire. Et filez vers l'aéroport par n'importe quel moyen. Prenez le codex et le crâne avec vous. Ne nous attendez pas et ne regardez pas en arrière. Personne ne vous en voudra. On se tient au courant par téléphone.

– Non, on reste avec vous. Deux tireurs en plus, ça ne fera pas de mal.

Abi hésita une seconde puis lâcha :

– D'accord. On réglera cette merde plus tard. Il va vous falloir des grenades, des fusils d'assaut et des fusils à pompe. Vos pistolets, ça ne suffira pas. S'ils s'approchent un peu plus, on est morts. Dès qu'on quitte l'entrepôt, on les charge en les arrosant avec tout ce qu'on a. Vau et Alastor nous couvriront avec les mitrailleuses. Si on les laisse nous assiéger, c'est terminé. Ils appelleront du renfort et on sera vite submergés. Il faut donc s'en débarrasser au plus vite. Avant qu'ils réalisent qu'on n'est pas nombreux.

100

Dès que le Corpus fut sorti de l'entrepôt, Sabir rampa sous le corps suspendu de Calque afin qu'il puisse reposer ses pieds sur ses épaules.

– Seigneur Dieu ! Je n'aurais pas tenu longtemps comme ça. J'ai vraiment cru que mes bras allaient se déboîter.

– Eh bien, vous allez devoir tenir encore un peu, capitaine. Je vais aller vous chercher cette chaise, et ensuite on va tenter de couper nos liens. Mon petit doigt me dit que, d'une seconde à l'autre, ça va être le feu d'artifice, ici.

– Hé, vous n'allez pas me laisser pendre comme ça, Sabir ?!

– Je n'ai pas le choix, si on veut se tirer d'ici au plus vite. Alors, serrez le ventre, en gardant les bras aussi près du dos que possible. Si vous les relâchez, vos épaules vont sauter comme un diable de sa boîte.

– Putain…

Sabir s'écarta de Calque. Il lui fallait maintenant se mettre debout. Il roula sur les genoux puis tenta de bondir en avant, tel un sprinter sur les starting-blocks. Au troisième essai, un faux pas lui fit perdre l'équilibre, et il tomba en avant. Ses mains et ses bras étant étroitement noués, il était incapable de se protéger le visage. Il n'eut que le temps de tourner la tête de côté pour que seules sa joue et son oreille viennent s'écraser sur le sol. Il eut néanmoins la sale impression de recevoir un fer à repasser en pleine figure.

– Attrapez-moi cette chaise, bon sang ! hurla Calque. Mes bras sont en train de foutre le camp !

Sabir roula sur lui-même en direction de la chaise. Une fois qu'il l'eut atteinte, il la poussa violemment des deux jambes. Elle partit en glissade, pour s'arrêter juste devant le corps oscillant de Calque.

– Vite, bordel !

L'Américain retourna comme il put auprès du capitaine et parvint à lui rapprocher la chaise de quelques centimètres.

Calque l'attrapa d'un pied et l'attira vers lui. Il vacilla un instant, menaça de tomber de côté, puis, par miracle, réussit à retrouver l'équilibre.

– Seigneur… je crois que mon épaule s'est déboîtée !

Sabir se remit à genoux. Cette fois, il parvint à se rassembler au maximum pour se retrouver sur ses pieds. Une fois debout, il oscilla dangereusement sur place.

– Je ne vais vraiment pas tenir longtemps ! cria Calque pour se faire entendre au-dessus du vacarme de la fusillade.

Les tirs faisaient rage, dehors. Des balles perdues commençaient à tomber à l'intérieur de l'entrepôt. Celles qui traversaient les fenêtres fusaient dans un sifflement suraigu autour des deux hommes.

Sabir partit à la recherche d'un couteau. Il essaya d'abord la partie qui servait de cuisine. Une balle qui venait de traverser la vitre au-dessus de lui l'éclaboussa de bris de verre.

Les poignets toujours liés dans les reins, il tourna le dos aux tiroirs et les ouvrit l'un après l'autre. Arrivé au troisième, il mit la main sur un couteau-scie. Il l'attrapa et, de nouveau, se rua vers Calque.

– Tenez. Prenez-le entre vos jambes.

– Coupez plutôt mes liens, bon Dieu !

– Impossible, avec mon dos vers vous. Je ne peux pas vous atteindre. Faites ce que je vous dis.

Calque ramena les jambes autour du manche du couteau.

– Tenez-le bien, maintenant.

– Je fais quoi, d'après vous ? Je regrette de ne pas vous avoir pissé dessus quand j'en ai eu l'occasion.

– Mesurez votre langage, capitaine, ou je vous plante là.

– Oui, c'est ça, railla-t-il. Ça vous ressemblerait bien.

Alors que Sabir commençait à frotter ses poignets ficelés contre la lame du couteau, celui-ci s'échappa d'entre les genoux de Calque et tomba au sol dans un cliquetis métallique.

– Non, ce n'est pas vrai !... lâcha l'Américain en retombant sur les genoux pour aller tâtonner sur le sol derrière lui.

– J'ai senti une balle m'érafler la chemise.

– Alors, serrez-moi plus fort ce putain de couteau ! Imaginez que vous avez la diarrhée et que vous essayez d'empêcher les fuites, je ne sais pas... Si vous serrez les fesses, vos genoux se serreront aussi.

– Très drôle. Vous oubliez que j'ai une épaule déboîtée. Essayez de serrer les fesses avec ça...

Sabir l'ignora et lui replaça le couteau entre les genoux. Puis il recommença à scier les liens de ses poignets.

– Et je vous enfonce ça entre les fesses, si vous le laissez encore tomber. Vous m'entendez, Calque ?

– Je vous entends, Sabir, je vous entends. Si on sort de là vivants, rappelez-moi de ne jamais vous tourner le dos.

Tous deux partirent d'un même rire nerveux.

– Et merde ! lâcha soudain Sabir.

– Qu'est-ce qu'il y a ?

– Je crois que je viens de me prendre une balle perdue.

– Où ça ?

– Je n'en sais rien. Dans l'abdomen, sans doute. Ça m'a fait l'effet d'un violent coup de poing... mais asséné par un enfant. Vous voyez ce que je veux dire ?

– Pas vraiment. Et puis un enfant, ça ne frappe pas si fort.

Sabir avait enfin réussi à couper ses liens. Ses biceps étaient toujours liés ensemble, mais il parvenait à plier une main vers l'extérieur, comme une serre.

– Il faut que je grimpe sur votre chaise, maintenant. Sinon je ne pourrai pas vous atteindre.

– Non... je ne tiendrai pas, Sabir. Mon bras ne peut plus supporter aucun poids.

– Je vais le faire quand même. C'est notre seule chance. Je sens du mouillé qui me dégouline dans le pantalon. On n'a peut-être plus beaucoup de temps.

– Vous vous êtes peut-être pissé dess… Aaaaaahhh !

D'un coup de genou, Sabir avait repoussé la chaise et l'avait placée derrière Calque. Il se hissa dessus en s'équilibrant d'abord sur une jambe, ensuite sur les deux. Puis il se tourna de côté et tendit le bras au maximum avant de commencer à couper.

101

Abi sut qu'ils étaient en mauvaise posture dès qu'ils émergèrent du bâtiment.

Presque tout de suite, Berith fit un bond en arrière et tomba. Les autres démarrèrent en zigzaguant, tirant au hasard pendant qu'ils couraient.

Les deux mitrailleuses continuaient de vomir leurs balles. Puis l'une d'elles s'arrêta brusquement.

Abi comprit aussitôt ce qui se passait.

– Ils ont des snipers ! Des tireurs isolés. Dispersez-vous ! Planquez-vous. On n'a aucune chance à découvert. Courez vous cacher où vous pourrez. Chacun pour soi.

Saisissant Dakini de son bras libre, il la traîna vers le champ d'agaves.

Il vit alors Rudra faire la même chose avec Nawal.

Asson parut trébucher, reprendre sa course, puis trébucher de nouveau avant de s'étaler de tout son long sur le sol. Il y resta un instant comme s'il était blessé, puis sa tête explosa dans une giclée de sang, d'os et de cervelle.

Un coup suivi de plusieurs autres – les salauds avaient des semi-automatiques.

Abi se dit que les snipers devaient être dans les arbres près de l'entrepôt. Peut-être même y avait-il des plateformes là-haut pour parer à ce genre d'éventualité ? Il se reprocha violemment de ne pas avoir reconnu les lieux avant de les investir. Il avait simplement supposé que l'endroit était tel qu'il paraissait.

Et voilà que lui et ses frères et sœurs payaient maintenant pour sa négligence.

– On fonce vers le cénote ! lança-t-il. On sera au-delà de leur ligne de tir. On pourra se regrouper là.

La deuxième mitrailleuse s'arrêta à son tour.

Abi dut reconnaître que cette bataille sentait de moins en moins bon.

102

Sabir plaça son pied droit sous l'aisselle gauche de Calque et lui saisit le poignet.

– Vous êtes sûr de vouloir faire ça ?

– Bien sûr que…

Sans lui laisser le temps d'achever sa phrase, il lui tira violemment sur le bras.

Le visage soudain livide, le capitaine laissa échapper quelques jurons bien sentis en s'agrippant l'épaule avec force.

– C'est bon ? s'inquiéta Sabir. Je vous l'ai remise en place ?

– Oui… souffla Calque en grimaçant de douleur.

Les deux hommes étaient maintenant aplatis sur le sol afin d'éviter les balles qui ricochaient autour d'eux.

– Montrez-moi votre ventre, vous voulez bien ?

Sabir releva sa chemise.

– Une cartouche brûlée… c'est ce que je pensais. Vous avez de la chance. Si ça vous était arrivé en pleine figure, vous auriez pu auditionner pour *L'Homme qui rit*, le roman de Hugo.

Jetant un regard dans la salle, il ajouta :

– Il y a de la tequila, là-bas. On va nettoyer votre plaie avec. Et après, on dégage d'ici.

– On ne va jamais pouvoir sortir par-devant.

– Alors on descend. Dans le labo de *crystal meth* dont ils parlaient. On se cachera dans l'une des cuves, au besoin. Pour ressortir plus tard, quand les choses se seront calmées.

Calque rampa vers le comptoir et attrapa la bouteille de tequila avec son bras valide. La fusillade avait pratiquement cessé, pour laisser place à quelques tirs sporadiques.

– Comment vous sentez-vous, Sabir ?

– Je me dis qu'on en veut à mon estomac, en ce moment. Entre le datura et cette cartouche brûlée… Vous croyez qu'elle est toujours dedans ?

– Non, je crois qu'elle a juste ricoché, en vous abîmant un peu au passage.

Calque le poussa sur le dos, lui releva sa chemise et ouvrit la bouteille.

– Vous n'allez pas aimer…

– Disons que vous vous vengez pour votre épaule, c'est ça ?

– On va dire ça, répliqua le capitaine en versant une bonne rasade d'alcool sur sa blessure.

– Ooooh, puuutain de bordel !… lâcha Sabir.

Calque but une lampée de tequila avant de la passer à son compagnon d'infortune.

– Tenez, ça va vous revigorer.

Sabir en avala une longue gorgée puis articula :

– Allez, on se bouge. Sinon on risque de nous trouver ici, et je ne sais pas qui je crains le plus : le Corpus ou les trafiquants.

Calque se leva.

– Si on se fait tirer dessus, maintenant, c'est la fatalité.

– Attendez… Regardez. Ils ont détalé en laissant le sac à dos avec le codex et le crâne. Je le prends.

– Pourquoi pas ? Autant mourir riches.

103

Abi savait qu'ils approchaient du cénote. Mais à quelle distance en étaient-ils encore ? Il l'ignorait. Dakini le suivait à quelques mètres, en rampant comme lui. Plus loin, derrière elle, il apercevait Nawal et Rudra. En revanche, il avait perdu Oni de vue, quelque deux minutes plus tôt. Il était sans doute mort, lui aussi. Avec sa taille de géant, il avait dû faire une cible facile pour les snipers.

– On va devoir prendre position. Si on laisse le cénote derrière nous, ils ne pourront pas le contourner et nous prendre à revers. Ils vont devoir arriver par-devant. Vous avez toujours vos armes ?

Les autres hochèrent la tête.

– Très bien. On y va !

Il se leva et reprit la main de Dakini. Elle n'avait jamais été sa favorite parmi ses frères et sœurs, mais il se sentait un soudain besoin de la protéger. Ce devait être pénible d'être si laide que les gens passaient sur l'autre trottoir pour éviter de croiser son regard.

Ils coururent aussi vite que possible. Pour une raison qu'ils ignoraient, la fusillade avait cessé derrière eux. Puis, alors qu'ils s'enfuyaient, elle redoubla soudain de violence, mais, étrangement, pas dans leur direction. Était-ce Oni qui faisait diversion ? Vau et Alastor étaient-ils encore en vie ?

Abi s'en moquait, au fond. Il lui fallait atteindre le cénote. Une fois là-bas, ils auraient le temps de réfléchir à la prochaine décision à prendre.

Il jeta un coup d'œil derrière lui. Nawal et Rudra gagnaient du terrain. Cela lui ferait quatre armes en plus.

Ce n'était pas énorme. Mais cela devrait suffire.

104

Sabir dû aider Calque à descendre l'escalier pliant fixé à la trappe. Son bras gauche pendait inutilement contre lui, et il était forcé de marcher de côté, comme un crabe.

Lorsqu'ils furent en bas, le capitaine lâcha un petit sifflement.

– Je crois qu'on a trouvé notre moyen de fuir.

Avec son empattement de plus de trois mètres, le Hummer H1 Alpha ressemblait à un animal tapi, prêt à bondir sur sa proie.

– Regardez ça… Des fusils d'assaut en plaqué or. Et ces pistolets… Franchement, qui peut bien s'amuser à décorer comme ça ses armes ?

– Vous feriez mieux de chercher les clés du Hummer, plutôt que de vous extasier devant ce narco bling. La fusillade s'est arrêtée. Quelqu'un va bientôt débouler ici ; c'est l'endroit qu'ils vont vouloir vérifier en premier.

– Jamais vu une chose pareille, s'extasia Calque devant les paquets de *crystal meth*. On a sous les yeux au moins dix mille vies de foutues.

– Les clés, Calque.

Les deux hommes fouillèrent fiévreusement parmi l'attirail exposé dans les vitrines. L'entraînement de réserviste de Sabir commençait à lui revenir en mémoire. Il choisit deux Heckler & Koch MP5K, dont il connaissait le maniement, ainsi que deux Smith & Wesson 469 en plaqué or. L'un d'eux portait, gravé sur la crosse, l'aigle mexicain ; et l'autre était orné de la tête d'un rottweiler.

– Je les ai ! s'exclama le capitaine en arrachant un trousseau à son crochet, au fond de la vitrine.

– Essayez-les.

Calque dirigea l'une des clés vers le Hummer et appuya dessus. Un petit déclic lui répondit.

– On est bons, Sabir. Mais, sans vous commander, je pense que vous devriez prendre le volant.

Sabir jeta sur le siège arrière le sac à dos et les armes qu'il avait choisies, puis il aida Calque à s'installer avant de lui passer la ceinture de sécurité.

– Attendez, laissez-moi redescendre ! s'écria brusquement le capitaine.

– Vous êtes fou ? On n'a que le temps de déguerpir !

– Laissez-moi descendre, je vous dis !

Sabir détacha Calque et l'aida à sortir du Hummer.

– Trouvez-moi quelque chose d'inflammable.

– Bon sang, Calque, vous ne voulez tout de même pas mettre le feu à cet entrepôt ?!

– Je suis flic, Sabir. Et ça fait longtemps. Je ne peux pas laisser cette saleté atterrir dans la rue. Si vous ne voulez pas m'aider, partez. Mais il faut que je le fasse ; je ne peux pas laisser ça comme ça.

– OK, vous avez raison… j'aurais évidemment dû y penser moi-même. Mais j'étais trop occupé à essayer de sauver notre peau à tous les deux pour songer à dix mille junkies.

Ils commencèrent à fouiller parmi les objets qui entouraient les cuves. Puis Calque se redressa et dit :

– J'ai cru voir des grenades, tout à l'heure.

– Oui, en plaqué or, aussi. Ce doit être des fausses. J'ai du mal à croire qu'une personne saine d'esprit fasse dorer à l'or fin des grenades. Mais, à leur poids, on devrait le savoir assez vite.

– Ça vaut le coup d'essayer, donc. Le *crystal meth* produit une vapeur hautement inflammable. La moindre étincelle peut faire l'affaire. Balancez une grenade dans l'une de ces cuves et c'est le feu d'artifice royal pour l'entrepôt entier.

– Oui… avec nous dedans.

– On aura huit secondes. Ça ne suffit pas ? Surtout si vous amenez le Hummer jusqu'aux cuves, Sabir.

– Cinq secondes, pas huit. Votre service militaire, c'était quand, au juste, Calque ? Pendant la guerre contre les Prussiens ? Vous aimez vivre dangereusement, non ?

– C'est vous qui le dites. On se lance ?

– Vous prenez une cuve, et je prends la deuxième. Mais je n'aurai pas le temps de vous rattacher, une fois que vous aurez pris le risque de vous pencher à la fenêtre. Si vous tombez, je vous abandonne là, d'accord ?

– Qui est-ce qu'ils ont torturé, Sabir ? Vous ou moi ?

– Vous, heureusement.

– Et vous m'avez abandonné à mon triste sort ?

– Bêtement, non.

– Donc, vous n'allez pas me laisser maintenant.

Sabir recula le Hummer à la hauteur des premières cuves.

Les deux hommes dégoupillèrent leur grenade, en gardant soigneusement le doigt sur la cuillère.

– Prêt, Calque ?

– Prêt.

– Je compte jusqu'à trois.

– D'accord.

Le corps à moitié sorti par la fenêtre du Hummer, Calque se trouvait à moins de deux mètres de la première cuve, et Sabir, à deux mètres cinquante de la deuxième. Le moteur du véhicule ronronnait tranquillement sous eux.

– Un. Deux. Trois. On lance !

Les deux hommes jetèrent chacun leur grenade.

Sabir s'écrasa aussitôt sur son siège, non sans attraper Calque par la chemise.

Le pied sur l'accélérateur, il démarra, moteur hurlant, vers la rampe qui menait à l'extérieur.

Puis il se mit à prier.

105

Emiliano Graciano Mateos-Corrientes donna l'ordre à ses snipers de cesser le feu. Les dix-huit hectares qui constituaient le site de l'entrepôt étaient cernés par ses hommes. Personne ne pouvait s'en échapper. Ceux qui s'étaient enfuis en tirant comme des enragés étaient tous dirigés à leur insu vers le cénote – l'endroit logique où trouver refuge, selon eux.

Emiliano ne comprenait cependant toujours pas qu'une bande de *gringos* se déplacent jusqu'au fin fond du Yucatán pour mettre la main sur leur labo de *crystal meth.* Ils étaient donc débiles à ce point ? Ils ne savaient pas qu'il avait cinquante soldats sous son commandement, tous munis d'armes méga performantes ? Des fusils Barrett M107, équipés de lunettes ultra sophistiquées ? Et que ces snipers étaient des tireurs d'élite ?

Dingue. C'était complètement dingue.

Il articula quelques mots dans son talkie-walkie.

Ce qui l'ennuyait le plus, c'était que ces *gringos* avaient parfaitement programmé leur incursion. Normalement, il aurait dû y avoir au moins quinze hommes pour garder l'entrepôt. Mais quelqu'un – cet enfoiré de Pepito, sans doute – avait dû renseigner les *gringos* en leur disant qu'Emiliano offrait en ce moment une petite gâterie à ses hommes : quelques heures de détente dans son bordel de Merida, avec filles et alcool à volonté. C'était le jour des Morts, bon sang ! Il avait pourtant la police locale et les politiciens de la ville dans sa poche. Qu'est-ce qu'il pouvait craindre ? Qu'une bande de *gringos* envahissent son territoire ? *Madre de Dios !...*

Le Hummer émergea comme une bombe du sous-sol de l'entrepôt d'Emiliano, après avoir avalé la rampe à une vitesse ahurissante. Il parut hésiter un instant puis se dirigea droit vers le véhicule de commandement. Emiliano crut apercevoir deux hommes à l'avant.

Il en resta bouche bée.

C'est alors que le bruit de deux explosions lui parvint du tréfonds de son entrepôt. Suivi d'un bref silence. Lui-même suivi d'un gigantesque souffle de feu tandis que les cuves s'embrasaient toutes en même temps. Puis ce fut le bâtiment entier qui explosa, son toit en tôle s'envolant à plus de dix mètres de haut, pour retomber aussi vite sur le côté, comme entraîné par une soudaine rafale de vent.

Instinctivement, Emiliano se coucha derrière son 4x4 Toyota. Il n'eut pas le temps de réfléchir au prochain geste à faire que, déjà, le Hummer rugissait dans la poussière et lui fonçait dessus.

Il se jeta de côté en lâchant un cri rauque.

Trop tard. Le monstre blindé lui arracha à demi le pied, pulvérisant sa cheville au passage, déchirant la peau, les tendons et les nerfs qui le retenaient encore. Projeté à deux mètres derrière, Emiliano se roula en boule. Il sentait que quelque chose de terrible venait de lui arriver, sans réellement savoir ce que c'était.

Lorsqu'il tenta de se relever, sa jambe céda sous lui, et il découvrit ce qu'il restait de son pied.

Il poussa un hurlement de désespoir et appela sa mère.

106

Assis au bord du cénote, Abi, Dakini, Nawal et Rudra tendaient l'oreille, à l'écoute d'éventuels poursuivants.

– Tu sais ce qui est arrivé à Oni ?

– Non. Il a disparu. Je crois qu'il est parti dans la direction opposée à la nôtre.

– Ça ne m'étonne pas de lui.

Tous se mirent à rire. Leurs visages étaient maculés de poussière et de sueur, et ceux de Rudra et Nawal étaient ensanglantés.

– Je vais faire un tour de l'autre côté du cénote, annonça Abi. Histoire de voir s'il y a une issue par là-bas. Rejoignez-moi en courant si je siffle.

Il se leva et partit au petit trot. Le bruit d'une mitrailleuse se fit entendre, et il se jeta par terre. Puis il alla se mettre à couvert en rampant.

– C'est bien ce que je craignais. Ils nous encerclent. Comme ils ne peuvent pas nous attaquer par-derrière, grâce au rebord du cénote, ils vont essayer de nous approcher de face.

– Et en bas, on peut se réfugier ?

Abi se traîna jusqu'au bord du puits et en considéra le fond.

– Non, je ne vois aucune grotte. Aucun passage. Rien. Ça descend tout droit comme une cheminée. Mais au moins, on ne mourra pas de soif.

– Ils sont combien, tu crois ?

– Trop.

Il y eut une explosion du côté de l'entrepôt. Le toit en tôle flasha un instant sous le soleil en s'élevant au-dessus des arbres, puis retomba sur le côté avant de disparaître derrière les feuillages.

– Qu'est-ce que c'était que ça ?

– Cinq millions de dollars de *crystal meth* partis en fumée, répondit Abi sur un ton laconique. Sans parler du demi-million de narco bling. S'ils étaient contrariés à la base, imagine dans quel état ils sont maintenant.

Rudra se mit à rire.

– Tu crois qu'ils auraient fait eux-mêmes exploser leur fabrique ?

– Non… On a laissé Sabir et Calque à l'intérieur, je crois ?

– Oui, mais ils n'ont pas pu se libérer à temps. Ils ont sauté avec l'entrepôt.

– Tu en es sûr ?

Rudra réfléchit puis reconnut :

– Non, tu as raison. Je n'ai pas attaché les jambes de ce salaud de Sabir, c'est vrai. Je n'ai pas cru bon… Je suis vraiment nul. J'aurais dû le ficeler quand j'en ai eu l'occasion. Je pensais qu'on avait tout le temps devant nous.

– Oui… eh bien, non.

– Qu'est-ce qui va nous arriver, Abi ? s'inquiéta Dakini.

– On va mourir. Voilà ce qui va nous arriver. Comment ? Ça dépend de nous.

Abi roula sur le dos et sortit son téléphone de sa poche, avant de se remettre à ramper.

– Si vous voyez quelqu'un, tirez. Je vais voir si je peux réveiller les morts. Après, j'irai parler à Alastor et à Athame. Et ensuite, à madame notre mère. Vous, si vous avez besoin d'un petit break, c'est le moment.

107

— Alors, Sabir, qu'est-ce qu'on fait, maintenant ?

– On se dit qu'ils vont peut-être nous poursuivre, et on continue de rouler. On ne passe pas exactement inaperçus, dans ce monstre. Je me fais penser à Terminator.

– D'accord, mais on roule vers où ?

– Vers Ek Balam, d'abord. Je voudrais rendre le crâne et le codex au *halach uinic.* Lui raconter ce qui s'est passé. Je ne veux pas que lui et Ixtab pensent qu'on leur a menti. Ils doivent être fous, à l'heure qu'il est.

– Bon, et après ?

– Direction l'aéroport.

– L'aéroport ? Sans nos passeports ? Les douaniers vont nous rire au nez… avant, sans doute, de nous arrêter. D'autre part, vous n'avez peut-être pas remarqué, mais je suis sans chemise.

– Ça, ça peut s'arranger dès qu'on sera à Ek Balam.

– Mais, et nos passeports ? Ils sont dans le Cherokee. Et c'est Lamia qui l'a pris… et elle a les deux harpies à ses trousses. Combien de chances a-t-on de la retrouver quelque part ?

– Je me moque de Lamia et des deux harpies, si vous voulez savoir. Pour le moment, c'est le sort de Yola qui m'inquiète.

– Eh bien, téléphonez-lui. Alertez-la ; dites-lui de s'éloigner de Samois et d'aller se réfugier avec Alexi dans un endroit connu de nous quatre seulement, et de nous y attendre.

– Ils n'ont pas le téléphone. Ils vivent dans une caravane.

Calque leva les bras au ciel – sa façon à lui de montrer son désespoir. Puis il agrippa son biceps gauche et grimaça de douleur, avant de se lamenter en silence.

Sabir ne put réprimer un sourire que, par miracle, il parvint à lui cacher.

Au bout d'un instant, le capitaine se ressaisit et entreprit de fouiller les coins et recoins du Hummer à la recherche de cigarettes.

– Qu'est-ce que ça veut dire ? Que les Tziganes qui vivent dans une caravane n'ont pas de téléphones portables ?

– Pas ceux-là, en tout cas. Et je crois me rappeler que vous-même n'êtes pas très fan des mobiles, je me trompe ?

Laissant échapper un cri de triomphe, Calque extirpa une cigarette d'un paquet à demi écrasé et la coinça entre ses lèvres.

– Ça n'a rien à voir. C'est absolument irresponsable de la part de Yola d'être injoignable. Vous êtes son frère de sang, Sabir – c'est comme ça que vous m'avez dit qu'ils vous appelaient, non ? Vous en connaissiez les risques. Pourquoi n'avez-vous pas insisté ?

Le visage de l'Américain s'assombrit. Il alluma la cigarette de Calque avec le Dunhill en or qui glissait depuis un moment au-dessus du tableau de bord.

– Vous croyez que je ne le sais pas ? Vous croyez que je ne me reproche pas jour et nuit ma stupidité ? Vous croyez que ça ne me rend pas malade de savoir que Lamia nous sème petit à petit ? Je suis tombé amoureux d'elle, nom de Dieu ! Je pensais même la demander en mariage…

Sabir lança un regard noir aux automobilistes devant lui, comme s'ils étaient responsables de son malheur.

– Ça va peut-être vous étonner, Calque, mais les gens comme moi ne tombent pas amoureux toutes les cinq minutes. En fait, aussi pathétique que ça puisse paraître, je ne me rappelle pas être déjà tombé amoureux. C'était une grande première pour moi. Je me croyais immunisé contre ça et pouvoir atteindre tranquillement la soixantaine sans m'en faire de ce côté… ce genre d'âneries, vous voyez. Je me fourrais le doigt dans l'œil.

– Je suis franchement désolé, Sabir. Je sais ce que vous ressentiez pour Lamia. Je ne cherchais pas du tout à me moquer. Je me tiens pour personnellement responsable de l'avoir introduite dans votre vie.

– Oh, laissez tomber, Calque, ce n'est pas votre faute. Je vous en suis reconnaissant, au contraire. Je me suis senti comme réanimé, ces dernières semaines – ce qui changeait pas mal du zombie titubant que j'étais devenu.

Tournant un instant les yeux vers Calque, il lui demanda :

– Mais vous, vous ne pouvez rien faire pour Yola et Alexi ? Vous avez encore des contacts, à la police française ? Vous ne connaissez pas quelqu'un qui pourrait se rendre à Samois pour les prévenir ?

Calque jeta sa cigarette par la fenêtre et répondit :

– Vous plaisantez. Qu'est-ce que je leur dirais ? Ils penseraient que je suis atteint du syndrome de l'après-retraite. Que je commence à péter les plombs. « Quelqu'un va mettre la main sur le Second Avènement, les mecs. Vous devez intervenir pour empêcher ça. C'est une bande de Gitans que vous devez sauver, mais ils n'ont pas de téléphones portables. La femme est enceinte, comme la Sainte Vierge. Sauf que, cette fois, ce n'est pas le Saint-Esprit qui l'a fécondée, c'est son mari. » « Mais d'où nous parlez-vous, capitaine Calque ? De Pierrefeu ? De Belleville ? Ou d'un asile d'aliénés paumé dans la nature ? » « Non, je suis au Mexique. En train de faire exploser des labos de *crystal meth*. Je vous rejoins bientôt. »

– OK, capitaine, je comprends…

– Ah, je préfère.

De son bras valide, il ouvrit le sac à dos posé sur ses genoux. Il en sortit le codex et le feuilleta délicatement.

– Ce n'est pas ça qui va nous aider, lui objecta Sabir.

– Indirectement, si, peut-être.

– Qu'est-ce qui vous fait dire ça ?

– Il y a quelque chose qui me titille. Je ne vois pas comment le *chilan* et le *halach uinic* relient cet homme, Akbal Coatl, à Nostradamus. Ça me semble un peu tiré par les cheveux.

– Ça, c'est bien le dernier de nos soucis.

– Non, c'est important, au contraire. À mon avis, il y a encore trop de questions sans réponse. Je ne crois pas à la magie, Sabir. Il doit y avoir un lien logique.

– Ah, la logique. Je retrouve bien là ce bon vieux Calque.

Celui-ci resta silencieux un moment.

Tout comme Sabir, d'ailleurs. Qui, après cinq minutes de réflexion, se mit à pianoter sur le volant. De temps à autre, il lançait la tête en avant, comme pour répondre à un brusque changement de rythme intérieur. Enfin, il jeta au capitaine un regard inquisiteur.

– Ne me dites pas que vous ne savez pas déchiffrer les glyphes mayas ? Et l'espagnol ancien ?

– Non, hélas, fit-il sans lever les yeux du manuscrit. Mais je sais lire le latin. Et la dernière partie de ce codex est écrite en démotique.

– En démotique ? Je pensais que c'était du grec.

Calque lâcha un long soupir puis continua sa lecture.

Sabir se tut, lui accorda dix minutes, puis, les yeux sur la route, demanda :

– Alors, qu'est-ce que ça dit ?

– Je vous le dirai si vous me promettez de cesser ce foutu pianotage… et si vous m'allumez une autre cigarette.

– D'accord, j'arrête, fit-il en lâchant le volant.

– Mais vous pouvez continuer à conduire, ça ne me dérange pas, ironisa-t-il.

– Bon, alors, dites-moi ce que ça raconte ?

Le capitaine attendit qu'il lui allume sa cigarette. Il inspira alors une longue bouffée puis répondit :

– Ça dit que, lorsque le frère de Landa a été rappelé en Espagne, en 1563, pour répondre de ses crimes devant l'Inquisition, Akbal Coatl – ou Salvador Emmanuel, pour les Espagnols – l'a accompagné.

– Seigneur… c'est ce qui s'appelle nager avec les requins.

– Akbal Coatl a donc aidé l'évêque de Landa à écrire sa *Relación de la Cosas de Yucatán*, qui a été publiée trois ans plus tard, dans l'espoir de désarmer ceux qui critiquaient sa tactique de la terre brûlée. Incroyable. Ça n'a absolument aucun sens. Vous imaginez ce que le fait d'aider de Landa à se tirer des griffes de l'Inquisition a dû coûter à Akbal Coatl ? Après ce que cet oppresseur avait infligé à son peuple et à leurs objets sacrés ? Et après ce qu'il l'avait obligé à faire, lui ?

– Alors pourquoi l'a-t-il fait ?

– Parce que, sans ce sacrifice, l'histoire des Mayas serait morte avec lui.

– Vous êtes sérieux ?

– Absolument. Il n'en reste pas moins que le livre de l'évêque de Landa est, à ce jour, le seul document qui nous reste concernant les coutumes mayas. C'est sur lui que l'on se base pour déchiffrer leurs glyphes, Sabir. Aujourd'hui encore, les anthropologues et les historiens sont forcés de s'y référer, en l'absence d'autres documents.

– Ainsi, de Landa a créé un vide dans le marché en brûlant tous les autres codex mayas ? Tout ça afin de combler ce même vide avec son propre livre. C'est charmant !

– Un livre qu'Akbal Coatl a sans doute coécrit, et dont de Landa a ensuite revendiqué la paternité.

– C'est votre interprétation, Calque. Vous n'avez aucune preuve.

– C'est vrai. Savoir qui l'a écrit est d'ailleurs sans importance. Les mots-clés sont « trois ans plus tard », Sabir. Le livre a été terminé « trois ans » après qu'Akbal Coatl et frère de Landa sont arrivés en Espagne. Vous ne voyez pas ce que ça signifie ?

– Comme ça, non.

– Nostradamus n'est mort qu'en 1566. Ça veut dire qu'en trois ans, entre 1563 et 1566, Akbal Coatl aurait eu tout le temps d'entendre parler du prophète, ou même de le rencontrer.

– Quoi ? Vous dites que les franciscains auraient laissé Akbal Coatl voyager où bon lui semblait ? Qu'ils lui auraient donné carte blanche pour se balader à travers l'Europe ? Ça, c'est tiré par les cheveux.

– Pas du tout, Sabir. Coatl était le secrétaire privé de frère de Landa. Il a séjourné en Europe avec lui jusqu'en 1572, lorsque ce dernier est parti pour le Vatican après avoir été nommé premier évêque de la province, emmenant le Mexicain à sa suite. Celui-ci représentait son plus grand défenseur parmi les Mayas privés de leurs droits ; son copiste, presque ; l'un des éléments-clés dans le combat qu'il menait pour effacer l'ignominie de ses actes au Mexique. Durant les trois ans qu'il a passés à écrire le livre, Coatl a dû voyager d'un monastère à l'autre, d'une abbaye à l'autre pour mener des recherches sur la vie de frère de Landa, et recueillir des témoignages auprès de ses contemporains, afin d'étayer la défense de l'évêque devant le tribunal ecclésiastique.

– Vous n'êtes pas en train d'inventer tout ça, Calque ? Comment en êtes-vous aussi sûr ?

– Parce que tout est là, Sabir. Écrit noir sur blanc. Il y a la liste complète des voyages entrepris par Akbal Coatl à travers l'Espagne et le sud de la France, pendant les quelque dix années qu'il a passées en Europe. Avec des dates et des lieux précis. Écoutez ça : en mai 1566 – c'est-à-dire deux mois avant la mort de Nostradamus –, Salvador Emmanuel, alias Akbal Coatl, a voyagé d'Avignon jusqu'au séminaire franciscain de Salon-de-Provence.

– Vous plaisantez ?

– Vous commencez à comprendre ?

– Calque, je sais que Nostradamus a été enterré dans la chapelle franciscaine de Salon. Il était très lié avec les moines franciscains, à cette époque. Il a dû considérer cela comme une sorte d'assurance contre l'Inquisition pour sa femme et ses enfants. C'est ce que je dis dans le livre que j'ai écrit. Ce n'est que plus tard, pendant la Révolution, qu'on l'a exhumé afin de lui offrir une nouvelle sépulture dans la collégiale Saint-Laurent.

– Eh bien, ça n'en a que plus de sens, non ? Ces deux-là ont dû se rencontrer. La réputation de prophète de Nostradamus couvrait l'Europe entière, déjà. Il était au sommet de sa gloire. La famille royale elle-même s'est arrêtée à Salon pour lui rendre visite. Il avait beaucoup de raisons d'être membre de l'establishment.

– Donc, vous pensez que lui et Akbal Coatl ont pondu cette œuvre ensemble ? Un membre de l'establishment, très lié avec les franciscains ainsi qu'avec un renégat maya ? Désolé de me faire l'avocat du diable, Calque, mais il faut bien que quelqu'un s'y colle.

– Je pense qu'Akbal Coatl a demandé l'aide de Nostradamus en tant que membre d'une espèce en danger – les Mayas – à un autre membre d'une espèce en danger – les Juifs. Cela a dû plaire à Nostradamus, dont la sympathie allait toujours aux opprimés. Je soupçonne qu'il a raconté à Akbal avoir eu la vision d'un autre membre d'une espèce en danger – les Tziganes –, une jeune femme appelée à devenir un jour la mère du Second Avènement. Et les dates qu'il lui a sans doute données devaient parfaitement coller avec celles des Mayas quant à la fin du cycle des neuf Enfers.

– Continuez, Calque. Votre aptitude à manier la pensée latérale est fascinante.

– Je suppute donc que les deux hommes ont mis en commun leurs connaissances. Pas vous ? Et qu'après le départ d'Akbal Coatl, Nostradamus a pris les précautions que l'on sait afin de protéger ses fameuses cinquante-huit « prophéties perdues ». Qui, inutile de le préciser, n'étaient pas du tout perdues mais simplement très bien cachées. Akbal Coatl, de son côté, a décidé de remplir sa part du marché en notant tout de leurs échanges dans son livre secret. Sauf que, trois cents ans plus tard, avec la guerre des Castes, le manuscrit a disparu. Mais tous les deux – Akbal et Nostradamus – avaient pris en compte un mécanisme sûr…

– L'éruption du pic d'Orizaba.

– Ainsi que deux catalyseurs potentiels…

– Moi et le gardien.

– Oui, Sabir. Vous – ou celui qui croiserait la trace des prophéties – et le gardien. Incroyable, non ? Et pourtant, c'est parfaitement cohérent. Le prophète rencontre le protecteur des livres sacrés. Les possibilités sont sans limites. Mais comme vous dites, dans la situation présente, ça ne nous mène nulle part. En parlant de possibilités… est-ce qu'on est suivis ?

– Pas à ce que je vois, en tout cas.

– C'est ce que je pensais. Ils ont autre chose en tête, c'est évident.

– Qu'est-ce que vous entendez par « c'est évident » ?

– Je crois que vous avez blessé leur *big boss.*

– De quoi parlez-vous, Calque ? Quel *big boss* ? Et pourquoi vous ne m'avez pas dit ça plus tôt ?

– Moi aussi, j'avais autre chose en tête, figurez-vous.

– Mais je n'ai blessé personne.

– Si. Quand vous avez manqué d'enfoncer le Toyota. Devant l'entrepôt. Vous n'avez pas senti comme un craquement ?

– J'ai manqué ce foutu 4x4 d'un kilomètre, Calque ! Je sais conduire, quand même.

– Oui. Mais vous avez heurté un grand Mexicain armé d'un talkie-walkie. Et vêtu d'un costume bien brillant. Le genre que seuls les parrains de la drogue osent porter. Et croyez-moi, je sais de quoi je parle. Vous l'avez vu, forcément.

– J'étais un peu occupé à essayer de nous sortir de là en un seul morceau, Calque. Et puis ce Hummer a un museau de monstre. Bien sûr que je ne l'ai pas vu.

– Eh bien, je pense que c'est pour ça qu'on n'est pas suivis. Je crois que vous avez abattu par inadvertance le commandant en chef de l'ennemi. Je comptais vous le dire mais je me suis plongé dans la lecture du livre de Coatl.

Calque se tint le bras tandis qu'ils passaient sur un casse-vitesse, puis il enchaîna :

– Ça pourrait nous offrir juste assez de temps pour être tranquilles.

– J'ai détruit le pied de ce type, vous voulez dire ?

– J'adore les gens comme vous, Sabir. Vous passez votre vie à laisser derrière vous des corps en pièces détachées. Seulement, vous ne vous en rendez pas compte. C'est un sacré tour de main que vous avez. Si je pouvais avoir le même don…

– Et votre associé, Macron ? Vous l'avez déjà oublié ? Et qui m'a précipité dans cette histoire ? Vous. Et qui a entraîné Lamia dans toute cette aventure ? Vous encore. Calque, quand je vous entends m'asséner de telles inepties, j'ai toujours cette image qui me vient à l'esprit.

– Ah, oui ? Laquelle ?

– Celle de la paille et de la poutre.

108

L'intraveineuse de morphine commençait à faire son effet. Allongé sur le siège arrière du 4x4 Toyota, Emiliano Graciano Mateos-Corrientes regardait son médecin personnel lui bander le pied.

– Vous avez une fracture multiple. Chaque heure passée sans aller à l'hôpital augmente les risques de perdre votre pied. Si vous avez de la chance, vous n'aurez qu'une septicémie. Si vous n'avez pas de chance, c'est la gangrène qui suivra. Il y a de la saleté, là-dedans. Et des morceaux de chaussette. Et de la poussière embarquée sur le chemin. Et aussi des fragments d'os pollués.

– Amenez-moi ce pistolet.

L'un de ses lieutenants saisit l'arme et la lui tendit.

Emiliano la pointa sur le docteur.

– Si je perds mon pied, vous perdez la vie. *Claro ?* J'ai quelque chose à terminer ici, d'abord. Avant d'aller à l'hôpital. Et vous m'accompagnerez.

– Mais la police… ils vont voir la fumée de l'incendie et ils vont rappliquer.

– La police ne va pas venir. On lui a expliqué, à elle et aux pompiers, qu'on brûlait des broussailles.

– Mais ce n'est pas la bonne époque pour couper et brûler le *milpa.*

– Ce n'est jamais la bonne époque pour couper et brûler le *milpa.* Vous comprenez, *doctor* ?

– Oui, je comprends.

– Maintenant, en voiture tout le monde. On va à un baptême.

109

– Qu'est-ce qu'a dit madame notre mère ?

Pour toute réponse, Abi se contenta de secouer la tête.

– Qu'est-ce qu'il y a ?

Il s'assit et regarda ses pieds sans rien dire.

– Qu'est-ce qui se passe, Abi ?

– Tu veux savoir ce qui se passe ? On s'est fait avoir comme des bleus, voilà.

– On s'est fait avoir ?

– Oui, elle nous a manipulés. La sainte, notre mère, nous a manipulés pour agir à sa façon sans que personne n'y voie rien.

S'ensuivit un silence choqué. Puis Nawal laissa tomber :

– Je ne te crois pas.

Abi roula sur le flanc et rampa vers Rudra, Nawal et Dakini.

– Écoutez-moi. Premièrement, Lamia – notre prétendue « sœur rebelle » – n'était finalement pas si rebelle que ça. Elle était de notre côté depuis le début.

– Non ! s'exclama Nawal. C'est juste impossible. Je connais Lamia. Elle a dû passer des infos à notre mère, mais elle ne se serait pas donnée à ce Sabir sous prétexte qu'on le lui demandait. Elle était bien trop pudique. Bien trop consciente de son visage.

Elle évita de croiser le regard de Dakini, toutes deux ayant elles aussi à gérer des défauts physiques assez voyants.

— Et puis elle se serait confiée à Athame. Elles sont comme les deux doigts de la main.

— Il n'empêche que c'est la vérité, reprit Abi. Je tiens ça de source sûre. Madame ma mère, toujours loyale, pensait que, en me déballant tout, ça me procurerait un peu de réconfort à l'instant de ma mort.

— Tu ne vas pas mourir, Abi. Personne ne va mourir.

Il eut un rire amer.

— Tout ça n'était qu'un piège savamment élaboré pour forcer Sabir à lâcher les noms qu'elle souhaitait entendre. La comtesse a monté tout ça pour que Calque et Sabir se disent qu'ils avaient arraché Lamia à un destin pire que la mort. Un piège vieux comme le monde. Ils ont marché. Et moi aussi. On a sauté dedans à pieds joints.

— Ce n'est pas vrai. Notre mère nous l'aurait dit.

— Et fichu en l'air tout son petit montage ? Tu plaisantes. Elle voulait nous indigner, nous mettre hors de nous et en alerte. Et elle a eu ce qu'elle voulait, comme toujours. Lamia retourne en France pour tuer la Gitane enceinte. Et nous, on est les agneaux sacrifiés qui l'ont aidée à arriver là où elle est.

— Tu dois avertir tout de suite Aldinach et Athame.

— Je ne dois rien du tout. Quand madame notre mère nous a fait détruire nos téléphones perso et les remplacer par des portables à carte, j'ai fait en sorte de ne donner à personne les numéros d'Aldinach et d'Athame. Pas plus que les vôtres. Je ne voulais pas que n'importe qui nous appelle n'importe quand. Donc si ces deux-là ne se décident pas à joindre notre mère – et je soupçonne qu'elles ne le feront pas –, c'est fini. Elle n'aura aucun moyen de les empêcher de tuer Lamia. Et elles sont sur le point de prendre un charter pour Londres. Elles auront donc éteint leurs portables tant qu'elles seront en vol.

— Pour Londres ?

— Oui, le premier vol possible pour l'Europe. Lamia, elle, s'est envolée un peu plus tôt, via Madrid. On a au moins découvert ça. Les trois devraient arriver à Paris à peu près en même temps. Aldinach et Athame n'auront qu'à attendre. Elles cueilleront probablement Lamia aux arrivées. Elles risquent même de la tuer sur place. Aldinach peut piquer comme une abeille, avec son scalpel. Elle aura déjà parcouru vingt mètres avant que sa victime s'aperçoive de quelque chose.

Les autres n'avaient cependant pas l'air convaincus.

Abi sourit en leur disant :

– Regardez autour de vous. On est sans doute entourés par cinquante gars invisibles, prêts à nous descendre. Et à qui la faute ? À Lamia, Sabir et notre mère. En l'absence d'un *deus ex machina* qui viendrait nous arracher d'ici en nous soulevant de terre, on est fichus.

Avec un haussement d'épaules résigné, il ajouta :

– On ne peut pas atteindre notre mère, mais on peut atteindre Lamia. Et, à travers elle, Sabir. Qu'est-ce qu'on a à perdre ?

110

— Voilà mon Cherokee.

– C'est ce que je me disais.

Calque inspecta d'un regard le parking longue durée de l'aéroport de Cancún et déclara :

– On va devoir bricoler la serrure pour y entrer ; vous vous en rendez compte, j'espère ? Et l'endroit est certainement truffé de caméras.

– On n'en aura pas besoin, répondit Sabir en plongeant la main dans sa poche. Je m'en suis souvenu à Ek Balam, après avoir rendu le crâne et le codex. Pendant qu'Ixtab était occupée à vous bander le bras et à prendre vos mesures pour une nouvelle chemise. Les clés se trouvaient dans mon sac.

Il les balança sous le nez du capitaine, comme des cerises au bout de leur queue.

– D'accord. On abandonne donc ici cet éléphant de Hummer. Mais avant, il va falloir en nettoyer toutes nos empreintes. Pas question que les maniaques à qui on l'a dérobé avant de faire sauter leur entrepôt nous poursuivent jusqu'en France. Ça ne m'étonnerait pas qu'ils aient d'excellentes relations avec Interpol.

Sabir amena le Hummer dans un coin reculé du parking, puis rejoignit Calque devant le Cherokee.

Avec un sourire en coin, le capitaine lui dit :

– Quand on sera rentrés, vous pourrez payer quelqu'un pour emmener votre Cherokee et le garer dans un parking privé. Ainsi, personne ne fera le lien avec le Hummer. Vous lui envoyez vos clés, le ticket de parking, vous lui donnez un faux nom et une fausse adresse, et un peu de cash, évidemment. Et dans un mois ou deux, ni vu ni connu, vous revenez le récupérer ici, à Cancún.

– Vous plaisantez, j'espère ?

– Oui, Sabir, je plaisante. Je crois que ni vous ni moi ne devrons remettre les pieds au Mexique. Dans quelques mois, voyant que vous ne venez pas récupérer votre voiture, les gardiens la mettront en vente. C'est comme ça que ça se passe.

– J'aimais bien ce 4x4. J'ai tant de souvenirs heureux, avec.

– Vraiment ?! ironisa Calque avec un sourire amer. Allons, Sabir, oubliez-la. Elle nous aura bien eus, tous les deux.

– Peut-être, mais je ne comprends toujours pas comment elle a pu nous jouer la comédie à ce point. Elle était vierge, bon sang, j'en suis certain ! Ce n'était pas Mata Hari, l'espionne qui jouait de ses charmes. Ni une courtisane. Et puis son visage… Comment la comtesse peut-elle croire que je l'oublierai si vite ? Elle n'est quand même pas naïve à ce point ?

– Non, mais elle connaît les hommes et sait ce qui les motive. Elle a enquêté sur nous dans notre dos, c'est évident. Elle a découvert que vous étiez une âme sensible. Et que moi-même, je souffrais du syndrome de la fille absente. Alors, elle a lancé sur nous son premier missile.

– Lamia m'a dit qu'elle m'aimait. Comment prétendre une chose pareille ?

– Facile. Mon ex-femme l'a fait pendant dix ans.

Penché à l'intérieur du Cherokee, Calque fouilla dans la boîte à gants.

– On n'est pas encore morts, Sabir. Nos deux passeports sont là !

– Et alors ? Voilà une autre question : pourquoi Lamia nous aurait-elle laissé nos passeports ? Le sien était avec. Elle n'avait qu'à balancer les deux nôtres dans la première poubelle venue.

– Pourquoi s'ennuyer avec ça ? Elle savait qu'Abiger de Bale nous tuerait. Laisser nos passeports dans cette voiture ne ferait que faciliter le boulot de la police mexicaine quand elle trouverait notre véhicule abandonné. Ça leur donnerait l'assurance qu'on était toujours dans le pays.

Sabir ferma la portière du Cherokee et cliqua sur la clé. Il était livide.

– Venez, Calque, qu'on se trouve au plus vite un vol pour sortir de ce foutu pays.

111

Tout commença avec les grenades paralysantes. Les soldats d'Emiliano avaient avec eux des boucliers antiémeutes, derrière lesquels ils s'abritaient tout en lançant leurs projectiles.

Plaqués au sol, Abi, Rudra, Nawal et Dakini se protégeaient comme ils le pouvaient d'un feu nourri. Mais leurs munitions diminuaient à vue d'œil. Et les grenades s'approchaient de seconde en seconde.

Alors, les hommes d'Emiliano commencèrent à balancer les gaz lacrymogènes.

Dakini fut la première à sauter dans le cénote.

Les visages d'Abi, de Nawal et de Rudra ruisselaient de larmes.

Nawal fut la deuxième à sauter. À demi hystérique, elle ne pouvait plus respirer et ne songeait qu'à une chose : asperger d'eau fraîche ses yeux brûlés.

Rudra regarda ses deux sœurs faire le grand plongeon. Il s'approcha du puits. Quinze mètres. Les filles avaient survécu. Il les voyait flotter comme des bouchons au milieu du bassin, se rinçant abondamment le visage.

Se retournant vers Abi, il haussa les épaules et se pencha au-dessus du bord. Il hésita un instant puis se laissa tomber. Le contact avec l'eau fut un véritable délice. Il descendit aussi profondément que possible, avant de remonter vers la surface.

Abi plongea juste après lui.

Tous deux se frottaient les yeux dans l'espoir de discerner quelque chose. Ils devaient sortir leurs armes de l'eau avant qu'elles ne deviennent inutilisables.

À quinze mètres au-dessus d'eux, les soldats d'Emiliano extirpèrent leur chef du Toyota sur un brancard improvisé. Déjà, la morphine commençait à lui donner des hallucinations.

– Mettez-m'en encore, dit-il à son médecin en lui attrapant le bras.

– Je ne peux pas vous en donner plus. C'est trop dangereux. La morphine en intraveineuse est une drogue instable ; votre corps ne la supporterait pas. Vous allez bientôt être victime d'hallucinations. Et puis cela va vous constiper aussi.

– Au diable la constipation, doc ! Quant aux hallucinations, je m'en contrefous. Filez-moi de la morphine, je n'en peux plus. Mon pied… c'est atroce !

Il se frotta les yeux, comme pour s'éclaircir les idées.

– Mais je ne souffre pas au point de sombrer dans l'inconscience. Vous comprenez ?

– Je ne peux pas vous en donner plus, insista son docteur. Ça risquerait de vous être fatal.

Sortant un pistolet de sous sa couverture, Emiliano lui tira dessus. Une seule balle. En pleine tête. Le médecin s'effondra, comme un vieux sac de chiffons.

– Fatal ? Voilà ce que j'appelle fatal, *pendejo.* Balancez-le dans le cénote, l'un de vous !

Ses hommes étaient rassemblés en ligne autour du puits. L'un d'eux tira le corps du docteur par la cheville puis le fit passer par-dessus bord, en prenant soin de ne pas se laisser apercevoir par les autres en bas.

– Toi, attrape-moi cette seringue.

– Bien, *jefe.*

– Tu vois cette veine dans mon bras ?

– Oui, *jefe.*

– Injecte la morphine dedans.

L'homme approcha la seringue du bras d'Emiliano.

– Fais-en gicler trois ou quatre gouttes, d'abord ; il ne faut surtout pas d'air dedans. Quand tu auras trouvé la veine, aspire un peu avec la seringue pour voir s'il y a du sang. Et là, tu pourras m'injecter le produit.

Le soldat, qui transpirait à grosses gouttes, se tamponna le front d'un revers de manche. Il trouva la veine, y aspira un peu de sang puis appuya sur l'embout de la seringue.

Emiliano souffla. Il reposa le pistolet et pressa de trois doigts à l'endroit de la piqûre.

– Vous avez les autres corps ?

– Oui, *jefe.*

– Balancez-les aussi dans le cénote. Ce bon docteur a besoin de compagnie.

Les corps de Vau, d'Alastor, de Berith et d'Asson furent tirés au bord du puits et poussés dans le vide.

– Encore d'autres ?

– Pas de tués chez nous. Vous êtes le seul parmi nous à avoir été blessé, *jefe.* Et aucun d'eux ne s'est échappé, sauf les deux dans le Hummer.

– On s'en occupera plus tard. Ils ne pourront pas sortir du pays sans passeport. On les retrouvera. Ils doivent manger. Ils doivent dormir. Ils doivent pisser.

Emiliano tourna la tête vers le cénote. Ses pupilles étaient exagérément dilatées, cette fois.

– Constipation ? Abruti de docteur. Je lui ai dit de me filer plus de morphine. Vous m'avez entendu. On ne m'obéit plus, ici ?

– Si, *jefe.*

– Le Hummer… il a un mouchard à bord, si je ne me trompe pas. Alors, dès qu'il envoie un message, on le localise par satellite.

– Oui, *jefe.*

– *Bueno.* Maintenant, toi et tes hommes, vous allez expliquer la situation aux flotteurs, en bas. Avec son et lumière.

– Bien, *jefe.*

Une demi-douzaine de soldats se déployèrent autour du cénote. Ils s'approchèrent du bord et, à l'unisson, se mirent à canarder les parois et le plan d'eau en contrebas. Au bout d'une minute de mitraillage, ils s'arrêtèrent.

Abi, Rudra, Dakini et Nawal flottaient encore à la surface. Ils n'avaient pas été touchés mais, terrorisés et totalement désorientés, s'agitaient en tous sens.

– Bon, vous allez leur expliquer qu'ils doivent abandonner leurs armes et leurs téléphones. Bien en vue, évidemment. Sinon, on les bombarde de grenades. Ça va devenir l'enfer, là-dedans. S'ils ne sont pas morts, ils seront au moins devenus sourds.

D'un geste agacé, Emiliano repoussa quelque chose devant ses yeux. À plusieurs reprises. Ses joues avaient perdu toute sensibilité à cause de la morphine, et les moustiques lui faisaient l'effet de véritables frelons.

L'un de ses hommes aboya ses instructions aux victimes qui flottaient encore dans l'eau du cénote.

– Ça y est, lança-t-il ensuite. Ils ont lâché leurs armes.

– Alors, dis-leur de se rapprocher de la paroi. Sans essayer de grimper, bien sûr. Sinon, mes snipers auront vite fait de les transformer en passoires.

– C'est impossible de grimper le long des parois, *jefe*.

– Dis-leur ce que je t'ai dit.

L'homme s'exécuta.

– Maintenant, amène-moi au bord. Et apporte-moi une chaise.

Il tendit les bras et deux de ses hommes le portèrent jusqu'aux abords du puits, l'un d'eux lui soutenant le pied dans un linge plié en écharpe. Deux autres les suivirent avec une chaise de toile.

Emiliano s'assit, la jambe soigneusement posée devant lui. Après un bref moment d'absence, au cours duquel il contempla le gouffre d'un regard vide, il balaya l'air de sa main.

– Vous voyez, lança-t-il en comptant sur ses doigts, vous avez tous vos amis avec vous en bas, maintenant ! Un, deux, trois, quatre, cinq, six, sept, huit. Huit petits *gringos* qui viennent de me détruire pour cinq millions de dollars de marchandise. Maintenant, la question est de savoir si vous allez pouvoir me rembourser. Réparer le tort que vous m'avez fait. Avec les intérêts, bien sûr. Deux millions de dollars. Et encore deux autres millions pour mon pied, s'il vous plaît. On arrondira ça à dix millions, à titre d'exemple. Vous pensez pouvoir le faire ? Si oui, je remonterai l'un de vous pour conclure notre marché. Si vous ne pouvez pas, je vous laisserai mariner là-dedans jusqu'à ce que noyade s'ensuive. On a relevé le tuyau de la pompe, et il n'y a aucune autre issue pour sortir de ce puits. Les parois sont lisses. Ce n'est pas la première fois que ça arrive, vous savez. Ça prend deux ou trois jours, en général. Et ça dépend du sexe, bien sûr. Les femmes tiennent un peu plus longtemps, d'habitude, parce qu'elles ont naturellement plus de flottabilité.

Il chassa de son visage un autre moustique.

Certains de ses hommes échangèrent des regards inquiets, mais aucun d'eux n'avait envie de connaître le sort du *doctor*.

–Je pars à l'hôpital, maintenant, poursuivit Emiliano. Appelez, si vous êtes prêts à accepter mon offre. Vous avez de toute façon dix gardes postés ici en permanence pour vous tenir compagnie. Une petite tentative vers la paroi et ils vous tirent dessus. Et même chose si vous cherchez à utiliser comme bouées les cadavres qui vous entourent. Vous avez saisi ?

Avec un grand geste du bras, il ajouta :

– Saisi… mes explications, bien sûr. Pas la corde que je me garderai bien de vous tendre, évidemment. Ah, elle est bien bonne, celle-là !

112

Oni avait été blessé deux fois dès le début de la fusillade. La première à l'entrejambe, et la deuxième à la fesse droite alors qu'il se retournait pour suivre Abi et les autres vers le cénote.

C'est pourquoi il avait répété la petite ruse qui lui avait si bien servi dans les grottes de Balancanché. C'était cependant plus difficile lorsqu'on était blessé et que l'on n'avait personne pour vous aider, bien sûr. Mais Oni savait qu'il trouverait la mort s'il n'y arrivait pas.

Alors, il rampa au milieu des agaves et se creusa une tranchée avec le canon de son fusil à pompe. Puis il s'y laissa tomber, non sans se recouvrir de terre ; il n'allait pas bouger de là de sitôt. Heureusement, le sol dans ce champ avait été récemment brûlé et retourné. Il était souple et léger.

Après s'être pratiqué un mince trou d'air pour respirer, il s'allongea sur le dos, son fusil le long du corps. Il sentait de moins en moins la région de sa hanche. Il n'espérait qu'une chose : que personne ne lui marche dessus. Car en ces circonstances, il ne pensait pas pouvoir rester muet.

Il demeura là si longtemps qu'il commença à somnoler. Son corps entier se referma sur lui-même, comme lors de la relaxation en fin de séance de yoga. Oni parvint à contrôler si bien sa respiration qu'à la fin il ne reprenait son souffle que trois fois par minute. Son professeur de yoga aurait été fier de lui.

Il entendit l'explosion de l'entrepôt. Puis son téléphone vibra. Il l'ignora, bien sûr, et, l'instant d'après, ce fut le bruit des grenades paralysantes qui lui parvint du cénote. Il comprit aussitôt ce qui se passait. Inutile de lui faire un dessin. Les neuf d'entre eux avaient pété plus haut que leur derrière, c'était aussi simple que ça.

Au bout d'une quinzaine de minutes, Oni se redressa et chassa la terre qui le recouvrait. Un nouveau bruit de fusillade lui parvint du cénote. Appuyé sur son fusil comme sur une béquille, il boitilla vers l'entrepôt brûlé, puis là où il savait trouver le Stoner. La mitrailleuse était toujours à sa place. Mais Vau avait disparu. Il y avait du sang sur l'arme et tout autour. Il aimait bien son frère ; il n'avait pas l'esprit très vif, mais lui non plus n'était pas Einstein.

Oni chercha des munitions de réserve. Il restait deux chargeurs pleins, de cent cinquante balles chacun. Ôtant celui qui se trouvait encore sur le Stoner, il en plaça un nouveau et glissa l'autre sous sa chemise. Trois cents balles. Ce n'était pas énorme, il devait le reconnaître.

Il gambergea un instant puis saisit le chargeur rejeté un peu plus tôt, avant de le taper contre son bras. Peut-être encore une cinquantaine de balles. C'était mieux que rien. Il le glissa aussi sous sa chemise.

Alors, il partit en claudiquant vers le cénote.

113

Bientôt, Oni perçut des cris. Ceux d'un homme assis sur une chaise de toile pliante, à l'extrême bord du cénote. Il contempla la scène d'un air incrédule.

L'homme, ainsi que la trentaine d'autres qui l'entouraient, avait les yeux rivés sur le puits. Ses frères et sœurs devaient être au fond, songea Oni. Cela lui paraissait évident.

Il leva le Stoner et le cala sous son bras. Avec ses deux mètres dix de haut, le fusil d'assaut faisait l'effet d'un jouet entre ses mains.

L'homme sur la chaise fit un geste de triomphe avec son bras.

Oni se mit à tirer.

Le premier chargeur s'épuisa en moins de vingt secondes. Il le remplaça par le deuxième. Qu'il vida en une quinzaine de secondes. Puis il glissa la main sous sa chemise à la recherche du troisième, aux deux tiers vide.

Ils étaient presque tous morts, et leurs cadavres jonchaient les abords du cénote, à présent. Les tuer avait été pour Oni aussi simple que son jeu vidéo préféré quand il était enfant ; celui où le cow-boy venait à lui et où sa seule chance de le battre était de tirer comme un malade, sans s'arrêter.

Il vida son chargeur sur un homme qui bougeait encore. Puis sur un autre. Il ne lui restait plus de munitions, maintenant.

Il s'approcha du bord du cénote et regarda en bas. L'eau grouillait de corps. Certains se débattaient encore ; d'autres flottaient simplement, le visage tourné vers le fond.

– Abi ?… Tu es là ?

– Oui.

– Il y en a d'autres qui sont vivants ?

– Oui, Rudra, Nawal et Dakini.

– Oh, je suis content… Je croyais vous avoir tous perdus.

– On peut monter ?

– Oui. Vous pouvez monter, maintenant. Je vous envoie le tuyau. Tous ceux qui étaient ici sont morts.

Oni jeta le Stoner de côté et se dirigea en boitillant vers le tuyau qui attendait, roulé au bord du puits.

Il y eut un bruit soudain derrière lui. Il se retourna, à moins d'un mètre du tuyau.

Emiliano était à genoux. La morphine l'avait momentanément rendu insensible aux balles qui lui avaient déchiré le corps.

Sous le regard médusé d'Oni, le chef mexicain chassa un moustique qui lui voletait devant les yeux.

Puis il leva son pistolet et lui tira une balle en pleine tête.

Oni bascula du haut du cénote. Il y eut un court instant de silence. Suivi d'un puissant plouf.

Emiliano sourit. Il s'approcha en rampant et regarda dans le puits. Abi, Rudra, Dakini et Nawal flottaient quinze mètres plus bas, la tête tournée vers lui. C'était fichu pour eux, maintenant.

Emiliano baissa les yeux sur ses blessures. C'était fichu pour lui aussi. Il ouvrit la bouche, colla le canon de son pistolet sur son palais et appuya sur la détente.

TROISIÈME PARTIE

1

Lamia de Bale avait l'impression de porter tout le poids du monde sur ses épaules. Comme si l'absurdité de la vie des autres retombait sur la sienne. En décidant de quitter Sabir sans lui dire un mot, sans la moindre explication, elle savait qu'elle avait fermé à jamais une porte grande ouverte. Et maintenant, à dix mille mètres au-dessus de l'Atlantique, elle ressentait un énorme vide, sans réellement comprendre pourquoi.

Elle attendit une heure et demie après le départ de ce vol Iberia pour se lever de son siège. Si elle avait choisi la première classe, c'était non seulement pour entrer et sortir de l'avion avant tous les autres passagers, mais aussi pour s'assurer de pouvoir aller et venir dans les zones « affaires » et « économique » sans que les autres n'aient accès à sa classe.

Encore en France, elle avait menti à Calque en prétendant que madame sa mère lui avait confisqué son argent et ses cartes de crédit, et qu'à la dernière minute seulement elle avait eu la présence d'esprit de dissimuler son passeport sous ses vêtements. En fait, elle avait caché papiers et cartes dans une pochette roulée dans sa ceinture et soigneusement pliée de façon à rester au niveau du bord intérieur de son pantalon – une tunique plutôt ample avait complété sa tenue, tout en la protégeant des regards gourmands que les hommes posaient souvent sur les fesses des femmes. Même celles qui souffraient d'un défaut aussi catastrophique que le sien.

À la première occasion elle avait glissé ses cartes de crédit sous le miroir de son boîtier de poudre compacte, avant de rouler ses billets dans plusieurs tubes de tampons hygiéniques qu'elle avait ensuite remballés dans leur boîte afin qu'ils aient l'air de sortir tout droit du magasin. Si Sabir ou Calque s'étaient mis à fouiller dans ses affaires, ils n'auraient rien découvert de ses secrets. Les hommes détestaient mettre le nez dans les habitudes intimes des femmes – comme s'ils ne voulaient pas savoir quels artifices ou sordides réalités se cachaient derrière les apparences qui les attiraient tant.

Et sur ce sujet, Lamia était imbattable. N'avait-elle pas passé sa vie à ignorer les effets de sa propre apparence sur les autres ? Elle avait ô combien souffert – et souffrait encore, aujourd'hui – d'être une femme au visage ainsi marqué.

Madame sa mère avait donc essayé d'adoucir les choses – la sécurité financière comptait pour beaucoup lorsque l'on se sentait vulnérable dans d'autres domaines. Et en comparaison, Lamia était physiquement mieux que ses trois sœurs et au moins quatre de ses frères. Cependant, et avant de rencontrer Calque et Sabir, il lui avait été impossible de répondre aux hommes sans suspecter chez eux de l'hypocrisie – ils prétendaient vouloir tout de vous, alors qu'en réalité ils ne cherchaient que le côté sexuel d'une relation.

À la vérité, Lamia avait toujours désiré plaire – comme n'importe quelle jeune femme normale –, mais, le plus souvent, son visage et son attitude distante constituaient un obstacle infranchissable.

Enfermée dans les toilettes de l'avion, Lamia jeta à son reflet un regard désabusé.

Joris Calque avait pourtant bien semblé voir au-delà de ce terrible défaut physique qui la détruisait, et Adam Sabir l'avait étonnée par son aptitude à la regarder avec des œillères. Elle était convaincue qu'il se croyait vraiment amoureux d'elle, et une part d'elle-même l'aimait tout aussi sincèrement. Cependant, Lamia restait la fille de sa mère, et elle faisait en sorte de rester parfaitement lucide quant à ce qui l'attendait, en ignorant tout sentiment susceptible de la faire dévier de son chemin. La sympathie, l'affection et même l'amour qu'elle éprouvait pour les deux hommes qu'elle avait l'intention de trahir, tout cela ne comptait pas. Elle avait une mission à accomplir ? Elle l'accomplirait quoi qu'il advienne.

La jeune femme pénétra dans la section classe affaires et se lança dans l'étude approfondie de chacun des passagers. Chaque fois qu'elle atteignait l'une des toilettes, elle attendait que l'endroit se libère avant de poursuivre son inspection. Il lui fallut une trentaine de minutes pour admettre qu'aucun de ses frères et sœurs ne se trouvait à bord – dans ce cas, elle se serait hâtée de rejoindre la première classe et de laisser les hôtesses faire le reste.

Madame sa mère l'avait bien sûr prévenue que le grand Cherokee était sans doute équipé d'un mouchard. Lamia ne se faisait donc aucune illusion quant à l'éventuelle capacité de son frère Abi à se renseigner sur elle à l'aéroport. Son seul avantage sur lui et Sabir restait donc la rapidité avec laquelle elle avait décidé de quitter le *temazcal*. Madame sa mère voulait qu'elle reste un agent libre ? Agent libre elle resterait.

Lamia retourna à sa place et allongea au maximum le dossier de son siège. Elle avait besoin de dormir. Les dix derniers jours l'avaient épuisée, et elle se sentait vidée, autant physiquement que mentalement. Elle ferma les yeux.

Aussitôt, s'imposa à son esprit l'image de Sabir en train de la renverser doucement sur le lit du motel, à Ticul. Elle sentit ses mains sur sa peau, la douce pression de son corps contre le sien quand il lui avait fait l'amour pour la première fois. Elle se rappela sa propre réponse, d'abord timide puis volontaire, enthousiaste, extatique.

La jeune femme fut saisie d'un violent frisson, sans doute dû au désir de se libérer de ces images… qui demeurèrent pourtant en elle, comme les fragments d'une autre vie.

2

Lamia arriva à Madrid largement à temps pour attraper la correspondance vers Paris. Ignorant le salon-bar de transit, elle courut s'acheter des vêtements, un petit sac de voyage et quelques objets de première nécessité. Puis elle grimpa dans le premier taxi venu et demanda au chauffeur de la conduire à la gare d'Atocha.

Dans l'avion qui l'emmenait à Madrid, elle avait utilisé le service de connexion Internet pour se réserver une cabine *Gran Clas* dans le Talgo de nuit qui devait arriver à Paris-Austerlitz le lendemain matin.

Seule parmi ses frères et sœurs à connaître le lieu et l'identité du Second Avènement, elle était certaine, si elle pouvait leur échapper ainsi qu'à la police des frontières française – dans le cas peu probable où Calque aurait réussi à prévenir certains de ses anciens collègues –, d'arriver sans encombre à la maison. Les explications viendraient plus tard.

Lamia savait que le Talgo observait un bref arrêt à Blois avant d'arriver à Paris, aussi avait-elle décidé de descendre là et de rallier Samois en taxi. Quelle était la distance ? Moins de deux cents kilomètres, porte à porte ? Elle serait au camp des Gitans à l'heure du petit déjeuner.

Un moment, elle avait caressé l'idée d'utiliser un téléphone public pour appeler la comtesse et lui annoncer que tout se déroulait comme prévu, mais elle s'était ravisée presque aussi vite. La logique voulait que seuls Milouins, Mme Mastigou et madame sa mère soient au courant de ses allées et venues.

Il y avait assez de domestiques dispersés dans le domaine de Seyème pour surprendre une conversation téléphonique. Et qui savait si la police n'était pas déjà en train de surveiller ou même de fouiller la maison, par un mimétisme inconscient avec Joris Calque ?

Non, le secret de sa mission et le silence téléphonique étaient encore la seule façon d'obliger Abi, Vau et les autres à concentrer leurs efforts sur Calque et Sabir – et, pour cela, il fallait qu'ils continuent de croire à son rôle de voyageuse au sein du camp ennemi.

De la même manière, Lamia avait dû gagner la confiance de Sabir et de Calque. Tous deux s'étaient assez méfiés d'elle dès le début, et elle ne pouvait que se féliciter d'avoir su imposer sa présence afin d'obtenir de l'Américain les informations qu'elle désirait – et, une fois celles-ci obtenues, de les utiliser en toute impunité.

Tranquillement installée dans sa suite du Talgo de nuit, Lamia pouvait enfin se laisser bercer par le confort et le calme qui l'entouraient. Assez tôt, elle s'était fait servir un dîner à déguster dans sa cabine, puis avait avalé deux cachets afin de dormir au moins huit heures sans penser une seconde à Sabir. Elle savait aussi pouvoir compter sur le chef de wagon pour la réveiller bien avant Blois avec un petit déjeuner.

Jamais Lamia n'avait tué personne – encore moins une femme enceinte et son bébé à naître. Cette perspective, bien que nécessaire, l'angoissait terriblement. Mais elle se savait capable de la surmonter.

3

Yola Dufontaine avait passé la journée précédente à lutter contre une migraine incessante. Elle ignorait ce qui avait pu la déclencher, mais celle-ci s'accompagnait d'images répétées de son frère de sang, Damo Sabir, emprisonné dans la fosse d'aisances du Maset du marais, là où elle et le sergent Spola l'avaient découvert avant de l'en délivrer.

Dans son rêve éveillé, Sabir mourait à petit feu, empoisonné par le venin qu'il avait sécrété dans sa bouche pour tuer Achor Bale. Mais cette fois, Yola était incapable de le faire vomir en lui administrant un mélange de farine de moutarde et d'eau salée, comme elle l'avait fait dans la réalité. Et elle était certaine, maintenant, de le voir mourir sous ses yeux. Pourtant, curieusement, dans cette nouvelle version des faits, ce n'était pas Sabir qui s'en allait, mais elle.

Lorsqu'elle avait parlé à son mari, Alexi, de cette migraine et du cauchemar qui l'accompagnait, il lui avait simplement répondu :

– Tu es enceinte de trois mois, *luludji.* Après les nausées matinales, ce sont peut-être des hallucinations qui vous travaillent, mesdames. Plus rien ne m'étonne, maintenant, avec la grossesse.

Yola ignorait la réponse qu'elle aurait voulu entendre de la bouche d'Alexi, mais elle savait que ce n'était pas celle-ci. Elle ne souhaitait qu'une chose, maintenant : contacter Sabir et s'assurer que tout allait bien pour lui. Son frère de sang et le *curandero* étaient les seules personnes sur terre à connaître son secret – Alexi lui-même n'était pas au courant, pour des raisons qu'elle ne saisissait pas mais qui étaient sans doute liées au goût prononcé de son mari pour la boisson, ce qui avait tendance à lui délier la langue. S'il s'aventurait en effet à raconter dans le camp qu'elle était la mère du Second Avènement, c'était la catastrophe assurée.

Le *curandero* était, comme toujours, parti quelque part, et donc impossible à contacter. Sabir, lui, avait une vie beaucoup plus sédentaire.

Incapable de trouver le sommeil, Yola fouilla dans la caravane qu'elle partageait avec Alexi, pour enfin mettre la main sur le papier où Sabir avait griffonné son numéro de téléphone. Puis, bien avant le lever du jour, elle partit à travers bois vers Samois et la cabine téléphonique la plus proche. Sabir lui ayant expliqué que la Nouvelle-Angleterre comptait plusieurs heures de retard sur la France, elle voulait l'attraper avant qu'il n'aille se coucher.

4

Athame et Aldinach attendirent l'atterrissage du dernier vol Iberia en provenance de Madrid, manquant ainsi le retour de Lamia en France par le Talgo de nuit. Ils ratèrent tout autant l'arrivée de Calque et Sabir par le vol Cancún-Roissy d'Aero Mexico, assez tard ce même soir.

Après s'être assurés que Lamia ne faisait pas partie des passagers, Aldinach et sa sœur essayèrent une quinzième fois, mais en vain, de joindre Abi sur son mobile. Ils songèrent alors à appeler madame leur mère pour avoir des nouvelles, mais leur sens de la hiérarchie était si strict qu'ils décidèrent d'attendre encore vingt-quatre heures.

Ils avaient reçu des ordres d'Abi. Ils savaient ce qu'ils devaient faire. Lamia avait dû choisir de rentrer pour de bon au bercail. Et le manque de communication avec Abi s'expliquait sans doute par le fait que lui et le reste du Corpus avaient réussi à soutirer à Calque et à Sabir les infos qu'ils souhaitaient. Ils étaient probablement en train de voler vers la France, avec l'obligation de garder leurs portables éteints.

Athame et Aldinach louèrent une voiture chez Avis et parcoururent les quatre-vingts kilomètres séparant Roissy de Samois, pour arriver au village peu après deux heures du matin. Là, épuisés par leur voyage et leur vaine attente à l'aéroport, et certains de ne trouver ni hôtel ni camp de Gitans à une heure pareille, ils décidèrent de dormir dans leur véhicule.

5

Calque et Sabir s'étaient, eux aussi, loué une voiture. Ils avaient cependant un gros avantage sur les autres : ils savaient où trouver le camp des Tziganes. En outre, ils soupçonnaient que Lamia les avait largement devancés, ce qui les poussait d'autant plus à se hâter vers leur destination.

Tandis que Sabir contournait Paris pied au plancher, Calque ne pouvait s'empêcher d'écraser nerveusement une pédale de frein imaginaire.

– Bon Dieu, Sabir, vous avez vraiment envie de vous faire serrer par les flics ?! Ou de vous prendre un mur ? On arrivera à temps ou pas, c'est tout. Il est deux heures du matin. Si on se fait pincer à la vitesse où on va, c'est la suppression du permis, et de la voiture avec. Ça nous mènera à quoi ?

– Vous parlez comme un flic.

– Je suis flic.

Sabir se représentait clairement Yola enceinte. L'idée de la savoir mourante, après tout ce qu'ils avaient traversé ensemble, était un cauchemar pour lui. Elle lui avait sauvé la vie, au Maset du marais, comme il avait sauvé la sienne à la rivière, lorsque Achor Bale l'avait jetée dans l'eau glacée. Elle, Alexi et lui-même s'appartenaient les uns aux autres. Le lien du sang qu'il avait par accident noué avec le frère de Yola, feu Babel Samana, ne formait qu'une part infime de ce bloc. Sabir se sentait responsable de la jeune femme et de son bébé à naître, à qui il servirait de *kirvo* – la version tzigane du parrain adoptif. Ce serait à lui de nommer et de baptiser l'enfant, de lui apporter son aide financière et de le guider chaque fois qu'il en aurait besoin. L'engagement d'une vie.

L'Américain s'était préparé à cela plus qu'il ne voulait l'admettre. Il n'avait pas d'enfant, et maintenant que sa liaison avec Lamia était réduite à néant, il devait admettre qu'il n'en aurait sans doute jamais. Il n'était décidément pas fait pour les relations normales.

– Quelle heure est-il ? demanda Calque.

Sabir sursauta et regarda la pendule de la radio.

– Deux heures quinze.

– Vous avez l'intention de vous rendre directement à la caravane ?

– Oui. Vous avez une autre idée ?

– Non, mais j'aimerais vraiment qu'on ait une arme. Cet hermaphrodite, Aldinach… il me semble particulièrement sinistre. Il était prêt à vous embrocher, à Ek Balam.

– Il ne se serait pas arrêté à moi, Calque. Il vous avait aussi dans le collimateur.

– Oui. Mais savoir que vous étiez le premier à y passer, ça me réconfortait.

Sabir éclata de rire et leva légèrement le pied.

C'était ce que cherchait Calque depuis le début, et il laissa échapper un soupir de satisfaction. Mourir dans un accident sur le périphérique ne faisait pas partie de ses ambitions.

– Je n'arrive pas à croire que Lamia ait l'intention de s'en prendre à Yola et à son enfant. Comment a-t-on pu ne pas voir clair en elle ?

– Peut-être qu'on a simplement mal interprété ses motivations, qu'on a commis erreur sur erreur, suggéra Calque.

– Peut-être, oui. Mais on connaît ses intentions, maintenant. Et on doit l'arrêter.

– À n'importe quel prix ?

– À n'importe quel prix.

6

Lamia comptait sur la présence du chauffeur de taxi pour convaincre Yola de sa bonne foi et l'inciter à monter avec elle dans le véhicule. Mais, cinquante kilomètres avant Samois, elle changea d'avis et demanda à l'homme de la déposer à Orly, devant une agence de location de voitures. Ainsi, aucune tierce personne ne la lierait d'une façon ou d'une autre à Yola.

Après avoir loué une Peugeot discrète, elle parcourut les quarante kilomètres restants pour arriver au village peu après sept heures du matin. Ayant d'abord eu l'intention de demander le chemin du camp gitan à la boulangerie – inévitablement le premier commerce ouvert à cette heure matinale, et donc la source de tous les potins –, elle se ravisa en apercevant une jeune femme tzigane s'approcher d'une cabine téléphonique.

Lamia gara sa voiture sur la place du village, en sortit et s'étira. Puis, d'un pas tranquille, elle s'avança vers la cabine.

La Gitane semblait avoir quelques difficultés à composer son numéro, tenir le papier sur lequel il était inscrit et maintenir l'écouteur contre son oreille.

Lamia fit mine d'attendre à l'extérieur que la cabine se libère.

—Je peux vous aider ? proposa-t-elle. Je vous dicte le numéro pendant que vous le composez, si vous voulez.

La jeune femme se retourna, et Lamia s'efforça de ne pas tout de suite baisser les yeux sur son ventre. Il était trop tôt pour encore deviner quoi que ce soit, donc un regard dans la mauvaise direction risquait de la trahir avant même qu'elle ait eu le temps de se faire passer pour une amie potentielle. Et puis peut-être se trompait-elle ? Peut-être cette femme n'était-elle pas Yola ? Mais au moins trouverait-elle plus rapidement l'endroit où se trouvait le camp.

Yola découvrit la marque sur le visage de Lamia en même temps qu'elle remarquait la banalité de ses vêtements. Elle l'avait vue descendre de la Peugeot et savait qu'elle était seule. Une *payo* bien intentionnée, donc – comme on en voyait tous les jours. Certaines voulaient même devenir tziganes, et vivre cette vie si romantique… selon elles. La bonne blague.

Yola acquiesça, mais sans sourire.

– Euh… oui, je veux bien.

Lamia examina le morceau de papier. C'était un numéro en 001, l'indicatif international pour appeler les États-Unis de la France. Sabir ? Elle décida de prendre le risque, même si cela pouvait être n'importe qui d'autre. Elle ne perdrait rien à poser la question.

– Mais c'est le numéro d'Adam Sabir, non ?

Elle hésita avant d'ajouter :

– Vous devez être Yola, alors ? Yola Samana ?

– Non, Yola Dufontaine.

– Oh, oui, bien sûr. Vous êtes mariée, à présent. À Alexi. Adam me l'a dit…

La jeune femme fronça les sourcils. Il était très tôt. Elles se trouvaient dans un petit village au milieu de nulle part. Il était impossible qu'elle se soit fait suivre – elle n'avait pris la décision d'aller téléphoner qu'à la dernière minute. Que lui voulait cette femme au visage marqué d'une tache de vin ? Pourquoi était-elle ici ?

– Vous connaissez Adam ?

– Je suis son amie.

Yola rougit violemment. Ce qui ne lui arrivait jamais. Mais la marque sur le visage de cette femme était si visible qu'on ne voyait que cela en la regardant. Cette marque disait : « Oui, vous me croyez incapable d'attirer un homme, de lui paraître désirable, de le séduire. Eh bien, vous vous trompez. »

– Son amie ?

– Oui. Nous étions au Mexique ensemble. Je suis rentrée hier. Et je suis venue jusqu'ici spécialement pour vous voir. Voilà pourquoi j'ai une chance incroyable d'être tombée sur vous. Je peux vous dire maintenant que vous ne trouverez pas Adam chez lui. Il est toujours au Mexique, avec Joris Calque. Ils essaient de se faire faire des passeports temporaires, après s'être fait voler les leurs. Le seul endroit pour cela, c'est à Mexico, aux consulats de France et des États-Unis, mais ils sont encore à Cancún. Comme j'avais toujours mon passeport, Adam m'a demandé de venir vous trouver ici. Je me dirigeais vers votre camp, mais je voulais d'abord passer à la boulangerie acheter des croissants. Pour vous les offrir.

– Pour me les offrir ?

– Oui. Car je ne trouvais pas de fleurs. J'ai conduit toute la nuit.

– Des fleurs ?

Yola n'aimait pas cela. Qui était cette femme qui avait l'air d'en savoir autant sur elle ? Et quel incroyable coup du hasard l'avait amenée ici, à l'instant précis où elle-même s'apprêtait à contacter Sabir pour la première fois après trois mois de silence ?

– Pourquoi Damo vous a-t-il demandé de me voir ?

– Oh, Damo… C'est son nom en tzigane, non ? Il m'en a parlé, aussi.

– Vous êtes vraiment son amie ?

Yola considérait Lamia comme si elle devinait que celle-ci mentait, par pur instinct féminin.

– Oui. Comment vous le prouver ?

Elle sourit pour lui cacher son malaise. Les yeux de Yola la déshabillaient littéralement. Aucune femme ne l'aurait dévisagée avec un regard aussi implacable. Elle comprit qu'elle allait devoir creuser loin, très loin en elle pour trouver une explication décente à ce qu'elle prétendait être.

– Ah, je sais. Ça va vous paraître stupide, mais est-ce que vous avez déjà vu Adam sans ses vêtements ? Je ne veux pas parler de ce qui semble évident, bien sûr. Je sais que vous deux n'avez jamais eu de relation amoureuse, mais que vous êtes plutôt… comme un frère et une sœur.

Yola haussa les épaules, sans pour cela cesser de soutenir le regard de Lamia. Un regard de femme à femme.

– Oui, je l'ai vu sans ses vêtements. À plusieurs occasions. Malade ou en bonne santé. Une fois, même, alors que je m'apprêtais à le castrer. Quand je croyais qu'il avait tué mon frère.

– Il ne m'en a jamais parlé, souffla Lamia d'une voix étranglée.

– Pourquoi l'aurait-il fait ? C'est quelque chose qu'on a tous les deux oublié. Mais pourquoi m'avez-vous demandé ça ?

– Parce que vous avez certainement vu sa cicatrice.

– Continuez.

– Moi aussi, je l'ai vue. Pour des raisons évidentes.

– Et où est-elle, cette cicatrice ? interrogea Yola le plus sérieusement du monde.

– Il en a deux. La plus importante, et puis une autre, laissée par un drain, quand on lui a enlevé un rein, entre vingt et trente ans, à cause d'une malformation congénitale. Cette cicatrice se trouve sous la plus grande. Elles sont toutes les deux très belles.

Yola partit d'un rire sonore.

– Vous trouvez ses cicatrices belles ? Damo a dû vous fermer les yeux, ce n'est pas possible autrement.

– Il trouve mon visage beau.

La Tzigane hocha lentement la tête.

– Oui, votre visage est beau. Chez nous, quand une personne porte une marque sur le visage ou sur le corps, on dit qu'elle a été touchée par la main d'*O Del*. C'est le signe d'une faveur spéciale de sa part.

– *O Del*?

– C'est le nom que l'on donne à Dieu.

– Vous l'appelez vraiment comme cela ?

— Je vous l'assure.

— C'est bien d'entendre une telle chose.

Les deux femmes restèrent un moment à se regarder, à s'étudier, à se jauger, puis Yola fut la première à rompre le silence.

— Pourquoi Damo veut-il que vous me parliez ?

— Est-ce qu'on pourrait s'entretenir dans un endroit moins public ? Je peux vous conduire quelque part.

— Non, on reste ici.

Lamia regarda autour d'elles. Plus elle restait en public, plus on risquait de se souvenir d'elle, par la suite. Après tout, elle ne passait pas vraiment inaperçue. Elle décida donc d'obtenir gain de cause au plus vite – sortir Yola d'ici et l'entraîner dans un coin isolé.

À Madrid, elle s'était acheté un couteau à cran d'arrêt, et Milouins lui avait montré comment frapper lorsqu'elle et madame sa mère avaient monté leur plan. À la façon dont il lui avait expliqué la chose, il lui suffirait d'un seul coup. L'enfant et la mère mourraient en quelques secondes, sans pratiquement souffrir. Elle n'aurait qu'à enrouler la main de Yola autour du manche du couteau et laisser la police s'occuper du reste. Suicide dû à une dépression prénatale ? Querelle entre Gitans ? On pouvait tout imaginer.

— Le Corpus Maleficus vous recherche, déclara-t-elle à Yola. Nous sommes tombés sur lui au Mexique. C'est à peine croyable mais ils ont appris qui vous êtes et qui vous portez en vous. C'est pourquoi Adam m'a envoyée ici vous prévenir. Il m'a demandé de vous éloigner du camp et de vous mettre à l'abri. Il pense être là d'ici deux jours, quand il aura obtenu son nouveau passeport.

Yola blêmit subitement.

— Qu'est-ce que vous dites ? À propos de l'enfant que je porte ?

— Écoutez-moi, Yola. Lors d'une expérience hallucinatoire dans un *temazcal* – une sorte de sauna où l'on se réunit pour méditer – au fin fond du Yucatán, Adam a laissé involontairement sous-entendre que vous portiez en vous le Second Avènement. Il avait absorbé du datura qui le faisait délirer. Nous avons tous été l'objet de plusieurs expériences extrêmes durant cette séance, mais, même avant cela, il n'était déjà pas dans son état normal. Les drogues n'ont pas arrangé les choses. Nous pensions être en compagnie d'amis ; que tous les gens présents joueraient un rôle-clé pour accueillir la naissance de votre enfant. Pour répandre la bonne nouvelle. Mais un membre du Corpus Maleficus se trouvait également dans ce *temazcal*. Il a entendu les paroles d'Adam et, maintenant, il vient ici pour vous tuer. Je ne le devance que de quelques heures, en fait. Je dois vous emmener en sécurité, où nous pourrons attendre Calque et Sabir. Vous me croyez, n'est-ce pas ?

– Je crois surtout que vous êtes la maîtresse d'Adam. Je le vois dans votre regard. Les femmes ne savent pas mentir à ce sujet. Les émotions de ce genre nous touchent plus qu'elles ne touchent les hommes.

Lamia se sentit devenir écarlate. Elle inclina la tête de côté – une vieille habitude qu'elle avait lorsqu'elle se sentait en danger.

– Oui, c'est vrai, articula-t-elle.

Elle sentait que c'était le bon moment pour entraîner Yola avec elle. Si elle le laissait passer, elle serait obligée d'agir prématurément et dans un endroit public. Ce serait la catastrophe. Cela voudrait dire abandonner à vie tout ce qu'elle connaissait et aimait – un sacrifice que madame sa mère exigerait d'elle sans aucun état d'âme.

– Acceptez-vous de venir avec moi ? insista-t-elle. Nous pouvons revenir au camp, si vous voulez, pour y prendre quelques affaires. Cela ne durera pas plus de quelques jours.

– Le capitaine Calque et ses hommes ne peuvent pas me protéger ?

– Il n'est plus policier, Yola. Il a pris sa retraite. Peu de temps après que vous l'avez rencontré. Il aide Sabir, maintenant. Mais de façon strictement privée. Ils travaillent tous les deux sur cette affaire. Nous avons voyagé ensemble au Mexique. Le capitaine Calque est quelqu'un de bien.

– Oui, reconnut Yola. Pour un *payo*, c'est un homme bien. Il m'a laissée récupérer quelques cheveux de mon frère à la morgue, afin de l'enterrer décemment.

– Oui, il me l'a dit.

Yola se redressa. Les premiers clients de la boulangerie commençaient à les regarder d'un air intrigué. L'un d'eux était gitan, et un autre avait la mine bizarre. La jeune femme se sentait une affinité inattendue avec Lamia. Elle ne comprenait que trop, de par sa propre expérience, pourquoi elle ne désirait pas s'exposer aux regards des autres.

– D'accord, je viens avec vous. Si Damo dit que je dois vous faire confiance, je vous fais confiance. Il ne ferait jamais rien qui ne soit pas dans mon intérêt. Mais nous devons d'abord passer par ma caravane. Et prendre Alexi. Il va venir avec nous.

– Bien sûr.

– Mais peut-être devrais-je quand même appeler ce numéro ? hasarda Yola.

– Personne ne va vous répondre, je vous l'assure. Mais vous pouvez appeler, si vous y tenez.

– Et Damo ? Il n'a pas de portable avec lui ?

– On le lui a volé. Avec son passeport, son argent et ses cartes de crédit. Quant à Calque, il n'en utilise pas. C'est un technophobe.

– Un quoi ?

– Quelqu'un qui déteste la technologie moderne. Il ne travaille qu'avec son esprit.

– Oui, c'est vrai. C'est ce que m'a dit Damo. Je l'ai moi-même constaté, aussi. D'accord, allons à votre voiture. Je n'ai pas besoin d'appeler ce numéro.

Les deux femmes se dirigèrent vers la Peugeot de Lamia. Dans un élan soudain, celle-ci fonça vers la boulangerie et y acheta six croissants et trois baguettes. Elle comptait là-dessus pour se faire accepter plus facilement par ceux qui la verraient en compagnie de Yola. Comment une jeune femme, les bras chargés de pain et de viennoiseries, pouvait-elle représenter une menace ?

Ce furent néanmoins ces cinq minutes qui firent la différence et décidèrent de la suite des événements. Car Athame, reniflant l'odeur du pain frais par la fenêtre entrouverte de la voiture où elle dormait avec Aldinach, abaissa la vitre et sortit la tête.

7

L'embrayage de la voiture louée par Sabir et Calque les lâcha juste à la sortie de Melun.

– Non, je n'y crois pas… Putain, je n'y crois pas ! s'exclama l'Américain en martelant le volant de son poing. Ces agences de location… des bons à rien ! Infoutus d'entretenir correctement leur matériel !

– C'est fini, Sabir ? Il n'y a que moi, ici, pour vous entendre. Je vous accompagnerais bien dans vos vociférations mais, à quatre heures du matin, ça va me porter sur les nerfs. Et puis vous conduisez cette voiture comme une Formule 1, et non pas comme un break qui a déjà été utilisé par des millions de personnes, chacun avec sa façon perso de changer les vitesses.

Sabir se laissa retomber dans son siège.

– Bon, alors, qu'est-ce qu'on fait maintenant ?

Calque réfléchit un instant puis déclara :

– On trouve un téléphone. On appelle l'agence de location. Ils nous envoient une dépanneuse avec une autre voiture dessus. Ils nous la descendent. Ils mettent celle-ci à la place. Et on repart pour de nouvelles aventures, voilà.

– Et Lamia ? Et les deux autres maniaques ?

– On ne peut rien faire, Sabir. Yola n'a pas de téléphone. On ne peut que s'en remettre au destin.

– On ne vient pas de passer une borne d'urgence ?

– Non.

– Alors, qu'est-ce qu'on fait ? On arrête une voiture ?

– Personne ne s'arrêtera pour nous à cette heure, Sabir. En pleine banlieue, comme ça ? Vous croyez au Père Noël.

– D'accord. Vous restez dans la voiture au cas où la police nous demanderait ce qu'on fait, garés ici. Et moi, je vais chercher de l'aide à pied.

– D'accord.

Sabir sortit de la voiture et s'éloigna d'un pas lourd.

– Sabir ?

– Quoi ?

– Si vous preniez le numéro de l'agence avec vous ?

8

Il fallut à Sabir trente-cinq minutes pour trouver un téléphone, et deux heures et demie à l'agence de location pour répondre à leur appel et leur procurer une nouvelle voiture. Dans l'intervalle, les deux hommes s'allongèrent sur leur siège dont ils avaient abaissé le dossier et piquèrent un petit somme. Pour la première fois de sa vie, Calque ne ronfla pas.

La dépanneuse les rejoignit après six heures du matin. L'échange de véhicule fut relativement rapide, pas plus de quinze minutes, pendant lesquelles Sabir se tint à quatre pour ne pas agonir de reproches le mécanicien. Mais Calque lui fit comprendre que cela ne servait à rien, que le pauvre homme n'était pas responsable de la panne d'une voiture de location.

L'Américain se défoula néanmoins en donnant des coups de pied dans les pneus de la dépanneuse. Il faisait froid. Il n'avait qu'un blouson acheté à la va-vite au Mexique, franchement ridicule en ce petit matin de novembre dans le nord de la France.

Le capitaine semblait être gelé, aussi. Sabir songea un instant à lui proposer son blouson puis se ravisa. Il savait quelle serait sa réponse.

À six heures et demie, ils reprirent la route. Tous deux commençaient à sentir sur eux les effets des derniers jours, tant sur le mental que sur le physique. Le silence s'installa dans la voiture jusqu'au moment où ils atteignirent les abords de Samois autour de sept heures.

– Espérons qu'on arrivera à temps.

– On arrivera à temps, Sabir.

– Ravi de vous voir aussi optimiste.

Il se dirigea droit vers le camp des Gitans… non sans rater une première fois la petite route de terre qui partait sur la droite. Après une courte marche arrière, il redémarra en trombe et tourna enfin dans le chemin, qui s'avéra détrempé et truffé de nids-de-poule.

Dans le camp, tous étaient levés et s'activaient déjà. Sabir se revit soudain en mai dernier, arrivant à peu près à la même heure, mais à pied, cette fois.

Les enfants furent les premiers à voir la voiture remonter le chemin dans leur direction. Ils se précipitèrent vers elle, l'air méfiant. Mais lorsqu'ils reconnurent le visage de Sabir derrière le pare-brise, ils poussèrent des cris de joie.

– Damo ! Damo !

Celui-ci gara le véhicule au bord du chemin et en descendit. Quelques hommes s'avancèrent vers eux, suivis de femmes, légèrement en retrait, pour voir ce qui se passait. Radu, le cousin d'Alexi, que Sabir avait vu se marier à Gourdon, fut le premier à l'approcher.

– Damo, c'est si bon de te revoir ! Yola va être aux anges.

– Radu, écoute-moi. Il y a urgence. Tu te souviens des gens qui ont tué Babel ? En mai dernier, à Paris ? Ils veulent s'en prendre à Yola, maintenant. Il faut absolument les prévenir, elle et Alexi. Il faut les éloigner d'ici au plus vite.

Radu ne prit pas le temps de poser de questions. Saisissant Sabir par le bras, il l'entraîna avec Calque vers la caravane d'Alexi. Qui choisit cet instant pour en sortir.

– Damo ! Mon frère ! Tu viens nous rendre visite ? Ça tombe bien, tu sais, parce que je crois que je vais avoir besoin d'un autre prêt. À court terme, bien sûr. La grossesse de Yola me coûte cher, tu comprends.

Il sauta par terre pour le serrer dans ses bras. Mais Sabir, coupant court à son enthousiasme, le saisit par les épaules et lui dit :

– Alexi… où est Yola ? C'est urgent. Le Corpus cherche à la tuer. C'est ma faute. Il faut absolument la sortir d'ici.

Le Tzigane fit un pas en arrière. L'esprit encore occupé par son histoire d'argent, il demanda :

– Ils veulent tuer Yola ? Mais… pourquoi ? Elle n'a rien fait.

Il se secoua, comme pour s'extirper d'un mauvais rêve.

– Ils cherchent à se venger après ce qu'elle a fait à cet Œil noir ?

– Je te raconterai plus tard. Où est-elle ?

– Dans le camp, peut-être. Je ne sais pas où elle va le matin. Elle est peut-être en train de torréfier du café. Ou de préparer mon petit déjeuner. Je ne peux pas te dire…

– Radu, peux-tu demander aux enfants de la chercher ?

– D'accord, je m'en occupe, répondit-il avant de s'éloigner en courant.

– Vous êtes policier, lâcha soudain Alexi à l'adresse de Calque. Je me souviens de vous. Vos hommes vont venir la protéger ? Ou est-ce qu'on doit se débrouiller encore tout seuls ?

– Alexi, reprit Sabir, Calque a quitté la police. Il m'aide, simplement. C'est un bon ami. Je te demande de lui faire confiance. Une confiance absolue.

– C'est ton ami ?

– Un très bon ami, oui.

– Aussi bon que moi ?

– Tu es mon frère, Alexi. Lui, c'est un ami.

– D'accord, Damo. Je vais donc me fier à lui.

– Quand as-tu vu Yola pour la dernière fois ?

– Écoute… elle s'est réveillée avec toujours cette migraine qui la tourmente depuis des jours, maintenant. Ce serait dû à sa grossesse, je pense. Et avant ça, elle avait beaucoup de nausées.

– À quelle heure s'est-elle réveillée ?

– Ça, je n'en sais rien. Trois heures, quatre… peut-être cinq. Ou même six heures. Franchement, je ne peux pas le dire.

– Alexi, pour l'amour du ciel !

– Six heures… oui, je pense que c'était vers six heures. C'était encore très sombre, dehors, mais je l'ai vue debout. Elle cherchait quelque chose dans la caravane.

– Elle cherchait quelque chose ? Quoi ?

Les deux hommes grimpaient déjà les trois marches menant à l'intérieur.

– Je ne sais pas, Damo. Mais en tout cas, elle l'a trouvé… dans ce tiroir.

– Qu'est-ce que tu gardes ici, d'habitude ? demanda Sabir.

– Je ne sais pas. C'est Yola, surtout, qui s'en sert.

– Alexi, concentre-toi.

– Eh bien… oui, c'est vrai, c'est là qu'on garde le numéro de téléphone du Bulibasha. Et d'autres choses, aussi.

– Le numéro du Bulibasha est toujours là. D'après toi, qu'est-ce qu'elle pouvait chercher d'autre ?

– Euh… peut-être ton numéro, aussi. Il devrait être là. Du moins, je crois. Je ne sais pas lire, Damo, rappelle-toi.

– Mon numéro ? répéta Sabir en continuant de fouiller dans le tiroir. Il n'est pas là.

– Alors, elle a dû l'emporter avec elle.

– La cabine la plus proche, où est-elle ?

– En fait, ils sont quelques-uns à avoir un portable…

– À six heures du matin ? Yola les aurait réveillés à six heures du matin pour téléphoner ?

– Euh… non, peut-être pas… Peut-être qu'elle est allée au village. On le fait souvent, ici. C'est moins cher qu'un portable. On a une carte commune pour ça ; chaque chef de famille y contribue, suivant l'usage qu'on en fait. On en a une pour l'étranger et une pour la France. Yola les garde dans le tiroir, aussi.

Radu choisit cet instant pour revenir en courant vers la caravane.

– Elle n'est pas là. Les enfants ont fait un grand cercle autour du camp. Mais Bera et Koiné ont trouvé des traces toutes fraîches qui partaient vers le village. Fraîches d'aujourd'hui.

–Je me souviens de Bera et de Koiné, répondit Sabir. Ce sont eux qui ont découvert la cachette d'Achor Bale dans les bois, non ?

– Oui. Ce sont tes cousins. Ils sont très observateurs. S'ils disent ça, c'est que c'est vrai.

– Alexi, on court au village. Elle y est peut-être encore. Tu as des armes, ici ?

–Juste mes couteaux. Ceux que j'utilise dans les fêtes foraines. Quand je fais une démonstration pour les *payos.*

– Ils sont pointus ?

– Très.

– Alors prends-les avec toi.

9

Elles n'avaient pas franchi un kilomètre, après la sortie du village, que Lamia remarqua une voiture qui les suivait.

– Yola, regardez derrière vous.

La jeune femme se retourna à demi.

– C'est le Corpus, annonça Lamia. Je reconnais le conducteur. C'est lui qui a entendu Sabir, dans la cabane.

– Mais on dirait une femme.

– C'est ce qu'il est. Moitié homme, moitié femme.

Yola se signa.

– Et qui est à côté de lui ? Elle est toute petite. Comme une enfant…

– Ce n'est pas une enfant. Ce sont tous deux des meurtriers. Ils nous tueront s'ils nous rattrapent.

Lamia appuya sur l'accélérateur. La voiture derrière elles les recolla aussitôt.

– Ils accélèrent aussi.

– On ne peut pas risquer de retourner au camp maintenant. Il faut les semer, d'abord.

– Vous êtes sûre ? demanda Yola.

– Ils continuent de nous suivre ?

– Oui.

– Est-ce qu'ils ressemblent à la police, Yola ?

– Non. La police n'utilise pas de diables. Pas d'escargot non plus.

– Des diables ? Des escargots ? De quoi parlez-vous ?

– Le diable, c'est la carte hermaphrodite dans le jeu de tarot – cela correspond à l'or, et aussi à l'union des opposés. Tous les Gitans savent ça. L'escargot, lui non plus, ne représente ni une chose ni une autre.

– Adam disait que vous aviez un esprit exceptionnel, répliqua Lamia en lui jetant un regard. Je comprends de quoi il parlait.

– Je suis très superstitieuse, vous savez. Mon esprit n'est rien, lui.

– Ça m'étonnerait, fit-elle, un œil sur le rétroviseur. Il n'y a pas un chemin où on pourrait s'engager ? Leur voiture est plus rapide que la nôtre. On va devoir se montrer plus malignes qu'eux, car on ne peut pas les semer.

– Vous voulez dire, passer par la forêt ?

– Vous en connaissez les chemins ?

– Oui. J'habite là depuis mon plus jeune âge. Mais vous risquez de vous embourber en les empruntant. Après la pluie qu'on a eue, ils sont pleins de trous et de boue. Cette voiture n'est pas faite pour ça.

– On va quand même devoir tenter la chose. Si on reste sur cette route, ils nous rattraperont en un rien de temps.

– Alors, tournez là, à gauche.

Lamia ralentit, s'engagea sur le chemin de terre et, aussitôt, sentit les roues coller au sol humide. Lorsqu'elle atteignit le premier virage, la voiture dérapa de l'arrière et menaça de glisser dans le fossé. Elle la relança en avant d'un léger coup d'accélérateur.

– Mon Dieu, ils vont nous rattraper.

Yola se retourna une nouvelle fois.

– Non, ils ont les mêmes problèmes que nous.

– Où est-ce que je vais, maintenant ?

Le visage de la jeune Tzigane parut se fermer, tout à coup. Sa vision se voila et elle posa instinctivement les mains sur son ventre.

– Il y a une ancienne mine à ciel ouvert, à moins de deux kilomètres. Si vous les laissez s'approcher suffisamment, vous pouvez les y entraîner. Vous tournerez au dernier moment, quand ils ne pourront pas encore la voir. Et ils tomberont dedans avec leur voiture. Ce trou fait peut-être une centaine de mètres de profondeur. Quand j'étais enfant, on croyait qu'*O Bend* – le diable – vivait là-dedans.

– Mais ça va les tuer ?

– Ils cherchent eux-mêmes à nous tuer, non ?

Lamia se tourna vers Yola, une étrange expression sur le visage.

– Oui, vous avez raison. Je n'ai pas l'habitude de ce genre de chose, c'est tout.

– Prenez le prochain petit chemin, sur la gauche. Et puis ralentissez un peu pour les laisser nous rattraper, de façon à ce qu'ils soient presque collés à nous. Ils n'auront pas de quoi nous doubler, c'est trop étroit. Vous serez tranquille jusqu'à ce qu'il débouche directement sur la mine. Mais vous n'aurez qu'une seule chance. Si vous ne tournez pas à temps, c'est la mort pour nous aussi. Vous vous en sentez capable ?

Lamia secoua la tête d'un air admiratif.

– Adam disait que vous n'aviez pas froid aux yeux. Maintenant, je veux bien le croire.

– Je ne me laisserai pas faire, ça c'est sûr. Ça m'est déjà arrivé une fois. Avec le frère de ceux qui nous suivent, justement. Jamais plus.

Lamia lança la Peugeot dans un virage serré. Aldinach la suivit à six secondes. Une fois en ligne droite, il reprit de la vitesse et, au bout de vingt secondes, se retrouva collé derrière la voiture de sa sœur.

10

– Qu'est-ce que c'était ?

Sabir était au volant, Alexi à ses côtés sur le siège passager. Calque et Radu, assis à l'arrière, étaient penchés en avant, sans leurs ceintures.

L'Américain venait de voir deux véhicules ralentir subitement avant de quitter la route qui venait de Samois, pour s'engager dans un chemin boueux à une cinquantaine de mètres devant eux. L'espace d'un instant, il lui sembla que leurs trois voitures allaient se rentrer dedans.

– C'étaient eux ! J'ai reconnu le visage de Lamia. Il y avait quelqu'un à côté d'elle.

– Vous êtes sûr ?

– Oui, j'en suis sûr, Sabir. Le visage de Lamia ne se rencontre pas à tous les coins de rue. Je ne suis pas aveugle.

– Vous avez vu qui la suivait ?

– Non. Mais je vous laisse deviner.

Sabir accéléra brusquement, puis ralentit au dernier moment avant de s'engager sur le chemin à gauche.

– Qu'est-ce qui s'est passé, d'après vous ? Pourquoi Aldinach et Athame sont-ils en train de pourchasser Lamia ? Je les croyais du même côté, bon sang !

Alexi tourna vers Sabir un visage blême et lui dit :

– C'était Yola, dans la première voiture. J'en suis certain. Je l'ai vue de profil. S'ils lui font du mal, je les tue. Je leur ferai manger leurs propres entrailles. Je les…

– D'accord, Alexi. Calme-toi, on va les rattraper.

Sabir avait les plus grandes difficultés à maintenir la voiture droite sur le chemin. Il avait beaucoup plu, les jours précédents, et le pâle soleil de novembre n'avait pas réussi à sécher le sol de la forêt. Ils roulaient sur une véritable patinoire, pleine d'ornières et de flaques d'eau boueuse.

– Tu crois qu'ils nous ont vus ?

– Je ne sais pas, mais ça ne saurait tarder.

– Tu ne crois pas que Lamia essaie de protéger Yola ? Qu'on se trompe complètement ? Pourquoi est-ce qu'ils la pourchasseraient, sinon ?

– Oui, pourquoi ? répéta Sabir en évitant de justesse un joli tête-à-queue qui les aurait flanqués dans le fossé. Et ça conduit où, ce chemin, Alexi ?

– Si tu continues tout droit, ça retourne sur la route de Fontainebleau. Si tu prends à gauche, à environ cinq cents mètres, ça mène tout droit aux anciennes mines.

– Les anciennes mines ?

– Oui… il y a longtemps.

Comme si elles avaient entendu Alexi, les deux voitures que suivait Sabir prirent à gauche, sur la petite route qui menait à l'exploitation.

– Parle-moi de ces mines, Alexi.

– C'étaient des mines à ciel ouvert. Elles sont très profondes. Et très dangereuses.

– Et Yola les connaît ?

– Bien sûr. *O Beng* vit au fond de ce trou énorme – tous les Gitans le savent. On nous disait ça quand on était enfants, pour nous éloigner des puits.

– *O Beng*? répéta Calque, toujours penché en avant.

– Le diable, Calque. Ils vont voir le diable.

11

Lamia donna un brusque coup de volant au dernier moment, juste avant de heurter la fragile barrière qui entourait l'excavation. La Peugeot résista tant bien que mal à la force centrifuge, mais vint heurter de sa roue arrière un bloc de pierre. Le choc souleva brutalement le véhicule qui se coucha sur le côté, non sans continuer sur quelques mètres à travers les broussailles, pour achever sa course au pied d'un sapin.

Apercevant à son tour l'obstacle, Aldinach tenta un dérapage contrôlé. La Ford effectua deux tours sur elle-même, vint s'écraser contre la barrière de bois et s'arrêta enfin, les deux roues arrière suspendues au-dessus du trou béant, et l'avant coincé dans les barbelés qui tenaient ensemble les planches de la clôture.

Sabir, qui les suivait à deux cents mètres, eut tout le temps de mesurer son freinage. Il stoppa brutalement aux côtés de la Peugeot, alors que celle-ci venait à peine de se stabiliser.

Émergeant comme une furie de son véhicule, il arracha une des planches disloquées et en frappa de toutes ses forces la vitre arrière de la voiture. Les deux mains enveloppées dans son blouson, Alexi fit sauter les derniers morceaux de verre, puis plongea dans l'ouverture et rampa sur les sièges en direction de Yola.

Sabir, voyant que l'on tentait de débloquer le toit ouvrant de l'intérieur, se précipita à l'avant de la voiture.

– Calque, aidez-moi ! cria-t-il. Quelqu'un essaie de sortir. Radu, attrape les jambes d'Alexi. Je sens une odeur d'essence. Il faut sortir les deux femmes d'ici avant que tout explose !

Une main émergea alors du toit ouvrant. Sabir y glissa la sienne, saisit le loquet d'ouverture et le fit pivoter dans sa paume. Au bout d'un instant, le visage ensanglanté de Lamia apparut.

– Ça va, tiens bon. On va t'extraire de là.

Calque lui attrapa un bras tandis que Sabir prenait l'autre. Ensemble, ils parvinrent à la hisser à l'extérieur.

– Te voilà tirée d'affaire… souffla-t-il.

Puis il lança :

– Alexi ? Radu ? Vous vous en sortez avec Yola ?

– Oui, c'est bon. Elle va bien. Elle me parle. Encore quelques secondes et elle sera libre.

Lamia se mit debout sur ses jambes tremblantes puis s'appuya contre son sauveteur. Sa blessure au crâne avait partiellement ensanglanté sa robe. Mais, en y regardant de plus près, Sabir constata que la plaie n'était que superficielle.

– Tu étais en train de la sauver, n'est-ce pas ? Je savais que tu ne lui ferais pas de mal. C'était impossible. Pas après tout ce qu'on s'était dit.

Alors qu'elle levait les yeux vers lui, son expression changea soudain, et Sabir se retourna vers ce qu'elle regardait.

Cheveux au vent, tel un Mohican, Aldinach se précipitait vers eux. Un scalpel scintilla dans sa main. Instinctivement, Sabir se raidit. Derrière lui, inconscients de ce qui se passait, Alexi et Radu continuaient d'aider Yola à s'extirper de la Peugeot. L'Américain se baissa et saisit la planche qui lui avait servi à briser la vitre.

Tout en fondant sur lui, l'hermaphrodite bondissait avec la grâce aérienne d'un danseur entre les pierres et les flaques de boue.

C'est alors qu'une silhouette s'interposa entre lui et Sabir. Celle de Lamia, qui courait, les bras tendus vers son frère.

Aldinach hésita à peine. Sa main surgit et le scalpel s'enfonça dans la poitrine de sa sœur, pour en ressortir aussi vite. La jeune femme ne tomba pas, mais demeura là, les bras repliés sur le cœur, tandis qu'Aldinach poursuivait sa course vers Sabir.

Saisi d'une rage incontrôlable – comme jamais il n'en avait connu de sa vie –, l'Américain se rua à sa rencontre. Une nanoseconde avant l'impact, il brandit son arme improvisée et la fit tournoyer devant lui comme une épée. La planche atteignit Aldinach à la nuque, à l'instant précis où celui-ci se jetait, scalpel en avant, contre son ennemi. Il trébucha, tomba à la renverse, sa lame allant cliqueter au loin contre une pierre. Comme il tentait un geste vers son couteau, Sabir lui asséna un deuxième coup sur la tempe.

Avant de perdre tout contrôle.

Il se mit à frapper Aldinach avec une force stupéfiante, encore et encore, non sans l'insulter à chacun de ses coups. Lorsqu'il eut fini, il jeta la planche au loin et se dirigea en titubant vers Lamia, encore debout mais pantelante. À son approche, elle se laissa tomber à genoux, lentement, avec grâce, comme si elle faisait la révérence.

Son corps s'inclina en avant, oscilla une ou deux fois, puis, à l'instant où Sabir arrivait, elle s'effondra, le visage contre terre.

Il s'agenouilla à ses côtés et la prit dans ses bras. Elle était encore en vie, mais, déjà, ses paupières palpitaient.

— Je t'aime… je t'aime, lui murmura Sabir, le visage maculé de boue et du sang de Lamia.

Ses lèvres remuèrent, mais aucun son ne sortit de sa gorge. Puis elle s'éteignit. Sabir sentit la vie quitter son corps, telle une brise légère soulevant un rideau de soie.

Quand il leva les yeux, ce fut pour découvrir Athame, debout devant lui. Sans arme. Elle observait sa sœur, le visage triste.

Elle fit un pas vers Sabir et lui tendit la main.

Au même instant, un éclair flasha derrière elle.

Sabir eut à peine le temps de voir Alexi bondir sur Athame que, déjà, celle-ci agrippait le couteau qu'il venait de lui planter dans le cou. Du sang s'écoulait maintenant le long de la lame et sur les mains de la jeune fille. Qui s'effondra sans proférer un son.

Sabir baissa les yeux sur Lamia. Sa tête était tournée de côté, si bien que la partie marquée de son visage était invisible. Il se pencha, lui embrassa les lèvres et les paupières. Puis il s'allongea auprès d'elle et l'attira contre lui, comme il l'avait fait dans le motel de Ticul.

Ils demeurèrent ainsi, enlacés, aux abords de la forêt, l'une morte, l'autre indifférent au monde qui les entourait.

Un peu plus tard, lorsque Calque tenta, avec la plus grande douceur, de les séparer, il n'y parvint pas.

REMERCIEMENTS

Je tiens ici à remercier ceux qui m'ont encouragé, soutenu et aidé dans la conception de ce livre. Tout d'abord, mon agent, Olivier Munson, qui a défendu mon travail – autant côté fiction que côté roman –, et que je bénis pour son dévouement, ses conseils et son intarissable bonne humeur. Merci à mon éditeur, Ravi Mirchandani, pour m'avoir poussé à la fois « en avant et vers le haut » (pour reprendre l'une de ses expressions favorites). Merci également à mon ancien éditeur chez Atlantic, Caroline Knight, pour ses sages conseils et suggestions quant à la rédaction de ce livre, et à Laura Palmer, mon agent actuel chez Corvus, pour avoir si bien su m'accueillir et me mettre à l'aise. Merci aussi à Henry Steadman pour les remarquables couvertures de mes deux derniers romans, ainsi qu'à ma très fidèle secrétaire d'édition, Shelagh Boyd, pour son tact, sa perspicacité et son aptitude à améliorer l'écriture d'un livre sans s'en aliéner l'auteur – ce qui n'est pas donné à tous ! Je tiens aussi à remercier le Maya sans nom qui ma promené sur son *triciclo* tout autour du site de Kabah, et m'a expliqué avec tant de patience comment et quand on pouvait chasser l'iguane. Et enfin, ma plus infinie gratitude à mes deux « partenaires secrètes » : ma femme, Claudia, à qui je dédie ce livre, et ma grande amie, Michèle O'Connell, pour le regard précieux qu'elles ont jeté sur mon travail sans jamais me dissimuler leurs sentiments.

MIXTE
Papier issu de sources responsables
FSC® C003309

Les papiers utilisés dans cet ouvrage
sont issus de forêts responsablement gérées.

Mis en pages par Soft Office – Eybens (38)
Imprimé en France par Normandie Roto Impression s.a.s.
Dépôt légal : septembre 2013
N° d'édition : 02889 – N° d'impression : 133019
ISBN 978-2-7491-2889-4